등화관제

BLACKOUT

등화관제

옥스퍼드 시간 여행 시리즈 3

최용준 옮김

코니 윌리스 장편소설

Connie Willis

아작

일러두기

모든 주석은 옮긴이의 것입니다.

언제나 말은 것보다

훨씬 더 많은 몫을 해주는

코트니와 코델리아에게

역사는 지금이자, 영국이다.

— T.S. 엘리엇, 《네 개의 4중주》

1

자, 우리 모두 임무를, 전투를, 힘든 일을 합시다.
각자의 맡은 임무로, 각자의 자리로 갑시다.
우리는 단 한 주도, 아니 하루, 단 한 시간도 질 수 없습니다.

— 윈스턴 처칠, 1940년

옥스퍼드, 2060년 4월

콜린이 문을 열려고 했지만, 문은 잠겨 있었다. 경비원 퍼디 씨는 던워디 교수가 조사실에 갔다고 말했지만, 제대로 알지 못한 게 분명했다. '제길, 여기 계실 리 없다는 생각을 왜 못 한 거지.' 콜린은 생각했다. 조사실에 오는 건 임무를 준비하는 역사학자들뿐이다. 아마 던워디 교수는 퍼디 씨에게 '조사를 하러 간다'고 말했을 것이고, 그렇다면 보들리 도서관에 있을 것이다.

그래서 콜린은 도서관에 가보았지만, 그곳에도 던워디 교수는 없었다. '비서에게 가서 물어봐야겠어.' 베일리얼 칼리지로 다시 뛰어가며 콜린이 생각했다. 콜린은 새 비서 에드리치 말고 핀치가 계속 던워디 교수의 비서였다면 좋았을 텐데 하고 생각했다. 에드리치는 온갖 질문을 해댈 것이다. 핀치라면 아무 질문도 하지 않을 것이고, 던워디 교수가 어디에 있는지 뿐 아니라 지금 기분이 어떤지도 알려줬을 텐데.

콜린은 먼저 던워디 교수의 숙소로 달려갔다. 교수가 돌아왔는데 퍼디 씨가 못 봤을 수도 있기 때문이다. 하지만 그곳에도 없었다. 그래서 콜린은 길을 가로질러 비어드로 뛰어가 계단을 올라 던워디 교수의 사무실로 연결된 비서실로 들어갔다. “던워디 교수님을 만나야 해요.” 콜린이 말했다. “중요한 일이에요. 교수님이 어디에 계신지 알려….”

에드리치는 차가운 눈빛으로 콜린을 바라보았다. “약속은 잡고 오셨습니까? 성함이…?”

“콜린 템플러요.” 콜린이 말했다. “아니요, 약속은….”

“여기 베일리얼 칼리지의 학부생이신가요?”

콜린은 그렇다고 말할까도 생각해보았지만, 에드리치는 콜린의 말이 사실인지 확인해볼 사람이었다. “아니요. 내년에 될 거예요.”

“옥스퍼드에 지원하려는 거라면 롱월 스트리트의 교무처로 가세요.”

“입학 지원을 하려는 게 아니에요. 전 던워디 교수님의 친구입….”

“아하, 던워디 교수님이 당신 이야기를 해주셨습니다.” 에드리치가 얼굴을 찡그렸다. “이튼 스쿨에 다니는 줄 알았는데요?”

“오늘 휴일이에요.” 콜린이 거짓말을 했다. “아주 중요한 일로 던워디 교수님을 만나야 해요. 어디에 계신지 알려주시면….”

“무슨 일로 교수님을 만나려는 거지요?”

‘내 미래요.’ 콜린이 생각했다. ‘그리고 그건 당신이 상관할 바 아니고요.’ 하지만 그렇게 대답해서는 전혀 도움이 되지 않을 것이다. “역사 임무에 관한 거예요. 긴급한 일이에요. 교수님이 어디에 계신지 알려주시면 제가….” 콜린이 말을 하기 시작했지만, 에드리치는 이미 면담 예약부를 펼친 상태였다. “교수님은 다음 주까지 약속이 다 잡혀 있네요.”

‘그건 너무 늦는다고요, 제길. 나는 교수님을 지금 만나야 해요. 폴리 누나가 돌아오기 전에요.’

“19일 오후 1시로 약속을 잡아드릴 수 있습니다.” 에드리치가 말하고 있었다. “아니면 28일 오전 9시 30분이나요.”

‘대체 이 사람은 ‘긴급한’이라는 단어의 어느 부분을 알아듣지 못한 거지?’ 콜린이 생각했다. “됐어요.” 콜린은 말하고 계단을 내려가 정문으로 갔다. 혹시 퍼디 씨에게서 좀 더 정보를 캐낼 수 있을까 하는 기대에서였다.

"조사실로 가신다고 한 게 확실한가요?" 콜린은 경비원에게 물었고 그렇다는 답을 듣자 말했다. "거기에서 다시 어디로 가신다고는 말씀 안 하셨나요?"

"아니요. 실험실에 가보세요. 요 며칠 그곳에서 시간을 많이 보내셨거든요. 거기도 아니면, 어디 계신지 바드리 씨가 알 수도 있어요."

'만약 거기도 안 계시면, 폴리 누나가 언제 돌아오기로 되어 있느냐고 바드리 아저씨에게 물어봐야겠네.' "실험실에 가볼게요." 콜린은 말하며, 던워디 교수가 돌아오면 자신이 찾고 있다고 전해달라고 말할지 말지 고민했다. 아니, 그러지 않는 게 나았다. 미리 경고해준다는 건 상대에게 미리 방어할 시간을 주는 격밖에 되지 않을 테니까. 갑자기 물어보는 게 나을 것이다. "고맙습니다." 콜린은 말하고 하이 스트리트를 달려 실험실로 갔다.

던워디 교수는 그곳에도 없었다. 그곳에는 바드리와 학생으로밖에 보이지 않는 어리고 예쁜 여자 기술자뿐이었다. 둘은 콘솔 위로 몸을 숙이고 있었다. "1950년 10월 4일의 좌표가 필요해요." 바드리가 말했다. "그리고… 여기는 웬일이니, 콜린? 너 지금 학교에 있어야 하지 않아?"

왜 모두 장기 결석 아동 조사관처럼 행동하는 걸까?

"정학당한 건 아니지?"

"아니에요." 학교에서 제 행동을 알아차리지만 않는다면요. "학교는 쉬는 날이에요."

"십자군 원정 시대로 보내달라고 온 거라면 내 대답은, 안 돼."

"십자군이요?" 콜린이 말했다. "그건 제가 어릴 때 했던 이야기…."

"네가 여기 있는 걸 던워디 교수님도 아셔?" 바드리가 물었다.

"사실, 전 던워디 교수님을 찾고 있어요. 베일리얼 칼리지의 경비 아저씨 말로는 여기 계실 거라던데요."

"계셨었지." 여자 기술자가 말했다. "좀 전에 가셨어."

"어디로 가셨는지 알아요?"

"아니. 의상실에 가보든지."

"의상실요?" 처음에는 조사실이고 이제 의상실이라. 던워디 교수는 어딘가에 가려는 게 분명했다. "교수님이 어디에 가시는 거예요? 세인트폴 대성당인가요?"

"응." 여자 기술자가 말했다. "교수님은…."

"리나, 그 좌표들이 필요해요." 바드리가 기술자를 노려보며 말했다. 기술자는 고개를 끄덕이더니 실험실을 가로질러서 갔다.

"세인트폴 대성당의 보물들을 구하러 가시는 거죠?" 콜린이 바드리에게 물었다.

"던워디 교수님이 어디 계신지는 그분 비서가 알 거야." 바드리는 말하고 콘솔로 다시 걸어갔다. "베일리얼 칼리지에 가서 비서에게 물어보는 게 어때?"

"가봤어요. 하지만 아무것도 말해주지 않으려 해요."

그리고 바드리 역시 말해주고 싶지 않은 게 분명했다. "콜린." 바드리가 말했다. "우린 지금 아주 바빠."

좌표를 가지고 돌아온 기술자가 고개를 끄덕였다. "귀환 일정이 셋이고 오후에는 강하가 두 개 잡혀 있어."

"지금 그걸 하는 거예요?" 콜린이 내려진 네트의 커튼을 보기 위해 그쪽으로 걸어가며 말했다.

"강하?" 바드리가 즉시 오더니 콜린을 가로막았다. "콜린, 만약 혹시라도…."

"혹시라도 뭐요? 제가 네트에 몰래 숨어들어 가기라도 할 것처럼 행동하시네요."

"이미 네가 한 번 그랬으니 하는 말이지."

"그리고 제가 그러지 않았다면 던워디 교수님은 돌아가셨을 거고, 키브린 누나도 죽었을 거예요."

"그랬을 수도 있지. 하지만 그렇다고 또 그래도 된다는 건 아니야."

"그럴 생각 아니었어요. 제가 원하는 건 다만…."

"던워디 교수님이 여기 있는지 알고 싶은 거였지. 여기 안 계셔. 그리고 리나와 나는 아주 바빠." 바드리가 말했다. "그러니 다른 볼일이 없다면…."

"있어요. 폴리 누나의 귀환 일정을 알아야 해요."

"폴리 처칠?" 바드리가 즉각 의심이 담긴 목소리로 말했다. "폴리 처칠은 왜?"

"준비 조사를 도왔거든요. 런던 대공습 시대요. 폴리 누나가 돌아왔을 때 제가 여기 있어야…." 콜린은 '그 자료를 줄 수 있잖아요'라고 말을 하려 했지만, 생각해보니 바드리는 자신이 대신 전해줄 테니 자료를 두고 가라고 할 가능성이 컸다. "제가 뭘 알아냈는지 말해줄 수 있잖아요." 콜린이 고쳐 말했다.

"아직 귀환 일정을 잡지 않았어." 바드리가 말했다.

"그렇군요. 돌아오면 곧장 런던 대공습 임무로 가나요?"

리나가 고개를 저었다. "우리는 아직 마땅한 강하 지점을 찾아내지…." 리나가 말을 하기 시작했지만, 바드리가 다시 노려보며 말을 막았다.

"설마 '순간 시간'은 아니겠죠?"

"아니, 실시간이야." 바드리가 말했다. "콜린, 우리는 정말 아주 바빠."

"알아요, 알아. 갈게요. 만약 던워디 교수님을 보면 제가 찾고 있다고 전해주세요."

"리나, 콜린을 내보내요." 바드리가 말했다. "그리고 1941년 12월 6일 진주만의 시공간 좌표를 가져다줘요."

리나가 고개를 끄덕이더니 콜린을 문까지 배웅했다. "미안. 바드리는 2주 전부터 신경이 좀 예민해져 있어." 리나가 속삭였다. "폴리 처칠의 귀환은 다음 주 수요일 2시로 잡혀 있어."

"고마워요." 콜린이 한쪽 입꼬리가 올라간 웃음을 지으며 속삭이고 문을 나섰다. 수요일. 학교를 다시 빼먹지 않아도 되게 주말이기를 바랐지만, 적어도 이번 수요일이 아닌 게 어딘가. 콜린이 던워디 교수에게 자신을 어디론가 보내달라고 말할 시간이 일주일 넘게 남았다. 만약 던워디 교수가 보물을 구해올 생각이라면, 콜린은 자신이 과거로 가서 조사를 해오겠노라고 말할 수 있다. 만약 아직도 교수가 의상실에 있다면 말이다. 콜린은 브로드 스트리트와 홀리웰 스트리트를 달려 좁은 길을 지나 의상실로 통하는 계단을 올라가며 또다시 교수를 놓친 게 아니면 좋겠다고 생각했다.

놓치지 않았다. 던워디 교수는 적어도 네 사이즈는 큰 트위드 블레이저를 입고 거울 앞에 서서 겁먹은 기술자를 노려보고 있었다. "하지만 교수님 몸에 맞는 유일한 트위드 재킷은 제럴드 핍스가 가져갔어요." 기술자가 말했다. "제럴드에게 꼭 필요했거든요. 왜냐면 제럴드가 가는 곳은…."

"그 친구가 어디로 가는지는 나도 알아." 던워디 교수가 으르렁댔다. 그러다가 교수는 콜린이 온 걸 알아차렸다. "너 지금 여기서 뭐 하는 거냐?"

"몸에 맞는 걸 입으시는 게 지금 그거보다 훨씬 나아요." 콜린이 씩 웃으며 말했다. "그렇게 입고 세인트폴 대성당의 보물들을 가져오실 계획이세요? 코트 안에 숨겨서요?"

던워디 교수는 재킷을 벗고 말했다. "뭔가 내 몸에 맞는 걸 가져다줘." 그리고 재킷을 기술자에게 거의 던지다시피 했고, 기술자는 재킷을 가지고 황급히 사라졌다.

"그냥 입고 가지 그러셨어요." 콜린이 말했다. "그 재킷 안에 '세상의 빛'[1]과 뉴턴의 무덤을 넣어올 수 있었을걸요."

"아이작 뉴턴 경의 무덤은 웨스트민스터 사원에 있어. 세인트폴 대성당에 있는 건 넬슨 경의 무덤이고." 던워디 교수가 말했다. "당연히 네가 알고 있어야 하는 사실이지. 네가 학교에서 시간을 더 보냈다면 말이야. 바로 이 순간 네가 있어야 하는 그곳 말이다. 도대체 왜 학교에 안 갔지?"

던워디 교수는 오늘이 학교 휴일이라는 말을 안 믿을 것이다. "상수도관이 터졌어요." 콜린이 말했다. "그래서 오늘 나머지 수업은 모두 취소됐어요. 그래서 여기 와서 교수님이 어떻게 지내시나 보면 좋겠다고 생각했죠. 그리고 제가 와서 다행이네요. 보아하니 세인트폴 대성당으로 가려고 하시니까요."

"상수도관이 터졌단 말이지…." 던워디 교수가 의심이 서린 목소리로 말했다.

"네. 저희 기숙사와 정원 절반이 물에 잠겼어요. 거의 헤엄을 쳐야 할

1 영국 화가 윌리엄 홀만 헌트의 그림

지경이었다니까요.”

“에드리치가 기숙사 사감과 통화할 땐 그런 얘기가 없었는데, 이상하군.”

‘에드리치가 영 맘에 안 들더라니.’ 콜린이 생각했다.

“하지만 네가 계속 결석을 한다고는 말하더구나. 그리고 마지막 에세이 숙제는 낙제점을 받았고.”

“그건 비슨 선생님이 저보고《시간 여행의 임박한 위협》이라는 책을 읽고 그에 관해 쓰라고 했는데, 그 책은 완전히 쓰레기라서 그래요. 그 책에서는 시간 여행 이론은 헛소리고, 지금까지 역사학자들은 사건들에 영향을 끼쳐왔고 또 지금도 끼치고 있지만 우리가 아직 그 영향을 볼 수 없는 건 시공간 연속체가 변화를 취소할 수 있기 때문이라고 해요. 하지만 영원히 그럴 수는 없고, 그래서 과거로 역사학자를 보내는 일을 즉시 중단해야 하며….”

“나도 이시와카 박사의 이론은 아주 잘 알아.”

“그러면 그게 헛소리라는 것도 아실 거잖아요. 저는 에세이에 그렇게 썼을 뿐인데, 비슨 선생님은 저에게 낙제점을 줬어요! 완전히 불공평해요. 이시와카 박사의 주장에 따르면 시공간 편차는 역사학자가 사건들에 영향을 미칠 수 있는 시공간에 가지 못하게 하는 게 아니래요. 시공간 편차가 있다는 건 뭔가 잘못되었다는 증후라는 거죠. 감염된 환자가 열이 나는 것처럼요. 그래서 감염이 심각할수록 시공간 편차의 양이 더 커지지만, 우리는 그걸 알아차릴 수 없다는 거예요. 왜냐하면 그게 지수함수적이라던가 뭐라던가 그래서이기 때문에요. 여하튼 자기주장을 뒷받침할 증거는 전혀 없지만, 그래도 역사학자를 과거로 보내는 건 멈춰야 한대요. 우리가 증거를 갖게 될 즈음에는 시기를 놓친 뒤이고, 더는 시간 여행을 할 수 없다는 거예요. 완전히 헛소리잖아요!” 던워디 교수는 얼굴을 찡그리고 있었다. “그렇다고 생각하지 않으세요?”

던워디 교수는 대답하지 않았다.

“어떻게 생각하세요?” 콜린이 물었고, 던워디 교수가 여전히 가만히 서 있자 콜린은 다시 말했다. “그 사람의 이론을 믿는다는 뜻은 아니겠죠,

교수님?"

"뭐? 아니. 네 말대로, 이시와카 박사는 자기 이론을 증명할 증거를 찾지 못했어. 한편, 이시와카 박사는 쉽사리 대답할 수 없는 곤란한 질문을 했어. 간단하게 '완전히 헛소리'라고 치부할 수만은 없어. 연구가 필요한 질문이야. 하지만 네가 나랑 시간 여행 이론에 관해 토론하려고 여기 온 건 아닐 텐데. 네 말대로 내가 어떻게 지내는지 궁금해서 온 것은 더더욱 아닐 거고." 던워디가 날카로운 눈으로 콜린을 쏘아보았다. "왜 온 거지?"

이제부터 어려운 부분이었다. "왜냐하면, 저는 수학이랑 라틴어를 공부하느라 시간을 낭비하고 있으니까요. 저는 역사를 공부하고 싶어요. 먼지 쌓인 책처럼 메마른 게 아니라, 진짜를 공부하고 싶어요. 저는 임무를 맡고 싶어요. 제가 너무 어리다고 말하지는 마세요. 제가 흑사병 시대로 갔을 때 저는 열두 살이었어요. 그리고 잭 카그리브스가 화성에 간 건 그 사람이 열일곱 살일 때였고요."

"제인 여왕[2]이 목이 잘린 것도 열일곱 살 때였지." 던워디 교수가 말했다. "그리고 역사학자가 된다는 건 왕위를 요구하는 일보다도 더 위험해. 온갖 위험이 얽혀 있고, 그 때문에 역사학자는…."

"과거로 가려면 적어도 3학년 이상이어야 하며 또한 최소 스무 살 이상이어야 하는 거죠." 콜린이 암송했다. "저도 다 알아요. 하지만 저는 이미 과거에 다녀왔잖아요. 그것도 10등급에요. 그보다 더 위험할 수는 없어요. 그리고 제 나이대 사람이 할 수 있는 온갖 종류의 임무들이…."

던워디 교수는 듣고 있지 않았다. 던워디 교수는 기술자를 빤히 바라보고 있었다. 기술자는 금속 지퍼로 뒤덮인 검은 가죽 재킷을 들고 있었다. "그게 대체 뭐지?" 던워디 교수가 딱딱거리며 물었다.

"오토바이용 재킷이요. 몸에 맞는 걸 가져오라고 하셨잖아요." 기술자는 방어하듯 덧붙였다. "시대에 맞는 옷이에요."

"모스 양." 던워디 교수는 들을 때마다 콜린을 움츠러들게 하는, 위엄이

2 제인 그레이 잉글랜드 여왕, 1553년 즉위 9일 만에 폐위되고 이듬해 참수당했다.

실린 목소리로 말했다. “역사학자가 시대에 맞는 옷을 입는 이유는 그 시대 사람들의 시선을 끌지 않기 위해서야. 섞여 들어가기 위해서라고. 내가….” 던워디 교수는 가죽 재킷을 가리키며 말했다. “저걸 입고 그렇게 할 수 있을 거 같나?”

“하지만 1950년에 이것과 같은 재킷을 찍은 사진이….” 모스는 말하다가 생각을 바꾸었다. “또 뭐가 있는지 찾아보겠습니다.” 그녀는 움찔하며 작업실 안으로 사라졌다.

“트위드로 만든 거로!” 던워디 교수가 모스 뒤에 대고 외쳤다.

“제가 말하는 게 바로 섞여 들기예요.” 콜린이 말했다. “열일곱 살짜리 청소년이 섞여 들어가기 딱 알맞은 온갖 종류의 역사적 사건들이 있잖아요.”

“바르샤바 게토[3] 같은 곳?” 던워디 교수가 냉담하게 말했다. “아니면 십자군 원정?”

“십자군 원정 시대에 가고 싶어 한 건 열두 살 때가 마지막이었잖아요. 그게 바로 지금 제가 하려는 말이에요. 교수님이랑….” 콜린은 하고 싶은 말을 참고 대신 이렇게 말했다. “교수님이랑 학교에 있는 모두는 아직도 저를 어린아이로 여겨요. 하지만 저는 어린아이가 아니에요. 이제 거의 열여덟 살이에요. 그리고 제가 할 수 있는 임무들이 잔뜩 있잖아요. 알카에다의 제2차 뉴욕 테러 공격 같은 거요.”

“뉴욕?”

“네. 세계무역센터 근처에 고등학교가 있어요. 저는 고등학생으로 행세하며 사건 전체를 관찰할 수 있어요.”

“난 널 세계무역센터로 보내지는 않을 거다.”

“세계무역센터에 가겠다는 게 아니에요. 학교는 그곳에서 네 블록 떨어져 있고, 그곳 학생들은 아무도 죽지 않았어요. 다친 사람조차 한 명도 없어요. 독가스와 석면 가루를 마신 걸 빼면요. 그리고 저는….”

“난 널 세계무역센터 근처 그 어디에도 보내지 않아. 그곳은 너무 위험

3 제2차 세계대전 당시 폴란드의 유대인 강제 거주지역

해. 너는 잘못하면 죽을…."

"에, 그러면 위험하지 않은 곳으로 보내주세요. 1939년 '가짜 전쟁'[4] 때로 보내주세요. 아니면 잉글랜드 북부로 보내 그곳으로 피난 온 아이들을 관찰하게 해주세요."

"난 널 제2차 세계대전으로도 보내지 않을 거야."

"교수님은 런던 공습에 가셨잖아요. 그리고 폴리 누나를…."

"폴리?" 던워디 교수가 경계심이 담긴 목소리로 말했다. "폴리 처칠? 그 아이가 이 대화랑 무슨 관계가 있지?"

'제길.' "아무 관계 없어요. 그냥 역사학자들은 온갖 위험한 곳으로 가고 교수님도 온갖 위험한 곳으로 다 다니시고, 그러면서 전혀 위험하지도 않은 잉글랜드 북부에조차도 저는 못 가게 하신다는 걸 상기시켜 드리려는 것뿐이에요. 영국 정부는 아이들이 위험하지 않도록 그곳으로 피신시킨 거잖아요. 저는 제 동생들을 보살피고 있는 거로 위장할…."

"피난한 아이들을 관찰하기 위해 이미 1940년으로 역사학자를 보냈어."

"하지만 1942년에서 1945년은 아니잖아요. 조사해봤는데, 어떤 아이들은 전쟁 내내 그곳에 머물러 있었어요. 저는 아이들이 부모와 오래 떨어져 살았을 때 어떤 영향을 받는지 관찰할 수 있어요. 학교를 빠지는 건 문제가 되지 않아요. '순간 시간'으로 다녀오면…."

"왜 그리 제2차 세계대전 때로 못 가서 안달이지? 폴리 처칠이 그곳에 있기 때문이냐?"

"제2차 세계대전으로 가려고 안달인 게 아니에요. 제가 그곳을 제안한 건, 제가 위험한 곳으로 가는 걸 교수님이 원하지 않으시기 때문이죠. 그리고 교수님은 핀포인트 폭탄이 터지기 전날 밤의 세인트폴 대성당으로 가려고 하시면서 저에게 그런 말씀을 하실…."

던워디 교수는 놀란 표정을 지었다. "핀포인트 폭탄이 터지기 전날 밤?

4 독일의 폴란드 침공에 관해 영국과 프랑스가 선전포고한 1939년 9월부터 프랑스 공방전이 시작된 1940년 5월까지의 기간. 이 시기는 제2차 세계대전 중이지만 아직 서방 연합국과 나치 독일 사이에 전면적인 충돌이 없었다.

무슨 말을 하는 거냐?"

"보물을 구해오실 거잖아요."

"내가 세인트폴 대성당의 보물을 구해올 거라고 누가 그러던?"

"아무도요. 하지만 교수님이 세인트폴 대성당에 가시려는 이유는 명확하지요."

"나는 그럴…."

"아, 그럼 나중에 뭘 구해올 수 있는지 보러 가시려는 거군요. 저를 데려가셔야 해요. 교수님은 제가 필요해요. 제가 1349년에 같이 가지 않았다면 교수님은 돌아가셨을 거예요. 저는 넬슨 제독의 무덤이나 뭐 그런 거를 연구하는 대학생인 척하며 모든 보물 목록을 작성할 수 있어요."

"네가 어쩌다 그런 터무니 없는 생각을 하게 됐는지 모르겠구나, 콜린. 누구도 세인트폴 대성당에 뭔가를 구하러 갈 계획은 없어."

"그러면 왜 세인트폴 대성당에 가시려는 건데요?"

"그건 네가 알 바 아니…, 그게 뭐지?" 던워디 교수는 분홍 꽃들이 수놓인, 무릎까지 내려오는 노란 새틴 코트를 들고 오는 모스에게 말했다.

"이거요?" 모스가 말했다. "아, 이건 교수님 게 아니에요. 케빈 보일이 입을 거예요. 케빈은 찰스 2세의 왕궁으로 가거든요. 조사실에서 교수님을 찾는 전화가 왔는데요, 바쁘시다고 전할까요?"

"아니, 받을게." 던워디 교수는 모스를 따라 작업실로 들어갔다.

"패터노스터 로우에도 아무것도 없어? 아베 마리아 레인은? 아니면 아멘 코너는?" 콜린의 귀에 던워디 교수의 말이 들렸고, 긴 정적이 뒤따르더니 이윽고 다시 소리가 들렸다. "사상자 목록은? 17일에 해당하는 걸 찾을 수 있었어? 아니, 그게 내가 걱정하는 거야. 그래, 찾자마자 내게 알려줘." 던워디 교수가 다시 돌아왔다.

"교수님이 세인트폴 대성당에 가는 일과 관련된 전화인가요?" 콜린이 말했다. "왜냐하면, 만약 뭔가를 찾으셔야 하면 제가 세인트폴 대성당으로 가서…."

"너는 세인트폴 대성당에도, 제2차 세계대전에도, 세계무역센터에도 가지 않아. 너는 학교로 돌아갈 거야. 그리고 A레벨을 통과하고, 옥스퍼드에 입학 허가를 받은 다음, 역사학과에 들어오고 나면 네가 어디로 갈지를 논의…."

"하지만 그때가 되면 너무 늦어요." 콜린이 투덜거렸다.

"너무 늦어?" 던워디 교수가 날카롭게 말했다. "무슨 뜻이지?"

"아무것도 아니에요. 지금 임무를 수행할 준비가 되었다는 뜻일 뿐이에요."

"그렇다면 왜 그때가 되면 너무 늦는다고 말을 했지?"

"3년이라는 시간은 너무 길고, 저에게 임무를 맡기실 때가 되면 가장 멋진 사건들은 이미 다 담당자가 생기고, 흥미진진한 일은 남아 있지 않을 거라는 뜻이에요."

"피난 간 아이들 같은 사건들?" 던워디 교수가 말했다. "아니면 가짜 전쟁 같은 거? 그래서 학교를 빼먹고 여기까지 와서 지금 당장 임무를 맡겨달라고 나를 설득하고 있는 거냐? 너 말고 다른 사람이 가짜 전쟁을 담당할까 봐 두려워…."

"이건 어떠세요?" 모스가 벨트 달린 트위드 사냥 재킷과 무릎 밑에서 끈을 묶는 헐렁한 반바지를 가져오며 말했다.

"그건 대체 뭐지?" 던워디 교수가 으르렁댔다.

"트위드 재킷이요." 모스가 순진하게 말했다. "트위드로 된 걸 가져오라고 말씀…."

"나는 '섞여 들어'가길 원한다고 말했어!"

"저는 학교로 돌아가야겠어요." 콜린이 말하고 그곳을 빠져나왔다.

'너무 늦는다'는 말을 해서는 안 되었다. 던워디 교수는 일단 뭔가를 잡으면 뼈다귀를 문 개처럼 놓지를 않았다. 그리고 폴리 이름을 언급해서도 안 되는 거였다. '내가 왜 과거로 가고 싶은지 아시면, 내게 임무를 맡기는 걸 생각조차 하지 않으실 거야.' 브로드 스트리트로 가며 콜린은 생각했다.

지금 콜린이 걱정할 문제는 그게 아니었다. 콜린은 던워디 교수를 설득할 다른 근거를 생각해내야만 했다. 그러지 못하면, 과거로 갈 다른 방법을 찾아야 했다. 만약 던워디 교수가 왜 세인트폴 대성당으로 가려는지 이유를 알아낼 수 있다면 자신을 데려가야 할 필요성을 제시하며 설득을 할 수 있을지도 몰랐다. 기술자가 말하길, 그 가죽 재킷은 1950년대 것과 비슷하다고 말했다. 왜 던워디 교수는 1950년대의 세인트폴 대성당으로 가려는 걸까?

바드리와 함께 있던 기술자 리나는 알 것이다. 콜린은 캐트 스트리트로 방향을 돌려 실험실까지 달려갔지만, 그곳은 잠겨 있었다. '잠겼을 리 없어.' 콜린이 생각했다. '강하가 두 개에, 귀환 일정이 세 개나 있다고 했잖아.' 콜린은 문을 두드렸다.

리나는 괴로워하는 얼굴로 문을 조금 열었다. "미안. 넌 들어올 수 없어." 리나가 말했다.

"왜요? 뭔가 잘못되었나요? 폴리 누나에게 무슨 일이 생긴 건 아니겠죠?"

"폴리?" 리나는 놀란 표정으로 말했다. "아, 물론 아니지."

"귀환 작업 가운데 하나가 잘못되기라도 했나요?"

"아니야…. 콜린, 난 너랑 말을 하면 안 돼."

"바쁘다는 거 알아요. 하지만 몇 가지 질문만 하면 돼요. 절 들여보내…."

"그럴 수 없어." 리나는 더욱더 괴로운 표정을 지었다. "너는 실험실 출입이 금지됐어."

"금지됐다고요? 바드리 아저씨가…?"

"아니. 던워디 교수님이 전화하셨어. 네가 네트 근처에 얼씬도 하지 못하게 하라셨어."

2

나는 한 해의 문 앞에 서 있는 남자에게 말했습니다.
“미지의 길을 안전하게 걸을 수 있도록 저에게 빛을 주십시오.”
그러자 그 남자는 대답했습니다.
“어둠으로 들어가서 당신의 손을 신의 손에 맡기십시오.
그것이 빛보다 나으며, 아는 길을 가는 것보다 안전할 것입니다.”

— 조지 4세, 크리스마스 연설, 1939년

워릭셔, 1939년 12월

에일린이 백베리의 기차역에 도착했을 때, 기차는 그곳에 없었다. ‘이런, 이미 떠났으면 안 되는데.’ 에일린은 생각하며 플랫폼 가장자리 너머로 몸을 숙여 철도를 살폈지만, 어느 방향에도 기차는 흔적도 보이지 않았다.

“기차는 어디 있어요?” 시어도어가 물었다. “난 집에 가고 싶어요.”

‘말 안 해도 알거든.’ 작은 남자아이 쪽을 돌아보며 에일린이 생각했다. ‘내가 장원에 도착한 뒤로 15초마다 내게 그 말을 해왔잖니.’ “기차는 아직 안 왔어.”

“언제 오는데요?” 시어도어가 물었다.

“모르겠어. 역장님에게 여쭤보자. 그분이 아실 거야.” 에일린은 판지로 만든 시어도어의 작은 여행 가방과 방독면 상자를 집어 들고 아이의 손을 잡았다. 둘은 플랫폼을 따라 짐과 화물이 가득 찬 작은 역무실로 걸어갔다. “툴리 씨!” 에일린이 소리를 치며 문을 두드렸다.

답이 없었다. 에일린은 다시 문을 두드렸다. “툴리 씨!”

투덜거리는 소리, 이어서 부스럭거리는 소리가 들리더니 툴리 씨가 문을 열었다. 그는 마치 잠을 잤던 것처럼 눈을 끔벅였는데, 아마도 십중팔구 잠을 잤을 것이다. "무슨 일인데 그래?" 노인이 투덜거렸다.

"난 집에 가고 싶어요." 시어도어가 말했다.

"런던으로 가는 오후 열차가 벌써 떠난 건 아니겠죠?" 에일린이 물었다.

툴리 씨는 눈을 가늘게 뜨고 에일린을 보았다. "장원에 있는 하녀 가운데 한 명이로구먼?" 그는 시선을 내려 시어도어를 보았다. "이 아이는 여사님께서 돌보는 피난민 가운데 한 명이고?"

"네. 아이 엄마가 아이를 보내달래요. 이 아이는 오늘 런던으로 가는 기차를 탈 예정이에요. 우리가 기차를 놓친 건 아니죠, 그렇죠?"

"아이를 보내달라고 했다고? 자기 소중한 아이가 그립다고 말했을 테지. 사실은 아이가 아니라 아이의 배급 수첩을 원하는 거야. 직접 와서 데려가려는 수고조차 하려 들지 않잖아."

"아이 엄마는 비행기 공장에서 일해요." 에일린이 변명조로 말했다. "일을 빠지고 올 수가 없대요."

"아, 할 수 있어. 원하기만 했다면 말이야. 수요일에 핏챔으로 가는 부부가 여길 들렀어. '크리스마스에 모두 함께 있으려고 아기들을 데려가는 거예요.'라고 하더군. 핏챔의 술집에서 공짜 술을 얻어먹으려는 속셈이 더 크겠지만. 그리고 핏챔 가는 중에도 한잔 걸치…."

'남 말 하시네.' 에일린이 생각했다. 에일린은 자기가 선 곳에서도 툴리 씨의 숨에서 술 냄새를 맡을 수 있었다. "툴리 씨." 에일린은 다시 화제를 원래 주제로 돌리려 애썼다. "런던으로 가는 오후 기차는 언제 오나요?"

"기차는 11시 19분에 하나뿐이야. 다른 편은 지난주부터 끊겼어. 알겠지만, 전쟁 때문이지."

'이런.' 그건 기차를 놓쳤다는 뜻이고, 에일린이 시어도어를 데리고 장원까지 다시 가야 한다는 의미였다.

"하지만 그 기차도 아직 안 왔어. 그리고 언제 올지 몰라. 병영 열차들 때문이지. 여객 열차를 기다리게 하고 먼저 다니거든."

"난 집에…." 시어도어가 입을 열었다.

"하나같이 제 엄마들처럼 못돼 처먹었지." 툴리 씨가 시어도어를 노려보며 말했다. "예의라곤 손톱만큼도 없어. 여사님께서는 고마워할 줄도 모르는 이런 말썽꾸러기들을 돌보느라 지문이 다 닳아 없어질 지경인데."

'지문이 다 닳아 없어질 지경인 건 여사의 하인들뿐이죠.' 에일린이 알기로, 캐롤라인 여사가 장원으로 피난 온 아이들 스물두 명과 관련해 뭔가를 한 건 단 두 번뿐이었다. 한 번은 아이들이 도착했을 때였다. 배스컴 부인 말에 따르면, 여사는 오로지 '착한' 아이들만 받기를 원했고, 그래서 사제관으로 가서 마치 멜론을 고르듯 아이들을 직접 골랐다. 다른 한 번은 〈데일리 헤럴드〉의 기자가 '전시 하 귀족들의 희생'이라는 기사를 쓰러 왔을 때였다. 나머지는 하인들에게 명령을 내리는 게 전부였으며, '아이들이 너무 시끄럽네', '더운물을 너무 많이 쓰네', '광을 내놓은 바닥에 흠집을 내고 있네' 등등 불평만 해댔다.

"전쟁 중에 여사께서 열심히 노력하시고 어떻게든 도움이 되려고 전력을 다하시는 모습이 정말 보기 좋아." 툴리 씨가 말했다. "어떤 분들은 말썽꾸러기들을 집에 들이는 건 고사하고 길 잃은 새끼 고양이 한 마리도 구하려 들지 않는데 말이야."

툴리 씨가 '집'이라는 단어를 말한 건 실수였다. 그 단어를 듣자마자 시어도어가 에일린의 코트를 잡아당기기 시작했다. "오늘 기차는 언제쯤에나 올 거 같아요, 툴리 씨?" 에일린이 물었다.

"언제 올지 몰라. 몇 시간을 기다려야 할 수도 있어."

몇 시간이라. 오후는 벌써 끝나가고 있었다. 1년의 이맘때엔 오후 3시가 되면 어두워지기 시작했고, 5시가 되면 깜깜해졌다. 거기에 등화관제까지….

"몇 시간이나 기다리고 싶지 않아요." 시어도어가 말했다. "난 지금 집에 가고 싶어요."

툴리 씨가 콧방귀를 뀌었다. "배부른 소리 하고 있네. 크리스마스가 다가오니 다들 집에 가고 싶겠지." 에일린은 그러지 않기를 바랐다. 피난 간 아이들은 가짜 전쟁 기간이 길어짐에 따라 런던으로 조금씩 조금씩 돌아와 대공습이 시작될 무렵에는 75퍼센트가 런던으로 돌아왔지만, 에일린은 그 일이 이렇게 빨리 일어날 줄은 몰랐다.

"넌 지금 집에 가고 싶다지만, 폭격이 시작되면 여기에 있을걸 그랬다고 생각하게 될걸." 툴리 씨가 시어도어 앞에서 손가락을 흔들어 보였다. "하지만 그때는 후회해도 이미 늦었어." 툴리 씨는 쿵쿵거리며 자기 사무실로 들어가 거칠게 문을 닫았지만, 이 모든 것도 시어도어에게는 아무 소용이 없었다.

"난 집에 가고 싶어요." 시어도어가 누가 뭐라 하든 신경 쓰지 않고 되풀이해 말했다.

"기차가 곧 도착할 거야." 에일린이 아이를 안심시켰다.

"아닐 거예요." 어린 남자아이의 목소리가 말했다. "그건…." 그때 누군가가 거칠게 '쉬잇' 하며 그 말을 막았다.

에일린이 돌아보았지만 플랫폼에는 아무도 없었다. 에일린은 재빨리 가장자리로 걸어가 철로를 내려보았다. 역시 아무도 없었다. "비니! 알프!" 에일린이 소리쳤다. "거기서 당장 나와!" 비니가 플랫폼 아래에서 기어 나왔고, 동생 알프도 누나 뒤를 따라 나왔다. "거기 철로에서 당장 올라와. 거긴 위험해. 기차가 올 수도 있단 말이야."

"아니, 기차는 안 올 거예요." 철로에서 균형을 잡으며 알프가 말했다.

"네가 어떻게 알아. 당장 올라와."

두 아이는 플랫폼으로 올라왔다. 둘 다 몰골이 말이 아니었다. 알프는 언제나 흘러내리는 콧물 때문에 얼굴에 땟국물이 번져 있었고, 셔츠는 바지에서 반쯤 빠져나왔다. 열한 살인 비니 역시 흙투성이였고, 스타킹은 여기저기 뭉쳤으며, 머리 리본은 풀려 양 끝이 축 늘어져 있었다. "코 닦아, 알프." 에일린이 말했다. "여기서 뭐 하니? 학교는 왜 안 갔어?"

알프는 소매로 콧물을 닦고 시어도어를 가리켰다. "재도 학교 안 갔잖아요."

"말 돌리지 마. 너희 여기서 뭐 하는 거니?"

"에일린 언니가 가는 걸 봤어요." 비니가 말했다.

알프가 고개를 끄덕였다. "우리는 누나가 떠나는 거라고 생각했어요."

"난 아니에요." 비니가 말했다. "난 에일린 언니가 누군가를 만나러 간다고 생각했어요. 우나 언니가 그랬던 것처럼요." 비니는 에일린을 향해 교활하게 웃어 보였다.

"떠나는 거 아니죠?" 알프가 시어도어의 여행 가방을 보며 물었다. "우리는 에일린 누나가 떠나지 않았으면 좋겠어요. 우리에게 잘해주는 사람은 에일린 누나뿐이에요. 배스컴 아줌마랑 우나 누나는 안 그래요."

"우나 언니는 몰래 빠져나가 군인을 만나요." 비니가 말했다. "숲에서요."

알프가 고개를 끄덕였다. "우나 누나가 반일 쉬었을 때 우리가 뒤를 따라가서 봤어요."

비니는 매서운 눈으로 알프를 노려보았고, 그 때문에 에일린은 자신이 반일 쉬는 날에 둘이 자기 역시 따라온 건 아닐까 궁금해졌다. 에일린은 다음 주에 둘 다 확실히 학교에 가게 해야 했다. 그게 가능하다면 말이다. 주임 사제인 구드 신부(진지한 젊은이였다)는 이미 이 둘이 계속 무단결석을 한 걸 의논하기 위해 장원을 두 번이나 찾아왔다. "이곳에 적응이 어려운 모양입니다." 구드 신부는 그렇게 말했다.

에일린은 둘이 너무 잘 적응했다고 생각했다. 캐롤라인 여사가 둘을 골라 데려오고 이틀이 안 되어, 두 아이는 사과 훔치기, 황소 골리기, 채소 정원 짓밟기, 반경 15킬로미터 안쪽의 게이트란 게이트는 모두 열어놓기에 정통했다(이 둘에 관한 한, 캐롤라인 여사의 '착한' 아이 고르기는 완벽한 실패였다). "피난 계획이 양방향으로 적용되지 않는 게 너무 안타까워." 배스컴 부인이 한탄했다. "저 아이들을 당장에라도 런던으로 피난 보내고 싶은데. 목에는 '꼬마 불량배들'이라고 화물표를 붙여서 말이야."

"배스컴 아줌마가 말하길, 착한 여자는 숲에서 남자를 만나지 않는대요." 비니가 말하고 있었다.

"그래, 그리고 착한 여자는 다른 사람을 염탐하지 않지." 에일린이 비니에게 말했다. "학교를 빼먹지도 않고."

"선생님이 우리를 집으로 돌려보냈어요." 비니가 말했다. "알프가 아팠어요. 머리가 엄청 뜨거워요."

알프는 아픈 척해 보였다. "떠나는 거 아니죠, 에일린 누나?" 알프가 구슬프게 물었다.

"응." 에일린이 말했다. '불행히도 말이야.' "시어도어가 떠나."

실수였다. 시어도어가 즉시 새된 소리로 말했다. "난 집에…."

"갈 거야." 에일린이 말했다. "기차가 오는 즉시."

"기차는 안 올 거예요." 알프가 말했다. "어쨌든, 어제는 안 왔어요."

"네가 어떻게 아는데?" 에일린이 다그쳐 물었지만, 이미 답을 알았다. 아이들은 어제도 학교를 빼먹은 것이다. 에일린은 역무실로 가서 문을 거세게 두드렸다. "여객 열차가 아예 안 올 때가 있다는 게 사실인가요?" 에일린은 툴리 씨가 문을 열자마자 말했다.

"그건…, 너희 둘 여기서 뭐 하는 거지? 내 네 놈들을 잡기만 하면…." 툴리 씨는 위협을 하듯 주먹을 들어 올렸지만, 비니와 알프는 이미 플랫폼 끝까지 달려가 아래로 뛰어내려 사라지고 없었다. "저놈들에게 기차에 돌을 던지지 말라고 해. 계속 그러면 경찰에 알리겠다고." 툴리 씨는 얼굴이 시뻘게져서 소리를 쳤다. "범죄자 놈들 같으니! 저놈들은 결국 원즈워스 감옥에 처박힐 거야."

에일린은 툴리 씨 말이 백번 맞는다고 동조하고 싶었지만, 지금은 다른 일에 신경 쓸 겨를이 없었다. "어제 여객 열차가 전혀 오지 않았다는 게 사실인가요?"

툴리 씨는 마지못해 고개를 끄덕였다. "선로에 문제가 있었어. 하지만 지금쯤이면 다 고쳤을 거야."

"하지만 확실히는 모르는 거죠?"

"그래. 그리고 저 두 놈에게 만약 여기에 다시 오면 경찰에 넘기겠다고 전해." 툴리 씨는 다시 쿵쿵거리며 역무실로 들어갔다.

'이런, 맙소사.' 기차가 올지 안 올지도 모르는 상태에서 밤새 여기서 기다릴 수는 없는 노릇이었다. 시어도어의 얼굴은 이미 추위로 얼어붙었고, 등화관제가 시작되면 기차역에는 조명을 켤 수가 없다. 만약 어두워진 다음에 기차가 오면 둘이 기다리는 것을 볼 수조차 없을 테고 그러면 기차는 멈추지도 않을 것이다. 에일린은 시어도어를 데리고 장원까지 돌아갔다가 내일 다시 와야만 했다. 하지만 시어도어의 기차표는 오늘 것이었고, 에일린은 아이 엄마에게 아이가 오늘 가지 않는다고 알려줄 방법이 없었다. 에일린은 헐벗은 숲 위로 기차 연기가 얼핏 보이지 않을까 하는 마음에 선로 저 먼 곳을 초조하게 바라보았다.

"기차가 전복됐기 때문에 선로가 막혔다는 데 걸겠어요." 비니가 침목 더미 뒤에서 나타나 말했다.

"나는 독일 폭격기가 날아와 폭탄을 떨어뜨려 기차를 통째로 폭발시켰다는 데 걸겠어요." 알프가 말했다. 둘은 플랫폼으로 기어 올라왔다. "쾅! 사방에 잘린 팔다리들이 널려 있는 거예요! 시체들이랑요!"

"이제 그만." 에일린이 말했다. "너희 둘은 학교로 돌아가."

"그럴 수 없어요." 비니가 항의했다. "말했잖아요. 알프가 열이 있어요. 이마가…."

에일린은 열이라고는 전혀 없이 멀쩡한 알프의 이마를 살짝 쳤다. "열은 전혀 없어. 이제 가."

"그럴 수 없어요." 알프가 말했다. "수업이 끝났어요."

"그러면 집에 가."

'집'이라는 단어에 시어도어가 울상을 지었다. "자, 장갑 끼자." 에일린이 시어도어 앞에 무릎을 꿇으며 서둘러 말했다. "백베리에 올 때도 기차를 탔었니, 시어도어?" 에일린은 아이의 주의를 딴 데로 돌리기 위해 물었다.

"우리는 버스로 왔어요." 비니가 말했다. "알프는 운전사의 신발에 대고 토했어요."

"기차에서 창밖으로 머리를 내밀면 머리가 잘려요." 알프가 말했다.

"자, 시어도어." 에일린이 말했다. "기차가 오나 볼 수 있게 우리 플랫폼 가장자리로 가자."

"내가 아는 여자아이 한 명은 플랫폼 가장자리에 너무 가까이 서 있다가 철로로 떨어졌어요." 비니가 말했다. "그리고 기차가 그 아이 위로 지나갔어요. 아이는 반 토막이 났고요."

"알프, 비니. 더는 기차에 관해 아무 말도 듣고 싶지 않아." 에일린이 말했다.

"기차가 오고 있다는 말이어도요?" 비니가 말하며 철로를 가리켰다. 정말로 육중한 기관차가 증기를 구름처럼 내뿜으며 역으로 다가오고 있었다.

'고마워라.' "이제 네가 탈 기차가 오네, 시어도어." 에일린은 무릎을 꿇고 아이의 코트 단추를 잠가주며 말했다. 에일린은 방독면 상자를 시어도어의 목에 걸었다. "네 이름하고 주소랑 목적지는 이 종이에 적혀 있어." 에일린이 종이를 아이의 코트 주머니에 넣었다. "유스턴역에 도착하면 플랫폼을 떠나지 말고 있어. 네 어머니가 널 데리러 오실 거야."

"만약 안 오면요?" 비니가 물었다.

"오다가 죽었으면요?" 알프가 말했다.

비니가 고개를 끄덕였다. "맞아요. 폭탄에 맞아 죽었으면요?"

"저 아이들 말은 듣지 마." 에일린이 말하며 생각했다. '지금 내가 집에 보내는 게 이 호드빈 남매였어야 하는 건데.' "저 아이들은 널 그냥 괴롭히는 거야, 시어도어. 런던에는 폭탄이라고는 없어." '아직은.'

"그러면 왜 우리를 여기로 보냈는데요?" 알프가 말했다. "폭탄을 피하려는 게 아니라면요?" 알프는 시어도어의 얼굴에 자기 얼굴을 댔다. "너 집에 가면 아마 폭탄에 죽을 거야."

"아니면 독가스나." 비니가 자기 목을 움켜쥐고 숨 막혀 하는 시늉을 했다.

시어도어는 에일린을 바라보았다. "난 집에 가고 싶어요."

"당연하지." 에일린이 말했다. 에일린은 시어도어의 여행 가방을 들고 속도를 늦추는 기차로 아이를 데리고 갔다. 기차는 군인들로 가득 차 있었다. 군인들은 객차에 쳐진 등화관제용 커튼 사이로 손을 흔들며 웃어 보였다. 그들은 객차들 양 끝 승강구까지 꽉 찼고, 일부는 계단 위로 몸을 거의 반 이상 내밀고 있었다. "전장에 가는 우리를 배웅하러 온 건가요, 아가씨?" 기차가 속도를 늦추다가 증기 소리를 내며 멈추자 에일린 앞쪽 객차에 있던 군인 한 명이 에일린에게 외쳤다. "우리에게 작별 키스를 해주러 온 건가요?"

'어휴, 맙소사. 병영 열차가 아니었으면 좋겠는데.' "이게 런던으로 가는 여객 열차인가요?" 에일린이 희망을 품고 말했다.

"맞아요." 그 군인이 말했다. "타세요, 예쁜 아가씨." 그는 몸을 숙이며 한 손을 내밀었고, 다른 손으로는 가로 난간을 잡았다.

"우리가 당신을 잘 보살펴줄게요." 그 군인 옆에 있던 살집이 좋고 얼굴이 빨간 군인이 말했다. "그렇지, 얘들아?" 그러자 대답 대신 고함과 휘파람 소리가 합창하듯 울려 퍼졌다.

"제가 기차를 타려는 게 아니에요. 이 아이가 타는 거예요." 에일린이 첫 번째 군인에게 말했다. "승무원과 이야기해야 해요. 승무원을 불러다줄 수 있나요?"

"이 사람들을 헤치고요?" 객차를 돌아보며 군인이 말했다. "누구도 저길 뚫고 갈 수 없어요."

'오, 이런.' "이 아이는 런던에 가야만 해요." 에일린이 말했다. "이 아이가 그곳까지 안전하게 가는지 지켜봐주겠어요? 이 애의 어머니가 역으로 마중 올 거예요."

군인이 고개를 끄덕였다. "우리랑 같이 가고 싶지 않은 거 확실해요, 예쁜 아가씨?"

"이거, 아이 기차표예요." 에일린은 군인에게 기차표를 건넸다. "주소는 아이 주머니에 있어요. 이름은 시어도어 월렛이에요." 에일린은 여행 가방을 들어 건넸다. "좋아, 시어도어. 올라가. 이 친절한 군인 형이 널 보살펴줄 거야."

"싫어!" 시어도어가 외치더니 몸을 돌려 에일린의 품으로 뛰어들었다. "난 집에 가기 싫어."

에일린은 시어도어가 달려드는 바람에 휘청거렸다. "아니, 진짜로는 가고 싶잖아, 시어도어. 알프랑 비니 말은 신경 쓰면 안 돼. 걔네들은 널 그냥 겁주려는 것뿐이야. 자, 너랑 계단까지는 같이 올라가줄게." 에일린은 시어도어를 계단 첫 칸에 올리려 했지만, 아이는 에일린의 목을 끌어안았다.

"싫어요! 난 에일린 누나가 보고 싶을 거란 말이에요."

"나도 네가 보고 싶을 거야." 아이 팔을 목에서 풀며 에일린이 말했다. "하지만 생각해봐. 런던에는 네 엄마가 계시잖니. 네 멋진 침대랑 장난감들도. 네가 얼마나 집에 가길 기다렸는지 생각해보렴."

"싫어." 아이는 에일린의 어깨에 머리를 파묻었다.

"그냥 기차 안에 던져버리면 어때요?" 알프가 도움을 준답시며 제안했다.

"싫어!" 시어도어가 흐느꼈다.

"알프." 에일린이 말했다. "널 보호해줄지 어쩔지도 모르는 많은 사람 속으로 누가 널 던지면 기분이 좋겠니?"

"난 괜찮을 거예요. 난 그 사람들이 내게 사탕을 사주게 할 거예요."

'어련하겠니.' 에일린이 생각했다. '하지만 시어도어는 너처럼 강하지 못해.' 그리고 어쨌든 에일린은 시어도어를 던질 수가 없었다. 아이의 두 손은 에일린의 목을 꼭 감고 있었다. "싫어!" 에일린이 손가락들을 목에서 떼어내려 하자 시어도어가 비명을 질렀다. "난 누나랑 같이 갈래!"

"난 갈 수 없어, 시어도어. 나는 표가 없어." 더구나 시어도어의 여행 가방을 받아줬던 군인이 가방을 두기 위해 객차 안으로 사라진 뒤였고, 따라서 가방이나 표를 다시 돌려받을 방법이 없었다. "시어도어, 안타깝지만 난 널 기차에 태워 보내야만 해."

"싫어!" 시어도어가 에일린의 귀에 대고 비명을 지르며 그녀의 목을 더 꽉 껴안았고, 그 때문에 에일린은 거의 숨이 막힐 지경이었다.

"시어도어…."

"있잖니, 그렇게 울고불고해봤자 아무 소용 없단다, 시어도어." 에일린의 귓가에 남자의 목소리가 들렸고, 다음 순간 시어도어는 에일린의 목에서 떨어져 나가 남자의 품에 안겨 있었다. 구드 신부였다. "물론 가고 싶지 않겠지, 시어도어." 구드 신부가 말했다. "하지만 전시에 우리는 모두 원하지 않는 일을 해야만 한단다. 너는 용감한 군인이 되어야만 해, 그리고…."

"나는 군인이 아니에요." 시어도어가 말하더니 신부의 사타구니를 차려 했지만, 신부는 시어도어의 발을 잡아 간단히 그 공격을 막았다.

"아니, 넌 군인이야. 전시에는 모두가 군인이란다."

"신부님은 아니잖아요." 시어도어가 거칠게 말했다.

"아니, 나도 그래. 나는 향토방위군 대위란다."

"음, 하지만 에일린 누나는 아니잖아요. 시어도어가 에일린을 가리키며 말했다.

"당연히 에일린 누나도 군인이야. 에일린 누나는 피난한 아이들을 책임지는 조장이야." 구드 신부는 민첩하게 에일린에게 경례를 했다.

'절대 안 믿을 거야.' 에일린이 생각했다. '시도는 좋았어요, 신부님.' 하지만 시어도어가 물었다. "저는 계급이 뭐예요?"

"하사." 신부가 말했다. "기차에 타는 임무를 맡았지." 증기 뿜는 소리가 들렸고, 기차가 갑자기 움직이기 시작했다. "떠날 시간이야, 하사." 신부가 말하며 얼굴이 붉은 군인의 두 팔에 시어도어를 넘겼다. "이 아이가 어머니에게 무사히 갈 수 있게 도와주리라 믿겠습니다."

"그러겠습니다, 신부님." 붉은 얼굴의 군인이 약속했다.

"나도 군인이에요." 시어도어가 군인에게 말했다. "하사관이죠. 그러니 형이 내게 경례를 해야 해요."

"그래?" 군인이 웃으며 말했다.

기차가 움직이기 시작했다. "고맙습니다." 덜컹거리는 바퀴 소리 너머로 에일린이 외쳤다. "잘 가, 시어도어!" 에일린은 손을 흔들었지만, 시어도어는 군인에게 열심히 이야기하는 중이었다. 에일린이 신부를 돌아봤다. "정말 대단하세요. 저 혼자서는 절대로 기차에 태우지 못했을 거예요. 마침 신부님이 여기를 지나가셔서 정말 다행이에요."

"사실, 저는 호드빈 남매를 찾고 있었습니다. 혹시 보지 못하셨습니까?"

에일린은 호드빈 남매가 갑자기 사라진 이유가 이해되었다. "이번에는 걔들이 무슨 일을 저질렀나요?"

"학교 선생님의 방독면에 뱀을 넣었습니다." 플랫폼 가장자리로 걸어가 그 너머를 바라보며 신부가 말했다. "만약 그 아이들을 보시면…."

"반드시 걔들이 사과하게 할게요." 에일린은 혹시 아이들이 플랫폼 아래에 있을지 모른다는 생각에 목소리를 높여 말했다. "그리고 반드시 벌도

받게 할게요."

"아, 그렇게 심하게 대할 마음은 없습니다." 신부가 말했다. "그 아이들도 힘든 상황이잖습니까. 집에서 멀리 떨어져 아는 사람 하나 없는 낯선 곳으로 왔으니까요. 어쨌든 저는 그 아이들이 백베리를 불태우기 전에 빨리 찾아보는 게 낫겠습니다." 신부는 플랫폼 가장자리 너머를 다시 한번 살피고는 역을 떠났다.

에일린은 신부가 떠나자마자 알프와 비니가 다시 나타나지 않을까 하는 기대를 약간 품었지만, 둘은 나타나지 않았다. 에일린은 시어도어가 무사히 가길 바랐다. 만약 시어도어의 어머니가 역에 나오지 않고, 군인들이 그 아이를 그냥 역에 두고 떠나면 어떻게 하지? "내가 같이 갔어야 하는 건데…." 에일린이 중얼거렸다.

"그러면 우리는 누가 돌봐줘요?" 알프가 갑자기 나타나 말했다.

"신부님 말씀으로는, 너희가 선생님 방독면에 뱀을 넣었다던데?"

"난 절대 안 그랬어요."

"그게 저절로 거기에 기어들어 간 게 분명해요." 비니가 툭 튀어나오며 말했다. "어쩌면 독가스 냄새가 난다고 생각해서 들어갔을지도 모르죠."

"배스컴 아줌마에게 아무 말도 안 할 거죠?" 알프가 물었다. "그 말을 들으면 배스컴 아줌마는 저녁도 안 주고 우리를 재울 거예요. 나는 너무 배가 고프단 말이에요."

"그래. 흠, 그게 겁이 나면 미리 그런 생각을 했어야지." 에일린이 말했다. "자, 이제 가자."

하지만 아이들은 여전히 고집을 부리며 서 있었다. "우리는 누나가 군인들이랑 이야기하는 걸 봤어요." 알프가 말했다.

"배스컴 아줌마 말이, 착한 여자들은 군인과 말을 하지 않는댔어요." 비니가 말했다. "우리가 뭘 했는지 누나가 배스컴 아줌마에게 말 안 하면 우리도 아무 말 안 할게요."

'요것들은 이미 아주 오래전에 어른이 되어 감옥에 갔을 거야.' 에일린이 생각했다. '아니면 교수대나.' 에일린은 혹시 신부가 다시 나타나 자신을 구해주지 않을까 하는 기대감에 주위를 둘러보고 말했다. "걸어. 당장. 곧 어두워진단 말이야."

"이미 어두운걸요." 알프가 말했다.

그 말이 맞았다. 시어도어를 기차에 태우려 옥신각신하고 신부와 이야기를 나누는 동안 오후의 마지막 빛이 졌으며, 장원까지는 거의 1시간을 걸어야 했다. 그리고 그 대부분의 시간 동안 숲을 지나야 했다. "어두운데 어떻게 집까지 가는 길을 찾죠?" 비니가 물었다. "회중전등이 있어요?"

"그건 쓰면 안 돼, 이 바보야." 알프가 말했다. "독일군이 그 빛을 보고 너한테 폭탄을 떨어뜨릴 거야. 쾅!"

"나는 신부님이 회중전등을 어디에 두는지 알아요." 비니가 말했다.

"네 범죄 목록에 도둑질도 추가할 마음은 없어." 에일린이 말했다. "빨리 걸으면 회중전등이 필요 없을 거야." 에일린은 알프의 소매와 비니의 코트를 잡고 둘을 밀다시피 해 사제관을 지나고 마을을 통과했다.

"러드맨 아저씨가, 밤에는 숲에 독일군들이 숨어 있다고 했어요." 알프가 말했다. "아저씨는 풀밭에서 낙하산을 발견했댔어요. 그리고 독일군은 아이들을 죽인대요."

에일린 일행은 마을 끝자락에 도착했다. 주위는 이미 어두웠고, 앞에는 장원으로 가는 길이 뻗어 있었다. "정말로 그런가요?" 비니가 물었다. "아이들을 죽여요?"

'그래.' 에일린은 바르샤바와 아우슈비츠의 아이들을 떠올렸다. "숲에는 독일군이 없어."

"있어요." 알프가 말했다. "침공을 기다리며 숨어 있어서 못 보는 거예요. 러드맨 아저씨는 히틀러가 크리스마스에 침공할 거랬어요."

비니가 고개를 끄덕였다. "국왕님이 연설하는 동안에요. 그때는 아무도 예상을 못 할 거니까요. 국왕님이 말을 더, 더, 더듬는 것 때문에 모두 웃느라 정신이 없어서 그렇대요."

그런 무례한 말을 하면 안 된다고 에일린이 주의를 시키려는데 알프가 말했다. "아니, 히틀러는 안 그럴 거야. 히틀러는 오늘 밤에 쳐들어올 거야." 알프가 나무들을 가리켰다. "독일군들은 숲에서 튀어나올 거야." 알프는 비니에게 뛰어들었다. "그리고 총검으로 우리를 찌를 거야." 알프가 동작을 취해 보였고, 비니는 그런 알프를 차기 시작했다.

'넉 달 남았어.' 둘을 떼어놓으며 에일린이 생각했다. '나는 이 아이들을 넉 달만 참으면 돼.' "아무도 안 쳐들어와." 에일린이 힘주어 말했다. "오늘 밤이든 다른 날 밤이든."

"누나가 어떻게 알아요?" 알프가 캐물었다.

"아직 일어나지 않은 일을 알 수는 없잖아요." 비니가 말했다.

"왜 침공이 '안' 일어나는데요?" 알프가 끈질기게 물었다.

'왜냐하면 영국군은 히틀러를 피해 됭케르크에서 탈출할 테니까.' 에일린이 생각했다. '그리고 히틀러는 영국 본토 항공전에서 지고 영국을 무릎 꿇리기 위해 런던을 폭격하기 시작해. 하지만 그래도 소용없을 거야. 영국은 히틀러에 무릎 꿇지 않을 테니까. 그때가 영국의 가장 빛나는 시간이 될 거야. 그리고 그로 인해 히틀러는 전쟁에 지게 되고.'

"왜냐하면, 나는 미래를 믿거든." 에일린이 말했고, 알프와 비니를 잡은 손에 더욱 힘을 주고 아이들과 함께 어둠 속으로 출발했다.

3

최고로 정교한 계획들….

— 로버트 번스, *'새앙쥐에게'*

베일리얼 칼리지, 옥스퍼드, 2060년 4월

마이클이 의상실에서 자기 방으로 돌아오니 찰스가 와 있었다.

"여기서 뭐 하는 거야, 마이클?" 찰스는 마치 방어를 하는 것처럼 왼팔을 앞으로 빳빳하게 들고 오른팔로는 배를 보호하는 자세를 취하다 멈추며 물었다. "오늘 오후에 떠난 줄 알았는데."

"아니야." 마이클은 정나미 떨어진다는 듯이 말했다. 그는 하얀 제복을 의자에 걸쳤다. "강하는 금요일로 연기되었어. 내가 미국 영어 악센트를 얻기 전에 알려줬으면 좀 좋아. 이제 나는 나흘 동안 바보처럼 말하며 옥스퍼드를 돌아다녀야 한다고."

"넌 평소에도 바보처럼 말했어, 마이클." 찰스가 싱긋 웃으며 말했다. "아니, 익숙해질 수 있도록 가명으로 불러야 하는 건가? 그런데 그게 뭐였지? 척? 밥?"

마이클은 찰스에게 군인 인식표를 건넸다. "마이크 데이비스 대위." 찰스가 인식표를 읽었다.

"응. 나는 가능한 한 내 이름이랑 비슷한 이름들을 쓰려고 해. 이번 임무의 기간들이 너무 짧거든. 싱가포르에서 네 이름은 뭐야?"

"오스왈드 베딩턴-히스."

'자기방어 연습을 하는 게 이상할 게 없군.' 마이클은 의상실에서 받은 신발을 침대에 올려놓으며 생각했다. "언제 가는데, 오스왈드?"

"월요일. 네 강하는 왜 연기되었는데?"

"몰라. 실험실 일정이 밀리고 있나 봐."

찰스가 고개를 끄덕였다. "리나 말로는, 그냥 일이 잔뜩 있다더군. 하루에 강하와 귀환 작업이 열 개라더라. 내가 볼 때는, 너무 많은 역사학자가 과거로 가려고 해서 그래. 곧 우리끼리 서로 충돌하고 말 거야. 난 내 강하가 연기되길 바라. 아직 배워야 할 게 잔뜩 있거든. 혹시 여우 사냥에 관해 아는 거 없겠지?"

"여우 사냥? 난 네가 싱가포르로 간다고 생각했는데."

"맞아. 하지만 꽤 많은 영국 장교가 전형적인 상류층 출신이었고, 시간만 나면 다들 모여 여우 사냥에서 세운 공적에 관해 이야기하느라 바빴지." 찰스는 마이클이 의자에 걸쳐둔 하얀 제복을 집어 들었다. "이건 해군 군복이네. 벌지 전투에서 미국 해군이 뭘 했는데?"

"벌지 전투가 아니야, 진주만이지." 마이클이 말했다. "그리고 제2차 세계무역센터 테러 공격, 그다음이 벌지 전투야."

찰스는 헛갈려 하는 표정을 지었다. "난 네가 됭케르크 구출 작전에 가는 줄 알았는데."

"맞아. 그건 목록에서 네 번째야. 그다음이 솔즈베리와 엘 알라메인이고."

"왜 그렇게 위험한 곳들에 가야 하는지 다시 설명해줘, 데이비스."

"왜냐하면, 영웅들이 그곳에 있으니까. 그리고 나는 영웅들을 관찰할 거거든."

"하지만 그 모든 사건이 위험등급 10 아니야? 그리고 난 됭케르크는 분기점이라고 생각했는데. 어떻게 넌 그곳에…?"

"나는 그곳에 가지 않아. 도버로 갈 거야. 그리고 진주만의 일부분만 위험등급 10이야. 아리조나호, 웨스트버지니아호, 휠러 비행장, 그리고 오클라호마호만 10등급이지. 나는 뉴올리언스호에 탈 거고."

"하지만, 너 넬슨 경이나 뭐 그런 사람과 꼭 함께 보트를 타야만 하는 거야? 그냥 안전한 거리에서 지켜보면 안 돼?"

"안 돼." 마이클이 말했다. "첫째로, 뉴올리언스호는 군함이지 보트가 아니야. 보트로는 됭케르크에서 군인들을 구했지. 둘째로, 안전한 거리에서 관측하는 건 이라 펠드맨이 시간 여행을 발명하기 이전에 역사학자들이 하던 방식이야. 셋째로, 넬슨 경은 진주만 전투가 아니라 트라팔가르 해전이고. 넷째로, 나는 해군이나 육군을 지휘해 전쟁을 승리로 이끈 영웅들을 연구하려는 게 아니야. 영웅적 행동이 기대되지 않았지만, 위기 상황이 왔을 때 자신을 희생하면서 엄청난 용기를 보였던 평범한 사람들을 연구하는 거야. 전 지구적 전염병이 돌았을 때 사람들에게 백신 접종을 하다가 세상을 뜬 제나 기델 같은 사람을 예로 들 수 있지. 그리고 됭케르크에서 영국 육군을 구출한 어부들과 은퇴한 보트 소유주들, 그리고 주말에 여가로 항해를 즐기던 사람들도. 또한 세계무역센터에서 주식거래인으로 일하던 스물네 살의 웰스 크로우더 같은 사람도 볼 거야. 세계무역센터가 테러리스트에 의해 공격당했을 때, 웰스 크로우더는 탈출할 수 있었지만 대신 안으로 들어가 열 명을 구하고, 자신은 죽었어. 나는 여섯 개의 다른 상황에서 여섯 명의 다른 영웅 집단을 관찰해서 그 사람들의 공통점을 찾아내려는 거야."

"좋지 않은 시간에 좋지 못한 장소에 있는 경향 같은 거? 아니면 보트를 소유했다거나?"

"물론 환경이 한 가지 요인이지." 마이클이 미끼에 걸리지 않고 말했다. "또한, 의무감이나 책임감, 개인의 안전에 관한 무관심, 적응성…."

"적응성?"

"응. 일요일 아침 설교를 하다 말고 일본의 제로 전투기들을 쏘는 총에 127밀리짜리 탄약을 전달하는 걸 돕는 식이지."

"누가 그랬는데?"

"하월 포지 목사. 그분이 뉴올리언스호에서 일요일 설교 준비를 하고 있는데 일본군이 공격을 했어. 뉴올리언스호는 반격했지만, 양탄기 전원이 끊겼어. 그래서 포지 목사는 어둠 속에서 포병들로 인간 띠를 만들어 갑판까지 탄약을 전달하게 했어. 수병 중 한 명이 '아직 설교를 마치지 않으셨습니다, 목사님, 지금 마저 하시는 게 어떻겠습니까?'라고 하자 '주님을 찬양하며 탄약을 전달할지어다'라고 말했지."

"그리고 일본의 제로 전투기가 사격을 하는데 위험등급 10이 아닌 게 확실해? 난 아직도 네가 어떻게 던워디 교수님을 설득해 승낙을 받아냈는지 모르겠어."

"넌 싱가포르로 갈 거잖아."

"맞아, 하지만 나는 일본군이 도착하기 전에 돌아올 거야. 아, 그 말 하니까 생각났는데, 아까 누가 전화로 널 찾았어."

"누구였는데?"

"몰라. 샤키라가 받았어. 여기서 내게 폭스트롯 추는 법을 가르쳐주고 있었어."

"폭스트롯?" 마이클이 말했다. "여우 사냥하는 법을 배워야 하는 거 아니었어?"

"둘 다 배워야 해. 그래야 클럽 댄스에 갈 수 있지. 싱가포르의 영국 사교회는 매주 무도회를 열었어." 찰스는 마이클이 방에 들어왔을 때처럼 두 팔로 방어하는 자세를 취하고는 뻣뻣한 자세로 방을 오가며 스텝을 밟고 숫자를 셌다. "왼쪽, 그리고 둘, 그리고 셋, 그리고 넷, 그리고…."

"싱가포르의 영국 사교회는 일본군이 어떻게 할지에 더 신경을 썼어야 해." 마이클이 말했다. "그랬으면 그렇게 완전 무방비 상태로…."

"진주만의 미국인들처럼 말인가, 데이비스 대위?" 찰스가 싱긋 웃으며 말했다.

"샤키라가 전화를 받았다고 했지. 메모해놨어?"

"응. 전화기 옆에 있어."

마이클은 종잇조각을 들고 내용을 읽으려 했지만, 알아볼 수 있는 단어는 '마이클' 그리고 한참 아래에 '에게'가 전부였다. 나머지는 도무지 알아볼 수가 없었다. 'dob'인지 'late'인지 'hots'인지 뭔지가 적혀 있었고, 다음 줄에는 '501'인지 'scl'인지가 적혀 있었다. "알아볼 수가 없어." 마이클은 찰스에게 종잇조각을 건네주며 말했다. "이게 무슨 내용인지에 관해 샤키라가 아무 말도 안 했어?"

"난 여기 없었어. 나는 내 야회복 치수를 재기 위해 의상실로 달려가야 했지. 돌아왔더니 샤키라가 너를 찾는 전화가 왔고 자기가 내용을 메모해 뒀다고 했어."

"샤키라는 지금 어디 있어? 자기 방으로 돌아간 거야?"

"아니. '문라이트 세레나데' 녹음이 있는지 알아보러 도구실로 갔어. 춤을 출 음악이 필요하거든." 찰스가 마이클로부터 종잇조각을 받아 들었다. "내가 읽어볼게. 맙소사, 정말 괴발개발이네. 이건 'sch' 같아." 찰스가 'sol'을 가리키며 말했다. "그리고 다음 단어는 'change'인 거 같아. 'Schedule change(일정 변경)'인가?"

일정 변경. 그렇다면 'dob'은 'lab(실험실)'일 것이다. "또 연기한 거면 안 되는데." 마이클이 실험실에 전화하며 말했다. "여보세요, 리나. 바드리 좀 바꿔주세요."

"실례지만 누구신가요?" 리나가 물었다.

"마이클 데이비스예요." 마이클이 초조해하며 말했다.

"아, 마이클. 정말 미안해요. 당신의 미국 악센트를 알아듣지 못했어요. 왜 그러시는데요?"

"누군가가 전화해서 메시지를 남겼어요. 그게 당신이었나요?"

"아니요. 전 방금 출근했어요. 아마 바드리일 거예요. 바드리는 지금 귀환 작업을 하고 있어요. 작업이 끝나는 대로 전화하라고 할게요."

"있잖아요, 제 강하 시간이 바뀌었는지 확인해줄래요? 금요일 오전 8시로 잡혀 있어요."

"확인해볼게요. 잠깐만요." 리나가 말하고 잠시 정적이 흘렀다. "아니요. 안 바뀌었어요. '마이클 데이비스, 금요일 오전 8시'로 되어 있네요."

"좋아요. 고마워요, 리나." 마이클이 안심하며 전화를 끊었다. "누가 전화했는지는 몰라도 실험실은 아니었어."

찰스는 여전히 메모를 열심히 해독 중이었다. "던워디 교수님 아니었을까? 이건 D 같아 보여."

던워디 교수가 전화할 유일한 이유는, 진주만이 너무 위험하므로 마이클을 보내기로 한 결심을 바꾸었다는 것뿐이며, 그 경우라면 마이클은 던워디 교수와 통화를 하고 싶지 않았다. "그건 D가 아니야." 마이클이 말했다. "Q야. 샤키라가 언제 다시 오겠다고 말했어?"

찰스는 고개를 저었다. "지금쯤이면 왔어야 하는데."

"도구실에 갔다고 했지?"

"아니면 보들리 도서관이나. 음악 자료실에 없으면 보들리 도서관이나 조사실에 가보겠다고 했어."

즉, 샤키라는 어디에라도 있을 수 있다는 뜻이었고, 그건 만약 마이클이 샤키라를 찾겠다고 밖에 나간다면 만나지 못할 가능성이 더 크다는 뜻이었다. 그냥 여기서 기다리는 편이 나았다. 어쨌든 마이클은 몇 가지 확인할 게 있었다. 마이클은 이미 진주만에 관해 중요한 조사는 다 해두었다. 뉴올리언스호 갑판들의 구조, 수병들의 이름과 계급을 알았으며, 포지 목사가 어떻게 생겼는지도 알아두었다. 미국 해군 통신 규약, 모든 전함의 위치, 12월 7일에 일어난 사건 하나하나가 어떤 시간순이었는지도 다 암기했다. 유일하게 걱정되는 건 뉴올리언스호에 어떻게 타는가 하는 것이었다. 마이클은 12월 6일 오후 10시에 와이키키로 간 다음, 자정까지 운항하는 리버티 보트[5]를 타고 전함에 승선하기로 되어 있었지만, 마이클이 조사한 바에 따르면 토요일 저녁의 와이키키는 싸움하려 드는 술 취한 군인과 수병, 그리고 과하게 열심인 해안 순찰대로 가득했다. 운이 나쁘면 일본군이 공격해오는 일요일 아침에 뉴올리언스호의 영창에 갇혀 있을 수도 있었다. 어쩌면 마이클은 자신의 강하 지점에서 장교 클럽이 얼마나 멀며, 리버티 보트가 토요일 밤에 장교 클럽에서 뉴올리언스호까지 오가는지를 알아봐

5 상륙이 허가된 수병들을 실어 나르는 보트

야 할 것이다. 뉴올리언스호는 운항할 게 분명했다. 그곳에는 무도회가 있었다. 마이클은….

전화가 울렸다. 마이클은 뛰어가 전화를 받았다. "안녕, 찰스." 샤키라가 말했다. "이렇게 오래 걸려서 미안. 글렌 밀러는 하나도 찾을 수 없었어. 하지만 베니 굿맨은 하나…."

"난 찰스가 아니라 마이클이야. 너 어디야?"

"응? 전혀 마이클처럼 들리지 않아."

"방금 미국인 어휘-억양 임플란트를 해서 그래." 마이클이 말했다. "있잖아, 네가 여기 있을 때 누군가가 전화로 나를 찾…."

"다 적어놨는데." 샤키라가 짜증 난다는 목소리로 말했다. "전화 옆에 메모가 있을 거야."

"뭐라고 했는데?"

"적어놨다니까!" 샤키라가 여전히 짜증을 내며 말했다. "네 강하 순서가 바뀌었어. 넌 됭케르크를 제일 먼저 갈 거야. 금요일 오전 8시에."

4

언제든 봉사할 준비가 되어 있음으로써,
여러분은 국가에 큰 도움이 되었습니다.

— 피난민 아이들을 받아들인 사람들에게 감사를 표하는 연설,
엘리자베스 왕비, 1940년

워릭셔, 1940년 2월

막 빨래를 널려는 참에 비가 내리기 시작했다. 그래서 에일린은 무도회장으로 빨래를 들고 가서 에드워드 경과 캐롤라인 여사의 선조들이 주름 장식 블라우스와 후프스커트를 입고 서 있는 초상화들 사이에 빨랫줄을 걸고 젖은 시트를 널어야 했다. 그 때문에 시간이 두 배는 걸릴 테고, 빨래를 다 널었을 무렵에는 아이들이 학교에서 돌아올 것이다. 에일린은 아이들이 돌아오기 전에 떠나고 싶었다. 지난번에는 호드빈 남매가 숲까지 따라와서 에일린은 강하를 다음 주로 연기해야만 했다.

또다시 연기라니. 그 전주 월요일에는 반일 쉬는 때에 벼룩을 없애기 위해 아이들 간이침대를 훈증 소독했고, 그 전전주 월요일에는 알프와 비니를 데리고 러드맨 씨의 농장에 가서 건초 더미에 불을 놓은 것을 사과해야만 했다. 아이들은 독일군이 쳐들어올 경우에 대비해 봉화 올리는 연습을 했을 뿐이라고 변명했다. "모두가 자기 몫을 하지 않으면 전쟁에서 이길 수 없다고 신부님이 말했어요." 비니가 말했다.

'신부님도 너희 경우는 예외로 칠걸.' 에일린이 생각했다. 하지만 에일린의 강하를 방해하는 건 호드빈 남매만이 아니었다. 크리스마스 이후, 에일린은 자신이 쓰기로 되어 있는 반일의 쉬는 시간을 전쟁 기금 마련 우표 판매나 캐롤라인 여사가 '전시 하 국민 협력'이라는 미명 하에 생각해낸 일(어찌 된 영문인지 그 일에 캐롤라인 여사가 할 일은 전혀 없었고, 오직 하인들이 할 일만 있었다)을 하느라 써야만 했다.

'얼른 옥스퍼드에 가지 않으면 그쪽에서는 내게 무슨 일이 일어난 줄 알고 나를 구하기 위해 구조팀을 보낼 거야.' 에일린이 생각했다. 그녀는 적어도 왜 자신이 돌아가지 않았는지 실험실에 알려야 했고, 일주일에 하루보다 더 자주 강하를 열어달라고 설득해야만 했다. "그건 호드빈 남매가 돌아오기 전에 이 시트들을 다 널어야 한다는 뜻이지." 에일린은 더 젊은 시절의 캐롤라인 여사와 여사의 스패니얼들의 초상화에 대고 말하고선, 허리를 굽혀 바구니에서 시트를 한 장 더 꺼냈다.

식모인 우나가 문간에 서 있었다. "누구에게 말하는 거예요?" 빨랫줄 사이를 살피며 우나가 물었다.

"혼잣말이야." 에일린이 말했다. "미쳐가는 첫 번째 징조지."

"아." 우나가 말했다. "배스컴 부인이 찾으세요."

'하필 지금? 절대로 돌아가지 못하겠네.' 에일린은 마지막 시트를 재빨리 널고 뒤쪽 계단을 통해 부엌으로 서둘러 갔다.

배스컴 부인은 대접에 달걀들을 깨뜨려 넣고 있었다. "깨끗한 앞치마를 입어." 부인이 말했다. "여사님이 보자셔."

"하지만 오늘은 제가 반일 쉬는 날인데요." 에일린이 항의했다.

"그렇지. 여사님을 보고 난 뒤에 쉬면 돼. 여사님은 응접실에 계셔."

위층의 응접실에? 그건 누군가가 자기 아이들을 데리러 왔다는 뜻이었다.

크리스마스 이후, 피난 온 아이들은 연이어 자기 집으로 돌아갔다. 만약 더 많은 아이가 또 돌아간다면, 에일린에겐 더 이상 관찰할 아이들이 없었다. 오늘 옥스퍼드에 가야 할 또 다른 이유였다. 던워디 교수에게 자신을 어딘가 다른 곳으로 보내달라고 설득하기 위해서였다. 아니면 이 임무 기간을 줄이고 남은 기간을 에일린이 정말로 원하는 임무인 전승 기념일에 배정해달라고 요청하고 싶었다. 에일린은 서둘러 깨끗한 앞치마를 하고 부엌을 나서기 시작했다.

"잠깐." 배스컴 부인이 말했다 "여사님께 신경 안정용 알약을 가져다드려. 스튜어트 의사 선생님이 가져오셨어."

그 '신경 안정용 알약'은 아스피린이었는데, 에일린은 그게 과연 캐롤라인 여사의 '신경'에 효과가 있을지 의심스러웠다. 하지만 어쨌든 그건 피난 온 아이들을 조용히 시키기 위한 구실인 듯했다. 에일린은 배스컴 부인에게서 상자를 받은 뒤 누구의 부모가 왔을까 궁금해하면서 서둘러 응접실로 갔다. 매그루더 삼 남매의 부모는 아니길 바랐다. 이제 얌전하게 구는 아이들은 바바라, 페기, 이완뿐이었기 때문이다. 다른 아이들은 알프와 비니에 완전히 물들어버렸다.

'어쩌면 호드빈 남매의 어머니일지도 몰라.' 에일린이 희망을 품어보았지만, 그렇지 않았다. 매그루더 삼 남매의 어머니도 아니었다. 거실에 있는 건 구드 신부였다. 에일린은 신부를 보아 기뻤지만, 신부가 여기에 있는 건 호드빈 남매가 새로운 말썽을 부렸기 때문일 수도 있었다. "부르셨어요, 여사님?" 에일린이 말했다.

"그래, 엘렌." 캐롤라인 여사가 말했다. "자동차 운전해본 적 있어?"

'오, 이런. 이번에는 구드 신부님의 자동차를 훔쳐 망가뜨렸나 보네.' 에일린이 생각했다. "운전이요, 여사님?" 에일린은 조심스레 말했다.

"그래. 구드 신부님과 나는 민방위 준비를 논의했는데, 특히 구급차를 운전할 사람이 필요해."

구드 신부가 고개를 끄덕였다. "폭격이 있거나 침공이 있을 경우…."

"훈련받은 운전사가 필요할 거야." 캐롤라인 여사가 말을 이어받았다. "운전할 줄 알아, 엘렌?"

1940년에는 고용 운전사가 아닌 하인이 운전을 하지 않았고, 그래서 운전은 에일린의 사전 학습 내용에 들어 있지 않았다. "아니요. 죄송하지만 배운 적이 없어요."

"그러면 배우면 되겠네. 전시 하 국민 협력의 일환으로 구드 신부님에게 내 벤틀리를 쓰시라고 했어. 신부님, 오늘 오후에 엘렌에게 첫 수업을 해주세요."

"오늘 오후요?" 에일린이 실망을 감추지 못한 목소리로 무심코 말했고, 이윽고 입술을 깨물었다. 1940년대 하녀들은 말대꾸를 하지 않았다.

"불편한 시간인가요?" 신부가 에일린에게 물었다. "저는 내일 수업을 해도 괜찮습니다, 캐롤라인 여사님."

"절대로 안 돼요, 신부님. 백베리는 지금 당장에라도 공격받을 수 있어요." 그리고 캐롤라인 여사는 에일린을 향해 말했다. "전쟁에 관한 한, 우리 모두 희생할 준비를 해야만 해. 신부님은 우리가 이 대화를 마치자마자 너에게 운전을 가르치실 거야. 그리고 신부님은 다시 오셔서 차를 드실 거고요, 그렇죠, 신부님? 엘렌, 배스컴 부인에게 구드 신부님이 다시 오셔서 차를 드실 거라고 전해. 그리고 티타임이 끝나면 배스컴 부인과 사무엘스 씨가 수업을 받을 거고. 이제 가도 좋아."

"네, 여사님." 에일린은 무릎 굽혀 인사하고 부엌으로 서둘러 돌아왔다. 이제 에일린은 정말로 강하 지점에 가야만 했다. 운전할 줄 모르는 것과 1940년대 자동차에 관해 완전히 무지한 것은 전혀 다른 문제였다. 에일린은 고급 준비과정을 마쳐야 할 필요가 있었다. 강하했다가 운전 수업 전에 돌아올 수 있을지 생각해봤다. 만약 에일린이 캐롤라인 여사를 제대로 알고 있다면, 차를 마시는 데는 1시간 정도 쓸 것이다. 하지만 만약 그렇지 않다면…. '아마도 배스컴 부인에게 먼저 수업받으라고 해야 하겠네.' 에일린이 생각했다.

배스컴 부인은 오븐에 케이크들을 넣고 있었다. "방금 아이들이 돌아왔어." 배스컴 부인이 말했다. "코트를 벗으라고 아이들 방으로 보냈어. 여사님이 뭐라셔?"

"신부님이 우리 모두에게 운전을 가르치실 거예요. 그런 뒤 신부님이 다시 돌아오셔서 차를 드실 거라고 전하랬어요."

"운전?" 배스컴 부인이 말했다.

"네, 그래서 폭격이 있으면 우리가 구급차를 운전할 수 있도록요."

"아니면 제임스가 징집되어 여사님을 모임에 데려다줄 사람이 없을 경우를 대비해서 말이지."

에일린은 그 생각은 미처 하지 못했었다. 캐롤라인 여사는 자기 운전사가 징집될까 봐 무척이나 걱정한 것이었다. 지난달에는 집사와 남자 하인들이 징집되었고, 이제 나이 지긋한 정원사인 사무엘스 씨가 현관문을 담당했다.

"흠, 하지만 여사님이 내게 운전을 시키지는 못해." 배스컴 부인이 말했다. "폭격이 있든 없든 말이야."

그 말인즉 에일린은 배스컴 부인과 수업 시간을 바꿀 수 없다는 뜻이었다. 사무엘스 씨와 바꿔야만 했다.

"운전 연습을 도대체 언제 하라는 거야? 지금도 할 일이 쌓였는데. 에일린, 어디 가는 거야?" 배스컴 부인이 다그쳐 물었다.

"사무엘스 씨를 만나려요. 신부님이 오늘 오후에 제게 첫 수업을 해주실 건데, 제가 반일 쉬는 날이잖아요. 어쩌면 사무엘스 씨랑 수업 시간을 바꿀 수 있을까 해서요."

"안 돼. 사무엘스 씨는 오늘 오후에 향토방위군 모임이 있어."

"하지만 중요한 일이에요." 에일린이 말했다. "혹시 사무엘스 씨가 그 모임에 빠질 수 있을까요?"

배스컴 부인이 날카로운 눈으로 에일린은 쏘아보았다. "왜 꼭 오늘 밖으로 나가려고 하는 거야? 군인을 만나려는 건 아니겠지? 비니가 그러는데, 기차역에서 군인과 시시덕거렸다며?"

'비니, 이 꼬마 반역자 놈. 나는 약속을 지켜서 배스컴 부인에게 뱀에 관해 아무 말도 하지 않았는데.' "시시덕거리지 않았어요. 그 군인에게 시어도어 윌렛을 그 아이 어머니에게 잘 전해달라고 부탁을 한 것뿐이에요."

배스컴 부인이 못 미더운 표정을 지었다. "젊은 여자는 아무리 조심해도 모자라지 않아. 특히 지금 같은 시기에는 더욱더 그렇고. 군인들은 여자들 머리를 회까닥하게 만들고, 술으로 꼬여내서, 결혼을 약속하고…." 위층에서 요란스레 쿵 하는 소리가 들리더니 이어서 비명과 코뿔소 한 무리가 움직이는 듯한 소리가 들렸다. "저 못된 놈들이 무슨 짓을 하는 거야? 어서 가 봐. 무도회장에 있는 거 같네."

그랬다. 아이들은 무도회장에 있었다. 그리고 쿵 하던 소리는 시트가 널린 빨랫줄들이 바닥에 떨어지는 소리였다. 시트를 뒤집어쓰고 두 팔을 벌린 유령 둘에 겁을 먹은 아이들 한 무리가 구석에 모여 있었다. "알프, 비니. 그거 당장 벗어." 에일린이 말했다.

"쟤들이 우리보고 자기들이 나치래요." 지미가 방어하듯 말했다. 하지만 그건 시트를 뒤집어쓴 걸 설명하지 못했다.

"쟤들이 독일군들은 어린아이들을 죽인대요." 다섯 살짜리 바바라가 말했다. "쟤들이 우리를 쫓아다녔어요."

캐롤라인 여사의 후프스커트 차림 선조의 초상화가 삐딱해지기는 했지만, 다행히 피해는 시트에 국한된 듯했다. "우리는 여기서 놀면 안 된다고 재네들에게 말했어요." 여덟 살 먹은 페기가 고상한 척하며 말했다. "하지만 재네들은 우리 말을 듣지 않았어요."

알프와 비니는 젖어 달라붙은 시트에서 빠져나오느라 여전히 낑낑대고 있었다. "독일군들이 그래요?" 에일린의 치마를 잡아당기며 바바라가 물었다. "어린아이들을 죽여요?"

"아니."

알프의 머리가 시트에서 나왔다. "그렇게 해요. 독일군은 쳐들어오면, 엘리자베스 공주와 마거릿 로즈 공주를 죽일 거예요. 둘의 목을 자를 거예요."

"정말이에요?" 바바라가 무서워하며 물었다.

"아니야." 에일린이 말했다. "밖으로 나가."

"하지만 비가 오는데요." 알프가 말했다.

"그런 생각은 미리 했어야지. 마구간에서 놀면 돼." 에일린은 아이들을 모두 데리고 밖으로 나갔다가 혼자 무도회장으로 돌아왔다. 그녀는 캐롤라인 여사 선조의 초상화를 반듯하게 하고, 빨랫줄을 다시 걸고, 바닥에 떨어진 시트들을 줍기 시작했다. 시트는 모두 다 다시 빨아야 했고, 가구에 씌운 먼지막이용 시트 역시 마찬가지였다.

'호드빈 남매를 목 졸라 죽이면 역사에 얼마나 큰 영향을 끼칠지 궁금하네.' 에일린이 생각했다. 이론적으로 역사학자들은 사건을 바꿔놓을 일은 할 수 없었다. 편차가 그런 일을 막았다. 하지만 이 경우는 분명히 예외로 할 것이다. 호드빈 남매가 없는 게 역사에는 분명히 훨씬 더 나았다. 에일린은 몸을 숙이고 짓밟힌 시트를 한 장 더 집었다. "일하는데 미안해요." 문에서 우나가 말했다. "하지만 여사님께서 응접실에서 보자세요."

에일린은 젖은 시트들을 우나에게 안긴 뒤 뛰어가 깨끗한 앞치마로 바꿔 입고 다시 위층의 응접실로 달려갔다. 매그루더 부부가 와 있었다. "이 분들은 에… 음…, 아이들을 데리러 오셨어." 캐롤라인 여사는 아이들 이름이 뭔지 모르는 게 분명했다.

"바바라, 페기, 이완을요, 여사님?" 에일린이 말했다.

"그래."

"우리는 아이들이 무척이나 보고 싶었어요." 매그루더 부인이 에일린에게 말했다. "아이들이 없으니 집이 무덤처럼 조용해요." '무덤처럼 조용하다'는 표현에 캐롤라인 여사가 고통스러운 표정을 지었다. 아까의 아이들 소리를 들은 게 분명했다.

"그리고 이제 히틀러가 제정신을 찾아서 유럽이 자기 장단에 놀아나지 않으리라는 걸 깨닫고 있잖아요." 매그루더 씨가 말했다. "그러니 아이들을 계속 떨어뜨려 놓을 이유가 없지요. 물론 아이들을 받아들여 친자식처럼 대해주신 걸 감사하지 않는다는 뜻은 절대 아닙니다, 여사님."

"아이들과 함께 지내서 아주 즐거웠답니다." 캐롤라인 여사가 말했다. "엘렌, 가서 페기랑… 다른 아이들 물건을 챙겨서 여기로 와."

"네, 여사님." 에일린이 말하고 무릎 굽혀 인사하고는 복도를 따라 재빨리 무도회장으로 갔다. 만약 우나를 찾을 수 있다면, 우나에게 매그루더 부부의 아이들 물건을 챙기게 하고 자신은 강하 지점으로 갈 수 있을 것이다. '제발 우나가 아직 무도회장에 있게 하소서.'

우나는 축축한 시트를 한 아름 안고 여전히 무도회장에 있었다. "우나, 매그루더 남매들 물건을 챙겨줘." 에일린이 말했다. "나는 아이들을 데리고 올게." 그리고 도망쳤지만, 밖에 나와보니 구드 신부가 캐롤라인 여사의 벤틀리 옆에 서 있었다.

"신부님, 죄송하지만 저는 오늘 수업을 받을 수 없어요." 에일린이 말했다. "매그루더 부부가 페기와 이완이랑 바바라를 데리러 여기 와 있…."

"압니다." 신부가 말했다. "이미 배스컴 부인이랑 이야기를 나눴고, 당신 수업은 내일로 바꾸었습니다."

'복 받으실 거예요.' 에일린이 생각했다.

"오늘은 우나가 수업을 받을 겁니다."

'이런, 골치 아프시겠네.' 하지만 최소한 에일린은 자유였다. "고맙습니다, 신부님." 에일린은 힘차게 말하고 안개비 내리는 잔디밭을 재빨리 가로질러 마구간으로 가서 온실 뒤로 숨었다가 도로를 향해 달려간 다음, 그 도로를 따라갔다. 에일린은 우나 또는 벤틀리를 탄 신부에게 따라잡히지 않도록 이 모든 일을 최대한 서둘렀다.

5백 미터도 가기 전에 비가 거세지기 시작했지만 사실 그건 좋은 일이었다. 이렇게 비가 퍼부으면 제아무리 호기심 충만한 호드빈 남매라 할지라도 에일린을 찾아다니려 하지 않을 것이다. 에일린은 숲으로 들어갔고, 물푸레나무를 향해 서둘러 진흙 길을 따라갔다.

'시간을 놓쳤으면 안 되는데.' 에일린이 생각했다. 강하는 1시간에 한 번만 열렸고, 1시간을 더 기다렸다가는 어두워질 것이다. 강하 지점은 숲 깊숙한 곳이었기 때문에 강하 때 생기는 빛무리는 도로에서 안 보이지만 등화관제 시에는 그 어떤 빛도 의심을 샀고, 특별히 할 일이 없는 향토방위군은 때때로 숲을 순찰하며 독일 낙하산병이 있는지 찾아다녔다. 만약 향토방위군이나 호드빈 남매….

옆에서 뭔가 움직이는 게 흘끗 보였다. 에일린은 알프의 모자나 비니의 머리 리본을 본 건 아닌지 긴장하며 재빨리 몸을 돌렸다. "여기서 뭐 하는 거죠?" 등 뒤에서 남자 목소리가 들렸고, 에일린은 기절할 듯이 놀랐다. 에일린은 뒤로 빙글 돌았다. 물푸레나무 옆에 희미한 빛무리가 보였다. 그 빛무리 너머로 네트 그리고 콘솔 앞에 앉은 바드리가 보였다. "10일 이전에는 갈 수 없습니다." 바드리가 말하고 있었다. "당신 강하 일정이 재조정되었다는 통보를 못 받은 건가요?"

"내가 여기 온 것도 그 때문이에요." 어른거리는 빛무리가 더 밝아지는 동안 다른 남자가 화난 목소리로 대답했다. "왜 그게 연기되었는지 알아야겠어요. 난…."

"일단은 좀 기다려요." 바드리가 남자에게 말했다. "나는 지금 귀환 작업 중이란…."

에일린은 빛무리를 통과해 실험실로 들어갔다.

5

당시에 우리는 그것이 승패를 가를 중요한 전투라는 것을 몰랐다….
또한 우리가 적을 물리치기 직전이라는 사실 역시 몰랐다.

— 제임스 H. '진저'[6] 라시 비행 중대장,
영국 본토 항공전에 관해 한 말

옥스퍼드, 2060년 4월

"널 됭케르크로 보낸다고?" 마이클이 전화를 끊자 찰스가 물었다. "진주만은 어쩌고?"

"내 말이!" 마이클이 말했다. 그리고 마이클은 바드리에게 항의하기 위해 곧바로 실험실로 들이닥쳤다.

문에서 리나가 마이클을 맞이했다. "바드리는 강하 준비 중이에요. 제가 도와줄 수 있는 일인가요?"

"네. 왜 갑자기 제 강하 순서가 바뀌었는지 말해줄 수 있겠네요! 미국 영어 악센트를 갖춘 채 됭케르크로 갈 수는 없어요. 저는 됭케르크에서는 〈런던 데일리 헤럴드〉의 기자 역을 하기로 되어 있다고요. 당신은…."

"바드리와 이야기하는 게 좋겠어요." 리나가 말했다. "여기서 좀 기다려 주면…." 그리고 리나는 콘솔에 있는 바드리에게 재빨리 걸어갔다. 바드리는 콘솔에 숫자를 입력하느라 바빴고, 스크린을 힐끗 보고 다시 숫자를 입

6 W. E. 존스의 연작 소설인 '비글스 시리즈'에 등장하는 조종사의 별명에서 유래했다.

력했다. 마이클이 알지 못하는 젊은 남자가 바드리 뒤에 서서 그 모습을 지켜보고 있었다. 강하할 역사학자가 분명했다. 그는 낡아서 올이 다 드러난 트위드 재킷과 바지를 입고 금테 안경을 쓰고 있었다. '1930년대 케임브리지 대학 교수군.' 마이클이 생각했다.

리나가 바드리 쪽으로 잠깐 몸을 숙이더니 다시 돌아왔다. "적어도 30분은 걸릴 거래요." 리나가 말했다. "기다리지 않을 거면 바드리가 당신에게 전화를 해줄…."

"기다릴게요."

"앉겠어요?" 리나가 물었다. 마이클이 아니라고 대답하기 전에 전화벨이 울렸고, 리나는 전화를 받으러 갔다. "아니요. 바드리는 지금 강하 준비 중이에요." 마이클의 귀에 리나가 상대방에게 하는 말이 들렸다. "아니, 아직요. 옥스퍼드로 갈 거예요."

'뭐, 이 정도면 내 예상이 꽤 근접했네.' 마이클은 지금 강하 준비 중인 역사학자가 1930년대 옥스퍼드에서 뭘 조사할지 궁금했다. 잉클링스[7]? 여학생의 옥스퍼드 입학 허가?

"아니요. 이건 답사 겸 준비예요." 리나가 말했다. "제럴드는 다음 주에 임무를 떠납니다."

답사 겸 준비? 그건 아주 복잡하거나 위험한 임무일 경우에만 수행됐다. 마이클은 흥미로운 눈으로 제럴드를 보았다. 제럴드는 이제 네트로 옮겨가 있었다. 1930년대 옥스퍼드 대학에서 복잡한 사건이 뭐가 있지? 위험한 사건일 리는 없었다. 제럴드는 너무나도 창백하고 가냘파 보였기 때문이다.

"아니요. 한 가지 시간대로만 갈 거예요." 리나가 전화에 대고 말했다. 리나가 콘솔을 살피는 동안 잠시 정적이 흘렀다. "아니요. 전에 맡은 다른 임무는 1666년뿐이었어요."

"중심에 서세요." 바드리가 말했고, 제럴드는 네트의 올려둔 커튼 밑을

7 1930년대부터 1949년까지 있던 문학 토론 모임. 옥스퍼드 대학 교수인 C. S. 루이스와 J. R. R. 톨킨이 주축이었다.

통과해 콧등으로 안경을 밀어 올리며 표시해놓은 곳에 섰다.

"현재 임무를 맡은 역사학자들 그리고 이번 주와 다음 주에 일정이 잡힌 역사학자들 모두의 목록을 원하시는 거예요?" 리나가 전화 상대에게 물었다. "공간 위치요 아니면 그냥 시간만요?" 정적. "역사학자, 임무, 날짜." 리나가 끼적였고, 마이클은 리나의 글씨가 샤키라가 자신에게 남겼던 메모의 글씨보다는 더 알아보기 쉽기를 바랐다. "곧바로 알아보겠습니다. 끊지 않고 기다리시겠어요?" 리나가 물었고, 상대는 그러겠노라고 한 모양이었다. 리나가 수화기를 놓더니 여전히 제럴드의 위치를 잡아주는 바드리에게 서둘러 갔다가 보조 터미널로 갔기 때문이다.

"준비됐어요?" 바드리가 제럴드에게 말했다.

제럴드가 트위드 재킷 안에 손을 넣어 속주머니에서 뭔가를 확인하더니 고개를 끄덕였다. "토요일로 보내는 건 아니겠죠?" 제럴드가 물었다. "만약 편차가 있으면 일요일에 도착하게 되고, 그러면…."

"아니, 수요일이에요." 바드리가 말했다. "8월 7일이요."

"8월 7일이요?" 제럴드가 바드리에게 물었다.

"맞아요." 리나가 말했다. "1536년요." 마이클은 어리둥절해하며 리나를 보았지만, 리나는 수화기를 들고 출력 내용을 읽고 있었다. "런던, 앤 불린의 처형…."

"그래요, 7일." 바드리가 제럴드에게 말했다. "강하는 30분마다 열릴 거예요. 오른쪽으로 조금만 이동하세요." 그는 손짓했다. "조금 더요." 제럴드는 고분고분히 오른쪽으로 천천히 움직였다. "왼쪽으로 조금만요. 좋아요. 이제 가만히 있어요." 바드리는 콘솔로 돌아가 키를 몇 개 눌렀고, 네트의 커튼이 제럴드 주위로 내려오기 시작했다. "강하에서 시간 편차가 얼마나 되는지 기록해두세요."

"1940년 10월 10일." 리나가 수화기에 대고 말했다. "12월 18일까지…."

"왜요?" 제럴드가 물었다. "이번 강하에서 편차가 더 클 거라 예상하는 건 아니겠죠?"

"움직이지 말아요." 바드리가 말했다.

"편차가 있으면 안 돼요. 그 근처에는…."

"카이로, 이집트." 리나가 수화기에 대고 말했다.

"준비됐나요?" 바드리가 제럴드에게 말했다.

제럴드가 말했다. "아니요. 알고 싶은 게…." 그리고 제럴드는 빛무리와 함께 사라졌다.

바드리가 마이클에게 왔다. "제 메시지를 받았겠죠?"

"네." 마이클이 말했다. "대체 무슨 일이죠?"

"그렇게 열 낼 필요 없어요." 바드리가 부드럽게 말했다.

"그건 당신 생각이고요! 이렇게 마지막 순간에 제 일정을 바꿀 수는 없어요. 전 이미 진주만에 관한 조사를 다 했다고요. 의상과 서류와 돈 준비를 다 마쳤고, 미국인처럼 들리기 위한 이식까지 다 했단 말입니다."

"어쩔 수가 없어요. 이게 새로 짠 당신의 강하 순서예요." 바드리가 마이클에게 출력물을 건넸다. 목록이었다. "뒹케르크 구출 작전, 진주만, 엘알라메인, 벌지 전투, 제2차 세계무역센터 공격, 솔즈베리의 전 지구적 전염병 시작기."

"당신이 이걸 다 바꾼 거예요?" 마이클이 외쳤다. "이런 식으로 뒤죽박죽 섞어놓을 수는 없다고요! 제가 순서를 정했던 건 다 이유가 있어서예요. 봐요." 마이클은 목록을 바드리의 코앞에 들이밀며 말했다. "진주만과 세계무역센터와 벌지 전투는 다 미국인이에요. 저는 어휘-억양 임플란트 이식 한 번으로 이걸 다 할 수 있게 일정을 잡았어요. 그리고 이미 이식을 끝냈고요! 지금 이 악센트를 하고 뒹케르크 구출 작전에 관해 보도하는 〈런던 데일리 헤럴드〉의 종군기자 노릇을 어떻게 해요?"

"그 점에 관해서는 사과할게요." 바드리가 말했다. "이식하기 전에 당신에게 연락하려고 해봤어요. 안타깝지만, 이식한 건 다시 제거해야 할 거예요."

"제거하라고요? 그러면 진주만은 어떻게 하고요? 그곳에서 저는 미 해군 중위로 행동하게 되어 있어요. 지금 당신은 저더러 영국인-미국인-영국인으로 번갈아 가며 행세하라는 거라고요! 이건 1년씩 머물다 오는 일반적인 임무가 아니에요. 저는 이 각각을 며칠씩만 다녀오는 거예요. 가짜 악센트를 쓰면서, 이러다 들키면 어떻게 하나 걱정하며 있을 수는 없단 말입니다."

"이해해요." 바드리가 달래며 말했다. "하지만…."

문이 열리고 건장한 남자가 득달같이 들어왔다. "당신과 이야기하고 싶군요." 그 남자는 바드리에게 말하더니 실험실 저쪽 구석으로 바드리를 데려갔다. "내 강하 일정을 옮기다니, 대체 무슨 생각으로 그런 거지요?" 그 남자가 하는 말이 들려왔다. 즉, 일정이 엉망이 된 게 마이클만이 아니라는 뜻이었다.

마이클은 리나를 보았다. 리나는 여전히 수화기를 들고 있었다. "1942년 2월 6일까지." 리나는 출력물을 읽고 있었다.

"월요일 아침까지 어떻게 준비를 하라는 거예요?" 건장한 남자가 외쳤다.

"데니스 애서튼…." 리나가 단조롭게 읽어나갔다. "1944년 3월 1일…."

"난처한 처지인 거 충분히 이해합니다." 바드리가 말했다.

"난처한 처지라고요?" 청년이 폭발했다.

'잘한다.' 마이클이 생각했다. '한 대 쳐버려. 우리 둘 다를 위해 그렇게 해.' 하지만 청년은 그렇게 하지 않았다. 그는 쿵쿵거리며 실험실을 나간 뒤 아주 거세게 문을 닫았고, 그 소리에 리나는 펄쩍 뛰어오를 정도로 깜짝 놀랐다. "…1944년 6월 5일까지." 리나는 다시 수화기에 대고 말했다.

맙소사. 대체 지금 제2차 세계대전에 역사학자들이 얼마나 가 있는 거야? 찰스가 옳았다. 이제 역사학자들끼리 서로 부딪치기 시작할 것이다. 마이클은 그 때문에 자기 강하 일정이 바뀐 건지 궁금했다. 하지만 만약 그렇다면 마이클을 솔즈베리나 세계무역센터로 먼저 보냈어야 옳았다.

바드리가 마이클에게 돌아왔다. "미국인 기자처럼 행세할 수는 없나요?"

"단지 악센트 문제가 아니에요. 준비도요. 사흘 만에 준비를 마칠 수는 없습니다. 옷도 서류도 없고 기초 조사만 간신히 한 상태인데다 아직…."

"준비를 더 할 시간이 필요하다는 건 알아요." 바드리가 달래는 목소리로 말했다. "그래서 강하를 토요일로 옮긴…."

"하루를 추가로 줬다는 거죠? 적어도 2주는 필요할 거예요. 그리고 아마 그것도 안 된다고 하시겠죠?"

"아니, 아니요. 물론 다시 일정을 잡을 수 있어요." 바드리가 콘솔로 시선을 돌리며 말했다. "하지만 그러면 실험실의 사용 가능한 일정에 맞춰야 해요. 우리는 일정이 아주 꽉 차 있거든요. 잠깐만요." 그는 화면을 살폈다. "14일이 가능할 거예요…. 아니… 적어도 3주는 기다려야겠군요. 이식으로 준비 시간을 단축하는 게 낫겠고요. 실험실에서 이식 일정을…."

"전 이미 한계치에 도달했어요. 이식은 세 개까지만 가능한데, 어휘-억양 임플란트는 두 개로 치죠. 그리고 '1941년의 역사적 사건들'도 이식했어요. 됭케르크에 아주 요긴하게 쓰이겠군요."

"비꼴 것까지는 없잖아요." 바드리가 말했다. "이식을 하나 더 할 수 있도록 실험실에서 특별 허락을 받아줄…."

"특별 허락을 원하는 게 아니에요. 저는 원래대로 일정을 되돌리고 싶은 겁니다."

"안타깝지만 그건 불가능해요. 그리고 다음에 가능한 날은 5월 23일이에요. 그렇게 되면 당신의 다음 강하도 줄줄이 밀리게 되지요. 다른 강하가 취소되면 당신 강하를 더 일찍 해줄 가능성이 있기는 하지만…." 화면이 깜박거리기 시작했다. "미안해요. 이 건부터 좀 처리할게요."

"이봐요, 저는…."

"리나." 바드리가 마이클을 무시하고 말했다. "귀환."

신호음이 더욱더 긴박해졌고, 네트의 커튼 안에서 희미한 빛무리가 나타났다. 빛무리는 더 밝아지고 커졌으며, 이윽고 제럴드가 콧등으로 안경을 밀어 올리며 얇은 커튼 안에 서 있었다. "제가 편차는 없을 거라고 말했잖아요." 제럴드가 말했다.

"전혀요?" 바드리가 물었다.

"거의요. 22분이었어요. 모든 걸 다 하는 데 겨우 2시간밖에 안 걸렸어요. 편지를 보내고, 장거리 전화를 걸고…."

"돌아올 때는요?" 바드리가 물었다. "강하는 예정대로 열렸나요?"

"처음에는 아니었어요. 하지만 강에 보트들이 있었어요. 그래서 열리지 않았을 가능성이 아주 커요." 제럴드는 콘솔로 걸어갔다. "전 언제 임무를 수행하러 가죠?"

"금요일 10시 30분이요." 바드리가 말했고, 그건 원래 일정 그대로인 듯했다. 제럴드가 고개를 끄덕이며 말했기 때문이다. "그때 맞춰 올게요." 그리고 제럴드는 문으로 걸어가기 시작했다.

"저는 왜 제 일정을 원래대로 진주만으로 바꿔줄 수 없는가에 관한 답을 기다리고 있는데요." 바드리가 콘솔로 돌아가기 전에 마이클이 말했다.

"그러려면 먼저 일정 변경에 관한 인가를 받아야…."

"미안해요, 바드리." 리나가 끼어들었다. 리나는 다시 전화를 받고 있었다. "제럴드의 강하에서 편차가 어떻게 되죠?"

"22분이요." 바드리가 말했다.

"22분이요." 리나가 수화기에 대고 되풀이해 말했다.

"좋아요. 그럼 이렇게 하죠." 마이클이 말했다. "새 일정대로 됭케르크에 먼저 가겠어요. 하지만 그 대신 그다음으로는 미국 악센트가 필요한 진주만과 다른 곳들로 보내줘요. 그리고 다음으로 솔즈베리와 북아프리카로 가는 거예요. 어때요?"

바드리가 고개를 저었다. "저는 오직 인가된 순서대로만 보낼 수 있어요."

"지금 순서는 누가 인가를 했는데요?"

"바드리." 리나가 불렀다. "제럴드가 돌아올 때 강하는 예정대로 열렸나요?"

"금방 갈게요, 리나." 바드리가 말했고, 신호음이 다시 울리기 시작했다. "저는 지금 역사학자 한 명을 귀환시켜야 해요, 데이비스 씨. 토요일에 가든가 아니면 5월 23일에 가세요. 그 경우 진주만 강하는…." 바드리는 콘솔을 보았다. "8월 2일이 되고 엘 알라메인은 11월 12일…."

이런 식이면 마이클이 프로젝트를 마치기까지 2년은 걸릴 것이다. "아니요." 마이클이 말했다. "토요일까지 준비할 수 있어요." '어떻게든 되겠지.'

마이클은 곧장 도구실로 가서 기자 신분증과 여권, 그리고 뭐가 되었든 1940년에 잉글랜드로 간 미국인에게 필요한 서류를 목요일 아침까지 준비해달라고 했다. 하지만 도구실 직원은 불가능하다고 말했고, 마이클은 그건 던워디 교수와 상의하라고 한 뒤 의상실로 갔다. 그곳에서는 하얀 군복을 반납하기 전까지는 기자 복장을 제작하기 위한 치수를 잴 수 없노라고 했고, 그래서 마이클은 자기 방으로 가서 임무에 필요한 모든 것을 암기하는 불가능한 일을 하기 시작했다.

마이클은 어디부터 시작해야 할지조차 알지 못했다. 됭케르크 구출 작전에 참여한 민간인 영웅들이 누구이며, 그 사람들이 탄 배 이름, 그 배들이 도버에 언제 도착했는지, 도착한 부두들은 어디였는지, 그 부두들에는 어떻게 가야 할지, 도버에 도착한 사람들이 어디로 갔는지, 기차역은 어딘지 등을 알아내야만 했다. 그리고 영웅들이 부상당했을 경우를 대비해 병원도. 목록은 끝이 없었다. 그리고 그건 단지 인터뷰를 위한 준비사항일 뿐이었다. 마이클은 구출 작전의 배경지식 그리고 제2차 세계대전에 관한 일반 상식이 잔뜩 필요했다. 그리고 그 지방 관습들도.

미국인 행세를 하면 그 점은 좋았다. 그런 걸 몰라도 미국인이어서 그렇다는 핑계를 댈 수 있겠지. 하지만 됭케르크 구출 작전이 있기 전 몇 달 동안 무슨 일들이 있었는지는 알아야만 했다. 기자 행세를 하고 있어서 특히 그랬다.

급한 것부터 먼저. 마이클은《됭케르크의 영웅들》을 빌려왔고, 찰스와 샤키라가 폭스트롯 연습을 하겠다며 갑자기 돌아와 있지 않기를 바랐다. 둘은 없었지만, 리나가 전화했다. "또 순서를 바꿨다는 말은 하지 말아요." 마이클이 말했다.

"아니에요. 당신은 여전히 됭케르크 구출 작전에 가기로 되어 있어요. 하지만 강하 지점을 찾기가 어렵네요. 우리가 시도해봤던 곳들은 모두가 닷새에서 열이틀 사이의 편차가 있었고, 바드리는 혹시…."

"아니, 하루도 밀리면 안 돼요. 혹시 그런 뜻이었다면 말이에요. 구출 작전은 아흐레밖에 안 걸렸어요. 저는 5월 26일에 꼭 거기에 가 있어야 해요."

"네, 그건 우리도 알아요. 우리는 혹시 당신이 마땅한 장소를 추천해줄 수 있을까 궁금했던 것뿐이에요. 도버에서 있었던 사건들은 우리보다 당신이 더 잘 알잖아요. 바드리가 당신이 적당한 장소를 추천해줄 수도 있을 거라고 하더군요."

우선, 부두 근처는 확실히 안 되었다. 그리고 중심가도. 그곳은 해군 본부에서 나온 장교들과 소형 선박 자원대 사람들이 득시글거릴 것이다. "해변은 시도해봤어요?" 마이클이 물었다.

"네. 소용없었어요."

"도시의 북쪽과 남쪽 해변을 시도해봐요." 마이클이 제안했지만, 과연 가능할지 의심이 들었다. 주변에 배들이 너무나도 많았기 때문이다. 그리고 잉글랜드는 독일군의 침공을 대비하고 있었다. 해변은 요새화되었을 가능성이 컸다. 아니면 지뢰를 매설했거나. "도버 외곽을 시도해봐요. 그럼 히치하이크를 해서 부두까지 갈게요. 그쪽으로 가는 차들이 많을 테니까요." 그리고 만약 그게 군용 차량이라면 부두까지 어떻게 가야 할까 하던 고민이 해결될 것이다.

하지만 2시간 뒤 바드리가 전화하더니 마이클이 추천했던 곳 모두 적당하지 않다고 말했다. "더 멀리 떨어진 곳이 필요합니다. 근처 마을이나 다른 가능한 장소들 목록을 만들어주세요." 바드리가 말했고, 그건 마이클이 임무 준비 작업을 하는 대신 도버까지 걸어갈 수 있는 거리 안에서 인적이 드문 장소들을 찾기 위해 그날 남은 시간을 보들리 도서관에서 보내며 1940년 잉글랜드의 지도와 씨름을 해야 한다는 뜻이었다. 6시에 마이클은 목록을 가지고 실험실로 가서 바드리에게 준 다음(더블렛을 입고 타이츠를 신은 사람이 자기 일정이 바뀌었다며 바드리에게 고함을 지르고 있었다), 다시 보들리 도서관으로 돌아가 영웅들에 관해 조사했다.

사람들이 너무 많아 누구를 골라야 할지 알 수 없었다. 사실, 변호사나 런던의 은행가, 그리고 주말을 이용해 항해를 즐기던 사람들 모두가 영웅이었다. 그 사람들은 비무장 요트와 범선과 모터보트를 타고 적진으로 들어갔으며, 많은 이들이 그 위험한 구출 과정을 몇 번이나 되풀이했다.

하지만 그중에서도 특별히 용감했던 사람들이 있었다. 심각한 부상을 입었는데도 군인들이 승선하는 동안 기관총으로 메서슈미트[8] 여섯 대를 저지한 하급 관료, 집중포화 속에서도 군인들을 유틀란트호로 실어 나르고 또 나른 회계사, 구출될 수 있었음에도 비드포드호에 남아서 배의 의사를 도운 조지 크로더, 이미 은퇴를 했으며 타이타닉호의 영웅이었음에도 그에 만족하지 않고 주말용 크루저를 몰고 가 130명의 군인을 구출한 찰스 라이톨러까지.

하지만 이들 모두가 도버로 돌아온 것은 아니었다. 일부는 램스게이트로 갔다. 또 일부는 타고 간 배가 아닌 다른 배를 타고 돌아왔다. 초드즈코 중위는 리틀앤호를 타고 갔다가 요크셔라스호를 타고 돌아왔다. 그리고 어떤 낚싯배 선장은 적의 공격으로 타고 있던 배가 침몰하는 일을 세 번이나 겪기도 했다. 영영 돌아오지 못한 이들도 있었다. 그리고 도버로 돌아온 배들의 경우에도, 언제 어느 부두에 정박했는지에 관한 자세한 기록은 거의 없었다. 그건 마이크가 인터뷰하고 싶은 사람을 만나지 못할 경우를 대비해 예비 목록을 잔뜩 마련해두어야 한다는 뜻이었다.

마이클은 그 조사를 하느라 밤을 새웠다. 그리고 아침에 의상실이 문을 열자마자 하얀 군복을 반납하고 제2차 세계대전의 미국인 종군기자가 뭘 입는지는 몰라도 여하튼 치수를 재게 한 다음, 도버에 관한 조사를 하기 위해 베일리얼 칼리지로 돌아왔다. 하얀 테니스복을 입은 찰스가 막 방문을 나서는 참이었다. "실험실에서 전화 왔었어. 오는 대로 전화해달래."

"강하할 곳을 찾았대?"

"아니. 나는 싱가포르에 갈 준비를 하러 나가. 식민지 사람들은 온종일 테니스를 했거든." 찰스가 마이클에게 라켓을 흔들어 보이더니 방을 나섰다.

마이클은 실험실에 전화했다. "도버에서 8킬로미터 반경 어디에서도 6월 6일 이전에 열리는 강하 지점을 찾을 수가 없네요." 바드리가 말했다. "런던을 시도해보려 합니다. 도버까지 기차를 타고 갈 수 있어요."

8 제2차 세계대전 중의 독일 공군 전투기

'런던에서도 강하 지점을 찾지 못하면 어쩔 셈일까?' 마이클은 생각했다. 그건 단지 마이클이 누군가에게 들키지 않고 도착할 장소가 없다는 정도의 문제가 아니었다. 뒹케르크 구출 작전 자체가 문제였다. 역사에는 페르난디드 대공의 암살이나 트라팔가르 해전처럼, 그 누구도 근처에 갈 수 없는 분기점들이 잔뜩 있었다. 그런 곳들은 너무나도 중대하고 또한 너무나도 영향을 받기 쉬우므로, '시간 여행자 한 명'과 같은 단 하나의 변수만으로 결과가 바뀐다. 그리고 그로 인해 역사 전체가 바뀌게 된다.

마이클은 뒹케르크가 그런 곳 가운데 하나임을 알고 있었다. 옥스퍼드 대학은 그곳에 가려고 오랫동안 노력했지만 계속 실패해왔다. 하지만 도버가 그런 곳에 포함되리라고는 예상하지 못했다. 만약 도버가 그런 곳이라면, 그의 임무 하나가 통째로 날아갈 판이었다. 한편, 그건 마이클이 진주만으로 갈 수도 있다는 뜻이었다. 제대로 준비를 한 그곳으로. 그리고 만약 도버가 분기점이 아니라면, 지금의 지연 사태로 인해 마이클은 준비 시간을 벌 수 있었다. 그리고 알아야 할 것들을 더 많이 배울 수 있겠지. 가령, 런던의 어느 역에서 도버로 기차가 가는지, 그 시각은 언제인지 등등. 그리고 구출 작전의 개요를 파악해야 했다. 그리고 제2차 세계대전에 관해서도. 그리고 그 밖의 모든 것에 관해서. 사흘 안에. 잠도 자지 않고.

마이클은 이식을 하나밖에 더 하지 못해서 아쉬웠다. 가능만 하다면 여섯 개 정도 더 쓰고 싶었다. 마이클은 1940년에 일어난 사건들, 뒹케르크에서 벌어진 일들, 그리고 구출 작전에 참여한 소형 선박들 목록으로 희망 대상을 좁힌 뒤, 조사실에 도착하면 고르기로 마음먹고 그곳으로 갔다.

기술자가 고개를 저었다. "기자 신분으로 가려면 1940년대 전화 쓰는 법을 알아야 할 거예요. 기사를 보내야 하니까요." 그녀가 말했다. "그리고 타자기도요."

마이클은 기사를 보낼 계획이 없었다. 단지 사람들만 인터뷰할 거였지만, 만약 뭔가 타자를 해야 하는 상황에 부닥친다면, 타자를 못 하는 경우 위장이 탄로 날 수도 있었고, 1940년의 잉글랜드에는 나치의 스파이들이 있었다. 뒹케르크 구출 작전 동안의 시간을 감옥에서 보내고 싶은 맘은 없었다.

마이클은 혹시 쓰는 척 흉내라도 내볼 수 있지 않을까 하는 마음에 도구실로 가 타자기를 빌렸지만, 막상 앞에 놓고 보니 종이 끼우는 법조차 알 수가 없었다. 그는 다시 조사실로 가서 타자기 기술의 요약본과 됭케르크 사건들을 같은 잠재의식 영역에 넣어달라고 말한 다음, 잠을 좀 자고 다른 모든 것을 암기할 생각으로 지친 몸을 끌고 방으로 왔다.

방에는 찰스가 턱시도 차림으로 카펫 위에서 퍼팅 연습을 하고 있었다. "설마." 마이클이 말했다. "식민지 사람들은 시간만 나면 골프를 쳤단 말은 제발 하지 말아줘."

"맞아." 찰스가 퍼팅 라인을 읽으며 말했다. "룸메이트에게 걸려 온 전화의 메모를 받아 적지 않을 때면 말이야."

"실험실에서 전화가 왔어?"

"아니, 도구실. 다음 주 화요일까지는 네 서류를 준비할 수 없다고 전해 달래."

"다음 주 화요일?" 마이클이 울부짖었다. 마이클은 도구실에 전화해서 모든 준비가 아무리 늦어도 이번 금요일까지는 끝나야 한다고 분명하게 말한 다음 거칠게 전화를 끊었다. 그리고 즉시 전화벨이 다시 울렸다.

리나였다. "좋은 소식이에요." 리나가 말했다. "당신이 강하할 곳을 찾았어요."

그건 도버가 분기점이 아니라는 뜻이었다. 다행이었다. "어딘데요?" 마이클이 물었다. "런던인가요?"

"아니요, 도버 바로 북쪽이에요. 부두에서 10킬로미터 떨어졌어요. 하지만 문제가 있어요. 던워디 교수님이 귀환 일정 하나를 앞당기고 싶어 해요. 그래서 우리는 당신이 강하하기로 한 토요일 시간을 쓰게 됐어요."

'좋았어.' 마이클이 생각했다. '그러면 며칠 여유가 생기겠군. 소형 선박 목록을 암기할 수 있을 거야. 그리고 잠을 좀 더 자고.' "언제로 미뤘나요?"

"미룬 게 아니에요." 리나가 말했다. "앞당겼어요. 당신은 목요일 오후, 그러니까 내일 3시 반에 가요."

6

방공호 ➡

— 런던의 표지판, 1940년

옥스퍼드, 2060년 4월

"이틀 뒤라고요?" 실험실에서 에일린이 리나의 어깨너머로 콘솔을 바라보며 말했다. 에일린은 백베리에서 돌아오자마자 던워디 교수를 만났고, 이제 돌아갈 일정을 정하기 위해 다시 실험실에 와 있었다. "하지만 저는 운전을 배워야 해요. 다음 주는 어때요?"

리나가 다른 일정을 불러왔다. "안 돼요. 미안해요. 빈 시간이 없어요."

"하지만 이틀 만에 운전을 배울 수는 없어요. 그러면 다음다음 주는요?"

리나가 고개를 저었다. "그땐 더 안 좋아요. 우리는 완전히 일에 치여 있어요. 던워디 교수님 명령으로 모든 일정이 바뀌었거든요."

"역사학자들이 요청한 것들인가요?" 에일린이 물었다. 만약 던워디 교수님에게 부탁하면 어쩌면….

"아니요." 리나가 말했다. "그리고 일정이 바뀐 역사학자들 모두가 불같이 화를 내고 있죠. 실험실은 그것도 처리해야 해요. 제가 할 수 있는 건…." 전화벨이 울렸다. "잠시 실례할게요." 리나는 실험실을 가로질러 콘솔 옆에 있는 전화를 받으러 갔다. "여보세요? 네, 당신이 공포 시대에 먼저 가기로 되어 있었다는 건 저도 알아요….”

실험실 문이 열리더니 제럴드 핍스가 들어왔다. ‘오, 안 돼.’ 에일린이 생각했다. ‘하필 지금.’ 제럴드는 에일린이 아는 가장 성가신 인물이었다. “바드리는 어딨어?” 그가 다그쳤다.

“여기 없어.” 에일린이 말했다. “그리고 리나는 전화를 받고 있어.”

“네가 출발하는 일정도 바뀌었겠지?” 에일린에게 출력물을 흔들어대며 제럴드가 말했다. “이게 다 네가 늘 하려던 그 쓸데없는 전승 기념일 임무 때문이야?”

‘아니, 나는 전승 기념일로 가지 않아. 던워디 교수님을 설득해 교수님 마음을 돌릴 수 있다면 모를까.’ 그럴 가능성은 없어 보였다. 에일린이 던워디 교수를 만났을 때, 교수는 에일린의 요청을 거부했을 뿐 아니라 피난한 아이들이 모두 런던으로 돌아가서 걱정이라는 말도 귀담아듣지 않았다.

“아니.” 에일린이 제럴드에게 딱딱하게 말했다. “나는 제2차 세계대전에서 피난 간 아이들을 관찰하고 있어.”

제럴드가 소리 내 웃었다. “그거랑 전승 기념일이 네가 생각해낼 수 있는 가장 흥미로운 임무인 거야?” 그가 물었고, 한순간 에일린은 알프와 비니가 제럴드에게 불을 놓으면 좋겠다고 진심으로 바랐다.

“실험실이 네 출발 일정을 바꿨어?” 화제를 돌리기 위해 에일린이 물었다.

“응.” 제럴드는 대답하고는 여전히 통화 중인 리나를 초조한 눈으로 힐끗 보았다.

“아니요. 당신이 바스티유 습격 때로 먼저 임무를 가기로 되어 있었던 건 저도 알아요….” 리나가 말했다.

“하지만 그렇게 하면 안 돼.” 제럴드가 말했다. “난 이미 모든 준비를 마쳤어. 그리고 의상실에서 옷도 받아왔고. 만약 8월이었던 일정이 바뀌면 옷을 전부 다 다시 구해야 해. 내 상황을 설명해주면, 분명 실험실도 일정을 원래대로 돌려줄 거야. 내 임무는 다른 사람들처럼 아무 때나 휙 갈 수 있는 종류가 아니거든. 처음에 이 임무를 설계하는 일부터 얼마나 힘들었는지 알아?” 제럴드는 자신이 어디로 가려는 건지, 그리고 어떻게 준비했는가에 관해 장황하게 설명을 늘어놓기 시작했다.

에일린은 듣는 둥 마는 둥 했다. 리나가 전화를 끊는 순간 제럴드는 리나에게 달려들 것이 분명했고, 제럴드가 리나에게 고함을 지르는 게 끝나고 에일린이 리나와 이야기를 할 수 있을 때면 리나는 그녀의 출발 일정을 바꿔줄 기분이 아닐 것이다. 그리고 그러는 동안에도 에일린의 이틀은 시시각각 흘러가고 있었고, 오리얼 칼리지의 교통과에 가서 수업 신청하는 일은 아직 시작조차 못 한 상태였다. "나는 나중에 다시 오는 게 낫겠어." 에일린이 제럴드의 말을 끊고 문으로 가기 시작했다.

"아, 그래? 내 볼일이 끝나면 같이 잠시 회포 좀 풀 수 있을 줄 알았는데. 그리고 내가 네게…."

'네 임무에 관해 더 설명을 늘어놓고? 고맙지만 됐네요.' "아쉽지만 그럴 수 없어. 거의 곧장 돌아가야 하거든."

"이런, 아쉽네. 그런데, 너 그곳에 8월까지 있을 거야? 내가 주말에 기차를 타고… 너 있는 곳이 어디지?"

"워릭셔."

"워릭셔로 가서 내 무용담으로 널 즐겁게 해줄 수 있을 거야."

'어련하시겠어.' "아니, 아쉽지만 나는 5월 초에 돌아와." '다행히도 말이지.' 에일린은 리나에게 손을 흔들어 보인 뒤 제럴드가 뭔가 다른 제안을 하기 전에 서둘러 실험실을 나섰다. '처음에는 호드빈 남매, 그리고 이제는 제럴드라니.' 에일린은 문 앞에 서서 코트를 입고 장갑을 끼며 생각했다.

하지만 때는 2월이 아니라 4월이었으며, 날이 아주 좋았다. 리나는 오후 늦게 비가 올 거란 예보가 있다고 했지만, 지금은 따뜻했다. 에일린은 걸으며 코트를 벗었다. 시간 여행에서 가장 어려운 일은 자신이 언제 어디에 있는가를 기억하는 것이다. 에일린은 자신이 하인이 아니라는 사실을 잊고 리나를 두 번이나 '여사님'이라고 불렀으며, 알프와 비니가 따라오지 않는지 확인하기 위해 초조한 눈으로 계속 뒤를 돌아보곤 했다. 하이 스트리트에 도착한 에일린은 거리로 발을 디뎠지만, 쏜살같이 지나가는 자전거에 하마터면 치일 뻔했다.

'난 옥스퍼드에 있어. 백베리가 아니라고'. 연석으로 서둘러 물러서며 에일린이 생각했다. 에일린은 이번에는 양쪽을 잘 살핀 뒤 거리를 건너 햇빛이 밝게 비치는 하이 스트리트를 따라 걷기 시작했다. 갑자기 기분이 좋아졌다. '난 옥스퍼드에 있어. 등화관제도 없고, 배급제도 없고, 캐롤라인 여사도 없고, 호드빈 남매도 없고….'

"메로피!" 누군가가 외쳤다. 에일린은 뒤를 돌아보았다. 폴리 처칠이었다. "내내 네 이름을 외치며 따라왔어." 에일린을 따라잡은 폴리가 숨차하며 말했다. "내가 부르는 거 못 들었어?"

"응… 아니, 들었어…. 내 말은, 처음에는 네가 나를 부르는 줄 몰랐어. 요 몇 달간은 나를 에일린 오릴리라고 생각하려 애를 쓴 탓에 더는 내 이름조차 알아듣지 못해. 하녀 역할을 하고 있어서 아일랜드 이름을 써야만 했어…."

"그리고 네 빨간 머리 색깔이랑도 딱 어울리고."[9] 폴리가 말했다.

"맞아. 그리고 지난 몇 달간은 누구에게든 에일린이라고만 불렸거든. 나는 내 이름이 메로피라는 걸 사실상 잊어버렸어. 하지만 내 가명을 잊는 것보다는 그게 차라리 낫잖아. 백베리에 간 첫 주에는 계속 가명을 잊었어. 내 첫 번째 임무인데! 넌 대체 가명들을 어떻게 다 기억하고 다녀?"

"난 운이 좋은 경우지. 내 이름은 너처럼 기독교식 이름이 아니고, 역사에서 꽤 오랫동안 쓰여온 거라 나는 그냥 내 이름을 그대로 쓰거나 아니면 여러 가지로 줄여 부르는 이름을 쓸 수 있거든. 심지어 어떤 때는 성까지 그대로 쓸 수도 있어. 그리고 그럴 수 없는 경우, 가령 제2차 세계대전 때 처칠은 쓰기에 적당하다고 할 수 없잖아, 그럴 때는 셰익스피어를 써."

"폴리 셰익스피어?"

"아니." 폴리가 소리 내 웃으며 말했다. "셰익스피어 작품에 나오는 이름을 쓴다고. 16세기로 가는 임무를 맡았을 때 셰익스피어의 희곡들을 이식했어. 거기에는 이름이 잔뜩 있잖아. 특히 역사 희곡에는. 비록 런던 대공습이 《십이야》처럼 흘러가지는 않지만. 나는 폴리 세바스찬으로 행세할 거야."

9 아일랜드인은 빨간 머리인 사람 수가 세계 평균치보다 높다.

"난 네가 런던 대공습을 마친 줄 알았어."

"아니, 아직 아니야. 실험실에서 던워디 교수님이 요구하는 모든 조건에 맞는 강하 지점을 아직 찾지 못했거든. 교수님이 좀 유난이시잖아. 하지만 내가 맡은 건 다중 시간대 프로젝트라 다른 부분을 먼저 했어. 어제 막 돌아온 참이야."

에일린은 고개를 끄덕였다. 에일린은 폴리가 제1차 세계대전에서 비행선이 런던을 공격하는 걸 관측하는 것에 관해 이야기했던 게 기억났다.

"나는 던워디 교수님에게 보고하러 베일리얼 칼리지에 가는 중이야." 폴리가 말했다. "너도 거기 가는 거니?"

"아니, 나는 오리얼 칼리지에 가야 해."

"어, 잘됐다. 그럼 같은 방향으로 가는 거잖아." 폴리가 에일린의 팔을 잡았다. "잠시 같이 걸으며 밀린 이야기를 할 수 있겠어. 그래서 넌 피난한 아이들을 관찰하러 백베리에 가 있었어?"

"응, 그리고 물어볼 게 있어." 에일린이 진지하게 말했다. "너 여러 가지 임무를 해왔잖아. 어떻게 서로 안 헛갈리고 잘할 수 있었어? 그냥 이름만 바꾸는 게 아니잖아. 나는 벌써 내가 있는 시대와 장소가 헛갈리거든."

"전에 어딜 갔고 누굴 만났든 모두 완전히 잊고 현재 상황에 집중해야 해. 연기하는 것과 비슷해. 스파이랑도. 넌 모든 걸 잊고 에일린 오릴리가 되어야 해. 다른 임무에 관해 생각했다가는 현재 맡은 임무에 관한 집중력이 떨어질 뿐이야."

"다중 시간대 임무를 맡고 있어도?"

"다중 시간대 임무일 경우에는 특히나 더 그렇지. 자신이 있는 시간대의 임무가 끝날 때까지는 오롯이 그것에만 집중해. 그런 뒤엔 그 임무도 잊고 다음 임무를 수행하는 거야. 그런데 오리얼 칼리지에는 왜 가는 거야?"

"운전 교습을 받으러."

"운전 교습? 전승 기념일에 운전하려는 건 아니지? 그날은 운전이 불가능해. 인파가…."

"전승 기념일에 하려고 배우는 게 아니야. 갈 수나 있다면 말이지만. 던워디 교수님은 날 그곳에 안 보내겠대."

"하지만 넌…." 폴리가 말을 하다가 인상을 찡그리며 말을 멈췄다.

"내 마음이 그곳에 가 있다고? 하지만 던워디 교수님은 그런 건 상관 안 해. 오늘 아침에 만났는데, 전승 기념일은 이미 다른 임무에 포함되었고, 한 시공간에 두 명의 역사학자가 있는 건 너무 위험하대. 말도 안 되잖아. 우리가 거기서 만날 수 있을 리 없잖아. 전승 기념일에 트래펄가 광장에는 수천 명이 있었어. 그리고 설사 만났다 쳐. 교수님은 우리가 뭘 할 거라고 생각하는 거야? '우와, 세상에, 나 말고 다른 시간 여행자가 있네!' 하고 외치겠어? 교수님이 누구의 임무에 관해 말하는지 혹시 알아, 폴리? 이미 간 게 아니라면 나와 임무를 바꾸자고 설득할 수 있을지도 몰라. 또 누가 제2차 세계대전 담당이야?"

"응?" 폴리가 멍한 표정으로 말했다. 에일린이 한 말을 하나도 듣지 않은 게 분명했다.

"제2차 세계대전 임무에 또 누가 있냐고 했어."

"아." 폴리가 말했다. "롭 코튼, 그리고 내가 알기로는 마이클 데이비스도 맡았을 거야."

"마이클이 뭘 관찰하는지 알아?"

"아니. 왜?"

"전승 기념일에 누가 가는지 알고 싶어서."

"아, 마이클은 진주만에 관해 이야기했던 거 같아."

"진주만은 언제인데?"

"1941년 12월 7일. 전승 기념일 때문이 아니면 어디로 가기에 운전을 배워야 해?"

"워릭셔의 장원으로 돌아가서 해야 해. 내 임무를 마치려면 몇 달이 남았어."

"나도 몇 달 동안 가 있으면 좋겠다. 던워디 교수님은 런던 대공습에 몇 주밖에 시간을 주지 않았어. 그런데 난 네가 하녀인 줄 알았는데. 하인들은 보통 운전을 안 하잖아?"

"안 해. 하지만 캐롤라인 여사는 사고가 생겼을 때 구급차를 운전할 수 있도록 직원들 모두 운전을 배워야 한다고 고집을 부려."

"하지만 백베리에는 폭격이 없었잖아."

"응. 하지만 캐롤라인 여사는 자기 지위에 걸맞은 몫을 하겠노라 결심이 대단하거든. 아니, 자기 대신 하인들에게 자기 몫의 일을 시키겠노라 결심했다는 쪽이 더 맞는 표현이지. 우리에게 응급치료법 그리고 소이탄 끄는 법도 배우게 했어. 다음 주에는 우리 모두 방공포 쏘는 법을 배우라고 할지도 몰라."

"나보다 네가 런던 대공습에 더 잘 준비가 된 거 같네. 나도 백베리로 가서 준비해야 했는데."

"아니, 안 간 게 다행이야." 에일린이 말했다. "갔으면 그 끔찍한 호드빈들 때문에 골치를 썩였을 거야."

"끔찍한 호드빈? 그게 뭐야, 무기야?"

"바로 맞췄어. 치명적인 비밀 무기. 역사상 최악의 말썽꾸러기들이지." 에일린은 폴리에게 건초 더미 화재와 시어도어를 기차에 태우려던 일, 러드맨 씨의 검은 암소들에 알프와 비니가 하얀 줄을 그려 넣은 일을 이야기했다. "그래 놓고선, '등화관제 때 아저씨가 소들을 찾기 쉬우라고 그랬어요'라고 하더라."

"백베리 대신 베를린으로 피난을 시켰으면 좋았을 텐데." 에일린이 계속 말했다. "2주만 알프와 비니를 데리고 있게 했으면 히틀러는 제발 항복을 받아달라고 빌었을걸." 둘은 킹 에드워드 스트리트에 도착했다. "계속 함께 이야기하고 싶지만, 교통과에 가야 해. 거기가 언제 문 닫는지 혹시 알아, 폴리?"

"아니. 어떤 차를 운전할 건데? 다임러?"

"아니. 벤틀리. 그게 캐롤라인 여사가, 아니 여사의 운전사가 운전하는 차야. 왜?"

"아냐. 다임러의 기어에 관해 경고하려고 했거든. 후진 기어를 넣으려면 기어봉을 아주 세게 밀어야 해서. 하지만 너는 진짜 구급차를 운전하려는 게 아니니까 문제없어. 교통과가 그 시대 벤틀리를 가지고 있어?"

"몰라. 아직 안 가봤어. 난 오늘 아침에 막 도착했어."

"운전 허가서는 가지고 있어?"

"운전 허가서?" 에일린이 어리둥절하며 말했다.

"응. 오리얼 칼리지에 가기 전에 도구실에 가서 받아야 해."

"퀸스까지 다시 돌아가야 한다는 소리야?"

"아니. 베일리얼 칼리지에 가서 던워디 교수님에게 허가받고 그다음에 도구실로 가야 해."

"하지만 그랬다가는 오늘 오후가 다 가고 말 거야." 에일린이 말했다. "그리고 나는 이틀밖에 시간이 없어. 하루 만에 어떻게 운전을 배우겠어."

"이해가 안 가. 주임 사제가 운전을 가르쳐주는 거 아니었어?"

"맞아. 하지만 나는 1940년대 자동차에 타본 적이 없어. 문을 어떻게 열고 시동은 어떻게 거는지 그런 것들을 미리 배워야…."

"아, 그런 건 내가 한두 시간이면 가르쳐줄 수 있어. 나랑 같이 베일리얼 칼리지에 가자. 네가 던워디 교수님에게 허락받으면 내가 같이 가서 요령을 알려줄게. 그리고 내가 던워디 교수님이랑 만나서 전승 기념일에 너를 보내달라고 말해볼게."

"소용없을 거야." 에일린이 우울한 표정으로 말했다. "이미 시도해봤어. 던워디 교수님이 한번 결정하면 그걸 바꾸는 게 얼마나 어려운지 너도 잘 알잖아."

"맞아." 폴리가 거의 혼잣말하듯 말했다. "하지만 마음을 바꿔야 할 때도 있어. 만약…."

"폴리 누나!" 둘이 뒤를 돌아보았다. 열일곱 살에 옅은 갈색 머리의 콜린이 출력물을 한 다발 들고 둘에게 달려오고 있었다. "사방을 찾아다녔어, 폴리 누나." 콜린이 헐떡이며 말했다. "안녕, 메로피 누나."

"폭격받은 지하철역 목록을 완성했어." 콜린은 다시 폴리에게 말했다.

"콜린은 내가 할 런던 대공습 임무 준비를 도와주고 있어." 폴리가 에일린에게 설명했다.

콜린이 고개를 끄덕였다. "여기." 콜린은 폴리에게 출력물 몇 개를 건넸다. "이건 지하철역별로 정리한 목록이야. 하지만 몇 곳은 한 번 이상 폭격당했어."

폴리가 출력물을 살폈다. "워털루…." 그녀가 중얼거렸다. "…세인트폴 대성당… 마블 아치…."

콜린이 다시 고개를 끄덕였다. "9월 17일에 폭격당했어. 사상자가 마흔 명이 넘었지."

'여기 계속 서서 목록을 전부 확인하려는 게 아니면 좋겠는데.' 에일린은 생각하며 손목시계를 보았다. 이미 3시 반이 지났다. 지금 당장 던워디 교수를 만날 수 있다 할지라도 베일리얼 칼리지에서 적어도 1시간은 있어야 할 것이고, 만약 교통과가 5시에 문을 닫는다면….

"…리버풀 스트리트." 폴리가 말했다. "…캐넌 스트리트…, 블랙프라이어스. 맙소사, 이건 런던의 지하철역 전부잖아."

"아니, 절반밖에 안 돼." 콜린이 말했다. "그리고 그 대부분은 가벼운 피해만 입었어." 콜린은 폴리에게 다른 서류를 건넸다. "그리고 날짜별로도 정리했어. 언제 그곳에 가면 안 되는지 알아야 할 테니까. 던워디 교수님은 한 번이라도 폭격을 당한 곳에는 누나가 아예 가지 않기를 원하겠지만, 폭격당한 날만 위험할 뿐이니 괜찮다고 생각해. 그리고 빅토리아역이나 뱅크역에 가지 않고서는 아무 데도 갈 수 없잖아."

"내 마음을 알아주는구나." 폴리가 콜린을 향해 싱긋 웃으며 말했다. "던워디 교수님에게는 내가 이렇게 말했다고 말하지 마."

콜린은 충격을 받은 표정을 지었다. "내가 말 안 할 거라는 거 알잖아, 폴리 누나."

'흐음.' 에일린이 생각했다.

"공습경보랑 경보해제 사이렌이 울린 시간도 여기에 다 있어?" 페이지를 넘기며 폴리가 물었다.

"그건 아직 정리하지 못했어." 콜린이 말했다. "하지만 피해를 입은 런던의 표지물을 목록으로 정리했어." 콜린이 나머지 출력물들을 폴리에게 넘겼다. "마담 튀소의 밀랍 인형관도 폭격당한 거 알고 있었어? 그리고 처칠의 상이 넘어지며 부딪혀서 웰링턴의 귀가 떨어졌지만, 히틀러나 무솔리니는 생채기 하나 안 난 것도 알아? 불공평해."

"응. 뭐, 그것들은 나중에 만들어졌으니까." 출력물을 살피며 폴리가 말했다. "정말 고마워, 콜린. 얼마나 큰 도움이 되는지 너는 모를 거야."

콜린이 얼굴을 붉혔다. "한두 시간이면 사이렌이 울린 시간 목록을 만들 수 있을 거야. 어디에 있을 거야?"

"베일리얼 칼리지."

콜린은 쏜살같이 뛰어갔다.

"정말 고마워, 콜린! 너 끝내준다!" 폴리가 콜린 뒤에 대고 외쳤다. "미안해, 에일린." 폴리와 에일린이 다시 걷기 시작했을 때, 폴리가 말했다. "콜린은 정말 일을 잘해. 나라면 이걸 조사하느라 몇 주는 걸렸을 거야."

"그래. 사랑이 얼마나 크게 동기부여를 하는지, 참 놀라워."

"사랑?" 폴리가 고개를 저었다. "콜린이 사랑에 빠진 건 내가 아니라 시간 여행이야. 콜린은 틈만 나면 던워디 교수님에게 시간 여행 나이 제한을 풀고 지금 당장 임무를 맡겨 달라고 조르는걸."

"던워디 교수님은 뭐라고 하는데?"

"너도 알잖아."

"시간 여행과 사랑에 빠진 거라면 콜린이 왜 네 준비를 돕는지에 관한 설명이 되지." 에일린이 말했다. "하지만 왜 널 볼 때마다 얼굴을 붉히는지는 설명하지 못해. 네 이름을 말하는 방식도. 인정해, 폴리. 걔는 너에게 홀딱 반해 있는 거야."

"하지만 걔는 아직 어린애잖아!"

"어린애? 열일곱에? 1940년에 열일곱 살 아이들은 자기 나이를 속이고 입대했다가 독일군에게 죽곤 했어. 그리고 나이가 대체 무슨 상관인데? 내가 처음 도착했을 때 장원으로 피난 온 아이 한 명은 겨우 세 살인데도 나랑 결혼하고 싶다고 했어."

"이런, 맙소사. 너 정말로 콜린이…?" 폴리는 거리를 뒤돌아보았다. "이제 더는 조사를 도와달라고 하면 안 되겠다."

"아니, 그건 너무 잔인해. 콜린은 널 기쁘게 하고 싶고, 또 깊은 인상을 남기고 싶어서 애쓰는 거야. 그냥 그러도록 둬야 한다고 생각해. 넌 여기에 기껏해야… 얼마나 오래 있을 거야?"

"2주. 실험실에서 강하 지점을 찾을 수 있으면. 내가 돌아올 때쯤이면 이미 찾아놨을 줄 알았는데, 아직 마땅한 곳을 찾지 못했어."

"하지만 결국은 찾아낼 거고, 너는 런던 대공습으로 가겠지. 그거 실시간이야, 아니면 순간 시간이야?"

"실시간."

"얼마나 오래 가 있는 거야?"

"6주."

"열일곱 살에게 그건 영원과도 같아. 네가 돌아올 즈음이면 콜린은 자기 또래 여자아이와 사랑에 빠지고 널 까맣게 잊었을 거야."

"모르겠어. 지난번에도 거의 비슷한 정도로 갔다 왔거든…." 폴리가 생각에 잠겨 말했다. "그리고 단지 어리다는 이유로 그 감정의 깊이를 얕볼 순 없어. 내가 마지막으로 갔던 임무에서…." 폴리는 뭔가 하려던 말을 삼키고 다시 가볍게 말했다. "내 생각에 콜린은 자신의 조사 능력으로 내게 깊은 인상을 남기려는 거고, 그래서 십자군 시대로 보내달라고 던워디 교수님을 설득하는 일에서 내 도움을 받고 싶은 거 같아."

"십자군 시대? 그건 런던 대공습 때보다 더 위험하지 않아?"

"훨씬 더 위험하지. 런던 대공습이라면 나처럼 언제 어디에 폭탄이 떨어질지 아니까 더더욱. 그리고 이쪽이 훨씬…? 미안, 나 혼자만 떠들고 있었네. 네 임무에 관해 듣고 싶어."

"별로 말할 게 없어. 아이들을 씻기고, 아이들과 분노한 농부들을 상대하는 게 거의 전부야. 나는 마이클 케인[10]을 만날 수 있기를 바랐어. 케인은 여섯 살 때 피난을 갔거든. 하지만 만나지 못했어. 아, 방금 떠올랐는데, 너

10 영국의 배우. 어릴 때인 제2차 세계대전 당시 잉글랜드 동부 노퍽으로 피난을 갔다.

는 애거사 크리스티를 만날 수도 있겠다. 애거사 크리스티는 대공습 기간에 런던에 있었어."

"애거사 크리스티?"

"20세기 추리 소설 작가야. 노처녀, 성직자, 은퇴한 대령들이 연관된 살인 사건에 관해 훌륭한 소설들을 썼지. 나는 준비과정에서 그 소설들을 사용했어. 하인들과 장원의 저택들에 관해 아주 자세하게 그렸거든. 그리고 제2차 세계대전 중에 애거사 크리스티는 병원에서 일했는데, 이제 너는 구급차 운전사가 될 거잖아. 애거사…."

"나는 구급차 운전사가 되지 않아. 그보다 훨씬 더 위험한 일을 맡아. 옥스퍼드 스트리트 백화점의 점원."

"그게 구급차를 운전하는 것보다 더 위험해?"

"당연하지. 옥스퍼드 스트리트는 다섯 번이나 폭격당했고, 그곳의 백화점들은 그중 세 번 이상의 폭격에서 일부분 또는 전부가 무너지는 피해를 입었어."

"폭격이 있던 때에 일하지는 않겠지?"

"아, 물론 아니지. 던워디 교수님은 피터 로빈슨 백화점에서 일하는 것조차 허락하지 않으실 거야. 대공습 기간 마지막 무렵에야 폭격받았는데 말이야. 교수님이 왜 나에게 허락하지 않으시는지도 이해는 해…."

에일린은 멍하니 고개를 끄덕이며 크라이스트 처치의 종들이 시간을 알리는 소리에 귀를 기울였다. 4시였다. 둘은 에일린이 생각했던 것보다 더 오랫동안 서서 콜린에 관해 이야기했다. 어쩌면 폴리와 함께 가는 대신, 혼자 오리얼 칼리지에 가서 교통과가 언제 문을 닫는지를 알아봐야 할 듯했다.

"…존 루이스 백화점…." 폴리가 말하고 있었다.

아니면 폴리더러 던워디 교수와 통화해달라고 할 수도 있다. 그다음, 던워디 교수가 다시 도구실로 전화해 운전 교습 허가를 내주면 딱 맞았다.

"…파젯스 백화점이나 셀프리지스…."

'그리고 나는 곧장 도구실로 가면 돼.' 에일린이 생각했다. '그래서 허가서 양식을 받아 오리얼 칼리지로 가고, 거기서 폴리를 만나면 돼.'

"하지만 너무 심하게 요구할 수는 없어." 폴리가 말했다. "안 그러면 임무 전체를 취소할 거야. 교수님은 처음부터 이 임무가 너무 위험하다고 생각했는데, 만약…." 폴리는 다시 얼굴을 찡그리며 말을 멈췄다.

"만약 뭐?" 에일린이 물었다.

폴리가 잠시 침묵을 지켰다. "폭격당한 지하철역이 몇 개였지?" 마침내 폴리가 말했고, 에일린은 폴리가 원래 하려던 말이 그게 아니라는 느낌이 들었다. "나 밤에 지하철역에서 자야 하거든."

"지하철역에서?"

"응. 대공습이 시작됐을 때 방공호가 충분하지 않았고, 있는 것들도 그리 안전하지 않아서 사람들은 지하철역에서 자기 시작했어. 나는 거기서 밤을 보내며 피신한 사람들을 관찰할 거야." 폴리가 말했고, 에일린의 근심이 표정으로 나타난 모양이었다. 폴리가 황급히 덧붙여 말했기 때문이다. "그곳은 아주 안전해."

"폭격당한 지하철역에서 머물지 않으려고 준비를 한 거였구나." 에일린이 덤덤하게 말했다. 둘은 베일리얼 칼리지의 정문에 다다랐다. "폴리, 나는 같이 들어가지 않을 거야." 에일린은 폴리에게 자기 계획을 설명했고, 경비실로 들어갔다. "퍼디 씨, 교통과가 언제까지 여는지 아세요?"

"여기 어딘가에 시간표가 있을 텐데." 경비원이 말하며 종이들을 뒤적였다. "6시네요."

아, 다행이야. 아직 시간이 남았어. "던워디 교수님이 연구실에 아직 계실까요?"

"그럴걸요." 퍼디 씨가 말했다. "전 막 근무를 시작했지만, 맥카페이가 말하길, 1시간 전에 데이비스 씨가 던워디 교수님을 찾아왔다고 했거든요. 데이비스 씨가 아직 여기 있는 거로 보아 던워디 교수님을 만났을 겁니다."

"마이클 데이비스요?"

퍼디 씨가 고개를 끄덕였다. "처칠 양, 콜린 템플러가 메시지를 남겼어요. 당신을 찾고 있다고 전해달라더군요. 그리고…."

"이미 만났어요." 폴리가 말했다. "그래도 알려주셔서 고마워요. 에일린, 던워디 교수님께 도구실에 연락해달라고 말씀드릴….”

에일린이 고개를 저었다. “그냥 같이 가자.”

“넌 도구실에 가려던 거 아니었어?”

“맞아, 하지만 먼저 마이클에게 전승 기념일 담당인지를 묻고 싶어. 그리고 만약 그렇다면 나와 임무를 교대할 수 있는지도. 그리고 마이클이 아니라면 누가 담당인지 아는가 물어보려고.” 에일린은 폴리를 따라 안뜰을 가로질러 가기 시작했다.

마이클은 비어드 계단에 앉아 발로 바닥을 툭툭 치고 있었다. “너도 던워디 교수님을 만나려는 거야?” 폴리가 물었다.

“응.” 마이클이 초조하게 말했다. “1시간 45분째 기다리고 있어. 믿기지 않아. 처음에는 내 임무를 망치더니 이제는….”

“네 임무는 뭔데?” 에일린이 물었다.

“진주만이었어. 그래서 내가 이 끔찍한 미국인 악센트를….”

“어쩐지 말투가 이상하더라.” 에일린이 말했다.

“응. 도버에서는 정말로 이상하게 들릴 거야. 내 임무는 됭케르크의 피난 당시야. 준비 시간은 사흘도 채 안 되고. 그래서 여기에 있는 거야. 교수님에게 내 임무를 원래대로….”

“하지만….” 에일린이 혼란스러워하며 말했다. “됭케르크에서 아이들을 피난시켰어?”

“아니. 군인들. 정확히는 영국 해외 파견군 전체. 9일 동안 30만 명이었지. 1학년 역사 수업 안 들었어?”

“들었어.” 에일린이 변명조로 말했다. “하지만 작년까지만 해도 제2차 세계대전으로 갈 생각이 없었거든.” 에일린이 잠시 멈칫하다 다시 말했다. “됭케르크 작전은 제2차 세계대전인 거 맞지?”

마이클이 소리 내 웃었다. “그래. 1940년 5월 26일에서 6월 4일까지야.”

“아, 그래서 내가 몰랐구나….”

“하지만 됭케르크는 제2차 세계대전에서 주요한 전환점 가운데 하나야.” 폴리가 끼어들었다. “거기 분기점 아니야?”

"맞아."

"그런데 네가 어떻게…?"

"나는 거기에 가지 않아. 나는 도버에서 구조대를 조직하는 모습, 그리고 군인들을 구출해 돌아오는 보트들을 관찰할 거야."

"원래는 진주만으로 갈 예정이었다며?" 폴리가 날카롭게 말했다. "던워디 교수님이 그걸 왜 취소하신 거야?"

"취소하지 않았어." 마이클이 말했다. "그냥 순서를 바꾸었을 뿐이야. 나는 사건을 여러 개 맡았거든."

"전승 기념일도 있어?" 에일린이 말했다.

"아니. 나는 영웅들을 관찰해. 그래서 내가 가는 곳은 다 위기 상황인 곳이야. 진주만, 세계무역센터…."

"그 가운데 전승 기념일 근처도 있어?" 에일린이 말했다. "시간상으로."

"아니. 벌지 전투가 가장 가까워. 1944년 12월이거든."

"그 임무는 얼마 동안 해?" 에일린이 물었다.

"2주."

그렇다면 전승 기념일 임무를 하는 건 마이클이 아니었다. "1945년 임무를 맡은 역사학자를 알아?"

"1945년…." 마이클이 생각하며 말했다. "V-1하고 V-2 공격 당시로 누가 간다고 말했는데…, 하지만 그건 1944년일 거야."

"얼마나 기다려야 던워디 교수님을 만날 수 있는지 그분 비서에게 들은 거 없어?" 폴리가 끼어들었다. "교수님께 메로피의 운전 강습 허가를 받아야 하거든. 내 말은 에일린 말이야. 그리고 도구실은 5시에 문을 닫아."

"아니." 마이클이 말했다. "던워디 교수님의 새 비서에게 들은 말이라곤, 교수님이 오실 때까지 기다리겠느냔 게 전부였어. 나는 끽해야 몇 분 정도일 줄 알았지, 그게 오후를 통으로 기다려야 하는 걸 줄 상상도 하지 못했어. 설사 던워디 교수님이 역사학자를 골탕 먹일 작정이셨다 해도, 이건 너무하는 거지."

"오리얼 칼리지에 가서 벤틀리를 예약해놓는 게 어때, 메로피, 아니 에일린?" 폴리가 말했다. "우리가 던워디 교수님에게, 도구실로 전화해서 네 운전 강습을 허가해달라고 말할게. 그러면 도구실에서 교통과로 전화할 수 있어. 그게 시간이 절약될 거야."

"그래, 그럴게." 에일린이 말했다. 에일린은 마이클에게 고개를 돌렸다. "1945년을 관찰하는 사람이 누군지 아무도 몰라?"

"응. 테드 피클리가 패튼 장군의 독일 진입을 관찰하기로 되어 있었지만, 던워디 교수님이 취소했어."

"왜?" 취소라는 말에 폴리가 다시 긴장하며 물었다.

"몰라." 마이클이 말했다. "테디는 실험실에서 이유를 가르쳐주지 않았다고 했어. 내가 아는 건, 지난 2주 동안 던워디 교수님이 네 개의 강하를 바꿨고 두 개는 취소를 했다는 게 전부야."

에일린이 고개를 끄덕였다. "좀 전에 실험실에 들렀는데, 리나가 말하길, 교수님이 열 개가 넘는 일정을 변경했대. 거기서 만난 제럴드도, 던워디 교수님이 자기 강하 일정을 미뤘다고 했어."

"제럴드는 어디로 갈 예정이었어?" 폴리가 에일린에게 물었다.

"기억이 안 나. 제2차 세계대전과 관련이 있는 거였어. 하지만 전승 기념일은 아니야."

"던워디 교수님이 일정을 바꾼 강하가 전부 제2차 세계대전으로 가는 거야?" 걱정하는 목소리로 폴리가 마이클에게 물었다.

"아니. 자말 댄버스는 트로이로 갈 예정이었어. 그리고 내 룸메이트인 찰스는 싱가포르 침공의 사전 조사를 갈 예정이지만 일정이 변경되지 않았어."

"그리고 교수님은 우리 일정도 바꾸지 않았어, 폴리." 에일린이 말했다. "폴리는 런던 대공습이야." 에일린이 마이클에게 설명했다. "폴리는 백화점 점원으로 있을 예정이야. 런던 어디랬더라…. 너, 어디라고 했지?"

"옥스퍼드 스트리트." 폴리가 말했다.

"런던 대공습?" 마이클이 감명받은 목소리로 말했다. "거기 분기점 아니야?"

"일부분만 그래." 폴리가 말했다.

"하지만 위험등급 10은 확실하잖아. 던워디 교수님을 어떻게 설득했어?

나는 진주만에 가도 된다는 허락을 받기 위해 엄청나게 공을 들였다고. 폴 킬도우에게 그런 일이 있고 나서는 더욱더."

"폴에게 무슨 일이 있었는데?" 폴리가 날카롭게 물었다.

"안티템 운하에서 포탄 파편에 맞았어." 마이클이 말했다. "별거 아니었어. 그냥 찰과상이었지만, 던워디 교수님이 얼마나 과잉보호하는지 다들 알잖아. 이후 폴에게는 전투와 관련된 그 어떤 임무도 맡기지 않았어."

"어쩌면 그래서 교수님이 강하를 취소했는지도 몰라." 에일린이 말했다. "너무 위험하다고 생각을 바꿨기 때문에 말이야. 교수님이 취소한 건 전부 전투와 관련이 있어, 안 그래?"

"나는 그만 가야겠어." 갑자기 폴리가 말했다. "막 떠올랐는데, 오늘 오후에 가봉하기로 되어 있어. 의상실에 가야 해."

"하지만 넌 내게 벤틀리 문 여는 법이랑…."

"미안, 안 돼. 내일 하면 어때?"

"하지만 너 던워디 교수님에게 보고해야 하잖아." 에일린이 말했다. "내가 너 대신…."

"아니, 그러지 마. 가봉을 마친 다음에 다시 올 거야. 나 정말 가봐야 해. 마이클, 됭케르크에서, 아니 도버에서 행운을 빌어." 폴리가 말하고 서둘러 사라졌다.

"대체 이게 다 무슨 일이야?" 폴리의 뒷모습을 바라보며 마이클이 물었다.

"모르겠어. 폴리는 오늘 오후 내내 정신이 딴 데 가 있는 거 같았어."

"런던 대공습으로 가잖아."

"알아. 하지만 위험한 임무라면 전에도 많이 해본걸. 폴리는 던워디 교수님이 자기 임무를 취소할까 봐 걱정하는 거 같아. 적어도 나는 내 임무가 너무 위험하다는 이유로 취소될까봐 걱정 안 해도 돼. 알프와 비니가 장원이나 다른 어딘가에 불을 놓지만 않는다면 말이야."

"알프와 비니?"

"피난민이야. 나는 런던에서 피난 온 아이들을 관찰하고 있어."

"언제야?"

"1939년 9월부터 제2차 세계대전이 끝날 때까지. 1학년 역사 수업 안 들었어?"

마이클이 소리 내 웃었다. "내 말은, 네가 있는 때가 언제냐고."

"5월 2일까지야. 그래서 내가 됭케르크에 관해 몰랐던 거고."

"만약 피난이 제2차 세계대전이 끝날 때까지 계속되었다면, 던워디 교수님에게 전승 기념일까지 머물게 해달라고 말할 수도 있을 거야. 아니면 그냥 그때까지 돌아오지 말든가."

에일린이 고개를 저었다. "구조팀이 나를 찾으러 올 거야. 그리고 설사 내가 구조팀을 피할 수 있다 할지라도, 5년 동안이나 알프와 비니를 참고 견뎌야 한다는 건 생각만…."

"메로피 누나!" 누군가가 외쳤다.

마이클이 고개를 돌려 안뜰 너머를 바라보았다. "누가 너를 찾고 있어."

콜린 템플러였다. 콜린이 둘을 바라보았다. "폴리 누나 어디 있는지 알아요?"

"의상실에 갔어." 에일린이 말했다.

"여기 온다고 한 줄 알았는데요."

"여기 있었어. 그렇게 말한 거 맞아. 던워디 교수님을 보러 왔지만, 교수님은 다른 사람을 만나고 있고, 폴리는 기다릴 시간이 없었어."

"교수님이 다른 사람을 만나고 있다니, 무슨 말이에요? 던워디 교수님은 여기 안 계세요. 런던에 가셨어요. 오늘 밤 늦게야 돌아올 거예요."

에일린은 마이클을 돌아보았다. "하지만 아까 네가 말했을 때는…."

"그 씨발 놈의 비서 새끼!" 마이클이 분통을 터뜨렸다. "던워디 교수님이 외출 중이라고는 입도 벙긋 안 했어. 그냥 나보고 기다리겠느냐고 물었고, 그래서 나는 당연히 교수님이 여기에…."

"큰일 났네." 에일린이 말했다. "이제 운전 강습은 어떻게 한담?"

"오늘 밤 늦게 언제?" 마이클이 콜린에게 말했다.

"몰라요." 콜린이 입을 열었지만, 마이클은 이미 계단을 올라 던워디 교수의 사무실로 들어가고 있었다. "폴리 누나가 의상실에 있다고 했죠?" 콜린이 에일린에게 물었다.

에일린이 고개를 끄덕였고, 콜린은 달려 그곳을 떠났다. 마이클이 고개를 설레설레 저으며 돌아왔다. "아무리 일러도 자정은 되어야 오신대. 이시와카라는 시간 여행 이론가를 만나러 갔대. 그리고 나는 여기서 오늘 오후 전부를 날렸고…. 아, 맘 상하게 할 뜻은 없어." 마이클이 말했다. "그냥 지금 강하를 준비할 시간이 충분하지 않고, 이제…."

"알아. 나도 겨우 이틀밖에 없어. 이제 나도 운전 강습 허락을 받으려면 내일까지 기다려야 해."

"아니, 넌 그러지 않아도 돼." 마이클이 주머니를 뒤졌다. "원래 진주만으로 갈 거였을 때, 교수님에게 소형 비행기 조종 강습을 위한 허가서를 받았어. 만약 교수님이 서류에 서명만 하고 나머지 내용은 적지 않았다면…." 마이클이 종이 한 장을 꺼내 펴보았다. "잘됐네. 서명만 했어. 자, 받아."

"하지만 너도 필요하지 않아?"

"도버에서 돌아올 때까지는 괜찮아." 마이클이 말했다. "잃어버려서 한 장 더 필요하다고 말하면 돼." 마이클은 서류를 에일린에게 넘겼다.

"아, 고마워." 에일린이 감격하며 말했다. "이 은혜 잊지 않을게." 에일린은 손목시계를 보았다. 서두르면 도구실이 문을 닫기 전에 운전 허가증을 받을 수 있었다. "나 얼른 갈게."

"나도." 에일린과 함께 정문으로 걸어가며 마이클이 말했다. "도버 지도랑 구출에 참여한 배 이름을 암기해야 해. 7백 척이나 되거든."

둘은 정문을 나왔고, 하마터면 콜린과 부딪힐 뻔했다. "폴리를 찾으러 간 줄 알았는데?" 에일린이 말했다.

"그랬어요." 콜린이 숨차하며 말했다. "하지만 의상실에 갔더니 데이비스 씨가 어디에 있는지 혹시 아느냐고 묻더라고요. 그래서 어디 있는지 안다고 했더니, 곧장 의상실로 오라고 전해달래요. 원래 데이비스 씨가 입기로 한 옷을 제럴드 핍스에게 줘버려서 데이비스 씨는 다시 의상실에 와서 새 옷이 맞는지 입어봐야 한다고요."

7

등화관제 때 주의하십시오!

— 영국 정부 포스터, 1939년

옥스퍼드, 2060년 4월

바드리는 마이클 주위 네트의 커튼을 매만졌다. "5월 24일 오전 5시로 보낼 겁니다." 바드리가 말했다.

'좋았어.' 마이클이 생각했다. 구출 작전은 26일 일요일에 시작했고, 민간인 보트는 이튿날이 되어야 군인들을 데려올 것이다. 그러니 도버까지 간 다음 다시 부두까지 갈 방법을 찾을 시간이 충분했다.

"한두 시간 정도 편차가 있을 수 있습니다." 바드리가 말했다. "도착하는 장소에 누가 있어서 네트의 빛무리를 목격할 가능성에 따라서요." 하지만 몇 분 뒤 강하하고 보니 동트기 한두 시간 전 정도의 어둠이 아니라 칠흑 같은 어둠이었다. 마이클은 눈이 어둠에 적응하길 기다렸지만, 적응하고 말고 할 빛 자체가 없었다.

별도, 빛도, 심지어 아무것도 보이지 않았지만, 아마도 등화관제 때문일 것이다. 1940년 5월에는 외부 조명이 허용되지 않았으며, 자동차 전조등은 커버를 씌워야 했고, 창문에는 등화관제용 장막을 쳤다. 이 시대 사람들은 등화관제 아래 이동하는 게 얼마나 위험한지 아느냐고 불평했는데,

이제 마이클은 이 시대 사람들이 왜들 그리 불평했는지 훤히 볼 수 있었다. 아니, 더 정확히 말하자면, 깜깜하게 보였다. 마이클은 처음에는 두 손을 앞으로 뻗고 더듬거리며 나아가볼까 생각했지만, 여기는 잉글랜드 남동부였다. 마이클이 도착한 곳이 백악(白堊) 절벽 가장자리일 수도 있고, 한 발만 잘못 디뎠다가는 절벽 아래로 떨어져 죽을 수도 있었다.

마이클은 가만히 서서 귀를 기울였다. 해변에서 파도가 철썩이는 소리가 오른쪽에서 희미하게 들렸다. 23일부터 됭케르크를 태우던 불이 도버 해안 일부에서 보여야 했지만, 마이클 눈에 수평선 어디에도 붉은색은 보이지 않았다. 아니, 사실 수평선 자체가 보이지 않았다. 그건 지금 있는 곳이 그 일부 해안이 아니거나, 아니면 마이클이 23일보다 일찍 도착했다는 뜻이었다. 비록 이 장소를 택한 이유는 시간 편차가 없었기 때문이지만 말이다.

'시간은 나중에 파악해도 돼.' 마이클이 생각했다. '지금 당장은 여기가 어디인지부터 알아내야 해.' 파도 소리는 아래쪽이 아니라 마이클과 비슷한 높이에서 들렸다. 좋아. 마이클은 한 발을 살짝 앞으로 밀었다. 자갈이 밟혔다. 해변의 자갈들, 혹은 몇 미터 앞만 비추도록 빛을 죽인 헤드라이트가 달린 차를 누군가가 운전해오고 있는 길일 수도 있었다. 그런 경우 마이클은 당장 길에서 비켜야 했다. 하지만 엔진 소리는 전혀 들리지 않았고, 도버 북쪽 도로는 해변을 따라서가 아닌, 절벽 꼭대기를 따라가며 나 있었다.

마이클은 몸을 숙여 자갈을 만져보았다. 축축했다. 손으로 반원을 그리며 바닥을 쓸어보니, 축축한 모래밭과 조개껍데기 같은 게 느껴졌다. 분명히 해변이었다. 비록 1940년 영국 해변은 도로보다 더 위험했지만 말이다. 지뢰가 설치되었거나 철조망으로 덮여 있을 가능성이 컸다. 아니면 둘 다이거나. 그리고 어둠 속에서 움직이다가 발이 걸려 대전차 장애물에 몸이 꿰이기 십상이었다.

도구실은 마이클에게 안전성냥 한 팩을 주었다. 마이클은 위치를 파악하기 위해 성냥을 하나 켜볼까 어쩔까 고민했다. 괜찮겠지. 해변에는 아무도 없을 것이다. 강하할 때의 빛무리를 볼 만한 사람이 있었다면 강하 자체가 불가능했으리라. 하지만 강하는 몇 분 전에 있었다. 군인이 순찰할 수도 있고, 해협에 배가 나왔을 수도 있었다. 비록 아무것도 보이지 않았지만, 어떤 배들은 독일군에게 들키지 않으려고 불을 끈 채 다녔다. 그리고 강하 때 나는 빛무리는 수면 저 멀리서도 보일 수 있었다. 심지어 성냥의 작은 불빛조차 몇 킬로미터 밖에서 볼 수 있었다. 제2차 세계대전에서 부주의한 수병의 담뱃불 때문에 잠수함에 격침된 호위함도 한두 척이 아니었다.

그러니 빛을 낼 수는 없었다. 그리고 지뢰에 폭사 당할 생각이 아니라면 어둠 속에서 주위를 배회해도 안 되었다. 따라서 마이클이 할 수 있는 건 그냥 이곳에 있으면서 동틀 때까지 그리 멀지 않았기를 바라는 게 전부였다. 그는 모래 위에 조심스레 앉아 동트길 기다렸다.

'여기 어둠 속에서 이렇게 기다릴 시간에 대신 옥스퍼드에서 준비해야 했는데.' 옥스퍼드에 있었다면 시간이 없어서 미처 암기하지 못한, 구출 작전에 참여한 해군 선박 목록을 암기하거나, 또는 구출한 군인들을 태운 배들이 정확히 어느 지점으로 들어왔는지, 그리고 기자들 출입이 허용 안 될 때 부두에 어떻게 접근할 수 있는지 등을 알아낼 수 있었으리라.

'던워디 교수님이 일정을 바꿔서 내가 이 생고생이군.' 마이클이 생각했다. 축축한 모래 때문에 바지가 젖고 있었다. 마이클은 일어나 재킷을 벗어 접은 뒤 바닥에 깔고 그 위에 앉아 다시 어둠을 물끄러미 바라보았다. 그리고 몸을 떨었다.

점점 더 추워졌다. '5월 24일치고는 너무 추운데.' 마이클이 생각했고, 갑자기 자신이 들어왔던 끔찍한 이야기들이 전부 떠올랐다. 어떤 중세 전공 역사학자는 엉뚱한 연도로 보내져 결국 흑사병이 한창일 때에 도착하고 말았다. 역사학자가 사건에 영향을 줄 수 있다고 믿던 네트 초창기에 누군가는 히틀러를 쏴 죽이기 위해 1935년으로 갔지만 도착한 건 1970년의 동베를린이었다. 또 어떤 역사학자는 (됭케르크처럼 분기점인) 워털루로 가려고 했지만 결국 미국의 원주민 수족 영토에 도착했다.

만약 마이클이 도착한 때가 1940년이 아니라면? 또는, 도착한 곳이 잉글랜드 해변이 아니라 남태평양이고, 막 일본군이 침공하려는 참이라면?

그렇다면 왜 한밤중에 도착했는지 설명이 되었다. 일본군들은 언제나 동트기 전에 해변으로 숨어들지 않았던가?

'터무니없는 생각이야. 남태평양이기에는 너무 추워.' 마이클은 너무 추워서 다리에 쥐가 나기 시작했다. 그는 다리를 마사지한 뒤 쭉 폈다. 그러자 뭔가 단단한 것에 발이 닿았다. 그는 즉시 발을 거둬들였다. 대전차 장애물의 금속 버팀목인가? 대전차 장애물 중에는 꼭대기에 지뢰가 장착되어, 조그마한 움직임에도 떨어져 폭발하는 것도 있었다.

마이클은 무릎을 꿇고 몸을 앞으로 숙인 자세로 모래를 더듬으며 손을 뻗어 발에 걸렸던 것의 기부를 조심스레 만져보았다. '바위구나.' 그가 생각하며 마음을 놓았다. 모래 위에 수직으로 솟은 바위였다. 절벽인가? 아니었다. 옆면을 더듬어보니 머리보다 살짝 높았고 폭은 1미터가 조금 넘었다. 해변에서 흔히 볼 수 있는, 관광객이 올라가보곤 하는 자그마한 바위가 분명했다. 마이클은 좀 더 다가가 몸을 돌려 등을 바위에 기댔고, 이번에는 조심하면서 다시 다리를 뻗었다.

잘한 행동이었다. 또 다른 바위에 발이 부딪혔기 때문이다. 이번 바위는 첫 번째 것보다 기울어져 있었고, 폭이 더 넓었다. 얼마나 높은지 보려고 올라가보자, 파도 소리가 갑자기 더 커졌다. 마이클은 왜 여기가 강하 지점으로 선택되었는지 이해할 수 있었다. 바위들이 강하 때 생기는 빛무리와 마이클을 가려줘 해변에서 볼 수 없었기 때문이다.

하지만 만약 그랬다면 편차가 일어났을 리 없었다. 바다에서나 해변에서 최소한 일부라도 강하 장면이 보인 게 분명했다. 아니면 위쪽 어디에서. 동부 해안 전체에 민간 해안 감시원들이 깔렸고, 그 가운데 한 명이 지금 쌍안경으로 이 해안을 보고 있을지도 몰랐다. 아니면 새벽 5시에 그럴 예정인지도 몰랐다. 그랬기에 마이클이 일찍 도착한 것이다.

'날이 밝기 시작하면 조심해야 한다는 뜻이군.' 그 전에 저체온증으로 죽지 않는다면 말이다. 맙소사, 너무 추웠다. 마이클은 재킷을 다시 입어야겠다고 생각했다. '의상실이 제럴드에게 준 재킷을 내가 가져왔으면 좋았을 텐데.' 그 재킷은 지금 것보다 훨씬 더 따뜻했다. 그는 뻣뻣한 다리를 펴며

일어나 재킷을 입고 다시 앉았다. '정신 차려.' 마이클이 생각했다. '계획대로 움직여야 해.'

얼마나 시간이 흘렀는지 알 수 없었다. 마이클은 재킷을 벗어 담요처럼 몸에 둘렀다. 그는 바위의 우묵한 곳에 몸을 붙였고, 몸을 따뜻하게 하려고, 그리고 잠들지 않으려고 애썼다. 추운데도 자꾸만 눈이 감겼다. '저체온증의 첫 번째 증상이 졸음 아니었나?' 마이클은 졸며 생각했다.

'저체온증이 아니라, 시차 증후군 때문이야. 그리고 어제와 그제는 이 빌어먹을 임무 준비를 하느라 밤을 새웠고.' 그 모든 노력이 여기 어둠 속에 앉아 추위에 얼어 죽기 위해서라니. '이 시간이면 난 대형 선박들 이름을 외우는 정도가 아니라 소형 선박들 이름까지도, 7백 척의 이름을 모두 외울 수도 있었어. 그리고 구출한 30만 명의 군인 이름도.'

영겁이 흐른 듯한 느낌이 든 뒤 마침내 하늘이 밝아지기 시작했을 때, 마이클은 처음에는 자신이 어둠을 너무나 오랫동안 응시한 탓에 눈앞에 환각을 보고 있다고 생각했다. 하지만 그가 보고 있는 것은 검은 벨벳색 하늘을 배경으로 솟은 바위의 칠흑 같은 검은색 윤곽이 맞았고, 몸을 일으켜 등 뒤 바위 너머로 파도 소리가 들리는 쪽을 조심스레 살펴보니, 어둠은 한층 더 회색에 가까워져 있었다. 그리고 몇 분이 지나지 않아 하얗게 부서지는 파도가 식별되기 시작했고, 어둠 속에서 유령처럼 창백한 모습으로 어렴풋이 밝아오는 등 뒤의 절벽을 알아볼 수 있었다. 백악 절벽이었다. 그 말은, 그가 맞는 장소에 와 있다는 뜻이었다.

하지만 마이클이 있는 곳은 두 개의 바위 사이가 아니었다. 조수 때문에 중간이 움푹하게 파인 뒤 모래가 쌓인 하나의 바위 뒤였다. 하지만 그 바위가 자신을, 그리고 강하의 빛무리를 해변 쪽에서 안 보이게 가려주었을 거라던 생각은 옳았다. 마이클은 손목에 찬 부로바 시계를 보았다. 11시 20분이었다. 그는 강하 직전에 시계를 5시로 맞추어두었고, 따라서 그는 이곳에 6시간 이상 있었다. 영겁의 시간이 흐른 느낌이 든 것도 이상할 게 없었다. 그랬기 때문이다.

그리고 마이클은 왜 이런 상황이 되었는지 특별한 이유를 찾을 수 없었다. 그는 5시에 누가 근처에 있었으리라고 생각했지만, 근처 바다에 보트도 없었고 해변에 발자국도 없었다. 해변 방비 시설도 없었고, 배의 상륙을 늦추기 위해 물과 해안의 경계를 따라 세운 말뚝들도 보이지 않았고, 철조망도 없었다. '맙소사, 편차 때문에 1월에 도착한 게 아니면 좋겠군. 또는 1938년이라든가.'

그걸 알아낼 유일한 방법은 해변을 떠나는 것이었다. 어쨌거나 해변은 떠나야 했다. 만약 마이클이 예정된 시간과 장소에 와 있다면, 이곳 사람들은 마이클이 U보트에서 방금 내린 독일 스파이라고 생각해서 그를 체포할 것이다. 아니면 총으로 쏘든가. 그는 날이 완전히 밝기 전에 이곳을 떠나야 했다. 마이클은 코트를 입고, 바지에서 모래를 털어내고, 바위 너머 양쪽을 살핀 뒤 바위를 넘어갔다. 그는 몸을 돌려 절벽을 쳐다보았다. 꼭대기에는 아무도 없었다. 적어도 마이클이 보는 쪽에는 그랬다. 그리고 해변에서 밖으로 연결된 길도 딱히 없었다. 그리고 도버가 어느 쪽인지도 알 수 없었다. 그는 마음속에서 동전을 던져 방향을 결정했고, 절벽 위에서 자신이 보이지 않도록 절벽에 바짝 붙어 북쪽 끝으로 걸어가며 길이 없는지 살폈다.

바위에서 몇백 미터 정도 가니 길이 보였다. 백악 절벽으로 이어지는 좁고 구불구불한 길이었다. 마이클은 길을 따라 뛰어갔고, 꼭대기에 도착하기 직전에 멈춰 위를 살폈지만, 풀밭이 펼쳐진 꼭대기에는 아무도 없었다. 몸을 돌려 해협을 쭉 훑어보았지만, 이렇게 높은 곳에서조차 배는 한 척도 볼 수 없었다. 그리고 수평선에 연기의 흔적도 보이지 않았다.

농가도, 가축도, 심지어 울타리도 없었다. 보이는 건 지난밤 그가 도착했던 곳으로 보이는 하얀 자갈길뿐이었다. '완전히 외딴곳에 떨어졌군.' 마이클이 생각했다.

하지만 그럴 리 없었다. 잉글랜드의 남동 해변 전체에 어업을 하는 마을들이 여기저기 흩어져 있었다. '이 근처 어딘가에 그런 마을이 있을 거야.' 반대편 곶 너머에 뭐가 있는지 보기 위해 남쪽으로 향하며 마이클은 생각했다. 하지만 만약 마을이 있다면 지난밤 또는 오늘 아침에 교회 종소리가 들렸어야 하지 않나? 그냥 근처에 마을이 있기를 바랄밖에. 그리고 부디 걸어서 갈 수 있는 거리에 있기를.

있었다. 곶 바로 너머에 석조 건물들이 모여 있었고, 그 너머로는 돛단 배들이 줄지어 선 부두가 보였다. 교회도 있었다. 종탑도. 절벽이 종소리를 가린 게 분명했다. 마이클은 얻어 탈 수 있는 차가 오지는 않는지 유심히 살피며 마을을 향해 내려가기 시작했다. 운이 좋으면 도버까지 가는 버스를 탈 수도 있으리라고 생각했지만, 마을에 도착할 때까지 차는 한 대도 보이지 않았다.

'아직 나다니기에는 너무 이른 시간이지.' 그는 생각했고, 마을 역시 그런 듯했다. 단 하나 있는 가게는 문을 닫았고, '왕관과 닻'이라는 이름의 선술집 역시 마찬가지였으며, 거리에는 아무도 없었다. 마이클은 어부들은 일어났으리라고 생각하며 부두로 걸어갔지만, 부두 역시 사람 하나 보이지 않았다. 그리고 마지막 집 너머까지 걸어가보았지만, 기차역은 없었다. 버스 정류장도 없었다. 마이클은 가게로 다시 걸어와 창문 안을 살피며 버스 시간표나 이 마을 이름을 알려줄 만한 뭔가가 없을까 하고 찾아보았다. 만약 마이클이 도버 북쪽 10킬로미터 되는 곳에 도착했다면, 버스를 기다리는 것보다는 걷는 것이 빠를 것이다. 하지만 마이클이 볼 수 있었던 유일한 것은 '여왕 극장'의 시간표로, 5월 15일부터 31일까지 〈함대를 따르라〉를 상영한다는 일정이었다. 5월은 맞는 달이었지만 이 영화는 1937년에 개봉했다.

마이클은 '왕관과 닻'으로 가서 문을 열어보았다. 문이 열리고 어두운 실내가 보였다. "계세요? 문 연 건가요?" 마이클이 외치며 안으로 들어섰다.

복도 끝에 계단 그리고 술집으로 통할 게 분명한 문이 보였다. 그는 거의 깜깜한 실내에서 긴 의자들과 바를 간신히 알아보았다. 수화기 부분이 선에 연결된 구식 전화기 하나가 계단 반대편 벽에 걸렸고, 그 옆에는 괘종시계가 있었다. 마이클은 눈을 가늘게 뜨고 시계를 바라보았다. 8시 5분 전이었다. 그렇다면 그는 5시에 온 것이 아니었다. 마이클은 부로바의 시간을 맞추었고, 어설픈 동작으로 시간을 맞추는 모습을 보는 사람이 없어서 다행이라고 생각했다. 그리고 버스 시간표를 찾아주위를 둘러보았다. 괘종시계 옆의 작은 탁자에 편지 몇 통이 보였다. 마이클은 그 위로 몸을 숙여 눈을 가늘게 뜨고 맨 위 봉투에 적힌 글씨를 읽었다. "켄트, 살트램-온-시."

'그럴 리 없어.' 마이클이 생각했다. 살트램-온-시는 도버 북쪽으로 10킬로미터가 아닌, 남쪽으로 50킬로미터 떨어진 곳이었다. 이 편지는 살트램-온-시로 보내는 것이 분명할 것이다. 하지만 봉투 귀퉁이에 붙은 2센트짜리 우표에는 도장이 찍혀 있었고, 반송 주소는 비긴힐 군 비행장으로, 이곳은 분명히 아니었다. 마이클은 좁은 나무 계단 쪽을 조심스레 살핀 다음 편지들을 들어 하나씩 살펴보았다. 모두 살트램-온-시로 보내온 것들이었고, 마이클의 의심에 쐐기를 박듯이, 그 가운데 하나는 '왕관과 닻'으로 되어 있었다.

맙소사, 그건 위치 편차가 있었다는 뜻이었다. 그건 마이클이 버스를 타야만 하며, 지금 당장 버스가 도착하고 떠나는 시간을 알아내야 한다는 뜻이기도 했다. "계세요?" 마이클이 계단을 향해, 그리고 다음으로는 술집을 향해 큰 소리로 외쳤다. "아무도 안 계세요?"

아무 대답도 없었고, 위쪽에서 뭔가 움직이는 소리도 들리지 않았다. 그는 잠시 귀를 기울이다가, 버스 시간표나 지역 신문을 찾을 셈으로 어두침침한 술집으로 들어갔다. 바에는 찾는 것이 없었고, 바 뒤쪽 벽에 있는 유일한 것은 또 다른 영화 상영 시간표였다. 이번 것은 1936년에 개봉했던 〈잃어버린 지평선〉으로, 6월 15일부터 30일까지 상영한다고 되어 있었다. '맙소사, 시간 편차까지 있는 거야?' 그는 혹시 신문이 있지 않을까 하는 생각에 바 뒤로 돌아가며 생각했다. 마이클은 날짜를 알아내야만 했다.

휴지통에 신문이 한 부, 아니 일부분이 있었다. 반쪽이었다. 신문 이름과 날짜가 있는 쪽은 당연히 찢겨 사라진 쪽이었고, 휴지통에 있는 건 걸레나 그 비슷한 용도로 쓰인 듯했다. 마이클은 신문을 바에 올려놓고 찢어지지 않도록 조심스레 펼쳤지만, 젖은 회색 신문을 읽기에 실내는 너무 어두웠다.

마이클은 신문을 읽기 위해 가장자리를 잡아 든 뒤 복도로 돌아갔다. '압도적 위력의 독일군 폭격'이 헤드라인이었다. 좋아. 적어도 1936년은 아니었다. 본 기사의 헤드라인은 사라지고 없었지만, 독일군 진격을 보여주는 갖가지 화살표들이 표시된 프랑스 지도가 있었고, 따라서 아직 6월 말은 아니라는 뜻이었다. 6월 말이면 전투는 3주 전에 끝났으며, 파리는 점령된 상태였다.

"독일군 뫼즈강 도하." 이건 5월 17일에 있었다. "전시 긴급권법 통과되다." 이건 22일에 있었고, 그렇다면 어제 신문이 분명했다. 결국 오늘이 23일이고, 그건 편차 때문에 마이클이 하루 일찍 도착했다는 뜻이었지만, 그건 잘된 일이었다. 그로 인해 마이클은 도버로 갈 시간을 하루 번 것이다. 그러지 않아도 시간이 더 필요한 상황이었다. 마이클은 신문을 계속 읽어나갔다. "웨스트민스터 사원에서 국가 기도의 날 진행."

이런, 안 돼. 예배는 일요일인 5월 26일에 있었고, 만약 이게 어제의 신문이라면 오늘은 27일, 월요일이었다. "젠장." 마이클이 중얼거렸다. "구출 작전 첫날을 이미 놓쳤잖아."

"여기는 정오에 열어요." 위쪽에서 여자 목소리가 들렸다.

그는 몸을 돌렸고, 갑자기 움직이는 바람에 젖은 신문이 반으로 찢어졌다. 퐁파두르 헤어 스타일을 했으며, 입술이 아주 빨간, 예쁘고 젊은 여자가 계단 중간쯤에서, 마이클이 반으로 찢은 신문을 흥미로운 눈으로 보고 있었다. 마이클은 자신의 행동을 대체 어떻게 설명해야 한단 말인가? 또는 구출 작전에 관해 한 말을 어떻게 설명한단 말인가? 이 여자는 마이클이 한 말을 어디까지 들었을까?

"방을 원하시나요?" 계단을 마저 내려오며 여자가 물었다.

"아니요. 버스 시간표를 찾고 있었습니다." 마이클이 말했다. "도버로 가는 버스가 언제 오는지 알려주시겠어요?"

"당신, 양키군요." 여자가 좋아하며 말했다. "조종사인가요?" 여자는 마치 거리 한가운데에 비행기라도 착륙해 있기를 바란다는 듯이 마이클 너머 문밖을 바라보았다. "낙하산으로 탈출했나요?"

"아니요." 마이클이 말했다. "저는 기자예요."

"기자요?" 여전히 즐거운 목소리로 여자가 말했고, 마이클은 자신이 처음 생각했던 것보다 여자가 훨씬 더 어리다는 사실을 깨달았다. 기껏해야 열일곱 또는 열여덟 살 정도였다. 퐁파두르 헤어 스타일과 진한 립스틱 때문에 실제보다 더 나이 들었다고 생각한 것이었다.

"네, 〈오마하 옵서버〉요." 마이클이 말했다. "종군기자입니다. 도버에 가야 하는데요. 버스가 언제 오는지 알려주시겠어요?" 여자가 망설이자 마이클은 다시 물었다. "여기서 도버로 가는 버스가 있는 거 맞죠?"

"네, 있어요. 하지만 놓치셨어요. 버스는 어제 왔고, 금요일에 다시 와요."

"버스가 일요일하고 금요일에만 오나요?"

"아니요, 말했듯이 버스는 어제 왔어요. 화요일에요."

8

만약 내 종자를 보거든, 어서 내게 오라고 해주시길.

— *윌리엄 셰익스피어, 《베로나의 두 신사》*

옥스퍼드, 2060년 4월

폴리는 서둘러 베일리얼 칼리지 정문을 나와 브로드를 지나 캐트 스트리트를 따라갔다. 폴리는 안뜰에서 자신과 마이클, 메로피가 대화하던 모습을 던워디 교수가 창밖으로 보지 않았길 바랐다. '내가 돌아왔다는 얘기는 하지 말아달라고 둘에게 말했어야 하는데.' 폴리가 생각했지만, 그랬다가는 왜 그런 부탁을 하는지 설명해야 했고, 당장에라도 던워디 교수가 자기 연구실에서 나올까 봐 두려웠다.

아무것도 모른 채 즐거운 마음으로 가서 보고하지 않아서 얼마나 다행인지. 던워디 교수는 이미 폴리의 프로젝트가 너무 위험하다고 생각했다. 폴리가 1학년 학생일 때부터 던워디 교수는 자신의 역사학자들을 과하게 보호해왔지만, 특히나 이번 프로젝트에 관해서는 끔찍할 정도로 예민하게 굴었다. 가령 웜우드 스크럽스나 햄스테드 히스에 강하해서 지하철을 타고 가는 게 훨씬 더 쉬웠지만, 던워디 교수는 런던 대공습 실습의 강하 지점이 옥스퍼드 스트리트에서 걸어서 갈 수 있는 거리여야 한다고 고집을 부렸다. 또한 지하철역은 물론 아직 정해지지도 않은 폴리의 거처 역시 강하 지점에서 1킬로미터 안쪽에 있어야 한다고 했다. "만약 네가 부상당하면 강하 지점까지 재빨리 올 수 있어야 해." 던워디 교수는 주장했다.

"1940년대에도 병원이 있어요." 폴리도 지지 않았다. "그리고 만약 제가 부상당하면 1킬로미터를 어떻게 걸을 수 있겠어요?"

"농담하지 말고." 던워디 교수가 날카롭게 말했다. "임무 도중에 죽을 수도 있어. 런던 대공습은 특히나 위험한 장소야." 그리고 던워디 교수는 고성능 폭탄의 충격파와 파편과 소이탄 불꽃의 위험성에 관해 장장 20분에 걸쳐 설명을 늘어놓았다. "캐닝 타운의 여자 한 명은 방공 기구 줄에 발이 걸려 템스강 속까지 끌려갔어."

"저는 방공 기구 줄에 발이 걸려 템스강 속까지 끌려가지 않을 거예요."

"등화관제 때 널 보지 못한 버스에 치일 수도 있어. 아니면 노상강도에게 살해되거나."

"그럴 가능성은 거의 전무…."

"런던 대공습 때는 범죄가 들끓었어. 범죄자들은 등화관제의 어둠을 틈타 활동했고, 경찰은 잔해 속에서 시체들을 꺼내 신원 파악을 하느라 바빠서 그자들을 잡을 여력이 없었어. 골목길에서 강도에게 살해당한 시체를 발견해도 그냥 폭격으로 인한 사망자로 처리했지. 〈타임스〉의 사망자 명단에서 네 이름을 보고 싶지 않아. 1킬로미터 안쪽이야. 내 결정대로 해."

제약은 그것뿐이 아니었다. 폴리는 1940년 10월까지만 런던 대공습에 머물 예정이었지만, 그해 연말 전에 폭격당한 집에는 세 드는 것이 절대 금지되었다. 또한 강하 지점은 전혀 폭격당하지 않은 곳이어야 했다. 그로 인해 정말 좋은 후보지 세 곳을 쓸 수 없었는데, 그곳들은 1941년 5월 런던 대공습의 마지막 폭격으로 파괴된 곳이었다.

실험실이 아직 마땅한 강하 지점을 찾지 못한 것도 이상할 게 없었다. '내가 돌아온 걸 던워디 교수님이 알아내기 전에 강하 지점을 찾아냈으면 좋겠는데.' 폴리가 생각했다. '어쩌면 누군가가 교수님에게 말을 할지도 몰라.' 폴리는 퍼디 씨가 그러지 않을까 생각해보았지만 그럴 리 없었다. 그는 폴리가 떠났다는 것조차 알지 못하는 듯했다. 그리고 마이클 데이비스는 자기 일정을 바꾸느라 너무 바쁠 거고, 메로피는 운전 강습 허가를 받느라 경황이 없어 던워디 교수에게 폴리가 돌아왔다고 말할 정신이 없을 것이다. 부디 그러길 바랐다.

메로피가 전승 기념일 임무를 맡을 수 있도록 던워디 교수를 설득해보겠다는 약속을 깨고 빠져나와 미안했지만, 어쩔 수 없었다. 그리고 그건 촌각을 다투는 문제도 아니었다. 메로피는 피난민 임무가 끝나려면 아직 몇 달이 남았다고 했다. '그리고 나는 6주만 다녀올 거잖아.' 폴리가 생각했다. '안전하게 돌아오는 대로 곧장 던워디 교수님을 만나 메로피가 전승 기념일 임무를 맡게 해달라고 설득할 수 있을 거야.'

만약 그럴 필요가 있다면 말이다. 그즈음이면 던워디 교수가 이미 마음을 바꿀 수도 있다. 어쨌건 지금 폴리는 던워디 교수의 눈에 띄지 않아야 했으며, 실험실이 강하 지점을 곧 찾기를 바랐고, 강하 지점이 정해지는 대로 곧장 떠날 수 있게 준비해둘 필요가 있었다. 그래서 폴리는 도구실로 갔고, 손목시계(이번 것은 라듐을 쓴 야광 시계로 요청했다. 지난번 것은 야광이 아니어서 거의 쓸모가 없었다), 배급 수첩, '폴리 세바스찬' 이름으로 된 신분증, 백화점 점원으로 지원할 때 쓸 추천서들을 요청했다.

"사직용 편지는 어떻게 할까요?" 도구실 직원이 물었다. "뭔가 특별한 내용이 필요한가요?"

"지난번과 같은 거면 될 거예요. 노섬벌랜드에서 보낸 것으로요. 폴리 세바스찬 앞으로 보낸 거로 되어야 하고, 1940년 10월 우체국 직인이 있어야 해요."

직원은 그렇게 기록했고, 폴리에게 30파운드를 건넸다.

"어, 이건 너무 많아요." 폴리가 말했다. "첫째 주가 지나면 급료를 받을 거고, 숙식은 일주일에 10실링 6페니면 될 거예요. 많이 들어봤자 10파운드면 충분해요." 하지만 직원은 고개를 저었다.

"예상 밖의 응급 상황을 대비해 20파운드를 더 가져가라고 되어 있어요."

던워디 교수가 인가한 게 분명했다. 그렇게 많은 돈을 가지고 갈 이유가 없었다. 1940년 백화점 점원에게 30파운드는 큰돈일 것이다. 하지만 만약 돈을 거절하면 직원은 그걸 던워디 교수에게 보고할 것이다. 폴리는 돈과 손목시계를 받았다고 서명했고, 다른 것들은 이튿날 아침에 가지러 오겠다고 직원에게 말한 뒤, 모들린 칼리지에 있는 라크 추에게 가서 혹시 며칠 정도 같이 지낼 수 있는지 물었다. 라크 추는 괜찮다고 대답했고, 그래서 폴리는 자기 옷과 연구 자료를 가지러 베일리얼 칼리지로 돌아왔다가 의자에 앉아 콜린이 자신을 위해 준비한 지하철 방공호 목록을 보았다.

콜린. 폴리는 자신에 관해서 던워디 교수에게 아무 말도 하지 말라고 콜린에게 부탁해야 했다. 만약 콜린이 아직 여기에 있다면 말이다. 아마도 콜린은 이미 학교로 돌아갔을 것이고, 메로피가 한 말을 생각해봐도 콜린이 학교로 돌아가는 쪽이 폴리에겐 나았다.

폴리는 지하철 방공호들과 그곳들이 폭격당한 날짜와 시간을 암기했고, 다음으로 던워디 교수가 금지한 주소들을 외웠다. 그 목록은 런던 대공습의 상반기에 해당하는 1940년에 파괴된 집들뿐이었지만, 폴리는 그걸 외우느라 그날 저녁 시간을 다 써야 했다. 만약 런던의 모든 집이 파괴되었다면 폭격이 멈췄을까?

이튿날 아침, 폴리는 옷을 주문하기 위해 의상실로 갔다. "검은 치마 하나, 하얀 블라우스 하나, 그리고 가벼운 코트 하나가 필요해요. 코트도 검은색이면 좋겠어요." 남색 치마를 곧바로 가져온 직원에게 폴리가 말했다.

"아니, 그건 안 돼요." 폴리가 말했다. "저는 백화점 직원 행세를 해요. 그리고 1940년의 백화점 직원들은 검은 치마랑 소매가 긴 하얀 블라우스를 입어요."

"뭐든 아주 어두운 색 치마면 될 거예요. 이건 아주 짙은 남색이에요. 어지간한 조명에서는 사람들이 차이를 몰라요."

"아니, 검은색이어야만 해요. 검은색으로 이런 치마를 만들려면 얼마나 걸릴까요?"

"어, 이런. 모르겠어요. 몇 주일 분량의 일이 밀려 있거든요. 던워디 교수님이 갑자기 모두의 일정을 뒤죽박죽으로 바꾸는 바람에 새로 옷들을 배정해야 하는데다 사전 고지도 없던 옷들을 만들어야 해요. 강하가 언제죠?"

"모레요." 폴리가 거짓말을 했다.

"이런 맙소사. 쓸 만한 다른 게 있는지 알아볼게요." 그녀는 분장실로 들어가더니 잠시 뒤 치마 두 개를 들고나왔다. 하나는 1960년대 미니스커트였고 다른 하나는 i-com 카고 킬트였다. "검은색은 이것밖에 없어요."

"안 돼요." 폴리가 말했다.

"킬트에 달린 휴대 전화는 그냥 복제품이에요. 위험하지 않아요."

하지만 휴대 전화는 1980년대가 되어서야 발명되었으며, 카고 킬트는 2014년에 나왔다. 폴리는 직원에게 남색 치마와 같은 모양으로 검은색 치마를 만들어달라고 긴급 주문을 넣었고, 그런 다음에는 실험실로 갔다. 자신이 어디에 머물고 있는지 알려준 뒤, 혹시 강하 지점을 찾아내는 기적 같은 게 벌어지지 않았는지 확인하기 위해서였다.

실험실 문은 잠겨 있었다. 강하가 취소되어 열불이 난 역사학자들이 못 들어오게 하려는 목적인가? 폴리는 노크했고, 한참 뒤 괴롭힘에 기진맥진한 듯한 리나가 폴리를 실험실로 들어오게 했다. "전화를 받고 있었어요." 리나가 말하고 서둘러 전화기로 돌아갔다. "아니, 당신이 솜 전투로 첫 번째 일정이 잡혀 있었다는 건 저도 알아요." 리나가 수화기에 대고 말했다.

폴리는 콘솔 앞에 앉은 바드리에게 갔다. "방해해서 미안해요. 혹시 강하 지점을 찾았나 해서요."

"아니요." 피곤한 듯 이마를 문지르며 바드리가 말했다. "등화관제가 문제예요."

폴리는 고개를 끄덕였다. 강하하는 모습을 누군가가 볼 수 있다면 네트는 열리지 않는다. 일반적으로 강하할 때 생기는 빛무리는 전혀 의심을 사지 않았다. 하지만 등화관제 상태의 런던이라면 회중전등이나 커튼 사이로 흘러나온 빛조차도 곧바로 눈길을 잡아끌었고, 공습 대비대 감시원들은 곳곳을 순찰하며 등화관제를 어기는 곳이 없는지 살폈다. "그럼 파크나 켄싱턴 가든스는 어때요?"

"안 돼요. 두 곳 다 방공포대가 있어요. 그리고 리젠츠 파크에는 방공기구 본부가 있어요."

화난 노크 소리가 들렸고, 리나가 문을 열어주니 술 달린 스웨이드 재킷을 입고 카우보이모자를 쓴 남자가 출력물을 흔들어대며 쳐들어왔다. "누가 제 일정을 바꾼 겁니까?" 그 남자가 바드리에게 외쳤다.

"마땅한 곳을 찾는 대로 연락하겠습니다." 바드리가 폴리에게 말했고, 상황을 보아하니 제발 빨리 해달라고 말할 계제가 아니었다.

"나중에 다시 올게요." 폴리가 말했다.

"취소하면 안 된다고요!" 카우보이모자를 쓴 남자가 외쳤다. "플럼 크리크 전투에 가려고 6개월을 준비했단 말입니다!"

폴리는 재빨리 그 남자를 지나쳐 문으로 향했고, 여전히 전화를 받고 있는 리나에게 손을 흔들어 보였다. "아니요. 당신이 이미 이식을 마친 건 알…." 리나가 말하고 있었다. 폴리는 문을 열고 나갔다.

그리고 실험실 벽에 등을 기대고 보도에 앉아 있는 콜린에게 하마터면 걸려 넘어질 뻔했다. "미안." 콜린이 말하며 다리를 오므렸다. "어디에 있었어? 옥스퍼드를 다 뒤지고 다녔잖아."

"여기서 뭐 하는 거야?" 폴리가 물었다. "왜 들어오지 않았어?"

콜린이 수줍은 표정을 지었다. "난 들어갈 수 없어. 출입 금지거든. 던워디 교수님은 완전히 이상해. 임무를 맡겨달라고 했더니 실험실에 전화를 걸어 나를 들여보내지 말라고 했어."

"누군가가 강하를 하려고 할 때 네트로 숨어들어 가려고 한 건 아니지?"

"안 그랬어. 나는 내 나이의 사람이 맡았을 경우 나보다 나이 든 역사학자들과 다른 시각으로 볼 수 있는 임무들에 관해 말한 것뿐이야."

"어떤 임무?" 폴리가 물었다. "십자군?"

"대체 왜 다들 십자군 이야기만 하는 거지? 그건 내가 어린아이였을 때 얘기야. 나는 이제 어린아이가…."

"던워디 교수님은 널 보호하려는 것뿐이야. 십자군 시대는 위험해."

"오호, 누나가 위험하다는 말을 하다니, 재밌네." 콜린이 말했다. "던워디 교수님은 모든 곳이 너무 위험하다고 생각해. 말도 안 되는 소리지. 교수님은 젊었을 때 직접 런던 대공습에 갔어. 온갖 위험한 곳을 다녔고, 당시 역사학자들은 자신들이 어디에 가는 줄도 몰랐어. 그리고 내가 가고 싶어 하는 곳은 위험과는 거리가 한참 멀어. 런던에서 아이들을 피난시키는 때야. 제2차 세계대전에서."

폴리가 가려고 하는 곳이었다. 아마도 메로피 생각이 옳은 듯했다.

"위험하다는 말이 나와서 말인데…." 콜린이 말했다. "여기, 모든 공습에 관한 정보를 가져왔어. 누나가 언제 돌아올지 몰라서 9월 7일부터 12월 31일까지 다 모았어. 끔찍할 정도로 목록이 길어서 녹음도 했어. 이식하고 싶을 수도 있잖아." 콜린은 메모리 탭을 건넸다. "시간은 공습 사이렌이 울린 때가 아니라, 폭격이 시작된 때야. 사이렌이 울린 시간은 아직 작업 중이야. 하지만 누나가 곧 떠날 수도 있으니 공습 시간부터 정리하는 게 나을 거 같았어. 그리고 만약 곧 떠날 거면, 공습은 대개 사이렌이 울리고 20분 후에 시작된다는 걸 명심해. 아, 그리고 만약 버스를 타고 있으면 사이렌 소리를 듣지 못할 거야. 버스 엔진 소리 때문에 안 들리거든."

"고마워, 콜린." 자료를 살피며 폴리가 말했다. "이거 하느라 시간을 엄청나게 썼겠다."

"그랬어." 콜린이 자랑스러워하며 말했다. "어디가 폭격당했는지 알아내는 건 쉽지 않았어. 폭격당한 날짜나 건물의 상세한 주소를 신문에 발표하는 건 금지였거든."

여전히 목록을 보며 폴리가 고개를 끄덕였다. "적을 이롭게 하는 건 그 무엇도 인쇄할 수 없었지."

"그리고 전쟁 중이나 전쟁이 끝난 뒤로 정부 기록 상당수가 파기되었어. 핀포인트 폭탄 폭발과 전 세계적 유행병 때에. 그리고 목표를 벗어난 폭탄들도 상당히 많아. 폭격에 쓰인 것들은 V-1이나 V-2와는 달리 시간과 장소가 정확하지 않아. 주요 목표물과 폭격이 집중된 영역을 목록으로 만들었어." 콜린이 목록을 보여주며 말했다. "하지만 다른 많은 곳도 폭격당했어. 연구에 따르면, 백만 채가 넘는 건물이 파괴되었고, 이 목록은 그 가운데 일부에 지나지 않아. 그러니 목록에 블룸즈버리라고 되어 있다고 해서 런던의 다른 곳에 있으면 안전하다는 뜻은 아니야. 특히나 이스트 엔드는. 스테프니, 화이트채플 같은 곳 말이야. 그곳이 가장 집중적으로 폭격당했어. 그리고 목록에는 완파된 건물들만 있어. 일부만 부서졌거나 창문이 깨진 것 따위는 실려 있지 않아. 깨져 날아가는 유리 조각이나 방공포 파편 때문에 수백, 수천 명이 죽었어. 공습 때 바깥에 있다면 건물에 최대한 가까이 붙어 있어야 그나마 안전해. 안 그러면 파편들….”

“…에 맞아 죽을 수도 있으니까. 알아. 너 던워디 교수님이랑 너무 오래 같이 있었구나. 꼭 교수님처럼 말하기 시작하네.”

“그렇지 않아. 그냥 누나에게 무슨 일이 일어나는 걸 원치 않을 뿐이야. 그리고 위험한 것에 관해서는 던워디 교수님 말이 맞아. 런던 대공습 때 민간인 3만 명이 죽었어.”

“알아. 조심할게. 약속해.”

“그리고 혹시라도 파편이나 그런 거에 맞았다 해도 걱정하지 마. 누나가 곤란한 상황에 처하게 되면 내가 꼭 구하러 갈게. 약속해.”

어이쿠, 맙소사. 메로피 말이 맞았다. “건물 가까이 있겠다고 약속할게.” 폴리가 가볍게 말했다. “던워디 교수님 말이 나와서 말인데, 내가 돌아왔다고 교수님께 말한 건 아니지?”

“안 했어. 심지어 내가 여기에 있을 거란 말도 하지 않았어. 교수님은 내가 학교로 돌아간 줄 아셔.”

잘됐네. 그렇다면 폴리는 콜린이 던워디 교수에게 자기에 관해 말할까 봐 걱정할 필요가 없었다. “목록을 만들어줘서 고마워. 정말 큰 도움이 됐어.” 폴리는 콜린을 향해 웃어 보였다가 이런 상황에선 그렇게 하는 게 좋지 않을 거라는 생각이 들었다. “이제 나는 준비를 하는 게 좋겠다.” 폴리가 말하고 거리를 가로질러 가기 시작했다.

“잠깐.” 폴리를 뒤쫓아 달려오며 콜린이 말했다. “내가 해줄 수 있는 조사가 또 있어? 내 말은, 사이렌 시간 말고. 지하철역에 가지 못할 경우를 대비해 다른 방공호 목록이 필요하지는 않아?” 콜린이 열심히 물었다. “아니면 폭탄 종류 목록은?”

“아니. 이미 나를 돕느라 시간을 너무 썼어, 콜린. 너는 이제 학교 숙제를 해야….”

“이번 주 내내 방학이야.” 콜린이 말했다. “그리고 난 상관없어. 진짜야. 이건 내가 역사학자가 되었을 때 좋은 경험이 될 거야. 그 자료들을 곧바로 준비할게.” 그리고 콜린은 거리를 뛰어갔다.

폴리는 콜린이 준 공습 목록을 암기하느라 시간 낭비를 하는 대신 조사실로 가지고 가서 이식했다. 그러고는 도구실에서 서류와 추천서들을 받은 다음 공부를 하기 위해 보들리 도서관으로 갔다. 폴리는 제일 먼저 런던 대공습부터 갈 거라고 생각했을 때 이 모든 자료를 한 번 암기한 상태였지만, 그동안 대부분을 까먹었다. 폴리는 배급, 등화관제에 관해 공부했으며, 영국 본토 항공전, 바다사자 작전, 북대서양 전투처럼 1940년 가을을 사는 사람이 알아야 할 사건들에 관해서도 공부했다. 그리고 옥스퍼드 스트리트의 지도를 암기했다. 지하철 노선표도 암기할까 생각해보았지만, 노선표는 지하철역마다 있었다. 그걸 암기하기보다는 버스 번호들과….

“누나를 찾느라 사방을 다녔어.” 콜린이 탁자 건너편의 의자에 털썩 앉으며 말했다. “깜박하고 안 물었는데, 거기 있는 동안 어디에서 살 거야? 런던에는 방공호가 수천 개나 있잖아.”

“매릴번이나 켄싱턴, 아니면 노팅힐 어딘가겠지. 빌릴 수 있는 방이 어디에 있는가에 달렸어.” 폴리는 던워디 교수가 정한, 옥스퍼드 스트리트에서 1킬로미터 규칙을 콜린에게 말해주었다.

“그러면 그 반경 안에 있는 방공호부터 시작할게.” 콜린이 말했다. “그리고 시간이 있으면 웨스트 엔드의 나머지도 표시할게. 아, 그리고 언제 돌아올 거야? 그걸 알면 누나가 가면 안 되는 방공호도 표시할 수 있어.”

“10월 22일.” 폴리가 말했다.

“6주구나.” 콜린이 생각에 잠겨 말했다. “그다음에는 비행선 공격으로 가는 거지? 1914년에서는 얼마나 있을 거야?”

“모르겠어. 아직 일정이 잡히지 않았거든. 지금은 그걸 생각할 여유가 없어. 끝날 때까지는 지금 임무에 집중해야 해. 있잖아, 콜린. 나 지금 공부할 게 많아. 날짜만 알면 되는 거였어?”

"응. 아니. 부탁할 게 있어."

"콜린, 던워디 교수님에게 너에 관해 잘 말해주기는 하겠지만, 과연 교수님이 내 말에 귀를 기울일지는 의문이야. 누가 되었든 스무 살이 되기 전에는 과거로 보내지 않는다는 교수님 생각이 바뀌지는 않을 거야. 그리고 네가 이미 과거로 다녀왔으며 또한 네가 갈 수 있는 가장 위험한 곳 가운데 하나였다는 것을 나도 알지만…."

"아니, 그런 게 아니야."

"아니야?"

"아냐. 난 누나가 대공습에 갈 때 '순간 시간'이 아니라 '실시간'으로 다녀왔으면 좋겠어."

"그럴 거야." 폴리가 놀라며 물었다. 폴리는 콜린이 그런 말을 할 줄은 상상도 하지 못했다. "던워디 교수님은 내가 부상당할 경우를 대비해 30분 간격으로 네트를 열라고 고집하셨어. 그러니 실시간이어야만 해."

"와, 잘됐다."

무슨 꿍꿍이지? "왜 넌 내가 이 임무를 실시간으로 다녀오길 원하는 건데?"

"이번 임무 말고. 임무 전부 다."

"전부 다…?"

"응. 그래야 내가 따라잡을 수 있지. 나이 말이야. 나는…." 콜린은 말을 멈추었다가 침을 꿀꺽 삼켰다. "나는 누나에게 완전히 빠져버린 거 같아."

오, 맙소사. "콜린, 넌…." 폴리는 '어린아이야'라는 말이 나오려는 걸 간신히 참았다. "…열일곱 살이야. 나는 스물다섯이고…."

"알아. 하지만 우리는 평범한 사람들이 아니야. 만약 평범한 사람들이었다면, 나도 동의해. 주저할 만한 일이겠지…."

"그리고 불법이야."

"그리고 불법이지." 콜린이 동의했다. "하지만 우리는 아니야. 우리는 역사학자야. 아니, 적어도 누나는 역사학자이고, 나도 그렇게 될 거야. 우리에게는 시간 여행이라는 게 있으니 내가 늘 누나보다 어릴 필요는 없다는 거지. 불법일 필요도 없고." 콜린이 싱긋 웃었다. "들어봐, 만약 2년짜리 임무

네 개 또는 18개월짜리 임무 여섯 개를 하면, 그리고 그걸 모두 내가 순간 시간으로 한다면 누나가 런던 대공습에서 돌아올 때면 나는 스물다섯 살이 될 수 있어."

"넌 그럴 수…."

"알아, 던워디 교수님이 문제지. 하지만 난 교수님을 납득시킬 방법을 찾아낼 거야. 그리고 내가 3학년이 될 때까지 과거로 가지 못하게 한다 해도, 누나가 순간 시간 임무를 맡지 않는다면 나는 어떻게든 해낼 수 있어."

"콜린…."

"몇 년이고 기다려달라고 부탁하는 게 아니야. 아니, 사실 몇 년이 되기는 하겠지만, 누나가 아니라 내게 그런 거고, 나는 상관없어. 그리고 만약 누나가 나를 런던 대공습 임무에 데리고 간다면 그리 오랜 시간을 기다릴 필요도 없어."

"절대로 안 돼."

"런던 대공습 임무를 하겠다는 건 아니야. 그러다 죽으면 절대로 누나 나이를 따라잡을 수 없을 테니까. 나는 아이들이 피난 간 북쪽으로 갈 거야."

"안 돼." 폴리가 말했다. "그리고 난 네가 내 나이를 따라잡고 싶어 한다고 생각했는데. 만약 나와 함께 가면 우리 나이 차는 그대로 남아."

"함께 돌아오지 않으면 괜찮아. 나는 전쟁이 끝날 때까지, 그러니까 5년 동안 그곳에 남아 있다가 순간 시간으로 돌아오면 돼. 그러면 나는 스물두 살이 될 거고 그러면 임무 두세 개만 더 하면 돼. 그것들도 순간 시간으로 가고. 그러니 누나는 전혀 기다리지 않아도 돼."

폴리는 콜린의 이런 생각을 막아야 했다. "콜린, 넌 네 나이대 사람을 찾아야 해."

"바로 맞았어. 그리고 내가 임무를 마치고 돌아오면 바로 누나가 내 나이에 맞는…."

"이건 말도 안 돼. 지금부터 스물다섯 살이 되는 동안 아마도 마음이 천 번은 바뀔 거야. 넌 십자군 시대에 가고 싶어 했지만, 지금은 그 마음이 바뀌었잖아…."

"아니, 안 바뀌었어."

"하지만 네가 말하길…."

"그렇게 말하고 다닌 건 사람들이 날 단념시키려 들까 봐 그런 거야. 나는 여전히 십자군 시대로 가고 싶고 또한 세계무역센터에도 가고 싶어. 그리고 이 마음도 바뀌지 않을 거야. 누나는 역사학자가 되고 싶다고 생각한 게 몇 살 때였어?"

"열네 살. 하지만…."

"그리고 누나는 여전히 그렇게 되고 싶잖아, 안 그래?"

"콜린, 그건 달라."

"어떻게? 누나는 그때 자신이 뭘 원하는지 알았고, 나도 지금 내가 뭘 원하는지 알아. 그리고 나는 당시의 누나보다 세 살이 많아. 지금 누나가 내 감정을 어린아이의 풋사랑이라고 생각하는 건 나도 알아. 열일곱 살이면 누군가와 사랑에 빠지기에 너무 어리다고 말이야…."

'아니.' 폴리가 생각했다. '그렇지 않다는 걸 알아.' 그리고 갑자기 콜린에게 미안해졌다.

실수였다. 콜린은 폴리의 침묵을 긍정의 신호로 받아들였다. "뭔가 확약을 원하는 게 아니야." 콜린이 말했다. "내가 원하는 건, 단지 나이를 따라잡을 기회를 주고, 우리가 같은 나이가 되었을 때 또는, 아니 잠깐만 혹시 연상을 좋아하는 거야? 그렇다면 누나가 원하는 나이로 될게. 그래도 일흔 살이나 그런 건 아니고. 내 평생을 기다리고 싶은 마음은 없으니까. 하지만 서른 살 정도는 기꺼이 될 수 있어. 만약 연상을 좋아한다면…."

"콜린!" 자기도 모르게 웃음을 터뜨리며 폴리가 말했다. "너랑 이런 문제로 이야기하고 싶지 않아. 너는 열일곱 살이고…."

"아니, 내 말 들어봐. 몇 살이 되었든 간에 내가 누나에게 맞는 나이가 되었을 때, 만약 그래도 나를 좋아하지 않거나 그사이에 누군가가 다른 사람과 사랑에 빠진다면… 지금 그런 건 아니지? 누구 사랑하는 사람 있는 거야?"

"콜린…."

"있구나. 그럴 줄 알았어. 누구야? 그 미국인?"

"미국인 누구?"

"베일리얼 칼리지에서 같이 있었잖아. 키 크고 잘 생기고, 마이크 뭐라던 사람."

"마이클 데이비스." 폴리가 말했다. "그 사람은 미국인이 아니야. 그냥 미국인 어휘-억양 임플란트 이식을 한 것뿐이지. 그리고 그 사람은 그냥 친구야."

"그러면 어떤 역사학자야? 제럴드 핍스는 아니길 바라. 그 사람은 완전히 얼간이야."

"나는 제럴드 핍스나 다른 역사학자와 사랑에 빠지지 않았어."

"잘됐네, 우리는 천생연분이니까. 내 말은, 임무로 간 시대의 사람과 사귈 수는 없잖아. 그 사람들은 누나가 태어나기 전에 죽었거나 아니면 완전히 늙다리일 테니까. 그리고 이 시대에서 누군가와 사랑에 빠지는 일이 소용없는 게, 설사 그 사람이 누나와 같은 나이라 할지라도 누나가 순간 시간으로 임무를 몇 번 하고 나면 그 사람보다 누나가 훨씬 더 나이가 들었을 거잖아. 그리고 그 사람들은 누나가 위험에 빠졌을 때 구하러 갈 수도 없어. 그러니 남은 후보는 역사학자인데, 마침 나는 역사학자가 될 참이야."

"콜린, 넌 열일곱 살이야…."

"하지만 곧 아니게 돼. 내가 스물다섯 살이 되면 날 완전히 다른 느낌으로 보게 될…."

"넌 지금 열일곱 살이야. 그리고 나는 일을 해야 해. 이 대화는 이제 끝내자. 그만 가."

"비행선 임무를 '실시간'으로 하겠다고 약속하기 전까지는 안 돼."

"나는 아무것도 약속하지 않을 거야."

"그러면 적어도 생각은 해보겠노라고 약속해줘. 나는 스물다섯 살이 되면 끝내주게 잘생기고 멋져질 계획이야." 콜린은 특유의 한쪽 입꼬리가 올라간 웃음을 지어 보였다. "아니면 서른이나. 내가 사이렌 목록을 가져올 때 몇 살이 마음에 드는지 알려주면 돼." 그리고 콜린은 고개를 저으며 웃는 폴리를 남겨두고 쏜살같이 사라졌다.

폴리는 콜린이 옳으리라는 느낌이 들었다. 붉은 기운이 도는 금발과 사람 마음을 녹이는 웃음으로 무장한 콜린은 몇 년 뒤면 매력이 철철 넘칠 것이다. 그리고 지금부터 10분 뒤에 콜린이 다른 질문거리를 들고 나타나 왜 자신과 폴리가 천생연분인지 논리를 펼쳐놓더라도 전혀 놀랍지 않으리라. 그래서 폴리는 라크의 집에서 암기할 요량으로 지도를 챙겼고, 돌아가는 길에 의상실에 들러 언제 검은 치마가 준비되는지 물었다.

"3주요." 직원이 말했다.

"3주라고요? 긴급 주문으로 넣어달라고 했잖아요."

"그렇게 한 거예요."

그렇다면 그건 그냥 남색 치마를 가져가야 한다는 뜻이었다. 치마 한 장이 없어서 강하하지 못하는 사태는 원치 않았다. '못 하나가 부족해 말굽을 쓸 수 없었네….' 폴리는 던워디 교수가 가장 좋아하는 금언 가운데 하나를 떠올렸다.

폴리는 직원에게 남색 치마도 괜찮을 거 같다고 말했다. "오, 잘됐네요." 직원이 안도하며 말했다. "신발도 필요해요?"

"아니요. 지금 가지고 있는 거로 될 거예요. 하지만 스타킹은 한 벌 필요해요."

직원은 스타킹을 찾아주었고, 폴리는 옷을 가지고 모들린 칼리지로 가서 지도를 암기했고, 백화점에 관해 자신이 정리해둔 내용을 다시 읽었다. 절반쯤 읽었을 때 전화벨이 울렸다.

'콜린, 나는 이럴 시간이 없어.' 폴리가 생각했다. 하지만 전화 건 이는 리나였다. "믿기지 않겠지만, 강하 지점을 찾았어요. 하지만 문제는, 30분 안에 이곳으로 오지 않으면 앞으로 2주간은 당신을 강하시킬 시간이 안 나요. 만약 아직 준비가 안 되었으면…."

"완벽히 준비됐어요. 바로 갈게요." 폴리가 말하고 서둘러 의상을 갈아입었고, 서두른 탓에 스타킹은 거의 흘러내렸다. 폴리는 배급 수첩과 신분증, 사직용 편지, 추천서를 핸드백에 쑤셔 넣었다. 아, 그리고 돈도. 폴리는 던워디 교수가 챙겨준 20파운드의 여윳돈까지 챙겼다. 그리고 손목시계도.

'이제 던워디 교수님만 피하면 되겠군.' 폴리는 손목시계를 차며 생각했다. 폴리는 모들린 칼리지를 바삐 빠져나와 하이 스트리트를 따라 서둘러 움직였고, 운이 따랐는지 실험실에 5분 여유를 남기고 도착했다.

"다행이네요." 리나가 말했다. "2주 뒤 가능하다고 했는데 알고 보니 그게 아니었거든요. 다음에 가능한 일자는 6월 6일이에요."

"D-데이네요." 폴리가 말했다.

"맞아요. 에, 당신의 D-데이는 정확히 지금부터 5분 뒤예요." 바드리가 다가오며 말했다. 그는 네트 안에 폴리를 데리고 들어와 측정하더니 그녀의 핸드백 위치를 조정해 네트 더 안쪽으로 들어오게 했다. "9월 10일 오전 6시로 도착할 겁니다."

'잘됐네.' 폴리가 생각했다. '하루면 아파트를 찾고 직장을 구하기에 충분해.'

바드리는 네트의 커튼을 조정했다. "도착하자마자 시공간 위치를 확인해서 편차가 있는지 기록해두세요." 바드리는 콘솔로 돌아가 뭔가를 입력하기 시작했다. "그리고 강하 위치를 기억하기 위한 표지물을 하나 이상 많이 잡아두세요. 거리나 건물 하나만 잡아두지 말고요. 폭격으로 지형이 바뀔 수도 있고, 폭격당한 지역에서 거리나 방향을 판단하는 건 끔찍이 어려우니까요."

"알아요." 폴리가 말했다. "왜 시간 편차를 기록해두라는 거죠? 평소보다 더 생길 거라고 생각하나요?"

"아니요. 예상 편차는 한두 시간이에요. 리나, 던워디 교수님에게 전화해요. 우리가 강하 지점을 발견하면 알고 싶다고 하셨으니까."

'안 돼.' 폴리가 생각했다. '거의 다 왔는데 이제, 안 돼.'

"교수님은 런던에 계세요." 리나가 대답했다. "이시와카 박사님을 또 만나러 가셨어요. 편차 자료를 보고하려고 교수님의 비서에게 전화했더니 오늘 밤 늦게는 되어야 돌아오신다고 하더군요."

'다행이야.'

"그렇군. 그럼 됐어요." 바드리가 말했다. "폴리, 살 곳을 정하고 직장을 잡으면 곧바로 돌아와서 우리에게 알려줘야 해요." 폴리 주변으로 커튼이 내려오기 시작했다. "그리고 도착하면 시간 편차가 정확히 얼마나 되었는지도 기록해둬요. 준비됐나요?"

"네. 아니요, 잠깐요. 잊은 게 있어요. 콜린이 저를 위해 조사를 하고 있었어요."

"당신 임무에 필요한 건가요?" 바드리가 물었다. "강하를 연기할까요?"

"아니요." 폴리는 던워디 교수가 강하를 취소시키는 위험을 감수할 수 없었다. 그리고 그녀에게는 콜린이 마련해준 공습이 있던 시간의 자료가 있었다. 콜린은 공습이 있기 20분 전에 사이렌이 울린다고 했고, 폴리는 실험실에 자기 주소를 말해주러 돌아왔을 때 콜린에게서 그 목록을 받을 수 있을 것이다. "준비됐어요."

네트가 곧장 빛무리를 내기 시작했다. "콜린에게 전해주세…." 폴리가 말했지만 이미 너무 늦었다. 네트는 이미 열려 있었다.

9

모든 동력차 소유자는 침공이 있을 시
언제라도 명령을 받으면 곧바로
자신의 자동차, 오토바이, 화물차를
움직이지 못하게 할 준비가 되어 있어야 합니다.

— 영국 교통성 장관 포스터, 1940년

워릭셔, 1940년 봄

에일린이 옥스퍼드에서 돌아온 다음 날, 구드 신부는 에일린과 다른 직원들에게 운전 강습을 했다. "겁나요?" 우나가 에일린에게 물었다.

"아니." 앞치마를 벗으며 에일린이 말했다. "신부님은 분명 훌륭한 선생님이실 거야." '그리고 옥스퍼드에서 보낸 시간 덕분에, 나는 훌륭한 학생이 될 거고.'

이틀밖에 시간을 쓰지 못했고 폴리의 도움도 얻지 못했지만, 에일린은 벤틀리에 타는 법뿐 아니라 시동 거는 법, 기어 바꾸는 법, 그리고 핸드 브레이크 조작법까지 배웠다. 이곳으로 돌아오기 직전, 에일린은 차를 몰고 하이 스트리트를 달려 헤딩턴힐까지 갔다가 안전하게 돌아왔다. "수업은 재미있을 거야." 에일린은 우나에게 말하고 차가 있는 밖으로 나갔다. 하지만 차는 벤틀리가 아니라 신부의 낡은 오스틴이었다.

"여사님은 데번트리에서 열리는 여성 의용대 모임에 가셨습니다." 신부가 설명했다.

'그리고 자기 차가 망가지는 걸 원하지 않았겠지.' 에일린이 생각했다.

"하지만 하나를 운전할 줄 알면 다른 차도 운전할 수 있습니다." 신부가 말했다.

사실이 아니었다. 오스틴의 클러치 페달은 완전히 다른 원리로 작동하는 듯했다. 에일린이 제아무리 조심조심 클러치를 놓아봤자 엔진은 꺼졌다. 애초에 시동을 걸 수 있다면 말이다. 엔진은 시동 자체가 안 걸리거나 아니면 너무 진한 연료를 공급한 탓에 시동이 안 걸렸다. 에일린은 마침내 시동 거는 데 성공해 기어를 넣었지만, 10미터도 가기 전에 엔진이 꺼졌다. "안타깝지만, 이 차가 낡아서 그런지 좀 까다롭군요." 구드 신부가 웃으며 에일린에게 말했다. "당신은 아주 잘하고 있어요."

"성직자는 거짓말을 하면 안 된다고 생각했는데요." 에일린이 말했다. 그리고 세 번 더 시도한 끝에 오스틴을 달래는 데 간신히 성공해서 운전을 마쳤다. 하지만 우나와 비교해보면 에일린은 아주 훌륭했다고 할 수 있었다. 우나는 어느 발을 어느 페달에 놓아야 하는지조차 기억하지 못했으며, 신부가 뭔가 가르쳐주려고 시도할 때마다 울음을 터뜨렸다.

사무엘스 씨는 더 심했다. 사무엘스 씨는 "그 빌어먹을 자동차"를 힘과 불경스러운 욕으로 길들일 수 있다고 믿었고, 에일린은 구드 신부가 캐롤라인 여사의 이 프로젝트, 아니 캐롤라인 여사 없는 이 프로젝트를 포기하지 않는 게 놀라웠다. 하지만 신부는 자신의 학생들과 호드빈 남매의 방해에도 불구하고 꿋꿋하게 운전 강습을 계속했다. 호드빈 남매는 운전 강습 구경이 세상에서 제일 재밌는 일이라고 판단했는지, 강습이 있는 날이면 학교에서 쏜살같이 돌아와 계단에 앉아 야유를 보냈다.

"저기서들 뭐 하는 거 같아?" 알프는 비니에게 큰 소리로 묻곤 했다.

"독일군이 쳐들어올 때를 대비해 운전을 배우는 거야."

그러면 알프는 운전하는 모습을 조금 지켜보다가 아무것도 모르는 듯한 목소리로 물었다. "저 사람들은 누구 편인데?" 그리고 둘은 배를 움켜쥐고 웃어대곤 했다.

'다음번 반일 쉴 때 옥스퍼드로 가서 오스틴 작동법을 배워와야 해.' 에일린이 생각했다. 하지만 그럴 수 없었다. 월요일 아침에 아이 네 명이 더 피난을 왔고, 그래서 에일린은 강하 지점까지 갈 틈이 없었으며, 다음 주에는 전에 장원에 있다가 집으로 돌아간 아이들이 다시 왔다. 질 포터 그리고 랠프와 토니 거빈 형제였다. 그리고 이 아이들 모두는 호드빈 남매와 함께 계단에 앉아 운전 강습을 지켜보며 큰 소리로 조롱했다. "차라리 말에게 가르치세요!" 특히 실력이 엉망인 우나가 강습받을 때 알프는 이렇게 외쳤다. "말에게 가르치는 게 훨씬 더 빠를 거예요, 신부님!"

"나는 신부님이 내게 운전을 가르쳐야 한다고 생각해." 비니가 말했다. "내가 우나 언니보다 훨씬 더 잘할 거야."

'의심의 여지가 없지.' 에일린이 생각했다. 하지만 비니가 범행 후 도주차를 운전하는, 호드빈 남매 판 〈보니와 클라이드〉야말로 신부에게는 최고의 악몽이 될 것이다. "만약 정말로 전쟁에 도움이 되고 싶다면 폐품 수집에 낼 종이나 수집해." 에일린이 둘에게 말했지만, 이튿날 호드빈 남매는 캐롤라인 여사가 일정을 기록하는 수첩과 셰익스피어의 초판 2절판, 그리고 배스컴 부인의 조리법 카드들 전부를 수집해왔다.

"그 아이들은 구제 불능이에요." 신부가 다음 운전 강습을 해주러 왔을 때 에일린이 신부에게 말했다.

"우리 믿음은 누구나 속죄의 희망이 있다고 가르치지요." 구드 신부가 경건하기 그지없는 태도로 말했다. "비록 호드빈 남매가 그 믿음의 한계를 시험한다는 걸 저도 인정하지만요." 그리고 신부는 에일린에게 차를 후진하는 법을 가르쳤다. 에일린은 자신에게 운전을 가르치느라 신부가 너무 많은 시간을 쓴다는 점에 죄책감이 들었다. 신부는 에일린이 아니라 전쟁이 일어났을 때 실제로 이곳에서 일할 사람에게 운전을 가르쳐야 했다. 에일린은 몇 주 뒤면 떠날 것이다. 에일린은 백베리에 구급차 운전사가 거의 필요 없었다는 사실을 위안으로 삼았다. 백베리는 폭격당하지 않았고, 1942년 독일 메서슈미트 한 대가 마을 서쪽에 추락한 게 전부였다. 조종사는 즉사했고, 구급차는 필요 없었다. 그리고 어쨌든, 휘발유 배급제로 인해 뭔가를 운전하는 건 곧 불가능해질 것이다.

에일린은 강습을 더 한다고 해서 우나나 사무엘스 씨에게 도움이 될 것 같지 않았고, 배스컴 부인은 여전히 강습을 완강히 거부했다. "저는 다른 사람과 마찬가지로 전쟁에서 내 맡은 바를 다 할 겁니다." 신부가 설득하려 들자 배스컴 부인이 말했다. "하지만 자동차로는 아니에요. 그리고 여사님이 뭘 원하는지는 제가 알 바 아닙니다."

"나는 자동차도 괜찮아요." 비니가 말했다. "내게 가르쳐주세요, 신부님."

"어떻게 생각하나요?" 나중에 신부가 에일린에게 물었다. "비니는 빨리 배우는 아이인데요."

신부는 부드럽게 돌려 말한 것이었다. "그 아이는 걸어 다니는 것만으로도 충분히 위험한걸요." 에일린이 말했지만, 일주일 뒤 비니가 앞쪽 게이트에 걸어놓은 간판들을 훔쳤고("어쩔 수 없었어요." 풀러 교장의 히아신스 오두막 간판을 가지고 있다가 잡힌 비니가 말했고, 에일린에게 1년 전 국방성이 모든 표지판을 떼어내야 한다고 한 명령문을 보여주었다), 에일린은 운전을 가르치는 쪽이 차라리 낫겠다는 생각이 들었다.

"하지만 신부님이 말한 대로만 해야 해." 에일린이 비니에게 엄격한 목소리로 말했다. "그리고 운전 강습 받을 때를 빼고는 오스틴에 발도 들여놓으면 안 돼."

비니가 고개를 끄덕였다. "알프도 강습받아요?"

"아니. 알프는 너랑 함께 차를 타면 안 돼. 알아들었지?"

비니는 고개를 끄덕였지만, 비니와 신부가 처음으로 운전 연습을 하며 장원을 떠났다 돌아왔을 때, 알프가 뒷좌석에 기대어 있었다. "진입로가 거의 끝나는 곳에서 발견했습니다." 신부가 설명했다. "발목을 접질렸더군요."

"알프는 전혀 걸을 수가 없어요." 비니가 말했다.

"미심쩍은걸." 에일린이 뒷문을 열며 말했다. "넌 발목을 접질리지 않았어, 알프. 나와. 당장."

알프가 얼굴을 찡그리며 차에서 나왔다. "아야! 아파요!" 비니는 절룩이는 알프를 부축해 하인들 출입구로 갔다.

"꽤 연기가 좋군요." 둘을 지켜보며 신부가 말했다. "연극 무대에 서야겠는걸요." 신부가 에일린을 보며 씩 웃었다. "특히나 발목을 접질렸다는 게 마지막 순간에 즉흥적으로 떠올린 거였으니까요. 우리가 좀 갑작스럽게 커브를 돌았더니, 알프가 길에 압정 뿌릴 준비를 하고 있더라고요."

"왜 그랬느냐고 물으면 분명히 독일군이 침공했을 때 독일군 차 타이어에 펑크를 내려고 그랬다는 핑계를 대겠죠."

"분명히 그렇겠죠." 신부가 말했다. 신부는 알프를 끌다시피 부축해가는 비니를 지켜보았다. "하지만 제 차 타이어에 뭔가 더 일을 치지 못하게, 다음 운전 강습부터는 알프를 제 감시하에 두는 게 나을 듯합니다. 걱정하지 마세요. 운전시킬 생각은 없으니까요. 게다가 아직은 키가 작아서 페달에 발이 닿지 않아요." 신부가 싱긋 웃었다. "사실, 비니는 꽤 잘해요. 비니에게 강습을 시키라고 해주셔서 기쁩니다."

'네, 뭐, 두고 봐야죠, 신부님.' 에일린이 생각했다. 그리고 비록 비니가 차를 아주 빠르게 몰기는 했지만(비니는 말했다. "구급차는 환자가 죽기 전에 병원에 도착해야 하므로 '빨리' 몰아야 해요."), 그것만 빼면 강습은 아무 문제 없이 진행되었고, 에일린은 적어도 잠시나마 호드빈 남매가 어디에 있는지 걱정을 안 해도 된다는 데 무척이나 감사했다. 왜냐하면 아이들 네 명이 더 도착했고, 한 명은 밤마다 침대에 오줌을 쌌으며, 모두가 넝마 같은 옷을 걸친 채로 도착했기 때문이다. 에일린은 옷을 깁고 단추를 다느라 여유 시간 전부를 썼다.

하지만 여유 시간이 그리 많지 않았다. 캐롤라인 여사는 모두가 소화용 손 펌프 사용법을 익혀야 한다고 결정했으며, 또한 배전기 헤드와 전선을 제거해 자동차를 움직이지 못하게 하는 법을 신부가 가르칠 것이라고 선언했다. 그사이 에일린은 알프와 비니를 감시하려 애썼다. 둘은 운전 연습을 하는 우나에게 야유를 보내는 대신, '승리 정원'[11]을 만든답시며 캐롤라인 여사가 아끼는 장미들을 파내는 따위 더 야심 찬 계획을 실행했고, 에일린은 자신이 자유로워지는 날을 손꼽아 기다리기 시작했다.

그리고 마침내 시간이 좀 나는가 싶었지만, 케임브리지 대학에 다니는

11 식량 자급률을 높이기 위해 전시에 장려된 텃밭 가꾸기 운동

캐롤라인 여사의 아들 앨런이 친구 두 명과 함께 휴일을 보내러 왔고, 그건 빨래와 정리할 침대가 늘어났다는 뜻이었다. 또한 전쟁 뉴스가 점점 더 험악해짐에 따라, 더 많은 아이들이 피난해 왔다. 3월 말이 되자 아이들이 너무 많아져 장원은 더 이상 아이들을 받을 수가 없었다. 아이들은 인근 마을, 그리고 그 지역의 모든 오두막이며 농장에까지 할당되었다.

에일린과 신부는 운전 연습 시간을 이용해 역으로 가서 흙투성이 아이들을 데려왔다. 아이들은 종종 흐느끼거나 기차 멀미를 했고(둘 다 하는 경우도 있었다), 배정된 숙소로 신부와 에일린이 아이들을 데리고 가는 동안 신부의 차에 토한 아이도 여럿 있었다. 어떤 집들은 옥외에 변소가 있을 정도로 상태가 열악했으며, '다섯 살짜리 아이는 주기적으로 때려서 교육해야 한다'는 가혹한 사람들이 아이들을 맡기도 했다. 만약 에일린이 아이들을 돌보느라 바쁘지만 않았다면, '온갖 상황'에 처한 아이들을 더 잘 관찰할 수 있었을 것이다.

하지만 장원에는 스물다섯 명의 아이가 있었고, 그 가운데 절반 이상이 집으로 돌아갔다가 다시 온, 장원이 처음에 받았던 아이들이었다. 4월 중순이 되자 시어도어만 빼고 모두가 돌아왔다. '아마도 시어도어 엄마는 그 아이를 기차에 태울 수 없었나 봐.' 피곤한 몸으로 간이침대를 정리하며 에일린이 생각했다. '이렇게 될 줄도 모르고 전에는 피난 온 아이들 수가 충분하지 않다고 불평해댔다니, 나 자신이 믿기지 않네.'

에일린은 2월 이후로 돌아간 적이 없었지만, 너무나 바빠서 강하 지점에 가려는 시도조차 하지 않았다. 설사 시간이 있다 쳐도 호드빈 남매의 눈에 띄어 뒤를 밟히지 않고 장원을 빠져나가기란 불가능에 가까웠고, 그게 가능했다 쳐도 배스컴 부인은 숲에서 젊은 남자를 만나는 위험에 관해 잔소리를 늘어놓았을 것이다. 게다가 이제 임무가 끝날 때까지는 겨우 일주일이 남았을 뿐이었다.

'며칠 정도는 더 버틸 수 있어.' 에일린이 생각했다. 하지만 아이들 두 무리가 더 도착하자(모두 머릿니가 있었다), 에일린은 자신이 정말로 버텨낼 수 있을지 자신이 없어졌다. 에일린은 일주일 내내 파라핀으로 아이들 머리를 감겼다.

일요일 자정이 지나서야 에일린은 자기 방문을 잠그고 코트 가장자리를 뜯어 도구실이 마련해준 '사직용 편지'를 꺼낼 수 있었다. 그전에는 사실상 편지를 꺼내는 게 불가능한 거나 마찬가지였다. 어디에 숨겨도 호드빈 남매에게서 안전할 수는 없었기 때문이다.

편지는 에일린 이름 앞으로 되어 있었고, 반송지는 저 멀리 노섬벌랜드의 가상 마을이었다. 마을 이름과 우체국 소인은 잘 알아볼 수 없도록 살짝 번졌다. 에일린은 편지를 뜯었다. "에일린에게." 편지에는 이렇게 적혀 있었다. "즉시 집으로 오렴. 엄마가 많이 아파. 제때 와줄 수 있길 바라. 캐슬린."

에일린은 배스컴 부인이나 우나가 그 편지를 읽을 수 있도록 침대에 그 편지를 두고 떠나게 되어 있었다. 에일린은 내일 오전까지 편지를 매트리스 밑에 숨겨놓을까 말까 고민했지만, 호드빈 남매를 떠올리고는 다시 코트 안감 속에 넣은 뒤 가장자리를 꿰맸다.

에일린은 월요일 새벽 5시에 일어났고, 1시부터 시작되는 반일 휴식 시간이 되기 전에 모든 것을 마치기 위해 아침 내내 정신없이 일했다. 에일린은 이곳 사람들이 자신을 대신할 누군가를 찾을 수 있기를 바랐다. 에일린은 지금까지 자신이 떠나면 캐롤라인 여사가 다른 하녀를 쉽사리 고용할 수 있을 거라고 생각해왔다. 하지만 어제 배스컴 부인이 말하길, 매닝 부인이 3주 동안이나 광고를 냈지만 단 한 명도 지원하지 않았다고 했다. "전쟁 중이잖아. 하녀로 일할 만한 젊은 여자들은 다 해군의 여군 부대나 보조 수송대에 가입했어. 요즘 젊은 여자들은 전부가 머릿속에 군인들 쫓아다닐 생각으로 가득하다니까."

'전부는 아닌데.' 에일린이 하녀복을 벗고 이곳에 도착했을 때 입었던 블라우스와 치마로 갈아입으며 생각했다. 에일린은 코트 안감에서 봉투를 꺼냈고, 봉투 안에서 편지를 꺼낸 뒤 자신이 서둘러 떠나야 했다고 보이게끔 봉투와 편지를 늘어놓은 뒤 코트를 입었다.

노크하는 소리가 들렸다. "에일린?" 우나가 말했다.

'이런, 뭘까?' 에일린이 문을 살짝 열었다. "무슨 일이야, 우나?"

"여사님이 응접실에서 보자세요."

에일린은 우나에게 자신이 막 떠나려던 참이라고 말할 수가 없었다. 원래 에일린은 언니가 보낸 편지를 읽고 너무 경황이 없어 아무에게도 알리지 못하고 곧바로 짐을 싸 떠나는 거로 설정되어 있었다. 에일린은 가서 캐롤라인 여사를 만나야 했다. '또 다른 오줌싸개들이 생겨난 거겠지.' 에일린이 생각하며 하녀복으로 갈아입고 서둘러 복도를 걸었다. '아니면 직원들이 방공포 조작법을 배워야 한다고 결정했든지.' 뭐가 되었든, 오늘 이후로는 신경 쓸 일이 아니었다. 에일린은 두 번 다시는 응접실에 서서 두 손을 포개고 눈을 내리깔고 명령을 받고 '부르셨어요, 여사님?'이라고 말할 필요가 없었다.

"부르셨어요, 여사님?" 에일린이 말했다.

"그래." 캐롤라인 여사가 쌀쌀맞게 말했다. "방금 풀러 교장 선생님이 날 만나러 왔어. 어제 여성 학교에 참석했는데, 그사이에 누군가가 그분 다임러의 보닛 장식과 문손잡이를 떼어갔다고 했어."

"누가 그랬는지 아신대요?" 누가 그랬는지 빤했지만, 그래도 에일린이 물었다.

"그래. 그것들을 가지고 도망치는 범인 가운데 한 명을 보았다더군. 알프 호드빈이었어. 이런 못된 짓은 더 이상 허용할 수 없어. 모두 알듯이, 나는 내가 맡은 몫을 다하고 싶은 마음이 간절하지만, 장원에 범죄자들을 둘 수는 없어."

"알프에게 그것들을 돌려놓게 하겠습니다." 에일린이 거짓말을 했다. "그게 전부이신가요, 여사님?"

"아니, 피난민 숙소 배정 담당인 챔버스 부인이 오늘 오후에 올 거야. 아이들 셋을 더 데리고 올 텐데, 그 가운데 둘은 원래 캐나다로 보낼 예정이었지만 아이들 부모가 북대서양을 건너는 건 너무 위험하다고 해서 이곳으로 오게 되었어."

'위험하지.' 에일린은 '시티 오브 베나레스호'를 떠올리며 속으로 말했다. 그 배는 9월에 백 명의 피난민 아이들을 태우고 가다가 어뢰에 격침되었다.

"챔버스 부인은 그 아이들이 아주 얌전하다고 보증하더군." 캐롤라인 여사가 말했다. 에일린은 그 말이 믿기지 않았지만, 설사 얌전하다 할지라도, 호드빈 남매와 함께 사흘만 지내면 천사라도 학교를 땡땡이치고 돌을 던지고 배전기를 훔치는 문제아로 변했다.

"그 아이들이 쓸 간이침대를 준비해줘." 캐롤라인 여사가 말했다. "오늘 오후에 나는 여기에 없을 거야. 핏추그-스미스 부인과 나는 뉴니턴의 향토 방위군 모임에 참석해. 그러니 챔버스 부인이 오면 네가 서류를 작성해줘. 부인은 3시에 올 거야."

'그리고 이게 내 반일 휴식 시간에 당신이 내게 뭔가를 시키는 마지막이고.' 에일린이 생각했다. "네, 여사님. 다른 건 또 없으세요?"

"챔버스 부인에게 내가 여기 없어서 미안하다고 전해." 캐롤라인 여사가 말하며 장갑을 꼈다. "아, 그리고 아이들을 받은 다음, 여기 리넨 천을 붕대로 쓸 수 있게 길게 찢어서 둘둘 말아둬. 내일 세인트존스 앰뷸런스[12] 회의 때 가져가겠다고 약속했어. 그리고 사무엘스 씨에게 자동차를 대놓으라고 전해." 여사가 핸드백을 집었다. "가도 좋아."

'그럴 생각이었네요.' 에일린이 생각하며 응접실을 나와 서둘러 사무엘스 씨에게 가서 말을 전한 뒤, 자기 방으로 재빨리 돌아왔다. 하지만 에일린이 하녀복 단추를 끄르기도 전에 우나가 오더니 챔버스 부인이 아이들 셋과 함께 아래층에서 기다린다고 말했다.

"뭔가 실수가 있었나 봐요." 우나가 거의 눈물을 흘리며 말했다. "그 아이들은 여기 있을 수 없지 않나요?"

"불행히도, 가능해. 여사님은 나가셨어?"

우나가 고개를 끄덕였다. "아이들을 더 받으면 우리는 어떻게 해요?" 우나가 울부짖었다. "우리는 이미 아이들이 너무 많잖아요!"

그리고 우나는 숙소 배정 서류 양식을 절대로 채울 수 없을 것이다. 에일린은 손목시계를 힐끗 보았다. 2시 30분. 아이들은 1시간 뒤에나 학교에서 돌아올 것이다. '나는 그러지 않아도 우나와 배스컴 부인을 궁지에 두고

12 응급치료를 가르치는 잉글랜드의 비정부 자선 단체

떠나는 건데.' 에일린이 생각했다. '적어도 떠나기 전에 이 아이들이 자리를 잡는 건 도와줄 수 있어.' "아이들 방에 가서 간이침대 세 개를 더 만들어 줘." 에일린이 말했다. "그리고 나는 챔버스 부인하고 이야기할게. 어디에 있어?"

"동쪽 거실에요. 우리 셋이서 어떻게 서른세 명의 아이를 돌봐요?"

'셋이 아니라 둘이야.' 에일린이 생각하며 서둘러 동쪽 거실로 내려갔다. 캐롤라인 여사는 자기 영향력을 발휘해 새로운 하녀를 쉽사리 구할 것이다. 아니면 늘 자기가 하던 말대로 집안일에 뛰어들어 자기가 맡은 몫을 다 하든가. 에일린은 동쪽 거실의 문을 열었다. "챔버스 부인, 여사님께서 저더러…."

시어도어 월렛이 여행 가방을 들고 그곳에 서 있었다. "난 집에 가고 싶어요." 시어도어가 말했다.

10

그자는 버스를 놓쳤다.

— 네빌 체임벌린, 히틀러를 언급하며,

1940년 4월 5일

살트램-온-시, 1940년 5월 29일

마이크는 그 여자를 빤히 바라보았다. "뭐라고요?" 그가 물었다. 여자의 말을 잘못 알아들은 것이 분명했다.

"버스는 어제 왔다고요. 화요일하고 금요일에 와요."

그건 오늘이 수요일, 즉 29일이며 구출 작전 기간에서 이미 사흘을 놓쳤다는 뜻이었다.

"원래는 매일 있었어요." 여자가 말했다. "하지만 전쟁 때문에…."

"하지만 금요일은 31일이잖습니까." 마이크가 목소리를 높였다. "그 전에 버스가 있어야 해요." 금요일이면 영국군 전체가 다 구출되고 난 다음일 것이다. 구출 작전 전체를 놓칠 것이다. "램스케이트는 어때요? 거기로 가는 다음 버스는 언제인가요?"

"안타깝지만, 그것도 금요일이에요." 젊은 여자가 말했다. "같은 버스예요." 여자는 조심스레 계단 하나를 다시 올라갔고, 마이크는 자신이 고함을 쳤다는 사실을 깨달았다.

"미안합니다." 마이크가 말했다. "기사를 쓰려면 오늘 오후까지 도버에

가 있어야 하거든요. 그리고 이제 어떻게 해야 거기에 갈 수 있는지 모르겠네요. 가장 가까운 기차, 아니 그러니까 철도역까지 얼마나 떨어져 있죠?" 만약 옆 마을에 역이 있다면 거기까지 걸어갈 수도 있었다.

"10킬로미터가 넘어요." 그녀가 말했다. "하지만 전쟁이 일어난 뒤로 여객 열차는 거기에 안 서요."

그렇겠지. "자동차는요? 제가 빌릴 수 있는, 아니 고용할 수 있는 게 있나요? 아니면 돈을 받고 도버까지 저를 태워줄 수 있는 사람은요? 돈을 드릴게요…." 아, 맙소사. 1940년에 차를 빌리는 요금이 얼마였지? "3파운드요."

"3파운드요?" 여자의 눈이 휘둥그레졌다. "양키들이 돈 많다는 소리는 늘 들어왔어요."

즉, 너무 많다는 소리였다. "저는 부자가 아니에요. 오늘 거기에 가는 것이 정말로 중요할 뿐이죠."

"오, 포우니 씨가 자기 화물차로 데려다줄 수 있을 거예요." 여자가 제안했다. "하지만 그분이 돌아왔는지는 모르겠어요."

"돌아와요?"

"황소를 사러 어제 호크허스트에 갔거든요." 여자가 설명했다. "하룻밤 자고 오실 수도 있어요. 등화관제 때 운전하는 걸 싫어하거든요. 아빠에게 물어볼게요. 곧 돌아올게요." 여자는 애교 섞인 눈빛으로 마이크를 힐끗 돌아보며 계단을 달려 올라갔다. "아빠?" 마이크는 여자의 목소리를 들을 수 있었다. "포우니 씨가 호크허스트에서 돌아왔나요?"

"아니. 누구랑 이야기하는 거니, 다프네?"

"양키요. 기자예요."

마이크는 대화의 나머지 부분을 들을 수 없었다. 잠시 뒤 다프네는 계단을 달려 내려왔다. "아빠가 그러는데, 포우니 씨는 아직 안 돌아왔대요. 하지만 오늘 아침 안으로 돌아올 거래요."

"트럭, 아니 화물차를 가진 다른 사람은 없고요? 아니면 자동차는요?"

"그레인저 의사 선생님이 한 대 가지고 있지만, 그분도 여기 없어요.

그분은 여동생을 만나러 노위치에 갔고, 주임 사제님은 타이어를 고무 수집 운동에 기부하셨어요. 그리고 휘발유 배급도 있고 해서, 내… 아, 핀트워스 부인이 오셨네요." 마르고 머리가 지저분한 여자가 들어오자 다프네가 말했다. "우리 마을 우체국장님이세요. 아마도 포우니 씨가 언제 돌아오는지 알 거예요."

알지 못했다. "포우니 씨가 오면 이걸 전해주겠어?" 다프네에게 편지 한 통을 건네며 핀트워스 부인이 말했다. 다프네는 바 뒤에 있는 다른 편지들 사이에 그걸 끼웠고, 우체국장이 술집을 나갈 때 이가 하나도 없는 노인이 거의 몸을 스치며 들어왔다.

"톰킨스 씨가 알 거예요." 다프네가 말했다. "톰킨스 씨." 다프네가 노인에게 외쳤다. "포우니 씨가 언제 돌아오는지 아세요?"

톰킨스 씨는 마이크가 전혀 알아들을 수 없는 소리로 웅얼거렸지만, 다프네는 그게 무슨 뜻인지 이해한 모양이었다. "날이 밝는 대로 출발할 거라고 했대요. 그러니 9시나 9시 반 정도에 도착할 거예요."

9시 반. 도버까지는 적어도 2시간은 걸릴 테니, 마이크가 도버에 도착하면 정오였다. 만약 포우니 씨가 새로 산 황소를 외양간에 먼저 넣는다거나 암소 젖을 짜야 한다거나 닭 모이를 준다거나 뭔가 다른 할 일을 먼저 하지 않아도 된다면.

"있잖아요, 기다리는 동안 맛있는 차 한잔 끓여드릴게요." 다프네가 말했다. "그리고 포우니 씨가 오실 때까지 당신은 제게 미국에 관해 전부 말해주세요. 오마하에서 왔다고 했죠? 오하이오에 있는 곳이죠?"

"네브래스카요." 마이크가 멍하니 대꾸했고, 과연 걸어서 마을 북쪽으로 가서 히치하이크를 시도해볼지 아니면 그냥 여기서 기다리는 게 나을지 고민했다.

"개척 중인 서부 변경 지역에 있는 곳이죠?" 다프네가 물었다. "거기에 진짜 홍인종 원주민이 있나요?"

'홍인종 원주민?' "더는 없어요." 마이크가 말했다. "질…."

"갱스터 중에 아는 사람 있어요?"

이 여자는 역사학자는 분명히 아니었다. "아니요. 미안해요. 질문이 있는데, 하루에 여기 자동차가 몇 대나 지나가나요, 다프네?"

"하루에요?"

"맘 쓰지 말아요." 마이크가 말했다. "차를 마실게요."

"와, 좋아라. 아까 말했던… 어디서 왔다고 했죠? 네브래스카?"

'맞아요, 하지만 던워디 교수가 일정을 바꾼 탓에 저는 그곳에 관해 조사할 시간이 없었고, 그래서 그곳에 관해서는 아무것도 몰라요.' 다프네 역시 마찬가지인 게 분명했지만 그래도 마이크는 그 주제를 피하고 싶었다. "대신 당신이 이 마을에 관해 이야기해주는 게 어때요?"

"말할 만한 게 없어요. 이런 촌구석에서는 뭔가 일어나는 경우가 극히 드물어요."

여기서 80킬로미터도 떨어지지 않은 곳에서 영국군과 프랑스군이 독일군에게 궁지에 몰린 상태이며, 그들을 구하기 위해 임시 함대가 편성되었고, 전쟁의 승패가 그들을 구출하는 데 성공하느냐 실패하느냐에 달려 있는데, 다프네는 그에 관해 아무것도 알지 못했다. 마이크는 놀랄 일도 아니라고 생각했다. 구출 작전이 거의 끝날 때까지 그에 관한 뉴스는 신문에 실리지 않았으며, 이 작전에 관해 알던 이 시대 사람들은 수평선 너머로 됭케르크의 연기를 목격했거나 부상당하고 지친 군인들을 가득 채우고 고향에 도착한 기차를 본 사람들뿐이었다.

그리고 살트램-온-시에는 기차역이 없었다. 하지만 보트들은 있었고, 마이크는 이곳에 소형 선박 자원대가 아직 오지 않았다는 점에 놀랐다. 지휘관들은 오도 가도 못할 처지에 놓인 병사들을 데려오기 위해 영국 해협 해안을 오가며 낚시 보트, 요트, 모터보트와 그 선원들을 징발했다.

"흥미진진한 곳을 많이 다녀봤겠죠?" 마이크 앞에 찻잔을 놓으며 다프네가 말했다. "그리고 전쟁에서 여러 가지를 보셨고요. 그래서 도버에 가야 하는 건가요? 전쟁 때문에요?"

"네. 해안선의 침공 대비에 관한 기사를 쓰고 있어요. 살트램-온-시는 얼마나 준비가 되었나요?"

"준비요? 몰라요…. 향토방위군이 있고…."

"향토방위군은 뭘 하죠? 밤에 해변을 순찰하나요?"

"아니요. 대부분은 훈련을 해요." 다프네는 목소리를 낮춰 속삭였다. "그리고 여기 앉아서 지난 전쟁에서 자신들이 뭘 했는지를 자랑스레 떠들지요."

즉, 지난밤에 강하가 열리지 않게 막은 게 뭔지는 모르지만 향토방위군은 아니었다. "해안 감시대가 있습니까?"

"그레인저 선생님이요." 노위치에 있는 여동생을 만나러 갔다는 의사였다.

탁자 앞에 앉아 있던 톰킨스 씨가 뭔가 알아들을 수 없는 말을 했다. "저분이 뭐라고 한 건가요?" 마이크가 다프네에게 물었다.

"히틀러가 프랑스에 가지 못하게 우리 군인들이 막을 거래요."

그렇군. 하지만 히틀러는 지금 프랑스에 있고, 불로뉴와 칼레를 접수했으며 파리를 점령하기 직전이었다.

"아빠가 그러는데, 우리 군인들이 히틀러를 혼쭐내 베를린으로 쫓아낼 거랬어요." 다프네가 말했다. "2주면 우리가 전쟁에서 이길 거래요."

'재난이 다가오는 걸 눈치챈 사람이 아무도 없단 말이야?' 마이크는 궁금했다. 꼭 진주만 때 같았다. 수십 개의 단서와 경고가 있었음에도, 당시 사람들은 완전히 방심했다. 세계무역센터 사건도, 전 세계적 유행병도 전혀 낌새를 알아차리지 못했다. 그리고 세인트폴 대성당에서 테러리스트가 겨드랑이에 핀포인트 폭탄을 끼고 걸어 들어가 대성당을 폭파하고 런던 절반을 박살 냈지만, 그 전날까지 가장 열렬한 논쟁거리는 '세상의 빛' 티셔츠를 대성당의 선물 가게에서 파는 게 적절한 행동인가 아닌가였다.

적어도 이 시대 사람들에게는 프랑스에서 나오는 뉴스가 엄청난 검열을 당했다는 변명거리라도 있었다. 한편으로, 이들은 8개월째 전쟁 중이었고, 그동안 히틀러는 나이프로 버터 자르듯 손쉽게 유럽 절반을 먹어 치웠다. 그리고 됭케르크는 영국 해협 바로 건너였다. 뭔가 일어나고 있다는 것을 이 시대 사람들이 알아야 마땅했다.

하지만 그렇지 못한 듯했다. 이후 1시간 동안 술집에 들른 농부와 어부들은 날씨 이야기만 했고, 다프네는 미국 영화 스타들에 관해 이야기하고 싶어 했다. "기자니까 스타들을 많이 만나봤겠네요. 클라크 게이블 만나봤어요?"

"아니요."

"이런." 다프네는 마이크가 미국에 홍인종 원주민이 없다고 말했을 때보다도 더 심하게 실망했다. "제가 가장 좋아하는 영화배우인데." 그리고 지난주에 자신이 본 영화의 줄거리를 자세히 이야기했다. 스파이들, 기억 상실증, 잃어버린 사랑을 찾기 위한 장대한 탐색 등이 골고루 섞인 이야기였다. "그 남자는 그 여자를 몇십 년이고 찾아다녔어요." 다프네가 말했다. "무척이나 로맨틱했죠."

'그리고 지금 이 순간에도, 도버에서는 영국 해군이 보트들로 수송 선단을 조직하고, 은퇴한 선원과 외륜선 선장들과 어부들이 그 보트들에 자원해 타고 있지.' 마이크가 생각했다. '그리고 나는 그걸 놓치고 있고.' 그리고 이건 마이크가 옥스퍼드로 돌아가 다시 시도할 수 있는 게 아니었다. 일단 어떤 시간에 도착한 역사학자는 그 시간에 다시는 갈 수 없으며, 그건 단지 던워디의 과보호적인 예방 조치 중 하나가 아니었다. 그건 시간 여행의 법칙으로, 초기에 시간 여행을 했던 몇 명이 어렵사리 발견한 법칙이었다. 이제 28일 밤과 29일 아침은 마이크에게 평생 접근 불가능이었다.

'아마 구출 작전의 남은 과정을 관찰하고 돌아갔다가 다시 와서 처음 사흘 동안을 할 수 있을 거야.' 마이크가 생각했다. 하지만 던워디는 절대로 마이크를 보내려 하지 않을 것이다. 만약 뭔가 잘못된 상태에서 돌아가야 할 데드라인인 28일까지 마이크가 여전히 남아 있게 된다면, 그는 그날 죽은 사망자에 들어가게 될 것이다. 그리고 두 번째 시도에서는 편차가 더 클 수도 있었다.

9시, 그리고 9시 반, 그리고 10시가 되었지만 포우니 씨는 흔적도 보이지 않았다. '온종일 여기 앉아서 이렇게 기다릴 여유가 없어.' 마이크가 생각했고, 다프네에게 마을을 둘러보러 나간다고 말했다.

"어, 하지만 포우니 씨가 곧 올 게 분명한데요." 다프네가 말했다. "늦게 출발한 게 분명해요."

'저도 그래요.' 마이크가 생각했다. 마이크는 침공 대비에 관해 지역민들을 인터뷰해야 한다고 말했고, 만약 포우니 씨가 도착하면 꼭 와서 부른다는 다짐을 다프네에게 받은 뒤 여관을 나섰다. 이곳 누군가는 분명 자동차를 가지고 있을 것이다. 다행히 1740년이 아니라 1940년이니까. 누군가는 자동차를 가지고 있을 게 분명했다. 아니면 보트라든가. 하지만 마이크는 수뢰와 U보트로 가득한 영국 해협으로 나가는 게 내키지 않았다. 구출 작전에 참여했던 소형 선박들 가운데 육칠천 척 이상이 격침되었다. 마이크는 보트를 최후의 수단으로 미뤄두었다.

하지만 모든 골목과 뒤뜰을 샅샅이 둘러보았지만, 아무것도 심지어 자전거 한 대조차 찾아볼 수 없었다. 사실 도버는 자전거로 가기에는 너무 멀었다. 그는 부두까지 걸어갔고, 그곳에는 이 빠진 톰킨스 씨를 비롯한 어부 세 명이 한가로이 거닐며 (당연히) 날씨에 관해 이야기를 나누고 있었다.

"나빠 보이는걸." 그들 가운데 한 명이 입에서 파이프를 빼지도 않고 말했다.

톰킨스 씨가 뭔가 알아들을 수 없는 말을 중얼거렸고, 생선 비린내가 진동하는 다른 한 명이 고개를 끄덕여 찬성을 표했다.

"제가 지금 도버로 가야 하는데요." 마이크가 말했다. "혹시 여러분 가운데 보트로 저를 데려다주실 분이 계십니까?"

"앙 오쓰로 어기 아갈 애압 어써." 톰킨스 씨가 말했다.

톰킨스 씨는 말을 하며 고개를 저었기 때문에, 마이크는 그걸 거절로 해석했다. "다른 분은 어떠십니까? 돈을 내겠습니다." 마이크는 망설였다. 3파운드는 분명히 너무 많았다. "10실링 드리겠습니다." 마이크가 말했다.

그건 너무 적은 게 분명했다. 톰킨스와 생선 비린내 나는 사람은 즉각 고개를 저었다. "태풍이 불고 있어." 파이프 담배를 피우던 이가 말했다.

영국 해협은 구출 작전이 펼쳐지던 아흐레 내내 '물방아용 저수지'처럼 고요했지만, 마이크는 그걸 말할 수 없었다. "1파운드 드리겠습니다."

"안 돼, 젊은이." 생선 비린내 나는 이가 말했다. "해협은 너무 위험해."

이 셋 가운데 누구도 됭케르크로 자원해 가지 않을 건 분명해 보였다. 마이크는 다른 누군가를 찾아야 했다. 그는 부두를 걷기 시작했다. "해럴드 씨가 데려다줄 수도 있을 거야." 파이프 담배를 피우던 이가 마이크 뒤에서 외쳤다.

"해럴드 씨요?" 마이크가 돌아와 물었다.

"그래, 해럴드 중령." 파이프 담배 피우던 남자가 말하자 생선 비린내 나는 이가 고개를 끄덕였다.

'해군 장교군. 좋았어. 그 사람이라면 U보트와 수뢰를 피해 가는 법을 알겠지.' "어디서 그분을 만날 수 있죠?"

"'라시 준'에 가면 만날 수 있을 거야." 톰킨스 씨가 말했다. "중령은 소영 성박 자웡대가 다 퍼길 기다려."

마이크는 파이프 담배 피우는 이에게 고개를 돌렸다. "어디로 가야 그… 그분 보트 이름이 뭐라고 했죠?" 하지만 그가 대답하기 전에 톰킨스 씨가 말했다. "져니 와." 그는 선창을 가리켰다. "그밴 저짝 선창인디, 엄청 뿌드터혀." 그게 무슨 뜻인지 전혀 알아들을 수 없었지만, 선창을 따라서는 보트가 많지 않았고, 뱃머리에 이름들이 표시되어 있을 것이다. 마이크는 세 명에게 도와줘 고맙다고 말한 뒤 배들이 있는 선창으로 걸어가 묶여 있는 배들을 살펴보았다. '금잔화', '마거릿 공주', '굴뚝새'. 전쟁과 어울리는 이름이 아니었지만, 역사상 최대의 군사 구출 작전에 곧 투입될 다른 요트, 짐배, 소형 어선들 역시 그다지 전쟁과 어울리는 이름들은 아니었다. '상쾌한 바람', '새끼 고양이', '햇살', '함박웃음' 등의 이름이었으니 말이다.

하지만 바라건대, 구출 작전에 사용된 배들은 여기 이것들보단 상태가 나아야 했다. 이곳 배들 대부분은 낡았고, 최근 들어 때를 벗겨내거나 칠을 새로 한 것도 없었으며, '바다요정호'라는 이름의 배는 갑판에 엔진이 분해되어 널려 있었다. 이 배는 분명히 됭케르크로 가지 못하겠지만 다른 것들은 갈 수도 있었다. 모든 해안 마을의 배들이 참여했다. 작전에 참여했던 소형 선박들 이름을 암기하고 왔으면 좋았을 텐데 아쉬웠다. 그랬다면 여기 이 배들 가운데 어느 것이 작전에 참여했는지 알 수 있었을 텐데.

그리고 무사히 돌아온 배가 어느 것인지도 알 수 있었을 텐데. 목록에는 침몰한 배 이름 옆에는 별(*) 표시가 되어 있었다. 던워디 교수를 기다리느라 그날 오후를 날리지만 않았더라도 마이크는 지금 어느 배가 어느 배인지를 알았을 것이다.

마이크는 선창 끝에 도착했다. '져니 와'도 '라시 준'도 없었다. 그는 온 길을 되돌아가기 시작했다. "어이!" 누군가가 외쳤고, 마이크가 돌아보니 12미터급 보트의 난간에 요트 모자를 쓴 노인이 보였다. "거기 자네! 소형 선박 자원대에서 왔나?"

"아니요." 마이크가 말했다. "저는 해럴드 중령님을 찾고 있습니다."

노인이 이를 드러내고(다행히도 치아가 있었다) 활짝 웃었다. "내가 해럴드 중령이야. 해군 본부에서 나왔겠군. 임무를 가져왔겠지. 영영 연락을 못 받을 거라고 생각했는데. 올라와."

이 사람이 해럴드 중령이라고? 그 노인은 적어도 일흔 살은 되어 보였고, 해군 본부로부터 임무에 관해 아무 연락을 듣지 못한 것도 당연했다. 마이크는 뱃머리를 힐끗 보며 배 이름을 찾았다. 이름이 있긴 했지만 너무나 희미해져서 간신히 알아볼 수 있었다. '제인여왕호.'

배 이름치고는 안 좋았다. 제인 그레이 여왕은 9일 동안 여왕으로 지낸 뒤 목이 잘렸고, 이 보트도 그보다 오래 버텨낼 것 같지 않았다. 배의 표면은 조개삿갓 따위로 덮여 있었고, 오랫동안 페인트칠을 하지 않은 티가 났다. "올라오게, 젊은이." 중령이 말하고 있었다. "그리고 내 임무에 관해 말…."

"저는 거기에서 온 게 아…."

"거기 서서 뭐 하는 거야? 올라와."

마이크는 보트에 올랐다. 가까이서 보니 노인은 더 늙어 보였다. 요트 모자 아래 머리는 하얗고 엉겅퀴 관모처럼 가늘었으며, 경례하는 손은 관절염으로 옹이가 져 있었다. "저는 해군 본부에서 나온 것도 아닙니다." 마이크가 서둘러 말했다. "저는…."

"보아하니 임무를 내리는 새 전시 조직을 꾸린 듯하더군. 전에는 지금 이런 부서들이나 규칙, 서류 따위가 없었어. 넬슨 제독이 지금처럼 서류나 작성하고 앉아 있었다면 그 양반이 트라팔가르 해전에서 어떻게 됐겠어?"

넬슨은 트라팔가르 해전에서 죽었지만, 그 말을 하는 건 현명해 보이지 않았다. 설사 마이크가 말할 틈을 잡았더라도 말이다. 그리고 마이크는 그 틈을 잡지 못했다.

"요즘에는 드라이독에서 배를 빼내는 게 용할 지경이라니까." 해럴드 중령이 말했다. "그런 서류 작업을 하면서 어떻게 그걸 해낸담. 임무 결정이 될 때까지 얼마나 걸렸는지 알아?" 중령은 답을 기다리지 않았다. "9개월이야. 전쟁이 시작된 바로 다음 날 요청을 했는데 지금까지 기다렸어. 예전이라면 나는 이미 바다에 나가 있었을 거야. 그건 그렇고, 내게 어떤 배를 배정했지? 전함? 순양함?"

"저는 정부 조직에서 나온 게 아닙니다. 저는 기자입니다."

중령의 얼굴이 어두워졌다.

"〈오마하 옵서버〉 기자입니다."

"오마하, 그거 캔자스에 있지?"

"네브래스카입니다."

"그런데 살트램-온-시에서 뭐 하고 있는 건가?"

"영국이 침공에 어떻게 대비하고 있는지에 관한 기사를 쓰고 있습니다."

"대비!" 중령이 코웃음 쳤다. "무슨 대비? 여기 해안에 가본 적 있나, 캔자스 친구? 마치 휴가지 같아. 바리케이드도 없고, 대전차 장애물도 없고, 심지어 철조망조차 없어. 해군 본부에 그걸 불평했더니 거기 애송이가 뭐라고 말했는지 알아? '본부의 허가를 기다리고 있습니다'라더군. 그래서 내가 뭐라 했는지 알아? 그냥 쭉 더 기다리다가 힘러[13]에게 허가받으라고 했어. 자네 수영할 줄 아나?"

"수영이요?" 마이크가 멍하니 있다가 말했다. "네, 할…."

"예전에는 영국 해군이라면 모두 수영을 할 줄 알아야 했어. 제독부터

13 하인리히 힘러. 나치의 친위대장으로 유대인 학살을 주도했다.

일반병까지 모두. 그런데 이제는 반 이상이 바다에 나간 적도 없어. 런던에서 타자기로 허가서나 작성하고 앉았지. 이리 오게, 캔자스 친구. 보여줄게 있어."

"제가 여기 온 건 다름이 아니고…." 마이크가 말을 했지만 중령은 이미 해치 아래로 사라지고 없었다. 마이크는 망설였다. 만약 포우니 씨가 나타나도 다프네는 마이크가 어디로 갔는지 알지 못할 것이다. 마이크는 포우니 씨를 놓치고 싶지 않았다. 하지만 마이크는 또한 중령이 자신을 도버까지 데려다줄 의향이 있는지 알아야 했다. 만약 중령이 그래 준다면, 그건 도버까지 가는 가장 빠른 방법이었고, 또한 도버의 부두까지 어떻게 가야 하는가 하는 문제도 해결할 수 있었다. 그러면 마이크는 병사들을 구출해 돌아오는 보트들을 인터뷰할 수 있었다. 그리고 만약 해안 가까이에 있다면 영국 해협은 그리 위험하지 않을 것이다.

마이크는 부두 앞쪽을 바라보았다. 세 노인은 여전히 그곳에서 어슬렁거렸다. 그들은 다프네에게 그가 어디에 있는지 말할 것이다. '다프네가 노인들 말을 알아들을 수 있다면 말이지만.' 마이크가 생각하며 중령을 따라 내려갔다.

해치 안은 어두웠다. 순간적으로 앞이 안 보였고, 마이크는 가로대들을 잡으며 사다리를 내려갔다.

그리고 30센티미터 깊이의 물로 걸어 들어갔다.

11

이곳은, 친구들이여, 어느 나라인가?

— 윌리엄 셰익스피어, 《십이야》

옥스퍼드, 2060년 4월

어른거리는 빛무리가 이미 너무 밝았기에 폴리는 실험실은 물론이고 커튼조차 볼 수 없었으며, 보이는 건 오직 열려 있는 강하뿐이었다. 폴리는 콜린에게 대신 사과의 말을 전해달라고 바드리와 리나에게 부탁할 시간이 충분하지 않다는 걸 알았지만 그래도 시도해보았다. "콜린에게 무슨 일이 있었는지 설명해주세요." 폴리는 밝은 빛을 향해 외쳤다. "알려줄 시간이 없었다고, 미안하다고, 도와줘서 고맙다고, 돌아오면 보자고 전해주세요." 하지만 늦었다. 폴리는 이미 도착해 있었다.

지하 저장실 안이었다. 어둠 속에서 벽돌 벽과 칠이 심하게 벗겨진 검은 문만이 간신히 보였다. 다른 쪽도 벽돌 벽이었고, 천장은 낮았으며, 뒤쪽으로 세 걸음을 가니 바닥에 벽돌이 깔린 저장실 나머지 부분이 나왔다. 그곳은 통들과 포장용 나무 상자들로 가득했다. 보통 지하 저장실은 강하하기 알맞은 장소였지만, 지금은 대공습 시대였고 지하 저장실은 방공호로 쓰였다. 폴리는 잠시 가만히 있으면서 저장실의 보이지 않는 쪽에서 목소리 또는 코 고는 소리가 들리지 않는지 귀를 기울였지만 아무 소리도 들리지 않았다. 폴리는 조용히 문을 열려고 시도해보았다. 잠겨 있었다.

끝내주는군. 폴리는 문이 잠긴 지하 저장실에 도착했으며, 또한 어두침침한 속에서 더 자세히 살펴보니 문은 꽤 오랫동안 잠겨 있었던 듯했다. 거미줄이 문 아래쪽 경첩부터 흙바닥까지 쳐져 있었고, 또한 나뭇잎 몇 개가 걸렸다. 그러니 밖으로 기어나갈 수 있는 창문이 없다면, 강하가 열리고 바드리가 다른 장소를 발견할 때까지 여기서 기다려야만 했다. 그리고 그사이에 던워디 교수가 그녀의 임무를 취소하지 않길 바라야 했다.

'창문이 있어야 할 텐데.' 계단을 올라가며 폴리가 생각했다. 계단에도 낙엽들이 흩어져 있었고, 계단 꼭대기에 이르자 그 이유를 알 수 있었다. 지하 저장실이 아니었다. 이곳은 건물 두 개 사이의 좁은 통로였고, 폴리가 열려 했던 잠긴 문은 건물로 통하는, 오목하게 설치된 옆문이었다. 통로 위의 건물 돌출부는 강하 때 나는 빛무리를 적어도 어느 정도는 막아서 위에서 보지 못하게 했을 테지만, 거리 끝 쪽은 어땠을까? 만약 그곳에서 빛무리가 보인다면, 주위에 아무도 없을 때만 강하가 열릴 수 있을 것이고, 그렇다면 이 강하 지점은 사실상 소용이 없을 것이다.

폴리는 코트가 걸려 찢기지 않도록 조심하며 통들이 쌓인 좁은 통로를 비집고 걸어갔다. 코트가 더러워지지 않게 조심하는 것도 일이었다. 통들 위쪽은 먼지가 두껍게 내려앉아 있었고, 발아래로는 마른 낙엽들이 바스락거리며 밟혔다. '9월이 아니라 11월에 도착한 게 아니어야 할 텐데.' 마지막에서 두 번째 통 옆을 간신히 빠져나가며 폴리가 생각했다. '시공간 위치를 확인해야 해. 거리에서 강하의 빛무리가 보이는지 곧바로 확인하고.'

하지만 이곳은 큰길이 아니라 뒷골목이었다. 바닥에는 역시 벽돌이 깔렸고, 벽돌 건물들이 창문 없는 뒷면을 보이며 줄지어 서 있었다. 창고? 가게? 알 수 없었지만, 아무래도 좋았다. 중요한 건, 여기에서 강하의 빛무리가 보인다 할지라도 이곳의 건물들에서는 그 빛무리를 볼 수가 없고, 이런 밤 시간에 이 뒷골목에 있을 사람 역시 없으리라는 점이었다.

폴리는 조심스레 골목을 살폈다. 아무도 없었다. 이곳은 아까의 좁은 통로만큼이나 어두웠고, 오전 6시라고 하기에도 너무 어두웠다. 시간 편차가 있었거나 아니면 좁은 뒷골목은 거리보다 더 어두운 모양이었다. 폴리는 큰길로 나가는 방향을 살폈다. 뒷골목이 끝나는 부분의 건물들은 흐릿해 보였다.

시간 편차가 아니었다. 안개였다. 그건 지금이 하루 중 어느 때인지 시간을 가늠하기 어렵다는 뜻이었다. 석탄 매연으로 인해 1940년대 런던은 한낮도 밤처럼 어두웠다. 하지만 제2차 세계대전 시기로 온 것은 분명했다. 누군가가 좁은 길옆의 벽돌벽에 분필로 유니언 잭을 그려놓고 '런던은 버틸 수 있다!'라고 휘갈겨 써두었기 때문이다. 그리고 원래 도착하기로 한 시간에 도착했을 가능성이 아주 컸다. 9월 10일 이른 아침에는 짙은 안개가 꼈었다.

폴리는 뒷골목의 거의 끝까지 가서 누군가가 다가오는 걸음 소리가 들리지 않는지 잠시 귀를 기울인 뒤 조심스레 바깥쪽을 내다보았다. 안개 속에서 보이는 한, 양쪽으로 아무도 없었고, 왼쪽으로 희미하게 보이는 더 넓은 도로에도 차들이 없었다. 아직 공습경보가 해제되지 않았다는 뜻이었다. 즉 시간 편차가 전혀 없을 가능성이 컸다.

하지만 도착한 곳이 어딘지는 여전히 알 수 없었다. 그걸 알아내야 했다. 가능하다면 공습경보가 해제되기 전에. 그러나 뒷골목을 떠나기 전에 이곳과 강하 지점이 어딘지를 눈에 익혀둬야 했다. 폴리는 건물들을 기억에 담으며 좁은 통로로 돌아갔다. 거리에서 가장 가까운 건물에는 양쪽으로 열리는 커다란 문이 있었고, 그 옆 건물에는 금방이라도 무너질 것 같은 나무 계단이 있었는데, 너무나 위험해 보이는 이 계단을 두 줄 올라가면 강하 지점에서 보았던 문과 똑같이 검은 칠이 벗겨진 문으로 연결되었다. 다시 그 옆이 폴리가 지나온 좁은 통로였다. 하지만 분필로 벽에 쓴 '런던은 버틸 수 있다!'라는 글이 없었더라면 폴리는 아마도 이곳을 알아보지 못했을 것이다. 통들은 오목하게 들어간 문뿐 아니라 통로까지도 가렸다. 공습대비대 감시원이 이곳을 똑바로 바라보더라도 여기에 통로가 있다는 것을 알아보지 못할 것이다.

뒷골목 또한 다를 바 없었다. 뒷골목 역시 좁은 통로만큼이나 거미줄이 끼고 낙엽들이 흩어져 있었다. 그건 잘된 일이었다.

폴리는 뭔가 기억할 만한 특징이 없는지 살피며 뒷골목을 걸어갔지만, 양쪽 건물들은 아무 특색이 없는 벽돌뿐이었다. 단 하나 예외는 끝에서 두 번째 건물로, 목조 뼈대에 흑백의 튜더 양식이었다. 좋아. 튜더, '런던은 버틸 수 있다!', 흔들거리는 계단, 양쪽으로 열리는 갈색 문.

괜한 짓이었다. 폴리는 뒷골목을 나서는 순간 그것을 깨달았다. 뒷골목 입구 바로 옆 벽에 히틀러의 풍자만화가 그려진 커다란 포스터가 붙어 있었다. 그 포스터에서 히틀러는 트레이드 마크인 콧수염과 한쪽 눈 위로 흘러내린 머리를 한 채 건물 모퉁이 너머를 훔쳐보았고, 그 아래에는 '경계를 늦추지 마십시오. 수상한 행동을 하는 사람을 보면 누구든 신고하십시오.'라고 적혀 있었다.

공습경보가 해제되지 않아 다행이었다. 폴리가 지금 위치를 알아내려 애써도 수상쩍게 볼 사람이 거리에 없었다. 누가 있었다면 문제가 될지도 몰랐다. 이 시대 사람들은 독일군이 침공해 올 경우 그 진군 속도를 늦추기 위해 전쟁이 시작됐을 때 거리 이름들을 모두 떼어내거나 페인트칠해 가렸다. 폴리는 자신이 어디에 있는지를 가늠할 수 있는 표지물이 있길 바라야 했다. 교회 첨탑이나 지하철역, 또는 여기가 켄싱턴이라면 켄싱턴 가든스 철창문 같은 것들. 울타리는 안 된다. 이 시대 사람들은 울타리들을 떼어내 고철 수집 운동에 기부했다. 하지만 있는 곳이 어디인가에 따라 앨버트 기념비나 피터 팬 동상은 보이리라.

서둘러야 했다. 안개가 다가오며 가장 가까운 건물들만이 간신히 보였고, 얼마 없는 빛마저 가리고 있었다. '정통 런던 스모그네.' 폴리가 생각했다. 폴리는 좀 더 멀리까지 볼 수 있지 않을까 하는 마음에서 더 넓은 도로 쪽으로 걸어갔다. 하지만 그곳은 안개가 더욱 짙었으며, 시시각각 어두워지고 있었다. 도로가 저쪽 끝부분에서 오른쪽으로 굽은 것이 간신히 보였다. 그리고 공습경보가 해제되지 않았다던 추측은 틀린 것이었다. 안개 속에서 여자 둘이 유령처럼 나타나더니 그녀 앞 도로를 가로질렀다. 방공호에서 집으로 돌아가는 게 분명했다. 그 가운데 한 명은 베개를 들고 있었던 것이다. 그들은 도로를 따라 재빨리 걸어가더니 어둠 속으로 사라졌다.

폴리는 도로를 따라 걸으며 건물들을 지났다. 강하 지점이 있는 뒷골목에 서 있던 건물들이었다. 제과점, 뜨개질 가게, 그리고 모퉁이에는 내닫이창이 있는 약국이 있었다. 가게들은 모두 초라하고 수리가 필요해 보였다. 폴리는 그게 전쟁으로 인한 물자 부족 때문이기를, 편차 때문에 이스트 엔드에 도착한 것이 아니기를 바랐다.

'화이트채플이나 스테프니에 도착한 게 아닌 걸 확인해야만 해.' 폴리가 생각했다. 그곳들은 10일에 폭격받았고, 만약 공간 편차가 있었다면, 그래서 지금 있는 곳이 이스트 엔드라면 곧장 뒷골목으로, 옥스퍼드로, 던워디 교수가 있는 곳으로 돌아가야 했다. 아니, 던워디 교수가 없는 곳으로.

폴리는 가게들 창을 살피며 혹시 자신의 위치를 알 수 있는 게시물이 있는지 찾아보았다. 아무것도 없었지만 창의 존재는 그녀가 도착했어야 할 시간대에 제대로 도착했음을 말해주었다. 깨진 창은 없었으며, 가게 한 곳에만 창유리를 보강하기 위해 X자로 종이를 길게 붙여두었을 뿐이었다. 그러니 대공습이 시작된 건 기껏해야 며칠 전이었을 것이다.

검은 택시 한 대가 유령처럼 흐릿하게 지나갔고, 폴리 앞에서 중절모를 쓴 남자가 서둘러 길을 건넜다. 그 남자는 좀전의 여자들보다도 더 빠르게 걸었다. '직장에 늦었나 보네.' 폴리가 생각했다. 그건 폴리가 생각했던 것보다 더 늦은 시각이라는 뜻이었다. 그 남자는 겨드랑이에 신문을 끼고 있었다. 근처에 영업 중인 신문판매대가 있는 게 분명했다. 폴리는 〈타임스〉를 사서 적어도 오늘이 10일인지 아닌지 정도는 확인할 수 있겠다고 생각했다. '그리고 신문 판매 상인에게 지금 도로 이름을 물을 수도 있겠지.' 어쨌든 아파트를 구하려면 신문을 사야 했다.

하지만 길 이쪽 편으로 신문판매대는 보이지 않았다. 폴리는 보도 가장자리로 가서 어두컴컴한 속에서 도로 양쪽을 살폈다. 만약 버스가 온다면 행선지가 적혀 있을 것이다. 안개 때문에 너무 어두워 그걸 읽을 수 있을지는 모르겠지만 말이다. 하지만 버스를 향해 손을 흔들어 버스를 세우고 차장에게 안개 때문에 길을 잃었으며 여기가 어딘지 알려달라고 할 수도 있겠지.

하지만 버스도, 택시도, 자동차도 오지 않았다. 폴리는 짙어지는 어둠 속에서 몇 분 정도 기다리며 엔진 소리가 들리지 않는지 귀를 기울이다가 마침내 포기하고 길을 건넜다. 하지만 건너편 연석에 도착하기도 전에 버스가 요란한 엔진 소리를 내며 왔다.

'멍청이.' 폴리가 생각했다. 만약 던워디 교수가 이 모습을 보았다면 머리가 어찔할 정도로 재빨리 그녀를 대공습 임무에서 빼냈을 것이다. 폴리는 버스를 피하려고 펄쩍 뛰는 바람에 행선지가 적힌 판을 보지 못했다.

길 이쪽 편에도 신문판매대는 없었다. 정육점 그리고 그 옆에 청과물상이 있을 뿐이었다. 가게에 어울리는 녹색 차양에는 '튜빈스 청과물상'이라고 적혔고, 문 양쪽으로는 양배추가 가득한 바구니들이 놓여 있었다. 가게는 아직 열지 않았지만, 오른쪽 창에 뭔가 공지가 붙었다.

폴리는 창으로 다가가 눈을 가늘게 뜨고 공지를 읽었다. 그리고 그 내용이 가장 가까운 방공호 주소를 알리는 공습 행동 지침이거나 적어도 제일 아래에 '매릴번 구'라고 지명이 적혀 있기를 바랐지만, 공지에는 단지 배급 규칙들만 쓰여 있었다.

가게 두 개를 더 지나니 담배 가게가 나왔다. 그곳은 열었을 뿐 아니라 판매대에 신문들이 진열되어 있었다. 그 뒤로 가게에 어울리게 콧수염에 담배 얼룩이 든 남자가 말했다. "찾는 게 있나요, 아가씨?"

"네." 폴리가 가게로 들어가며 말했다. "저는…." 그때 공습 사이렌이 그 특유의 소리를 내며 울리기 시작했다. 폴리는 어리둥절해하며 몸을 돌려 문밖을 내다보았다.

"매일 밤 더 빨라진다니까요." 남자가 씁쓸하게 말했다.

"빨라져요?" 폴리가 멍하니 되물었다.

남자가 고개를 끄덕였다. "어젯밤에는 7시 반이었어요. 오늘 밤에는 경보가…."

경보. 높아졌다 낮아지는 소리는 공습경보해제 사이렌이 아니라 공습을 알리는 경보였다. 그리고 그걸 깨닫자 갑자기 모든 게 다 맞아들어갔다. 지금은 아침이 아니라 저녁이었고, 아까 보았던 여자들은 방공호에서 나와 집으로 돌아가는 게 아니라 방공호로 가는 것이었다.

"집으로 돌아가는 게 좋을 거예요." 문을 잡으며 가게 주인이 말했다.

"오, 하지만…." 폴리가 동전 지갑을 꺼내기 위해 어깨에 멘 핸드백을 뒤지며 말했다. "전 신문이 필요해요." 하지만 가게 문은 이미 닫힌 뒤였다.

"잠깐만요!" 폴리가 유리창 너머로 말했다. "어디로 가야…?"

가게 주인은 고개를 젓더니 블라인드를 내리고 문을 잠갔다. 더 가까이에서 또 다른 사이렌이 울리기 시작했다. 콜린은 공습이 시작할 때까지 20분에서 30분 정도 여유가 있다고 했지만, 벌써 저 멀리에서 비행기들의 윙윙거리는 소리가 들렸다. 방공호를 찾아야 했다. 공습 중에 밖에 나와 있으면 안 되었다. 특히나 만약 여기가 이스트 엔드라면 더욱더 그랬다. 아니, 이스트 엔드가 아니라도 마찬가지였다. 콜린의 말이 맞았다. 목표를 벗어난 폭탄들이 잔뜩 있었다. 그리고 이 가게들 모두는 판유리 창이 설치되어 있었다.

'여기 어디 가까이에 방공호가 있을 거야.' 폴리가 생각했다. '아까 그 여자들은 그곳으로 가고 있었어.' 폴리는 다시 도로로 달려가 공지문이나 지하철역을 알리는 빨간 막대 그림이 있는지 살폈다. 하지만 담배 가게 문 앞에 잠시 서 있던 사이, 밤과 안개는 검은 장막처럼 내려왔다. 아무것도 보이지 않았다. 그리고 비행기들은 계속해 더 가까워지고 있었다. 비행기들은 당장에라도 폴리 머리 위까지 올 것이다.

그 말인즉, 이곳이 '이스트 엔드'이며, 폴리는 강하 지점으로 돌아가 당장 여기를 빠져나가야 한다는 뜻이었다. 하지만 이 상황에서 폴리가 원래 장소로 돌아갈 방법은 없었다. 발 앞의 보도마저 보이지 않았으며 연석에서 떨어지기 일보 직전인지 아닌지조차 알 수 없었다.

폴리는 조심스레 한 걸음 내디뎠지만, 그러다가 누군가와 부딪혔다. "어, 정말 죄송해요." 폴리가 말했다. "당신이 오는 걸 보지 못했어요…." 그리고 폴리는 여전히 상대를 볼 수 없었다. 그 사람은 형체 없는 암흑의 도로를 배경으로 서 있는 단단한 암흑의 덩어리에 불과했다. 폴리는 그 남자가 말을 하기 전까지 상대가 정말로 사람인지조차 확신할 수 없었다.

“공습인데 뭘 하는 겁니까, 아가씨?” 그 남자가 으르렁댔다. “왜 방공호에 안 갔죠?”

“방공호를 찾고 있었어요.” 폴리는 상대의 형체를 알아보기 위해 눈을 가늘게 뜨고 보며 말했다. 보이지 않는 누군가와 대화하니 맘이 편치 않았다. “어느 방향으로 가야 하죠?”

“이쪽입니다.” 그 남자가 말했고, 그는 폴리가 보이는 게 분명했다. 폴리의 팔을 잡고 서둘러 모퉁이를 돌더니 옆길로 들어섰기 때문이다.

‘이 남자가 던워디 교수님이 말하던 그런 강도가 아니어야 할 텐데.’ 폴리는 어깨에 멘 핸드백을 움켜쥐고 그에게 끌려 좁은 옆길로 들어서며 생각했다. 어쩌면 폴리가 들어선 건 뒷골목이며, 이 사람은 폴리의 물건을 빼앗으려는 게 아닐까? 아니면 더욱 끔찍한 일을 하기 위해서이거나. ‘만약 내가 도착한 첫날 밤에 살해당한다면, 던워디 교수님이 날 죽이려 들 거야.’

폴리를 끌고 가던 그 사람은 어둠을 헤치고 한참을 걸어가더니 갑자기 걸음을 멈추었다. “이쪽으로 내려가세요.” 그가 명령하더니 폴리를 앞으로 밀었다. 그리고 그 남자가 미는 순간, 쿵 하는 소리와 함께 폭발이 일어났고, 남쪽 하늘이 순간 밝아지며 눈부신 황백색 빛 속에서 주위 건물들의 윤곽이 보였다. 그 빛 덕분에 폴리는 바로 정면에 어둠 속으로 이어지는 돌계단을 볼 수 있었다.

저 아래에 방공호가 있는 건가? 아니면 공범자들이 기다리고 있는 걸까? 계단 옆의 벽에는 방공호 표시가 없었다.

두 번째 폭발이 일어났다. 폴리는 불빛이 그 남자 뒤의 거리를, 그리고 도망갈 길을 밝혀주길 바라며 그의 쪽으로 돌아섰다. 불빛은 길을 밝혀줬다. 또한 그 남자가 쓴 양철 모자에 찍힌 하얀 글자도 보였다.

‘공습 대비대’ 감시원이었다. 그리고 좋게 봐줘도 일흔다섯 살은 되어 보였다. “거기로 내려가요.” 감시원은 보이지 않는 계단을 가리키며 폴리에게 다시 명령했다. “어서요.”

폴리는 그 명령에 따라 더듬더듬 난간을 찾아 잡고서, 좁고 가파른 계단을 발로 느끼며 조심조심 내려갔다. 또다시 너무 가까운 곳에서 폭발이 있었지만 이번에는 빛이 없었고, 계단을 반쯤 내려가자 더는 아무것도 보이지 않았다. 폴리는 뒤를 힐끗 돌아보았지만, 그곳도 깜깜하기는 매한가지였다. 폴리는 감시원이 아직도 거기에 서서 폴리가 자기 명령대로 하는지를 지켜보는지, 아니면 거리를 돌아다니는 다른 사람을 찾아 방공호로 끌고 오기 위해 떠났는지 알 수 없었다.

만약 이 계단 끝에 있는 게 방공호라면, 만약 이 계단에 끝이라는 게 있다면 말이다. 계단은 끝없이 계속 이어진 것처럼 보였다. 폴리는 발로 계단 가장자리를 하나하나 느껴가며 아래로 내려갔다. 영원의 시간이 흐른 뒤, 폴리는 단단한 보도에 다다랐고, 손으로 더듬거리며 나아가 문에 도착했다. 나무 문이었고, 구식 쇠 빗장이 되어 있었다. 폴리는 빗장을 열려 했지만, 빗장은 잠긴 듯했다. 폴리는 문을 두드렸다.

아무 응답도 없었다.

'못 들었나 보네.' 폴리가 생각하고 이번에는 좀 더 세게 문을 두드렸다.

여전히 아무 응답도 없었다.

'만약 아까 그 감시원이 어둠 속에서 방향을 헛갈려 엉뚱한 곳으로 나를 데려온 거면 어떻게 하지? 이게 뒷골목이고 이 문이 창고의 옆문이라면?' 폴리는 강하 지점에서 보았던, 거미줄이 쳐진 검은 문을 떠올리며 생각했다. '만약 문 너머에 아무도 없으면 어떻게 하지?'

또다시 폭발이 있었다. '여기 있으면 안 돼.' 폴리가 생각하고 계단으로 돌아가기 위해 앞을 더듬기 시작했다. 폭탄 하나가 계단 꼭대기 근처에서 터졌고, 이어서 짧은 간격을 두고 두 개가 더 터졌다.

폴리는 다시 문으로 돌아왔다. "들여보내 줘요!" 폴리가 두 주먹으로 문을 두드리며 외쳤지만, 아무런 대답도 들리지 않았다. 공습의 소음 때문에 자기 소리가 들리지 않는 거라고 생각한 폴리는 더 큰 소리를 내기 위해 신발 한 짝을 벗어 그걸로 문을 두드렸다.

문이 열렸다. 안에서 갑자기 조명이 비치는 바람에 앞이 안 보인 폴리는 여전히 신발을 움켜쥔 손을 들어 두 눈을 가렸고, 그 자리에 선 채 눈을 가늘게 뜨고 안을 살폈다. 사람들이 담요나 깔개를 깔고 벽에 기대어 앉아 있었고, 남자 가운데 한 명의 발치에는 개 한 마리가 엎드려 있었다. 나이 든 여자 세 명이 등받이가 높은 벤치에 나란히 앉아 있었는데, 가운데 여자는 뜨개질 중이었다. 아니 좀 전까지 뜨개질을 했었다. 이제 그 여자는 다른 모든 사람과 마찬가지로 문과 폴리를 응시했다. 반대쪽 구석에 있던 귀족처럼 보이는 나이 지긋한 신사가 읽던 편지를 내리고 폴리를 바라보았고, 금발 머리의 어린 여자아이 세 명은 뱀사다리 게임을 하다가 멈추고 폴리를 빤히 바라보았다.

그 사람들 얼굴에는 아무 표정도 없었고, 환영하는 웃음도 없었다. 심지어 폴리를 들여보낸 남자도 마찬가지였다. 그 누구도 움직이거나 소리를 내지 않았다. 마치 말을 하다가 갑자기 중단한 것처럼 얼어붙었고, 방 안에는 공포 또는 위험의 기운이 감돌았다.

불현듯 폴리의 머릿속에 떠오르는 생각이 있었다. '여기는 방공호가 아니야. 나를 이곳에 데려온 남자는 진짜 감시원이 아니야. 그 남자는 공습 대비대 헬멧을 훔쳐 쓴 거고, 이 사람들은 대피한 사람인 척하는 거야.' 하지만 그건 터무니없는 생각이었다. 폴리에게 문을 열어준 사람은 분명히 성직자였다. 그는 성직자용 옷깃을 달고 있었으며 안경을 썼고, 지금은 디킨스 시대의 런던이 아니라 1940년의 런던이었다.

'나 때문이야. 내 외모에 뭔가 이상한 점이 있는 게 분명해.' 폴리는 생각했고, 자신이 여전히 신발을 들고 있다는 사실을 깨달았다. 그녀는 몸을 굽혀 신발을 신었고, 모인 사람들을 다시 바라보았다. 좀 전의 장면은 빛의 장난이거나 폴리의 과도한 상상력 때문인 듯했다. 이제 실내의 장면은 아주 정상적으로 보였기 때문이다. 백발의 여자는 폴리를 보며 밝게 웃더니 뜨개질거리를 집어 들었다. 귀족풍의 신사는 편지를 접어 봉투에 넣은 뒤 코트 안주머니에 넣었다. 조그만 여자아이들은 다시 게임을 했다. 엎드려 있던 개는 앞발에 머리를 올려놓았다.

"들어오세요." 성직자가 웃으며 말했다.

"문을 닫아요." 어떤 여자가 외쳤고, 또 다른 누군가가 말했다. "등화관제…."

"아!" 폴리가 말했다. "미안해요." 그리고 몸을 돌려 문을 닫았다.

"당신 때문에 우리 모두 벌금을 물겠어요." 뚱뚱한 남자가 짜증을 내며 말했다.

폴리가 문을 밀어 닫자 성직자가 빗장을 걸었지만, 충분히 빠르게 행동하지 못한 모양이었다. "뭐 하는 거예요?" 말라빠지고 심술 궂게 생긴 여자가 다그쳤다. "우리가 어디에 있는지 독일 놈들에게 알려주려는 거예요?"

'그 유명한, 대공습 시절의 마음을 훈훈케 하는 동지애는 다 어디로 간 거야.' 폴리가 생각했다. "미안해요." 폴리가 다시 말하고는 앉을 곳을 찾아 방공호를 둘러보았다. 가구라고는 벤치가 전부였다. 모두가 돌바닥이나 담요 위에 앉아 있었고, 빈자리라고는 폴리에게 문을 닫으라고 으르렁거리던 뚱뚱한 남자와 스팽글 달린 원피스를 입고 밝은 빨간색 립스틱을 바르고 떠드느라 바쁜 젊은 여자 둘 사이뿐이었다. "실례합니다만, 여기 앉아도 될까요?" 폴리가 그들에게 물었다.

뚱뚱한 남자는 짜증이 난 듯했지만 투덜거리면서 동의했고, 젊은 여자들은 고개를 끄덕이더니 둘이 좀 더 바짝 당겨 앉은 뒤 계속 잡담을 했다. "…그리고 그 남자는 나더러 피커딜리 서커스에서 만나서 자기랑 춤을 추러 가자고 했어."

"어머, 라일라, 그 사람이 진짜로 그랬어?" 그녀의 친구가 말했다. "정말로 갈 건 아니지?"

"안 가, 당연히 안 가, 비브. 그 사람은 너무 늙었어. 서른 살이나 먹은걸."

폴리는 콜린을 생각하며 웃음을 참았다.

"그래서 나는 자기 나이에 맞는 사람을 찾아보라고 말해줬어."

"어머, 라일라. 정말?" 비브가 말했다.

"응. 어쨌든 그 남자랑 데이트할 생각은 없었으니까. 나는 군복을 입은 사람하고만 데이트할 거야."

폴리는 코트를 벗어 깔고 그 위에 앉아 방 안을 둘러보았다. 대공습이 시작되었을 때 방공호로 지정된 가게나 창고인 게 분명했다. 하지만 대공습이 겨우 사흘 전에 시작된 점을 고려하면, 폴리의 예상과 달리 그곳은 임시변통처럼 보이지 않았다. 등받이가 높은 벤치를 제외하고 다른 물건들은 반대편 벽 끝으로 치워놓았으며, 천장은 두꺼운 목재들을 받쳐 강화해놓았다. 문 한쪽에는 소화용 손 펌프, 물이 채워진 양동이, 도끼가 하나씩 있었다. 다른 쪽에는 탁자가 놓였고 그 위에 가스풍로, 주전자, 컵과 잔, 숟가락들이 있었다.

대피해온 사람들 역시 준비가 잘된 듯했다. 뜨개질하는 이는 털실 뭉치와 숄, 독서용 안경을 가져왔다. 탁자는 수가 놓인 식탁보로 덮여 있었다. 그리고 조그만 여자아이 세 명(폴리 짐작에 세 살, 네 살, 다섯 살인 듯했다)은 보드게임만 가져온 게 아니라 인형 몇 개, 테디 베어 하나, 커다란 동화책 한 권을 가져왔고, 어머니에게 그 동화책을 읽어달라고 보채는 중이었다.

“《잠자는 숲속의 미녀》를 읽어주세요.” 가장 큰 아이가 말했다.

“아니, 그거 말고요.” 가장 작은 아이가 소리높여 말했다. “시계가 나오는 걸 읽어주세요.”

‘시계?’ 폴리는 궁금했다. ‘그게 무슨 동화지?’

그리고 막내의 언니들 역시 그게 뭔지 모르는 게 분명했다. “시계 이야기가 뭔데?” 가장 큰 아이가 물었다.

“《신데렐라》.” 당연하다는 듯이 막내가 말했다.

둘째가 입에서 엄지손가락을 빼냈다. “그건 신발이 나오는 이야기야.” 둘째가 말하고는 폴리를 가리켰다.

폴리는 신발 한 짝을 들고 서 있던 자신의 모습이 조금은 신데렐라와 비슷하게 보였겠다고 생각했다. 그리고 신데렐라와 마찬가지로, 폴리는 자신의 시공간 위치 확인에 실패했고, 그래서 거의 비슷한 정도로 끔찍한 결과를 맞았다. 그래도 신데렐라는 폭탄을 맞을 일은 없었다.

그리고 바드리가 예상했던 편차는 2시간 정도였지 12시간이 아니었다. 이렇게 편차가 큰 거로 보아, 10일 아침은 분기점인 게 분명했다. 혹은 아무도 오지 않을 것처럼 보이던 겉모습과 달리, 폴리가 강하한 곳의 뒷골목이나 그 근처에 누군가가 있어서 강하할 때의 빛무리를 볼 수 있었기 때문에 제시간에 도착하지 못한 것일 수도 있었다. 그 이유가 무엇이든 간에,

폴리는 그렇지 않아도 짧은 임무 기간에서 벌써 하루를 잃었다.

폴리는 다른 사람들을 둘러보았다. 뜨개질하는 사람 옆에 앉은 중년 여성은 20세기 초반 노처녀의 전형 같은 모습으로, 끈 묶는 갈색 신발을 신었고, 희끗희끗해지고 있는 머리는 뒤로 빗어넘겨 동그랗게 튼 뒤 거북이 등껍질로 만든 빗으로 고정했다. 이들 모두는 메로피가 말하던 살인 추리소설에 나오는 사람들 같았다. 소녀, 백발 노파, 신부, 심술궂은 표정에 독설인 여자, 군대에 있었던 것처럼 보이는 거칠고 뚱뚱한 남자까지. 그는 군용 리볼버를 가지고 방공호로 온 머스타드 대령[14] 같았다. 처음에 폴리가 이들을 보고 그토록 음험한 첫인상을 받았던 것도 아마 그 때문인 듯했다.

아니, 어쩌면 그건 이들의 차분하고 침착한 모습 때문이었을 수도 있었다. 물론 전설적인 용기와 유머로 대공습을 맞이한, 그리고 V-1과 V-2의 공격에서도 굴하지 않은 유명한 런던 시민들이 있었지만, 그 사람들은 로켓 공격이 있기까지 4년 반 동안 적응할 시간이 있었다. 지금은 대공습이 시작된 지 나흘째 밤에 불과했고, 폴리가 한 모든 조사에 따르면 첫 번째 주에는 모든 사람이 공포에 질렸다. 11일에 방공포들이 반격을 시작하기 전까지는 특히 그랬으며, 폭탄의 공포를 다스릴 수 있게 되기까지는 시간이 걸렸다.

하지만 "우리 방공포는 어디에 있죠?" 또는 "왜 반격을 하지 않는 거예요?"라고 말하거나 초조하게 천장을 바라보는 이는 아무도 없었다. 여기 사람들은 폭탄이 터지는 충격이나 소리에 아무 반응도 보이지 않았다. 겨우 사흘 만에 공습에 완전히 적응한 듯했다. 특별히 큰 폭발음이 들리자 백발 여자는 짜증 난 듯 위를 힐끗 보고는 뜨개질 콧수를 세기 시작했고, 신부는 철회색 머리의 무시무시한 모습의 여자와 함께 다음 일요일 예배에 관해 다시 의논했다.

말라빠지고 심술궂은 여자는 여전히 얼굴을 찡그리고 있었지만, 폴리는 그 여자가 늘 그런 표정일 거라는 느낌이 들었다. 귀족적 풍모의 신사는

14 살인 사건을 주제로 한 보드게임 '클루'에 나오는 등장인물

〈런던 타임스〉를 읽고 있었고, 개는 잠이 들었다. 머리 위로 종종 들리는 둔탁한 폭발음과 군복 입은 남자들과의 데이트에 관한 라일라의 이야기를 빼면 지금이 전쟁 중이라는 사실을 상기시킬 만한 것이 전혀 없었다.

그리고 이곳이 어디인지 알려주는 것도 전혀 없었다. 시간 편차가 있었고, 네트가 폴리를 목표 시각보다 12시간 뒤로 보냈기 때문에 위치 편차가 있을 가능성은 거의 없었다. 편차는 대개 시간과 위치, 둘 중에 하나만 있었다. 하지만 이곳이 켄싱턴이나 매릴번이라고 하기에는 폭탄이 너무 가까이서 떨어지고 있었다. 폴리는 벽을 둘러보며 방공호의 이름이나 주소를 찾아보았지만, 벽에 붙어 있는 건 독가스 공격이 있을 때의 행동 지침뿐이었다.

폴리는 안개 속에서 길을 잃었다고 말하며 이곳이 어딘지 물어볼까 고민해보았지만, 자신이 들어왔을 때 사람들의 미묘한 시선을 떠올리고는 그냥 사람들의 대화를 통해 뭔가 단서를 잡아보기로 했다. 하지만 라일라가 남자를 만난 이야기는 전혀 도움이 되지 않았다. 라일라는 피커딜리 서커스로 갔다고 했지만, 그곳은 지하철을 타면 이스트 엔드를 포함해 어디에서든 갈 수 있었다. 그리고 이제 라일라는 왜 자신이 군인하고만 데이트하는지 설명하고 있었다. "이게 전시에 내가 내 몫을 다하는 방법이야." 그리고 벤치에 앉은 여자들은 뜨개질 패턴에 관해 의논하고 있었다.

폴리는 성직자 또는 무시무시한 표정의 여자(성직자는 그 여자를 와이번 부인이라 불렀다)가 교회 이름을 말하지 않을까 기대하며 둘의 대화에 귀를 기울였지만, 둘은 꽃에 관해 논의하고 있었다. "제단에 백합이 좋을 거라고 생각했습니다." 성직자가 말했다.

"아니요, 제단에는 노란 국화를 놓을 거예요." 와이번 부인이 말했고, 그 말에서 누가 결정권자인지를 알 수 있었다. "그리고 부속 예배당에는 진한 주홍색 달리아를 놓을 거고…."

"쥐예요!" 가장 어린 여자아이가 환성을 질렀다.

"맞아." 아이 어머니가 말했다. "신데렐라의 요정 대모는 쥐를 말로 바꾸었고, 호박은 아름다운 마차로 바꾸었어요. 그리고 요정 대모가 말했어요.

'이제 무도회장에 가도 돼, 신데렐라. 하지만 시계가 자정을 알리기 전에는 꼭 집에 돌아와야 한단다.'"

"만약 층 매니저 그 자식만 아니었어도 퇴근 후에 남아서 진열장 정돈을 하지 않아도 되었을 거고, 그럼 우리는 무도회장에 갈 수 있었을 거야." 비브가 투덜거렸다.

층 매니저? 진열장? 그렇다면 비브와 라일라는 백화점 점원이었다. 하지만 만약 그렇다면, 폴리는 1940년의 점원이 무엇을 입는지 완전히 잘못 안 것이고, 점원 자리에 지원하기에 앞서 옥스퍼드로 돌아가 스팽글 장식 원피스를 먼저 구해 입어야 할 것이다.

만약 강하 지점을 다시 찾을 수 있다면 말이다. 여기서 그곳을 어떻게 찾아가야 할지 폴리는 정말로 머릿속이 깜깜했다.

"층 매니저 탓만은 아니야." 라일라가 말했다. "넌 우리가 집에 가서 옷부터 갈아입어야 한다고 고집을 부렸잖아."

"새로 산 댄스용 드레스를 도널드에게 보여주고 싶었단 말이야." 비브가 항의했고, 폴리는 안도의 한숨을 내쉬었다. 알고 보니 둘이 입은 건 직장용 옷이 아니었다. 하지만 폴리는 둘이 사는 집이 어디인지 비브가 말하지 않아 못내 아쉬웠다.

'스테프니나 화이트채플일 거야.' 폴리가 생각했다. 폭발은 머리 바로 위쪽에서 일어났다. 쉬익 하는 소리가 들리더니 폭발이 일어나는 묵직한 소리가 아주 가까이에서 들렸고, 무시무시한 소리가 이어졌다. 대포알이 귀 옆에서 발사되는 소리와 거대한 해머를 내리치는 소리를 섞어놓은 듯했다. "뭐였어요?" 폴리가 말했다.

"태비스톡 광장입니다." 뚱뚱한 남자가 침착하게 말했다.

"아니, 아닙니다." 개를 데려온 남자가 정정해주었다. "리젠츠 파크입니다."

"방공포 소리입니다." 성직자가 설명했고, 뜨개질하던 백발의 여인이 고개를 끄덕이며 동의했다.

방공포? 하지만 방공포 반격은 11일이 되어서야 시작됐다. 그리고 반격이 시작되자 이 시대 사람들은 익숙하지 않은 소리에 무서워했지만, 곧 안

도하고 과도하게 기뻐하면서 '야호! 놈들에게 따끔한 맛을 보여주겠군!' 또는 '적어도 우리가 만만치 않다는 걸 알겠지!'라고 함성을 질렀다. 하지만 지금 이 사람들은 폭탄 때와 마찬가지로 별 반응을 보이지 않았다. 어린 여자아이들은《신데렐라》에 푹 빠져 있었고, 개는 눈조차 뜨지 않았다. 사람들이 방공포를 처음으로 접한 밤이 아니었다. 그렇다면 방공포 반격이 8일 또는 9일에 시작된 건가.

또 다른 대포가 고막이 터지고 뼈가 흔들릴 정도로 크게 '쿵-쿵-쿵' 소리를 내며 사격을 시작했다. "저건 태비스톡 광장입니다." 개 주인이 말했고, 다른 대포 소리(이건 심지어 소리가 더 컸다)가 들리자 말했다. "저건 우리 겁니다."

뚱뚱한 남자가 고개를 끄덕이며 동의했다. "켄싱턴 가든스죠."

그 말인즉슨, 폴리는 다행히도 켄싱턴, 또는 그곳에서 아주 가까운 곳에 있다는 뜻이었다. 하지만 그건 또한 스테프니와 화이트채플이 주로 폭격당했다고 해서 켄싱턴에 폭격이 없었다는 뜻은 아니라는 의미이기도 했다. 콜린이 옳았다. 목표를 벗어난 폭탄들이 많이 있었다. 그리고 사람들 기억에는 오류가 많았다. 가령 방공포를 발사하기 시작한 날짜에 관한 증언 같은 것 말이다. 사람들은 방공호에 피신하고 며칠이 지나서야 방공포 반격이 시작됐다고 느꼈지만, 실제로는 대공습이 있고 하루 이틀 만에 시작된 것이다.

'그래서 역사학자들이 직접 와서 연구해야 하는 거야.' 폴리가 생각했다. 역사 기록에는 오류가 너무 많았다. 비록 정착 확인 보고를 위해 돌아가도 던워디 교수에게 그 말을 할 생각은 없었지만 말이다. 켄싱턴이 10일에 폭격을 받았다는 말도, 공습이 일어나는 와중에 거리를 헤매고 다녔다는 말도 안 할 생각이었다. 사실 폴리는 던워디 교수에게 자기 주소와 어디에서 일하는지를 빼고는 아무 말도 안 하는 것이 낫겠다고 결심했다.

'신문판매원이 문을 닫기 전에 신문을 살 수 있었다면 좋았을 텐데.' 폴리는 아쉬워했다. 신문을 샀다면 내일 귀중한 시간을 허비하는 대신 오늘 밤에 광고를 확인해 묵을 방을 찾을 수 있을 텐데. 던워디 교수가 달아놓은 온갖 조건들을 다 맞추면서 숙소를 구하려면 며칠은 걸릴 것이고, 이미 폴리는 하루를 날린 상태였다.

폴리는 고상해 보이는 신사를 힐끗 보았지만, 그는 여전히 〈타임스〉를 읽고 있었다. 폴리는 다른 사람들을 둘러보며 혹시 뚱뚱한 남자의 코트 주머니에 신문이 있는지, 또는 백발 여자의 뜨개질 바구니에 신문이 꽂혀 있지는 않은지 살펴보았지만, 보이는 건 개 주인이 깔고 앉은 신문뿐이었고, 그는 움직일 기미를 보이지 않았다.

누구도 움직일 기미가 없었다. 그들은 오늘 밤을 여기서 보낼 작정을 한 게 분명했다. 백발 여자는 뜨개질 거리를 치웠고, 다른 여자들은 코트로 몸을 덮고 벽에 머리를 기댔으며, 아이들 어머니는 동화책을 덮었다. "그리고 왕자는 신데렐라를 찾아내 성으로 데려갔어요…."

"그리고 둘은 그 뒤로 행복하게 살았어요!" 가장 어린 아이가 더는 자제를 못 하고 외쳤다.

"맞아, 그랬어요. 자, 이제 잘 시간이야." 여자가 말했고, 막내를 제외한 다른 두 여자아이는 엄마 옆 바닥에 누워서 몸을 웅크렸지만, 막내는 계속 앉아 있겠노라고 고집을 부렸다.

"싫어! 나 다른 이야기도 들을래. 길에 빵가루를 뿌린 이야기." 폴리 생각에 《헨젤과 그레텔》을 말하는 듯했다.

"좋아. 하지만 먼저 누워야 해." 아이들 어머니가 말했고, 막내는 고분고분 자기 어머니의 무릎을 베고 누웠다. 폴리 옆의 뚱뚱한 남자는 팔짱을 끼고 눈을 감더니 곧 코를 골기 시작했고, 이어서 개를 데리고 있는 남자도 잠에 빠졌다.

'빌릴 방을 알아보려면 아침까지 기다려야겠네.' 폴리가 생각했다. 하지만 몇 분 뒤 개 주인이 일어나더니 몸을 숙여 개를 쓰다듬은 뒤 창고의 반대쪽으로 갔고, 개가 그 뒤를 따랐다. 그 남자는 칸막이와 책꽂이들 사이를 비집고 들어가 어둠 속으로 사라졌다.

'화장실에 가는 모양이네.' 폴리가 생각했고, 일어나 신문이 펼쳐진 곳으로 갔다. 신문이 오늘 것인지 지난 날짜 것인지 확인하기 위해서였다. 만약 오늘 자 신문이면 개 주인이 돌아왔을 때 신문에서 '세놓음' 목록을 좀 볼 수 있는지 물어볼 생각이었다.

"거기 앉으면 안 돼요." 폴리가 들어왔을 때 소리를 쳤던 심술궂은 얼굴의 여자가 외쳤다. "그 자리는 주인이 있어요."

"알아요." 폴리가 말했다. "저는 단지 신문을…."

"그 신문은 심스 씨 거예요." 그 여자는 무겁게 몸을 일으키더니 전투적인 자세로 방을 가로질러 오기 시작했다.

"미안해요. 몰랐어요…." 폴리가 중얼거리며 자기 자리로 돌아갔지만, 여자는 그 정도로 만족하지 않았다.

"노리스 신부님." 그 여자가 신부에게 말했다. "저 신문은 심스 씨 거예요."

"저 아가씨께서 뭔가 나쁜 의도가 있어서 그런 건 아니라고 확신합니다, 리케트 부인." 신부가 온화하게 말했다.

그 여자는 신부의 말을 무시했다. "심스 씨." 여자는 개 주인이 돌아오자 그에게 외쳤다. "당신 신문을 훔치려고 한 사람이 있어요." 그녀는 비난하는 태도로 폴리를 가리켰다. "당신이 자리를 뜨자마자 저 여자가 뻔뻔하게도 당신 자리로 갔어요."

"신문을 훔치려던 것이 아니에요." 폴리가 항의했다. "저는 그저 빌릴 방을 알아보려던 것뿐이에요…."

"빌릴 방을 알아보려는 거였다고요?" 리케트 부인이 날카롭게 말했다. 그 말을 믿지 않는 게 분명했다.

"네, 저는 방금 런던에 도착했고, 그래서 머물 곳을 찾아야 해요." 폴리가 말했다. 폴리는 다시 일어나 심스 씨에게 가서 사과해야 하는 건 아닌가 생각했지만, 그랬다가는 상황만 악화시킬까 봐 겁이 났고, 그래서 움직이지 않고 가만히 있었다. "사과드려요, 심스 씨."

"신문으로 제 자리를 표시해놓은 겁니다." 심스 씨가 말했다.

"네, 알아요." 사실 알지 못했지만, 폴리가 말했다. 그건 더 문제였다. 폴리가 신문이 있던 곳으로 간 건 뭔가 규칙을 어긴 게 분명했다. 모두가 자신을 보는 시선에서 폴리는 그 심각함을 느꼈다. 와이번 부인과 뜨개질하던 여인 모두 폴리를 노려보았다. 심지어 개까지도 나무라는 눈빛으로 폴리를 보았다.

"저 언니가 뭔가 나쁜 짓을 했어요, 엄마?" 가장 어린 여자아이가 물었다.

"쉬잇." 아이 어머니가 속삭였다.

"정말로 죄송해요." 폴리가 말했다. "다시는 그런 일 없을 거예요. 약속드려요." 폴리는 자존심 따위는 다 버린 사과로 상황이 종료되길 바랐지만, 소망은 이루어지지 않았다.

"심스 씨는 밤마다 저 자리에 앉습니다." 뚱뚱한 남자가 말했다.

"방공호에서 다른 사람이 앉는 곳을 존중하는 건 아주 중요해요." 와이번 부인이 신부에게 말했다. "동의하시죠, 신부님?"

'도와줘.' 폴리가 생각했다. '콜린, 만약 내가 곤란한 상황에 처하면 와서 구해주겠다고 했잖아. 지금이 바로 그때야.'

"만약 신문을 원했다면 신문 판매소에서 한 부 샀어야…." 말하던 리케트 부인이 귀족풍의 신사를 보고 말을 멈췄다. 신사는 신문을 4등분으로 접어들고 일어서더니 방을 가로질러 오고 있었다.

그 신사는 폴리에게 곧장 걸어와서 아주 정중하게 신문을 내밀었다. "제 〈타임스〉를 읽으시겠습니까, 아가씨?" 신사가 폴리에게 물었다. 그는 조용하게 말했다. 하지만 동시에 방에 있는 사람이 모두 들을 수 있을 정도로는 크게 말했다는 사실을 폴리는 알아차렸다. 그리고 그의 목소리는 외모만큼이나 고상했다.

"전…." 폴리가 말했다.

"전 다 봤습니다." 신사가 신문을 내밀었다.

"고맙습니다." 폴리가 고마움을 담아 말했고, 그렇게 상황은 끝났다. 리케트 부인은 심기가 상해 벤치로 돌아갔고, 백발 여자는 다시 뜨개질감을 꺼내 코를 세기 시작했으며, 신부는 자기 책을 다시 읽었고, 라일라가 폴리에게 속삭였다. "리케트 부인에게는 맘 쓰지 말아요. 아주 심술 궂은 여자예요." 그러고는 자신과 비브가 참석하지 못한 댄스파티에 관해 다시 이야기하기 시작했다.

어떻게 그런 건지 폴리는 알지 못했지만, 신사는 상황을 완전히 종료시켰다. 폴리는 고마워하는 눈으로 신사를 보았지만, 그는 다시 자기 자리로 돌아가 책을 읽고 있었다. 폴리는 손에 든 신문을 내려다보았다. 신사는 '세놓음' 면이 보이도록 신문을 접어둔 상태였다. 폴리는 목록을 훑으며 허용된 주소를 찾았다. '메이페어, 안 돼, 너무 비싸. 스테프니, 안 돼. 쇼어디치, 안 돼. 크로이던, 안 돼, 절대 안 돼.'

여기 하나 있네. 켄싱턴. 애쉬버리 레인. 괜찮을 듯했다. 주소가 뭐였지? '제발 6, 19, 21번가가 아니길.' 폴리가 마음속으로 말했다. 11번가였다. 성공이었다. 허용된 주소였고, 예산 규모 안에 있었으며, 옥스퍼드 스트리트 근처였다. 이제 지하철역 근처에만 있으면 되는데. '마블 아치 지하철역에서 가까움.' 광고에는 그렇게 적혀 있었다. 아, 하지만 그곳은 9월 17일에 직격탄을 맞을 것이다.

폴리는 마음속으로 그곳에 X표를 하고 계속 목록을 읽어 내려갔다. '켄살 그린. 안 돼, 너무 멀어. 화이트채플, 안 돼.'

"폭격이 끝나가나 보네." 라일라가 말했다.

요란하던 소리가 잦아드는 듯했다. 폭격은 더 멀리서 들려왔고, 방공포 하나는 발사를 멈추었다. "오늘 밤에는 공습경보가 일찍 해제되려나 봐, 비브." 라일라가 말했다. "잘하면 우리 댄스파티에 갈 수도 있겠어." 하지만 라일라가 말하는 순간 일제 사격이 다시 시작되었다.

"나는 히틀러가 싫어." 비브가 분통을 터뜨렸다. "토요일 저녁에 이런 곳에 갇혀 있어야 하다니, 너무나도 불공평하잖아."

폴리는 고개를 번쩍 들었다. '토요일? 오늘은 화요일인데.' 하지만 그렇게 생각하면서도 그동안 무심결에 넘긴 증거들이 모두 다시 떠올랐다. 라일라와 비브가 가려고 했던 댄스파티, 방공포 반격은 수요일에나 시작된 점과 누구도 방공포에 관해 언급하지 않은 점, 보강한 천장, 뱀사다리 게임, 수를 놓은 식탁보. 이 모든 것은 사람들이 이곳에 사흘 이상 있었다는 증거였다. 신부와 철회색 머리의 여자는 일요일 예배 순서를 논의하고 있었다. 내일을 위해.

폴리는 이 모든 증거를 오해했다. 거리에 있을 때 자신이 도착했던 때가 이른 아침이라고 생각했던 것과 마찬가지로 말이다. 물론 방공포는 11일이 되어야 반격을 시작했고, 폭격이 머리 위에 떨어지는 것처럼 들리는 게 당연했다. 켄싱턴은 토요일에 폭격당했다. '하지만 만약 오늘이 토요일이라면, 나는 이미 나흘이나 놓친 거잖아.' 그리고 그 며칠은 이 시대 사람들이 폭격에 적응한, 대공습이 시작되고 가장 중요했던 처음 며칠 간이었다. 그래서 이 사람들이 이토록 침착하고 차분했던 것이다. 사람들은 이미 적응을 했다.

'그리고 나는 그 시간을 놓쳤어.' 폴리는 화가 치밀었다. '바드리는 시간 편차가 2시간일 거라고 말했어. 나흘 반이 아니라.' 그리고 사실 폴리가 놓친 시간은 그보다도 더 컸다. 내일은 일요일이고, 폴리는 월요일까지는 직장을 알아볼 수 없을 것이다.

'그건 내가 화요일이 되기 전에는 일을 시작할 수 없다는 뜻이고, 그때부터 시작하게 되면 점원들의 삶을 관찰할 시간을 일주일이나 잃어버리는 거야. 이번 임무는 6주밖에 안 되는데.'

'14일일 리가 없어.' 폴리가 생각했다. 폴리는 신문을 낚아채 제일 앞장을 찾기 위해 장을 넘겼다. '14일이면 시간이 너무 부족해.'

하지만 그랬다. '1940년 9월 14일, 토요일.' 발행인란에 그렇게 찍혀 있었다. 그리고 그 아래에는 그 날짜에 어울리게 선명하게 글자가 박혔다. '최신판.'

12

못 하나가 부족해 말굽을 쓸 수 없었네.
말굽 하나가 부족해 말을 쓸 수 없었네.
말 한 마리가 부족해 기병을 쓸 수 없었네.
기병 한 명이 부족해 왕국을 잃었네.

— 속담

살트램-온-시, 1940년 5월 29일

진짜로 30센티미터 깊이의 물은 아니었다. 기껏해야 10센티미터 정도였지만, 어쨌든 선내 바닥은 물에 잠겨 있었다. 마이크는 해럴드 중령이 왜 자신에게 수영할 줄 아느냐고 물었는지 이해가 되었다.

"걱정할 거 없어." 마이크의 반응을 본 중령이 말했다. "배수펌프를 작동시키기만 하면 돼." 중령은 아무렇지도 않다는 듯 물속을 첨벙거리고 나아가더니 뚜껑 문을 들어 올렸다. "겨우내 여기 정박해 있었거든. 해협을 한두 시간만 다니면 새것처럼 멀쩡해질 거야."

'해협을 한두 시간 다니고 나면 해협 밑바닥에 가라앉아 있을 거 같은데.' 마이크가 생각했다. '굳이 U보트까지도 필요 없겠어.' 마이크는 실내를 둘러보았다. 벽 한쪽에 휴대용 등유 스토브가 놓인 작은 조리대가 있었고, 그 반대쪽으로는 여기저기 흠집이 난 나무 탁자가 보였다. 그 위에 지도와 해도가 어지러이 쌓였고, 또한 반쯤 빈 스카치 병, 회중전등, 커다란 코르크 찌 몇 개, 그리고 정어리인지 미끼인지가 담긴 채 열린 깡통 하나가 있었다. 다른 벽에는 로커 두 개, 간이침대 하나가 있었고, 침대 위에는 회색 담요가 널브러졌다.

중령은 두 무릎을 꿇더니 뚜껑 문 안으로 손을 넣었다. 배수펌프가 콜록거리더니 꺼졌다.

'이걸로는 어디에도 가지 못하겠는걸.' 마이크가 생각했다. '도버는 고사하고 말이야. 다른 보트를 알아봐야겠어.' 하지만 부두에 있던 노인들은 그럴 기색이 아니었다. '포우니 씨가 지금 마을로 차를 몰고 돌아오고 있기를 바랄밖에.'

해럴드 중령은 배수펌프에 뭔가 다른 행동을 취했고, 그러자 배수펌프는 이번에는 1분 정도 통통거리다가 꺼졌다. "기름만 조금 치면 돼." 중령이 말했다. 그는 철벅이며 조리대로 가서 커피 주전자 아래에 불을 붙인 다음, 해도 더미를 뒤적이기 시작했다. "요즘 해군은 물러터졌어. 그게 문제야." 중령은 뚜껑이 열린 감자 깡통 하나와 미심쩍어 보이는 머그잔을 찾아냈다. "요즘 해군이 배에서 군인들에게 뭘 먹이는지 알아? 우유와 설탕을 탄 차야! 넬슨 제독이 차를 마셨을 거 같아? 럼, 뜨거운 커피. 우리는 그걸 마셨어!" 중령은 커피를 잔에 따라 마이크에게 건넸다. 마이크는 조심스레 한 모금 마셨다. 겉모습과 똑같은 맛이 났다.

"내게 뭘 보내왔는지 자네도 봐야 해. 에, 어디에 뒀더라?" 중령이 말하며 다시 탁자를 헤집었다. "여기 어딘가에 둔 게 확실한데…, 아하!" 중령은 더미에서 편지를 찾아내더니 의기양양한 표정을 지으며 편지를 마이크에게 내밀었다. "소형 선박 자원대에서 4주 전에 그 편지를 보냈어."

'소형 선박 자원대.' 톰킨스 씨가 '소영 성박 자웡대'라고 중얼거리던 것이 바로 이거였다. 그리고 이 편지는 5월 초에 소형 선박 자원대에서 소형 선박 소유주들에게 보낸 것으로, 침공이나 다른 '군사적 응급 상황'이 발생했을 때 선박들을 군사용으로 쓰게 자원할 의사가 있는지를 묻는 것이었다.

"편지와 함께 귀찮은 서류도 함께 보냈더군." 중령이 말했다. "여섯 쪽이나 되는 거야! 나는 편지를 받은 당일로 제인여왕호와 내가 자원하겠노라고 답장을 보냈어."

'하지만 부서진 배수펌프 이야기는 하지 않았겠죠.' 마이크가 생각했다.

'또는 선내에 10센티미터 정도 물이 들어찼다는 이야기도.'

"그리고 그 뒤로 한마디도 듣지 못했어." 중령은 계속 이야기하고 있었다. "4주 동안이나! 히틀러가 폴란드를 점령하는 데는 그 절반도 걸리지 않았어! 만약 소형 선박 자원대에서 일을 처리하는 방식으로 프랑스에서 전쟁을 수행하고 있다면 지금부터 2주 뒤면 히틀러에게 항복하고 말 거야!"

아니 그렇지 않았다. 모터보트, 어선, 유람선들이 대충 모여 이룬 함대로 아슬아슬하게 구출 작업을 펼친 덕분이었다. 하지만 제인여왕호는 그에 포함되지 않으리라. 제인여왕호는 해협을 건넜다가 돌아오는 것은 고사하고 항구를 떠나지조차 못할 것이다. 그러니 마이크는 중령의 배로 도버까지 갈 마음이 티끌만큼도 없었다. 그건 포우니 씨를 놓치지 않기 위해서 어서 '왕관과 닻'으로 돌아가야 한다는 뜻이었다. "이제 그만 가야겠습니다." 마이크가 말했다. "커피 잘 마셨습니다." 그리고 그는 중령에게 머그잔을 돌려주려 했다.

"제인여왕호를 보고 가야지. 이게 엔진이야." 중령이 다른 뚜껑 문을 열자 낡디낡아 보이는 엔진이 검은 기름이 덕지덕지한 모습을 드러냈다. "요즘 이런 엔진은 찾아볼 수가 없지."

마이크는 진심으로 동감했다.

"그리고 이보다 더 항해에 적합한 보트도 찾아볼 수 없을 거야." 중령이 말하고는 물을 첨벙거리며 마이크에게 갈고리 닻, 밧줄 꾸러미, 신호용 랜턴이 있는 로커를 열어 보였다. 로커에는 양동이도 하나 있었다.

'다행이군.' 마이크가 생각했다. 둘이 이곳으로 내려온 뒤로 물이 적어도 3센티미터는 더 차올랐기 때문이다.

중령은 선교를 보여주기 위해 마이크를 데리고 갑판으로 올라갔다. 다프네의 흔적은 보이지 않았고, 어부 셋은 여전히 같은 장소에 있었다. 중령은 마이크에게 선교와 타륜을 보여주고 보트 뒤쪽으로 데려가 뱃전, 닻, 프로펠러를 자랑하며 이 배가 얼마나 항해에 적합한지, 오늘날 해군의 단점은 무엇인지에 관해 일장 연설을 늘어놓더니 마이크를 다시 아래로 데려가 해도들을 보여주었다. "나는 최신식 항법을 믿지 않아." 중령은 조리대에 있는 시계를 가리키며 말했다. "내가 젊었을 때는 추측 항법을 썼지."

시계는 6시 5분을 가리키고 있었다. 중령은 정확히 어떻게 멈춘 시계로 추측 항법을 쓰겠다는 걸까? 마이크는 자신이 찬 부로바 시계를 바라보았다. 거의 정오였다. 이제 포우니 씨는 돌아와 있을 것이다. 다프네는 아마도 마이크를 찾고 있으리라. "배를 보여주셔서 감사합니다." 마이크가 말했다. "하지만 저는 이제 정말로 가봐야 합니다."

"가다니?' 아직 가면 안 돼. 아직 커피도 마저 마시지 않았잖아. 그리고 왜 나를 찾아왔는지도 말해주지 않았고."

마이크는 도버까지 태워다줄 보트를 찾는단 말은 하고 싶지 않았다. "그건 나중에 말씀드리기로 하지요." 마이크는 힘겹게 물을 헤치고 사다리로 걸어가며 말했다. "지금은 우선 가봐야…." 마이크는 망설였다. 마이크는 중령에게 포우니 씨에 관해서도 말할 수가 없었다. "'왕관과 닻'으로 돌아가봐야 합니다."

"'왕관과 닻'? 식사 때문이라면 여기서 먹어도 돼. 앉게." 중령은 마이크를 의자에 억지로 앉히더니 식은 커피가 담긴 머그잔을 건네고 다시 탁자에 쌓인 더미를 뒤지기 시작했다. 중령은 냄비를 찾아내 그 안에 정어리를 쏟아 넣었다. "내가 젊었던 시절에 영국 해군들은 모두 요리하는 법과 돛 수리하는 법, 갑판 청소하는 법을 알았어." 중령은 통에 든 감자를 냄비에 부었다. "거기 있는 쇠고기 깡통 좀 주게."

마이크가 깡통을 건네자 중령은 깡통을 열어 하나로 뭉쳐 단단해 보이는 덩어리를 냄비에 쏟아 넣더니 주머니칼로 휘휘 저어 휴대용 등유 스토브 위에 올렸다. "요즘에는 서류 양식을 어떻게 채우고 차 마시는 시간은 언제 가지는 게 좋은가 따위밖에 몰라. 그러니 물러터질 수밖에." 중령은 다시 탁자를 뒤적여 양철 접시 하나와 녹이 슨 포크 하나를 찾아내 마이크에게 건넸다. "히틀러의 병사들은 차 마시는 시간 따위는 없을 거야. 내기해도 좋아. 자네 접시를 주게, 캔자스 친구."

"아니요, 전 정말로 가봐야 합니다. 신문사에 기사도 써서 보내야 하고…."

"그건 식사 뒤에 해도 돼. 자네 접시를 주게."

"할아버지!" 목소리가 들리며 어린 소년이 사다리 아래로 고개를 내밀었다. "엄마가 와서 식사하시래요."

'아슬아슬했군.' 마이크가 생각했다. "그러면 저는 가보겠습니다." 마이크가 일어나며 말했다.

"자네 잠깐만 기다리게." 중령이 마이크에게 말하더니, 소년에게 소리쳤다. "조너선! 가서 나는 여기서 먹겠다고 하거라. 자, 가렴."

그 소년을 본 마이크는, 비록 소년이 더 어리기는 했지만, 콜린 템플러가 살짝 떠올랐다. 소년은 중령의 말에도 가지 않고 그대로 있었다. "엄마가 비가 올 거라고 전하랬어요. 그리고 비 맞으면 할아버지가 돌아가실 거라고도요."

"네 엄마에게 나는 82년 동안 멀쩡히 잘 살아왔다고 전해라. 그리고…."

"엄마가, 만약 오지 않으려고 하면 이걸 드리랬어요." 조너선은 사다리를 내려와서 중령에게 피코트[15]를 건네고 마이크에게 돌아섰다. "소형 선박 자원대에서 나오셨어요?" 소년이 물었다.

"아니, 난 기자야." 마이크가 말했다.

"종군기자란다." 중령이 말했다. "자, 이제 가렴. 가서 네 엄마에게 때가 되면 다 알아서 갈 거라고 전해라."

"와! 종군기자요?" 조너선이 가지 않고 말했다. "전쟁터에 많이 가보셨어요? 저는 어서 전쟁에 나가고 싶어요. 나이가 되면 곧바로 해군에 들어갈 거예요."

"아이 엄마가 허락하면 말이지." 소년이 돌아간 뒤 중령이 말했다.

"손자인가요?"

"증손자야." 중령은 피코트를 간이침대 위에 던졌다. "착한 녀석이지. 하지만 걔 엄마가 응석을 너무 받아줘. 열네 살이나 되었는데도 나와 함께 제인여왕호를 타고 나가게 허락을 안 해준다니까."

'그러는 것도 이해가 되는걸요.' 마이크가 생각했다.

15 선원이 즐겨 입는 두꺼운 모직 더플코트

"내가 녀석에게 수영을 가르치려 했는데 그것도 안 된다는 거야. 그러다가 빠져 죽을 수도 있다나. 하지만 수영을 못 배워서야 당최 뭔 일을 하겠어, 원. 자, 자네 접시를 주게."

"아니요, 사실 저 역시 가야 합니다. 가서 기사를 써야 합니다."

"내가 젊었을 때 기자들은 전선에 있으면서 진짜 뉴스를 썼어. 이런 촌구석에 틀어박혀 있는 대신 자네도 그곳에 있고 싶겠지."

'저는 도버에 있고 싶습니다만.' 마이크가 생각했다.

"하기야, 누군들 지금 프랑스에 있고 싶겠어. 그곳은 모든 게 완전히 엉망이 되어가고 있으니까." 그리고 중령은 프랑스인과 벨기에인, 그리고 고트 장군[16]의 무능력에 관해 또다시 설교를 늘어놓았다. 마이크는 12시 30분이 되어서야 간신히 그곳에서 빠져나올 수 있었다. 다행히도 중령은 영국 해외 파견군이 얼마나 물러터졌는지 욕하느라 정신이 팔려 마이크가 뭔가를 부탁하러 왔다는 사실을 까맣게 잊어버렸다. 그리고 스튜에 관해서도 잊었다.

하지만 만약 포우니 씨를 놓치면….

마이크는 쏜살같이 부두를 뛰어갔다. 노인들은 사라지고 없었다. 그는 서둘러 '왕관과 닻'으로 갔다. 다프네는 바 뒤에서 피처를 기울여 손님들의 에일을 따르고 있었다. "포우니 씨는 아직 안 돌아왔죠?" 마이크가 물었다.

"아직요. 왜 아직 안 돌아오는지 모르겠네요." 다프네는 바 끝 쪽으로 가 에일을 마시는 사람들과 상의하더니 돌아왔다. "여기 들르는 대신 집으로 곧장 갔을 수도 있다고 하네요."

"마을을 통과해야 하는 거 아니었나요?"

"아니요. 그분 농장은 여기 남쪽에 있어요."

"얼마나 먼가요?" 마이크가 물으며 생각했다. '제발 걸어서 갈 수 있는 거리여야 할 텐데.'

"멀지 않아요. 해안 도로를 따라 남쪽으로 5킬로미터만 가면 되는걸요."

16 영국 육군 장교로 제2차 세계대전에서 됭케르크 철수를 이끌었다.

다프네가 말하더니 약도를 그려주었다. "하지만 들판을 가로질러 가면 훨씬 더 가까워요. 이렇게요."

그건 아마도 사실일 것이다. 하지만 만약 포우니 씨가 집에 가지 않았다면 마이크는 그곳에 가느라 그를 놓치게 되고, 시간만 더 낭비하는 셈이었다. 그리고 길을 따라가면 다른 누군가가 나타날 확률이 있었고(어쩌면 해변 방어를 위해 육군이 올지도 몰랐다), 그렇다면 그들에게 차를 태워달라고 할 수 있겠지.

그래서 마이크는 길을 따라갔지만, 포우니 씨의 집으로 이어지는 샛길에 들어갈 때까지도 내내 차 한 대 보지 못했다.

농장에 도착한 마이크는 포우니 씨가 언제 돌아오는지 물어볼 만한 사람이 있을까 해서 헛간과 부속건물들을 돌아보았지만 아무도 보이지 않았다. 그리고 주위 들판에도 암소 몇 마리만 보일 뿐 아무도 보이지 않았다.

'즉, 포우니 씨를 놓치지 않으려면 왔던 길로 다시 돌아가야만 한다는 뜻이로군.' 다프네가 그려준 지름길 약도를 아쉬운 눈으로 보며 마이크는 생각했다. 마이크는 임무 도중에 이렇게 많이 걸으리라고 생각하지 못했기에 그에 관한 준비를 하지 못했으며, 농장은 다프네가 말했던 것보다 살트램-온-시에서 훨씬 더 멀었다. 농장으로 이어지는 샛길에서 농장까지만 해도 1킬로미터가 훨씬 넘었다. 그리고 마이크는 피곤하고 목이 말랐다. 배도 고팠다.

마이크는 이곳에 도착한 뒤로 아직 아무것도 먹지 못했다. '다프네가 준 청어를 먹었어야 했는데. 아니면 중령이 만든 정어리 스튜라도.' 심지어 중령의 그 스튜 생각만으로도 입에 군침이 돌려 했다.

'중령의 그 끔찍한 커피라도 그냥 마셔둘걸.' 하품하며 마이크가 생각했다. '그러면 이렇게 졸리지 않았을 텐데.'

날씨도 도움이 되지 않았다. 모두가 폭풍이 올 거라고 예상했지만, 오후는 화창하고 따뜻했으며, 졸음을 부르는 벌들의 윙윙 소리로 가득했다. 풀밭에 누워 낮잠을 한숨 자고 싶은 마음이 굴뚝 같았지만, 마이크는 농장의 오솔길을 따라 터벅터벅 걸어 돌아왔다. '포우니 씨를 마침내 만나 트럭을 타게 되면, 도버로 가는 내내 자야겠어.' 마이크는 생각했다.

하지만 살트램-온-시로 돌아오는 길 내내 차는 한 대도 보이지 않았고, 돌아왔을 때는 거의 3시가 되었지만 '왕관과 닻' 바깥에는 트럭이 보이지 않았다.

'오늘은 돌아오지 않을 모양이네.' 피곤해하며 마이크가 생각했다. 마이크는 더 이상 포우니 씨를 기다릴 여유가 없었다. 더 시간을 끌었다가는 구출 작전을 완전히 놓칠 것이다. 그는 도버로 가야 했다. '보트를 타고 가야겠어.' 선창으로 향하며 마이크가 생각했다. 지금쯤이면 적어도 낚싯배들 가운데 일부는 돌아왔을 거고, 그 배들 주인 가운데 한 명에게 자신을 도버까지 데려다달라고 말할 수 있었….

마이크는 걸음을 멈추고 물끄러미 앞을 보았다. 선창은 텅 비어 있었다. 선창 끝에 제인여왕호가 여전히 줄에 묶여 있었지만, 바다요정호를 포함한 다른 배들은 모두 사라지고 없었다. 아까까지만 해도 바다요정호의 엔진은 갑판 위에 분해되어 놓여 있었다. 그런데 어디로 갔단 말인가? 그리고 다른 모든 배는 어디로 사라졌지?

'됭케르크.' 가슴이 철렁했다. '내가 자리를 비운 동안 소형 선박 자원대 사람이 여길 다녀간 거야.' 하지만 그럴 리 없었다. 제인여왕호는 아직 여기에 있었다. 해럴드 중령은 제일 먼저 자원했을 것이고, 다른 보트들도 그렇게 빨리 준비를 마쳤을 리가 없다. 뭔가 다른 설명이 있을 것이다. 마이크는 제인여왕호가 있는 선창으로 달려갔다. "해럴드 중령님!" 마이크가 외쳤다. "다들 어디 간 거죠?"

대답이 없었다. 마이크는 배에 올라 해치에 대고 외쳤지만, 답이 없자 중령이 실내에 있는지 살피기 위해 사다리를 타고 내려갔다.

'어쩌면 내가 그랬듯이 중령도 소형 선박 자원대 사람을 놓쳤을지 몰라.' 마이크가 생각했지만, 중령은 자기 간이침대에서 자고 있지 않았다. 그렇다면 자기 손녀에게 간 게 분명했다.

마이크는 다프네에게 중령의 손녀 집이 어디인지 묻기 위해 '왕관과 닻'으로 달려갔다. 여관 문은 열려 있었고, 그 옆 벽에는 자전거 한 대가 기대져 있었다. 마이크는 안으로 들어갔다. 그리고 하마터면 중령과 부딪칠 뻔했다. 중령은 통화 중이었다. "소형 선박 자원대를 담당하는 사관을 연결해! 오늘 오후에 살트램-온-시에 온 녀석 말이야!" 중령은 수화기에 대고 으르렁거리고 있었다. "그러면 해군성에 연결해! 런던!" 중령은 마이크를 힐끗 보았다. "아주 떼거리로 무능력해 빠졌어! 그런 주제에 어떤 배가 항해 가능하고 어떤 배가 항해 불가능한지를 결정하다니!"

'소형 선박 자원대가 중령을 거절한 거군.' 마이크가 생각했다. '그래서 중령과 제인여왕호가 아직 여기에 있는 거고.'

"우리 보트들이 특별 임무에 필요하다며." 중령이 으르렁댔다. "특별 임무! 프랑스 놈들이 일을 망쳤고, 그래서 히틀러가 나타나기 전에 우리 애들을 거기에서 데려오려면 우리가 필요하다며. 그래서 보트란 보트는 전부 필요하다고 말하더니 이제 와서 제인여왕호는 항해에 적합하지 않다니!"

뭐, 항해에 적합하든 안 하든 마을에 남은 보트는 이제 그것 하나뿐이었다. 마이크는 중령을 설득해 그 보트로 자신을 도버까지 데려다 달라고 해야만 했다. "중령님…." 마이크가 입을 열었지만, 노인은 계속 말을 했다.

"항해에 적합하지 않다니! 그래 놓고 바다요정호와 에밀리 B호는 가져갔어! 에밀리 B호마저도!" 중령은 분통을 터뜨렸다. "방향타가 망가지고, 선장이란 작자는 제 몸의 방향 하나 못 잡아서 맥주 한 잔 가지러 바까지 걸어오는 것도 못 하는 놈인데 말이야. 그래서 내가 놈들 수송선 한 척의 조타수라도 되겠노라고 자원을 했더니, 나보고 너무 늙었다더군! 너무 늙어? 해군성에 아무도 없다니, 그게 무슨 말이야!" 중령은 전화기에 대고 으르렁댔다. "해군성은 지금이 전시인 걸 모르는 거야?"

"중령님…."

중령은 손을 저어 마이크를 물리쳤다. "그러면, 차관을 연결해줘! 무슨 용무냐고? 너희들이 지고 있는 전쟁에 관한 용무지!" 중령은 수화기를 받침대에 거칠게 내려놨다. "무능력한 바보들! 해군성에 직접 가봐야겠어."

"직접 가다니요?" 마이크가 말했지만, 중령은 이미 마이크를 지나 거칠게 문을 열고 나간 뒤였다.

"중령님, 기다리세요!" 마이크가 뒤를 따라가며 외쳤다. "전 중령님이…."

"돌아오셨네요." 다프네가 마이크 앞을 막으며 말했다. "포우니 씨가 집에 있던가요?"

"아니요…. 전 지금…." 마이크가 다프네를 비켜 가려 하며 말했다.

"재밌는 광경을 놓치셨어요." 다프네가 말했다. "소형 선박 자원대 사관이 여기에 와서…."

"알아요. 잠깐만요. 중령님을 잡아야 해요." 마이크는 다프네를 옆으로 밀고 밖으로 나갔지만, 중령은 벌써 자전거를 타고 거리를 반은 가버렸다.

"중령님!" 마이크가 입가에 손을 모으고 소리치며 그 뒤를 따랐지만, 중령은 페달을 밟으며 선창을 그냥 지나쳤다. 지금 뭐 하는 거지? '런던까지 자전거를 타고 갈 수는 없어요.' 그랬다가는 도착하기까지 일주일은 걸릴 것이고, 게다가 중령은 엉뚱한 방향으로 가고 있었다. 소형 선박 자원대가 중령을 수송선의 조타수로 원치 않는 것도 당연했다. '그럼 이제 어쩌지?' 페달을 밟으며 사라지는 중령을 보며 마이크가 생각했고, 결국 술집으로 돌아왔다.

"포우니 씨가 집에 있었나요?" 돌아온 마이크를 맞이하며 다프네가 물었다.

"아니요."

"왜 이리 안 오는지 이유를 모르겠네요." 다프네가 마이크의 팔짱을 꼈다. "거기까지 걸어갔다 오느라 지치셨겠네요." 다프네는 마이크를 데리고 여관으로 들어갔다. "술집에 가 계세요. 맛있는 차를 끓여줄게요. 사관은 중위였어요. 아주 잘생겼어요. 당신만큼 잘생기지는 않았지만요." 다프네는 주전자를 불 위에 올려놓으며 어깨너머로 애교 섞인 눈빛으로 마이크를 힐끗 보았다. "그 사관은 '도버로 곧장 갈 수 있는 보트라면 전부 필요합니다'라고 했죠."

다프네는 사람들이 어떻게 2시간도 안 되는 동안 장비들을 챙겨 보트들에 싣고, 바다요정호 엔진을 조립해서 항해에 나섰는지를 떠들어댔다. '그리고 나는 그걸 놓쳤고.' 마이크는 생각했다. '버스를 놓쳤던 것처럼….'

이거 자동차 소리 아닌가? 마이크는 벌떡 일어나 문으로 달려갔고, 다프네가 그 뒤를 곧바로 따라갔다. 중령이 운전하는 낡은 로드스터가 요란한 소리를 내며 지나갔다. 중령은 두 손으로 운전대를 꽉 잡고 좌우를 둘러보지도 않고 길 중앙만 노려보고 있었다. "기다려요!" 마이크가 외치며 중령에게 멈추라는 신호를 보내기 위해 두 팔을 흔들며 뒤를 따라갔지만, 중령은 요란한 소리와 하얀 먼지구름만 남긴 채 북쪽으로 사라졌다.

마이크는 격분하여 다프네를 돌아보았다. "마을에 포우니 씨 말고 차를 가진 사람이 없다고 했잖아요!"

"중령님의 낡은 로드스터를 깜박했네요."

'확실히 그래 보이는군요.'

"중령님은 전쟁이 일어난 뒤로 저 차를 운전하지 않았어요. 그런데 어디로 가시는 걸까요?"

'런던이겠지요.' 마이크가 생각했다. '그리고 해군성에서 아무도 찾지 못하면 도버로 갈 거고요. 오늘 새벽 5시부터 내가 그토록 가려고 애쓰던 그곳으로.'

"미안해요." 다프네가 말했다. "중령님은 저 차를 경매에 부칠 거라고 했어요. 하지만 안 타길 잘한 거예요. 중령님은 운전 솜씨가 엉망이거든요. 포우니 씨와 함께 가는 게 훨씬 더 나아요. 제게 화가 많이 났나요?" 다프네가 귀엽게 입술을 내밀며 말했다.

'단순히 화가 난 정도가 아니에요.' 마이크가 생각했다. "당신이 혹시 잊은 다른 차가 더 있을까요? 아니면 오토바이나요. 뭐든지요. 저는 오늘 도버에 꼭 가야만 해요."

"아니요. 다른 건 없어요. 하지만 포우니 씨가 자정 전에 돌아올 거라고 확신해요. 향토방위군 모임이 수요일 저녁마다 있는데, 포우니 씨는 절대 그 모임에 안 빠지거든요."

'그리고 그 사람은 등화관제 때는 운전을 하지 않으려 할 테고, 그건 포우니 씨가 나를 가장 빨리 태워줄 수 있는 시간은 내일 아침이라는 뜻이야. 그리고 도버에 도착하면 아침 시간이 다 가겠지.' 그때면 철수 작전이 절반은 끝나 있을 것이다.

더는 시간을 낭비할 수 없었다. 이미 철수 작전의 첫 사흘을 놓쳤고, 마이크는 그 시간으로 다시 돌아갈 수 없었다. '옥스퍼드로 돌아가 바드리에게 도버에 더 가까운 강하 지점을 찾아달라고 해야겠어.'

"화내지 마요." 다프네가 말하고 있었다. "차와 곁들여 먹을 맛있는 대구를 튀겨줄게요. 그리고 당신이 그걸 다 먹을 때쯤이면 포우니 씨가 이곳에 올 거예요."

"아니요, 저는 가야만 해요." 마이크가 일어났다. "런던에 있는 신문사에 기사를 보내야 해요."

"하지만 당신이 마실 차가 거의 다 준비된걸요. 그 정도 시간은 분명히 있을…."

'제가 없는 게 바로 시간이에요.' 마이크가 생각했다. "아니요. 오후 판에 넣을 기사예요." 마이크는 말하고 재빨리 술집을 나와 마을을 빠져나와 언덕을 올라갔다. 어두워지기 전에 강하 지점에 도착하려는 생각에 마음이 초조했다. 낮이라서 강하 지점의 빛무리는 눈에 덜 뜨일 것이다. 어젯밤 해변에 있으면서 강하를 방해했던 보트가 어떤 것인지 몰라도 지금은 도버까지 절반은 가 있겠지만, 마이크는 더 이상 남의 눈에 띄어 강하가 방해받는 위험을 감수할 수 없었다. 그리고 1940년을 일찍 떠나면 떠날수록 바드리가 새로운 강하 지점을 더 빨리 찾을 수 있었다.

'바드리가 새로운 강하 지점을 찾느라 한 달이 걸린다 해도 상관없어.' 터벅터벅 언덕을 오르며 마이크가 생각했다. '그동안에 나는 밀린 잠을 자면 되니까.' 아니면 시차 증후군을 극복하거나. 이유가 뭐가 되었든 간에, 마이크는 언덕에 오르기가 죽기보다 힘들었다. 그리고 마침내 거의 꼭대기까지 왔다. '강하가 열리기를 기다리다가 잠이 들어 강하를 놓치지 않아야 할 텐데….'

아이들 여남은 명이 해안으로 통하는 오솔길 바로 위 절벽 가장자리에서서 해협을 가리키며 들뜬 목소리로 이야기를 나누고 있었다. 마이크는 아이들이 가리키는 곳을 보았다. 연기가 장막처럼 수평선을 가렸고, 검은 기둥 몇 개가 서 있었다. 됭케르크의 불길이었다.

맙소사. 이제 어쩌지? '아이들에게 돈을 주면서 여기서 떠나라고 하면 될 거야.' 마이크가 생각하고 아이들에게 다가가기 시작했지만, 아이들은 이미 오솔길을 따라 내려가고 있었다. "기다려!" 마이크가 외쳤지만 소용없었다. 해변에는 아이들이 더 많이 있었고, 어른도 몇 명 보였다. 그 가운데 한 명은 쌍안경을 가지고 있었고, 아이들 둘은 더 잘 보기 위해 마이크가 강하한 바위 위로 올라갔다.

저 사람들은 일몰 때까지 저기에 있을 것이고, 만약 불길이 계속 잘 보인다면 밤늦게까지 계속 있을 것이다. '그럼 그동안 나는 뭘 해야 하지?' 마이크가 생각했다. '그냥 여기 이렇게 서서 구출 작전을 관찰할 나의 기회가 연기 속으로 사라지는 걸 구경만 하고 있어야 하는 건가?' 구출한 군인들을 가득 태운 보트들이 이미 도버에 도착하고 있었다.

마이크는 화를 내며 마을로 돌아가기 시작했다. 도버로 갈 다른 방법이 분명히 있으리라. 제인여왕호는 여전히 이곳에 있었다. 어쩌면 조너선이 그걸 조종할 수 있을지도 몰랐다. '아니면 내가 하든가.' 마이크는 해안을 따라갈 수 있을 것이다. '그리고 결국 암초에 걸리겠지. 아니면 해협 바닥에 가라앉든가.' 마이크는 선실에 차 있던 물을 떠올리며 생각했다. 하지만 어쨌든 마이크는 선창으로 왔다. 조너선은 오토바이를 가진 사람을 알지도 몰랐다. 아니면 말이라도.

하지만 조너선은 배에 없었다. "어이! 조너선!" 마이크가 해치를 내려보며 말했다. "거기 아래에 있니?"

답이 없었다. 마이크는 사다리를 타고 내려가 물 바로 위에서 멈췄다. 물은 오늘 아침보다 더 차올라, 거의 사다리 맨 아래 가로대까지 와 있었다. "조너선?"

조너선은 그곳에 없었다. '술집으로 돌아가서 다프네에게 조너선이 어디에 사는지 물어야겠어.' 지친 마이크가 생각하며 중령의 간이침대를 바라보았다. 회색 모직 담요와 더러운 베개가 어서 와 쉬라고 손짓해 부르는 듯했다.

'만약 한두 시간만 잘 수 있다면.' 갑자기 밀려드는 졸음을 느끼며 마이크가 생각했다. '그러면 정신이 맑아질 거고 뭔가 방법이 생각날 거야. 그리고 그때쯤이면 포우니 씨가 돌아와 있을 거고. 아니면 중령이나.' 마이크는 신발과 양말을 벗고 바지를 걷어 올린 다음 물을 헤치고 가서 간이침대로 올라갔다.

'배수펌프를 작동시키는 게 나을 거야.' 마이크가 생각했지만, 갑자기 너무나도 피곤해져서 움직일 수가 없었다. '시차 증후군 때문일 거야. 평생 이렇게 피곤했던 적이 없어.' 마이크는 간신히 모직 담요를 덮었다. 담요에서는 타르와 젖은 개 냄새가 났고, 끝부분은 물에 젖어 축축했다.

'제인여왕호가 1시간 안에 가라앉지는 않겠지.' 마이크가 간이침대에서 몸을 웅크리며 생각했다. 보트가 부드럽게 앞뒤로 흔들리자 물이 찰랑거렸다. '딱 1시간이면 돼. 그리고 만약 수위가 계속 높아지면 일어나 펌프를 켜는 거야.' 그리고 어느 순간, 마이크는 자면서 비틀비틀 일어나 펌프를 켠 모양이었다. 왜냐하면 잠에서 깨었을 때 배수펌프 작동 소리가 들렸고, 물이 찰랑거리는 소리가 더 이상 들리지 않았기 때문이다.

얼마나 잔 걸까? 마이크는 손목시계를 보려고 팔을 들어 올렸지만, 너무 어두워 시계를 볼 수 없었다. '몇 시가 되었든 간에, 가서 포우니 씨가 돌아왔는지 확인하고, 조너선을 찾아야 해.' 마이크가 생각하고 담요를 젖혔다. 그는 일어나 간이침대에서 내려왔다.

그리고 30센티미터 정도 깊이의 차디찬 물로 들어갔다. 펌프가 헐떡이는 소리가 들리기는 해도 제대로 작동을 안 하는 게 분명했다. 펌프의 엔진 소리가 선실을 가득 채웠고, 그 소리가 너무나도 커서….

"이런 맙소사!" 마이크가 말하고 벌떡 일어나 물을 첨벙거리며 선실을 가로질러 사다리를 타고 올라갔다. 배수펌프 소리가 아니었다. 엔진 소리였다. 보트는 움직이고 있었다. 마이크는 해치를 열어젖혔다.

밖은 선실보다 더 깜깜했다. 마이크는 멍하니 눈을 깜박이며 눈이 어둠에 적응하길 기다렸다. 거센 바람과 소금물 방울들이 그의 얼굴을 때려댔다. "어랍쇼 이게 누구야?" 해럴드 중령의 명랑한 목소리가 들렸다. "밀항인가?"

마이크는 어둠 속에서 간신히 중령을 알아보았다. 중령은 피코트를 입고 요트 모자를 쓰고 타륜을 잡고 있었다. "어떻게든 자네가 이 일에 참여하려 들 거라는 느낌이 들었지." 중령이 말했다.

"뭘 참여해요?" 마이크가 갑판으로 올라오며 말했다. 마이크는 초조한 눈으로 선미 쪽을 바라보았지만, 오직 어둠만이 보일 뿐이었다. "어디로 가는 거죠?"

"우리 아이들을 집으로 데려오러."

"무슨 말이에요? 됭케르크로요?" 마이크가 맞바람 속에서 중령에게 외쳤다. "전 됭케르크로 갈 수 없어요!"

"그렇다면 당장 수영을 하는 게 좋을 거야, 캔자스 친구. 우리는 이미 해협을 반이나 건넜거든."

13

"이제 무도회에 가도 돼, 신데렐라." 신데렐라의 요정 대모가 말했다.
"하지만 시계 종이 열두 번 울리기 전에 떠나야 하는 걸 잊으면 안 돼."
"하지만 전 뭘 입나요?" 신데렐라가 물었다.
"이런 누더기를 입고 갈 수는 없어요."

—*《신데렐라》*

덜위치, 서리, 1944년 6월 13일

그녀가 덜위치의 응급 간호사 부대 지부에 도착한 건 화요일 늦은 오후였다. 그녀는 문을 두드려보았지만 아무도 대답하지 않았다. '당연하지.' 짜증을 내며 그녀는 생각했다. '모두 V-1 파편을 찾으러 나갔을 테니까.' 원래는 11일 아침에 도착할 예정이었다. 정착을 하고, 모두를 만나고 로켓 공격이 시작되기 전 이틀 동안 사람들을 관찰할 여유를 둔 것이었다. 하지만 그녀는 침공으로 인한 온갖 지연들을 고려하지 못했다.

D-데이의 노르망디 상륙 작전은 별다른 장애 없이 시작되었겠지만, 해협 이쪽은 완전히 아수라장이 되었다. 모든 기차와 버스와 도로는 허용 한도까지 꽉 찼거나 상륙 작전에 동원되는 병력 때문에 제한되었다. 화이트홀로 문서를 배달하는 미 여군 한 명과 동행했음에도 런던으로 가는 교통편을 마련하느라 하루하고 한나절이 걸렸으며, 마지막 순간에 그 여군은 화이트홀 대신 포츠머스에 있는 아이젠하워의 본부로 가라는 명령을 받았고, 그들이 그곳에 도착했을 때 자동차와 운전사는 영국 정보부에 의해 징발되고 없었다. 그녀는 다음 사흘 동안을 햄프셔의 외딴곳에 발이 묶인 채

기차표를 구해보려 애썼지만 헛수고였고, 마침내 미군들이 탄 지프를 얻어 타고 덜위치까지 갔지만, 그때는 이미 첫 번째 V-1 폭격이 시작된 다음이었다. 그래서 그녀는 정상적인 상황에서 지부를 관찰할 기회를 놓쳤다.

하지만 아닐 수도 있었다. 정부는 폭격이 무인 로켓에 의한 것이라는 사실을 인정하지 않았으며, 앞으로 사흘 뒤까지 그럴 것이었다. 그리고 어젯밤 떨어진 V-1 네 대 중 덜위치를 폭격한 것은 없었다. 내무성 장관은 공격한 무기의 정체를 알기 위해 폭격당한 곳 근처 지부의 사람들을 폭격 장소로 보내 파편을 모아오게 했지만, 만약 이곳 지부 사람들이 그곳으로 보내지지 않았다면 이곳 사람들은 아직 V-1에 관해 알지 못할 것이다. 하지만 이곳 사람들도 폭격 장소로 간 게 분명했다. 계속해서 문을 두드렸지만 아무런 대답이 없었기 때문이다. 이곳 지부에는 아무도 없었다.

'그럴 리 없어.' 그녀는 생각했다. '여기는 구급차 지부야. 누군가는 전화를 받아야 하잖아.' 그녀는 좀 더 세게 문을 두드렸다. 여전히 아무도 답하지 않았다.

그녀는 문을 열어보았다. 잠겨 있지 않았고, 그래서 그녀는 안으로 들어갔다. "계세요? 아무도 없어요?" 외쳐봐도 여전히 답이 없었고, 그녀는 출동실을 찾아 나섰다.

복도를 반쯤 걸어갔을 때 음악 소리가 들렸다. '앤드루스 시스터스'가 '사과나무 아래에 앉지 말아요'를 부르고 있었다. 그녀는 그 소리를 따라 복도를 걸어갔고, 반쯤 열린 문이 보였다. 안에는 머리를 땋아 늘이고 바지를 입은 젊은 여자가 소파에 누워 영화 잡지를 읽고 있었다. 그 여자는 한쪽 다리를 소파 팔걸이에 걸치고 있었다. '이 여자는 아직 V-1에 관해 모르는 게 분명하네.' 그녀가 생각했다. '잘됐어.' 그녀는 문을 열었다. "안녕하세요, 실례합니다만, 당직 사관을 찾고 있습니다."

여자는 번개같이 일어나 잡지까지 떨어뜨려 가며 축음기로 돌진했지만, 결국은 체념하고 차려 자세를 취했다. 비록 못된 짓을 하다가 들켜 저녁도 못 먹고 잠자러 가야 하는 아이처럼 서 있기는 했지만, 여자는 보기보다 더 나이가 든 것 같았다. "페어차일드 중위입니다." 여자가 경례하며 말했다. "뭘 도와드릴까요?"

"켄트 중위가 전입 신고합니다." 그녀는 이동 명령서를 건넸다. "방금 이 지부로 배정되었습니다."

"배정? 소령님이 아무 말씀도 하지 않으셨는데…." 여자는 얼굴을 찡그리며 서류를 보았고, 이윽고 씩 웃었다. "본부에서 마침내 누군가를 보냈네. 세상에, 믿기지 않는군요. 완전히 포기하고 있었는데. 어서 와요, 어… 미안해요. 이름이 뭐라고 했죠?"

"켄트. 메리 켄트입니다."

"잘 왔어요, 켄트 중위." 페어차일드가 말하고 손을 내밀었다. "당신이 누군지 몰라서 정말 미안해요. 하지만 우리는 몇 달째 일손이 부족했고, 소령님이 사람을 보내달라고 본부에 계속 강력히 요청했지만 누군가가 진짜 올 거라는 생각은 접었거든요."

'나도 그랬지.' 메리가 생각했다.

"한 달 전에 왔으면 좋았을 텐데. 노르망디 상륙 작전이니 뭐니 해서 장교들의 운전 요청이 엄청나게 밀려들었어요. 우리야 무슨 일이 벌어지는지 알 수 없었지만요. 모두 극비였거든요. 하지만 심각한 사태가 일어날 건 분명했지요. 저는 패튼 장군을 모시고 운전했어요." 페어차일드가 자랑스레 말했다. "하지만 이제 군인들은 모두 프랑스에 있고, 우리는 할 일이 없어요. 당신이 반갑지 않다는 뜻은 아니에요. 그리고 계속 이렇게 한가하지도 않을 거고요."

'맞아요.' 메리가 생각했다.

"소령님이 그렇게 만들 거예요. 이 지부에서는 늘어져 있는 걸 허용하지 않거든요." 페어차일드는 죄지은 듯한 눈으로 소파의 영화 잡지를 힐끗 보았다. "소령님은 전쟁에서 이기려면 매 순간 우리의 몫을 다하기 위해 최선을 다해야 한다고 말씀하시죠. 그리고 돌아오셨을 때 제가 제 임무를 잊고 당신에게 이곳을 제대로 소개하지 않은 걸 아시면 제 목을 치실 거예요. 잠깐만요." 그녀는 서류를 책상 위에 놓고 문을 나섰다. "탤벗!" 그녀는 복도를 향해 외쳤다.

아무 대답도 들리지 않았다. "마음을 바꾼 모양이네요." 페어차일드가 말했다. "사과수레 뒤집기를 하러 다른 사람들이랑 갔나 봐요."

사과수레를 뒤집어? 구급차 파견 요청의 일종인가? 페어차일드는 메리가 그게 무슨 뜻인지 알 거라고 생각하는 게 분명했다. 하지만 메리가 제2차 세계대전 속어를 연구했을 때는 그런 용어를 들어본 적이 없었다.

"지금쯤이면 걔들이 돌아왔을 걸 왜 생각 못 했지." 페어차일드가 말했다. "잠깐만요." 그녀는 잡지를 돌돌 말아 문이 닫히지 않게 받혔다. "이러면 전화벨 소리를 들을 수 있거든요. 그럴 필요가 있을지는 의문이지만요. 온종일 아무도 전화하지 않았어요. 이쪽이에요, 켄트."

만약 아무도 전화하지 않았다면 '사과수레 뒤집기'는 구급차 파견 요청이 아니었다. 사고를 가리키는 속어인가?

"여기가 우리 병영 식당이에요." 페어차일드가 문을 열며 말했고, 메리는 적어도 그 용어는 알아들었다. "그리고 부엌은 저쪽에 있고. 그리고 여기로 나가면…." 그녀는 옆문을 열고 메리를 안내했다. "우리 차고예요. 아쉽게도 지금은 별로 볼 만한 게 없지만요. 구급차 두 대가 있어요. 하나는 벤틀리, 다른 하나는 다임러예요. 다임러를 운전해본 적 있나요, 켄트?" 페어차일드가 물었고, 메리가 고개를 끄덕이자 다시 물었다. "몇 년식이었나요?"

'2060년식이요.' "38년식이었을 거예요." 메리가 말했다.

"안타깝게도 그건 별 도움이 안 될 거예요. 우리 다임러는 아주 오래되었거든요. 확신컨대, 플로렌스 나이팅게일이 크림 전쟁에서 이 차를 몰았을 거예요. 시동을 거는 건 끔찍하고 운전하는 건 더 끔찍해요. 그리고 좁은 공간에서 방향을 바꾸는 건 거의 불가능하지요. 소령님이 새로운 걸 보내달라고 요청했지만, 아직 그대로예요. 이건 일지예요." 페어차일드는 벽에 걸린 클립보드로 걸어가며 말했다. 그녀는 메리에게 시간, 행선지, 주행거리를 기재하는 칸을 보여주었다. "그리고 심부름을 위해 우회하는 건 허용되지 않아요. 소령님은 휘발유를 낭비하는 것에 아주 엄격해요. 그리고 기록을 남기지 않고 차를 가지고 나가는 일에도요."

"만약 사고 현장에 가야 할 경우에는요?"

"사고요? 아, 스핏파이어[17]가 추락하거나 그런 일이 일어나면 말이죠? 뭐, 그러면 물론 곧장 거기에 갔다가 돌아온 다음에 기록하면 되지만, 여기서는 그런 일이 거의 없어요. 우리에게 오는 구급차 요청은 싸움을 벌였다거나 눈이 녹아 미끄러운 계단에서 떨어져 다친 군인들을 데리러 오라는 게 대부분이에요. 나머지 시간에는 장교들을 목적지까지 운전해주죠. 돌아와 서명한 다음엔 열쇠를 가지고 출동실로 가요." 페어차일드는 메리를 데리고 소파와 축음기가 있는 방으로 다시 갔다. "그리고 열쇠를 여기에 걸어요." 그녀는 고리 세 개를 가리켰다. 고리에는 '로널드 콜먼', '클라크 게이블', '벨라 루고시'라고 이름표가 붙어 있었다. "영국 공군이 자기들 비행기에 이름을 붙인 걸 보고 우리도 구급차에 이름을 붙였어요."

"구급차가 두 대라고 하지 않았나요?"

"맞아요. 로널드 콜먼은 소령님의 개인 벤틀리예요. 소령님은 구급차가 둘 다 출동해 있거나 중요한 분을 모셔다드려야 할 때 그걸 쓰게 해요."

"아하. 아마 벨라 루고시가 다임러겠죠?"[18]

"네, 비록 그 사악한 본성 때문에 그 이름을 붙인 건 아니지만요. 저는 그 차에 하인리히 힘러라고 이름을 붙이고 싶었어요." 페어차일드는 메리를 데리고 다른 복도로 가서 문을 열더니 깔끔하게 정돈된 간이침대 여섯 개가 있는 긴 방으로 들어갔다. "우린 이 방에서 자요." 오른쪽에서 두 번째 간이침대로 걸어가며 페어차일드가 말했다. "이게 당신 거예요." 그녀는 침대를 톡톡 치더니 옷장으로 가서 문을 열었다. "물건은 여기에 수납하면 돼요. 당신이 절반을 쓸 수 있어요. 그러니 수트클리프-히스가 자기 몫 이상 쓰게 하지 말아요. 그리고 대신 물건을 정리해주지도 말고요. 수트클리프-히스는 자기 물건을 아무 데다 두고는 당연히 남들이 대신 치워줄 거라 생

17 제2차 세계대전 당시 영국 공군의 주력 전투기. 우수한 성능으로 미국에도 보급되었고, 한국전쟁에서도 사용되었다.

18 벨라 루고시는 영화 〈드라큘라〉로 유명한 루마니아 태생의 미국 배우. 영국산인 벤틀리와 달리 다임러는 독일산 자동차이다.

각해요. 걔는 여기 온 지 넉 달밖에 안 됐고, 그전에는 그런 일을 해주는 하인을 두고 살았거든요."

말할 때 페어차일드가 보여주는 편안한 태도에서 메리는 자기 생각이 맞았다고 확신했다. 즉, 땋아 늘인 머리나 영화 잡지에도 불구하고, 페어차일드는 수트클리프-히스 그리고 FANY(First Aid Nursing Yeomanry, 응급 간호사 부대)에 있는 대부분의 젊은 여자들과 마찬가지로 상류층 출신인 듯했다. 상류층 여자들은 FANY에서 일하기에 적합했다. 하층 계급 여자들과 달리, 운전할 줄 알았기 때문이다. 또한 사교성이 좋아 장교들과 쉽게 어울렸고, 그 때문에 구급차와 함께 장성들의 운전사 역할도 하게 된 것이다.

"어디 보자, 또 뭘 알아야 할까나…?" 페어차일드가 말했다. "아침 식사는 6시고, 소등은 11시예요. 다른 사람의 수건을 맘대로 쓰거나 애인을 뺏는 건 금지고, 이탈리아에 관해 말하는 것도 안 돼요. 그렌빌의 약혼자가 이탈리아에 있는데 지난 3주 동안 그렌빌에게서 연락이 없었거든요. 아, 메이틀랜드에게는 약혼의 '약' 자도 꺼내면 안 돼요. 당신, 약혼한 건 아니죠?"

"네." 메리는 더플백을 침대에 내려놓으며 말했다.

"잘됐네요. 최근 메이틀랜드는 약혼한 여자를 보면 질투하거든요. 메이틀랜드는 지금 만나는 비행기 조종사에게 청혼을 받아내려 애쓰는 중인데, 아직 아무 소식이 없어요. 저는 메이틀랜드에게 탤벗을 좀 보고 배우라고 했어요. 탤벗은 제가 여기에 온 뒤로 지금까지 네 번 약혼했거든요. 누군가와 사귄 적은 없나요, 아, 여기 오기 전에 어디에 있었죠?"

"옥스퍼드요."

"옥스퍼드요? 아, 그렇다면 당연히 알겠…." 어디선가 문이 쾅 하고 부딪히는 소리가 났고, 그 소리에 페어차일드는 경계하듯 고개를 빳빳이 들었다.

"페어차일드!" 외치는 소리가 들리더니 아주 아름다우며 검은 머리에 야구모자를 쓰고 FANY 군복을 입은 이가 들이닥쳤다. "방금 놀랄 만한 소식을 들었어."

'로켓 발사 이전 행동을 관찰하는 건 이걸로 끝이로군.' 메리가 생각했다.

"여기서 뭐 하는 거야, 탤벗?" 페어차일드가 말했다. "메이틀랜드랑 다른 사람들과 같이 사과수레 뒤집기에 간 줄 알았는데."

"아니야. 하지만 갈 걸 그랬어. 옐로우 페릴[19]이 지긋지긋해서 비명이 나올 참이거든."

옐로우 페릴? 구급차 지부랑 일본이랑 무슨 관계가 있지? '제2차 세계대전 속어를 더 철저히 공부해 둘걸.'

"나는 차량대기소에 다녀왔어." 탤벗이 말했다. "소령님이 나보고 가서 벨라 루고시를 가져오라고 하도 고집을 부려서 말이지." 페어차일드가 좀 전에 구급차 이름을 설명해주지 않았더라면 메리는 탤벗의 말을 이해하지 못했을 것이다. 옐로우 페릴도 뭔가 자동차 이름인가?

"나는 소령님에게 그 차는 아직 준비가 안 됐을 거라고 했지." 탤벗이 말했다. "하지만, 소령님은… 이 사람은 누구야?"

"메리 켄트." 페어차일드가 말했다. "새로운 운전사야."

"설마!" 탤벗이 외쳤고, 메리는 날카롭게 고개를 들었다. "미안해요. 설사 소령님이 아무리 요청해도 본부에서 새로운 운전사를 보내줄 리 없다고 캠벌리랑 내기를 했거든요. 스타킹 한 벌을 걸었어요. 이제 난 어째야 하지? 유일하게 멀쩡한 스타킹을 '지르박'에게 빌려줬더니 완전히 넝마를 만들어왔는데."

"패리시 중위를 말하는 거예요." 페어차일드가 설명했다. "지르박 추는 걸 아주 좋아하거든요."

"스타킹을 사야만 하겠네. 필립스랑 토요일에 리츠로 갈 거야."

'아니, 못 갈걸요.' 메리가 생각했다. '토요일에는 V-1이 100대 이상 떨어질 거예요. 당신은 부상자들을 수송하고 있을 거고요.'

"혹시 제게 빌려줄 여분의 스타킹이 있거나 하지는 않겠죠, 켄트?" 탤벗이 물었다.

'없어요. 그리고 설사 있더라도 있다고 하지 않을 거예요.' 그랬다가는 메리가 거짓말쟁이인 게 곧장 들통날 것이다. 제2차 세계대전의 현시점에

19 황화(黃禍), 즉 황색 인종이 서양 문명을 위협한다는 백색 인종의 공포심을 나타내는 말로 황인종을 비하한 표현. 하지만 이 책에서는 다른 뜻으로 쓰인다.

서 잉글랜드에 있는 그 어떤 여자도 남 앞에 내놓을 만한 스타킹을 가지고 있지 않았다. "미안해요." 메리는 여기저기 수선한 자신의 면 스타킹을 가리키며 말했다. "저 때문에 내기에 졌다면 미안해요."

"어, 아니에요. 소령님이 실패할 거로 내기한 제 잘못이죠. 제가 판단을 잘못한 거예요. 아직 소령님 안 만났죠, 켄트?"

"응, 아직 안 만났어." 페어차일드가 말했다. "소령님은 런던에 계셔. 본부 회의에 참석하러 가셨어."

"아, 만나면 소령님이 아주 의지가 굳은 분이라는 걸 알게 될 거예요. 지부의 장비와 보급품 그리고 인력에 관해서는 특히나 더요."

페어차일드가 고개를 끄덕였다. "소령님은 전쟁의 승패가 오롯이 우리 어깨에 달려 있다고 믿으세요."

"비록 나는 두 손을 이리저리 움직이며 운전하는 장교들이 전쟁의 승패를 좌우할 거라곤 생각하지 않지만요." 탤벗이 말했다. "사랑을 미끼로 접근하는 사람들에게 넘어가지 않는 기술이 당신에게 있기를 바라요, 켄트." 그리고 탤벗은 페어차일드에게 말했다. "메이틀랜드랑 다른 사람들은 언제 올 거 같아?"

"지금쯤이면 돌아왔을 줄 알았는데." 페어차일드가 말했다.

"이번 사과수레 뒤집기는 어디였는데?"

"베스날 그린."

"아, 그렇구나. 나는 걔들이 돌아오기 전에 씻을게." 탤벗은 재킷을 벗고 문으로 가기 시작했다.

"잠깐." 페어차일드가 말했다. "아직 가면 안 돼. 네가 들은 말을 아직 안 해줬잖아."

"아, 그러네. 거의 잊고 있었어. 차량대기소에 갔는데, 거기서 말하길 벨라가 내일에는 준비 완료될 거라더라. 하지만 그 사람들은 늘 그렇게 말하잖아. 그러니 그 말을 어떻게 믿어." 탤벗은 여밈을 풀고 치마를 벗은 뒤 블라우스 단추를 풀기 시작했다. "그래서 나는, 우리는 그게 오늘 꼭 있어야 하니까 작업이 끝날 때까지 거기서 기꺼이 기다리겠노라고 말했어." 탤벗은 어깨를 움직여 블라우스를 벗었고, 슬립 차림으로 두 손을 허리에 댄 채 서 있었다. "하지만 그게 실수였어. 그 사람들은 거기 서서 나랑 잡담만 하려 들더라."

'안 봐도 훤하군.' 메리가 생각했다. 탤벗은 예쁠 뿐 아니라 몸매도 아주 좋았다. 네 번이나 약혼할 법했다. "그래서 결국은 차나 한잔하려고 매점에 갔더니, 리틀턴이 거기에 있는 거야. 해안 경비대를 맡은 대령을 도버까지 태우고 가려고 기다리고 있더라고."

탤벗은 V-1에 관해 알 게 분명했다. 해안 경비대는 독일군이 무인 로켓을 쏘리라는 것을 몇 주 전에 알았다. 물론 해안 경비대는 비밀을 지켰지만, 대령이 운전사에게 이야기하고, 그녀가 탤벗에게 말을 했을 게 분명했다.

"그리고 리틀턴이 놀랄 만한 이야기를 했어." 탤벗이 계속 말했다. "에든 대령이 결혼했대. 공군 여성 보조 부대 소속 여자랑."

"지난주에 널 데리고 콰링고에 간 그 에든 대령이?"

"그리고 그 전주에는 사보이에 데리고 갔고, 그리고 사흘 전에는 전화해서 연극을 같이 보러 가자고 했지."

"비열한 자식." 페어차일드가 열을 내며 말했다.

"완전히 비열한 자식이지." 탤벗이 동의했다. "그리고 그건 내가 정말로 보고 싶은 연극이었다고. 한편으로 그 자식은 춤에는 젬병이고, 그러니 이번 기회에 내게 반해 나일론 스타킹 한 벌을 내게 선물해줄 미국인을 사귀어보는 것도 괜찮을 거 같아." 탤벗은 어깨에 수건을 걸쳤다. "짜잔, 나는 씻으러 갑니다." 탤벗은 말하고 방을 나섰다.

"이제 지부의 다른 부분들도 둘러봐야죠." 페어차일드가 말했다. "짐은 나중에 풀어도 돼요. 우리에게는 시간이 별로 없거든요."

'나도 시간이 없어요.' 페어차일드를 따라가며 메리가 생각했다. 왜냐하면 비록 탤벗이 V-1에 관해 알지 못했지만, 돌아올 사람들은 분명히 알 것이기 때문이다. 페어차일드는 그 사람들이 베스날 그린에 갔다고 했으며, 그곳은 두 번째 V-1이 떨어진 곳으로 철교에 손상을 입었다. 그러니 페어차일드 말이 맞는다면, 그 사람들은 파편을 수거하러 파견된 것이었다. 그렇다면 '사과수레'는 사고를 뜻하는 것이겠지. 하지만 왜 탤벗은 자기도 그 사람들과 함께 갔으면 좋았을 거라고 말한 걸까?

"여기는 휴게실이에요." 페어차일드가 말하고 있었다. "그리고 저기 저 문은 지하실로 통해요. 방공호가 저 아래에 있어요." 페어차일드는 문을 열고 아래로 내려가는 가파른 계단을 보여주었다. "하지만 한 번도 쓴 적은 없어요. 지난 석 달 동안 사이렌이 울린 건 한 번뿐이었고, 그것도 어떤 아이가 민방위대 지부에 몰래 들어가 장난으로 켠 거였어요."

지난밤에 사이렌이 안 울렸다고? 하지만 그럴 리 없었다. V-1 네 대 때문에 사이렌이 울렸을 게 분명했다. 비행기 식별이 취미이던 열 살짜리 소년 한 명은 이 당시에 자기 일지에 모든 공습경보와 공습경보해제 시간을 꼼꼼히 기록해두었다. 여기 덜위치에서는 그 소리가 들리지 않은 게 분명했다.

"그리고 우리 군인들이 프랑스에 있으니 더는 공습을 걱정하지 않아도 돼요." 페어차일드가 말했다. "전쟁은 곧 끝날 거예요…." 페어차일드가 말을 멈추고 귀를 기울였다. 차 문이 거칠게 닫히는 소리, 그리고 목소리들이 메리 귀에도 들렸다.

"사람들이 돌아왔어요." 페어차일드가 말하며 서둘러 복도를 걸어갔다.

FANY 군복을 입은 젊은 여자 세 명이 차고에서 오고 있었다. 셋은 옷을 한 아름 안고 있었다. "아무리 생각해도 그 크림색 레이스 드레스를 가져와야 했어." 땅딸막한 금발 여자가 키가 큰 붉은 머리 여자에게 말하고 있었다.

"그건 너무 작았어." 붉은 머리가 말했다. "캠벌리조차 여미개를 잠글 수 없었어."

"어쩌면 그렌빌이 수선해서 늘려줄 수 있었을 거야." 금발이 말했다.

"성공했어, 리드?" 페어차일드가 물었다.

"일부분만." 붉은 머리가 말하며 출동실로 들어와 들고 있던 옷들을 소파에 쏟아놓았다. "이브닝드레스 하나만 구할 수 있었어."

"그리고 그걸 구하다가 캠벌리는 하마터면 죽을 뻔했어." 금발이 말했다. “그걸 놓고 크로이던의 세인트존스 구급차 지부에서 나온 여자 둘이랑 싸워야 했어.”

“하지만 내가 이겼어.” 개구쟁이 같아 보이는 세 번째 여자가 말했다. 그 여자는 바닥까지 닿는 분홍색 망사 드레스를 더미에서 꺼내 의기양양하게 들어 보였다. “세인트에셀레드 사과수레에서 가장 빛나던 물건이지.”

그제야 메리는 의문이 하나 풀렸다. 사과수레 뒤집기는 ‘옷 교환’의 속어였다. 옷 교환은 제2차 세계대전 중에 흔했다. 군복과 낙하산 제작으로 천이 부족해 배급제를 시행했기 때문이다.

“좀 짧아.” 붉은 머리인 리드가 말했다. “하지만 치마 부분이 충분히 풍성하니까 그걸 이용해 주름 장식을 달고….” 리드가 말을 멈추었다. “이분은 누구야?”

“메리 켄트 중위야.” 페어차일드가 말했다. “켄트, 이쪽은 메이틀랜드 대위님.” 페어차일드는 땅딸막한 금발을 가리켰고, 이어서 붉은 머리와 개구쟁이 쪽을 차례로 가리켰다. “리드 중위, 캠벌리 중위. 켄트는 새로 온 운전사야. 본부가 여기로 보내기 전에는 옥스퍼드에 있었대.”

“농담하지 마!” 메이틀랜드가 말했다.

“소령님이 성공할 거라고 내가 말했잖아.” 캠벌리가 말했다. “설사 좀 늦더라도 말이야. 재밌는 걸 놓친 거 같네요, 켄트.”

“만약 옥스퍼드에 있었다면….” 리드가 말했다. “그분을 아시겠네요….”

“쟤 말에 신경 쓰지 말아요.” 목욕 가운을 입고 머리에 수건을 감은 탤벗이 다가오며 말했다. “뭘 가져왔는지 보고 싶어. 분홍? 이런, 난 분홍색이 안 어울린단 말이야. 피부가 너무 창백해 보이거든. 하지만…….” 탤벗이 분홍색 드레스를 낚아채며 말했다. “토요일에 옐로우 페릴을 입는 것보다는 나을 거야.”

“넌 토요일에 그거 못 입어.” 캠벌리가 말했다. “나는 세인트존스의 애들이랑 목숨을 걸고 싸웠다고. 내가 먼저 입을 거야.”

“이브닝드레스는 공급이 달려요.” 페어차일드가 설명했다. “그래서 우리 모두가 공유해요. 우리는 옐로우 페릴이랑, 수트클리프-히스가 궁전에서 폐하를 알현할 때 입은 드레스로 이제까지 버텨왔죠. 그런데 그걸 라벤더색으로 염색했는데, 얼룩이 생겼어요."

"아주 어두운 나이트클럽에서나 입을 수 있지요." 리드가 말했다.

"하지만 나는 분홍색을 입어야 해." 탤벗이 말했다. "리츠에 간단 말이야. 옐로우 페릴은 이미 두 번이나 입고 갔어."

"리츠에 누구랑 가는데?" 리드가 캐물었다.

"아직 확실하지 않아. 아마 존슨 대위."

"존슨?" 리드가 물었다. "근사한 콧수염을 기른 잘생긴 남자?"

"아니." 탤벗이 말했다. 탤벗은 분홍색 드레스를 자기 몸에 대고 거울을 보았다. "PX에 갈 수 있는 미국인이야." 그리고 메리는 이 대화에 기분이 좋아야 했다. 지금 대화는 로켓 공격이 있기 전 구급차 지부의 삶의 완벽한 예였다. 하지만 왜 이 사람들은 V-1에 관해 듣지 못한 걸까? 베스날 그린 구급차 대원들 가운데 누군가는 말을 했을 게 분명한데.

'바보같이 굴지 마. 거기 안 왔나 보지.' 메리가 생각했다. 그곳 사람들은 새벽 4시 30분에 그곳에 가서 응급조치를 취하고 희생자들을 병원으로 수송했다(사상자가 여섯 명 있었다). 태평하게 의류 교환장에 갈 여유가 없었을 것이다.

하지만 설사 의류 교환장에 베스날 그린의 대원들이 가지 않았다 할지라도, 누군가는 폭발음에 관해 이야기했을 것이다. 또는 페어차일드 말마따나 몇 달째 사이렌 소리를 한 번도 듣지 못했다면, 사이렌에 관한 이야기가 나왔을 것이다. 아니면… 자신들이 구해온 분홍색 드레스와 닮아빠진 댄스용 신발 한 벌을 돌려보는 FANY를 보며 메리는 생각했다. '혹시나 옷을 구하느라 너무 열중해 다른 사람들과 이야기할 여유가 없었나?'

"하빌랜드가 거기 있었어. 걔가 뭐라고 했는지, 상상도 못 할걸." 메이틀랜드가 말했다. "워드 대위 기억해? 구내식당 댄스에서 만났잖아. 진갈색 고수머리. 하빌랜드가 그러는데, 워드 대위가 나에게 푹 빠져 있대. 그런데 내게 데이트를 청할 엄두를 못 낸다더라."

"네가 쓸 립스틱을 구했어." 리드는 탤벗에게 말하고 있었다. "진홍빛 애무." 리드가 탤벗에게 황금색 튜브를 건넸다.

"정말 다행이다." 탤벗이 뚜껑을 열고 튜브를 돌리자 놀랄 만치 선명한 진홍색이 모습을 드러냈다. "이제 내 건 다 썼거든. 검은 장갑도 구했어?"

"아니. 하지만 힐리와 베이커가 거기 있었는데, 자기 지부가 7월에 잡동사니들을 내놓을 거래. 그리고 기부품 가운데 장갑이 있는 걸 확실히 보았대. 챙겨놓겠다더라."

"베스날 그린 지부가 왜 잡동사니들을 내놓는데?" 페어차일드가 물었다.

"새 구급차 살 돈을 모으려고." 메이틀랜드가 말했다.

"아, 이런. 소령님이 알지 못하게 해. 안 그러면 우리도 해야 할 거야." 탤벗이 신음 소리를 냈지만 메리는 그 소리가 귀에 들어오지 않았다. 베스날 그린의 FANY들이 그곳에 있었다.

'V-1 로켓 공격이 시작된 날을 내가 잘못 아는 건가?' 메리가 생각했지만, 시간과 장소 정보는 역사 기록실에서 곧장 이식되었기에 그럴 리 없었다. 하지만 V-1이 정말로 철교를 폭격했다면, 왜 아무도 그 말을 안 하는 거지?

"있지…." 리드가 말하고 있었다. "나 해변용 샌들을 구했…." 리드가 말을 멈추고 귀를 기울였다. "엔진 소리를 들은 거 같아." 리드가 말하고 쏜살같이 방을 나갔다가 돌아왔다. "소령님이 돌아왔어."

마치 공습 사이렌이 울린 것 같았다. 리드와 캠벌리는 옷들을 그러모으더니 재빨리 방을 빠져나갔다. 페어차일드는 축음기로 달려가 전원을 뽑고 거칠게 뚜껑을 닫아 메이틀랜드의 손에 넘겼다. "이걸 휴게실에 돌려놔." 페어차일드가 말했고, 메이틀랜드가 떠나자 몸을 이리저리 비틀며 군복 재킷을 입었다. "켄트, 그 〈영화 뉴스〉를 줘요. 어서요." 단추를 잠그며 페어차일드가 말했다.

메리는 둘둘 말아 문을 받쳐놓은 잡지를 서둘러 빼내 페어차일드에게 건넸고, 페어차일드는 그걸 파일 캐비닛 서랍에 쑤셔 넣고 책상으로 돌아와 소령이 들어오기 직전에 자리에 앉았다가 소령이 들어오자 의자에서 일어났다.

지금까지 들어온 말들 때문에 메리는 소령이 메두사 같을 거라고 예상했지만, 소령은 작고 호리호리하고 얼굴선이 곱고 가늘었으며, 머리만 살짝 세었을 뿐이었다. 메리가 경례하며 말했다. "메리 켄트 중위, 신고합니다, 소령님." 소령은 상냥하게 웃으며 조용히 말했다. "환영한다, 중위."

"지부 이곳저곳을 보여주고 있었습니다." 페어차일드가 말했다.

"그건 나중에. 휴게실로 모두 모이라고 해줘. 할 말이 있어." 소령이 말했다. 그건 V-1 공격이 예정대로 있었고, 해안 경비대 장교와 마찬가지로 베스날 그린의 FANY들은 공식 발표가 있을 때까지 아무 말도 하지 말라는 명령을 받았다는 뜻이었다. 이제 소령은 그 내용을 공식적으로 발표하리라.

그리고 그전까지, 비록 늦게 도착하기는 했지만, 운 좋게도 메리는 지부 사람들의 삶의 단면을 관찰할 수 있었다. 그 삶은 이제 곧 급격하게 변해버릴 것이다. 아니, 이미 변하고 있었다. 휴게실에 모인 여자들은 다들 표정이 엄숙했고, 이는 뭔가 일이 벌어졌음을 알고 있다는 뜻이었다. 탤벗은 젖은 머리를 단정히 빗고 군복으로 갈아입었고, 페어차일드는 땋은 머리를 정수리에 고정해놓았다. 소령이 들어오자 모두 일어나 차려 자세를 취했다. "우리는 이제 전쟁의 새롭고 중대한 단계로 들어섰다." 소령이 말했다. "나는 본부의 회의를 마치고 돌아온 참이다…."

'드디어 발표하는구나.'

"우리는 새로운 임무를 받았다. 내일부터 우리는 노르망디 상륙 작전에서 부상당한 군인들이 수술받을 수 있도록 그 군인들을 오핑턴 병원으로 이송한다."

14

기침과 재채기는 질병을 옮깁니다.

— 영국 보건성 포스터, 1940년

워릭셔, 1940년 5월

에일린이 챔버스 부인을 위해 피난 아동 세 명의 서류 작업을 하는 데는 거의 1시간이 걸렸다. 거기에는 시어도어가 30초마다 집에 가고 싶다고 말한 것도 한몫 거들었다. '나도 가고 싶어.' 에일린이 생각했다. '그리고 만약 네가 오지 않았다면 지금 나는 옥스퍼드로 돌아가 던워디 교수님에게 나를 전승 기념일로 보내달라고 설득하고 있었을 거야.'

"난 집에 가기 싫어요." 자매 중 언니인 에드위나가 말했다. 에드위나는 비니와 아주 잘 어울릴 것처럼 보였다. "나는 우리가 원래 타기로 되어 있는 보트에 가고 싶어요."

"난 화장실에 가고 싶어요." 동생인 수잔이 말했다. "지금요."

에일린은 수잔을 데리고 위층에 갔다가 돌아와 몇 가지 서류에 더 서명했다. "여사님께 이 모든 수고에 감사드린다고 전해주세요." 챔버스 부인이 장갑을 끼며 말했다. "이런 전시 하에 여사님의 협조는 정말 고무적이랍니다."

에일린은 챔버스 부인을 배웅하고 아이들을 나가 놀게 한 다음, 아이들 짐을 위층 아이들 방에 가져다 놓고 자기 방으로 뛰어갔다. 세 번째였다. 그리고 하녀복을 벗어놓고, 어머니가 아프다는 편지가 든 봉투를 침대에 놓고 서둘러 계단을 내려왔다. 3시 10분. 다행이었다. 다른 아이들은 4시가 되어야 학교를 마치고 집에 올 것이고, 그건 에일린이 떠날 수 있다는 뜻이었다. 에일린은 황급히 집 모퉁이를 돌아 진입로로 갔다.

"조심해요!" 남자 목소리가 외쳤다. 에일린이 놀라 고개를 들자 구드 신부가 탄 오스틴이 자신에게 돌진해 오고 있었고, 신부 옆에는, '이런, 맙소사!' 우나가 운전하고 있었다. 에일린이 옆으로 펄쩍 뛰었다.

"아니, 브레이크, 브레이크!" 신부가 소리쳤다. "그거 말고…." 그리고 오스틴이 앞으로, 에일린을 향해 곧장 돌진했다. 우나는 마치 물에 빠진 사람처럼 두 손을 들어 올렸다. "운전대를 놓으면 안…." 신부가 외치며 운전대를 잡았다. 오스틴은 에일린의 외투 자락을 스치며 인도로 거칠게 방향을 돌렸고, 저택 몇 센티미터 앞에서 가까스로 멈췄다. 신부가 차에서 뛰어나왔다. "괜찮습니까?" 신부가 에일린에게 달려오며 말했다. "다친 거 아니죠?"

"괜찮아요." 에일린이 말했다. '하마터면 여기서 보내는 마지막 날에 박살이 나 죽을 뻔했네.'

"저는 운전 연습 중이에요." 자동차에서 우나가 하나 마나 한 소리를 외쳤다. "이제 후진할까요?"

"안 돼." 신부와 에일린이 동시에 말했다.

"오늘은 됐어요, 우나." 신부가 우나에게 말했다.

"하지만, 신부님. 이제 겨우 15분밖에 안 되었는데요. 여사님께서 말씀하시길…."

"알아요. 하지만 이제 저는 오릴리 양을 가르쳐야 합니다."

"아, 하지만 저는…." 에일린이 입을 열다가 뭐라고 말을 해야 할지 생각하며 망설였다. 어머니가 아프다는 연락을 방금 받았노라고 말할 수는 없었다. 그랬다가는 신부가 기차역까지 태워다주겠노라고 고집을 부릴 것이다. 하지만 그렇다고 운전 교습을 받을 시간도 없었다.

"제발요." 신부가 에일린에게 속삭였다. "제가 우나와 함께 저 차를 타지 않게 해주세요."

에일린은 웃음이 나려는 걸 꾹 참으며 고개를 끄덕였고, 신부와 함께 오스틴으로 걸어갔다. 우나는 마지못해 차에서 내렸다. "그러면 제 다음 교습은 언제인가요, 신부님?"

"다음 주 금요일입니다." 신부는 에일린 옆에 자리를 잡으며 말했다.

에일린은 차 시동을 걸고 진입로를 운전해 나갔다. "저보다 용감하시네요, 신부님. 저는 무슨 일이 있어도 우나가 운전하는 차를 타지 않을 거예요."

"저는 우선 배전기를 없앨 생각입니다." 신부가 속삭였다.

'신부님이 그리울 거예요.' 에일린이 생각했다. 에일린은 몰래 도망치는 대신 신부에게 작별 인사를 하고 싶었지만, 몰래 도망치는 것만으로도 충분히 어려운 상황이었다. 에일린은 운전 교습을 짧게 할 구실을 생각해내야 했다. "신부님, 전…."

"압니다. 필요도 없는 운전 교습을 받느라 1시간씩 낭비할 짬이 없다는 걸요. 저도 괴롭힐 생각은 없습니다. 우나가 확실히 집에 들어갈 때까지만 운전하시고, 1시간 정도 우나 눈에 띄지 않으시면…."

'그것보다 더 잘할 수 있어요.' 에일린이 생각했다. 그녀는 차를 운전해 장원 게이트를 통과해 좁은 길로 들어섰다.

"다음 커브를 지나면 차를 돌릴 만한 곳이 나옵니다." 신부가 말했다.

에일린은 고개를 끄덕이고 커브를 돌았다. 그러자 비니와 알프가 길 중간에 서 있었다. 아이들은 비킬 생각이 전혀 없었다. "조심하세요!" 신부가 외쳤고, 에일린은 브레이크를 힘껏 밟았다. 차는 미끄러지며 멈췄다. 알프는 계속 길 한가운데에 서서 멍하니 차를 바라보았다.

비니가 조수석 쪽으로 다가왔다. "안녕하세요, 신부님."

"비니, 왜 학교에 안 가고 여기에 있는 거니?" 에일린이 다그쳐 물었다.

"집으로 가래요. 알프가 아팠어요. 우리가 타도 되나요, 신부님?"

"아니." 에일린이 말했다. "너희는 곧장 학교로 돌아가."

비니는 들은 척도 안 했다. "교장 선생님이 알프를 집으로 데려가라고 했어요, 신부님. 오늘 아주 덥고 알프는 많이 아파요."

에일린은 차 문을 열고 나와 알프에게로 성큼성큼 걸어갔다. "알프는 안 아파요, 신부님. 늘 부리는 잔꾀 중 하나예요. 알프, 풀러 교장 선생님의 자동차 보닛의 장식과 문손잡이를 왜 훔친 거지? 독일군이 침략했을 때 독일군이 쓰지 못하게 차를 망쳐놓은 거라는 말은 하지 마."

"그러려고 한 게 아니에요." 비니가 말했다. "우리는 스핏파이어 기금을 위해 알루미늄을 모으고 있었어요. 비행기를 만들 수 있게요."

"즉시 그것들을 교장 선생님께 돌려드려."

"하지만 알프가 아파요."

"아프지 않아." 에일린이 알프의 이마에 손을 댔다. "이건 꾀병…." 에일린이 말을 하다 멈췄다. 알프의 이마는 델 듯이 뜨거웠다. 에일린이 알프의 고개를 세웠다. 두 눈은 벌겋게 이글거렸으며 때가 덕지덕지 붙은 뺨은 홍조를 띠었다. "열이 있어요." 에일린은 알프의 뺨과 손을 만져보며 신부에게 말했다.

"열이 있다고 내가 말했잖아요." 비니가 우쭐해 말했다.

에일린은 그 말을 무시했다. "알프를 데리고 집에 가야 해요, 신부님." 에일린이 말하고 알프에게로 몸을 숙였다. "언제부터 아프기 시작했니?"

"몰라요." 알프가 굼뜨게 말하고 에일린의 신발 위로 토했다.

"학교에서도 아팠어요." 비니가 대신해 말했다. "두 번이나요."

신부가 즉시 행동을 취했다. 신부는 에일린에게 자기 손수건을 주고, 코트를 벗어 알프를 감싸고, 비니에게는 뒷문을 열라고 지시한 다음, 알프를 뒷좌석에 태웠다. 에일린이 신발을 닦는 동안 신부는 이 모든 걸 해냈다. "앞자리에 타거라, 비니." 신부가 말했다. "그래야 에일린 언니가 알프랑 같이 앉지."

비니는 곧장 운전석에 앉았다. "나 운전할 수 있어요."

"아니, 안 돼." 신부가 말했다. "옆으로 가거라."

"하지만 지금은 응급 상황이잖아요. 응급 상황이 되면 운전을 가르쳐주겠노라고 하셨잖…."

"옆으로 가." 에일린이 말했다. "어서." 비니가 말을 들었다. 에일린이 뒷좌석에 탔다. 알프는 구석에서 두 손으로 머리를 감싸고 몸을 움츠렸다. "머리가 아프니?" 에일린이 알프에게 물었다.

"네." 알프는 대답하고 자기 무릎에 고개를 묻었다. 외투가 사이에 있는데도 알프의 열기가 에일린에게까지 전해졌다.

"장티푸스가 확실해요." 비니가 말했다. "나 장티푸스로 죽은 남자아이를 알아요."

"알프는 장티푸스에 걸린 게 아니야." 에일린이 말했다.

"장티푸스에 걸렸던 아이는 삶은 달걀을 먹었어요." 비니가 꿋꿋하게 계속 말했다. "그래서 체해서 그렇게 된 거예요. 장티푸스에 걸렸을 때는 삶은 달걀을 먹으면 안 돼요."

신부는 저택까지 운전해 모퉁이를 돌아 부엌문으로 갔다. 신부는 문을 연 뒤 에일린에게서 알프를 받아 부엌으로 부축해갔다. 안에는 배스컴 부인이 빵을 반죽하고 있었다. "저에게 운전을 가르치러 오신 거면, 신부님, 괜히 헛수고 마시고 아무 말 마세요. 저는 운전을 배울 맘이 전혀… 알프, 왜 그러니?"

"알프가 아파요." 에일린이 설명했다.

"길에서 발견했습니다." 신부가 말했다.

"에일린 언니의 신발에 대고 토했어요." 비니가 거들었다.

"의사에게 전화하는 게 나을 듯합니다."

"네, 신부님." 배스컴 부인이 말했다. "우나, 신부님을 서재로 모시고 가서 전화를 쓰시게 해드려." 하지만 우나와 신부가 떠나자마자 배스컴 부인은 알프를 돌아보았다. "의사? 네게 필요한 건 장작 헛간에 갇히는 거야, 알프 호드빈. 너 이번에도 찬장에 둔 잼을 건드린 거지? 또 뭘 먹었니? 케이크? 양고기 파이?"

'이런, 음식 이야기는 하지 말아요.' 에일린이 알프의 얼굴을 걱정스레 보며 생각했다. "음식 때문이 아닌 거 같아요." 에일린이 말했다. "열이 있어요. 아픈 거 같아요."

"중독되었을 수도 있어요." 비니가 말했다. "스파이가 푼 독에요. 독일군이…."

"이 아이에게 필요한 건 아주까리기름이랑 혼찌검이야." 배스컴 부인은 알프의 팔을 잡더니 동작을 멈추고 얼굴을 찡그리고는 한참 동안 알프를 살폈다. "어디가 아픈지 말해보렴." 부인은 알프의 이마 그리고 뺨에 손을 대어보았다. "눈이 아프니?"

알프가 고개를 끄덕였다. "장티푸스죠?" 비니가 물었다.

우나가 돌아왔다. "신부님은?" 배스컴 부인이 다그쳤다. "의사에게 전화하셨어?"

우나가 고개를 끄덕였다. "의사 선생님이 안 계셨어요. 신부님은 의사 선생님을 모시러 가셨어요."

배스컴 부인은 다시 알프를 돌아보았다. "머리가 아프니?" 알프가 고개를 끄덕였다. "콧물이 흘렀어?" 부인이 에일린에게 다그쳐 물었다.

알프는 늘 콧물이 흘렀다. 에일린은 지난 며칠 동안 알프가 평소보다 더 자주 소매로 콧물을 닦았는지 기억해보려 애썼다. "뭔가 끔찍한 게 흘렀어요." 비니가 말했고, 배스컴 부인은 알프의 셔츠를 쳐들고 가슴을 살폈다. 어디서 묻었는지 알 수 없는 기다란 먼지 얼룩을 빼면 에일린 눈에는 정상 같아 보였다. 바로 어젯밤에 목욕시켰는데.

"목이 아프니?" 배스컴 부인이 물었다.

알프가 고개를 끄덕였다.

"에일린, 알프를 데리고 위층으로 올라가." 배스컴 부인이 명령했다. "그리고 침대에 눕혀. 무도회장에 간이침대를 준비해줘."

"무도회장에요?" 에일린이 미심쩍어하며 물었다. 지난번에 아이들이 거기에 있었을 때 무슨 일이 있었는지 기억났기 때문이다.

"그래. 비니, 이리 와 네 가슴을 보여주렴. 눈이 아프니?"

"이리 와, 알프." 에일린이 말하고 알프와 함께 위층 아이들 방으로 갔다. "잠옷 입어. 난 곧 돌아올게." 에일린은 알프에게 말하고 부엌으로 뛰어 내려갔다. 배스컴 부인은 주전자에 물을 채우고 있었고, 비니는 이런저런 냄비들을 흥미로운 눈으로 지켜보고 있었다. 고철 모집 운동에 내려고 훔칠 기회를 노리는 게 분명했다. 에일린은 서둘러 배스컴 부인에게 가 속삭였다. “알프가 심각한 병에 걸린 건가요?”

배스컴 부인은 비니를 힐끗 보더니 스토브에 주전자를 얹고 성냥불을 켰다. “알프를 따뜻하게 해줘.” 스토브에 불을 붙이며 부인이 말했다. “곧 따뜻한 물을 넣은 병을 줄 테니까.” 그건 부인이 비니 앞에서는 아무 말도 하지 않겠다는 뜻이었다. 그리고 그건 알프의 상태가 심각하다는 의미였고, 또한 전염성이 있는 것도 분명했다. 장티푸스가 아니었다. 수인성 질병이었다. 하지만 항바이러스제가 나오기 전에는 온갖 전염병이 난무했고, 어떤 것은 목숨을 앗아갔다. 발진티푸스, 독감, 성홍열.

‘성홍열이면 안 되는데.’ 에일린이 위층으로 달려가며 생각했다. ‘오늘 떠나야 한단 말이야.’ 에일린은 벽시계를 보았다. 이미 4시였고, 의사가 언제 도착할지 알 수 없었다. 만약 어두워지기 전에 강하 지점으로 가지 않으면, 다시 일주일을 이곳에 잡혀 있을 것이다. 하지만 알프가 몹시 아프고….

‘아마도 알프를 침대에 눕히고 나서 배스컴 부인이 뜨거운 물이 담긴 병을 가지고 올라오면 나는 곧바로 강하 지점으로 달려가 내가 좀 늦을 거라고 옥스퍼드에 말할 수 있을 거야.’ 아이들 방으로 가며 에일린은 생각했다. 알프는 여전히 옷을 입은 채 간이침대 가장자리에 멍하니 앉아 있었다. 에일린은 먼저 자신의 모자와 외투를 벗고 알프에게 잠옷을 입혔고, 잠옷 상의의 단추를 채워주며 아이의 가슴을 유심히 살펴보았다. 알프 가슴은 약간 분홍색이었지만 발진은 보이지 않았다. “내가 침대를 준비할 동안 여기에 누워 있어.” 에일린은 알프에게 말하고 간이침대 하나를 무도회장으로 끌고 와 그 위에 이불을 깔았고, 알프를 부축해 복도를 가로질러 간이침대에 눕혔다.

아래에서 요란스레 문이 닫히는 소리, 그리고 목소리들이 들렸다. “나가서 놀아.” 배스컴 부인이 말했다.

다른 아이들도 학교에서 돌아온 게 분명했다. “알프를 보고 싶어요.” 비니가 하는 말이 들렸다.

"난 집에 가고 싶어요." 시어도어 월렛이 말했다.

"밖으로 나가." 배스컴 부인이 반복해 말했다.

"하지만 비가 오는걸요." 비니가 항의했다. "비 맞으면 병에 걸려 죽는단 말이에요."

그리고 알프의 병이 뭔지는 몰라도 심각한 건 아닌 듯했다. 배스컴 부인이 이렇게 말했기 때문이다. "말대꾸하지 마. 밖으로 나가. 모두 다."

"나는 밖으로 안 나가도 되지요?" 알프가 걱정스레 물었다.

"응." 에일린은 알프에게 담요를 덮어주며 말했다. 알프는 아주 창백해 보였다. "다시 토할 거 같니?"

알프는 힘없이 고개를 저었지만 에일린은 만약을 위해 대야를 가지러 갔다. 에일린이 무도회장으로 대야를 가지고 돌아오니 스튜어트 의사가 도착해 알프에게 질문을 하고 있었다. 배스컴 부인이 했던 것과 같은 질문들이었다. 그는 알프의 가슴을 보았고, 조잡해 보이는 유리 체온계를 아이 입에 넣었고, 두 손가락과 손목시계를 이용해 맥박을 쟀다. 만약 심각한 병이라면 알프에게는 큰일이었다. 1940년대 약은 아주 원시적이었다. 저런 온도계가 열을 잴 수는 있는 걸까?

"알프가 춥다고 불평했어요." 에일린이 말했다. "그리고 두 번 더 토했어요."

의사는 고개를 끄덕이고는 한참을 기다렸다가 체온계를 꺼내 수치를 읽고 가방에서 작은 회중전등을 꺼냈다. "입을 크게 벌려보렴." 의사는 알프에게 말했고, 회중전등으로 뺨 안쪽을 살폈다. "생각대로군. 홍역이야."

성홍열이 아니었다. '다행이야.' 만약 알프가 정말로 아프면, 에일린은 자신이 떠날 수 있을지 자신이 없었다. 하지만 홍역이라면 이 시대의 흔한 어린이 질병에 불과했다. "확실한가요?" 에일린이 물었다. "발진이 없는데요."

"하루 정도 있어야 나타날 겁니다. 그사이 아이 몸을 따뜻하게 해주고 눈을 보호하기 위해 병실을 어둡게 해야 합니다. 등화관제가 도움이 되겠군요. 새로 커튼을 달 필요가 없으니까요." 의사는 가방에 회중전등을 넣었다. "홍역이 끝날 때까지 열이 많이 날 겁니다." 의사는 찰칵하고 가방을 닫았다. "저녁에 다시 들르지요. 가장 중요한 건 이 아이를 다른 아이들에게서 떼어놓는 겁니다. 지금 여기에 아이들이 얼마나 있지요?"

"서른다섯 명이요." 에일린이 말했다.

의사는 안타깝다는 듯이 고개를 저었다. "그렇다면 아이들 대부분이 홍역을 거쳤기를 바랄밖에요. 알프, 네 누나도 홍역에 걸렸었니?" 알프는 힘없이 고개를 저었다. 의사는 에일린에게 고개를 돌렸다. "당신은 지나갔겠지요?"

"아니요." 에일린이 말했다. "하지만 저는 백…." 그러다가 1940년에는 천연두 말고 다른 백신이 없었다는 게 기억났다. "제 말은, 네, 저는…." 에일린은 말을 더듬다가 다시 멈추었다. 만약 홍역에 걸렸었다고 말하면 의사는 에일린에게 병실 담당을 맡길 터였고, 그러면 절대 빠져나갈 수 없을 것이다. 의사는 호기심에 찬 표정으로 에일린을 바라보았다. "아니요, 홍역에 걸린 적 없어요." 에일린이 힘주어 말했다.

"앉으세요." 의사가 말하고 자신의 검은 가방을 열었다. 그는 체온계를 꺼내고, 에일린의 목 안과 뺨 안쪽을 살펴보았다. "아직 증상은 없지만, 환자와 가까이 있었어요. 배스컴 부인에게 당장 당신 대신 이 아이를 돌볼 사람을 올려보내라고 말하지요. 그동안 꼭 필요한 경우가 아니면 절대로 환자와 접촉하지 마십시오."

에일린은 안심해 고개를 끄덕였다. 이제 떠나지 말아야 할 이유가 없었다. 설사 머문다 할지라도 에일린은 알프 또는 홍역에 걸린 다른 아이들 곁에 있을 수 없었다.

"오늘 저녁에 다시 보러 오겠습니다." 의사가 말하고 떠났다.

"누나 대신 나를 돌볼 사람이라니 그게 무슨 말이에요?" 알프가 간이침대에서 일어나 앉으며 물었다. "에일린 누나가 나를 간호해주는 거 아니에요?"

"나는 그러면 안 돼." 에일린이 말했다. "나는 홍역에 걸린 적이 없거든." 에일린이 문 쪽으로 걸어가기 시작했다.

"지금 떠나는 거 아니죠?"

"아니야. 나는 그냥 아이들 방에 가서 담요를 한 장 더 가져오려는 거야.

곧장 돌아올게.”

“맹세해요?”

“맹세해. 널 돌봐줄 사람이 오기 전에는 널 안 떠날 거야.”

“누구요?” 알프가 다그쳐 물었다.

“모르겠어. 우나나….”

“우나 누나요?” 알프가 자기 귀를 못 믿겠다는 듯이 말했다. “우나 누나는 날 그냥 죽게 놔둘 거예요. 우리에게 잘해준 사람은 오로지 에일린 누나뿐이라고요.” 그리고 알프가 너무나도 슬픈 표정을 지었기에 에일린은 거의 미안한 느낌이 들 정도였다. 거의.

“침대에 누워.” 에일린이 말하고선 담요를 가져다주었고, 아이들 방으로 가서 자기 모자와 코트를 가져와 무도회장 문밖의 탁자에 올려두었다. 알프가 아픈 결과 저택은 혼란에 빠졌고, 그 덕분에 에일린은 이곳을 빠져나가기 쉬울 것이다. 에일린을 대신할 누군가가 오면 말이다. 우나는 어디에 있는 거지? 의사가 배스컴 부인에게 누군가를 올려보내라고 말하는 걸 잊은 건가? 그리고 배스컴 부인이 가져온다던 뜨거운 물병은 어떻게 된 걸까? 알프는 떨고 있었다.

문 두드리는 소리가 났다. ‘마침내 왔네.’ 에일린이 생각하고 서둘러 문을 열었다. “알프가 어떤지 보러 왔어요.” 비니가 무도회장 안을 살피며 말했다.

“넌 여기 오면 안 돼, 비니. 네 동생은 홍역에 걸렸어. 너도 옮을 수 있어.”

“아니, 안 옮아요.” 비니가 몸을 옆으로 해 문을 통과하려 애쓰며 말했다. “나는 이미 걸렸었단 말이에요.”

“거짓말이에요.” 알프가 침대에서 외쳤다.

“거짓말 아니야. 그때 넌 아기라서 기억을 못 하는 거야, 알프. 나는 온몸이 반점으로 뒤덮였었어.”

‘이미 걸렸었다면, 그건 축복이지.’ 에일린이 생각했다. 에일린이 지금 세상에서 가장 피하고 싶은 것이 있다면, 그건 바로 둘 다 아픈 호드빈 남매였다. 하지만 그래도 에일린은 비니를 들여보낼 생각이 없었다. “가서 놀아." 에일린은 문을 닫았다.

비니는 곧바로 다시 문을 두드렸다. "알프는 아플 때 혼자 있는 걸 싫어해요." 에일린이 문을 열자 비니가 말했다. "무서워한단 말이에요."

'알프는 살면서 뭔가를 무서워한 적이 한 번도 없어.' "아무도 들어오면 안 돼." 에일린이 다시 문을 닫고 잠갔다. "의사 선생님의 명령이야."

비니가 다시 문을 두드렸다. "저리 가." 에일린이 말했다.

"에일린 누나?" 알프가 말했다.

"비니는 여기 있으면 안 돼!"

알프는 고개를 저었다. "내가 하려던 말은 그게 아니라…." 알프는 말을 하다가 다시 토했다.

에일린은 대야를 집었지만, 알프 턱 밑에 대야를 받쳤을 때는 살짝 늦은 뒤였다. 구토물이 시트와 베개, 잠옷 위로 쏟아졌다. 다시 문 두드리는 소리가 들렸다. "저리 가, 비니!" 에일린이 수건을 집으며 말했다.

"저 우나예요." 겁먹은 우나의 목소리가 말했다.

오, 다행이야. "들어와." 에일린이 말했다.

"들어갈 수가 없어요. 문이 잠겼어요." 에일린은 알프에게 수건을 건넨 뒤 문을 열었고, 우나는 겁먹은 표정으로 안에 들어왔다. "배스컴 부인이 언니랑 교대하래요."

에일린은 우나에게 대야를 넘기고 그대로 도망가고 싶은 마음이 굴뚝같았다. "내가 이걸 비울 동안 알프의 잠옷을 벗겨줘." 에일린이 말했다. "그리고 비니를 못 들어오게 하고." 에일린은 대야를 씻었고, 침구 보관장에서 깨끗한 시트를 꺼냈으며, 알프가 입을 잠옷을 찾아냈다.

에일린이 무도회장으로 돌아오자, 우나는 아까 그 자리에 그대로 서 있었다. "무슨 병에 걸린 거예요?" 우나가 초조한 목소리로 물었다. "독감?"

"아니." 에일린은 말하고 알프를 일으키고 잠옷 단추를 끌러 윗도리를 벗기고, 스펀지로 가슴을 깨끗하게 닦아줬다. "홍역." 그리고 겁에 질린 우나의 얼굴에 대고 말했다. "홍역에 걸렸었지?"

"네." 우나가 말했다. "아마도 그랬을 거예요. 확실하지 않아요. 하지만 홍역에 걸린 사람을 간호한 적은 없어요."

"의사 선생님이 도와줄 거야." 에일린은 말하며 시트를 벗겨내고 다시 침대를 정돈했다. 그리고 알프를 침대에 눕히고 담요를 덮어줬다. "스튜어트 선생님이 오늘 저녁에 다시 올 거야. 넌 알프를 따뜻하게 해주기만 하면 돼." 에일린은 더러운 시트와 잠옷을 그러모았다. "그리고 대야를 가까이 둬. 절대 비니가 들어오지 못하게 하고."

비로소 에일린은 무도회장을 빠져나왔다. 하지만 에일린은 여전히 더러운 시트 뭉치를 들고 있었고, 감히 세탁실로 그걸 가지고 갈 엄두가 나지 않았다. 그랬다가 배스컴 부인을 만나기라도 하면 부인이 뜨거운 물병을 건네줄 수도 있었고, 또는 다른 아이들을 돌보라고 할 수도 있었다. 에일린은 욕실 문을 열고 욕조에 시트를 넣고 다시 문을 닫았다. 더러운 빨래를 그렇게 두고 가는 게 마음에 걸렸지만, 어쩔 수 없었다. 에일린은 이곳을 빠져나가야만 했다.

에일린은 아이들 소리에 귀를 기울이며 코트를 입고 모자를 썼다. 아이들이 모두 안으로 들어온 걸까, 아니면 비니만 들어온 걸까? 그리고 비니는 어디 간 거지? 그걸 알자고 비니 뒤를 쫓을 수는 없었다. 아래층에서 거칠게 문이 닫히는 소리가 들렸고, 배스컴 부인의 말이 들렸다. "위층으로 올라가 옷들을 벗고 다시 곧장 내려와 차를 마셔. 그리고 무도회장 근처에는 가면 안 돼."

"왜 안 되는데요?" 비니가 묻는 소리가 들렸다. "나는 이미 걸렸었다니까요."

다행히, 모두 부엌에 있었다. 지금 당장은. 에일린은 재빨리 복도를 지나 중앙 계단을 내려갔다. 만약 캐롤라인 여사가 돌아왔거나 의사가 아직 여기에 있다면 알프의 병간호에 관해 질문이 있는 척하면 되겠지. 하지만 아래층 홀에는 아무도 없었다. 다행이었다. 15분 뒤면 에일린은 강하 지점에 있고, 집에 가는 중이리라. 에일린은 복도를 뛰어 내려가 커다란 홀을 가로질러 현관문을 열었다.

사무엘스 씨가 그곳에 서 있었다. 그는 한 손에 망치를, 다른 한 손에는 커다란 노란 종이 뭉치를 들고 있었다. “아.” 에일린이 헐떡였다. “의사 선생님은 가셨나요?” 사무엘스 씨가 고개를 끄덕였다. “이런, 어쩌면 아직 따라잡을 수 있을 거예요.” 에일린이 사무엘스 씨를 지나쳐 가려 했다.

사무엘스 씨는 에일린 앞으로 걸어와 길을 막았다. “떠나면 안 됩니다.” 사무엘스 씨가 말하며 에일린의 모자와 코트를 날카롭게 바라보았다.

“의사 선생님을 불러오려는 거예요.” 에일린이 말하며 옆걸음으로 지나가려 했다.

“아니, 그러면 안 됩니다.” 사무엘스 씨는 에일린에게 노란 종이를 한 장 건네주었다. “워릭셔 카운티 보건성의 명령에 따라….” 종이에는 이렇게 적혀 있었다. “그 누구도 이곳에 들어오거나 나갈 수 없습니다.” 사무엘스 씨가 말했다. 그는 에일린의 손에서 종이를 다시 받아 가더니 그걸 문에 못으로 박아 붙였다. “의사만 예외입니다. 이 집 그리고 이 집의 모든 사람은 격리되었습니다.”

15

섬의 또 다른 곳.

— 윌리엄 셰익스피어, 《폭풍우》

켄트, 1944년 4월

세스는 사무실 문을 열고 몸을 들이밀었다. "워딩!" 세스가 외쳤지만 대답이 없자 다시 외쳤다. "어니스트! 기자 놀이는 그만하고 나랑 가자. 같이 할 일이 있어."

어니스트는 계속해서 타자했다. "안 돼." 어니스트는 입에 연필을 문 채 말했다. "신문 기사 쓸 게 다섯 개고 열 쪽짜리 방송 원고도 써야 해."

"그건 나중에 해도 돼." 세스가 말했다. "탱크들이 여기 있어. 공기를 불어 넣어야 해."

어니스트가 입에서 연필을 빼고 말했다. "탱크는 그웬돌린의 일인 줄 알았는데?"

"그웬돌린은 지금 호크허스트에 있어. 치과에 갔지."

"그게 탱크보다 더 중요하다는 거야? 역사책에 뭐라고 쓰일지 훤하네. '제2차 세계대전은 한 개인의 충치 때문에 졌다.'"

"충치가 아니야. 때운 데가 깨져서 다시 때우러 간 거야." 세스가 말했다. "그리고 신선한 공기를 마시면 너도 좋잖아." 세스가 타자기에서 종이를 잡아뺐다. "동화는 나중에 써도 돼."

"아니, 안 돼." 어니스트가 말하며 종이를 다시 뺏으려 했지만 소용없었다. "만약 이 기사들을 내일 아침까지 마치지 못하면 화요일판에 싣지 못할 거고, 그러면 브랙넬 여사[20]가 내 목을 칠 거야."

세스는 종이를 어니스트의 손이 안 닿는 곳으로 들어 올렸다. "'스티플 크로스 여성 연구소는 금요일 오후에 차 모임을 열었다.'" 세스가 큰 소리로 글을 읽었다. "'제21 공수부대 장교들이 마을에 온 것을 환영하기 위한 모임이었다.' 탱크에 공기를 넣는 것보다 진짜 중요한 거네, 워딩. 1면에 들어갈 만한 내용이야. 〈타임스〉에 실을 거겠지?"

"아니. 〈서드베리 주간 쇼핑객〉이야." 어니스트가 말하며 다시 한번 종이를 낚아채려 했고, 이번에는 성공했다. "그리고 아직 마치지 못한 다른 기사 네 개랑 같이 내일 아침 9시가 마감이야. 네 덕분에 이미 지난주 마감도 놓쳤잖아. 몽크리프를 데려가."

"지독한 감기로 앓아누웠어."

"비가 억수로 쏟아지는데 탱크에 공기를 불어 넣으려다 그런 거잖아. 난 그런 건 관심 없어." 어니스트가 말하며 새 종이를 타자기에 끼워 넣고 다시 타자하기 시작했다.

"비 안 와." 세스가 말했다. "그냥 옅은 안개만 꼈고, 아침이면 다 갤 거야. 비행하기에 딱 알맞은 날씨지. 그러니 오늘 밤에 탱크들에 공기를 불어 넣어야 해. 한두 시간이면 될 거야. 다녀와도 기사를 작성해 서드베리로 보낼 시간은 충분해."

어니스트는 비가 안 온다는 말만큼이나 그 말도 믿기지 않았다. 봄 내내 날마다 비가 내렸다. "나 말고 다른 사람이 있을 거야. 브랙넬 여사는 어때? 딱 좋을 거야. 그 사람은 입만 열면 허풍이잖아. 허풍도 바람은 바람이니

20 브랙넬 여사는 오스카 와일드의 희극《진지함의 중요성》에 나오는 무자비한 인물로, 극 중 시대의 질서와 가치를 수호하려 한다. 그웬돌린, 브랙넬, 세스, 어니스트 모두 그 희극의 등장인물 이름으로, 이 책에서 '남 포티튜드 작전'의 공작원들은 본명 대신《진지함의 중요성》등장인물 이름을 쓴다.

탱크에나 넣으라 해."

"브랙넬 여사는 고위층들과 회의가 있어서 런던에 갔어. 그리고 다른 사람들은 오마하 기지에 있고. 할 수 있는 사람은 너뿐이야. 가자, 워딩. 네 아이들에게 전쟁 중에 타자기 앞에 앉아 있었다고 말하고 싶어, 아니면 탱크에 공기를 불어 넣었다고 말하고 싶어?"

"세스, 우리가 누군가에게 뭔가를 말할 수 있을 거라고 믿는 거야?"

"그건 맞는 말이네. 하지만 우리가 할아버지가 되었을 무렵이면 몇 가지 정도는 기밀 해제가 될 거야. 우리가 전쟁에서 이긴다면 말이야. 그리고 네가 돕지 않으면 전쟁에서 이길 수 없고. 나 혼자 탱크랑 재단기 둘 다 다룰 순 없단 말이야."

"어휴, 알았어." 어니스트가 말하고 타자기에서 종이를 빼 다른 서류들이 있는 파일 폴더 위에 올려놓았다. "자물쇠를 채워야 하니 5분만 기다려."

"자물쇠를 채워? 정말로 우리가 없는 사이에 괴벨이 여기를 부수고 들어와 네 티파티 이야기를 훔쳐 갈 거라고 생각하는 거야?"

"나는 규칙을 따르는 것뿐이야." 어니스트가 의자를 돌려 금속 파일 캐비닛을 마주했다. 그는 두 번째 서랍을 열고 폴더를 넣고 주머니에서 열쇠 고리를 꺼내더니 열쇠들 가운데 하나로 캐비닛을 잠갔다. "'남 포티튜드[21]와 특수 대응 부대의 모든 서류는 최상급 기밀로 취급되어야 하며 그에 따라 다루어져야 한다.' 그리고 규칙 이야기가 나왔으니 말인데, 만약 내가 오늘 밤새 누군가의 목초지에 있어야 한다면 좋은 부츠가 필요해. '모든 장교는 임무를 위한 적절한 장비를 지급받아야 한다.'"

세스가 어니스트에게 우산을 건넸다. "받아."

"비가 아니라 안개라고 말한 거 같은데?"

"옅은 안개지. 아침까지는 걷힐 거야. 그리고 군복을 입어. 작전 중에 누가 볼 경우를 대비해야 하니까. 2분 줄게. 어두워지기 전에 도착하고 싶어." 세스가 방을 나갔다.

21 Fortitude South, 제2차 세계대전 말기 노르망디 상륙 작전의 상륙지점을 속이기 위해 연합군이 펼친 기만작전

어니스트는 바깥쪽 문이 쾅 하고 닫히는 소리가 날 때까지 기다렸다가 아까 잠근 파일 서랍을 잽싸게 다시 열고 폴더를 꺼내 서류 몇 장을 빼고 파일을 돌려놓고 서랍을 잠갔다. 그는 파일에서 빼낸 서류를 마닐라 봉투에 넣고 봉한 다음, 책상 제일 아래 서랍의 양식들 더미 아래에 쑤셔 넣었다. 그리고 목에 걸고 있던 열쇠를 꺼내 서랍을 잠그고 다시 열쇠를 목에 걸어 셔츠 아래로 숨긴 뒤 군복을 입고 부츠를 신은 다음 우산을 들고 밖으로 나갔다.

밖은 온통 회색이었다. 만약 이게 세스가 말한 옅은 안개라면 짙은 안개는 어떨지 생각만 해도 끔찍했다. 어니스트는 탱크도 화물차도 볼 수 없었다. 심지어 발아래의 자갈 깔린 진입로조차 볼 수 없었다.

하지만 엔진 소리는 들을 수 있었다. 어니스트는 두 손을 앞으로 내밀고 소리가 들리는 쪽으로 조심조심 다가갔고, 오스틴의 옆면에 손이 닿았다. "왜 이렇게 오래 걸렸어?" 세스가 차 문을 열기 위해 안개 낀 밖으로 몸을 내밀며 말했다. "타."

어니스트가 차에 탔다. "탱크가 여기 있다고 말한 줄 알았는데?"

"있어." 세스는 어둠 속으로 요란하게 차를 몰며 말했다. "텐터든에서 탱크들을 받아 이클쉠으로 가져갈 거야."

텐터든은 '여기'가 아니었다. 그곳은 이클쉠에서 반대 방향으로 25킬로미터나 떨어져 있었고, 이런 안개 속에서 그곳에 도착하면 이미 한참 어두워진 다음일 것이다. '오늘 밤새 걸리겠는걸.' 어니스트가 생각했다. '마감에 절대로 못 맞추겠어.' 하지만 브레드를 향해 절반쯤 갔을 때 안개가 걷혔고, 텐더든에 도착하자 놀랍게도 모든 게 다 적재되어 떠날 준비가 되어 있었다. 어니스트는 오스틴을 운전해 세스와 화물차를 따라갔고, 이런 식이라면 짐을 내리고 설치를 하는 데 그리 오래 걸리지 않을 것 같다는 희망이 들기 시작했다. 진짜로 자정 전에 탱크에 공기 넣는 일을 마칠 수 있을 것만 같았다. 하지만 다시 안개가 끼기 시작했다. 그 때문에 세스는 이클쉠으로 가는 방향을 두 번이나 놓쳤고, 한번은 목초지로 들어가는 진입로를 놓치고 지나쳤다. 둘은 거의 자정이 되어서야 목적한 목초지에 도착했다.

어니스트는 덤불 사이에 오스틴을 주차하고 게이트를 열기 위해 차에서 내렸다. 그리고 발을 디디자마자 곧바로 발목까지 올라오는 진흙에 빠졌고, 간신히 그곳을 빠져나오자 이번에는 커다란 쇠똥을 밟았다. 그는 철벅철벅 화물차로 다가가며 암소들이 있는지 주위를 둘러보았다. 하지만 있다 할지라도 워낙 안개가 짙고 어두운 밤이었기에 부딪히기 전에는 보이지 않을 것이다. “이 목초지에는 암소가 없어야 하는 거 아냐?” 어니스트가 세스에게 말했다.

“있었지만 농부가 이웃 목초지로 다 옮겼어.” 세스가 창밖으로 몸을 내밀고 말했다. “그래서 이 목초지를 고른 거야. 저기, 그리고 저기 커다란 잡목림.” 세스가 어둠 속을 대충 가리켰다. “탱크들은 저 나무들 아래에 숨길 거야.”

“이 작전의 의미는 독일군이 탱크를 보게 하는 거 아니었어?”

“일부를 보게 하는 거지.” 세스가 고쳐 말했다. “이 대대에는 열두 대가 있어.”

“탱크 열두 대에 다 공기를 불어 넣어야 하는 거야?”

“아니. 두 대만. 육군이 탱크들을 나무 아래로 충분히 깊이 넣어두지 못했어. 뒤쪽 끝이 아직도 가지들 아래로 튀어나와 보이는 거지. 내가 다시 들판을 가로질러 가면 일이 가장 쉬워질 것 같아. 회전하는 걸 도와줘.”

“정말 그러는 게 맞는 거 같아?” 어니스트가 말했다. “완전 진흙밭이잖아.”

“그래야 자국이 더 잘 보이지. 걱정할 필요 없어. 이 화물차는 새 타이어를 달았어. 진흙밭에 갇히지 않을 거야.”

세스는 갇히지 않았다. 하지만 어니스트는 달랐다. 탱크 두 대를 내리고 화물차를 게이트로 다시 몰고 가다가 그렇게 되었다. 진흙 구덩이에서 화물차를 꺼내느라 다시 2시간이 걸렸고, 그 과정에서 어니스트는 발을 헛디뎌 넘어졌고, 결국 들판 한가운데에 흉물스러운 바퀴 자국이 난무하게 되었다.

“괴링의 꼬맹이들은 절대로 이런 걸 탱크 자국이라고 믿지 않을 거야.” 어니스트가 손으로 불빛을 가린 회중전등으로 바퀴 자국 가득한 진흙을 비추며 말했다.

"네 말이 맞아." 세스가 말했다. "탱크 한 대를 여기에 둬서 자국을 감춰야겠어. 좋은 수가 있어! 진흙밭에 바퀴가 빠져 못 나오는 것처럼 보이게 하는 거야."

"탱크가 진흙밭에 갇힐 리가 없잖아."

"이런 진흙이면 그럴 수 있을걸." 세스가 말했다. "4분의 3만 공기를 넣고 다른 부분은 납작하게 두면 기울어진 것처럼 보일 거야."

"5천 미터 상공에서 정말로 그런 게 보일 거라고 생각해?"

"모르지." 세스가 말했다. "하지만 우리가 여기 서서 이렇게 논쟁만 하고 있으면 아침이 될 때까지 일을 마칠 수 없을 거고, 독일군은 우리가 여기서 뭘 하고 있는지 보게 될 거야. 자, 도와줘. 탱크를 내리고 화물차는 다시 게이트 앞 진입로에 갖다 놓자. 그럼 탱크를 끌고 올 필요가 없어."

어니스트는 세스를 도와 무거운 고무 팰릿을 내렸다. 세스는 펌프를 연결해 탱크를 부풀렸다. "제대로 된 방향으로 둔 거 맞아?" 어니스트가 물었다. "잡목림 쪽을 향하게 해야 하잖아."

"아, 그렇지." 세스가 말하고 손으로 회중전등을 가리고 탱크를 비췄다. "그러네, 방향이 잘못됐어. 자, 이걸 옮기는 걸 도와줘."

둘은 무거운 고무 탱크를 밀고 당겨 반대쪽을 향하게 했다. "이제 이게 뒤집힌 게 아니기를 바라야겠네." 세스가 말했다. "'이쪽이 위'라는 표지를 달아둬야 한다고 봐. 물론 그러면 독일군들이 의심하겠지만." 세스는 공기를 넣기 시작했다. "좋아, 바퀴 무늬가 보여."

납작하게 접힌 회녹색 고무에서 탱크 앞부분이 나타나기 시작했고, 놀랄 정도로 탱크와 똑같아 보였다. 어니스트는 잠깐 그걸 지켜보다가 축음기와 그것을 올려놓을 작은 나무 탁자, 그리고 스피커를 가져왔다. 어니스트는 축음기와 스피커를 탁자 위에 설치하고 화물차에서 레코드판을 가져와 턴테이블 위에 올려놓고 바늘을 내렸다. 그의 쪽으로 탱크가 으르렁거리며 다가오는 소리가 목초지를 채웠고, 세스가 하는 말을 듣는 건 불가능해졌다.

한편, 화물차에서 탱크 자국 재단기를 내리느라 끙끙대면서, 어니스트는 더 이상 회중전등을 켤 필요가 없다고 생각했다. 그냥 소리만 따라가면 되었다. 이 목초지에 있는 암소들만 아니라면 말이다. 갓 싼 쇠똥들을 어니스트가 계속해서 잔뜩 밟고 있다는 점을 생각하면, 여기에 소들이 있다는 건 명확한 사실이었다.

세스는 텐터든에 가던 길에 어니스트에게 말하길, 재단기는 조작이 아주 쉽다고 했다. 그냥 잔디깎이처럼 밀기만 하면 된다고. 하지만 재단기는 잔디깎이보다 다섯 배는 더 무거웠다. 몇 센티미터라도 움직이려면 온 체중을 실어 밀어야 했고, 풀이 5센티미터만 되어도 꼼짝도 안 하려 들었으며, 멋대로 방향을 바꾸는 바람에 운전이 어려웠다. 어니스트는 화물차로 돌아가 갈퀴를 가지고 와서 자기가 만든 자국을 없앴고, 몇 번을 다시 만든 다음에야 게이트에서 늪에 빠진 탱크까지 어느 정도 곧은 탱크 자국을 만들 수 있었다.

세스는 여전히 앞쪽 오른편에 바람을 넣고 있었다. "바람이 새." 으르렁대는 탱크들 소리 너머로 세스가 외쳤다. "다행히도 자전거 수리 도구를 가지고 왔어. 더 가까이 오지 마! 그 재단기는 날카롭단 말이야!"

어니스트는 고개를 끄덕였고, 재단기를 들어 탱크의 다른 바퀴 자국이 있어야 할 곳 앞에 놓은 뒤 게이트를 향해 돌아가기 시작했다. "몇 개나 만들까?" 어니스트가 세스에게 물었다.

"적어도 열두 쌍은 만들어야 해." 세스가 외쳤다. "그리고 몇 개는 겹쳐야 하고. 안개가 걷히기 시작하는 거 같아."

안개는 걷히지 않았다. 어니스트가 레코드의 처음 부분으로 바늘을 되돌리기 위해 회중전등을 켰을 때, 축음기는 안개에 싸여 있었다. 그리고 설사 안개가 걷힌다 할지라도, 이런 어둠 속에서는 알 방법이 없었다. 그는 손목시계를 보았다. 2시였고, 아직 탱크에 공기 넣는 작업이 끝나지 않은 상태였다. 여기에 영원히 갇혀 있을 것만 같았다.

세스는 마침내 진흙 늪에 갇힌 탱크 작업을 마쳤고, 어기적거리며 들판을 가로질러 잡목숲으로 가서 다른 두 대에 공기를 불어 넣었다. 어니스트는 그 뒤를 따라가며 재단기로 탱크가 나무들 아래로 갔음을 알리는 바퀴 자국을 냈다.

나무까지 반쯤 갔을 때, 탱크 소리가 끊겼다. '이런.' 축음기 바늘을 되돌리는 걸 잊은 것이다. 어니스트는 레코드를 다시 시작하기 위해 목초지를 다시 가로질러야 했고, 다시 재단기로 돌아오자마자 진짜로 안개가 걷혔다. "내가 말했잖아." 세스가 기뻐하며 말했다. 하지만 곧 비가 내리기 시작했다.

"축음기!" 세스가 외쳤고, 어니스트는 다시 축음기 있는 곳으로 가서 축음기에 우산을 씌운 뒤, 탱크의 고무 대포와 우산을 밧줄로 연결하려 애썼다.

소나기는 동트기 직전까지 내렸고, 비 때문에 땅은 더 진창이 되고 풀은 너무나도 미끄러워져서 어니스트는 두 번이나 더 넘어졌다. 한 번은 축음기 바늘을 움직이러 달려가다가(바늘이 걸려 탱크가 으르렁거리는 소리가 3초마다 반복됐다), 다음 한 번은 탱크의 또 다른 구멍을 고치는 세스를 돕다가 그랬다. "하지만 손자들에게 들려줄 전쟁 이야기를 상상해봐!" 진흙을 닦아 내리며 세스가 말했다.

"내게 손자가 있을지부터가 의심이 들어." 진흙을 뱉어내며 어니스트가 말했다. "오늘 밤에 살아남을 수 있을지부터가 의심이 들기 시작해."

"말도 안 되는 소리. 곧 해가 뜰 거야. 그리고 이제 거의 끝났어." 세스는 탱크 자국을 보려고 몸을 숙였고, 어니스트는 그 자국이 아주 진짜 같다는 걸 인정할 수밖에 없었다. "자국을 두 줄 더 만들어. 그동안 난 이 마지막 탱크를 끝낼게. 아침 식사는 집에서 할 수 있을 거야."

'그리고 나도 기사들을 마치고 9시까지 서드베리로 제때 보낼 수 있겠지.' 어니스트가 생각하며 다른 바퀴 자국들과 나란하게 재단기를 놓은 뒤 힘껏 밀었다. 그렇게 되면 좋을 것이다. 어니스트는 다른 기사들이 그곳에 한 주 더 있는 게 맘에 들지 않았다. 설사 그게 잠긴 서랍 안에 있더라도 말이다. 이제는 앞이 어느 정도는 보였고, 몇 걸음마다 걸음을 멈추고 회중전등으로 경로를 확인할 필요가 없었다. 바퀴 자국을 더 내고 장비를 화물차에 싣는 데는 20분밖에 걸리지 않을 것이고, 집까지 돌아가는 데는

45분이면 되겠지. 늦어도 7시면 집에 돌아갈 테고, 그러면 시간은 충분할 것이다.

하지만 어니스트가 몇 미터 가기도 전에 세스가 안개 속에서 나타나 그의 어깨를 두드렸다. "안개가 걷히고 있어." 세스가 말했다. "여기서 나가는 게 좋겠어. 나는 탱크들을 마저 끝낼 테니 너는 장비들을 챙기기 시작해."

세스가 옳았다. 안개가 엷어지기 시작했다. 어니스트는 어스레한 새벽녘에 으스스하게 드러난 나무들의 형체를 어렴풋이 볼 수 있었고, 들판 건너편의 방책과 한가로이 풀을 뜯는 얼룩소 세 마리도 볼 수 있었다(다행히도, 목초지 끝 쪽이었다).

어니스트는 방수포를 접고 우산을 밧줄에서 풀어서 그것들과 펌프를 화물차로 가져갔고, 재단기를 가지러 다시 돌아왔다. 그는 재단기를 들었지만, 들판을 가로질러 그걸 가지고 갈 방법이 없다는 걸 깨닫고는 도로 내려놓았다. 어니스트는 재단기의 줄을 당겨 시동을 건 뒤, 탱크의 왼쪽 바퀴 바로 앞에서부터 들판 가장자리를 향해 재단기를 질질 끌어 마지막 바퀴 자국을 남기며 천천히 화물차 쪽으로 나아갔다. 재단기를 다시 화물차 뒤에 실었을 무렵, 안개는 갈라지며 기다란 증기들이 되어 목초지 위에 베일처럼 떠 있었고, 그 사이로 기다란 탱크 바퀴 자국이 보였다. 그 바퀴 자국을 따라가면 끝에는 잡목림과, 그 나뭇잎들 사이로 얼핏얼핏 보이는 대충 숨겨진 탱크의 뒷부분이 보였다. 바로 그 뒤로 다른 탱크도. 그게 어떻게 만들어졌는지 아는 어니스트의 눈에도 그것들은 진짜처럼 보였고, 그리고 그는 5천 미터 상공에 있지도 않았다. 그 높이라면 확실하게 속을 것이다. 물론, 목초지 중앙에 축음기가 있지 않다면 말이다.

어니스트는 축음기를 가지러 출발했고, 이번에는 시야가 몇 미터는 되었지만, 탱크까지 도착하자 안개가 아까보다도 더 짙어지면서 아무것도 보이지 않았다. 심지어 옆에 있는 탱크조차 보이지 않았다. 어니스트는 축음기를 끄고 여미개를 한 다음 탁자를 접었다. "세스!" 그가 대충 짐작으로 세스가 있을 만한 곳을 향해 외쳤다. "어떻게 되어가?" 그리고 극장의 커튼이 걷히듯 갑자기 안개가 갈라지며 잡목림과 목초지 전체가 보였다.

그리고 황소도 보였다. 녀석은 목초지를 절반쯤 가로지른 곳에 서 있었다. 번들거리는 두 눈에 거대하고 털이 북슬북슬한 그 갈색 생명체는 거대한 뿔을 달고 있었다. 녀석은 탱크를 바라보고 있었다.

"어이! 거기 당신들!" 방책에서 누군가가 외쳤다. "당신들 내 목초지에서 뭔 짓을 하는 거야?" 그리고 어니스트는 그곳에 서 있는 농부를 보기 위해 본능적으로 몸을 돌렸다.

황소도 그랬다.

"내 목초지에서 그 빌어먹을 탱크들을 당장 빼!" 농부가 손가락으로 하늘을 마구 찔러대며 화난 목소리로 외쳤다.

황소는 매혹되었다는 듯이 잠깐 농부를 보더니 다시 고개를 돌렸다. 그리고 황소는 정면으로 어니스트를 바라보았다.

16

나체 여성들의 출연으로 유명한 모 극장에서는 기록 경신의
역사를 계속 이어갔지만 중간에 그만두어야 했고,
그래서 '우리는 절대로 문을 닫지 않습니다'라고
주장할 수 없게 되었던 점이 언제나 가장 마음 아프다.

— W. R. 매튜스, 세인트폴 대성당 주임 사제,
런던 대공습에 관한 글에서

런던, 1940년 9월 15일

시차 증후군에 장점이 있다면, 폭탄이 터지고 방공포 소리가 으르렁대는 가운데 차가운 돌바닥에 누워서도 잠을 잘 수 있다는 것이다. 심지어 폴리는 공습경보해제 사이렌 소리도 못 듣고 계속 잤다. 잠이 깨었을 때는 깔고 앉았던 담요를 개고 있던 라일라와 비브, 그리고 심술궂은 표정의 리케트 부인만이 남아 있었다.

'저 여자는 내가 여기를 떠날 때 뭔가 가져가지 않을까 지켜보기 위해서 남아 있는 걸 거야.' 폴리는 핸드백과 '세놓음' 신문 광고를 집으며 생각했고, 일요일인데 얼마나 일찍 방을 보러 다녀도 괜찮을까 고민했다. 폴리는 손목시계를 힐끗 보았다. 6시 30분. 지금은 너무 일렀다. 여기 더 있으면서 잠을 잘 수 없는 게 아쉬웠다. 아직도 잠에 취해 멍했지만, 가느다란 두 팔로 가슴 앞에 단호히 팔짱을 낀 채 라일라와 비브를 노려보고 있는 리케트 부인을 볼 때, 여기 더 있는 건 안 될 듯했다.

라일라와 비브는 낄낄거리며 나갔고, 이제 리케트 부인은 폴리를 노려

보기 시작했다. '나도 어서 내보내려는 거야.' 코트를 입으며 폴리가 말했다. "곧 나갈 거예요…." 폴리가 말을 하기 시작했다.

"방을 찾는다고 했죠?" 폴리의 손에 든 신문을 가리키며 리케트 부인이 말했다.

"내게 빈방이 있어요." 리케트 부인이 말했다. "나는 하숙집을 운영해요. 신문에 광고를 낼 생각이었지만, 당신이 관심이 있다면, 우리 집은 카들 스트리트 14번지예요. 지금 나랑 가서 방을 볼 수 있어요. 멀지 않아요."

그리고 그곳은 던워디 교수가 허락한 주소 가운데 하나였다. "좋아요." 폴리가 말하고 리케트 부인을 따라 문을 나서 계단을 올랐다. "고맙습니다." 폴리는 걸음을 멈추고 자신이 나온 건물을 올려다보았다. 새벽하늘을 배경으로 건물의 첨탑이 보였다.

'교회였구나.' 폴리가 생각했다. 폴리는 방공호에 있었던 성직자, 그리고 제단 꽃에 관한 토론이 이해되었다. 둘이 방금 나온 계단은 교회의 옆면이었다. 그 옆 벽에는 공지판이 있었고 거기에는 이런 내용이 적혔다. "세인트조지 교회, 켄싱턴. 주임 사제, 플로이드 노리스 신부."

"1인실은 일주일에 10실링 8페니예요." 거리를 건너며 리케트 부인이 말했다. "깔끔하고 아늑한 방이죠." 즉 작다는 뜻이었다. 아마도 지독히 작으리라.

'하지만 겨우 6주잖아. 아니, 시간 편차가 있었으니 5주야.' 폴리가 생각했다. '그리고 방에 있을 일도 거의 없어. 낮에는 백화점에서 일할 거고, 밤에는 지하철 방공호에 있겠지.' "가장 가까운 지하철역이 얼마나 떨어져 있나요?" 폴리가 물었다.

"노팅힐게이트역이에요." 자신들이 온 길을 가리키며 리케트 부인이 말했다. "길 세 개 너머에 있어요."

완벽했다. 노팅힐게이트역은 홀본이나 뱅크역처럼 깊지 않았지만 폭격당한 적이 없었고, 옥스퍼드 스트리트로 가는 센트럴 선에 있었다. 그리고 카들 스트리트에서 5백 미터도 안 떨어져 있었다. 던워디 교수가 아주 좋아할 듯했다. 이제 방만 지낼 만하면 됐다.

지낼 만한 곳이었다, 간신히. 그 방은 3층에 있었고, 너무나도 '아늑'해서 침대 하나로 방이 가득 찼으며, 방 저편에 있는 옷장으로 가기 위해 리케트 부인은 침대 끝부분과 벽 사이로 몸을 비집고 들어가야만 했다. 바닥에는 적갈색 리놀륨이 깔렸으며, 벽지는 한층 더 어두운색이었고, 단 하나뿐인 작은 창문에 쳐졌던 등화관제용 커튼을 리케트 부인이 걷었을 때조차 빛이 거의 들어오지 않았다. "편의시설"은 한 층 위에 있었고, 화장실은 두 층 위에, 그리고 뜨거운 물은 추가로 돈을 내야 했다.

하지만 그곳은 던워디 교수의 요구 사항에 맞았으며, 폴리는 방을 찾기 위해 귀한 시간을 쓰지 않아도 되었다. 폴리는 리케트 부인이 집주인으로 끔찍하리라는 느낌이 들었지만, 백화점에서 폴리에게 연락할 경우를 대비해 주소가 있는 게 더 낫겠다는 생각도 들었다. "전화가 있나요?" 폴리가 물었다.

"아래층 현관에 있어요. 하지만 지역 전화만 가능해요. 5펜스예요. 만약 장거리 전화를 할 거면 램프덴 로드에 공중전화 부스가 있어요. 그리고 오후 9시 이후로는 전화를 쓰면 안 돼요."

"방을 쓰겠어요." 핸드백을 열며 폴리가 말했다.

리케트 부인이 손을 내밀었다. "1파운드 5실링이에요. 선금이에요."

"하지만 아까 10실링 8페니라고…."

"이 방은 2인용이에요."

'전시의 서로 돕기 미담은 다 어찌 된 거야.' 폴리가 생각했다. "1인용 방은 없나요?"

"없어요."

'설사 있다 할지라도, 내게 말을 안 해주겠지.' 하지만 폴리는 겨우 5주만 있으면 되었다. 폴리는 돈을 주었다.

리케트 부인이 돈을 주머니에 넣었다. "위층에 남자 방문객은 안 돼요. 담배와 술도 안 되고, 방에서 요리해도 안 돼요. 평일과 토요일에 아침 식사는 7시, 저녁은 6시예요. 일요일 정찬은 1시고, 저녁은 찬 음식이고요." 리케트 부인이 손을 내밀었다. "당신 배급 수첩이 필요해요."

폴리는 배급 수첩을 리케트 부인에게 주었다. "아침 식사는 언제인가요?" 곧 시간이 되길 바라며 폴리가 물었다.

"당신 식사는 내일부터 시작해요." 리케트 부인이 말했고, 폴리는 배급 수첩을 낚아채서 다른 곳을 알아보겠노라고 말하고 싶은 마음을 꾹 눌러 참았다. "여기 당신 방 열쇠요." 리케트 부인이 열쇠를 폴리에게 건넸다. "그리고 이건 현관 열쇠고요."

"고맙습니다." 폴리가 말하며 문으로 가려 했지만, 부인은 몇 가지 규칙을 더 말했다. "아이도 안 되고, 반려동물도 안 돼요. 방을 비우려면 2주 전에 말해야 해요. 먼저 살았던 사람처럼 폭탄을 겁내지 않았으면 좋겠네요."

"겁 안 내요." 폴리가 말했다. '시차 증후군이 너무 심해서 서 있기도 버겁네.'

"늦어도 5시에는 등화관제 커튼을 쳐야 해요. 그러니 그 전에 퇴근할 수 없으면 아침에 나갈 때 미리 쳐놓고 나가세요. 등화관제를 어겨 벌금이 나오면 당신이 내야 하고요." 리케트 부인이 말하고 마침내 방을 나섰다.

폴리는 침대에 주저앉았다. 우선 강하 지점을 찾아야만 했다. 그래서 여기서 어떻게 강하 지점에 갈 수 있는지, 교회에서는 어떻게 갈 수 있는지를 알아야 했다. 그리고 지하철역도 찾아 옥스퍼드 스트리트로 가서 내일 백화점들이 몇 시에 문을 여는지 알아내야 했다. 하지만 너무나도 피곤했다. 시차 증후군은 지난번보다도 더 심했다. 지난번에는 하룻밤 푹 잔 뒤 적응할 수 있었다. 하지만 지난밤에 거의 8시간을 잤지만, 전혀 잠을 자지 못한 것처럼 피곤했다.

그리고 앞으로도 그리 잘 잘 수 있을 것 같지 않았다. 밤마다 폭격이 있는데, 그 소란통에 무슨 잠을 제대로 잘 수 있을까. 이 시대 사람들은 런던 대공습 기간에 잠을 제대로 자지 못해 불평했었다.

'잘 수 있을 때 자두는 게 좋겠어.' 폴리가 생각했다. 사실 선택의 여지가 없었다. 폴리는 너무 졸려 침대에 제대로 눕기도 버거웠다. 그녀는 발을 차 신발을 벗고, 자는 동안 구겨지지 않도록 재킷과 치마를 벗은 뒤, 삐걱거리는 스프링 침대로 기어 올라가 곧장 잠이 들었다.

폴리는 30분 뒤에 잠에서 깨었지만 그냥 누워 있었다. 그리고 계속해 그냥 누워 있었다. 그렇게 몇 시간은 된 듯한 20분이 지난 뒤, 폴리는 시차 증후군의 예측불가능한 부작용에 관해 욕을 하며 일어나 옷을 입고 밖으로 나갔다. 복도에는 아무도 없었고 다른 방들에서도 아무 소리가 들리지 않았다.

'다른 사람들은 잠자는 데 문제가 없어 보이네.' 폴리는 왠지 억울한 생각이 들었지만, 아래층으로 내려오자 식당 쪽에서 목소리들이 들려왔고, 갑자기 엄청나게 배가 고파졌다.

'당연히 엄청나게 배가 고프지.' 밖으로 나오며 폴리가 생각했다. '120년 동안 굶었잖아.' 램프덴 로드에는 찻집이 있었다. 아마 그곳은 지금 시간에 열었을 것이다. 폴리는 나중에 참고할 생각으로 거리의 개수를 세고 이정표들을 마음에 새기며 다시 세인트조지 교회로 향했다. 그리고 아침 식사로 무엇을 먹을지 생각했고, 베이컨과 달걀을 먹기로 정했다. 아마도 지금이 베이컨과 달걀을 먹을 수 있는 마지막 기회일 것이다. 베이컨은 배급되었고, 달걀은 이미 부족했으며, 폴리는 리케트 부인이 차리는 음식은 검소하기 이를 데 없으리라는 느낌이 들었다.

폴리는 교회에 도착했다. 기도 책을 든 여자 한 명이 정문 밖에 서 있었다.
"실례합니다." 폴리가 말했다. "램프덴 로드로 가는 길을 알려주시겠어요?"

"램프덴 로드요? 지금 있는 곳이에요."

"아." 폴리가 말했다. "고맙습니다." 그리고 폴리는 자신이 가려는 곳이 어딘지 안다는 듯이 재빨리 길을 따라 걸었다. 여자는 기도 책을 가슴에 품고 폴리를 지켜보았다.

'저 여자가 '수상한 행동을 하는 사람을 보면 누구든 신고하십시오' 포스터를 안 봤으면 좋겠는데.' 폴리가 생각했다.

그 여자 말이 맞았다. 이곳은 확실히 램프덴 로드였다. 폴리는 어젯밤에 보았던 커브 길을 확실히 알아보았다. 교회는 폴리 생각보다 강하 지점에 더 가까운 게 분명했다. 폴리는 골목길을 건넜고, 다음 모퉁이의 약국을 보았고, 그 너머로 찻집을 찾아냈지만, 아쉽게도 그곳은 아직 열지 않았다.

길을 더 가니 어젯밤 보았던 신문판매대와 문 위에 '튜빈스 청과물상'이라는 간판을 걸고 양배추 바구니를 내놓았던 가게가 있었다.

그건, 비록 지난밤에 어둠 속을 한참 걸었던 것 같아도, 사실은 강하 지점이 몇 미터 떨어지지 않은 다음 뒷골목에 있다는 뜻이었다. 어제의 그 공습 대비대 감시원은 폴리를 데리고 길을 돌아서 간 게 분명했다. 그녀는 뒷골목을 향해 돌아서며, 지금 옥스퍼드로 돌아가 실험실에 자기 주소와 시간 편차에 관한 보고를 해야 하는 게 아닐까 생각했다. 바드리는 편차가 얼마나 있었는지 적어놓으라고 신신당부했었다. 폴리는 바드리가 과연 이 정도로 편차가 클 걸 조금이라도 예상했을지 의구심이 들었다. 나흘하고 12시간의 편차는 분기점 때문이 분명했고, 런던 대공습 초기에는 분기점이 많았다. 7일이 아닌 10일에 오기로 일정을 잡았던 것도 그 때문이었다.

하지만 만약 지금 보고하면, 백화점에 고용된 뒤 다시 또 보고해야만 했으며, 괜히 던워디 교수라도 만나면 폴리의 임무를 취소하려 들 수도 있었다.

'직장을 구한 다음 내일 가야겠어.' 폴리가 생각했고, 골목을 살피며 이곳이 맞는 곳인지를 다시 한번 확인했다. 맞는 곳이었다. 통들, 분필로 그린 영국기, 그리고 벽에 쓴 '런던은 버틸 수 있다!' 글귀가 보였다. 폴리는 다시 램프덴 로드로 돌아가 문을 연 레스토랑이 있는지 찾아보았다.

북쪽에는 가정집뿐이었다. 폴리는 다시 세인트조지 교회를 지나 커브 길까지 왔지만, 문을 닫은 과자 가게, 양복점, 문 양쪽에 모래주머니들을 쌓아놓은 공습 대비대 지부만 보일 뿐 길 양쪽으로 아무것도 없었다.

'돈을 더 내고 오늘부터 식사하겠다고 할걸.' 폴리가 생각하고 노팅힐게이트역으로 걸어갔다. 지금쯤이면 지하철역 방공호에 간이식당들이 들어섰고 또한 문을 열었기를 바랐지만, 역 전체에서 음식의 흔적이라고는 센트럴선 플랫폼에서 꼬마가 먹고 있는 건포도 빵이 전부였다.

'옥스퍼드 서커스역에는 간이식당이 분명히 열렸을 거야.' 폴리가 생각했다. '그 역은 여기보다 훨씬 더 크잖아.' 하지만 그곳도 마찬가지였고, 옥스퍼드 스트리트에는 아무도 없었다. 폴리는 기다란 쇼핑가를 따라 걸으며 문을 닫은 상점들과 백화점들을 바라보았다. 피터 로빈슨, 타운센드 브라더스, 거대한 셀프리지 백화점까지. 당당한 회색 석조 정면과 기둥들 때문에 그곳들은 상점이 아니라 궁전 같아 보였다.

그리고 파괴가 불가능해 보였다. 몇몇 상점 창문에 작은 글씨로 붙여놓은 '안전하고 편안한 방공호 구비'라는 내용의 카드와 빨간색 공중전화 부스에 칠해놓은 황록색 독가스 감지용 페인트를 제외하고는 지금 이곳에서 전쟁이 벌어지고 있다는 흔적은 없었다. '본 앤 홀링스워스'에는 "가장 세련된 여성들을 위한 가을 신상 모자들" 광고가, 매리 마쉬에는 "최신 유행 댄스용 드레스" 광고가, 그리고 쿡의 진열창에는 여전히 "여러분의 여행 예약을 성심껏 도와드립니다"라는 문구가 붙어 있었다.

'어디로 가려고?' 폴리는 궁금했다. 파리가 아닌 건 확실했다. 그곳은 유럽의 다른 곳과 마찬가지로 히틀러가 막 점령한 상황이었다. 존 루이스 백화점은 모피 코트 할인 행사를 하고 있었다. '오래는 못 할 거야.' 폴리가 거대한 사각형 백화점 앞에 서서 건물과 거대한 진열창을 눈에 익히며 생각했다. 수요일 아침이면 이곳은 잿더미가 되어 있겠지.

폴리는 그곳을 지나 마블 아치역으로 걸어가며 백화점들의 개장 시간을 확인하고 혹시 창에 '판매 보조원 구함' 광고가 없는지 눈여겨보았지만, 보이는 건 파젯스 백화점의 구인 광고 하나뿐이었다. 그곳은 폴리의 임무가 끝나고 사흘 뒤인 10월 25일이 되어서야 폭격당하겠지만, 던워디 교수의 금지 목록에 들어 있었다.

폴리는 또한 식사할 만한 곳을 찾아보았지만, 모든 레스토랑이 '일요일 휴무' 표지판을 걸어두었으며, 물어볼 만한 사람도 보이지 않았다. 마침내 폴리는 파슨스 백화점 밖에 서 있는 10대의 남자아이와 여자아이를 찾아냈지만, 다가가며 보니 두 아이는 열심히 지도를 보고 있었고, 그건 그 둘 역시 이곳 사람이 아니라는 뜻이었다. "런던탑에 갈 수 있어." 지도를 가리키며 여자아이가 말했다. "그리고 거기 까마귀들을 보는 거야."[22]

콜린 정도의 나이밖에 되어 보이지 않는 남자아이가 고개를 저었다. "지

22 런던탑에 사는 까마귀들이 왕권과 런던탑을 보호한다는 미신이 있다.

금 거기는 옛날처럼 다시 감옥으로 쓰고 있어. 단지 갇힌 사람들이 왕족이 아니라 지금은 독일 스파이들이라는 게 다를 뿐이야."

"갇힌 사람들 머리를 자를까?" 여자아이가 물었다. "앤 불린처럼?"

"아니. 이제는 교수형에 처해."

"아." 여자아이가 실망하며 말했다. "정말 보고 싶었는데."

'까마귀를 아니면 잘린 머리를?' 폴리는 궁금했다.

"행운의 상징이야. 알겠지만." 여자아이가 말했다. "런던탑에 까마귀들이 있는 한, 잉글랜드는 절대로 무너지지 않아."

'바로 그런 이유로, 다음 달에 그 까마귀들이 폭사했을 때 정부는 그 사체를 비밀리에 처리하고 새로운 까마귀들로 대체하지.'

"너무 불공평해!" 여자아이가 입을 삐죽거리며 말했다. "우리 신혼여행인데!"

신혼여행? 폴리는 콜린이 여기서 이 말을 듣지 않아 다행이라고 생각했다. 들었다면 괜히 머릿속에 엉뚱한 망상만 들어찰 것이다.

남자아이가 잠시 더 지도에 몰두하더니 이윽고 말했다. "웨스트민스터 사원에 갈 수 있어."

'관광하러 온 거로군.' 폴리가 놀라며 생각했다. '런던이 대공습을 당하는 와중에 말이야.'

"아니면 마담 튀소의 밀랍 인형관에 가도 돼." 남자아이가 말하고 있었다. "거기서 앤 불린이나 헨리 8세의 다른 부인들을 보는 거야."

'아니, 그럴 수 없어. 마담 튀소의 밀랍 인형관은 11일에 폭격을 당했어.' 폴리가 생각했다. '그래, 나도 관광을 해야겠어.' 직장은 내일이 되어야 알아볼 수 있고, 방공호의 삶은 밤이 되어야 시작했다. 그리고 일단 일을 하기 시작하면 런던을 여행할 시간은 거의 없을 것이다. 관광하려면 지금이 유일한 기회인 듯했다.

그리고 웨스트민스터 사원이나 버킹엄 궁전 근처에는 문을 연 식당이 있을 것이다. 폴리는 지하철역으로 다시 걸어가며 생각했다. '하마터면 왕과 왕비를 죽일 뻔했던 궁전 북쪽의 폭격 장소를 볼 수도 있겠네.' 아니면

12월 29일 폭격으로 파괴된 길드홀이나 크리스토퍼 렌의 교회들 가운데 하나처럼, 런던 대공습에서 살아남지 못한 뭔가를 보러 갈 수도 있었다.

'아니면 세인트폴 대성당을 보러 갈 수도 있어.' 폴리는 퍼뜩 그런 생각이 들었다. 던워디 교수는 세인트폴 대성당을 몹시도 사랑했다. 던워디 교수는 늘 그곳에 관해 이야기했고, 만약 폴리가 그곳에 가서 던워디 교수가 그토록 좋아하던 것들, 가령 넬슨 제독의 무덤이나 속삭임의 회랑, 홀만 헌트의 '세상의 빛'과 같은 것들을 보고 돌아가 그게 얼마나 아름다운지에 관해 던워디 교수에게 말한다면, 그런 대화 과정에서 이곳에 한 주 더 머무르고 싶다며 허락해달라고 말을 꺼낼 수도 있었다. 아니면 적어도 던워디 교수가 그녀의 임무를 취소하는 걸 막을 수 있을지도 몰랐다.

아니, 잠깐. 던워디 교수는 1940년 9월의 세인트폴 대성당에 불발탄이 묻혀 있었다고 말했다. 하지만 그건 12일 오전, 그러니까 지난 목요일이었고, 그걸 파내는 데 사흘이 걸렸다고 했으니 어제인 14일에는 제거했을 것이다. 그러니 대성당은 다시 열었을 것이다.

폴리는 센트럴 선을 향해 걷기 시작하다가 마음을 바꿔 베이컬루 선의 지하철을 타고 피커딜리 서커스로 갔다. 그곳에서 버스를 타고 가며 런던을 구경할 수 있으리라는 생각에서였다. 피커딜리 서커스에는 문을 연 식당도 있을 것이고.

피커딜리 서커스에는 옥스퍼드 스트리트보다 사람들이 많았다. 군인들, 그리고 '최신 전쟁 뉴스'라 적은 세움 간판을 옆에 두고 신문을 파는 장년층 남자들이 보였다. 하지만 이곳에도 문을 연 식당은 없었다. 서커스 중앙의 에로스상은 나무판으로 가려져 있었다. 기네스 시계 그리고 보브릴과 리글리 껌의 거대한 광고판은 여전히 거기에 있었지만, 화려함은 많이 죽은 상태였다. 등화관제가 시작되었을 때 전구들을 다 빼낸 것이다.

폴리는 가까운 샤프츠베리와 헤이마켓까지 걸어가며 문을 연 카페가 있나 찾아보았고, 다시 서커스로 돌아와 세인트폴 대성당으로 가는 버스를 찾아냈다. 그녀는 버스에 탔고, 바깥 경치를 잘 보기 위해 좁은 나선식 계단을 올라 지붕이 없는 2층으로 올라갔다. 2층에는 폴리뿐이었고, 버스가 출발하자마자 그 이유를 알 수 있었다. 뼈가 시리도록 추웠기 때문이다. 그녀는 주머니에서 장갑을 꺼내 끼고, 코트를 더 단단히 여미며 아래로 내려갈지 말지 고민했다. 하지만 2층에선 저 앞으로 트래펄가 광장이 보였고, 그래서 그냥 2층에 있기로 했다.

넓은 광장은 거의 비었고, 분수는 잠겨 있었다. 5년 뒤 저곳은 전쟁이 끝난 걸 축하하며 환호하는 사람들로 붐비겠지만, 오늘은 비둘기들조차 저곳을 버린 듯 한 마리도 보이지 않았다. 넬슨 기념탑의 기부에는 '전쟁 국채를 삽시다'라는 현수막이 걸렸고, 청동 사자들 중 한 마리 귀 뒤에는 유니언 잭이 꽂혀 있었다. 폴리는 그 사자의 발을 살피며 혹시 폭탄 파편에 부서지지 않았나 살펴보았지만, 아직 그 일은 일어나지 않은 듯했다. 이윽고 폴리는 목을 길게 빼고 높은 넬슨 기둥 꼭대기에서 한 손에 삼각모를 들고 선 넬슨을 바라보았다.

히틀러는 런던을 침공해 사자들을 포함해 기념비 전체를 베를린으로 가져가 국회 의사당 앞에 세울 계획이었다. 또한 웨스트민스터 사원에서 유럽 황제에 오를 작정이었다. 그는 이 모든 것을 자신의 비밀 침공 작전 계획서에 적어두었고, 지식인들 전부를 포함해 계획에 방해되는 자들은 모두 체계적으로 차례차례 제거할 생각이었다. 물론 제거 대상에는 유대인들도 포함되었다. 버지니아 울프가 제거 목록에 들어 있었으며, 로렌스 올리비에와 C. P. 스노우도 그랬다. 그리고 T. S. 엘리엇도. 그리고 히틀러의 그 계획은 거의 성공할 뻔했다.

버스는 국립 미술관을 지났고, 브로드 스트랜드를 지나기 시작했다. 이곳은 전쟁의 흔적이 훨씬 더 많았다. 모래주머니와 방공호 안내 공지들, 그리고 사보이 호텔 밖에는 커다란 소방용 물탱크가 있었다. 하지만 파괴된 곳은 보이지 않았다. '오늘 밤에 바뀔 거야.' 폴리가 생각했다. 내일 이 시간이면 지금 저기 스쳐 지나가는 거의 모든 가게의 창문이 박살 나고, 지금 이 버스가 지나가는 자리에는 거대한 구덩이가 생기겠지. 폴리는 오늘 이곳에 오길 잘했다고 생각했다.

버스는 방향을 틀어 플리트 스트리트로 들어섰다. 그리고 한순간 저 앞으로 세인트폴 대성당이 보였다. 던워디 교수는 루드게이트 힐 위로 높이 솟아 런던을 내려다보는 백랍색 돔에 관해 이야기했지만, 폴리가 볼 수 있는 건 플리트 스트리트에 줄지어 선 신문사들 사이 그리고 그 위로 간간이 스치는 듯한 모습이 전부였다. 그 신문사들은 지금으로부터 몇 주 뒤면 폭격당하고, 너무나 심하게 폭격을 당해서 이튿날 신문을 낼 수 있는 곳은 단 한 곳뿐일 것이다. 폴리는 그 신문의 헤드라인을 떠올리며 싱긋 웃었다. "플리트 스트리트에 폭탄이 떨어졌지만, 제 기능을 보이는 데 실패했다."

세인트브라이드 교회가 바로 앞에 있었다. 폴리는 몸을 앞으로 숙이고 웨딩 케이크 모양으로 층마다 정교한 장식이 되고 아치형 창들이 난 첨탑을 바라보았다. 12월 29일이면 저 창들은 불에 타리라. 지금 버스가 지나는 대부분의 건물이 그럴 운명이었다. 길드홀과 렌 교회 8곳을 포함해 런던의 구시가 전 구역이 그날 밤 불에 타고, 역사는 그 사건을 제2차 런던 대화재로 부를 것이다.

'하지만 세인트폴 대성당은 아니야.' 폴리가 생각했다. 하지만 그날 밤 여기서 대성당을 지켜보던 기자들은 세인트폴 대성당이 불에 탈 것으로 생각했다. 심지어 미국 기자인 에드워드 R. 머로우는 다음처럼 라디오 방송을 시작했다. "오늘 밤, 지금 제가 말하고 있는 이 시간, 세인트폴 대성당은 잿더미가 되고 있습니다." 하지만 대성당은 그렇게 되지 않았다. 세인트폴 대성당은 런던 대공습에서, 제2차 세계대전에서 살아남았다.

'하지만 21세기에는 아니지.' 폴리가 생각했다. '테러리스트들이 설치던 시기에는 그러지 못했어.' 지금 지나가는 건물들 그 어떤 것도 겨드랑이에 핀포인트 폭탄을 낀, 순교자 콤플렉스가 있는 테러리스트에게서 살아남지 못했다. 폴리는 다시 돔을 쳐다보았다. 돔이 점점 더 가까워지고 있었다.

'대성당에 거의 다 왔네.' 폴리가 생각했지만, 곧이어 버스가 급격히 오른쪽으로 방향을 틀었다. 폴리는 거리를 내려다보기 위해 옆으로 몸을 기울였다. 길은 X자 모양으로 만든 나무 바리케이드들로 막혀 있었고, 바리케이드에는 '이 지역은 출입 금지입니다'라는 공지가 붙었다.

폭탄 피해를 본 게 분명했다. 버스는 거리 두 개를 지나 다시 동쪽으로 방향을 돌렸지만, 그곳 역시 밧줄이 쳐진 채 막혔고, 손으로 쓴 '위험'이라는 공지가 붙어 있었다. 그리고 버스가 멈추자 검은 헬멧을 쓴 경찰이 다가와 운전사와 이야기하더니 보도 가까이 버스를 세우게 했고, 승객들이 내리기 시작했다. 공습이 있나? 폴리는 아무것도 듣지 못했지만, 콜린은 비행기 엔진 소리가 사이렌 소리에 묻힌 경우가 가끔 있었다고 했고, 버스 승객 모두가 내리는 듯이 보였다. 폴리는 나선형 계단을 뛰어 내려갔다. "공습인가요?" 폴리가 운전사에게 물었다.

운전사는 고개를 저었고, 경찰이 말했다. "불발탄입니다. 이 지역 전체가 출입 금지 구역입니다. 어디로 가십니까?"

"세인트폴 대성당이요."

"그곳에는 갈 수 없습니다. 불발탄이 그곳에 있습니다. 시계탑 옆길에 떨어졌고, 기부를 파고 들어갔습니다. 대성당 아래에 있습니다."

'아니, 그렇지 않아. 그건 이미 제거되었는데.' 하지만 폴리는 간신히 그 말을 다시 삼켰다.

"다음에 오셔야 할 것 같습니다." 경찰이 말했고, 운전사가 덧붙여 말했다. "이 버스를 타고 피커딜리 서커스로 다시 가도 되고 아니면 블랙프라이어스에서 지하철을 타도 됩니다. 바로 저기입니다." 운전사는 언덕 아래쪽을 가리켰고, 폴리는 가리킨 곳에서 지하철역을 보았다.

"고맙습니다. 지하철로 갈게요." 폴리는 말하고 운전사가 가리킨 방향으로 첫 번째 골목을 향해 걸어갔고, 뒤를 슬쩍 보며 혹시 경찰과 운전사가 자신을 지켜보는지 살폈다. 그들은 이쪽을 보고 있지 않았다. 폴리는 골목길로 들어가 재빨리 다음 거리로 걸어갔고, 언덕을 다시 올라가며 바리케이드를 통과할 방법을 찾았다. 폴리는 경찰만 아니라면 누가 자신을 보든 상관없었다. 이 지역은 모두 사무실과 창고들이었다. 일요일에는 아무도 없을 것이다. 29일의 화재가 바로 잡히지 않고 그렇게 크게 번진 것도 바로 그 때문이었다. 그날도 일요일이었고, 그래서 소이탄을 끌 사람이 아무도 없었다.

이 거리 끝에도 경찰 한 명이 서서 지키고 있었고, 그래서 폴리는 다음 거리로 들어갔다. 그곳은 좁은 길들이 미로처럼 연결되어 있었다. 이곳이 왜 불에 탔는지 쉽사리 알 수 있었다. 창고들은 서로 간격이 겨우 30센티미터 정도밖에 되지 않았다. 화염은 옆 건물들로, 옆 거리로 쉽사리 옮겨붙을 수 있었다. 폴리는 대성당의 돔이나 서쪽 탑들을 볼 수 없었지만, 그녀가 있는 거리는 오르막이었고, 글자를 가리려 칠해놓은 하얀 페인트에도 불구하고 연석에 원래 쓰여 있던 '아멘 코너'란 글자를 읽을 수 있었다. 대성당이 근처에 있는 게 분명했다.

그랬다. 여기는 패터노스터 로우였다. 폴리는 필요하면 곧바로 문안에 몸을 숨길 수 있도록 건물들 가까이 붙어서 길을 걷기 시작했다. 그리고 넓은 계단과 기둥들이 들어선 폭넓은 현관이 보였다. 세인트폴 대성당 정면이었다.

하지만 던워디 교수는 불발탄을 제거하는 데 걸린 시간을 잘못 알고 있었다. 트럭과 소방차 두 대가 안뜰에 서 있었고, 계단 끝을 바로 지나서는 거대한 구멍이 났다. 구멍 주위에는 노란 진흙더미들이 쌓였고, 삽, 권양기, 곡괭이, 널빤지들이 어지러이 놓여 있었다. 진흙으로 뒤덮인 작업복 차림의 남자 둘이 구멍으로 조금씩 밧줄을 내리고 있었는데, 다른 두 명은 언제든 쓸 수 있게 소방 호스를 들었으며, 성직자용 옷깃을 단 사람들을 포함해 다른 사람들은 긴장된 표정으로 그걸 지켜보았다. 폭탄은 여전히 그곳에 있는 게 분명했고, 폭탄 해체반 사람들의 표정으로부터, 여차하면 언제든 터질 수 있다는 걸 알 수 있었다.

하지만 폭탄은 터지지 않았다. 해체반은 폭탄을 꺼내 해크니 마쉬스로 가져가 폭파했다. 그건 이곳에 있어도 안전하다는 뜻이었다. 폭탄이 저기에 있든 말든 안으로 들어가도 된다는 의미였다. 저 사람들 눈에 띄지 않고 들어갈 수만 있다면.

폴리는 널찍한 계단 꼭대기에 있는 대성당 문을 쳐다보았다. 설사 잠겨 있지 않다고 할지라도 재빨리 그리고 조용히 열기에는 너무 무거워 보였다.

남자의 목소리가 외쳤다. "안 돼… 대체 그…?" 그리고 갑자기 말소리가 끊기더니, 둔탁한 울림이 들리며 듣는 이의 마음을 철렁하게 했다.

'이런, 맙소사. 폭탄을 떨어뜨렸어.' 폴리가 생각했다. '던워디 교수님은 폭탄을 꺼내는 데 걸리는 시간을 잘못 알고 있었어. 만약 폭탄이 터지지 않았다는 것도 잘못 안 것이면 어쩌지?'

하지만 만약 폭탄이 터졌다면 대성당은 무너졌을 것이다. 그리고 대성당을 구하기 위한 12월 29일의 용감한 노력들도 없고, 화염과 연기 위로 당당히 서 있는, 사람들에게 용기를 불어넣는 모습을 찍은 사진도 없으며, 항복을 거부하는 영국의 굳은 의지의 상징도 없을 것이다. 그리고 런던 대공습과 제2차 세계대전은 아주 다른 방향으로 진행되었을 것이다.

이 모든 생각이 한순간에 폴리의 머릿속을 스치고 지나갔다. 폴리는 구멍을 살펴보았고, 쿵 하던 소리가 그곳에서 난 것이 아니라는 사실을 깨달았다. 사람들은 여전히 조심스레 지켜보며 밧줄을 조금씩 내리고 있었다. 폴리는 고개를 돌려 포치를 바라보았다. 기다란 검은 카속[23]을 입고 양철 헬멧을 쓴 이가 기둥 뒤에서 나타나더니 지렛대를 든 채 서둘러 포치를 가로질러 구멍 쪽으로 갔다.

'저 기둥 뒤에 문이 또 있구나. 내가 들은 건 저 문이 열리는 소리였어.' 폴리가 생각했고, 신부가 포치 끝까지 가 옆쪽 계단을 내려가기 시작하자마자 폴리는 숨어 있던 문간에서 살그머니 나와 포치 쪽을 살폈다. 한편으로는 구덩이 주위의 사람들에게도 경계의 눈길을 떼지 않았다. 하지만 아무도 고개를 들지 않았다. 심지어 신부가 소방관 한 명에게 지렛대를 건넬 때조차 그랬다.

그리고 폴리 생각대로 기둥 뒤에 문이 있었다. 중앙의 문보다는 작았지만, 잠기지 않은 게 확실했다. 안에 누가 있을 수도 있지만, 만약 그럴 경우는… 뭐라고 대답해야 할까? 바리케이드와 소방차와 소방관들을 보지 못했다고 할까? 만약 폴리가 체포된다면…. 하지만 폴리는 원하던 곳에 너무나도 가까이 있었다. 그녀는 조심스레 안뜰을 가로지르기 시작했다.

"멈춰!" 누군가가 외쳤고, 폴리는 그 자리에서 얼어붙었으나, 사람들은

23 성직자들이 입는 검은색이나 주홍색 옷

폴리를 보고 있지 않았다. 그들은 구멍을 열심히 들여다보고 있었다. 사람들은 이제 밧줄을 더 내리지 않았으며, 소방관 한 명은 한쪽 무릎을 꿇고 두 손을 모아 입에 대고 구멍을 향해 소리쳤다. "왼쪽으로 한번 해봐."

'뭔가에 걸린 모양이네.' 폴리가 생각하고 재빨리 안뜰을 가로질러 넓은 계단을 올라가 포치를 가로질러 문을 잡아당겼다. 문이 너무나 무거웠기에 잠긴 게 아닐까 하는 생각이 잠깐 들었지만, 이윽고 문은 열렸고 폴리는 안으로 들어가 조용히 문을 닫았다.

그녀가 들어간 곳은 어둡고 좁은 현관이었다. 폴리는 잠시 그대로 서서 귀를 기울였지만, 들리는 소리라고는 커다란 공간에 정적이 흐를 때 들리는 특유의 쉬잇 소리뿐이었다. 그녀는 살금살금 현관을 나와 측랑으로 들어섰고, 본당을 들여다보았다. 목재로 된 입장 접수대가 있었지만 그곳에는 아무도 없었고, 북쪽 측랑에도 아무도 없었다.

폴리는 본당으로 들어섰다. 그리고 숨을 헐떡였다.

던워디 교수는 세인트폴 대성당이 독특하다고 했고, 폴리는 이곳의 비디오와 사진들을 본 적이 있었다. 그러나 그런 것들은 이곳이 얼마나 아름다운지를 제대로 전달하지 못했다. 또는 얼마나 거대한지도. 폴리는 측랑이 좁은 고딕 양식 교회를 기대했었지만, 이곳은 넓고 높았다. 본당에는 육중한 직사각형 기둥들이 떠받친 둥그런 아치들이 줄지어 서 있었고, 탁 트인 공간, 돔, 성가대석, 성단소, 제단이 장관을 이루었다. 둥그런 황금색 천장과 황금색 난간의 회랑, 그리고 금박 입힌 모자이크와 황금빛 도는 돌들에서 흘러나온 따뜻한 황금색 빛이 이 모든 것을 비추며 공기 그 자체마저 금빛으로 바꿔놓았다.

"아름다워." 폴리가 중얼거렸고, 이곳의 파괴가 진짜로 무슨 의미인지 처음으로 깨달았다. '그자는 어떻게 그럴 수 있었지?' 폴리가 생각했다. '아무리 테러리스트라 해도?' 그자는 2015년 9월 어느 날 대성당으로 걸어 들어갔고, 50만 명의 사람을 죽였다. '그리고 이곳을 파괴했어.'

하지만 아직은 파괴되지 않았다. 왜냐하면 지금 이 순간 대성당 아래 있는 폭탄이 터지지 않았고, 또한 히틀러와 그의 공군이 세인트폴 대성당을 폭격하거나 불태우지 못했기 때문이다.

'비록 열심히 시도는 했지만 말이야.' 폴리는 본당을 걸으며 생각했다. 그녀의 걸음 소리가 거대한 공간에 울려 퍼졌다. 독일은 대성당 지붕에 수백 발의 소이탄을 떨어뜨렸다. 히틀러가 1944년과 1945년에 보낼 V-1과 V-2는 말할 필요도 없었다.

하지만 세인트폴 대성당은 그러한 공격에 대비되어 있었다. 기둥마다 물이 담긴 통들이 놓였고, 여기저기 벽마다 밧줄 꾸러미와 곡괭이와 모래통이 있었다. 29일 밤, 소이탄 수십 발이 지붕에 떨어지고 급수 시설이 고장 나겠지만, 이런 철저한 준비와 자원봉사자들의 노력 덕분에 대성당은 파괴되지 않을 것이다.

저 멀리 어딘가에서 문이 닫히는 소리가 들렸고, 폴리는 몸을 낮추고 남쪽 측랑으로 가서 직사각형 기둥들 가운데 하나의 뒤에 숨었다. 하지만 더는 아무 소리도 들리지 않았고, 폴리는 1분 정도 조마조마한 마음으로 기다리다가 기둥 뒤에서 나왔다. 만약 폴리가 던워디 교수가 말했던 모든 것을 볼 생각이라면 서둘러야 했다. 들키는 순간 곧바로 쫓겨날 것이다.

폴리는 속삭임의 회랑이나 넬슨 경의 무덤이 어디인지 확실히 알지 못했다. 무덤은 아마도 성당 지하실에 있겠지만, 폴리는 그곳에 가는 길을 알지 못했다. 던워디 교수는 세인트폴 대성당에 처음 왔을 때 맨 처음 본 것이 '세상의 빛'이라고 했고, 그 말은 여기 측랑 어딘가에 그 그림이 있다는 뜻이었다. 만약 그 그림이 아직도 이곳에 있다면 말이다. 벽들에는 희미한 사각형 자국들이 있었고, 그건 그림들을 걸어놨다 떼어 생긴 흔적이었다.

아니, 그 그림은 여기에 있었다. 그림은 남쪽 측랑 중간 우묵한 곳에 걸려 있었고, 던워디 교수가 설명했던 그 모습 그대로였다. 짙푸른 박명 속 숲 한가운데, 가시 면류관을 쓰고 하얀 로브를 입은 예수가 등불을 들고 나무 문 밖에서 초조한 듯 기다리며 서서 한 손은 노크하려고 들고 있었다.

'내가 왜 아직 돌아가 정착 확인 보고를 하지 않았는지 알고 싶어 하는 던워디 교수님이네.' 폴리가 생각했다. '교수님이 이 그림을 그렇게 좋아한 것도 당연해.'

폴리는 그리 감명받지 않았다. 그림은 기대보다 작았으며, 아주 구식이었고, 다시 보자 예수는 초조하다기보다는 노크해도 과연 누가 나와줄까 확신이 없는 표정처럼 보였다. 그 긴 세월 동안 문이 열리지 않은 거로 보아, 아마도 그 의심이 맞으리라. 문에는 담쟁이덩굴이 뻗었고, 문지방에는 잡초들이 우거져 있었다.

"내가 당신이라면 포기할 거야." 폴리가 중얼거렸다.

"뭐라고 하셨나요, 아가씨?" 팔꿈치께에서 목소리가 들렸고, 폴리는 깜짝 놀라 펄쩍 뛰었다. 말을 한 이는 검은 양복과 조끼를 입은 중년 남자였다. "놀라게 하려는 의도는 아니었습니다." 남자가 말했다. "하지만 아가씨가 그림을 보는 걸 보았고…, 교회를 다시 개방한 줄 몰랐네요."

폴리는 개방했다고, 폭탄 해체반 또는 아까 보았던, 카속을 입은 사람에게서 교회에 들어가도 된다는 허락을 받았다고 말하고 싶은 유혹이 들었지만, 만약 이 남자가 그걸 확인하려고 든다면 폴리는 상당히 곤란해질 것이다. "어, 교회가 닫혀 있던 거예요?" 폴리는 시치미를 떼고 말했다.

"이런, 모르셨군요. 네. 목요일부터요. 서쪽 끝부분 지하에 불발탄이 있었어요. 해체반이 막 그걸 꺼낸 참이에요. 잠시지만 위험했죠. 가스 수송관에 불이 났고, 폭탄 쪽을 향해 곧장 타들어가고 있었거든요. 만약 불이 폭탄까지 다다랐다면 우리 상당수를 날려버렸겠죠. 그리고 세인트폴 대성당도요. 제 인생에서 저 괴물 같은 물건을 없애는 걸 볼 때보다 더 행복한 순간은 없었습니다. 하지만 매튜스 주임 사제님이 교회를 다시 열기로 하셨다니 정말 놀랍네요. 저는 가스 수송관을 점검할 때까지는 교회를 계속 폐쇄하기로 결정했다고 알았거든요. 그런데 실례지만 누구…."

"교회를 다시 열기로 결정해서 정말 기뻐요." 폴리가 서둘러 말했다. "제 친구가 저보고 런던에 가면 꼭 세인트폴 대성당을 보라고 했거든요. 특히 '세상의 빛'을요. 아름다워요."

"아쉽지만 그냥 복제품에 불과합니다. 원본은 대성당의 다른 보물들과 함께 웨일스로 보냈습니다. 하지만 우리는 이곳에 저 그림이 없으면 이곳은 더 이상 세인트폴 대성당이 아니라고 생각했습니다. 저 그림은 지난 전쟁 내내 이곳에 계속 있었고, 그래서 우리는 이번 전쟁 동안 복제품이라도 이곳에 걸어두는 것이 아주 중요하다고 생각했습니다. 등화관제와 유럽의 모든 불이 꺼지는 상황, 세상에 그 끔찍한 어둠을 퍼뜨리는 히틀러를 생각해보면 특히나 더요. 이 그림은 적어도 하나의 빛은 절대로 꺼지지 않으리라는 걸 상기시켜주지요."

그 남자는 혹평하는 눈으로 그림을 바라보았다. "아쉽지만 아주 좋은 복사본은 아니지요. 원본보다 작고 색도 원본만큼 생생하지 않습니다. 하지만 아무것도 없는 것보다는 낫죠. 빛이 점차 흐릿해져 보이지 않습니까. 그리고 예수의 얼굴에 여러 감정이 동시에 담겨 있는 게 보이시죠? 인내와 슬픔과 희망이요."

'그리고 단념도.' 폴리가 생각했다. "그런데 저 문은 어디로 통하나요? 그림만 보아서는 알 수가 없네요."

남자는 영리한 학생을 만났다는 듯이 폴리를 향해 환히 웃어 보였다. "훌륭하군요. 그리고 아마 문에 손잡이가 없다는 것도 깨달으셨을 겁니다. 저 문은 안에서만 열 수 있습니다. 마음의 문처럼요. 저 그림이 그토록 훌륭한 건 바로 그 때문입니다. 그림을 볼 때마다 뭔가 다른 걸 볼 수 있거든요. 우리는 그걸 '액자에 담긴 설교'라고 부릅니다. 비록 액자도 웨일스로 옮겼지만요. 그림에 대응하는 성경 구절이 새겨진, 금박을 입힌 아름다운 나무 액자입니다."

"'볼지어다, 내가 문밖에 서서 두드리노니.'"[24] 폴리가 인용했다.

남자는 더욱더 환히 웃으며 고개를 끄덕였다. "'누구든지 내 음성을 듣고 문을 열면 내가 그에게로 들어가리라.'[25] 저 화가의 무덤이 성당 지하실에 있지요."

넬슨 경의 무덤도. "꼭 보고 싶어요." 폴리가 말했다.

"안타깝게도 성당 지하실은 방문객에게 공개되지 않지만, 다른 부분은 보여드릴 수 있습니다. 시간이 있으시다면요."

24 〈요한계시록〉 3장 20절
25 〈요한계시록〉 3장 20절

'그리고 만약 매튜스 주임 사제가 와서 교회가 여전히 닫혀 있고 내가 여기서 뭘 하고 있는지 캐묻지 않는다면.' 폴리가 생각했다. "폐가 되지 않는다면, 꼭 보고 싶습니다. 성함이…?"

"험프리스입니다. 폐라니요, 천만에요. 성당지기로서 저는 종종 견학 안내를 합니다." 그는 폴리를 데리고 다시 측랑을 걸어 중앙 문이 있는 곳으로 갔다. 아마도 견학은 거기부터 시작하는 듯했다. "이건 서대문입니다. 축전이 있을 때만 열리죠. 평소에는 양쪽에 있는 더 작은 문을 사용합니다." 험프리스 씨가 말했고, 폴리는 남쪽 측랑에 있는 다른 문을 보았다. 폴리가 들어왔던 문과 똑 닮은 것이었다. "장식용 기둥은 포틀랜드산 돌입니다." 그가 직사각형 기둥 하나를 톡톡 치며 계속 말했다. "우리가 서 있는 바닥은…."

'나중에 화재 감시원 기념석이 자리 잡게 되죠.' 폴리가 생각했다. 그 돌은 세인트폴 대성당에 자원해 "하느님의 은총을 통해 이 교회를 구한" 화재 감시원들을 기념하기 위한 것이었다. 그리고 나중에 핀포인트 폭탄에서 살아남은 유일한 것이기도 했다.

"이탈리아 카라라의 대리석을 써서 흑백 격자무늬로 만든 겁니다." 험프리스 씨가 계속 말했다. "여기서는 대성당 전장을 볼 수 있습니다. 대성당은 십자가 모양으로 만들어졌습니다. 오른쪽은…." 그는 남쪽 측랑을 지나 현관의 바로 이쪽에 임시로 만든 목제 파티션으로 갔다. "크리스토퍼 렌 경이 설계한 기하학적 계단입니다. 보시다시피, 현재는 나무판자를 대서 막아뒀습니다. 하지만 어떻게 할지는 아직 정하지 못했습니다."

"어떻게 하다니요?"

"네, 보시다시피, 계단을 통하면 교회 이쪽 끝의 지붕으로 가기가 제일 쉽지만, 동시에 아주 부서지기 쉽습니다. 그리고 다시 없는 귀중한 물건이기도 하고요. 만약 소이탄이 도서관 지붕이나 탑으로 떨어지면… 어떻게 해야 할지 정말 결정하기 어려운 일입니다. 여기 이쪽은…." 그는 남쪽 측랑을 걸어가 쇠창살 쪽으로 갔다. "세인트마이클앤드세인트조지 기사단 예배당입니다. 안에는 목제 기도 걸상들이 있지요. 평소에는 깃발들도 위쪽에 함께 걸어두었지만, 현재는 안전을 위해 따로 보관하고 있습니다."

17세기 케루빔들과 본당의 샹들리에들, 그리고 남쪽 측랑의 기념비들 대부분도 따로 보관되어 있었다. "그중 일부는 너무 무거워 옮길 수가 없었고, 그런 것들은 주위에 모래주머니를 쌓아두었습니다." 험프리스 씨가 폴리를 데리고 계단을 지나 사슬이 쳐진 곳으로 갔다. 그곳에는 '속삭임의 회랑으로 가는 길. 방문객 출입 금지.'라고 공지가 되어 있었다.

'그리고 속삭임의 회랑에도 잔뜩 두었지.' 폴리가 생각했다. 성당지기가 폴리를 데리고 돔 아래 넓은 중앙 교차지점으로 갔다. 그곳에는 역시 사슬이 쳐진 또 다른 계단이 있었다.

"여기는 수랑입니다." 그가 말했다. "이곳은 대성당의 가로대를 이룹니다." 그는 폴리를 데리고 넬슨 경 기념비를, 아니 좀 더 정확히는, 기념비를 가린 모래주머니 더미, 그리고 로버트 스콧 대령, 호위 제독, J. M. W. 터너의 동상을 가린 모래주머니 더미들을 보여주었다. "남쪽 수랑은 그린링 기번스가 조각한 떡갈나무 문틀로 특히 유명합니다만, 아쉽게도…."

"안전을 위해 따로 보관하고 있고요." 폴리가 중얼거리며 험프리스 씨를 따라 수랑에서 성가대석과 후진[26]으로 갔다. 험프리스 씨는 거기서 오르간(안전을 위해 따로 보관 중이었다), 천에 덮인 존 돈의 상(지하실에서 모래주머니들에 에워싸여 있었다), 주제단, 스테인드글라스 창문에 관해 설명했다. "지금까지는 아주 운이 좋았습니다." 그것들을 가리키며 험프리스 씨가 말했다. "나무판자로 막기에는 너무 컸지만, 아직 창문 하나도 부서지지 않았습니다."

'하지만 부서질 거예요.' 폴리가 생각했다. 전쟁이 끝날 무렵, 이곳의 창문은 전부 다 부서질 운명이었다. 마지막 창문은 근처에 떨어진 V-2에 의해 부서졌다.

험프리스 씨는 폴리를 데리고 성가대의 다른 쪽으로 갔고, 벽에 줄지어 선 물 양동이와 소화용 손 펌프를 가리키며 설명했다. "가장 큰 걱정거

26 성당 건축에서 제단 뒤에 마련한 반달형의 장소

리는 화재입니다. 내부 구조물은 나무로 되어 있고, 만약 지붕 하나에 불이 붙으면 납이 녹아 돌들 사이 틈으로 흘러내릴 거고, 세인트폴 대성당이 처음 불에 탔을 때처럼 돌들은 터지고 말 겁니다. 도시의 이쪽 전체가 불에 탔던 런던 대화재 때도 그 때문에 대성당이 완전히 파괴되었지요."

'그리고 지금부터 3개월 뒤에 다시 그렇게 될 거고.' 폴리가 생각했다. 폴리는 험프리스 씨가 화재 감시원인지 궁금했다. 그러기에는 너무 나이 들어 보였지만, 런던 대공습은 노인들과 상점 여자 점원들, 그리고 중년의 여성들이 주축을 이룬 전쟁이었다.

"하지만 우리는 그런 일이 다시는 일어나게 하지 않을 겁니다." 폴리의 궁금함을 풀어주며 험프리스 씨가 말했다. "우리는 지붕에 떨어지는 소이탄들을 감시하는 자원 봉사대를 꾸렸습니다. 저는 오늘 밤에 감시합니다."

"그러면 제가 계속 시간을 빼앗으면 안 되지요." 폴리가 말했다. "가야겠네요."

"아니, 아니요. 제가 가장 좋아하는 기념비를 보여드리기 전에는 안 됩니다." 험프리스 씨가 말하더니 폴리를 끌고 북쪽 수랑으로 갔다. 그는 폴리에게 화려한 기둥들과 북쪽 현관의 떡갈나무 문들을 보여주었다. "그리고 이건 로버트 포크너 함장의 기념비입니다." 그는 또 다른 모래주머니 더미를 자랑스레 가리키며 말했다. "포크너 함장의 배는 심하게 망가졌지요. 대부분의 장비를 잃었고 사격을 할 수도 없었으며, 라피크호가 함장의 배를 향해 오고 있었습니다. 포크너 함장은 용감하게 자기 배의 선수 사장(斜檣)[27]을 잡고 두 배를 하나로 묶었으며, 라피크호의 대포로 다른 프랑스 배들에 사격했습니다. 포크너 함장의 용감한 행동 덕분에 전투에서 이겼지요. 불행히 함장은 자신의 업적을 알지 못했습니다. 두 배를 묶은 순간 총알이 그분의 심장을 관통했거든요." 험프리스 씨는 슬픈 듯이 고개를 저었다. "진정한 영웅이지요."

'마이클에게 포크너 함장에 관해 알려줘야겠어.' 폴리가 생각했고, 지금

27 배의 이물에 돌출한 돛대 모양의 기둥

마이클이 어디에 있을지 궁금했다. 그는 폴리가 떠난 뒤 곧바로 떠났을 터였고, 그건 지금 도버에서 구출 작전을 관찰하고 있다는 뜻이었다. 하지만 지금 이 시점에서 그건 석 달 전 일이었다. 그리고 마이클의 다음 임무는 진주만이었고, 도버에서 돌아오자마자 다시 떠나기로 되어 있었지만, 일본의 진주만 침공은 앞으로 1년도 더 남았다.

"오늘 그 기념비를 보여드릴 수 없어서 정말 안타깝습니다." 험프리스 씨가 말했다. "잠깐만요, 뭔가 생각났습니다." 그는 말하고 폴리를 데리고 본당으로 돌아갔다. 대성당은 그 황금빛 광채를 잃고 싸늘한 회색으로 보였으며, 측랑들에는 이미 그림자가 져 있었다. 폴리는 몰래 손목시계를 보았다. 4시가 넘었다. 폴리는 시간 가는 줄 모르고 이곳에 있었다.

험프리스 씨는 폴리를 데리고 입장 접수대로 갔다. 그곳에는 팸플릿이 잔뜩 있었고, 하나에 6펜스에 파는 '세상의 빛' 컬러 복사본, 기뢰제거함 기금이라 표시된 상자, 그림엽서들이 가득한 나무 선반이 있었다. "아마 포크너 함장 기념비 사진이 있을 겁니다." 험프리스 씨가 속삭임의 회랑, 오르간, 3층짜리 빅토리아식 기괴한 건축물(웰링턴 기념비일 터였다) 그림엽서들을 뒤지며 말했다. "아, 이런. 없는 거 같네요. 아쉽군요! 전쟁이 끝나면 다시 오셔서 꼭 보세요."

그때 옆문이 요란하게 열리더니 날카로운 인상의 젊은이가 들어왔다. 그는 위아래가 붙은 짙푸른 작업복을 입었고, 양철 헬멧과 가스 마스크를 가지고 있었다. "해체반에서 폭탄을 꺼낸 거죠, 그렇죠 험프리스 씨?" 젊은이가 물었다.

험프리스 씨가 고개를 끄덕였다. "좀 일찍 왔군, 랭비. 자네 근무 시간은 6시 30분부터야."

"성단소 지붕 배수펌프를 보려고요. 문제를 좀 일으켰거든요. 성구실 열쇠 가지고 계십니까?"

"그래." 험프리스 씨가 말했다. "내가 곧 거기로 가지."

"저 때문에 일에 방해받으셨네요." 폴리가 말했다. "이곳을 안내해주셔서 감사드립니다."

"아, 아직 가지 마십시오. 꼭 보셔야 할 게 하나 더 있습니다." 험프리스 씨가 말하며 폴리를 데리고 남쪽 측랑으로 갔다.

'또 모래주머니들이 잔뜩 쌓여 있겠지.' 폴리가 뒤를 따르며 생각했지만, 그렇지 않았다. 험프리스 씨는 폴리를 '세상의 빛'으로 다시 데려왔다. 이제 어둑어둑해진 탓에 그림은 간신히 보였다.

험프리스 씨가 경건하게 말했다. "이제 빛이 어두워지고 나니 등불이 빛나는 것처럼 보이지요?"

정말 그랬다. 등불에서는 따뜻한 오렌지 황금색 빛이 나와 예수의 가운과 문, 그리고 문 주위로 자란 잡초들을 비추었다.

"매튜스 주임 사제님이 저 빛을 보고 뭐라고 하셨는지 아십니까? '예수님이 저 등불을 들고 있다가 공습 대비대 감시원에게 들키지 않아야 할 텐데'라고 하시더군요." 험프리스 씨가 킥킥거렸다. "주임 사제님은 정말 유머 감각이 대단하시죠. 이런 시기에 큰 도움이 된답니다."

다시 한번 문이 거칠게 열리더니 다른 화재 감시원이 들어와 본당 쪽으로 재빨리 걸어왔다. 그리고 수랑 쪽에서 랭비가 외쳤다. "험프리스 씨!"

"아쉽지만 이제 저는 가야만 합니다." 험프리스 씨가 말했다. "만약 좀 더 머물며 둘러보고 싶으시다면…."

"아니요. 집에 가봐야 해요."

험프리스 씨가 고개를 끄덕였다. "가능하면 어두워진 다음에는 밖에 있지 않는 게 좋죠." 그는 말하고 서둘러 랭비에게 갔다.

그가 옳았다. 켄싱턴까지는 멀었고, 집에 돌아가기 전에 문을 연 식당을 찾아 식사해야 했다. 먹지 않고 또 하룻밤을 버텨낼 수는 없었다. 그리고 오늘 밤 공습은 6시 54분에 시작했다. 이제 가야 할 시간이었다.

하지만 폴리는 몇 분 정도 더 머물면서 그림을 바라보았다. 어두침침한 조명 아래 예수의 얼굴은 이제 지루한 게 아니라 두려워하는 것처럼 보였고, 그를 둘러싼 나무들은 단지 어두운 게 아니라 위협을 가하는 듯했다.

'가능하면 어두워진 다음에는 밖에 있지 않는 게 좋아.' 폴리가 생각했고, 잠긴 문을 바라보았다. '저 문이 방공호로 통하는 문이려나?'

17

그게 사실이라면 정말 멋지지 않겠어요?

— 런던 시민, 1945년 5월 7일

런던, 1945년 5월 7일

세 여자가 지하철역으로 이어지는 도로로 들어섰을 때, 도로에는 아무도 없었다. "만약 그 경보가 가짜고 전쟁이 진짜로 끝난 게 아니면 어쩌지?" 페이지가 물었다.

"바보같이 굴지 마." 리어던이 말했다. "라디오에서 끝났다고 했어."

"그러면 다들 어디에 있는 건데?"

"지하철역 안에." 리어던이 말했다. "가자." 그녀가 길을 따라 걷기 시작했다.

"지난번처럼 가짜 경보 아닐까, 더글러스?" 페이지가 돌아보며 물었다.

"아니야." 더글러스가 말했다.

"제발 가자." 리어던이 서두르라고 손짓하며 말했다. "이러다가 재미있는 거 다 놓치겠어."

하지만 셋이 역 안으로 들어갔을 때, 안에는 아무도 없었다. "다들 플랫폼으로 내려갔나 보네." 리어던이 나무로 된 회전식 개찰구를 통과해가며 말했다. 그리고 플랫폼에도 아무도 없자 리어던은 다시 말했다. "이미 런던으로들 갔나 보다. 웨인라이트 대령의 통풍만 아니었으면 우리도 런던에 갔을 거잖아. 그 큰 발가락의 염증이 다음 주에 생겼으면 좀 좋아? 그래도…." 리어던이 기쁜 표정으로 말했다. "웨인라이트 대령을 다시는 안 봐도 되니 좋기는 하다."

"전쟁이 끝났다면 말이지." 페이지가 말했다. "지난주를 떠올려봐. 웨스트 햄이 우리에게 전화하더니, 도드 장군에게 종전 소식을 들었노라고 했잖아. 이번에도 또다시 가짜 경보라면 우리는 완전히 바보처럼 보일 거야. 보고서에 올라갈걸. 런던의 본부에 전화해서 확인했어야 하는데."

"그랬다가는 더욱 늦었겠지." 리어던이 말했다. "그리고 우리는 이미 몇 시간이나 늦었어."

"하지만 만약 전쟁이 끝나지 않았다면…." 페이지가 의심이 담긴 목소리로 말했다. "어쩌면 지금이라도 본부에 전화를 걸어보는 게 낫지 않을까?"

"그러면 지하철도 놓치고 종전 기념식도 놓칠 거야." 리어던은 말하며 지하철이 오는 쪽 철로를 내려다보았다. "지금은 8시야. 네 생각은 어때, 더글러스?"

"사실, 지금은 8시 20분이야." 더글러스가 말했다. '그리고 우리가 여기서서 1분을 보낼 때마다 나는 축하식을 볼 시간을 1분씩 잃는 거고.' 그녀가 생각했다.

지하철이 도착했다. 리어던이 말했다. "그만 안달복달하고 가자."

페이지가 더글러스를 돌아보았다. "네 생각은 어때, 더글러스?"

"가짜 경보가 아니야." 더글러스가 말했다. "독일은 항복했어. 전쟁은 끝났어. 우리가 이긴 거야."

"확신해?"

'얼마나 확신하는지 넌 상상도 못 할걸.' 더글러스가 생각했다. 이 시기를 연구할 때만 해도, 전승 기념일이 되었는데 사람들이 그걸 모를 거라곤 꿈에도 짐작하지 못했다. 아니, 정확히 말해 오늘은 전승 기념일 전날이었다. 처칠과 왕의 연설, 세인트폴 대성당의 감사 예배가 포함된 전승 기념일은 내일이었지만, 아니 내일이지만 축하는 오늘부터 시작되었고, 파티는 밤새 계속될 것이다.

"더글러스는 확신해." 리어던이 말했다. "나도 확신해. 전쟁은 끝났어. 이제 지하철에 타." 리어던은 페이지의 팔을 잡고 객차로 밀고 자신도 탔다.

지하철 역시 비어 있었지만, 페이지는 알아차리지 못한 듯했다. 그녀는 객차 벽에 붙은 노선표를 바라보았다. "거기 도착하면 어디로 가야 하는 거야? 피커딜리 서커스?"

"아니. 하이드 파크." 리어던이 말했다. "아니면 세인트폴 대성당."

"사람들이 어디에 있을 거 같아, 더글러스?" 페이지가 물었다.

'방금 말한 곳들 전부. 그리고 레스터 광장과 의회 광장과 화이트홀이랑 그 사이 모든 거리.' "이런 종류의 일에는 대개 트래펄가 광장에 모여." 더글러스가 말하며 어느 곳으로 가야 자신의 강하 지점에 가장 쉽게 갈 수 있을지 생각했다.

"이런 종류라니?" 페이지가 물었고, 그 질문으로 볼 때 페이지는 이런 일이 전에는 있었던 적이 없다고 생각하는 게 분명했다.

'그리고 아마 페이지 생각이 맞을 거야.' 더글러스가 생각했다. "예전에 트라팔가르 해전이나 마페킹 전투 같은 군사적 승리를 했을 때 사람들은 트래펄가 광장에 모였다고."

"이건 단순히 군사적 승리가 아니야." 리어던이 말했다. "이건 '우리'의 승리이기도 해."

"전쟁이 끝났다는 게 진짜라면 말이야." 페이지가 창밖을 보며 말했다. 지하철은 다음 역으로 들어서고 있었고, 그곳 역시 텅 비어 있었다. "이런, 어째 아무래도 가짜 경보였던 거 같아, 더글러스."

"아니, 가짜 경보가 '아니야.'" 더글러스가 힘주어 말했다. 하지만 속으로는 그녀도 걱정이 되기 시작했다. 역사 기록에 의하면, 승리 축하는 독일이 항복했다는 뉴스가 라디오로 오후 3시에 전해지자마자 시작되었다. 그 기록이 틀렸을 수도 있지 않을까? 페이지처럼 모두가 그 뉴스를 의심했을 수도 있지 않을까? 지금까지 가짜 경보가 많이 있었고, 지난 2주 동안 모두가 불안해했다.

그리고 역사 기록이 틀리거나 불완전한 게 한두 번이 아니었다. 하지만 전승 기념일은 기록이 잘 되어 있었다. 그리고 기록에 따르면, 사람들은 지금쯤 유니언 잭을 흔들고 '온 세상에 다시 빛이 발할 때'를 부르며 지하철을 타러 몰려들어야 했다.

"만약 전쟁이 끝났다면 다들 어디에 있는 건데?" 페이지가 물었다.

"다음 역에." 리어던이 동요하지 않고 말했다.

리어던 생각이 맞았다. 문이 열리자 엄청난 수의 사람들이 객차로 밀려들어왔다. 그 사람들은 깃발과 딱딱이를 요란하게 흔들었고, 나이 지긋한 신사 두 명은 목청껏 '신이시여, 왕을 보호하소서'를 불렀다.

"이제 전쟁이 끝났다는 걸 믿겠어?" 더글러스와 리어던이 페이지에게 물었고, 페이지는 흥분해 고개를 끄덕였다.

더 많은 사람이 밀려들었다. 어린 남자아이 한 명은 어머니 손을 꼭 잡고 물었다. "방공호에 가는 거예요?"

"아니." 어머니가 말했고, 이윽고 막 깨달았다는 듯이 덧붙여 말했다. "이제 방공호에 다시는 안 갈 거란다."

사람들은 여전히 밀려들었다. 많은 이들이 군복을 입었고, 어떤 사람들은 목에 빨간색, 흰색, 파란색의 얇은 색종이를 둘렀다. 그 가운데에는 "끝났다"라는 헤드라인이 보이는 〈이브닝 뉴스〉와 샴페인 두 병을 흔들어대는 향토방위군 군복 차림의 중년 남자도 두 명 있었다.

승무원이 사람들을 뚫고 두 중년 남자에게 갔다. "지하철에서 술은 안 됩니다." 승무원이 엄숙하게 말했다.

"무슨 말을 하는 겁니까, 형씨?" 샴페인 병을 흔들던 이 가운데 한 명이 말했다. "소식 못 들었어요? 전쟁이 끝났단 말입니다!"

"여기요!" 다른 한 명이 승무원에게 술병을 건네며 말했다. "폐하의 건강을 위해 건배! 그리고 왕비님의 건강을 위해서도!" 그는 친구의 병을 낚아채더니 승무원의 다른 손에 내밀었다. 그 남자는 붙임성있게 승무원의 어깨에 팔을 둘렀다. "우리랑 같이 궁전에 가서 폐하와 왕비님을 위해 축배를 하는 게 어때요?"

"우리도 저기에 가야 해." 리어던이 말했다. "버킹엄 궁전으로."

"그래, 맞아." 페이지가 들떠 말했다. "정말로 폐하랑 왕비님을 볼 수 있을 거 같아, 더글러스?"

'내일이 되어야 가능해.' 더글러스가 말했다. '내일 왕실 가족은 적어도 여덟 번은 발코니에 나와 군중들에게 손을 흔들 거야.'

"공주님들이 같이 나올까?" 페이지가 물었다.

'같이 나오는 정도가 아니지.' 더글러스가 생각했다. '아예 변장하고 나와 군중에 섞여 '우리는 폐하를 원한다'라고 즐겁게 환호할 거야.' 하지만 그 말을 입 밖으로 꺼낼 수는 없었다. "그랬으면 좋겠다." 더글러스는 말하고 여전히 사람들이 밀고 들어오는 문을 바라보았다. 역마다 사람들을 태우느라고 이렇게 시간이 걸린다면 목적지에 도착하기까지 밤새 걸릴 듯했다.

'난 이미 시작 부분도 놓쳤는데.' 더글러스가 생각했다. '영국 공군 비행기들이 런던을 향해 승리 축하 비행을 하는 거랑 불이 켜지는 장면을 놓쳤어.' 그리고 런던으로 돌아가는 데 지하철역마다 이렇게 시간이 지체된다면, 약속한 시각에 맞춰 강하 지점에 가기 위해 일찍 떠나야만 하고, 그러면 끝부분 역시 놓치게 될 것이다.

마침내 지하철이 출발했다. 페이지는 여전히 공주들에 관해 떠들고 있었다. "나는 늘 공주들을 보고 싶었어. 공주들이 군복을 입고 있을까?"

"공주들이 뭘 입는가는 중요한 게 아니야." 리어던이 말했고, 지하철이 다시 멈추더니 더 많은 사람이 밀고 들어왔다. "우리는 여기에 영원히 갇힐 거야. 아마도 그렇게 나쁜 일은 아닐지도 몰라. 더글러스, 방금 탄 중위를 봐! 잘생기지 않았니?"

"어디?" 페이지가 살피기 위해 까치발을 하며 말했다.

"너 뭐 하는 거야?" 리어던이 캐물었다. "넌 이미 한 명 있잖아. 너무 욕심내지 마."

"그냥 보려는 거뿐이었어." 페이지가 말했다.

"넌 그러면 안 돼. 약혼했잖아." 리어던이 말했다. "네 약혼자가 오늘 밤에 여기로 와?"

"아니. 그제 밤에 전화해서 적어도 일주일은 돌아올 수 없다고 했어." 페이지가 말했다.

"하지만 그건 전쟁이 끝나기 전이었잖아." 리어던이 말했다. "이제 전쟁이 끝났어, 오, 맙소사. 사람들이 더 많이 타고 있어. 우리는 터질지도 몰라."

"다음 역에서 내려야 해!" 페이지가 말했다. "난 숨을 쉴 수가 없어."

그들은 고개를 끄덕였고, 다시 지하철이 멈추었을 때 양철 모자를 쓰고 공습 대비대 완장을 한 덩치 큰 남자가 다른 사람들을 밀며 문을 향해 나아가자, 그들도 그 뒤를 따라 수병들과 해군 여군 부대원들과 해군과 10대 소녀들 틈을 비집고 나아갔다.

"무슨 역인지 볼 수가 없어." 지하철이 속력을 늦출 때 리어던이 말했다.

"상관없어." 페이지가 말했다. "그냥 내려. 난 짜부라질 거 같아. 통조림에 든 정어리가 된 기분이야."

리어던이 고개를 끄덕이더니 창문을 보기 위해 고개를 숙였다. "아, 잘됐다. 채링크로스야." 리어던이 말했다. "어쨌든 트래펄가 광장에 갈 수 있을 거 같아, 더글러스."

문이 열렸다. "따라와, 얘들아!" 리어던이 들떠 외쳤다. "승강장 틈에 발 안 빠지게 조심하고!"

리어던이 사람들을 뚫고 내렸고, 페이지도 내리며 외쳤다. "어서, 더글러스!"

"그래." 더글러스가 향토방위군 한 명을 비집고 지나려 했다. 그는 무슨 이유에서인가 '티퍼레리로 가는 길은 멀다네'를 부르고 있었다. "실례합니다. 저 여기서 내려야 해요." 더글러스가 말했지만, 사람들은 꼼짝도 하지 않았다.

"더글러스! 서둘러!" 리어던과 페이지가 플랫폼에서 외치고 있었다. "지하철이 출발한단 말이야."

"제발." 더글러스가 노래하는 사람들 사이에서 힘껏 소리쳤다. "저는 여기서 내려야 한단 말이에요!"

문이 닫히기 시작했다.

18

말하기 부끄럽지만, 나는 그 아이에게
그게 독일 사람들 잘못이라고 말했습니다.

— 윈스턴 처칠, 손자가 홍역에 걸린 일에 관해 이야기하며

백베리, 워릭셔, 1940년 5월

비니를 비롯한 다른 아이들은 자신들이 격리되었다는 소식에 기뻐 난리를 피웠고, 그 때문에 아이들의 식사가 반도 끝나기 전에 에일린은 강하지점으로 도망치고 싶었다.

"나는 전에 한 달 동안 격리되었어." 엘리스가 말했다. "로즈랑 난 밖에 나가 놀지도 못했어."

"우리는 한 달 동안이나 격리되지는 않을 거야. 그렇죠, 에일린 언니?" 비니가 물었다.

"물론 아니지." 홍역을 앓는 기간은 며칠 정도 아닌가? 그래서 '사흘 홍역'이라 부르잖아. 엘리스는 뭔가 잘못 안 거야.

그날 저녁에 스튜어트 의사가 다시 왔을 때 에일린은 격리가 얼마나 오래갈지 물었다. "얼마나 많은 아이가 홍역에 걸리는가에 따라 다릅니다." 의사가 말했다. "만약 알프가 유일한 경우라면, 물론 그렇지 않을 거 같습니다만, 발진이 사라지고 2주 뒤에 격리가 끝날 테니 도합 3, 4주 정도겠네요."

"3, 4주요? 하지만 홍역은 사흘 정도면 끝나잖아요."

"풍진[28]을 생각하는 모양이군요. 이건 홍역입니다. 발진이 나타나고 일주일 이상 지속되지요."

"발진이 나타날 때까지 얼마나 걸리나요?"

"사흘에서 일주일 정도 걸리는데, 저는 8일까지 걸리는 경우도 봤습니다."

그동안 알프가 속 썩인 역사로 미루어볼 때, 이번 역시 8일 정도 걸리리라. 일주일 더하기 8일 더하기 2주일. 한 달 동안 격리되어야 하는 상황이었다. 그것도 만약 다른 누군가가 홍역에 걸리지 않는다면 말이다. 그러니 확실히 에일린은 격리가 끝날 때까지 기다릴 수 없었다. 지금 가야 했다. 에일린은 1940년에 격리선을 넘으면 무슨 벌을 받는지 궁금했다. 전 세계적 유행병이 도는 동안에는 격리선을 넘는 경우 총에 맞았지만, 아이들 질병으로 그렇게까지 하진 않을 것이다. 하지만 만약의 경우를 대비해, 에일린은 모두가 잠들고 사무엘스 씨가 정문 앞에 가져다 놓은 경비원용 의자에서 심하게 코를 골 때까지 기다렸다가 살금살금 뒷계단으로 해서 부엌으로 갔다.

문은 잠겨 있었다. 동쪽 거실의 프렌치 도어도, 서재와 식당의 창문도, 당구장으로 통하는 옆문도 잠겨 있었다.

"열쇠는 여기 내 주머니에 있지요." 이튿날 아침 에일린이 문 얘기를 꺼내자 사무엘스 씨가 말했다. "그리고 계속 이 안에 있을 거고요. 그 알프 놈은 조그만 틈만 있어도 거길 통해 빠져나갈 겁니다. 나는 그놈이 온 이웃에 홍역을 퍼뜨리게 보고만 있지 않을 겁니다. 만약 그게 정말로 홍역이라면요. 내가 보기에는 학교에 안 가고 집에 있으려고 꾀병을 부리는 겁니다만."

에일린은 사무엘스 씨의 말에 공감했다. 알프는 에일린이 아침으로 가져간 고깃국물을 다 마셨을 뿐 아니라 더 달라고 했으며, 에일린이 쟁반을 가지러 다시 올라갔을 때 우나는 에일린에게, 알프가 침대에서 방방 뛴다며 어떻게 해야 못 뛰게 할 수 있는지를 물었다. 그리고 신부가 왔을 때, 신

28 German measles. 사흘 홍역이라고 한다. 영어에서는 풍진과 홍역 모두 measles로 불린다.

부는 에일린에게 말하길(사무엘스 씨가 신부를 집 안으로 들여보내려 하지 않았기 때문에 신부는 부엌문 너머로 외쳐야 했다), 백베리 학교에 다니는 다른 누구도 홍역에 걸리지 않았다고 했다.

에일린이 점심이 담긴 쟁반을 가지고 올라갔을 때, 알프는 무도회장 문을 열고 문에 몸을 기댄 채 지미와 레그에게 젖은 세수수건을 흔들어 물을 튀기고 있었다. "너 여기서 뭐 하는 거니?" 에일린이 다그쳤다.

"얼굴을 씻고 있어요." 알프가 천진난만하게 말했다.

"방으로 돌아가." 에일린은 레그와 지미에게 명령했다. "알프, 침대로 돌아가." 에일린은 알프를 무도회장으로 밀어 넣었다. "우나, 넌 알프를 못 나오게… 우나는 어딨지?"

"몰라요. 왜 에일린 누나가 날 돌봐주지 않는 거예요?"

"네 병은 전염이 되거든." 그리고 믿기지 않을 정도로 짜증이 나고. "침대로 올라가."

"비니 누나는 언제 날 보러 오나요?"

"못 와. 이제 누워." 에일린이 말한 뒤 우나를 찾으러 갔다. 우나는 욕실에도, 아이들 방에도 없었다(아이들 방에서는 비니가 아이들을 이끌고 요란스럽게 술래잡기하고 있었다). 에일린이 무도회장으로 돌아와 안을 힐끗 보니 알프는 시트를 밧줄처럼 길게 연결해 주위에 늘어놓은 채 창문을 열려 애쓰고 있었다.

"스튜어트 선생님이 내게 신선한 공기가 필요하댔어요." 알프가 천진난만하게 말했다.

에일린은 시트를 빼앗았고, 우나의 방에서 그녀를 찾아냈다. 우나는 흠뻑 젖은 원피스를 갈아입고 있었다(알프가 세숫대야 물을 우나에게 엎지른 것이었다). 에일린은 우나에게 아래층으로 가서 알프를 돌보라고 했다.

"꼭 제가 해야 해요?" 우나가 간청했다. "언니가 하면 안 될까요? 그러면 새 영화 잡지를 드릴게요."

'어떤 마음인지 잘 알아.' 에일린이 생각했다. "난 안 돼. 난 홍역을 앓은 적이 없단 말이야."

"나도 안 앓았으면 좋았을걸." 우나가 한탄했다.

에일린은 시트들을 침구 보관장에 돌려놓았다. 그러면서 시트를 자기 침실 창문에 걸고 그걸 타고 내려가 이곳을 빠져나갈까 잠시 생각해보았지만 그녀의 침실은 4층에 있었고, 얼마 뒤 스튜어트 의사가 올 터이기에 그 생각을 접었다. 의사가 일단 알프를, 그리고 불쌍한 우나를 보고 나면 격리를 해제할 게 거의 확실했고, 그러면 에일린은 목숨을 잃거나 팔다리가 부러질 위험을 무릅쓰는 대신 정문을 통해 안전하게 걸어 나갈 수 있을 것이다.

하지만 스튜어트 의사는 전화해 늦을 거라고 했고(프리차드 장원에 머무는 피난민 아이 한 명이 나무에서 떨어져 다리가 부러졌다고 했다), 오후 3시가 되어 의사가 도착했을 때는 알프의 병이 홍역이라는 게 확실해졌다. 가짜로 그려 넣을 수 없을 정도로 작고 붉은 반점들이 알프의 머리끝에서 발끝까지 촘촘히 났고, 토니와 로즈는 둘 다 목이 아프다고 불평했으며, 의사가 둘의 체온을 재기도 전에 지미가 '나 아플 거 같아요.'라고 했고, 정말로 병이 났다.

에일린은 오후 내내 간이침대를 더 설치했고, 그 내내 기회가 있을 때 창문으로 탈출하지 않은 걸 후회했다. 토니의 형인 랄프와 로즈의 언니인 엘리스가 그날 밤 아파 쓰러졌으며, 스튜어트 의사가 에드위나를 검사했을 때, 그 아이는 자신은 아프지 않다고 했지만 입안에는 하얀 반점들이 보였다. "보트를 탔다면 이런 일은 절대로 일어나지 않았을 거예요." 에드위나는 짜증을 내며 말했다.

에일린은 그 소리들을 듣고 있지 않았다. 그녀는 강하에 관해 생각하고 있었다. 에일린은 설사 사무엘스 씨를 통과할 수 있다 할지라도 지금은 갈 수 없었다. 우나에게 아이들을 맡기고 떠날 수는 없는 노릇이었다. 스튜어트 의사는 간호사를 한 명 데려오겠노라고 약속했지만, 간호사는 주말이나 되어야 온다고 했고, 그때면 실험실은 에일린이 왜 돌아오지 않는지 파악하기 위해 구조팀을 보낼 것이다.

벌써 보내지 않았다면 말이다. "문에 우리가 격리되었다는 공지가 있나요?" 에일린이 사무엘스 씨에게 물었다.

"있습니다. 그리고 장원 정문에도 하나 있습니다."

'그렇다면 구조팀이 와서 보면 무슨 일인지 바로 알겠구나.' 에일린이 생각했다. '그리고 나는 구조팀에게 소식을 전할 방법을 찾기 위해 전전긍긍할 필요가 없다는 거고.' 다행이었다. 왜냐하면 다음 며칠 동안 에일린은 쟁반을 나르고 시트를 빨고 아직 홍역에 걸리지 않은 아이들이 딴 데 정신을 팔게 하느라 눈코 뜰 새 없이 바빴기 때문이다.

우나 혼자서 모든 환자를 돌보는 건 벅찬 일이 분명했지만, 스튜어트 의사는 에일린이 병실에 들어가지 못하게 했다. 하지만 레그와 레티티아가 병으로 쓰러지자 의사는 말했다. "간호사가 올 때까지는, 그리고 아이들에게서 발진이 보일 때까지는 아무래도 당신이 도와야 할 것 같습니다. 발진이 보이면 회복될 겁니다. 되도록 가까운 접촉은 삼가십시오." 에일린이 홍역에 걸릴 위험이 없다는 건 다행이었다. 아이들은 끊임없이 간호가 필요했기 때문이다. 아이들은 모두 열이 나고 구토했으며, 눈이 충혈되었고 아파했다. 에일린은 차가운 습포를 짜고, 시트를 갈고, 대야를 비우느라 시간의 절반을 썼고, 나머지 절반은 알프가 침대에서 일어나지 못하도록 하는 데 썼다. 비록 알프 쪽은 실패였지만.

알프는 첫날 이후로 아프지 않았으며, 하루 대부분을 다른 환자들을 괴롭히는 데 썼다. 신부가 도착하지 않았더라면 에일린은 알프를 죽이려 들었을지도 몰랐다. 신부는 에일린을 소리쳐 부르더니 침구를 더 가져왔으며 풀러 교장에게서 젤리를 좀 받아왔다고 했고, 창문 너머로 에일린과 잠시 잡담을 나누었다.

"위로가 될지 몰라 하는 말인데요, 이곳만 격리된 게 아닙니다. 스페리와 프리차드 장원 역시 격리되었습니다. 학교를 닫았지요." 신부가 말했다. "침구와 젤리는 부엌 계단에 두고 가겠습니다. 아, 그리고 우편물을 가지고 왔습니다."

우편물은 독일군이 프랑스로 진군하고 있으며 벨기에가 함락될 거라는 내용이 담긴 〈런던 타임스〉와 자기 아이들은 홍역에 걸린 적이 있다는 내용이 적힌 매그루더 부인의 편지, 그리고 캐롤라인 여사가 보낸 쪽지였다.

여사는 쪽지에 이렇게 썼다. "이런 위기 상황에 하필 내가 집에 없어서 당신들을 도울 수 없어 정말 안타까워."

"허!" 배스컴 부인이 말했다. "아마도 여사님은 하필 그때 모임에 가서 집에 없던 자신이 행운아라고 생각할걸. 물론 내 생각을 묻는다면, 나는 여사님이 여기 없어서 다행이라고 생각해. 한 사람분만큼 요리를 덜 하고 뒤치다꺼리도 덜 해도 되니까."

배스컴 부인의 말이 옳았다. 이미 아이들만으로도 감당하기 벅찼다. 주말이 되자 아이들 열한 명이 홍역에 걸렸고, 스튜어트 의사가 보내겠다던 간호사는 여전히 도착하지 않았으며, 다음번 왕진 때 간호사가 언제 도착하느냐고 에일린이 묻자 의사는 심각하게 고개를 저었다. "오기로 한 간호사는 지난달에 간호 부대에 입대했습니다. 그리고 이 지역의 다른 간호사들은 이미 다른 곳에 할당되었고요. 이 지역에 홍역 환자들이 많이 발생했거든요."

'여기에도 홍역 환자들이 많단 말이에요.' 에일린이 분통을 터뜨리며 생각했다. 그리고 이후 며칠 동안 그 수는 더욱 늘어났다. 수잔이 홍역에 걸렸고, 조지도 걸렸다. 결국 음악실에 두 번째 병실을 차려야 했고, 그 누구도 이 집을 빠져나가지 못하게 하는 게 자기 임무의 시작이자 끝이라고 생각하는 사무엘스 씨를 포함해 모두가 간호를 도와야만 했다. 배스컴 부인은 살림을 도맡아 했고, 신부는 약과 송아지 발 젤리를 가져왔으며, 비니는 쟁반을 나르며 에일린의 혼쭐을 빼놨다.

"다들 죽는 건가요?" 비니는 무도회장을 엿보려 애쓰며 에일린에게 큰 소리로 물었다.

"당연히 아니지. 홍역으로 죽는 아이들은 없어."

"죽은 여자아이를 한 명 알아요. 그 아이는 하얀 관에 담겼어요."

하루하고 한나절 동안 이런 이야기를 들은 뒤 에일린은 비니를 부엌일로 돌렸다. 배스컴 부인은 자기 앞치마 한 장을 비니에게 둘러주더니 설거지를 시켰고, 이제는 아무도 없는 무도회장에 빨래를 널고 바닥을 닦으라고 시켰다.

"불공평해요." 비니가 에일린에게 분개해 말했다. "나도 홍역에 걸릴 수 있으면 좋겠어요."

"말조심해야지." 배스컴 부인이 식료품 저장실에서 나오며 말했다. "그리고 그 찻잔들도 조심하고. 잰 벌써 네 개나 깨 먹었어." 배스컴 부인이 에일린에게 말했다. "그리고 스포드 찻주전자도. 캐롤라인 여사님이 뭐라고 말할지 모르겠네."

에일린은 특별히 걱정하지 않았다. 캐롤라인 여사는 첫 번째 편지 이후 단 한 번만 연락했고, 그 편지에 자신은 격리가 끝날 때까지 친구 집에 머물 예정이며 그쪽으로 '내 하얀 시스루 원피스, 내 은여우 어깨걸이, 내 파란 수영복'을 보내라고 했다.

다음 며칠은 눈 깜짝할 사이에 지났다. 아이들은 토하는 단계가 되었다가 열이 치솟는 단계를 지나 발진이 나타나는 단계로 들어섰다. 페기와 레그는 눈병이 났고, 질은 가슴에서부터 나오는 기침을 하기 시작했다. 의사는 에일린에게 질을 유심히 지켜보라고 경고했다. "폐로 번지면 안 됩니다." 스튜어트 의사는 그 밖에도 하루에 두 번씩 담요를 텐트처럼 만들어 그 안에서 증기를 쬐게 하라고 처방했고, 그 때문에 에일린의 할 일은 더욱 늘어났다.

아이들을 포함해 모두가 도왔지만 할 일은 끝이 없었다. 페기와 바바라는 아이들 방을 쓸었고, 시어도어는 자기 간이침대를 직접 정리했고, 비니는 부엌에서 일하며 배스컴 부인의 잔소리를 참았다. 에일린이 부엌으로 내려올 때마다, 배스컴 부인은 비니에게 손가락을 흔들어대며 "그걸 깎은 거라고 깎은 거야? 감자알 절반을 잘라냈잖아!"라고 소리치거나 "왜 저 접시들을 안 치워둔 거냐?"라고 말하거나 또는 (모든 상황에서 쓸 수 있는) "내 말 명심해. 넌 비참한 최후를 맞게 될 거야."라고 협박했다. 에일린은 사실 비니가 안 되었다는 생각이 살짝 들기도 했다.

목요일, 질의 증기 주전자에 넣을 멘톨향이 든 독주를 가지러 아래층에 내려갔을 때, 비니는 절망했다는 듯이 부엌 탁자 앞 의자에 앉아 두 팔에 머리를 괴고 있었고, 그 옆에는 씻어야 할 채소가 잔뜩 쌓여 있었다. "배스컴 부인….” 에일린이 식료품 저장실로 가 말했다. “비니에게 너무 모질게 대하지 마세요. 저 아이는 최선을 다하고 있어요.”

“너무 모질다고?” 배스컴 부인이 말했다. “머리가 아프다고 불평하기에 애를 앉아 쉬게 하고 나는 아침 내내 설거지와 다림질을 했는데, 내가 모질어?”

“머리가 아프다고요?” 에일린은 서둘러 부엌으로 나와 비니의 의자 옆에 쪼그리고 앉았다. “비니?”

비니는 고개를 들었고, 두 눈은 너무 번들거렸다. 게다가 그 아래로 다크서클이 확연했다.

에일린은 아이 이마를 만져보았다. 델 것처럼 뜨거웠다. “몸이 으슬으슬하니?”

“아뇨. 그냥 두통이에요.”

에일린은 비니를 데리고 무도회장으로 올라갔다. “좀 누우면 기분이 나아질 거야.” 비니의 원피스 단추를 끄르며 에일린이 말했다.

“나 홍역에 걸린 거죠?” 비니가 구슬프게 말했다.

“아무래도 그런 거 같구나.” 에일린이 말하며 비니의 속셔츠를 위로 들어 올렸다. 아직 발진의 흔적은 없었다. “발진이 생기면 나아질 거야.”

하지만 발진은 생기지 않았고, 열과 계속되는 두통을 빼고 다른 증상이 나타나지도 않았다. 열은 계속 높아졌다. 비니는 두 눈을 꼭 감고 누워 머리가 터지지 않도록 받치려는 듯 두 주먹으로 이마를 꾹 누르고 있었다. “홍역이 확실한가요?” 에일린은 스튜어트 의사에게 물었다. 뇌막염일지도 모른다는 생각이 들었기 때문이다.

“발진이 늦게 나타나는 아이들이 있습니다.” 의사가 에일린을 안심시켰다. “비니는 아침이면 괜찮아질 겁니다.”

하지만 그렇지 않았고, 아이의 체온은 계속 높아졌다. 오후에 의사가 왔을 때 체온은 39도였다. “4시간마다 큰 잔 가득 물을 담아 이 가루약 한 숟가락을 타 먹여요.” 의사가 에일린에게 종이봉투를 건네며 말했다.

“해열제인가요?”

"아니요. 홍역이 빨리 낫는 데 도움이 될 거예요. 열은 발진이 생기면 자연히 내려요."

가루약은 효과가 없었다. 비니에게 발진이 생기기까지는 사흘이 더 걸렸고, 발진이 생겨도 고통은 줄지 않았다. 비니의 발진은 분홍색이 아니라 밝은 빨간색이었고, 온몸을 뒤덮었으며, 심지어 손바닥에도 나타났다. "아파요." 비니가 외치며 베개에서 머리를 쉴 새 없이 움직였다.

"심하게 앓는군요." 의사가 말했지만, 그건 의학적 소견이라고는 말하기 어려웠다. 의사는 비니의 체온을 재고(39.5도였다), 가슴에서 나는 소리를 들었다. "홍역이 폐까지 들어간 거 같습니다."

"폐에요?" 에일린이 말했다. "폐렴이라는 말인가요?"

의사가 고개를 끄덕였다. "그래요. 당밀, 마른 겨자, 갈색 종이로 가슴에 붙일 습포를 만들어주세요."

"하지만 병원에 입원해야 하지 않나요?"

"병원이라고요?"

에일린은 입술을 깨물었다. 이 시대 사람들은 폐렴으로는 병원에 가지 않는 게 분명했다. 하긴 왜 가겠는가? 폐렴에 걸렸을 때는 달리 방법이 없었다. 항바이러스제도 없고, 나노 요법도 없고, 설파제와 페니실린을 빼면 항생제조차 없었다. 아니, 그것조차 없었다. 페니실린이 널리 쓰이게 된 건 제2차 세계대전이 끝난 뒤였으니까.

"너무 걱정하지 말아요." 에일린의 팔을 토닥이며 의사가 말했다. "비니는 어리고 튼튼하니까."

"하지만 열을 내리게 해줄 약은 없나요?"

"감초차를 끓여 마시게 해요." 의사가 말했다. "그리고 하루에 세 번씩 알코올로 몸을 닦아주고."

'차, 습포, 유리 체온계! 이런 것들을 가지고 20세기에 사람이 살아남은 게 기적이야.' 에일린은 넌더리가 났다. 의사가 떠난 뒤, 에일린은 비니의 뜨거운 팔과 다리를 닦아주고 차를 마시게 했지만, 둘 다 아무 소용이 없었고, 밤이 깊어 갈수록 아이 숨은 점점 더 가빠졌다. 비니는 잠깐 잠이 들었다가 신음을 내며 이리저리 몸을 뒤척였다. 자정이 지나고 나서야 비니는 완전히 잠이 들었다. 에일린은 비니에게 이불을 덮어주고 다른 아이들을 확인하려고 일어나 걸음을 뗐다.

"날 두고 가지 마세요!" 비니가 외쳤다.

"쉬잇." 에일린이 서둘러 돌아와 비니 옆에 앉으며 말했다. "나 여기 있어. 쉬잇. 나는 가지 않아. 잠깐 다른 아이들이 어떤지만 보려는 거야." 에일린은 비니의 이마를 만져보려고 손을 뻗었다.

비니는 화를 내며 몸을 비틀어 에일린을 피했다. "아니, 아니에요. 날 두고 가려고 했어요. 런던으로요. 내가 봤어요."

비니는 시어도어와 역에 있던 그날을 떠올리는 게 분명했다. "나는 런던으로 가지 않아." 에일린이 달래는 목소리로 말했다. "나는 여기 너와 함께 있잖아."

비니는 격하게 고개를 흔들었다. "내가 봤단 말이에요. 배스컴 아줌마가 정숙한 여자는 숲에서 군인을 만나지 않는다고 말했어요."

'열에 들떠 헛소리를 하는 거구나.' 에일린은 생각했다. "가서 체온계를 가져올게, 비니. 곧 돌아올게."

"난 언니가 그러는 거 봤어, 알프." 비니가 말했다.

에일린은 체온계를 찾아 알코올에 담갔다가 가지고 왔다. "이걸 혀 아래에 넣어."

"날 두고 가면 안 돼요." 비니가 말했다. 비니는 에일린을 똑바로 바라보았다. "우리에게 잘해주는 건 언니뿐이란 말이에요."

"비니, 네 체온을 재야 해." 에일린은 되풀이해 말했고, 이번에 비니는 그 말을 알아들은 듯했다. 비니는 고분고분히 입을 열었고, 에일린이 체온계를 다시 뺄 때까지 영원처럼 느껴지는 몇 분 동안 가만히 있더니 이윽고 몸을 돌려 누워 두 눈을 꼭 감았다.

실내가 너무 어두웠기에 에일린은 체온계를 제대로 읽을 수가 없었다. 그녀는 램프가 있는 탁자 쪽으로 살금살금 다가갔다. 40도. 계속 이렇게 체온이 높다면 비니는 죽을 것이다.

새벽 2시였음에도 불구하고 에일린은 스튜어트 의사에게 전화했다. 하지만 의사는 집에 없었다. 그의 가정부가 말하길 그는 무디네 농장에 아기를 받으러 갔으며, 그곳에는 전화가 없다고 했다. 그건 에일린 혼자서 현 상황을 헤쳐나가야 하며, 즉 그녀가 할 수 있는 일은 아무것도 없다는 뜻이었다. 만약 에일린의 존재가 현재에 영향을 끼쳤다면, 네트는 절대로 그녀를 백베리에 보내지 않았을 것이기 때문이다.

하지만 네트가 금지하는 역사의 변형은 역사의 진행 과정에 영향을 주는 것들이지 홍역에 걸린 아이들이 죽느냐 사느냐에 관한 것이 아니었다. 비니는 D-데이 또는 제2차 세계대전에서 누가 이기는가에 영향을 미칠 수 없었다. 그리고 설사 그렇게 할 수 있더라도, 에일린은 그냥 여기 가만히 서서 비니가 죽어가게 둘 수 없었다. 적어도 비니의 체온을 내리려는 '노력'은 할 수 있었다. 하지만 어떻게? 알코올로 몸을 닦아주는 것은 아무 효과가 없었다. 욕조에 차가운 물을 받은 뒤 거기에 넣을까? 현재의 허약한 상태로 보아, 그랬다가 비니는 쇼크사할 수도 있었다. 비니의 열을 내리려면 약이 필요했지만, 1940년에 그런 약은 아직….

'아니, 있어.' 에일린이 생각했다. '캐롤라인 여사가 가지고 가지 않았다면 말이야.' 에일린은 병실을 살금살금 빠져나와 캐롤라인 여사의 방들이 있는 복도로 갔다. '제발, 제발 여사가 아스피린을 가지고 가지 않았어야 할 텐데.'

가져가지 않았다. 상자는 화장대 위에 있었고, 거의 가득 차 있었다. 에일린은 그걸 집어 주머니에 넣고 서둘러 병실로 돌아왔다. 에일린이 문을 여는 소리에 비니가 깨어 일어나 앉더니 두 손을 마구 흔들어댔다. "에일린 언니!" 비니가 흐느껴 울었다.

"나 여기 있어." 에일린이 비니의 두 손을 잡으며 말했다. 손을 불처럼 뜨거웠다. "나 여기 있어. 네 약을 가지러 간 것뿐이야. 쉬잇. 괜찮아. 나 여기 있어." 에일린은 상자에서 약을 두 알 꺼냈고 비니의 물잔에 손을 뻗었다. "난 아무 곳에도 안 가. 자, 이걸 먹어." 에일린은 비니가 약을 먹는 동안 아이의 머리를 받쳐줬다. "자, 착하지. 이제 누우렴."

비니는 에일린을 꽉 잡았다. "언니는 가면 안 돼요! 언니가 가면 누가 우리를 돌봐줘요?"

"나는 널 두고 안 떠나." 에일린은 두 손으로 비니의 뜨겁고 마른 손을 감싸며 말했다.

"맹세해줘요." 비니가 외쳤다.

"맹세해." 에일린이 말했다.

19

아직 자유로운 세상의 모든 이들은, 언제 끝날지 기약도 없고
또한 얼마나 가혹할지 알 수 없는 거대한 시련을 정면으로 마주해
극복하고 있는 런던 시민들의 침착함과 불굴의 정신에
감탄을 금치 못하고 있습니다.

— *윈스턴 처칠, 1940년*

런던, 1940년 9월 17일

화요일 저녁이 되었지만, 폴리는 여전히 직장을 구하지 못했다. "현재로서는" 또는 와링 앤 길로우 백화점 인사과장의 표현에 따르면 "이렇게 불확실한 상황"에서는 빈자리가 없었다.

"불확실한 상황"은 에두른 표현이었다. 하지만 이 시대 사람들은 돌려 말하는 게 특징이었다. 폭격당한 건물들과 산산조각이 난 사람들은 "사고"로 표현되었고, 폭탄으로 박살이 나 통행 불가능이 된 도로는 "우회로"라고 했다. 오늘 폴리가 직장을 구하려는 걸 두 번이나 중단시킨 낮의 폭격은 "히틀러의 티타임"이라는 이름이 붙었다.

오직 한 명, 하비 니콜스 백화점의 점원 보조만이 그걸 나쁘게 표현했다. "새로운 직원은 뽑지 않아요. 내일 아침에 백화점이 사라질지도 모르는데 사람을 뽑아야 할 이유가 없다는 거죠. 신규 직원 채용은 없어요."

그리고 그 여자 말이 옳았다. 데벤햄이나 야드윅에서는 폴리를 만나려조차 하지 않았고, 디킨스와 존스는 지원서도 쓰지 못하게 했으며, 던워디 교수의 금지 목록에 있는 다른 모든 곳도 마찬가지였다.

'그 목록은 순 억지야.' 지하철이 노팅힐게이트역에 도착했을 때 폴리가 생각했다. 그 백화점들은 모두 밤에 폭격당했지만, 사상자가 있었던 곳은 단 한 곳 파젯스 백화점뿐이었고, 그마저도 폴리가 임무를 마치고 돌아간 사흘 뒤인 10월 25일에 폭격을 당했다.

하지만 던워디 교수는 폴리가 아직 정착 확인 보고를 하지 않았다고 벌써 불같이 화가 났겠지. 던워디 교수의 기분을 상하게 할 만한 일을 더는 하지 않는 게 최선이었고, 그건 타운센드 브라더스나 피터 로빈슨 백화점에서 직장을 구해야만 한다는 뜻이었다. 그것도 곧. 만약 내일까지 돌아가 정착 확인 보고를 하지 않으면 던워디 교수는 폴리에게 무슨 일이 일어났다고 생각해 구조팀을 보내 그녀를 데려갈 확률이 높았다.

폴리는 역 계단 위쪽에 있는 뉴스 판매대에서 〈익스프레스〉와 〈데일리 헤럴드〉를 산 뒤 리케트 부인 집으로 서둘러 갔다. 오늘 저녁 식사는 어제 저녁에 먹은 비프 해시 통조림, 붉은 섬유질 조각이 첨가된 희멀건 감자와 양배추 죽보다는 좀 더 낫기를 바랐다.

그렇지 않았다. 오늘의 조각은 회색에 고무처럼 질겼고(리케트 부인 말에 따르면 넙치였다), 감자와 양배추는 서로 구별이 안 될 정도로 끓여져 있었다. 다행히도 저녁을 반쯤 먹었을 때 사이렌이 울린 덕분에, 폴리는 그 음식을 마저 먹지 않아도 되었다.

세인트조지 교회에 도착한 폴리는 다른 방을 구할 생각으로 곧바로 〈헤럴드〉를 펼쳐 '세놓음' 면을 보았지만 모든 주소가 금지 목록에 들어 있었다. 폴리는 장을 넘겨 '구인' 면을 보았다. 말벗 구함, 2층 담당 하녀, 운전사. '일하던 사람들이 모두 전쟁에 나갔군.' 폴리가 생각했다. '아니면 군수물자 공장에서 일하거나.' 보모, 온갖 종류의 하녀 구인 광고가 뒤를 이었다. 백화점 점원을 구하는 광고는 하나도 없었으며, 〈익스프레스〉 역시 마찬가지였다.

"아직 못 구했어?" 라일라가 물었다. 라일라는 실핀을 써서 비브의 머리를 땋아 올리고 있었다.

"응. 아직."

"구할 수 있을 거야." 손가락으로 비브의 머리 타래를 감으며 라일라가 말했다. 비브가 덧붙여 용기를 북돋웠다. "폭격이 멈추면 다시 사람들을 뽑을 거야."

'그때까지 기다릴 수 없는걸.' 폴리가 생각했고, 만약 이 둘에게 폭격은 앞으로 8개월 동안 계속될 거고 설사 런던 대공습이 끝난다 해도 그 이후 3년 동안 간간이 폭격이 있을 것이며, 그다음에는 V-1과 V-2가 경쟁하듯 공격해올 거라 말을 하면 어떤 반응을 보일지 궁금해졌다.

"존 루이스 백화점은 시도해봤어?" 라일라가 이로 실핀을 열며 물었다. "집에 가다가 어떤 여자가 하는 말을 우연히 들었는데, 그쪽에서 사람이 필요하다더라."

"고급 여성복 매장이야." 비브가 말했다. "하지만 빨리 움직여야 할 거야. 내일 아침에 문 열 때 그 앞에 있어야 해."

'그땐 너무 늦어.' 폴리가 생각했다. 그곳은 오늘 밤에 폭격당했다.

폴리는 나이 지긋한 신사가 다가온 덕분에 대답하지 않아도 되었다. 그 신사는 그동안 밤마다 그래 왔듯이 이번에도 폴리에게 〈타임스〉를 건네주러 온 것이었다. 폴리는 그 신사에게 고맙다고 말하고 신문의 '구인' 면을 펼쳐봤지만, 그곳에도 아무 자리가 없었다.

라일라는 비브의 머리 땋기를 마쳤고, 둘은 영화 잡지를 보면서 캐리 그랜트와 로렌스 올리비에 중 누가 더 매력적인지를 토론했다. 폴리는 원래 지하철역 방공호들을 관찰할 생각이었지만, 세인트조지 교회가 관찰 대상으로 조건이 더 좋았다. 이곳에는 모든 연령대와 모든 계급이 다양하게 있었다. 하지만 또한 개개인을 관찰할 수 있을 정도로 수가 적기도 했다. 그리고 무엇보다 좋은 점은, 폴리가 대화 소리를 들을 수 있다는 것이었다. 일요일에 세인트폴 대성당에서 뱅크역을 통해 돌아올 때 보니, 거기선 시끄러운 소리가 둥그런 천장과 울림을 전달하는 터널들 때문에 증폭되어 믿을 수 없을 정도로 크게 들렸다.

하지만 여기서는 폭탄들이 터지는 소리 속에서도 세 딸에게 동화를 읽어주는 어머니(오늘 밤은 《라푼젤》이었다)부터 교회의 추수 감사절 바자를 의논하는 주임 사제와 위번 부인의 말소리까지 모든 것을 들을 수 있었다. 그리고 매일 밤 같은 사람들이 왔다.

아이들 어머니는 브라이트포드 부인이었고, 세 딸은 나이순으로 베스, 아이린, 트로트였다. "세례명은 데보라지만 아이가 워낙 분주해서 우리는 그냥 트로트[29]라고 불러요." 브라이트포드 부인은 히바드 양에게 설명했다. 히바드 양은 뜨개질을 하는 머리가 허연 여자였다. 그보다 젊은 노처녀 이름은 라버넘 양이었다. 라버넘 양과 위번 부인은 세인트조지 교회의 부인회에서 일했고, 그게 제단의 꽃이며 바자회에 관해 하던 모든 토론의 이유였다. 뚱뚱하고 성질 고약한 남자는 도밍 씨였다. 심스 씨의 개 이름은 넬슨이었다.

아직 폴리가 이름을 알아내지 못한 이는 밤마다 그녀에게 〈타임스〉를 건네는 나이 지긋한 신사뿐이었다. 폴리는 그를 은퇴한 서기라고 짐작했지만, 그의 매너와 억양은 상류층이었다. 귀족일까? 가능했다. 런던 대공습은 계급 간의 장벽을 부쉈으며, 방공호에서는 공작과 그 하인들이 종종 나란히 앉아 있곤 했다. 하지만 귀족이라면 여기보다 더 편한 곳으로 갈 수 있을 게 분명했다.

그가 이 방공호를 택한 무슨 특별한 이유가 있는 게 분명했다. 가령, 심스 씨는 지하철에는 개를 데리고 갈 수 없어서 이곳에 왔다. 일요일에 하숙집에서 함께 이곳에 오며(히바드 양, 도밍 씨, 라버넘 양 모두 리케트 부인 집에서 하숙했다), 폴리에게 비밀을 털어놓은 히바드 양은 사람들을 만나러 이곳에 왔다. "무슨 일이 일어날까 생각하며 방에 혼자 앉아 있는 것보다 여기 있는 게 훨씬 더 즐겁죠." 그녀가 말했다. "부끄러운 말이지만, 공습이 일어나길 거의 기대할 정도예요."

나이 지긋한 신사가 여기 오는 건 사람들을 만나기 위해서가 아니었다. 폴리에게 자신의 〈타임스〉를 건네는 걸 빼면, 그는 방공호의 다른 사람들과 거의 교류가 없었다. 그 남자는 늘 앉는 구석 자리에 조용히 앉아 다른

29 트로트(trot)는 '빠르게 다니다'라는 뜻이다.

사람들이 이야기하는 모습을 지켜보거나 독서를 했다. 폴리는 그가 읽는 책 제목을 알아볼 수 없었다. 학술서인 듯했다. 하지만 겉모습을 믿을 수는 없었다. 주임 사제가 읽는 책은 교회 서적 같아 보였지만, 알고 보니 애거사 크리스티의《사제관의 살인 사건》이었다.

라버넘 양은 리케트 부인과 히바드 양에게 버킹엄 궁전에 떨어진 폭탄에 관해 이야기하고 있었다. "폭탄이 폐하와 왕비님의 거실 바로 밖 뜰에 떨어져 터졌대요." 그녀가 말했다. "하마터면 두 분 다 돌아가실 뻔했어요!"

"이런, 맙소사." 히바드 양이 뜨개질하며 말했다. "다치셨대요?"

"아니요. 하지만 많이 놀라셨대요. 다행히도 공주님들은 시골에 안전히 있었고요."

"라푼젤은 공주였어요." 트로트가 자기 어머니 무릎에 앉아 어머니가 읽어주는 동화책을 보다가 고개를 들며 말했다.

"아니, 공주가 아니었어." 아이린이 말했다. "《잠자는 숲속의 미녀》가 공주야."

"왕비님의 개들은요?" 심스 씨가 물었다. "개들도 왕궁에 있었나요?"

"〈타임스〉에 개 얘기는 없었어요." 라버넘 양이 말했다.

"당연히 없지요. 누가 개에게 신경을 쓰겠어요."

"지난주 〈데일리 그래픽〉에는 개들이 쓰는 방독면 광고가 있었습니다." 주임 사제가 말했다.

"바실 래스본 잘 생기지 않았니?" 비브가 말했다.

라일라가 인상을 썼다. "아니. 그 사람은 너무 늙었어. 난 레슬리 하워드가 훨씬 더 잘 생겼더라."

방공포 하나가 발포를 시작했다. "스트랜드에서 반격이군요." 도밍 씨가 말했다. 동쪽에 육중한 폭발음이 뒤따랐고 또다시 폭발음이 들렸다. "이스트 엔드가 다시 폭격받고 있어요."

"왕궁이 폭격당했을 때 왕비님이 뭐라고 하셨는지 알아요?" 라버넘 양이 말했다. "'이제야 이스트 엔드를 볼 면목이 있군요.'라고 하셨어요."

"왕비님은 우리 모두에게 귀감이 되는 분이지요." 위번 부인이 말했다.

"사람들 말이, 왕비님은 아주 용감하시대요." 라버넘 양이 말했다. "폭탄을 전혀 무서워하지 않으신대요."

이 사람들 역시 마찬가지였다. 원래 폴리는 사람들이 대공습에 적응해 가는 과정을 관찰하고 싶었다. 즉 공습 기간 중에 사람들이 처음에는 두려움에 떨다가 이어서 절대로 항복하지 않겠노라는 결심을 하게 되고, 시간이 흐르며 (런던 대공습 중간에 도착한 미국 종군기자들이 큰 감명을 받았던) 차분하고 용감한 상태로 바뀌는 과정을 볼 수 있으리라고 생각했다. 하지만 이 사람들은 이미 그 단계를 지나 공습을 완전히 무시하는 단계에 도달해 있었다. 단 열하루 만에.

심지어 이 사람들은 위쪽의 폭발음이나 부서지는 소리가 들리지 않는 듯했다. 폭발음이 특별히 클 때나 한 번씩 위를 슬쩍 보고는 원래 하던 대화를 계속했다. 대화 주제는 전쟁이 차지하는 경우가 흔했다. 심스 씨는 매일 밤 격추된 독일 공군과 영국 공군 비행기 숫자를 알려줬다. 라버넘 양은 왕실 가족 이야기에 관심이 있어서 '우리 귀한 왕비님'이 폭격받은 지역과 병원, 공습 대비대 지부를 방문한 일을 하나도 빼지 않고 상세히 이야기했다. 그리고 히바드 양은 '우리 남자아이들'을 위해 양말을 떴다. 심지어 대부분의 시간을 영화 잡지와 댄스에 관해 이야기하는 라일라와 비브마저 영국 해군 여군 부대에 입대하는 이야기를 했다. 그리고 라일라가 바실 래스본보다 "훨씬 더 잘생겼다"고 주장하는 레슬리 하워드는 영국 공군 소속이었다. 그는 1943년 비행기가 격추되어 사망할 운명이었다.

브라이트포드 부인의 남편은 육군에 있었고, 주임 사제의 아들은 됭케르크에서 부상당해 오핑턴의 병원에 있었다. 여기 사람들 모두에게 징집되거나 폭탄에 다친 친척이나 지인이 있었고, 사람들은 이런 내용들을 마치 소문에 관해 이야기하듯 즐거운 목소리로 토론했다. 파도처럼 강해졌다가 잠잠해졌다가 다시 강해지는 공습이 있다는 사실은 안중에도 없었다. 그리고 심스 씨의 테리어인 넬슨마저도 공습이 특별히 신경 쓰이지 않는 듯했다. 개는 고음을 사람보다 더 잘 듣기 때문에 공습이 더욱더 힘들 텐데도 말이다.

"에이, 그건 말도 안 돼." 라일라가 말하고 있었다. "레슬리 하워드가 클라크 게이블보다 훨씬 더 잘 생겼어."

"…그리고 마녀가 말했어요. '넌 나에게 라푼젤을 줘야 해.'" 브라이트포드 부인이 책을 읽었다. "그리고 마녀는 아이 부모에게서 아이를 빼앗아 갔어요…."

폴리는 브라이트포드 부인이 아이들을 피난시키길 거부한 것인지 아니면 아이들이 피난을 갔다가 돌아온 건지 궁금했다. 메로피의 말에 따르면, 대공습이 시작되었을 때는 피난 갔던 아이들 가운데 75퍼센트 이상이 이미 런던으로 돌아와 있었다.

"이제 북쪽으로 옮겨가는 것 같군요." 심스 씨가 말했다.

폭격이 점점 멀어지는 듯했다. 가장 가까이서 쏘던 방공포들이 멈추었고, 비행기들의 으르렁거리는 소리는 낮게 윙윙거리는 소리로 줄어들었다.

"그리고 잔인한 마녀는 라푼젤을 문도 없는 높은 탑에 가두었어요." 브라이트포드 부인이 거의 잠이 든 트로트에게 책을 읽어주었다. "그리고 라푼젤은…."

갑자기 날카롭게 문을 두드리는 소리가 들렸다. 트로트가 똑바로 일어나 앉았다.

'누군가가 거리에서 공습 대비대 감시원에게 잡힌 거야.' 폴리가 생각하며 문을 보았고, 이어서 주임 사제를 보았다. 그가 밖의 사람들을 들여보낼 거라고 생각해서였다.

주임 사제는 움직이지 않았다. 아무도 움직이지 않았다. 숨조차 쉬지 않았다. 그들 모두는, 심지어 어린 트로트마저 문을 뚫어져라 바라보았으며, 모두 얼굴이 창백해지고 눈을 크게 뜨고 있었다. 그리고 한 대 얻어맞기 전처럼 몸에 힘을 주고 있었다.

'첫날 밤에 내가 문을 두드렸을 때 모두가 이런 표정이었겠구나.' 폴리가 생각했다. '문이 열리기 직전에 저런 표정들이었어. 그리고 들어온 사람이 나인 걸 보았지.'

폴리는 이 사람들이 공습에 적응했다고 생각했지만, 틀린 판단이었다.

이들은 늘 지금의 공포를 느끼고 있었다. 단지 표면 아래에 눌러두었을 뿐이었다. 폴리는 갑자기 세인트폴 대성당에서 본 '세상의 빛' 그림이 떠올랐다. '바로 이 때문에 그 문 안쪽에 있는 사람이 문을 열지 않은 게 아닐까. 너무나 두려워서 말이야.'

더 크게 문을 두드리는 소리가 들렸다. 트로트는 자기 어머니의 몸을 타고 올라가 어머니 목에 얼굴을 묻었다. 브라이트포드 부인은 다른 아이들도 더 가까이 끌어당겼다. 라버넘 양은 가슴에 손을 대었고, 나이 지긋한 신사는 우산에 손을 뻗어 잡은 뒤 도밍 씨와 함께 일어섰다.

"독일군인가요?" 베스가 날카로운 목소리로 물었다.

"아니. 당연히 아니지." 브라이트포드 부인이 말했지만, 모두 그렇게 생각하는 게 분명했다.

주임 사제는 심호흡한 뒤 방을 가로질러 빗장을 끄르고 문을 열었다. 위아래가 붙은 공습 대비대 작업복을 입은 젊은 여자 둘이 양철 헬멧과 방독면을 들고 허둥지둥 안으로 들어왔다.

"문을 닫아요." 리케트 부인이 말했고, 위번 부인이 외쳤다. "등화관제인 거 잊지 말아요." 폴리가 들어왔을 때 두 사람이 했던 바로 그 말이었다.

여자들은 문을 닫았고, 라버넘 양이 웃으며 둘을 환영했다. 트로트는 자기 어머니에게서 내려왔고, 아이린은 새로 온 사람들을 살펴보기 위해 입에서 엄지손가락을 뺐으며, 비브는 둘이 앉을 자리를 내주기 위해 라일라에게 더 바짝 다가앉았다. 리케트 부인은 의심스러운 눈으로 계속 둘을 노려보았지만, 그녀는 폴리에게도 그랬었다.

젊은 여자들은 방 안의 모두를 둘러보았다. "아, 맙소사, 여기도 아니네." 한 명이 실망하며 말했다.

"지부에 가는 중이었는데, 아무래도 등화관제 때문에 길을 잃은 것 같습니다." 다른 이가 말했다. "여기에 저희가 쓸 수 있는 전화기가 있을까요?"

"아쉽지만 없습니다." 주임 사제가 미안해하는 투로 말했다.

"그렇다면 글로스터 테라스에 어떻게 가야 하는지 알려주시겠어요?"

"글로스터 테라스요?" 도밍 씨가 말했다. "길을 잃은 게 맞군요."

그 말이 맞았다. 글로스터 테라스는 한참 떨어진 매릴번에 있었다.

"오늘이 근무 첫날 밤이라서요." 첫 번째 젊은 여자가 설명했고, 주임 사제는 약도를 그려주기 시작했다.

"저 언니들 독일 사람이에요?" 트로트가 자기 어머니에게 속삭였다.

브라이트포드 부인이 소리 내 웃었다. "아니야. 우리 편이야."

주임 사제가 그들에게 약도를 주었다. "폭격이 끝날 때까지 여기서 머물러야 하지 않나요?" 주임 사제가 물었지만, 둘은 고개를 저었다.

"이미 너무 늦었기 때문에 지부장님이 우리 목을 치려 들 거예요." 첫 번째 여자가 시끄러운 소리 속에서도 들리도록 목소리를 높여 말했다.

"하지만 제안은 감사합니다." 다른 사람이 소리쳤고, 둘은 문을 열고 밖으로 빠져나갔다.

'영웅들을 관찰하려면 마이클 데이비스는 됭케르크가 아니라 여기로 왔어야 했어.' 폴리가 둘의 뒷모습을 보며 생각했다. 폴리는 방금 실제로 활약하는 영웅을 보았다. 그리고 폴리가 본 것은 단지 젊은 여성들 그리고 공습이 한창인 것도 마다치 않고 거리로 나가는 모습이 아니었다. 문을 두드린 이가 독일군일지도 모르는 상황에서, 주임 사제가 지하실을 가로질러 문을 열기 위해서는 얼마나 큰 용기가 필요했을까? 또는 다음 공습경보해제 사이렌이 울릴 때까지 살아 있을지 어떨지 모르는 상황 속에서 모두 밤마다 이곳에 앉아 임박한 침공 또는 직격탄의 위협을 참고 버티는 건 얼마나 큰 용기가 필요한 걸까?

알 수 없었다. 그건 역사학자들이 절대로 이해할 수 없는 상황이었다. 역사학자들은 한 시대 사람들을 관찰하고, 함께 섞여 살며 그 상황을 이해하려 애쓸 수는 있지만, 그 사람들이 경험하는 것을 진짜로 경험할 수는 없었다. '왜냐하면 나는 무슨 일이 일어날지 알거든. 나는 히틀러가 잉글랜드를 침공하지 않을 거고, 독가스를 쓰지 않을 거고, 세인트폴 대성당을 파괴하지 못할 거라는 걸 알아. 런던도, 전 세계도 파괴되지 않으리라는 걸 난 알아. 히틀러가 전쟁에서 질 거라는 것도 알고.'

하지만 이 사람들은 알지 못했다. 이 사람들은 행복한 결말이 오리라는 사실을 알지 못한 채, 런던 대공습과 D-데이와 V-1과 V-2의 시절을 거치며 살아야 했다.

"그래서 라푼젤에게는 무슨 일이 일어났어요?" 마치 아무 일 없었다는 듯이 트로트가 물었다.

"나머지 부분도 이야기해주세요." 베스와 아이린이 맞장구쳤지만, 둘은 자기 어머니가 한 페이지도 채 읽기 전에 잠이 들었고, 트로트만이 계속 눈을 뜨고 있으려 애를 썼다. 물론 아이들은 무슨 일이 일어나고 있는지 또는 일어날 수 있는지 이해하기에는 너무 어렸다. 폴리는 그 사실이 기뻤다.

그리고 다른 이들도 폴리와 마찬가지로 아이들을 보호해주고 싶은 마음인 게 분명했다. 위번 부인과 라버넘 양은 목소리를 낮춰 속삭였고, 심스 씨는 손을 뻗어 담요를 베스의 어깨 위로 끌어올려 주었다. 브라이트포드 부인은 심스 씨를 향해 싱긋 웃어 보였고 계속 책을 읽어나갔다. "'…그리고 몇 년이 넘도록 찾아다닌 끝에 왕자는 라푼젤의 목소리를 들었어요….'"

"엄마." 트로트가 일어나 앉아 어머니의 소매를 잡아당기며 말했다. "만약 독일군이 찜공해오면 어떠케요?" 트로트는 침공을 '찜공'이라 발음했다.

"그러지 못할 거야." 브라이트포드 부인이 말했다. "처칠 씨가 그렇게 놔두지 않을 거야." 그리고 부인은 계속 책을 읽었다. "'그리고 라푼젤의 눈물이 왕자의 눈으로 떨어지며 왕자는 시력을 회복했고, 둘은 그 뒤로 행복하게 살았습니다.'"

"하지만 만약 그러면요? 찜공해오면요?"

"그러지 못할 거야." 아이 어머니가 단호히 말했다. "엄마가 너를 안전하게 지켜줄게. 너도 엄마가 그러리라는 걸 알지?"

트로트가 고개를 끄덕였다. "엄마가 죽지 않으면요."

20

한편으로, 적에게 그 어떤 정보도 주지 않는 게 중요합니다.
적의 미사일이 어디에 떨어졌는지를 말하면 적이 그에 따라
목표 지점을 수정할 수 있도록 돕는 결과가 되기 때문입니다.

— 허버트 모리슨, 내무성 장관, 1944년 6월 16일

덜위치, 서리, 1944년 6월 14일

수요일 아침이 되자, 메리는 걱정이 되기 시작했다. 베스날 그린 철교나 12일 밤에 떨어진 다른 V-1에 관한 언급이 여전히 없었기 때문이다. 만약 메리의 임플란트가 말한 대로 처음 네 대의 V-1이 공격한 게 맞는다면, 지금쯤이면 무슨 소식이 들렸어야 했다.

하지만 마지막 FANY 두 명, 패리시와 수트클리프-히스가 처음 V-1이 떨어진 곳으로부터 겨우 6킬로미터밖에 되지 않은 플래트에서 반창고 상자를 가지고 돌아왔고, 또한 댄스에 신을 마땅한 구두가 나왔으면 미리 챙겨놓아 달라며 탤벗이 베스날 그린과 통화했는데도, 그녀는 폭발 또는 꼬리 부분에 노란색 화염을 내뿜는 이상하게 생긴 비행기 이야기는 전혀 꺼내지 않았다.

신문에도 아무런 내용이 없었지만, 메리는 그건 예상을 했었다. 정부는 15일까지 V-1을 비밀에 부치다가 100대 이상의 V-1이 공격해와 더는 그 존재를 숨길 수 없게 되자 그제야 발표했다. 하지만 메리는 정부가 지어낸 가스 폭발에 관한 이야기는 신문에 실렸으리라 생각했었다.

하지만 런던의 신문 그 어디에도 그런 내용은 없었고, 〈사우스 런던 가제트〉의 큰 뉴스는 베티 번틴 양이 뉴욕 브루클린 출신 조셉 모렐리 일병과 약혼했다는 내용이었다. 그리고 FANY의 유일한 대화 주제는 누가 분홍색 망사 드레스를 제일 먼저 입을 것인가였다. 만약 메리가 역사적 배경지식을 공부하지 않고 이곳에 도착했더라면, 여기가 공격받고 있다는 건 고사하고 지금이 전시라는 사실조차 알아차리지 못했을 것이다. 다음 로켓들은 내일 저녁이 되어야 발사될 예정이었지만, 메리는 그 주제를 꺼낼 방법이 없었다.

하지만 어쨌든 시도는 해보았다. "사실 나는 지난 월요일에 여기 오기로 되어 있었어." 메리가 말했다. "내가 뭔가 놓친 게 있어?"

"노르망디 상륙 작전." 리드가 매니큐어를 칠하며 말했다.

"그리고 사과수레 뒤집기." 캠벌리가 분홍색 드레스를 입어보며 말했다. "만약 네가 오는 걸 알았더라면 너에게 그 크림색 레이스 드레스를 구해줬을 거야." 캠벌리가 그렌빌을 돌아보았다. "나는 이걸 입고는 먹거나 숨을 못 쉬겠어. 다시 내놔야겠어." 캠벌리는 다시 메리를 보며 말했다. "혹시나 해서 말인데, 켄트. 너 이브닝드레스를 가지고 있지는 않겠지?"

"돌려 입을 생각이 아니면 있다고 말하지 마." 페어차일드가 말했다.

"하지만 네가 네 걸 우리와 돌려 입으면, 우리는 우리 걸 너와 돌려 입을 거야." 캠벌리가 말했다.

패리시가 눈알을 굴렸다. "쟤는 그냥 옐로우 페릴을 입을 기회만 노리고 있을걸."

"쟤는 금발이니 아주 잘 어울릴 거 같아." 캠벌리가 말했다.

"옐로우 페릴은 누구에게도 어울리지 않아." 메이틀랜드가 말했지만, 캠벌리는 그 말을 무시했다.

"드레스 있어, 켄트?"

"응." 메리는 대답하며 아직 풀 기회가 없었던 더플백을 열었다. "사실, 두 벌 있어. 그리고 너희랑 기꺼이 돌려 입을게." 메리가 옷들을 꺼냈다.

그리고 곧바로 자신이 실수했다는 사실을 깨달았다. 모두 입을 떡 벌리고 숨을 헐떡이며 드레스들을 바라보았기 때문이다. 의상실에서 드레스를 받을 때, 메리는 튀어 보이지 않도록 일부러 낡은 것들을 골랐지만, 단이 찢어지고 솔기가 헤진 분홍색 망사 드레스 옆에 두고 보니 밝은 녹색 비단과 파란 오건디는 새것처럼 보였다.

"세상에, 어디서 이렇게 멋진 것들을 구했어?" 페어차일드가 녹색 비단을 어루만지며 물었다.

"너 어느 돈 많은 미국 장성이랑 불륜 관계인 건 아니지?" 리드가 말했다.

"아니야. 내 사촌이 이집트에 가면서 내게 준 거야. 그 애는 의료 부대에 있어." 메리는 말했다. 그리고 누군가가 이집트에서 정기적으로 댄스파티에 가는 간호사를 안다고 말하지 않기를 바랐다. "아직 입어볼 기회가 없었어." 메리가 솔직하게 덧붙였다.

"그런 거 같네." 패리시가 말했고, 캠벌리는 마치 울음을 터뜨릴 것 같은 표정을 지었다.

"정말 이걸 우리랑 돌려 입겠다고?" 캠벌리가 경건하게 말했다. 그리고 그건 이 전쟁이 이 젊은 여자들의 삶을 얼마나 바꾸었는지를 보여주었다. 부유한 상류층 출신이자 왕실 무도회를 통해 사교계에 데뷔하고 유망한 신붓감으로 소개되었던 이 아가씨들은 이제 유행이 지난 낡은 드레스를 입을 수 있다는 생각만으로도 과하게 기뻐했다. "난 전쟁 전에도 이런 비단은 본 적이 없어!" 수트클리프-히스가 천을 만지작거리며 말했다. "내가 이걸 입어볼 순서가 되기 전에 전쟁이 끝나지 않았으면 좋겠어."

'끝나지 않을 거야.' 메리가 생각했다.

그리고 최악의 상황들은 대부분 아직 오지도 않았는데, 여기 여자들은 모두가 가을까지는 전쟁이 끝날 거라고 확신했다. 심지어 며칠에 끝날지 내기 돈까지 걸어놓았다.

"아, 전쟁이 끝난다는 이야기가 나와서 말인데…." 페어차일드가 말했다. "넌 전쟁이 며칠에 끝나는지 내기에 아직 안 걸었어, 켄트."

'1945년 5월 8일.' 메리가 생각했다. 하지만 내기에 사용한 달력은 올 10월까지밖에 없었고, 노르망디 상륙 작전이 있은 지 아직 2주도 채 되지 않았는데 이들이 건 날짜는 대부분 6월 후순과 7월 초순이었다.

"18일에 걸 수 있어." 페어차일드가 달력을 보며 말했다.

18일은 V-1이 예배 중인 가즈 채플에 떨어지며 121명을 죽인 날이었다. 만약 그 날짜와 장소 역시 잘못 기록된 게 아니라면 말이다.

"아니면 8월 5일도 가능해."

캠버웰에 있는 협동조합 가게들이 파괴된 날이었다. 하지만 날짜를 고르기는 해야 했다. "8월 13일을 고를게." 메리가 말했고, 페어차일드가 사각형에 메리 이름을 적는 동안 다시 말했다. "어제, 여기 오다 들었는데 누가 뭔가 폭발했다고 말하는…."

"켄트." 패리시가 문 쪽으로 들이밀며 말했다. "소령님이 사무실에서 널 보재."

"내기에 관해서는 아무 말도 하지 마." 페어차일드가 경고했다. "또는 전쟁이 거의 끝나간다는 말도. 소령님은 그 주제를 꺼내는 걸 아주 싫어하거든." 페어차일드가 달력을 서랍에 쑤셔 넣었다.

패리시가 메리를 데리고 소령의 사무실로 데리고 갔다. "소령님은 아직도 전쟁에서 질 가능성을 무시할 수 없다고 생각해. 왜 그런 생각을 하는지는 도무지 모르겠지만 말이야. 내 말은, 이미 프랑스의 해안과 연안 절반을 탈환했고 독일군은 도망치고 있잖아."

하지만 소령이 옳았다. 곧 연합군은 프랑스의 산울타리에서 꼼짝도 못하게 될 터이고, 만약 벌지 전투에서 독일군을 막지 않았다면….

"너무 불안해할 필요 없어." 패리시가 소령의 문밖에서 걸음을 멈추며 말했다. "네가 속이려고 들지만 않으면, 소령님은 사실 나쁜 분이 아니야." 패리시가 문을 두드렸고, 문을 열며 말했다. "켄트 중위를 데려왔습니다, 소령님."

"들여보내, 중위." 소령이 말했다. "아직 담요는 구하지 못했어?"

"아직입니다, 소령님." 패리시가 말했다. "크로이던과 뉴크로스에서도 여유분이 없답니다. 스트렛헴에 연락해두었습니다."

"좋아. 그쪽에 응급 상황이라고 말해. 그리고 그렌빌을 찾아서 나한테

오라고 해."

'소령은 V-1에 관해 몰라.' 메리가 생각했다. '그러니 보급품을 확보하기 위해 저리 애쓰는 거고.'

패리시가 떠났다.

"의료 훈련은 어떤 걸 받았지, 중위?" 소령이 물었다.

"응급 처치와 응급 환자 간호 자격증을 땄습니다."

"훌륭해." 소령은 메리의 전입 서류를 집어 들었다. "옥스퍼드에 있었군. 구급차 부대였나?"

"네, 소령님."

"아, 그러면 혹시 그 사람을 만나봤… 무슨 일이지?" 패리시가 문안으로 몸을 들이밀자 소령이 물었다.

"본부에서 전화입니다, 소령님."

소령은 고개를 끄덕이고는 수화기에 손을 뻗었다. "잠시만 기다려줘." 소령이 말하고 전화기에 대고 말했다. "데네웰 소령입니다." 정적이 흘렀다. "그 점은 잘 알지만 우리 지부 대원들은 그 담요가 필요합니다. 우리는 부상자들을 오늘 오후부터 수송하기 시작합니다." 소령은 전화를 끊고 메리에게 웃어 보였다. "자, 어디까지 이야기했더라? 아, 그래. 자네의 이전 임무였지." 소령은 서류를 훑어보며 말했다. "그리고 대공습 기간 중에 런던에서 구급차를 운전했군. 런던 어디였지?"

"사우스와크입니다."

"아, 그래, 그렇다면 자네도 잘 알…"

문을 두드리는 소리가 났다. "들어와." 소령이 말했고, 그렌빌이 고개를 들이밀었다.

"부르셨습니까, 소령님?"

"그래. 의료 물자 재고 목록이 필요해."

그렌빌이 고개를 끄덕이고 떠났다.

"자, 어디까지 이야기했더라?" 소령이 말하고는 다시 전입 서류를 집어 들었다.

'대공습 기간 중 런던에서 내가 아는 누군가에 관해 이야기하려던 참이었지요.' 메리가 마음을 다잡으며 생각했지만, 소령은 이렇게 말했다. "자네 전입 허가가 6월 7일로 되어 있군."

"네, 소령님. 그런데 제가 여기까지 올 운송 수단을 구하기 어려웠습니다. 침공…."

소령이 고개를 끄덕였다. "그래, 중요한 건, 자네가 이제 여기에 있다는 거지. 앞으로 며칠 동안 모두가 아주 바빠질 거야. 베스날 그린과 크로이던도 결국은 도버의 병원에서 오핑턴으로 환자들을 수송하겠지만, 우선은 그 임무를 받은 건 우리 지부뿐이야. 자네는 오늘 오후에 탤벗, 페어차일드와 함께 도버로 가. 그 둘이 자네에게 길을 가르쳐줄 거야. 페어차일드가 자네에게 일정과 근무 당번표를 보여줬나?"

"네, 소령님."

"여기서 우리 임무는 아주 중요해, 중위. 우리는 이 전쟁에서 아직 이기지 못했어. 또한 우리 모두 각자 맡은 몫을 다하지 못하면 질 수도 있어. 난 자네가 맡은 몫을 다하리라 기대하겠어."

"네, 소령님. 제 몫을 다 하겠습니다."

"가도 좋아, 중위."

메리는 민첩하게 경례했고 탈출하는 것처럼 보이지 않도록 최선을 다하며 문으로 가기 시작했다. 메리가 문손잡이를 잡았다. "잠깐만, 중위. 자네, 옥스퍼드에 있었다고 했지?"

메리는 숨을 멈췄다.

"혹시 그쪽에 여벌의 담요가 있지는 않겠지?"

"없을 겁니다. 저희 지부는 늘 물자가 부족했습니다."

"아, 그렇군. 도버에 가면 그쪽에 가능한지 물어봐. 그리고 페어차일드 중위에게 내가 내기에 관해서 전부 다 알고 있고, 우리 지부에서는 그 어떤 섣부른 승리 선언도 허용하지 않는다고 전해."

"네, 소령님." 메리가 말하고 페어차일드를 만나 그 이야기를 전했지만, 페어차일드는 소령이 전부 알고 있다는 것에 전혀 놀라지 않았다.

"적어도 내기를 금지하지는 않았잖아." 페어차일드가 어깨를 으쓱해 보이며 말했다. "가자, 떠나야 해."

그들은 남쪽으로 차를 몰아 크로이던을 통과해 동쪽으로 방향을 바꿨고, 이틀 뒤부터 '폭탄 골목'[30]이라 불리게 될 곳의 중앙으로 곧장 갔다.

'런던 남동쪽을 공격한 로켓만이 아니라 모든 로켓의 시간과 장소를 이식했어야 했는데.' 메리가 생각했다. 하지만 그건 가능하지 않았다. 너무나 많았기 때문이다. V-1은 거의 1만 대였고, V-2는 1천1백 대였다. 그래서 폴리는 덜위치 주위와 런던 그리고 그 사이 지역을 타격한 것들에 집중했었다. 하지만 덜위치와 도버 사이의 지역은 아니었다.

'내가 '폭탄 골목'에 있었다는 걸 알면 던워디 교수님은 불같이 화를 낼 거야.' 메리가 생각했다. 하지만 이건 V-1 공격이 시작되기 전까지만일 것이다. 그 뒤로는 덜위치 인근 지역의 사고들로 인해 아주 바빠질 테니까.

도버로 가는 경로는 구불구불한 길들과 작은 마을들을 지나야 했다. 메리는 그걸 기억하려 최선을 다했지만, 가는 길에 이정표 하나 보이지 않았으며 돌아올 때는 차에 태운 환자에 온 신경을 집중해야 했다. "이 환자는 다리를 수술해야 합니다." 환자를 구급차에 태우며 간호사가 말했다. 그녀는 환자가 듣지 못하게 목소리를 낮췄다. "아무래도 절단을 해야 할 거 같아요. 괴저 상태거든요." 그리고 환자와 함께 구급차 뒤쪽에 탔을 때, 메리는 역겨우면서도 달착지근한 냄새를 맡을 수 있었다.

"진정제를 투여한 상태예요." 간호사가 메리에게 말했지만, 도버를 출발해 10킬로미터도 가기 전에 환자는 눈을 뜨고 물었다. "다리를 자르겠죠?" 그리고 1944년의 간호사는 이런 질문들에 뭐라고 대답을 했더라? 아니, 어느 시대가 되었든 이런 질문에 뭐라고 대답을 할 수 있을까?

"그건 지금 걱정하지 마세요." 메리가 말했다. "우선 쉬세요."

"괜찮아요. 이미 그러리라는 걸 알거든요. 이상하지요. 안 그래요? 됭케르크와 엘 알라메인과 노르망디 상륙 작전에서도 다치지 않고 멀쩡했는

30 V-1 폭격이 집중된 곳을 일컫는다.

데, 화물차가 전복하며 덮치는 바람에 이 꼴이라니."

"지금은 아무 말도 하면 안 돼요. 체력을 아껴야 해요."

그는 고개를 끄덕였다. "소드 해변에서는 제 주위 사방에서 군인들이 죽었어요. 하지만 저는 생채기 하나 나지 않았죠. 늘 행운이 따랐어요. 됭케르크에 관해 제가 이야기했던가요, 간호사님?"

남자는 메리를 도버 병원에서 자신을 돌보던 간호사라고 생각하는 게 분명했다. "주무세요." 메리가 중얼거렸다.

"저는 빠져나오지 못할 거라고 생각했죠. 해변에 남겨질 줄 알았어요. 독일군이 빠르게 다가오고 있었거든요. 하지만 저는 여전히 운이 좋았어요. 저를 배에 태운 사람은 이틀 전에 됭케르크를 떠났다가 남은 우리를 구하기 위해 다시 왔죠. 그 사람은 이미 세 번이나 해협을 건넜고, 마지막에는 하마터면 어뢰에 맞을 뻔했어요."

구급차가 오핑턴의 전시 응급 병원에 도착했을 때도 그는 여전히 말을 하고 있었다. "거의 물에 빠져 죽을 뻔했는데, 그 남자가 물에 뛰어들어 저를 구해 해변으로 끌어냈어요. 그 남자가 아니었다면…."

탤벗이 문을 열었고, 간호사 두 명이 다가와 들것을 내렸다. 메리는 혈장 병을 높이 든 채 비틀거리며 구급차에서 내렸다. 간호사 한 명이 그걸 메리에게서 건네받았다. 간호사들은 남자를 데리고 병원으로 들어가기 시작했고, 메리가 그에게 말했다. "행운을 빌어요. 병사님."

"고맙습니다." 남자가 말했다. "만약 그 남자가 아니었다면, 그리고 당신이 제 말을 들어주지…."

"잠깐!" 페어차일드가 메리를 지나 병원으로 들어갔다. "그 담요를 가져가면 안 돼요. 그건 우리 거예요."

"아, 이런." 메리가 탤벗에게 말했다. "도버에 있을 때 담요가 있는지 묻는 걸 깜박했네."

"내가 물어봤어. 없다더라."

페어차일드가 담요를 들고 의기양양하게 돌아왔다. "여벌의 담요가 있는지 물어봤어?" 탤벗이 페어차일드에게 물었다.

"이쪽도 없어. 이걸 돌려받느라 거의 드잡이를 해야 했어."

"베스날 그린은?" 메리가 제안했다. "돌아가는 길에 거기 지부에 들러서 혹시 여벌이 있는지를 물어…."

"아니, 우리가 이미 물어봤어. 사과수레 뒤집기 하는 날에." 탤벗이 말했다.

그건 메리가 베스날 그린에 가서 공격이 있었는지 확인하기 위해 다른 방법을 생각해내야 한다는 뜻이었다. 어쩌면 비번인 날에 자전거를 빌릴 수 있을 것이다. 하지만 소령은 반창고와 소독용 알코올을 구하러 메리와 리드를 브롬리로 보냈고, 이튿날 아침 일찍 다시 도버로 보냈다.

"다리에서 왼쪽으로 가." 페어차일드가 메리에게 길을 가르쳐주며 말했다. "그리고 저 나무들을 지나자마자 오른쪽." 페어차일드는 앞의 목초지에 있는 탱크 두 대 쪽을 가리켰다. "이상하네. 우리 탱크들은 전부 프랑스에 있는 줄 알았는데."

메리는 저게 진짜 탱크일지 궁금했다. 영국 첩보부는 연합군이 잉글랜드 남동쪽을 통해 침공한다고 독일군을 속이기 위해 그 작전의 일환으로 고무풍선 탱크를 썼다. 아마도 저기 있는 건 그 작전에 쓰고 남은 것들이리라.

갑자기 끔찍한 생각이 들었다. 영국 첩보부는 V-1의 타격 지점도 속였었다. 신문에 가짜 기사와 사진을 싣게 했다. 그걸 본 독일이 로켓 경로를 변경하면 로켓이 런던에 못 미쳐 떨어질 것이기 때문이었다. 그것이 바로 덜위치와 크로이던, 그리고 폭탄 골목이 다른 곳들보다 더 많이 타격당한 이유였다.

만약 '조사실'이 진짜 시간과 장소 대신 왜곡된 자료를 메리의 임플란트에 넣은 거라면? 그렇다면 왜 아무도 베스날 그린에 관해 이야기하지 않는지 설명이 되었다. 왜냐하면 V-1은 그곳을 실제로 공격하지 않았기 때문이다. 그리고 그게 사실이라면, 메리는 곤란한 상황이었다. 메리의 안전은 V-1, V-2가 언제 어디를 공격하는지 정확히 아는 것에 달려 있었다.

'지부로 돌아가자마자, 그 철로가 정말로 파괴됐는지를 확인해야 해.'

메리가 생각했지만, 지부에 도착하자 소령은 마침내 여벌의 담요를 확보했다며 곧바로 메리와 페어차일드를 울위치로 보내 담요를 가져오게 했고, 다시 돌아왔을 때는 깜깜해진 뒤였다. 그건 베스날 그린에는 내일 가야 한다는 뜻이었다. V-1이 오늘 밤 예정된 시간에 공격하지 않는다면 말이다. 만약 V-1의 공격이 있다면, 그건 메리의 임플란트 자료가 맞는다는 뜻이니 더 이상 걱정하지 않아도 됐다. 물론, V-1 가운데 하나가 메리가 있는 지부를 공격하지 않는 한.

메리는 저녁 내내 안절부절못하며 11시 43분이 되기를 기다렸다. 첫 번째 V-1이 공격하는 시간이었다. 사이렌은 11시 31분에 울릴 예정이었다. 메리는 초조해하며 FANY들이 녹색 실크 드레스를 누가 먼저 입을지 토론하는 걸 들었고, 손목시계를 너무 자주 보지 않으려 애썼다. 11시, 소등 시간이 되자 메리는 뭐라 할 수 없을 정도로 기뻤다. 메리는 손목시계를 읽기 위해 회중전등을 챙겼고, 더불어 휴게실에서 빌려온 잡지를 가지고 이불을 뒤집어썼다. 누군가가 회중전등 빛을 알아차리면 잡지를 읽고 있었다고 말할 생각이었다.

메리는 불을 가리기 위해 잡지를 회중전등 위에 받치고 기다렸다. 11시 10분. 15분. 동료들은 계속 어둠 속에서 토론했다. "하지만 넌 옐로우 페릴을 입고 도널드를 만난 적은 한 번도 없잖아." 수트클리프-히스가 말했다. "난 그걸 입고 벌써 두 번이나 에드윈을 만났다고."

"알아." 메이틀랜드가 말했다. "하지만 난 도널드에게 청혼받고 싶단 말이야."

20분. 25분. 6분 남았어. 메리는 사이렌 소리와 V-1의 엔진음이 들리길 기다렸다. 보들리 도서관에 있던 녹음 소리를 들어보지 않은 게 아쉬웠다. 그 녹음 소리를 들었더라면 V-1 소리가 어떤지 정확히 알 수 있었을 텐데. V-1 특유의 그르렁거리는 소리는 마치 자동차 엔진 역화 소리와 비슷했으며, 소리가 어찌나 요란한지 그걸 듣고 근처 배수구로 몸을 던져 목숨을 구하는 게 가능할 정도라고 했다.

29분. 30분. 11시 31분. '내 시계가 빠른 게 분명해.' 메리가 생각하며 시계를 귀에 가져가 댔다. '오, 제발. 경보가 울려라. 안 그러면 나는 옥스퍼드로 돌아가야 한단 말이야. 소령에게 뭐라고 말해야 하지? 그리고 던워디 교수님에게는? 만약 내가 폭탄 골목을 운전해 다녔으며 더구나 틀린 정보가 담긴 임플란트까지 했다는 걸 교수님이 아시면, 다시는 이곳으로 보내지 않을 거야.'

11시 32분. 11시 33분….

21

표적을 아주 아름답게 세워놨군. 안 그래?

— 쇼트 장군, 진주만에 정렬해놓은 군함들에 관해 말하며,

1941년 12월 6일

영국 해협, 1940년 5월 29일

마이크는 비틀거리며 배 뒤쪽으로 갔다.

"해협 절반을 건넜다니, 그게 무슨 말입니까?" 선미 너머를 응시하며 마이크가 외쳤다. 사방으로 육지는 보이지 않았고, 보이는 건 물과 어둠뿐이었다. 마이크는 더듬거리며 타륜과 해럴드 중령이 있는 곳으로 돌아왔다. "배를 돌려야 해요!"

"자네는 종군기자라며, 캔자스 친구." 중령이 마이크를 향해 외쳤고, 그의 목소리는 바람 때문에 뭉개져 들렸다. "자, 자네는 해안 강화에 관해 기사를 쓰는 대신 전쟁에 관해 쓸 기회를 잡은 거야. 영국군 전체가 됭케르크에 갇혀 있고, 우리는 그 친구들을 구하러 가고 있어!"

'하지만 난 됭케르크에 갈 수 없어.' 마이크가 생각했다. '그건 불가능해. 됭케르크는 분기점이란 말이야.' 게다가 구출 작전은 이런 식으로 펼쳐지지 않았다. 소형 선박은 자기 마음대로 혼자 출발하지 않았다. 정부는 그런 행동은 너무 위험하다고 생각했고, 그래서 해군 구축함들의 호위를 받으며 선단으로 움직였다.

"지금 당장 도버로 배를 돌려야 합니다." 마이크는 통통통 하는 엔진 소리와 소금기를 머금은 바람 소리를 뚫고 자기 목소리가 들리도록 크게 외쳤다. "해군이…."

"해군?" 중령이 코웃음을 쳤다. "서류나 들여다보는 그런 놈들을 어떻게 믿어. 그런 놈들이 이끈다면 조그만 진흙 구덩이를 건너는 것도 못 미더워. 우리가 우리 군인들을 이 배 가득 태우고 돌아오면 놈들도 제인여왕호가 제대로 항해를 할 수 있다는 걸 알게 되겠지!"

"하지만 중령님에게는 해도가 없고, 해협에는 기뢰들이…."

"나는 소형 선박 자원대의 하룻강아지들이 태어나기도 전부터 이 해협을 추측 항법으로 다녔어. 기뢰 몇 개로는 우리를 막지 못해, 안 그러냐, 조너선?"

"조너선이요? 그 아이를 데려왔어요? 열네 살밖에 안 됐잖아요!"

조너선이 커다란 밧줄 더미를 끌다시피 하며 어둠에 잠긴 뱃머리에서 나타났다. "흥분되지 않아요?" 조너선이 말했다. "우리는 독일군으로부터 영국 해외 파견군을 구하러 가고 있어요. 우리는 영웅이 될 거예요!"

"하지만 중령님은 공식 입출항 허가증이 없어요." 마이크는 뭔가 배를 돌릴 만한 이유를 떠올리려 필사적으로 애쓰며 말했다. "그리고 무장도 안 되어 있고요…."

"무장?" 중령이 소리 지르더니 타륜에서 한 손을 떼어 피코트 안에 넣더니 낡은 권총을 꺼냈다. "물론 우리는 무장을 했지. 우리는 필요한 걸 다 갖추었어." 중령은 한 손을 선수 쪽으로 흔들었다. "여분의 밧줄, 여분의 휘발유…."

마이크는 눈을 가늘게 뜨고 중령이 가리키는 어둠 속을 바라보았다. 뱃전에 매달린 네모난 금속 깡통들을 간신히 알아볼 수 있었다. 이런 맙소사. "휘발… 휘발유를 얼마나 실은 건가요?"

"스무 통요." 조너선이 열광하며 말했다. "아래 선실에 더 있어요."

'어뢰 한 발만 맞으면 우리를 저 높이로 날려버리기 충분한 양이잖아.'

"조너선." 중령이 소리 질렀다. "선미에 그 밧줄을 갖다 놓고 배수펌프를 확인하고 와."

"네, 알겠습니다, 중령님!" 조너선이 해치 쪽으로 출발했다.

마이크가 조너선 뒤를 따라갔다. "조너선, 내 말 잘 들어. 할아버지를 설득해서 배를 돌리게 해야 해. 지금 네 할아버지가 하는 건…." 마이크는 '자살 행위야'라고 말을 하려고 했지만, 맘을 바꿔 말했다. "해군 규정에 어긋나. 재임될 기회를 잃을 거라고…."

"재임이요?" 조너선이 멍하니 말했다. "그게 무슨 말이에요? 할아버지는 해군인 적이 단 한 번도 없어요."

이런 젠장, 그렇다면 아마 해협을 건너본 적 역시 한 번도 없을 것이다.

"조너선!" 중령이 외쳤다. "내가 배수펌프를 확인하라고 했지! 그리고 캔자스 친구, 자네는 아래로 가서 신발을 신어. 그리고 한잔해. 자네 지금 꼭 시체 같아 보여."

'그건 우리가 지금 죽으러 가니까 그렇죠.' 마이크는 배를 돌려 살트램-온-시로 향하게 할 방법을 생각해보았지만, 중령의 권총 손잡이로 그의 뒤통수를 때려 기절시키고 타륜을 잡는 것 말고는 달리 뾰족한 방법이 떠오르지 않았다. 그리고 그렇게 한다고 하면, 그다음은? 마이크는 보트 모는 법을 중령보다도 몰랐고, 배에는 해도가 없었으며, 설사 있다 해도 마이크는 해도를 볼 줄 몰랐다.

"뭔가 좀 먹도록 해." 중령이 명령했다. "밤새 할 일이 기다리고 있으니까."

중령은 무슨 일이 자신을 기다리는지 알지 못했다. 됭케르크로 간 소형 선박 가운데 60척 이상이 가라앉았고, 그 선원들은 부상당하거나 죽었다. 마이크는 사다리를 내려가기 시작했다.

"정어리 스튜가 좀 남았어." 중령이 마이크 뒤에 대고 외쳤다.

'내게 필요한 건 음식이 아니야.' 선실로 내려가며 마이크가 생각했다. 선실은 이제 거의 30센티미터 정도 물이 차 있었다. '내게 필요한 건 생각이야.' 어떻게 그들이 됭케르크로 갈 수 있단 말인가? 그건 불가능했다. 시간 여행의 법칙은 역사학자가 분기점 근처 어디로든 가는 걸 허용하지 않았다.

'됭케르크가 분기점이 아니라면 모를까.' 마이크가 생각하며 신발과 양말을 가지러 물을 헤치고 간이침대로 갔다.

신발은 간이침대 저 끝에 있었다. 마이크는 신발을 집기 위해 간이침대에 올라간 뒤 손에 신발 한 짝을 들고 그곳에 앉아 멍하니 신발을 보며 여러 가지 가능성에 관해 생각했다. 됭케르크는 전쟁에서 주요 전환점이었다. 만약 군인들이 독일군에게 잡혔다면, 영국 침공과 영국의 항복은 피할 수 없었을 것이다. 하지만 됭케르크는 링컨의 암살이나 타이타닉호 침몰처럼, 역사학자가 존 윌크스 부스의 권총을 잡거나 "앞에 빙산이다!"라고 외쳐서 사건의 전체 진행 방향을 바꿀 수 있는 그런 단일한 개별 사건이 아니었다. 마이크는 무슨 짓을 하든 영국 해외 파견군이 구출되는 걸 막을 수 없었다. 그러기에는 배가 너무 많았고, 너무나 많은 사람이 관여했고, 너무나 넓은 지역에 퍼져 있었다. 설사 역사학자 한 명이 구출 작전의 결과를 '바꾸고 싶어 한다' 할지라도, 그럴 수 없었다.

하지만 마이크는 개별 사건들을 바꿀 수 있었다. 됭케르크는 아슬아슬한 순간과 상황들로 가득했다. 상륙을 5분만 늦게 해도 스투카[31]의 폭격 영역에 들어서느냐 아니냐, 또는 아슬아슬하게 빗나가느냐 직격탄을 맞느냐의 갈림길에 섰고, 배의 방향을 5도만 바꾸어도 바닷속에 가라앉느냐 아니면 항구를 무사히 빠져나오느냐의 차이가 났다.

'내가 하는 행동이 자칫하면 제인여왕호를 가라앉힐 수도 있어.' 마이크가 겁에 질려 생각했다. '그건 나는 아무 짓도 하면 안 된다는 거지. 됭케르크에서 안전하게 빠져나올 때까지 나는 여기 선실에 얌전히 있어야만 해.' 멀미를 한다거나 겁이 난다는 식으로 핑계를 대면 될 것이다.

하지만 마이크가 여기 있는 것만으로도 사건들이 바뀔 수 있었다. 분기점에서 역사는 칼날 위에 있는 것처럼 아슬아슬하게 균형을 유지했으며, 마이크가 배에 탄 것만으로 그 균형을 무너뜨리기에 충분했다. 됭케르크에 간 소형 선박 대부분은 최대 수용인원까지 사람들을 태우고 돌아왔다. 마이크의 존재는 그가 차지한 자리를 대신해 구할 수 있던 군인 한 명이 배에

31 제2차 세계대전에 사용된 독일의 급강하 폭격기

타지 못한다는 걸 의미할 수도 있었다. 투브루크나 노르망디나 벌지 전투에서 뭔가 중요한 일을 할 수도 있는 그런 군인을.

하지만 됭케르크에 마이크가 있음으로써 사건들이 바뀌고 모순이 생긴다면, 네트는 그를 통과시키지 않았을 것이다. 도버와 램스게이트를 포함해 바드리가 시도해본 다른 모든 곳과 마찬가지로, 네트는 열리기를 거부했을 것이다. 네트가 열려 마이크를 살트램-온-시에 보냈다는 건, 그가 됭케르크에서 사건들을 바꿀 그 어떤 일도 하지 않았거나, 또는 그가 한 일이 역사의 진행 경로에 영향을 끼치지 않았음을 의미했다.

아니면 마이크가 됭케르크에 가지 못했거나. 그건 제인여왕호가 기뢰에 부딪혔거나 독일 U보트에 의해 격침되었다는 뜻이었다. 아니면 됭케르크에 도착하기 전 선실에 차오른 물 때문에 침몰했거나. 그런 일이 일어난 배가 제인여왕호뿐만은 아닐 것이다.

'별표가 된 소형 선박 목록을 외웠어야 하는데.' 마이크가 생각했다. '그리고 역사의 진행 경로가 역사학자에 의해 바뀌지 않도록 시공 연속체가 쓰는 방법이 편차만 있는 게 아니라는 걸 기억했어야만 하는데.'

갑자기 위쪽에서 걸음 소리가 들렸고, 조너선이 해치 아래쪽으로 머리를 들이밀었다. "할아버지가 형을 데려오래요." 조너선이 숨차하며 말했다.

"당장 여기로 올라와!" 조너선의 목소리 너머로 중령이 소리쳤다.

'우리를 죽일 U보트를 발견한 거야.' 마이크가 생각하며 신발을 거머잡고 물을 헤치며 사다리로 갔다. '그래서 이게 가능한 거야. 왜냐하면 제인여왕호는 됭케르크로 가지 못했거든.' 마이크가 사다리를 올랐다. 조너선은 들뜬 표정으로 해치에 기대어 있었다. "할아버지가 형보고 길잡이를 하래요." 조너선이 말했다.

"중령님에게는 해도가 없는 거 아니었나." 마이크가 말했다.

"없어요." 조너선이 말했다. "할아버지는…."

"얼른!" 중령이 으르렁댔다.

"다 왔어요." 조너선이 말했다. "항구에 가려면 할아버지는 우리가 필요해요."

“다 왔다니 무슨 뜻이야?” 마이크가 사다리를 올라가 갑판으로 나서며 말했다. “다 왔을 리….”

하지만 다 온 게 맞았다. 그들 앞에 살구색 조명을 받은 항구가 보였다. 그 조명은 구축함 두 척과 작은 배 수십 척을 비추었다. 그리고 그 뒤로 화염과 검은 연기 기둥들 속에 반쯤 가려진 됭케르크가 있었다.

22

공습 중.

— 런던 극장의 무대 위 공고, 1940년

런던, 1940년 9월 17일

자정이 됐을 때 아직도 깨어 있는 건 폴리, 그리고 폴리에게 늘 〈타임스〉를 건네는 귀족적 풍모의 나이 지긋한 신사뿐이었다. 그는 코트를 어깨 위까지 끌어올려 덮고 책을 읽고 있었다. 다른 이들은 고개를 까닥이며 졸고 있었다. 라일라와 비브, 그리고 브라이트포드 부인의 어린 딸들은 누워 잠들었고, 베스와 트로트는 자기 어머니 무릎을 베고 있었다. 다른 이들은 벤치나 바닥에 앉아 벽에 등을 기댄 채 졸았다. 히바드 양은 뜨개질감을 놓은 채 머리를 가슴께로 숙이고 있었다. 주임 사제와 라버넘 양은 둘 다 코를 골았다.

폴리는 깜짝 놀랐다. 역사 기록에 따르면, 수면 부족이 큰 문제라고 했기 때문이다. 하지만 여기 있는 사람들은 불편한 잠자리나 소음에 방해받는 것 같지 않았다. 공습이 다시 거세지고 있었지만 말이다. 켄싱턴 가든스의 방공포가 발포를 시작했고, 머리 위로 또 다른 비행기들이 으르렁대며 지나갔다.

폴리는 이게 존 루이스 백화점을 폭격한 그 폭격기들인지 궁금했다. 아니, 이 비행기들은 더 가까이서 소리가 들렸다. 메이페어인가? 그곳과 블룸즈버리 두 곳은 런던 중심지와 함께 오늘 밤에 폭격당했고, 폭격기들은 옥스퍼드 스트리트를 폭격한 뒤 리젠트 스트리트와 BBC 스튜디오를 공격했다. 잘 수 있을 때 자야 했다. 내일 아침 일찍 이곳을 나서야 하니까. 과연 내일 아침 문을 열 백화점이 있을지는 모르지만.

런던의 상가는 대공습 중에도 계속해 문을 연 것에 자부심을 보였고, 파젯스 백화점과 존 루이스 백화점 모두 몇 주 뒤 새로운 장소에서 새로 문을 열었다. 하지만 폭격 다음 날은 어땠을까? 피해를 입지 않은 가게들이 문을 열까, 아니면 세인트폴 대성당 주위처럼 거리 전체가 통행금지일까? 그리고 그렇다면 얼마나 오래 그럴까? '만약 내일 밤까지 직장을 구하지 못하면….'

'당연히 문을 열 거야.' 폴리가 생각했다. '대공습 기간 동안 창문에 건 그 유명한 안내판들을 생각해봐. '히틀러가 우리 진열창을 박살 낼 수는 있지만, 우리보다 싸게 팔 수는 없습니다.' 그리고 '이번 주 옥스퍼드 스트리트에서 폭탄세일을 놓치지 마세요.' 그리고 드레스 천을 만져보기 위해 깨진 진열창 안으로 손을 뻗는 여자 사진도 있었다. 아마도 직장을 구하기에 좋은 날일지도 몰랐다. 폴리가 공습에 겁을 먹지 않는다는 증거이기도 했고, 그리고 만약 폭탄 때문에 버스 경로가 막혀 출근하지 못한 점원이 있으면 백화점은 그 자리를 채우기 위해 폴리를 고용할 수도 있었다.

하지만 동시에 폴리는 존 루이스 백화점에서 갑자기 직장을 잃은 다른 점원들과 경쟁을 해야 했고, 그 여자들은 동정을 받을 테니 폴리보다 직장을 구할 가능성이 컸다. '나도 존 루이스 백화점에서 일했었다고 말을 해야 하려나.' 폴리가 생각했다.

폴리는 코트를 말아서 베개 삼아 베고 누웠지만 잠을 이룰 수 없었다. 비행기들의 웅웅거리는 소리가 너무 컸다. 그 소리는 거대한 말벌 소리 같았고, 시시각각 더 커졌다. 그리고 더 가까워졌다. 폴리는 일어나 앉았다. 소음에 주임 사제 역시 잠을 깼다. 신부는 일어나 앉아 초조한 눈으로 천장을 바라보았다. 쉬익 하는 소리가 들리더니 거대한 폭발음이 들렸다.

도밍 씨가 깜짝 놀라 바로 앉았다. “이런 무슨 씨발….” 그가 말하다가 다시 말했다. “죄송합니다, 신부님.”

“현 상황을 고려할 때 충분히 이해할 만합니다.” 주임 사제가 말했다. “다시 방공포를 쏘는 것 같군요.” 하지만 그건 아무리 이 시대 사람이 하는 말일지라 해도 너무 상황을 줄여 말하는 것이었다. 배터시 파크의 방공포는 최고 화력으로 발포하고 있었고, 주임 사제는 자기 목소리가 들리게 하려고 고함을 쳐야 했다. “그 여자분들이 괜찮았으면 좋겠습니다. 글로스터 테라스로 가려던 그분들요.”

켄싱턴 가든스의 방공포가 다시 발사를 시작했고, 아이린이 일어나 앉아 눈을 비볐다. “쉬, 다시 자렴.” 브라이트포드 부인이 중얼거리고는 도밍 씨를 보았다. 도밍 씨는 천장을 응시하고 있었다. 공습은 바로 머리 위에서 진행되는 것 같았고, 쿵쿵하는 소리에 이어 크고 길게 울리는 소리가 들렸다. 그 때문에 넬슨과 심스 씨가 깨어났고, 다른 여자들도 잠에서 깼다. 리케트 부인은 짜증이 난 듯했지만, 다른 사람들은 긴장했다가 곧 걱정하는 듯 보였다.

“그 여자들을 못 가게 잡았어야 하는 게 아니었을까요.” 라버넘 양이 말했다.

트로트는 자기 어머니 무릎 위로 기어 올라갔다. “쉬잇.” 브라이트포드 부인이 아이를 다독이며 말했다. “괜찮아.”

‘아니, 그렇지 않아.’ 폴리가 사람들 얼굴을 바라보며 생각했다. 이 사람들은 아까 문에서 노크 소리가 났을 때의 그 표정을 짓고 있었다. 만약 곧 공습이 끝나지 않으면….

런던의 모든 방공포가 발포하고 있었다. 귀청을 찢을 듯 요란한 쿵-쿵-쿵 소리가 합창했고, 그 합창 사이로 폭탄이 쾅 하며 터지는 소리, 그리고 뭔가 부서지는 소리가 간간이 끼어들었다. 쿵쾅거리는 소리는 자꾸만 더 커졌다. 모두의 시선은 천장에 고정되어 있었다. 마치 금방이라도 천장이 무너지지 않을까 생각하는 것 같았다. 금속이 찢어질 때 같은 끼익 소리가 나고 곧 귀청이 터질 듯한 쾅 소리가 났다. 히바드 양은 벌떡 일어나며 뜨개질감을 떨어뜨렸고, 베스는 울기 시작했다.

"오늘 밤은 폭격이 평소보다 심한 거 같군요." 주임 사제가 말했다.

심한 정도가 아니었다. 마치 비행기들과 방공포들이 바로 위층 교회에서 싸우고 있는 것처럼 들렸다. '켄싱턴은 폭격당하지 않았어.' 폴리가 속으로 자신을 다독였다.

"노래를 부르면 어떨까요?" 불협화음 너머로 주임 사제가 외쳤다.

"그거 좋은 생각이네요." 위번 부인이 말했고, '하느님 우리 고귀한 국왕 폐하를 지켜주소서'를 부르기 시작했다. 라버넘 양과 심스 씨는 용감하게 동참했지만, 그 목소리는 밖에서 들리는 굉음과 새된 소리에 묻혀 거의 들리지 않았고, 주임 사제는 2절을 부르려 하지 않았다. 그리고 한 명씩 노래를 멈추었고, 다시 초조한 눈으로 천장을 응시했다.

고성능 폭탄 하나가 너무나도 가까이서 폭발하면서 방공호의 들보들이 흔들렸고, 또다시 곧바로 고성능 폭탄이 더 가까이 터지면서 방공포 소리를 삼켰지만, 끝없이 윙윙거리며 머리 위에서 미친 듯이 들려오는 비행기 소리까지 삼키진 못했다. "왜 폭격이 멈추지 않는 거죠?" 비브가 물었고, 폴리는 그 목소리에 배인 공포를 느낄 수 있었다.

"나 이거 싫어." 트로트가 작은 두 손으로 귀를 가리며 울부짖었다. "너무 시끄러워!"

"맞습니다." 나이 지긋한 신사가 구석에서 말했다. "'이 섬은 온갖 소리로 가득합니다.'" 폴리는 놀라서 그 남자를 보았다. 그의 목소리는 평소의 조용하고 점잖은 목소리에서 굵고 힘 있는 목소리로 완전히 바뀌었고, 심지어 어린 여자아이들마저 울음을 멈추고 그를 바라보았다.

그는 책을 덮어 바닥에 내려놓았다. "'낯선 여러 소리들.'" 그가 일어나며 말했다. "'즉, 으르렁 소리….'" 그는 어깨를 움직여 어깨에서 코트를 벗어 내렸고, 그 모습은 마치 마술사가 망토를 벗어 던지며 자기 모습을 드러내는 것처럼 보였다. 또는 왕처럼 보였다. "'비명 소리, 울부짖는 소리, 짤랑짤랑하는 쇠고리 소리와 그 이외의 여러 가지 몸서리나는 소리들 때문에 잠을 깼고….'"

그는 갑자기 지하실 중앙으로 성큼성큼 걸어갔다. "'무섭게 소리 내는 뇌성에 내가 불을 주어,'" 그가 소리쳤고, 폴리 눈에 그는 두 배 정도 커진 것처럼 보였다. "'또 나는 밑이 튼튼한 곳을 흔들었구나!'" 성량이 풍부한 그의 목소리는 지하실 구석구석까지 미쳤다. "'때로 저는 분열하여 여러 곳에서 불타곤 했습니다.'" 그가 극적으로 천장과 바닥과 문을 차례로 가리키며 말했다. "'중간 돛대, 돛 가름대, 제1사장 위에서 불타다가,'" 그는 두 팔을 펼쳤다. "'다시 만나 결합하곤 했지요.'"

위에서 아주 가까운 곳에서 폭탄이 터지며 찻주전자와 찻잔들이 흔들렸지만, 그곳에 눈길을 주는 이는 아무도 없었다. 모두 두려움도 잊은 채 그를 지켜보았다. 그리고 비록 무시무시한 소음은 줄어들지 않았지만, 그의 말은 소음으로부터 주의를 돌리려는 게 아니라 오히려 그것에 주목하고 설명하는 것이었고, 덕분에 밖의 소음은 더 이상 두렵지 않았다. 그것은 이제 단지 무대 효과음이 되어, 그의 목소리의 극적 배경이 되어주는 심벌즈를 치는 소리, 양철판을 두드리는 소리로 바뀌었다.

"'염병할 울부짖는 소리!'" 그가 외쳤다. "'폭풍보다도, 또 우리가 하는 일보다도 더 요란스럽군.'" 그리고 곧바로 '프로스페로의 에필로그'로 갔다가 그곳에서 리어왕이 미치는 장면, 그리고 마침내, 모두가 귀 기울이는 가운데《헨리 5세》로 접어들었다.

어느 시점에선가 밖의 불협화음은 줄어들었고, 마침내 북동쪽에서 방공포가 내는 쿵-쿵-쿵 소리가 뭉개져 들릴 뿐이었지만, 방 안의 사람들 그 누구도 그걸 알아차리지 못했다. 물론 그게 중요한 점이었다. 폴리는 그 나이 지긋한 신사를 존경의 눈으로 바라보았다.

"'이 이야기는 이 세상이 끝나는 날까지 선량한 남자가 그 아들에게 가르칠 것이다.'" 그가 말했고, 그 목소리는 천장을 뚫고 나갈 것만 같았다. "'하지만 우리는 기억될 것이다. 소수의 우리들, 소수지만 행복한 우리들, 우리 한 형제들은.'" 마치 침묵 속에서 종이 울려 퍼지듯, 마지막 단어들을 말하며 그의 목소리는 점점 줄어들었다.

"'한밤의 철 혀가 열두 시를 알렸습니다.'" 그가 속삭였다. "'좋은 친구들이여, 잠을 청하시길.'" 그리고 그는 왼쪽 가슴에 손을 대고 머리 숙여 인사했다.

모두 감동에서 깨어나지 못한 상태로 잠시 침묵에 잠겼고, 마침내 히바드 양이 외쳤다. "오, 세상에!" 그리고 모두가 박수갈채를 보냈다. 트로트는 무척이나 흥분해 박수를 쳤고, 심지어 도밍 씨마저도 박수를 쳤다. 나이 지긋한 신사는 허리 숙여 인사를 하고 바닥에서 코트를 주운 뒤 자기 자리로 돌아가 책을 펼쳤다. 브라이트포드 부인은 아이들을 주위로 모았고, 넬슨과 라일라와 비브는 마음을 진정시키고 누웠다. 그리고 한 명 한 명씩, 마치 침대에서 동화를 들은 아이들처럼, 잠이 들었다.

폴리는 라버님 양과 주임 사제 옆에 가서 앉았다. "저분이 누군가요?" 폴리가 속삭였다.

"저분이 누군지 정말로 모른단 말이에요?" 라버넘 양이 말했다.

폴리는 그를 알아보지 못해 의심받을 정도로 그가 유명한 사람이 아니길 바랐다.

"저분은 고드프리 킹스맨입니다. 셰익스피어 전문 배우이지요."

"잉글랜드에서 가장 위대한 배우예요." 라버넘 양이 설명했다.

리케트 부인이 코웃음 쳤다. "만약 저 사람이 그토록 위대한 배우라면 왜 이 방공호에 앉아 있는데요? 무대에 있지 않고요?"

"공습 때문에 극장들이 문을 닫은 걸 당신도 잘 알 텐데요." 라버넘 양이 열을 내며 말했다. "정부가 극장들을 다시 열 때까지는…."

"내가 아는 건, 나는 배우들에게 방을 안 빌려준다는 거예요." 리케트 부인이 말했다. "배우들은 방세를 제때 낼지 어떨지 믿을 수가 없어요."

라버넘 양의 얼굴이 시뻘게졌다. "고드프리 경은…."

"작위를 받았어요?" 폴리가 황급히 물었다.

"에드워드 폐하께요." 라버넘 양이 말했다. "저분 이름을 들어본 적이 없다니, 믿을 수가 없군요, 세바스찬 양. 저분이 한 리어왕 역은 정말로 유명해요! 내가 어렸을 때 저분이 《햄릿》에 나온 걸 봤는데, 한마디로 굉장했어요!"

'지금도 꽤 굉장해요.' 폴리가 생각했다.

"저분은 유럽의 모든 국왕 앞에 서기도 했어요." 라버넘 양이 말했다. "그리고 오늘 밤 저분의 공연을 보게 되다니 우리도 큰 영광을 입었어요."

리케트 부인은 다시 코웃음을 쳤고, 만약 공습경보해제 사이렌이 울리지 않았더라면 라버넘 양은 뭔가 후회할 만한 말을 했을 것이다. 자던 사람들은 일어나 앉아 하품했고, 모두 자기 소지품을 챙기기 시작했다. 고드프리 경은 읽던 책에 표시하고 책을 덮고 일어났다. 라버넘 양과 히바드 양은 그에게 서둘러 가서 정말 멋진 공연이었다고 말했다. "무척이나 감동적이었어요." 라버넘 양이 말했다. "특히 《햄릿》에서 전우들에 대해 연설하는 부분이요."

폴리는 웃음을 참았다. 고드프리 경은 두 숙녀에게 진지한 어조로 감사를 표했다. 그의 목소리는 다시 나직하고 세련된 목소리로 돌아와 있었다. 그가 코트를 입고 우산을 드는 모습을 지켜보고 있노라니, 조금 전에 그가 사람을 휘어잡는 공연을 했다는 게 믿기지 않았다.

라일라와 비브는 자기들이 쓰던 담요를 개고 잡지들을 모았고, 도밍 씨는 보온병을 집어 들었으며, 브라이트포드 부인은 트로트를 안았다. 그리고 모두가 문으로 모여들었다. 주임 사제가 빗장을 밀고 문을 열었고, 주임 사제가 그러는 동안 폴리는 사람들의 표정이 고드프리 경이 개입하기 전으로 돌아가는 걸, 다시금 긴장과 두려움으로 어두워지는 걸 알아차렸다. 그리고 이번에는 지상에서 들리는 소리 때문이 아니라 저 문을 통해 계단을 올라갔을 때 보일 광경 때문이었다. 자기 집들이 부서지고 폐허가 된 런던을 볼까 봐. 아니면 램프텐 로드에 독일군 탱크들이 지나는 모습을 볼까 봐.

주임 사제는 사람들이 나갈 수 있도록 열린 문에서 한발 물러섰지만 아무도 움직이지 않았다. 심지어 자정 전부터 이곳에 갇혀 있던 넬슨마저 움직이지 않았다.

"'그럼 서두르세요!'" 고드프리 경의 낭랑한 목소리가 울려 퍼졌다. "'최대한 빨리 이걸 전해주시길.'" 그리고 넬슨이 문밖으로 뛰어나갔다.

모두가 소리 내 웃었다.

"넬슨, 돌아와!" 심스 씨가 외치며 그 뒤를 따라갔다. 심스 씨는 계단 꼭대기에서 외쳤다. "아무 피해도 안 보이는군요." 그리고 나머지 사람들이 우르르 계단을 올라가 거리를 둘러보았다. 거리는 동트기 전의 침침한 회색빛 속에 평화로이 있었다. 비록 공기 중에 연기가 떠돌았고 코르다이트 폭약과 불에 탄 나무 냄새가 맴돌았지만, 건물들은 모두 멀쩡했다.

"지난밤에는 램버스가 당했군요." 도밍고 씨가 남동쪽에서 피어오르는 검은 연기 기둥들을 가리키며 말했다.

"그리고 피커딜리 서커스도 당한 것 같습니다." 심스 씨가 넬슨을 데리고 돌아오며 한곳을 가리켜 말했다. 하지만 그곳은 사실 옥스퍼드 스트리트였고, 연기는 존 루이스 백화점에서 피어오르는 것이었다. 도밍 씨 역시 틀렸다. 첫 번째 공습에서 불탄 건 램버스가 아니라 쇼어디치와 화이트채플이었다. 하지만 연기가 피어오르는 곳들을 보면 이스트 엔드 전체가 폭격당한 것으로 보였다.

"이해가 안 가네." 라일라가 평온한 주변을 둘러보며 말했다. "꼭 우리 머리 위에서 터지는 거 같은 소리였는데."

"우리 위에서 터지면 무슨 소리가 나는데?" 비브가 물었다.

"한번은 아주 크고 굉장히 날카로운 소리가 나는 걸 들었습니다." 심스 씨가 말을 했지만, 도밍 씨는 고개를 저었다.

"바로 위에서 터진다면, 아무 소리도 듣지 못할 겁니다." 도밍 씨가 말했다. "즉사할 테니까요." 그리고 쿵쿵거리며 그곳을 떠났다.

"말을 어째 저리 한담." 비브가 도밍 씨 뒷모습을 바라보며 말했다.

라일라는 여전히 옥스퍼드 스트리트의 연기 쪽을 바라보았다. "지하철이 다니지 않을 거 같아." 라일라가 우울한 목소리로 말했다. "출근하려면 엄청나게 걸리겠는걸."

"그리고 우리가 거기에 갔을 때는…." 비브가 말했다. "유리창들은 다시 다 깨져 있을 거야. 온종일 청소해 치워야 할걸."

"'이것이 무슨 소리냐, 시종들이여?'" 고드프리 경이 고함쳤다. "'내가 공포와 패배에 관한 말을 들은 것이냐? 힘을 내거라! 활력을 끌어올려라!'"

라일라와 비브가 킥킥거렸다.

고드프리 경은 우산을 칼처럼 들어 올렸다. "'한 번 더 돌파구로, 친구들이여, 한 번 더!'" 고드프리 경은 칼을 높이 들어 올렸다. "'우리는 영국을 위해 싸운다!'"

"와, 저는 정말로《리처드 3세》를 좋아해요!" 라버넘 양이 말했다.

고드프리 경은 우산 손잡이를 거칠게 잡았고, 한순간 폴리는 그가 라버넘 양에게 달려들 거라고 생각했다. 하지만 그는 우산을 자기 팔에 걸었다. "'그리고 만약 우리가 하늘나라에서 만나기 전까지는 만날 수 없다면,'" 고드프리 경이 선언했다. "'기꺼이, 나의 고귀한 영주들과 친절한 친척들, 전사들 모두, 아듀.'" 그리고 그는 마치 전쟁터에 가듯 우산을 손에 걸고 당당히 걸어갔다.

'저 사람은 이미 전쟁터에 있어.' 고드프리 경을 보며 폴리가 생각했다. '모든 사람이 그래.'

"정말 멋져요!" 라버넘 양이 말했다. "만약 우리가 부탁한다면 저분이 내일 또 연극을 해줄까요?《폭풍우》나 아니면《헨리 5세》를요."

23

영업합니다. 진짜로, 영업합니다.

— 폭격으로 깨진 런던 어느 백화점의 진열창에 걸린 안내문

런던, 1940년 9월 18일

폴리가 옥스퍼드 스트리트에 가는 데는 2시간이 걸렸다. 옥스퍼드 서커스와 본드 스트리트 지하철역 모두 옥스퍼드 스트리트 폭격으로 인해 폐쇄되었을 것이기에, 폴리는 피커딜리 서커스까지 지하철을 타고 갈 생각이었지만 서클 선은 운행하지 않았다. 그래서 디스트릭트 선을 타고 다시 피커딜리 선을 타려 했지만 글로스터 로드까지밖에 갈 수 없었고, 역을 나와 버스를 타야 했다. 하지만 버스는 본드 스트리트까지밖에 가지 않았다. 거리가 거대한 잔햇더미로 막혀 있었기 때문이다. 결국 폴리는 바리케이드와 '위험, 가스 누출'이라는 표지판이 걸리고 밧줄이 쳐진 지역을 에두르며 남은 거리를 걸어야 했다.

옥스퍼드 스트리트는 소방관이 호스로 뿌린 물과 깨진 유리 조각들로 덮여 있었다. 폴리가 완전히 파괴된 존 루이스 백화점까지 가는 데는 다시 15분이 걸렸고, 마침내 그곳에 도착했을 때 그곳은 폴리가 사진으로 보고 상상해왔던 것보다 훨씬, 훨씬 더 지독한 상태였다. 거대한 벽돌 아치들은 불에 탄 기둥과 들보들이 이룬 거대하고 시커먼 공간을 향해 입을 벌린 채

물을 뚝뚝 흘렸다. 그곳은 불에 탄 건물이라기보다는 난파한 거대 해양 정기선 같아 보였다. 물에 잠긴 잔해 여기저기에는 반쯤 탄 '판매 중' 플래카드, 물에 흠뻑 젖은 장갑 한 짝, 검게 탄 옷걸이 따위가 널려 있었다.

건물 뒤쪽으로 비록 불은 오래전에 꺼졌지만, 호스로 목재에 물을 뿌리는 소방관이 보였다. 다른 소방관 둘은 나무로 된 호스 감개에 무거운 호스를 감았고, 네 번째 소방관은 아직 거리 중앙에 서 있는 소방차로 걸어갔다. 바지를 입고 양철 헬멧을 쓴 중년 여자가 이 구역 주위로 줄을 치고 있었다. 사방이 깨진 유리와 벽돌 가루투성이였고, 폴리가 옥스퍼드 스트리트를 올려다보자 짙은 연기가 드리워져 있었다.

폴리는 호스들을 밟으며 웅덩이와 깨진 유리 사이를 지났다. '이건 소용없어.' 폴리가 생각했다. '구인은커녕 문을 연 가게조차 있을 리가 없잖아.' 하지만 인부 두 명이 피터 로빈슨 백화점 정문 위로 현수막을 걸고 있었고, 그 현수막에는 마치 지금 공사 중이라는 듯이 '문 열었습니다. 주위가 엉망인 건 맘 쓰지 마십시오.'라고 적혀 있었다. 그리고 폴리는 타운센드 브라더스 백화점으로 들어가는 여자 한 명을 봤다. 폴리는 바스락거리는 유리 조각들을 밟고 들어가 문 앞에 서서 재킷을 단정히 하고 신발 바닥에서 깨진 유리 조각들을 뗀 뒤 안으로 들어갔다.

문을 안 열었을까 봐 걱정할 필요가 없었다. 안에서는 여자 점원 둘이 유리를 쓸고 있었고, 세 번째 점원은 폴리가 따라 들어온 여자에게 립스틱을 보여주고 있었다. 1층에 있는 사람은 그게 전부였고, 승강기에는 승강기 조작원뿐이었다. 폴리가 승강기의 철창문을 밀어 열고 안으로 들어서자 조작원이 물었다. "독일 폭격기가 존 루이스 백화점에 한 짓을 보셨습니까?"

6층에도 쇼핑을 하는 사람은 아무도 없었다. '사람이 필요하지 않은 게 확실하네.' 폴리가 생각했지만, 폴리가 인사과 사무실에 들어서는 순간 인사과장은 폴리에게 란제리 매장의 판매 보조 자리를 제안했고, 4층으로 직접 데려가 갈색 머리의 젊고 예쁜 여자에게 소개했다. "스넬그로브 양은 어디 있지요?" 인사과장이 갈색 머리에게 물었다.

"늦는다고 전화 왔습니다, 위더릴 씨." 그녀가 말하고는 폴리를 보며 웃어 보였다. "에지웨어 로드에 불발탄이 있다고 했어요. 그리고 그 지역 전체를 차단해서 공원으로 에둘러서 와야…."

"이쪽은 세바스찬 양입니다." 위더릴 씨가 말을 자르고 갈색 머리에게 폴리를 소개했다. "장갑과 스타킹 판매대를 맡을 겁니다." 그리고 그는 폴리에게 말했다. "물건들이 어디에 있고 무슨 일을 해야 하는지 여기 헤이즈 양이 당신에게 설명해줄 겁니다. 그리고 스넬그로브 양이 오면 곧바로 내게 와서 보고하라고 전하세요."

"인사과장님은 신경 쓰지 말아요." 그가 떠난 뒤 헤이즈 양이 말했다. "좀 초조해하는 거예요. 오늘 아침에 점원 세 명이 그만두겠다고 하고 떠났거든요. 그래서 스넬그로브 양도 도망간 게 아닐까 걱정하는 거죠. 하지만 아쉽게도, 스넬그로브 양은 이곳을 떠나지 않아요. 스넬그로브 양은 우리 층 매니저이고 '아주' 특별해요." 헤이즈 양이 목소리를 낮추며 비밀을 털어놓았다. "제 생각에 베티가 관둔 건 '스넬그로브 양' 때문이에요. 비록 베티는 존 루이스 백화점에 일어난 일 때문이라고 말했지만요. 스넬그로브 양은 베티에게 늘 뭔가 트집을 잡았어요. 그런데 백화점에서 일해본 적이 있나요, 세바스찬 양?"

"네, 헤이즈 양."

"오, 잘됐네요, 그럼 재고 관리 등의 경험이 있겠네요." 헤이즈 양이 판매대 뒤로 걸어가며 말했다. "그리고 우리끼리만 있을 때는 헤이즈 양이라고 부를 필요 없어. 그냥 편히 마저리라고 불러. 너는…?"

"폴리."

"어디에서 일했어, 폴리?"

"맨체스터의 데번햄스에서." 폴리가 맨체스터를 고른 건 그곳이 런던에서 멀며 또한 그곳에 데번햄스 백화점이 있는 걸 알기 때문이었다. 폴리는 그곳이 12월의 공습으로 파괴된 사진을 본 적이 있었다. 그래서 마저리가 이렇게 말한다면 정말 운이 없는 경우일 것이다. "정말? '나도' 맨체스터에서 왔어."

마저리는 그렇게 말하지 않았다. 대신 이렇게 말했다. "입금 전표 쓸 줄 알아?"

폴리는 입금 전표를 쓸 줄 알았다. 또한 합산하는 법, 먹지 쓰는 법, 계산기 쓰는 법, 연필 깎는 법을 알았고, 그뿐 아니라 조사실과 (역사학자라면 온갖 돌발 상황에 대처할 수 있어야 한다고 믿는) 던워디 교수가 생각하는, 점원으로서의 자격 요건에 해당하는 온갖 일들을 전부 다 할 줄 알았다.

화폐가 가장 배우기 어려웠다. 사실 이 시대의 화폐 시스템은 터무니없었고, 그래서 폴리는 그게 가장 골치 아픈 문제를 제공할 거라고 생각했지만, 마저리는 타운센드 브라더스 백화점의 모든 현금 취급은 위층의 회계과에서 다룬다고 했다. 폴리가 해야 할 일은 돈과 영수증을 청동 튜브에 넣고 그걸 압축 공기 이송 시스템에 넣고 쏘아 보내는 게 전부였다. 그러면 그 튜브는 잠시 뒤 정확한 거스름돈과 함께 돌아왔다. '기니며 반 크라운, 파딩에 관해 배울 필요가 전혀 없었네.' 폴리가 생각했다.

마저리는 고객 계좌에 판매 금액 청구하는 법, 배달 요청서 작성하는 법, 장갑과 실크 스타킹과 면 스타킹과 울 스타킹의 각 사이즈별 서랍의 위치, 티슈페이퍼 한 장만으로 스타킹 상자 안을 예쁘게 포장하는 법, 상자 안에 스타킹을 넣는 법, 갈색 종이로 상자를 포장하는 법, 가장자리를 아래로 접고 큰 뭉치에서 풀어낸 끈으로 묶는 법 등을 가르쳐주었다.

그건 조사실이나 던워디 교수가 생각하지 못한 내용이었지만 너무 어려워 보이지는 않았다. 마저리 말이 맞았다. 손님들이 많아졌다. 11시가 되자 대여섯 명 정도 되는 여자 손님들이 있었고, 그 가운데 나이 든 여인이 폴리에게 말했다. "히틀러가 옥스퍼드 스트리트에 한 짓을 보고는 스타킹 대님을 꼭 사야겠다고 마음먹었어요. 놈에게 우리는 멀쩡하다는 걸 보여주려고 말이죠!" 그리고 폴리는 맨 처음으로 물건을 팔며 포장을 엉망으로 했다. 포장 마무리는 고르지 못했고, 접은 곳은 구깃구깃했으며, 끈으로 상자를 묶으려 하자 포장이 완전히 풀려버렸다.

"죄송합니다, 사모님. 오늘이 제 첫날이라서요." 폴리가 말하고 다시 포장했고, 이번에는 그럭저럭 포장했지만 매듭이 너무 헐거워서 한쪽 끈이 매듭에서 빠지고 말았다.

마저리가 폴리를 도와주러 왔고, 엉킨 끈을 버리고 새로 끈을 끊어 상자를 단정하게 묶었다. 손님이 떠나자 마저리가 상냥하게 말했다. "익숙해질 때까지 내가 포장을 맡을게." 하지만 포장하는 법은 폴리가 당연히 알고 있어야 하는 게 분명했고, 그래서 손님이 없는 동안에 폴리는 빈 상자를 써서 포장 연습을 했지만 별 진전이 없었다.

정오에는 '아주 특별'하다는 그 스넬그로브 양이 도착했다. 폴리는 연습하던 끈을 재빨리 주머니에 쑤셔 넣고 블라우스를 단정히 했다.

마저리가 스넬그로브 양에 관해 했던 말은 과장이 아니었다. "나는 내 밑에 있는 사람들이 최고이길 바라요. 태도는 공손해야 하고, 그리고 일솜씨와 용모는 깔끔해야 해요." 스넬그로브 양이 차가운 눈으로 폴리의 진파란색 치마를 보며 말했다. "우리 매장 보조의 복장은 하얀 블라우스, 평범한 검은색 치마…."

'의상실에 그 말을 했는데.' 폴리가 진저리를 내며 생각했다.

"그리고 굽이 낮은 검은 신발이어야 해요. 검은 치마는 가지고 있나요, 세바스찬 양?"

"네." 폴리가 말했다. '던워디 교수님에게 직장을 구했다고 정착 확인 보고를 하고 곧바로 구할 수 있겠지.'

"런던에는 얼마나 있었지요?"

"지난주에 도착했습니다."

"그러면 공습이 어떤지 알겠네요?"

"네."

"난 쉽사리 겁을 먹거나 안달복달하는 사람을 밑에 둘 수 없어요." 그녀가 엄격한 목소리로 말했다. "타운센드 브라더스 백화점의 직원들은 언제나 침착하고 용감해야만 해요."

'직원 구함: 판매 보조.' 폴리가 생각했다. '깔끔하고, 예의 바르고, 포화 속에서 침착해야 함.'

"당신 판매 장부를 내게 보여줘요." 스넬그로브 양이 명령했고, 포장하는 법을 포함해 마저리가 이미 가르쳐준 것들을 폴리에게 다시 가르쳐줬다. 심지어 그녀는 마저리보다 더 능숙했고 더 정확했다. "끈을 낭비해서는 안 돼요." 포장을 단단히 묶으며 스넬그로브 양이 말했다. "이제 당신이 해봐요."

마저리는 란제리 판매대 너머에서 공포에 질린 표정으로 폴리를 바라보았다. '의상실은 내가 입을 검은 치마를 찾을 필요가 없을 거야.' 폴리가 생각했다. '포장하는 모습을 보여주고 나면 나는 해고될 테니까.' 그때 공습경보 사이렌이 울렸다.

폴리는 살면서 뭔가를 듣고 이렇게 기뻤던 적이 없었다. 타운센드 브라더스 백화점의 방공호는 사방의 벽이 파이프투성이에다 앉을 곳도 없는 밀폐된 지하실이었지만 폴리는 상관없었다. "의자와 간이침대는 손님용이야." 마저리가 폴리에게 말했고, 스넬그로브 양이 엄격하게 말했다. "기대지 마세요. 똑바로 서세요."

폴리는 이번 공습이 길기를 바랐지만, 겨우 30분이 지났을 때 공습경보 해제 사이렌이 울렸다. 하지만 그때는 폴리의 점심시간이었고, 그다음은 스넬그로브 양의 점심시간이었으며, 그리고 그 뒤 얼마 안 있어 위더릴 씨가 내려와 "이분은 스카프와 손수건 판매대를 맡을 도린 티몬스 양입니다."라고 사람을 소개했고, 스넬그로브 양은 그녀에게 폴리가 배운 과정을 가르쳐야 했다. 그리고 폴리의 손님들 모두는 배달을 원했고, 그래서 더는 포장을 할 필요가 없었다. 하지만 폴리는 내일도 오늘처럼 새로 직원이 오거나 공습이 있길 기대할 수 없었다. 옥스퍼드에 돌아가면 포장하는 법을 제대로 익히고 돌아와야 할 것이다.

'그게 시간 여행의 장점 가운데 하나지.' 일을 마치고 집으로 가며 폴리가 생각했다. '그걸 익히는 데 일주일이 걸린다 해도, 나는 그걸 배우고 내일 아침 지각하지 않고 출근할 수 있어.'

폴리는 강하 지점으로 곧장 갈까 생각해보았지만, 그곳 골목으로 가는 모습을 누가 지켜보거나 누가 따라올지도 모르는데 위험을 감수할 수는 없었다. 사이렌 소리가 사라지고 공습 대비대 감시원이 순찰을 마치고 사람들이 자기 집 지하실이나 방공호로 모두 갈 때까지 기다리는 게 더 나았다. 오늘 밤 공습은 8시 45분에 시작했고, 그건 사이렌이 8시 15분까지는 울리지 않는다는 뜻이었으며, 따라서 폴리가 강하 지점에 가려면 저녁 식사가 끝난 다음이어야 했다.

저녁 식사는 비참했다. 리케트 부인의 현관문을 여는 순간, 불쾌한 냄새가 폴리의 코를 자극했다. "오늘 저녁은 콩팥 스튜예요." 라버넘 양이 말했고, 목소리를 낮췄다. "세상에, 내가 폭격기가 다가오는 소리가 들리길 기다릴 거라고는 생각도 못 해봤어요." 그녀는 폴리 너머 문밖으로 몸을 내밀어 하늘을 바라보았다. "오늘 밤에는 일찍 올 확률이 없을까요?"

'불행히도, 아니에요.' 폴리가 생각했지만, 폴리가 코트와 모자를 벗기 위해 계단을 올라가기 시작했을 때 사이렌이 울렸다. "오, 잘됐네요." 라버넘 양이 말했다. "내 물건을 챙겨올 테니까 우리 같이 걸어가요. 가는 길에 고드프리 경에 관해 전부 다 이야기해줄게요."

"아니… 저는…." 폴리는 왜 이리 일찍 사이렌이 울리는지 영문을 몰라 어리둥절하며 말을 더듬었다. "전… 가기 전에 해야 할 일이 있어요. 스타킹도 빨아야 하고, 그리고…."

"이런, 그런 소리 하지 말아요." 라버넘 양이 말했다. "그건 너무 위험해요. 〈스탠다드〉에서 읽었는데, 어떤 여자가 고양이를 꺼내려고 남아 있다가 죽었대요."

"하지만 몇 분이면 돼요. 볼일을 마치자마자…."

"1분도 큰 차이를 만들어요. 그렇지 않나요?" 라버넘 양은 뜨개질감을 가방에 넣으며 서둘러 계단을 내려오는 히바드 양에게 말했다.

"아, 그렇고 말고요."

"하지만 도밍 씨가 여기 없네요." 폴리가 말했다. "두 분 먼저 가세요. 제가 가서 도밍 씨를 데려…."

"도밍 씨는 이미 갔어요." 히바드 양이 말했다. "저녁 식사가 뭔지 듣는 순간 나갔어요. 같이 가요." 그리고 폴리는 둘과 함께 가는 수밖에 없었다. 폴리는 세인트조지 교회에 도착할 때까지 기다렸다가 뭔가 잊어버렸다고 말하고 다시 돌아와야 할 것이다. 그때까지 공습이 시작되지 않았다면 말이다.

어떻게 공습 시간이 틀릴 수 있지? 폴리는 이해가 되지 않았다. 라버넘 양은 "사실 비록 나는 셰익스피어보다는 배리의 연극을 더 좋아하지만요. 훨씬 세련되었거든요."라며 고드프리 경에 관해 쉴 새 없이 떠들었지만, 폴리는 그 말이 귀에 들어오지 않았다. 공습은 18일에는 8시 45분에 시작되었다. 하지만 하이드 파크의 사이렌 역시 울렸고, 그들이 길을 건널 때 켄싱턴 가든스의 사이렌도 울리기 시작했다. 콜린이 날짜를 혼동한 게 분명했다.

그들은 교회에 거의 다 왔다. "아, 이런." 폴리가 말했다. "카디건을 깜박했어요. 가지고 와야 해요."

"내 숄을 빌려줄 수 있어요." 히바드 양이 말했고, 폴리가 대답을 생각하기도 전에 라일라와 비브가 폴리에게 달려오더니 존 루이스 백화점이 폭격당했다고 말했다.

"거기에 일자리가 있다는 걸 내가 어제 알아서 다행이야." 라일라가 숨차하며 폴리에게 말했다. "만약 네가 그곳에서 일자리를 구해 그곳이 폭격당할 때 네가 거기서 일을 했더라면 나는 나 자신을 절대로 용서하지 못했을 거야."

"오, 이런." 히바드 양이 말했다. "비행기 소리를 들은 거 같아요." 그리고 모두가 서둘러 계단을 내려가 방공호 안으로 들어갔다.

폴리는 방공호에서 도망칠까 생각해보았지만, 절대 성공할 리 없었다. 브라이트포드 부인과 세 딸, 심스 씨와 개가 모두 계단을 내려오고 있었고, 그 뒤로 주임 사제가 내려와 재빨리 인원수를 세고는 문의 빗장을 걸었다.

이제 폴리는 검은 치마를 어떻게 구한단 말인가? 그리고 포장하는 법은 어디서 배우고? 폴리는 스넬그로브 양에게, 사이렌에 걸려 집에 가지 못했다고 말할 수도 있었다. '그건 맞는 말이긴 하지.' 폴리가 비꼬며 생각했다. 하지만 포장을 엉망으로 하는 건 뭐라고 변명을 한단 말인가? '여기서 연습을 해야 해.' 폴리가 생각하며 주머니에 여전히 끈이 있는지 확인했다. 가지고 있었다. 고드프리 경이 폴리에게 〈타임스〉를 건넬 때(그는 전날 밤의 웅장함은 흔적도 없었고 평소의 나이 지긋한 신사로 돌아와 있었다), 폴리는 그걸 받아 들었고, 모두가 잠이 든 뒤(사이렌 소리에도 불구하고 폭격은 결국 8시 47분에야 시작되었다), 그녀는 찬송가 책이 있는 책꽂이로 살금살금 가서 신문으로 찬송가 책을 포장해보았다.

백화점의 두꺼운 갈색 종이보단 신문지 쪽이 포장하기에 훨씬 더 쉬웠고, 또한 지켜보는 고객(또는 스넬그로브 양)의 시선도 없었다. 하지만 여전히 솜씨가 어설펐다. 다시 시도해보았다. 이번에는 끈으로 묶을 때 접힌 부분이 벌어지지 않도록 접힌 끝부분을 몸으로 누르고 포장을 해보았다. 이번에는 더 나았지만, 신문 잉크가 블라우스에 검은 자국을 길게 남겼다.

"용모가 단정해야 합니다." 스넬그로브 양은 그렇게 말했고, 그건 공습경보가 해제된 뒤에 폴리는 블라우스를 빨아 다림질해야 한다는 뜻이었다. 공습은 4시면 끝날 예정이었지만, 오늘 밤에 배운 것처럼 그게 4시에 공습경보해제 사이렌이 울린다는 뜻은 아니었다.

폴리는 〈타임스〉의 새로운 장으로 다시 포장해보았다. 하지만 이번에도 빌어먹을 끈은 여전히 협조하지 않았고, 폴리는 대체 타운센드 브라더스 백화점은 왜 끈 대신 투명 테이프를 쓰지 않는지 궁금했다. 폴리는 그게 이미 발명된 걸 알고 있었다. 이미 써본 경험이….

근처에서 폭탄이 터지며 갑자기 지하실이 흔들렸고, 넬슨이 벌떡 일어나 거칠게 짖었다. 폴리는 깜짝 놀랐고, 그 바람에 신문지가 길게 찢어졌다.

"이게 무슨 소리죠?" 라버넘 양이 졸린 목소리로 물었다.

"빗나간 220킬로그램짜리 폭탄입니다." 심스 씨가 개의 머리를 쓰다듬으며 말했다.

도밍 씨가 귀를 기울이더니 고개를 끄덕였다. "놈들이 돌아가고 있군요." 그가 말하고 누웠지만, 몇 분 정도 조용한 다음 갑자기 다시 공습이 시작되었고, 방공포들이 발포하기 시작했으며, 머리 위에서 비행기들이 으르렁거렸다.

도밍 씨가 다시 일어나 앉았고, 이윽고 주임 사제와 라일라도 일어나 앉았다. 라일라가 짜증이 밴 목소리로 말했다. "아휴, 또야!" 그리고 한 명씩 잠에서 깨어 초조한 눈으로 천장을 보기 시작했다. 폴리는 아침이 되기 전에 기술을 익히고야 말겠다고 다짐하며 계속 포장 연습을 했다. 그리고 마치 길에 우박이 내리는 것처럼 머리 위에서 덜거덕거리는 소리가 들렸다.

"소이탄이군요." 심스 씨가 말했다.

우두둑하는 소리, 그리고 길고 날카로운 쉬익 소리, 그리고 폭발음이 두 번 들렸다. 전날 밤처럼 귀가 먹을 정도는 아니었지만, 주임 사제는 편지를 읽고 있는 고드프리 경에게 걸어가 조용히 말했다. "오늘 밤도 공습이 심해질 것 같습니다. 우리가 또 경의 공연을 볼 영광을 주지 않으시겠습니까, 고드프리 경?"

"그런 청을 받다니 영광입니다." 고드프리 경이 말하며 편지를 접어 코트 주머니에 넣고 일어섰다. "무엇을 할까요? 《헛소동》? 아니면 비극 가운데 하나를 할까요?"

"《잠자는 숲속의 미녀》요." 트로트가 자기 어머니 무릎 위에서 말했다.

"《잠자는 숲속의 미녀》?" 고드프리 경이 고함을 쳤다. "그건 절대 안 되지. 나는 고드프리 킹스맨 경이란다. 나는 동화극을 하지 않아." 그 말에 폴리는 트로트가 눈물을 흘릴 줄 알았지만, 아이는 울지 않았다.

"천둥에 관한 걸 다시 해주세요." 트로트가 말했다.

"《폭풍우》 말이군." 고드프리 경이 말했다. "훨씬 더 나은 선택이구나." 그리고 트로트가 환히 웃었다.

'정말로 멋진 사람이야.' 폴리가 생각했다. 폴리는 포장 연습을 하는 대신 그의 공연을 볼 시간이 있으면 좋겠다고 생각했다.

"아니, 안 돼요. 《맥베스》를 해주세요, 고드프리 경." 라버넘 양이 말했다. "저는 경이 하는 맥베스 공연을 늘 보고 싶…."

고드프리 경이 몸을 곧게 펴고 우뚝 섰다. "스코틀랜드 연극의 제목을 입 밖으로 내면 불운이 찾아온다는 사실을 모르십니까?" 그는 라버넘 양에게 큰 소리로 말하더니 천장을 바라보며 마치 천벌로 폭탄 하나가 이곳에 떨어질 거라고 생각하는 듯이 잠시 폭탄이 떨어져 터지는 소리에 귀를 기울였다. 그가 좀 더 차분한 목소리로 말했다. "아니, 안 됩니다, 숙녀여. 우리는 지난 2주 동안 도를 넘는 야심과 폭력을 목격했습니다. 오늘 밤 사방에서는 안개와 불결한 공기가 잔뜩 맴돕니다."[32]

고드프리 경은 트로트에게 허리 숙여 절을 했다. "저 천둥은 괜찮을 겁니다. '요란한 소리와 달콤한 공기로 가득하며 오직 기쁨을 줄 뿐 해롭지 않습니다.' 하지만 제가 프로스페로를 하려면, 미란다가 필요합니다." 그는 폴리에게 성큼성큼 걸어오더니 손을 내밀었다. "제 〈타임스〉를 손상하신 벌로써…." 그는 찢어진 신문지를 내려보며 말했다. "성함이…?"

"세바스찬이에요." 폴리가 말했다. "죄송하지만 저는…."

"상관없습니다." 그가 멍하니 말했다. 그는 생각에 잠겨 폴리를 바라보고 있었다. "당신은 세바스찬이 아니라 그 쌍둥이 여동생인 비올라입니다."

"좀 전에 미란다라고 했잖아요." 트로트가 말했다.

"맞단다." 고드프리 경이 소곤소곤 말했다. "다음에는《십이야》를 할 거야."

고드프리 경은 폴리를 일으켜 세웠다. "'오너라, 딸아, 집중하거라, 내 어떻게 하여 이상한 바람이 이 섬에 우리를 조난케 했는지 말해주마.'" 그는 재킷의 안주머니에서 책을 꺼내 폴리에게 건넸다. "8쪽." 그가 속삭였다. "2장입니다. '사랑하는 아버지, 만약 아버지가 마법으로….'"

폴리는 그 연설을 알았지만, 1940년의 점원은 그렇지 않을 터이며, 그래서 그녀는 책을 받아 들고 자기 부분을 읽는 척했다. "'사랑하는 아버지, 만약 아버지가 마법으로 이렇게 바다를 파도로 들끓게 하셨다면,'" 폴리가 읽었다. "'잔잔하게 만드세요. 바다가 하늘의 뺨에까지 솟아올라 불을 끄지 않는다면 하늘은 악취 나는 역청을 내리쏟을 것 같아요.'"

"'넌 우리가 이 오두막에 오기 전을 기억할 수 있겠느냐?'" 고드프리 경이 물었다.

"'아련해요.'" 옥스퍼드를 떠올리며 폴리가 말했다. "'꿈같기도 하고 확실한 기억이라 할 수 없어요.'"

32 《맥베스》의 대사를 차용, 변경해 썼다.

"'지나간 시간의 어두컴컴한 심연 속에서,'" 고드프리 경이 폴리의 눈을 바라보며 말했다. "'너는 또 무엇을 볼 수 있느냐?'"

'이상해. 이 사람은 내가 미래에서 온 걸 알아.' 폴리가 생각했다. '아니야, 그냥 자기 대사를 말하는 것뿐이야. 알 리가 없잖아.' 그리고 그러다가 자기 차례를 놓치고 말았다. "'무슨 흉측한 농간으로…'" 고드프리 경이 슬쩍 일러주었다.

폴리는 자신들이 몇 쪽을 하는지 알지 못했다. "'무슨 흉측한 농간으로 우리가 이곳으로 오게 되었나요?'" 폴리가 말했다. "'아니면 이곳에 온 것이 축복을 받은 것이었나요?'"

"'내 딸아, 둘 다, 둘 다였다! 거기서 우리가 몰려난 것은 네 말대로 흉측한 농간 때문이었지만, 이곳에 온 건 축복이었지.'" 고드프리 경은 여전히 책을 든 폴리의 두 손을 잡더니 그들이 어떻게 섬에 도착했는지에 관한 프로스페로의 설명을 읊고는 곧바로 에이리얼을 나무라는 장면으로 넘어갔다.

폴리는 자신이 책을 들고 있다는 사실을 잊었고, 1940년대 백화점 점원 행세를 한다는 사실을 잊었으며, 사람들이 자신을 지켜보고 있다는 것도, 머리 위로 비행기들이 윙윙거리며 다닌다는 사실도 잊었다. 고드프리 경이 자기 두 손을 꼼짝도 못 하게 잡고 있다는 사실 말고는 모든 것을 잊었다. 폴리는 황홀해져 고드프리 경을 마주하고 섰고, 마치 그가 진짜로 마법사인 듯이 '마법에 걸려 꼼짝도 할 수 없었다.' 그리고 그가 영원히 이렇게 해주길 바랐다.

고드프리 경은 "'나는 내 마술 지팡이를 꺾어버리겠다.'"라고 말하며 폴리의 두 손을 놓더니 자기 두 손을 머리 위로 들어 올렸다가 갑자기 내리며 가상의 지팡이를 부러뜨리는 흉내를 냈고, 밤마다 계속된 공격과 폭발에도 평정을 유지하던 관객들은 그 행동에 움찔했다. 어린 여자아이 셋은 자기 어머니 품을 파고들며 입을 벌리고 눈을 둥그렇게 떴다.

"'나는 내 마술책을 바다에 던져버리겠다.'" 그렇게 말하는 고드프리 경의 굵은 목소리에는 권능과 힘과 후회가 담겨 있었다. "'내 너에게 말한 대로, 이 배우들은 모두 요정들이었고, 이제 엷은 공기 속으로 녹아버렸다.'"

'오, 그러지 마세요.' 폴리는 생각했다. 비록 다음이 프로스페로의 가장 아름다운 연설이었지만 말이다. 그러나 그 부분은 장소들과 탑들과 '거대한 지구 자체'가 파괴되는 것에 관한 내용이었고, 고드프리 경은 폴리의 말 없는 간청을 느낀 게 분명했다. 왜냐하면 그 대사를 말하는 대신 "'우리는, 이제는 사라져버린 저 환영처럼, 희미한 흔적조차 남기지 않게 된다.'"라고 했기 때문이다. 그리고 폴리는 자기 눈에 눈물이 글썽이는 걸 느꼈다.

"'넌 두려워 보이는구나.'" 고드프리 경이 상냥하게 말하며 폴리의 두 손을 다시 잡았다. "'기운을 내거라, 아이야. 이제 우리의 잔치는 끝났다.'" 그리고 공습경보해제 사이렌이 울렸다.

모두가 즉시 천장을 올려보았고, 리케트 부인은 일어나 코트를 입기 시작했다. "막이 내렸습니다." 고드프리 경은 인상을 쓰며 폴리에게 말했고, 손을 놓으려 했다.

폴리가 고개를 저었다. "'그건 나이팅게일이었어요, 아직 날이 밝지 않았어요.'"[33]

고드프리 경은 경외심 어린 표정으로 폴리를 보더니 싱긋 웃고는 고개를 저었다. "'그건 종달새였습니다.'" 그가 아쉬운 표정으로 말했다. "아니, 더 나쁘게도, 한밤의 종소리였습니다." 그리고 그는 폴리의 두 손을 놓았다.

"오, 세상에, 고드프리 경, '정말로' 훌륭한 공연이었어요." 라버넘 양과 히바드 양과 위번 부인이 그의 주위로 몰려들었고, 라버넘 양이 말했다.

"우리는 그냥 재능이 아쉬운 배우들일 뿐입니다." 고드프리 경은 폴리를 포함해 손짓했지만, 사람들은 폴리를 무시했다.

"'정말로' 멋지셨어요, 고드프리 경." 라일라가 말했다.

"레슬리 하워드보다도 더 멋졌어요." 비브가 덧붙였다.

"황홀함 그 자체였답니다." 위번 부인이 말했다.

'황홀하다는 표현이 맞지.' 폴리가 생각했다. 폴리는 코트를 입고 가방과

33 셰익스피어, 《로미오와 줄리엣》

신문지로 포장된 찬송가를 집었다. '고드프리 경 덕분에 포장 연습을 해야 한다는 걸 까맣게 잊었네.' 폴리는 등화관제 해제 사이렌이 일찍 끝났길 바라며 손목시계를 슬쩍 보았지만, 시간은 6시 30분이었다. '정말로 종달새였네.' 신데렐라가 된 느낌을 받으며 폴리가 생각했다. '그리고 이제 나는 집에 가서 블라우스를 빨아야 해.'

"내일 밤도 우리가 경의 공연을 볼 수 있는 영광을 주셨으면 좋겠어요, 고드프리 경." 라버넘 양이 말하고 있었다.

"세바스찬 양!" 고드프리 경이 자신을 찬미하는 사람들에게서 빠져나와 폴리에게 급히 다가왔다. "당신 대사를 알다니, 감사를 표하고 싶습니다. 저의 상대역을 하는 숙녀분들 대부분은 그런 적이 없었거든요. 극장 쪽 일을 하고 싶다고 생각해본 적이 있으십니까?"

"아, 아니에요. 저는 그냥 점원인걸요."

"그럴 리가요." 고드프리 경이 말했다. "'당신은 이 노래들이 받드는 미의 여신, 경이의 존재.'"

"'경이의 존재가 아닙니다, 하지만 젊은 처자는 확실하지요.'" 폴리가 인용해 말했고, 고드프리 경은 슬픈 듯이 고개를 저었다.

"젊은 처자, 그렇지요. 그리고 제가 40년만 젊었다면 당신의 상대역을 했을 겁니다." 고드프리 경이 말하고는 폴리 쪽으로 몸을 기울였다. "그리고 '당신'은 안전하지 못했을 거고요."

'단 한 순간도 그 말을 의심하지 않아요.' 폴리가 생각했다. '이 남자는 서른 살이었을 때 정말로 위험한 존재였을 거야.' 그리고 갑자기 콜린이 했던 말이 떠올랐다. "원하는 나이로 될게. 일흔 살은 안 되겠지만 서른 살 정도는 기꺼이 될 수 있어."

"오, 고드프리 경." 라버넘 양이 다가오며 말했다. "다음번에는 제임스 배리 경의 연극 가운데 하나에서 해주시겠어요?"

"배리요?" 고드프리 경이 목소리에 싫은 티를 담아 말했다. "《피터 팬》 말입니까?"

폴리는 웃음을 참아야 했다. 폴리는 문을 열고 계단을 올라가기 시작했다.

"비올라, 기다리십시오!" 고드프리 경이 외쳤다. 그는 계단을 반쯤 올라간 폴리를 따라잡았다. 폴리는 고드프리 경이 자신의 두 손을 다시 잡을 거라고 생각했지만, 그는 그러지 않았다. 그는 단지 한참 동안 숨을 고르며 폴리를 바라보았다.

'서른 살까지 갈 것도 없어.' 폴리가 생각했다. '이 남자는 지금도 위험한 존재야.'

"고드프리 경!" 라버넘 양이 문 안쪽에서 외쳤다.

고드프리 경은 뒤쪽을 보더니 다시 폴리에게 시선을 돌렸다. "'우리는 너무 늦게 만났습니다.'" 그가 말했다. "'시간대가 맞지 않는군요.'"[34] 그리고 그는 다시 계단을 내려갔다.

34 셰익스피어, 《햄릿》

24

진짜 비행기, 진짜 폭탄입니다.
이건 씨발, 훈련 상황이 아닙니다.

— 오클라호마호의 스피커 방송에서,
진주만, 1941년 12월 7일

됭케르크, 1940년 5월 29일

마이크는 멍하니 자기 앞에 펼쳐진 광경을 바라보았다. 됭케르크는 동쪽으로 불과 1킬로미터쯤 떨어진 곳에서 불에 타고 있었고, 부두에서는 기름 저장소들이 불타며 황적색 화염과 매캐한 검은 연기구름들이 소용돌이쳤다. 부두와 해변, 물은 불길에 휩싸여 있었다. 순양함 한 척은 오른쪽으로 쓰러진 채 선미만 물 위로 내밀었다. 그 옆에 끌배 한 척이 멈춰서 군인들을 구출하는 중이었다. 그 남쪽에는 구축함 한 척이 멈춰 있었고, 그 뒤로는 해협을 오가는 정기선 한 척이 보였는데, 그 배 역시 불에 타고 있었다.

대포인지 또는 다른 무엇인가에서 나오는 것인지 알 수 없는 섬광들이 수평선과 지평선을 오갔고, 구축함들의 대포가 귀청을 찢는 울부짖음으로 대답했다. 해안에서 폭발이 일어나며 화염이 굽이쳐 올랐고(가스탱크가 폭발한 것이다), 저 멀리서 기관총이 다다다 발사하는 소리가 들렸다. "믿을 수가 없어요!" 조너선이 소음 위로 소리쳤다. 아이의 목소리는 흥분으로 격앙되어 있었다. "우리가 진짜로 여기에 왔어요!"

마이크는 불길로 훤히 밝혀진 항구를 꼼짝도 못 하고 바라보았다. 난간에서 손을 떼기가 두려웠다. 움직이는 것조차 두려웠다. 뭔가를 하면, 아니 한마디만 해도 사건의 진행 방향이 파국으로 흘러갈 수도 있었다. "이거 끝내주네요!" 조너선이 말했다. "독일군을 볼 수 있을까요?"

"안 그러길 바라." 마이크가 말하며 하늘을 힐끗 보았고, 흘러가는 연기 사이로 지평선을 살피며 새벽이 오고 있지 않은지 확인했다. 됭케르크의 항구까지 가는 길은 반쯤 물에 잠긴 난파선들로 가로막혀 있었으며, 앞이 보이지 않는 상황에서 항구까지 갈 가능성은 없었다. 하지만 낮이 되면 스투카에 공격당할 가능성이 컸다. 그리고 이런 제길, 29일에 날씨는 맑았으며, 해안의 산들바람은 연기를 항구에서 내륙으로 밀어냈고, 그래서 군인들을 태우는 보트들은 손쉬운 목표물이 되었다. 아직 산들바람은 불지 않았다. 하지만 이 상태가 얼마나 오래갈까?

"캔자스 친구, 거기 그냥 멍하니 서 있지 마!" 중령이 외쳤다. "자네는 제인여왕호가 뭔가에 부딪히지 않게 뭔가를 해야지!"

'그래야 하는 건가?' 마이크가 생각했다. '아니면 트롤선이나 소형 어선에 부딪혀 전원 물에 빠져 죽게 해야 하는 건가?' 뭘 해야 하는지, 또는 뭘 하지 말아야 할지 알 방법은 없었다. 마치 한 걸음 한 걸음이 작전의 성패를 가름하는 지뢰밭에서 눈을 가리고 걷는 것과 다를 바 없었다. 그리고 이건 더 심각했다. 가만히 있어도 지뢰가 터질 수 있었기 때문이다. 경고의 고함이 역사의 진행 방향을 바꿀까? 아니면 침묵이 그렇게 할까?

"우현으로!" 조너선이 뱃머리의 다른 쪽에서 외치자 중령은 타륜을 돌렸고, 제인여왕호는 다가오는 기뢰제거함을 통통거리며 지나 항구로 향했다.

마이크는 시야가 확보될지 걱정할 필요가 없다는 것을 깨달았다. 불타는 마을의 화염이 항구 전체를 훤히 밝혔다. 거의 대낮처럼 밝았다. 다행이었다. 항구에 가까이 갈수록 장애물들이 더 많았기 때문이다. 나무 상자가 둥둥 떠 옆을 지났고, 그 너머로 곧장 앞으로는 반쯤 물에 잠긴 요트가 돛대를 물 위로 삐죽 내밀고 있었다.

"왼쪽으로!" 마이크가 왼쪽으로 팔을 마구 휘두르며 외쳤다.

"왼쪽?" 중령이 으르렁거렸다. "자네는 배에 탔어, 캔자스 친구. 좌현이라고 해야지!"

"알았어요! 좌현! 당장요!"

중령은 때맞춰 타륜을 돌려 돛대를 몇 뼘 차이로 간신히 피했고, 마이크는 중령이 바꾼 방향이 이번에는 반쯤 물에 잠긴 페리선과 충돌할 코스라는 걸 깨달았다. "오른쪽으로!" 마이크가 외쳤다. "아니, 그러니까, 우현으로! 우현!"

이번에는 아예 몇 센티미터도 되지 않는 차이로 충돌을 피했다. 제인여왕호는 종잇장 차이로 옆을 지났다. 그런데 충돌하지 않는 게 맞는 건가, 아니면 배 옆에 구멍이 나야 했던 걸까? 알 방법이 없었고, 그걸 생각할 시간도 없었다. 저 앞, 물 아래에는 거대한 외륜이 있었고, 그걸 지나 왼쪽에는 반쯤 가라앉은 보트가 보였고, 그 배의 이물은 성벽 파괴용 말뚝처럼 제인여왕호를 향했다. "우현으로 빨리!" 마이크에 앞서 조너선이 외쳤고, 그들은 아슬아슬하게 충돌을 피해 지나갔다.

찌꺼기들이 뜬 물에는 더 많은 방해물이 있었다. 노, 기름통, 휘발유 깡통, 그리고 군인용 재킷이 둥둥 떠 옆을 지났고, 불에 탄 판자 조각과 구명조끼도 있었다. "구명조끼나 구명대가 배에 있나요?" 마이크가 중령에게 외쳤다.

"구명대? 자네 수영할 줄 안다고 한 거 같은데, 캔자스 친구."

"할 줄 압니다." 화난 목소리로 마이크가 말했다. "하지만 조너선은 못 합니다. 그리고 만약 제인여왕호가 뭔가에 부딪히면…."

"그래서 자네에게 길잡이를 맡긴 거야." 중령이 말했다. "이제 할 일을 해. 명령이야."

마이크는 그 말을 무시했다. 그는 구명조끼를 낚을 셈으로 배의 갈고리를 잡아 난간으로 달려갔지만, 그건 이미 지난 뒤였다. 그는 다른 구명조끼가 있지 않을까 하는 마음에 몸을 밖으로 기울이고 살폈지만 다른 구명조끼는 없었다. 끝부분을 묶어 임시 구명조끼로 만든 바지 한 벌, 양말 한 짝, 뒤엉킨 밧줄 하나가 보였다. 그리고 십자가처럼 두 팔을 쭉 편 시체도 한 구 보였다. "저길 보세요!" 조너선이 이물 다른 쪽에서 외쳤다. "저거 시체인가요?"

맞는다고 말하려는 순간, 마이크는 시체라고 생각했던 대상이 단지 텅 빈 소매와 벨트 끝이 펼쳐진 상태로 물에 뜬 군용 외투라는 사실을 깨달았다. 수영해서 배에 가려고 누군가가 벗어버린 모양이었다. 다른 옷과 신발도 벗어버렸겠지만, 그것들은 물에 뜨지 않을 것이다.

아니, 마이크의 생각이 틀렸다. 군화 한 짝과 사다리, 그리고 놀랍게도 소총이 보였다. 이제 마이크 일행은 거의 항구 어귀에 도달했다. 중령은 배를 조종해 표류하는 거룻배와, 풍선처럼 바람을 가득 안은 돛을 지났다. 돛단배는 가라앉아 있었다.

아니, 그건 배가 아니었다. 그것은 부두에서 떨어져 물에 빠진 트럭의 캔버스 천 덮개였다. 그렇다면 이제 물은 얕다는 뜻이었고, 그들은 가라앉은 난파선들에 부딪히기 전에 미리 보고 피할 수도 있을 것이다.

"어떻게 생각하나, 캔자스 친구?" 중령이 항구를 살피며 말했다. "어떻게 하는 게 좋을 거 같아?"

'뱃머리를 돌려 집으로 돌아가는 거죠.' 마이크가 생각했다. 항구 안쪽에는 반쯤 가라앉은 배들과 영국군이 적의 손에 들어가지 않게 하려고 물에 빠뜨린 장비들이 여기저기 있었다. 설사 항구에 들어갈 수 있다 해도, 그다음엔 나올 수가 없었다. 입구는 너무나 좁아져 있어서 노 젓는 보트 한 척으로도 막을 수 있을 정도였다. 그리고 해변으로 접근하려 하면, 그곳에 모여 구출되기를 기다리는 수천의 군인들에게 에워싸일 것이다. 아니면 얕은 물에 걸려 다음 만조가 되길 기다려야 했다.

"뭐라고 했지, 캔자스 친구?" 손을 모아 귀에 대며 중령이 물었다. "어느 쪽으로 가라고?"

요란한 경적 소리가 들리더니 연기 속에서 대형 보트가 나타나 곧장 그들 쪽으로 다가왔다. 뱃머리에는 해군 군복을 입은 젊은 남자가 서 있었다. "어이!" 그가 입 주위에 손을 모으고 소리쳤다. "거기 빈 겁니까, 아니면 꽉 찼습니까?"

"비었습니다!" 마이크가 외쳤다.

“저쪽으로 가세요!” 남자가 말하며 한쪽 손을 내려 동쪽을 가리켰다. “방파제에서 군인들을 태우고 있습니다.”

‘이런, 맙소사, 동쪽 방파제잖아.’ 그곳은 항구에서 가장 위험한 곳 가운데 하나였다. 그곳은 계속 공격당했고, 좁은 방파제에서 군인들을 태우고 떠나려다 많은 배가 가라앉았다.

“저 사람이 뭐라고 했지?” 중령이 마이크에게 외쳤다.

“저쪽으로 가라고 했어요!” 조너선이 가리키며 말했다. 중령은 고개를 끄덕였고, 경례한 뒤 조너선이 가리킨 쪽으로 방향을 잡았다. 대형 보트는 으르렁거리며 다가와 그들을 지나 길을 앞장섰다.

방파제는 내항 너머까지 뻗어 있었다. ‘뭐, 적어도 둘러 가야 할 필요는 없겠네.’ 마이크가 생각했지만, 점차 가까워질수록 방파제가 폭격받았다는 것이 눈에 보였다. 시멘트 덩어리들이 깨져 나갔고, 깨진 부분에는 문이나 판자를 놓아 임시로 막아두었다. 해군 장교는 방파제를 가리켰고, 중령이 제인여왕호의 방향을 방파제로 바꾸자 손을 흔들며 요란한 소리와 함께 자기 갈 길을 갔다.

중령은 제인여왕호를 조종해 반쯤 가라앉은 끌배 한 척과 끝이 부러진 돛대 두 개를 조심스레 피하며 방파제로 갔다. 물은 기름통과 노, 아직 불타고 있는 판자들로 가득했다. 판자 하나에는 ‘로자벨’이라는 이름이 적혀 있었다. 이곳에 와서 군인들을 구하려다가 산산조각이 난 배의 이름이 분명했다. “배를 묶을 곳을 찾아.” 중령이 마이크에게 명령했다. 마이크는 빈 정박지를 찾기 시작했지만, 방파제 전체가 버려진 군용 장비들과 박살 난 배들에 의해 막혀 있었다. 장교용 자동차 한 대는 방파제 옆쪽으로 떨어진 채 꽁무니를 위로 향했다.

그 너머로 제인여왕호가 들어가기에 충분히 넓어 보이는 공간이 보였다. “저기요!” 마이크가 가리키며 외쳤고, 중령은 고개를 끄덕이고 그쪽으로 방향을 틀었다.

“속력을 줄여요.” 마이크가 뱃전으로 몸을 반쯤 내밀고 물 아래 장애물이 없는지 확인하며 말했다. 마이크는 뭔지는 몰라도 중령이 항해용 용어를 쓰라고 혼낼 줄 알았지만, 중령 역시 마이크와 마찬가지로 제인여왕호의 밑이 찢어질까 걱정하는 게 분명했다. 중령은 엔진 출력을 낮춰 속력을 4분의 1로 줄였고, 천천히 부두로 들어갔다.

"봐요, 저기에 또 시체가 있어요!" 조너선이 외쳤고, 이번에는 정말로 시체였다. 시체는 얼굴을 아래로 하고 제인여왕호의 항적을 천천히 따라오고 있었다. 방파제 가까이에는 또 다른 시체가 보였다. 이번엔 서 있는 자세로 떠 있었고, 머리와 어깨는 물 밖에 나와 있었다. 여전히 헬멧을 쓴 채였다.

아니, 그것은 시체가 아니었다. 그것은 배 쪽으로 걸어오는 군인이었고, 그 뒤에는 두 명이 더 있었다. 한 명은 머리 위로 소총을 들고 있었다. 그들은 제인여왕호가 부두에 도착해 건널 판자를 내릴 때까지 기다릴 마음이 없는 게 분명했다. 물이 한 번 텀벙하고 튀겼고 또 한 번 튀겼으며, 마이크가 방파제를 보자 또 다른 군인이 흙투성이 개 한 마리와 함께 물에 뛰어들어 다가오는 게 보였다. 개는 그 군인 옆에서 발을 저어 헤엄을 쳤다. 그리고 방파제에는 십여 명의 군인들이 서 있었고, 그 뒤쪽으로도 열 명 정도가 이쪽을 향해 달려왔다. "뛰어들지 말아요!" 조너선이 군인들에게 외쳤다. "우리가 갈게요." 그리고 중령은 천천히 제인여왕호를 방파제로 몰고 갔다.

조너선은 군인들에게 밧줄을 던졌다. "배를 묶어!" 중령이 그들에게 소리쳤다. "캔자스 친구, 물에 있는 저 사람들에게 다른 밧줄을 던져."

마이크는 밧줄을 뱃전에 묶은 뒤 밧줄의 다른 쪽 끝을 군인들에게 던지고 군인들을 끌기 시작했다. 그러면서도 구출되지 않아야 할 사람을 구출하는 일은 없기를 바랐다. 괜한 걱정이었다. 마이크가 밧줄을 묶는 동안 군인 두 명이 스스로 배 옆으로 올랐고, 마이크가 던진 밧줄을 받은 군인은 개를 들어올리기 위해 개의 몸통에 서둘러 밧줄을 묶고 있었다. 개를 구하는 건 사건의 진행 방향을 바꿀 것 같지 않았고, 개는 혼자 힘으로는 배에 탈 수 없었다. 마이크는 개를 끌어 올려 배 안으로 당겼고, 배에 올라온 개는 몸을 흔들며 마이크와, 개를 뒤따라 막 배에 올라온 주인 그리고 주위 모두에게 물을 튀겼다.

개 주인은 장교인 듯했다. 재빨리 마이크에게서 밧줄을 넘겨받았기 때문이다. "캔자스 친구, 조너선이랑 부두에 건널 판자를 내려." 중령이 명령했고, 마이크는 그 명령에 따르려 했지만 방파제가 위로 너무 높이 솟아 있었다. 어쨌든 군인들은 이미 스스로 행동을 취했다. 군인들은 사다리를 방파제 옆쪽으로 묶고 그 사다리를 타고 물로 내려왔고, 바다를 헤엄쳐 배로 다가오고 있었다.

"군인들이 쓸 수 있게 밧줄 하나를 더 준비해라." 중령이 조너선에게 명령했고, 뱃전에서 휘발유 깡통을 끄르기 시작했다.

"그건 제가 할게요." 마이크가 무거운 깡통들을 선미로 옮기며 말했다. 제인여왕호의 휘발유 탱크를 채우는 건 군인들을 끌어오는 것보다 역사에 영향을 덜 미칠 거라는 생각에서였다. 군인들 가운데 일부는 도움이 없으면 배에 탈 수 없을 것이다.

"도와줘요!" 조너선이 배 옆으로 몸을 내밀며 외쳤다. 그는 완전 군장을 하고 헬멧을 쓴 군인을 끌어올리고 있었다. "난 아저씨가 죽은 줄 알았어요!" 조너선이 말하며 그 군인의 배낭에 있는 끈을 잡아 힘들게 뱃전 너머로 끌어올렸다.

"나도 그런 줄 알았지!" 군인이 배낭을 갑판 위에 내려놓고 조너선을 도와 다음 군인, 그리고 다음 군인을 배에 태웠다. 마이크는 깡통들에 든 휘발유를 탱크에 쏟아 담은 뒤 깡통들을 배 밖으로 던졌다. 깡통들은 널빤지들과 의류와 시체들 사이에서 까닥이며 멀어졌다. 마이크는 흩어져 앉은 군인들을 밟지 않게 조심조심 발을 디디며 두 번 더 갑판으로 돌아가 휘발유 깡통들을 가져왔다.

군인들은 계속해서 배에 오르고 있었다. "아슬아슬했어." 군인 가운데 한 명이 다리를 배에 올리며 말했다. "대체 어디에 있었던 거야?" 하지만 대부분은 아무 말도 하지 않았다. 그들은 갑판에 주저앉거나 그냥 그 자리에 앉아 지치고 멍한 표정을 지었으며, 생기 없는 얼굴들은 기름에 얼룩졌고 눈은 충혈되어 있었다. 군인들 그 누구도 선미 또는 반대편으로 움직이지 않았고, 갑판은 군인들 무게 때문에 좌현으로 기울기 시작했다.

"사람들을 우현으로 옮겨." 중령이 마이크에게 외쳤다. "안 그러면 배가 뒤집힐 거야. 거기 얼마나 더 있냐, 조너선?"

"한 명 남았어요." 조너선이 한쪽 팔에 붕대를 감은 군인을 갑판으로 올리며 말했다. "그러면 다 태우는 거예요."

'우선은 그렇지.' 방파제를 바라보며 마이크는 생각했다. 마이크는 방파제가 끝나고 육지로 이어지는 곳 사방에서 군인들이 몰려드는 걸 볼 수 있었다. 만약 그 군인들이 이 배에 타면 배가 가라앉을 것이다. 하지만 중령은 이미 엔진을 켜고 있었다. "밧줄을 잘라." 중령이 조너선에게 명령했고, 스로틀 밸브를 열었다. 프로펠러가 회전을 시작하더니 경련을 일으키며 멈췄다.

"프로펠러에 문제가 생겼어." 중령이 외쳤다. "아마도 밧줄 때문인 거 같아."

"어떻게 해야 하죠?" 조너선이 물었다.

"너희 둘 중 한 명이 물에 들어가서 엉킨 밧줄을 풀어야지."

'그리고 조너선은 헤엄칠 줄 몰라.' 마이크가 생각했다. 마이크는 갑판에 주저앉은 군인들, 그리고 자진해서 밧줄로 다른 군인들을 끌어올린 장교를 필사적으로 바라보며 누군가가 자원해주길 바랐지만, 그들은 물에 들어가는 건 고사하고 가만히 앉아만 있는 것도 버거운 상황이었다.

마이크는 조너선을 바라보았다. 조너선은 구명조끼를 입은 군인에게 몸을 숙이고 구명조끼를 끄르고 있었다. 그 군인은 저항하지 않았고, 사실 조너선이 거기에 있는 것조차 알지 못하는 것 같았다. 조너선은 열네 살이고, 프로펠러에 문제가 생긴 게 맞는다면 죽을 것이고, 소원을 이뤄 전쟁 영웅이 될 것이다. '나도 소원을 이뤘지.' 마이크가 생각했다. '나는 영웅들을 보고 싶었고, 여기 영웅들이 있어.'

조너선은 구명조끼 끈을 푸는 데 성공했다. "제가 갈게요, 할아버지." 조너선이 구명조끼를 입으며 말했다.

"아니, 내가 갈게." 마이크가 코트를 벗으며 말했다.

"신발을 벗어." 중령이 명령했다. 마이크는 그 명령에 따랐다. "그리고 물에 떠다니는 부유물들을 조심하고."

조너선은 코르크 구명조끼를 마이크에게 내밀었고, 마이크는 그걸 입고 발에는 두툼한 양말만 신은 채 배 뒤쪽으로 갔다. 중령이 밧줄을 뱃전에 묶었다. "물에 들어가, 캔자스 친구. 자네만 믿겠어."

"엔진이 꺼진 게 확실해요?" 마이크가 말했다. "갑자기 프로펠러가 작동하는 건 원하지 않습니다." 그리고 그는 뱃전을 넘어갔다.

물에 들어간 마이크는 한기에 한 대 얻어맞은 느낌이 들었고, 숨을 헐떡이고 물을 먹고 콜록거리며 밧줄을 찾아 허우적댔다. "괜찮아요?" 조너선이 외쳤다.

"괜찮아." 마이크는 콜록거리는 가운데 간신히 말을 했다.

"할아버지가 엔진을 멈췄다고 하셨어요."

마이크가 고개를 끄덕이고 프로펠러축이 있는 곳으로 다가갔다. 그는 숨을 깊게 들이마시고 물 아래로 들어갔다. 그리고 곧바로 물 밖으로 고개를 내밀었다. "왜요?" 조너선이 외쳤다.

"구명조끼." 마이크가 젖은 끈을 더듬거리며 말했다. "구명조끼 때문에 물속으로 들어갈 수가 없어." 끈을 끄르고 재킷을 벗는 데 영원의 시간이 걸리는 것만 같았다. 마이크는 구명조끼가 물에 떠 있게 두었지만 곧 생각했다. '저게 프로펠러에 걸리면 어떻게 하지?' 그는 구명조끼 쪽으로 가서 감각이 없는 손가락들로 그걸 밧줄에 묶었고, 다시 물 아래로 들어갔다.

물 아래는 완전히 깜깜했다. 그는 더듬거리며 프로펠러를 찾다가 배 옆면의 위치를 잃었고, 이어서 방향을 완전히 잃었다. 그는 몸을 일으키다가 머리를 뭔가에 부딪혔다. '배 아래에 있구나.' 마이크는 공황 상태에 빠져 수면 위로 나왔다.

배가 아니었다. 그것은 물에 뜬 판자였고, 마이크는 처음 물속에 들어간 바로 그곳, 배 옆쪽에 있었다. "아무것도 안 보여." 마이크가 조너선에게 외쳤다. "조명이 필요해."

"회중전등을 가져올게요." 조너선이 말하고 사라졌다.

마이크는 가라앉지 않도록 개헤엄을 치며 기다렸다. 조너선이 회중전등을 들고 다시 나타났다. 그는 물 위로 빛을 비췄다.

"프로펠러 쪽으로 곧장 비춰줘." 마이크가 가리키며 말했다. 조너선은 그 말대로 했고, 마이크는 숨을 들이마시고 물 아래로 들어갔다.

여전히 아무것도 볼 수 없었다. 회중전등 빛은 수면 몇 뼘 아래에서 희미한 원을 이룰 뿐이었고, 게다가 기름 덮인 물에서는 소용이 없었다. 마이크는 수면 위로 고개를 내밀었다. "뭔가 더 밝은 게 필요해." 마이크가 조너선에게 외쳤고, 갑자기 주위가 빛으로 가득 찼다.

'조너선이 신호용 등을 켠 게 분명해.' 마이크가 생각했다. 그리고 이윽고 다시 생각했다. '이런 맙소사, 독일군이 조명탄을 떨어뜨리고 있는 거야.' 그건 5분 뒤면 폭격이 시작된다는 뜻이었다. 하지만 그동안 마이크는 프로펠러와 그 주위를 볼 수 있을 것이다. 옷감 뭉치가 보였다. 또 다른 오버코트였다. 벨트의 한쪽 끝은 물 쪽으로 느슨히 나부꼈다. 마이크는 프로펠러 날 고정장치를 잡고 손을 뻗어 엉킨 소매를 풀기 시작했다.

소매는 프로펠러에서 떨어졌지만, 이런 맙소사, 소매에는 팔이 있었고 프로펠러에 엉킨 건 코트가 아니라 시체였다. 시체와 코트가 날에 엉켰고, 그래서 마치 프로펠러를 끌어안은 것처럼 보였다. 마이크는 신중하게 팔을 잡아당겼다. 벨트의 다른 한쪽은 프로펠러 날과 시체의 팔을 휘감고 있었다. 마이크가 감긴 벨트를 푼 뒤 버클이 있는 끝을 당겨 벨트를 프로펠러와 시체에서 빼내자, 군인의 머리가 앞으로 숙여졌고 그 입에는 검은 물이 가득한 게 보였다.

푸르스름한 빛이 사라지기 시작했다. 마이크는 프로펠러 날에서 팔을 떼어내며 얼마나 오랫동안 숨을 참을 수 있을까 생각했다. 그는 손을 뻗어 다른 팔을 떼어내려 했다. 떼어지지 않았다. 그는 시체의 팔을 잡아당겼고, 숨이 차올랐다. 그는 다시 팔을 잡아당겼다.

섬광과 진동이 일었고, 시체가 격렬하게 마이크에게 부딪혔다. 마이크는 마지막 남은 공기를 토해냈다. '헐떡이면 안 돼.' 마이크가 입을 다물고 있으려 애쓰며 생각했다. '수면에 올라갈 때까지는 숨을 쉬려고 하면 안 돼.' 하지만 마이크는 수면에 올라갈 수가 없었다. 벨트의 풀린 끝 쪽이 그의 손목에 감겼고, 프로펠러에 그랬던 것처럼 마이크에게 엉켜 그를 아래로 잡아당겼다. 그는 벨트를 풀기 위해 미친 듯이 벨트를 움켜쥐었다.

그리고 벨트를 풀었다. 그는 시체를 격렬하게 밀었고, 시체는 물속으로 멀어져갔다. 벨트는 해초처럼 너풀거리며 그 뒤를 따랐다. 마이크는 숨 막혀 하며 수면으로 떠올랐다. 제인여왕호가 보이지 않았다. 배는 흔적도 보이지 않았고, 보이는 건 검은 물과 불타는 나무와 까닥이는 휘발유 깡통들뿐이었다. 하늘이 다시 밝아지며 악몽 같은 푸른 빛을 띠었지만, 제인여왕호는 여전히 보이지 않았다. 순양함 그리고 그 뒤로 구축함의 윤곽만이 어렴풋이 보일 뿐이었다.

'나는 엉뚱한 곳을 보고 있는 거야.' 마이크가 생각하며 팔다리를 움직여 방향을 바꾸었고, 불타는 도시를 배경으로 제인여왕호의 윤곽이 보였다. 또 다른 불빛이 내려오며 여전히 선미에 있는 조너선을 비췄다. 조너선은 마이크를 찾아 엉뚱한 곳에 회중전등을 비추고 있었다.

"나 여기 있어!" 마이크가 외쳤고, 조너선은 회중전등을 돌려 마이크 뒤쪽 물을 비췄다. "여기!" 마이크가 다시 외치며 배를 향해 헤엄치기 시작했다. 쉿 하는 소리가 들렸고, 물이 튀기며 시야를 가렸다. 그리고 마이크를 에워싼 화염 위로 물이 솟구쳤다.

25

비행 폭탄은 그 성질과 목적과 효과가 문자 그대로,
그리고 본질적으로 무차별적인 무기이다.

— *윈스턴 처칠, 1944년*

덜위치, 1944년 6월 15일

11시 35분, 울려야 할 때보다 4분 늦게(하지만 메리에게는 '훨씬' 더 길게 느껴졌다), 마침내 경보가 울렸다. "무슨 일이야?" 침대에서 일어나 앉으며 페어차일드가 물었다.

"아무것도 아니야." 탤벗이 말했다. "그 끔찍한 어린애들이 다시 사이렌을 울린 걸 거야. 다시 자. 곧 멈추겠지."

"그랬으면 좋겠네." 그렌빌이 베개에 머리를 묻으며 말했다. "그리고 소령님도 그걸 아셨으면 좋겠어. 그 비참한 지하실에서 밤을 보내는 건 견딜 수가 없어." 하지만 사이렌은 소리를 높였다 낮췄다 하며 계속 울렸다.

"이게 애들 장난이 아니면 어째?" 메이틀랜드가 침대에서 일어나 앉아 램프 스위치를 켜며 말했다. "만약 히틀러가 항복하고 전쟁이 끝난 거면?"

"안 그러길 바라." 탤벗이 눈을 꼭 감고 중얼거렸다. "내기에서 이겨야 한단 말이야."

"항복일 리가 없어." 페어차일드가 말했다. "전쟁이 끝나는 걸 알리는 소리라면 공습경보해제 사이렌 소리처럼 들릴 거야."

‘쉬잇.’ V-1 소리가 들리는지 귀를 기울이며 메리가 생각했다. V-1은 11시 43분에 여기에서 정서 방향에 있는 크리켓 경기장 근처인 크록스테드 로드에 떨어질 예정이었고, 그래서 V-1이 떨어지기 전에 그 소리를 들을 수 있어야 했다.

사이렌 소리가 줄어들었다. “마침내 꺼졌네.” 탤벗이 말했다. “그 나쁜 놈들, 내 손에 잡히기만 하면….”

메이틀랜드는 램프를 끄고 누웠다. 메리는 이불을 뒤집어쓰고 회중전등을 켜고 손목시계를 보았다. 11시 41분이었다. 2분 남았다. 메리는 V-1 엔진 소리가 나는지 열심히 귀를 기울였지만, 아무 소리도 들을 수 없었다. 1분 남았다. 이제는 V-1 엔진 소리가 들려야 마땅했다. 푸드덕거리는 엔진 소리는 목표물에 도달하기 몇 분 전부터 들을 수 있었고, V-1은 이 지부 위를 곧장 지나가야 했다.

30초. 하지만 여전히 아무 소리도 들리지 않았다. ‘아, 안 돼, V-1은 크록스테드 로드를 공격하지 않을 거야.’ 메리가 생각했다. ‘그건 내가 아는 시간과 장소 정보가 잘못되었으며, 내 임무는 위험등급 10이 되었다는 뜻이야.’

그때 서쪽에서 천둥소리처럼 요란한 폭발음이 들리더니 이어서 우르릉거리는 소리가 나며 방 전체가 흔들렸다. “맙소사, 저거 뭐야?” 메이틀랜드가 램프를 찾아 손을 더듬거리며 말했다.

‘휴, 다행이야.’ 메리가 손목시계를 보며 생각했다. 11시 43분. 메리는 서둘러 회중전등을 끄고 이불 밖으로 나왔다.

“저 소리 들었어?” 리드가 물었다.

“나도 들었어.” 메이틀랜드가 말했다. “비행기 소리 같았어. 우리 편 조종사가 추락한 게 분명해.”

“비행기가 추락한다고 경보음이 울리진 않아.” 리드가 말했다. “불발탄이 분명해.”

“불발탄 경보일 수가 없어.” 탤벗이 경멸하듯 말했다. “그게 터질지 안 터질지 어떻게 미리 알겠어?”

"뭐가 되었든, 여하튼 그건 우리 구역이야." 메이틀랜드가 말했고, 출동실에 전화가 울렸다.

얼마 안 있어 캠벌리가 문안으로 고개를 들이밀고 말했다. "웨스트 덜위치에 비행기가 추락했어."

"내가 비행기라고 했잖아." 메이틀랜드가 부츠를 낚아채며 말했다. "비행기에 불이 붙은 걸 민방위대가 보고 경보를 울린 게 분명해."

"웨스트 덜위치 어디?" 메리가 캠벌리에게 물었다.

"크리켓 경기장 근처. 크록스테드 로드. 사상자들이 있어."

'다행이야.' 메리가 생각했다. 캠벌리가 사라졌다. 메이틀랜드와 리드는 헬멧을 쓰고 서둘러 나갔다. 캠벌리가 다시 머리를 들이밀고 말했다. "소령님이 비번인 사람들은 모두 방공호로 내려가래."

"소령님은 오늘 밤에 비행기가 몇 대나 더 떨어질 거라고 생각하는 거야?" 탤벗이 투덜거렸다.

'120대.' 메리가 로브를 입으며 생각했다. 그들은 투덜거리며 지하실로 내려갔다가 5분 뒤에 공습경보해제 사이렌이 울리자 다시 올라와 로브를 벗고 침대에 들었다. 메리는 사이렌이 (시계를 흘긋 보았다) 6분 뒤에 다시 울리리라는 사실을 알았지만, 역시 침대에 들어갔다.

그리고 예상대로 사이렌이 울렸다. "어휴." 페어차일드가 분개하며 말했다. "이번에는 또 뭐야?"

"우리가 잠을 못 자게 하려는 나치의 계획이야." 수트클리프-히스가 말하며 잠옷을 벗어 던졌고, 남동쪽에서 '우르릉 쾅' 하는 소리가 들렸다. '크로이던이야. 시간에 딱 맞아.' 메리가 좋아하며 생각했다.

다음 소리도, 그다음 소리도 제시간에 났지만, 두 곳 모두 메리가 엔진 소리를 들을 수 있을 정도로 가까운 곳은 아니었다. 메리는 녹음한 소리를 듣고 오지 않은 게 다시 한번 후회가 되었다. 메리는 '폭탄 골목'에 있을 때를 대비해 엔진 소리가 어떤지를 알아두어야 할 필요가 있었다. 하지만 적어도 이제 폭발음이 어떤지는 알았다. 다른 FANY 대원들은 상황 파악을 전혀 하지 못했으며, 메이틀랜드와 리드가 사고 현장에서 돌아와 완파된 집들과 대규모 파괴에 관해 설명해도 마찬가지였다. 이미 다른 폭발음이 네 번이나 더 났지만, 리드는 말했다. "조종사가 폭탄을 가득 실은 채 추락한 게 분명해."

"추락한 게 우리 편이야, 아니면 상대편이야?" 수트클리프-히스가 물었다.

"분간할 수 있을 정도로 잔해가 남지 않았어." 메이틀랜드가 말했다. "하지만 독일군 비행기가 분명해. 만약 귀환하는 우리 비행기였다면 이미 실었던 폭탄을 다 떨어뜨린 다음이었을 테니까. 사고 현장 담당 장교가 말하길, 비행기가 오는 소리를 들었는데 엔진에 문제가 있는 것 같은 소리가 났다고 했어."

"어쩌면 히틀러가 휘발유가 떨어져 기름 탱크에 등유를 넣은 것일지도 몰라." 리드가 말했다. "여기로 돌아오는데 또 다른 게 지나가는 소리가 들렸어. 투투투 하는 소리랑 쿨럭거리는 소리가 나더라."

동쪽에서 또다시 '우르릉' 울려 퍼지는 소리가 들렸다. "이런 식이면 내일 아침 히틀러에게는 공군이 남아나지 않겠는걸." 탤벗이 말했다.

'이건 비행기가 아니야.' 메리가 조용히 생각했다. '이건 무인 로켓이야.' 그리고 메리는 자신이 너무 늦게 도착한 바람에 V-1이 떨어지기 전 사람들을 관찰하지 못했다고 아쉬워할 필요가 없었다. 메리는 지금 그 상황을 관찰하고 있었다.

그들은 거의 곧바로 다음 주 토요일에 탤벗이 갈 무도회에 관해 이야기하기 시작했다. "나랑 같이 갈 사람이 필요해." 탤벗이 말했다. "네가 가줄래, 리드? 거기에 미국인들이 잔뜩 있어."

"그러면, 안 가. 절대로 안 가. 나는 양키들이 싫어. 양키들은 다 너무 우쭐거려. 그리고 춤추며 계속 발을 밟아." 그리고 리드는 자신이 400클럽에서 만난 끔찍한 미국인 대위에 관한 이야기를 늘어놓았다. 심지어 사고가 더 났다고 캠벌리가 지하실 계단에서 소리를 치고 메이틀랜드와 리드가 서둘러 그쪽으로 달려갔는데도 파티 이야기는 아랑곳하지 않고 계속되었다. "넌 왜 그리 많은 양키들과 춤추러 다니는 거야, 탤벗?" 패리시가 물었다.

"잰 그 가운데 한 명이 자기에게 빠져서 나일론 스타킹을 사주길 원하거든." 페어차일드가 말했다.

"그건 못된 거 같은데." 이탈리아에 약혼자가 있는 그렌빌이 말했다. "거기에 사랑은 없어?"

"난 내 새 스타킹을 정말 사랑할 거거든." 탤벗이 말했다.

"내가 같이 가줄게." 패리시가 말했다. "단, 내가 다음에 디키를 만날 때 네 얇은 물방울무늬 블라우스를 입게 해주면 말이야."

메리는 로켓 발사가 시작되었는데도 무슨 일이 벌어졌는지 FANY들이 모를 거라는 생각은 해본 적이 없었다. 특히나 역사 기록에 따르면, 히틀러가 비밀 무기를 개발하고 있다는 소문이 1942년부터 돌았기 때문에 더욱더 그랬다. 하지만 역사 기록에 따르자면 사이렌은 11시 31분에 울려야 하기도 했다.

그리고 이들도 곧 깨달을 것이다. 주말이 되면 하루에 250대의 V-1이 공격해오고 거의 8백 명이 죽을 것이다. 남자와 드레스에 관해 이야기할 수 있을 때 이야기하게 두는 게 낫겠지. 그럴 수 있는 시간도 얼마 남지 않았으니까. 그리고 그건 메리가 사이렌과 폭발 소리가 예정대로 나는지 귀를 기울일 수 있다는 뜻이었다.

예정대로였다. 예외는 2시 9분에 공격해야 할 V-1이 오지 않았고, 공습경보해제 사이렌이 5시 15분 대신 5시 40분에 울렸다는 것뿐이었다.

"꼭 자러 가야 할지 모르겠네." 위층으로 다시 돌아오며 페어차일드가 메리에게 말했다. "우리는 6시부터 근무야."

'하지만 사이렌은 9시 30분이 될 때까지는 다시 울리지 않아.' 메리가 생각했다. '그리고 11시 39분까지는 우리 구역에 V-1이 오지 않을 거고. 그러길 바라.'

메리는 2시 9분에 공격이 없던 것이 맘에 걸렸다. 그 V-1은 워링 레인에 떨어지기로 되어 있었고, 그곳은 크리켓 경기장보다도 더 가까웠다. 소리를 들을 수 있어야 마땅했다.

그리고 소리를 듣지 못했다는 건 어딘가 다른 곳에 떨어졌다는 뜻이었다. 그건 영국 정보부의 속임수 계획에 부합했다. 한편으로, 2시 9분은 정확한 시간, 그리고 메리가 아는 한, 정확한 장소가 아닌 유일한 경우였고, 그건 그게 단지 오류일 수 있다는 뜻이었다. 하지만 단 하나의 오류만으로도 메리의 임무는 갑작스레 끝날 수 있었다. 그리고 영원히.

메리는 9시 30분 사이렌과 11시 39분 V-1이 예정대로 진행되자 안심이 되었고, V-1이 파괴하기로 되어 있던 집을 제대로 공격한 것을 보고는 더욱더 안심되었다. 하지만 파괴된 곳을 보자 자신이 그토록 기뻐한 데에 양심의 가책을 느꼈다. 다행히도, 사상자는 없었다. "막 집을 나선 참이었습니다. 나랑 아내, 그리고 세 딸아이들요." 집주인이 메리에게 말했다. "이모에게 가는 참이었죠."

"생신이거든요." 그의 아내가 말했다. "참 운이 좋았죠?"

집은 완전히 폭파되다 못해 원래 나무집인지 벽돌집인지도 알아볼 수 없을 정도였지만, 무척이나 운이 좋았다는 그들의 말에는 메리도 동의했다.

"만약 폭격기가 5분만 일찍 추락했다면 우리 모두 죽었을 겁니다." 남편이 말했다. "그게 뭐였죠? 도르니에?"[35] 즉 모두 폭발이 비행기 추락 때문이라고 생각한다는 뜻이었다.

하지만 지부로 돌아왔을 때 리드가 그들을 맞이하며 말했다. "오늘 아침 내가 장성을 태우고 비긴힐로 갔는데, 그분 말이, 독일군이 새 무기를 개발했대. 폭탄을 실은 글라이더인데, 글라이더가 착륙하면 자동으로 폭발한대."

"하지만 글라이더는 소리를 안 내잖아." 출동 나갔다 돌아온 패리시가 말했다. "그리고 크로이던에서 말하길, 오늘 아침에도 두 번 그 소리를 들었는데, 두 번 모두 메이틀랜드와 리드가 들었던 그 투투투 하는 엔진 소리가 났대."

"흠." 탤벗이 말했다. "그게 뭐든지 간에, 히틀러에게 그게 많지 않았으면 좋겠어."

'5만 대밖에 없지.' 메리가 생각했다.

"지난주에 소령 한 명을 태웠는데…." 리드가 말했다. "독일군이…." 사

35 독일의 쌍발형 경폭격기로 제2차 세계대전 초기까지 하인켈과 더불어 독일 공군의 주축이었다.

이렌 소리에 리드는 말을 멈췄고, 모두 지하실로 향했다. "새로운 무기를 개발하고 있댔어. 보이지 않는 비행기래. 그 소령 말로는, 우리 방어 시스템으로 볼 수 없는 특수 페인트를 개발했대."

"만약 우리 방어 시스템으로 볼 수 없다면 사이렌 소리는 뭔데?" 그렌빌이 물었고, 페어차일드가 말했다. "만약 비행기를 안 보이게 만들 수 있다면 소리도 안 들리게 만들 수 있을 거야. 그러면 그게 다가오는 걸 듣지 못할 거야."

'그런 걸 만들었지.' 메리가 생각했다. 'V-2라고 부르는 무기를. 독일군은 9월부터 그것들을 발사하고, 그때쯤이면 너희 모두 그게 글라이더나 보이지 않는 비행기가 아니라 로켓이라는 걸 알게 돼.'

또는 거대한 발사기로 쏘아 올린 폭탄이라는 말도 나왔다. 그들은 30분 뒤에 공습경보해제 사이렌이 울릴 때까지 그에 관해 토론했다. "좋아." 낮게 계속되는 사이렌 소리를 들으며 페어차일드가 말했다. "아까 그걸로 오늘 밤은 끝이길 바라자고."

'그렇게 되지 않아.' 메리가 생각했다. 사이렌은 앞으로 (메리는 손목시계를 힐끗 보았다) 11분 뒤에 다시 울릴 것이다. 만약 예정대로라면 말이다. 그리고 메리는 그렇게 되리라는 확신이 들기 시작했다. 온종일 폭발은 예정대로 있었고, 출동 일지를 보았을 때 워링 레인에서 새벽 2시 20분 구급차 호출이 있었다. 그러니 이제 남은 건 베스날 그린뿐이었다.

석간신문이 나왔을 때, 메리는 더욱더 확신이 들었다. 〈이브닝 스탠더드〉의 1면이 보들리 도서관에서 자신이 본 자료와 동일할 뿐 아니라, 〈데일리 익스프레스〉의 기사에는 비록 장소는 밝히지 않았지만 화요일 밤에 V-1 4대가 폭격했다고 했다.

또한, 신문들은 V-1을 엉뚱한 것으로 추측하며 그 이야기에 열중했다. 〈이브닝 스탠더드〉의 머리기사는 이랬다. '무인 비행기가 영국을 폭격하다' 그리고 모든 신문이 그 무인 비행기에 관해 자세히 설명했다. 심지어 〈데일리 메일〉은 추진 시스템의 도해를 싣기까지 했다. 그리고 방공호의 주요 대화는 무인 비행기의 폭격을 피하는 최선의 방법으로 옮겨갔다.

"엔진 소리가 더 안 들리면 곧바로 근처에서 가장 단단한 곳을 찾아 숨고 유리문이나 유리창에서 떨어져 있으십시오." 〈타임스〉는 이렇게 충고했고, 〈데일리 익스프레스〉는 심지어 더욱더 직설적이었다. "가장 가까운 배수구에 얼굴을 대고 엎드릴 것."

"꼬리의 화염을 주의해 지켜봐야 한다." 〈이브닝 스탠더드〉는 제안했다. "화염이 멈춘 뒤 폭발할 때까지 어딘가에 숨을 시간이 15초 정도 있다." 그 말인즉슨, 가장 가까운 방공호로 도망치라는 〈모닝 헤럴드〉의 제안은 사실상 불가능하다는 뜻이었다. 그래도 대체로 신문들은 제대로 설명하고 있었다. 단지, 신문들은 V-1이 내는 소리가 어떤지에 대해 일치를 보지 못했으며, 자동차 역화 소리에 관해 언급한 곳도 없었다. 설명은 "세탁기"부터 "오토바이의 부르릉 소리" 그리고 "벌이 붕붕거리는 소리"까지 다양했다.

"벌?" 구급차를 운전하다 V-1 소리를 들은 적 있는 패리시가 말했다. "내가 지금까지 들어본 벌 소리와는 완전히 달라. 말벌이라면 모르겠네. 엄청나게 크고 엄청나게 성이 난 말벌." 그리고 메리는 그 말을 받아들일 수밖에 없었다. 공격이 시작된 첫 번째 주가 끝날 무렵까지 메리는 한 번도 근처에서 그 소리를 들어보지 못했다. 구급차 운전사는 그게 문제였다. 구급차 운전사는 V-1이 떨어질 곳이 아니라 이미 떨어진 곳에 가기 때문이다.

하지만 중요한 건 V-1의 소리가 아니었다. 중요한 것은 어느 순간 V-1이 갑자기 조용해진다는 것, 즉 돌연 엔진이 꺼진다는 것이고, 폴리도 그건 쉽게 알아차릴 수 있을 것이다. '어쨌든 이제 곧 그 소리를 듣게 되겠지.' 지금 이 순간 V-1은 1시간에 10대의 비율로 오고 있으며, FANY들은 2교대 근무를 하며 사고 현장으로 구급차를 몰고 가 부상자들을 응급 처치하고, 들것에 싣고 병원으로 이송했다. 그들은 민방위대보다 더 일찍 사고 현장에 도착할 경우에는(종종 그랬다), 잔해에 묻힌 생존자들과 사망자들을 밖으로 꺼냈다. 그리고 또한 도버에서 오핑턴으로 환자 이송도 계속했다.

그 모든 일을 처리하기에는 일손이 턱없이 부족했고, 소령은 본부에 FANY들과 구급차 한 대를 더 보내달라고 로비했다. "그게 될 리가 없어." 탤벗이 말했다.

'맞는 말이야.' 메리가 생각했다. 사용 가능한 구급차는 모두 프랑스에 가 있었다.

"될 수도 있어." 리드가 말했다. "잊지 마. 소령님은 켄트도 데려왔잖아. 그리고 우리 소령님은 '보통 분'이 아니잖아." 그리고 캠벌리는 소령이 구급차를 받아오는 데 얼마나 걸릴지에 관해 즉시 내기판을 벌였다.

FANY들의 대화 주제는 누가 드레스를 먼저 입을 것인가에서 삼각 붕대 매는 법과 무시무시한 현장에서 잘 대처하는 방법으로 자연스럽게 넘어갔다. "손보다 작은 건 신경 쓰지 마." 페어차일드가 메리에게 말했다. 그리고 구조팀이 흐느끼는 여인을 구조하기 위해 수직 통로를 파 내려가는 동안, 함께 들것 옆에서 기다리다가 패리시가 침착하게 말했다. "절대 제시간에 꺼내지 못할 거야. 가스 때문에. 토요일에 탤벗과 무도회에 갈 거야?"

"난 네가 갈 거라고 생각했는데." 메리는 가스에 관해 생각하지 않으려 애쓰며 간신히 말했다. 가스 냄새는 점점 더 강해졌고, 그에 따라 여자의 비명은 점점 약해지는 듯했다.

"그랬어. 하지만 디키가 전화했어. 48시간짜리 외출 허가증을 받았대. 그래서 말인데, 혹시 네 파란색 오건디를 빌릴 수 있을까? 네가 어디 다른 곳에 입고 갈 계획이 없다면 말이야. 오, 저것 봐. 여자를 구출했어." 패리시가 말하며 구급상자를 가지고 잡석을 재빨리 가로질러 갔다. 하지만 구한 것은 여자가 아니라 개였다. 개는 가스에 질식해 죽은 상태였고, 마침내 구조팀이 여자를 꺼냈을 때 여자 역시 죽어 있었다.

"장의차를 보내라고 전화할게." 패리시가 말했다. "이번 주말에 오건디를 입을 건지 아직 답 안 해줬어."

"아니, 난 안 입을 거야." 메리는 패리시의 냉정함에 오싹해졌지만, 그녀가 런던 대공습 동안 내내 구급차를 운전해야 한다는 사실을 기억해냈다. "당연히 빌려줄게."

사고 현장에서 벗어나면 그들은 그곳에서 무슨 일이 일어났는지 절대 이야기하지 않았으며 또한 전쟁 전에 어떻게 살았는지도 말하지 않았다. 그런 관점에서, 즉 현재의 임무와 현재의 신분에만 오롯이 집중한다는 면에서 그들은 역사학자와 같았다. 메리는 그들이 대화에서 흘리는 단서와 휴게실에서 발견한 영국 귀족 연감을 통해 그들의 배경을 파악해야 했다.

수트클리프-히스의 아버지는 백작이었고, 메이틀랜드의 어머니는 왕위 계승 순위 16위였으며, 리드 역시 귀족으로 정식 이름은 다이애나 브렌펠 리드였다. 캠벌리는 원래 신시아 캠벌리였고 탤벗은 루이지 탤벗이었지만, 이들은 성이 아닌 이름으로 상대를 부르는 경우가 결코 없었다. 별명은 썼다. "지르박" 패리시처럼, 그들은 크로이던에 있는 FANY 한 명을 "남자에 미친년"이라 불렀고, 그들 몇 명과 데이트를 한 장교 한 명에게는 "택위남"이란 별명을 붙였다. 캠벌리의 설명에 의하면 그건 "택시를 함께 타기엔 너무 위험한 남자"라는 뜻이었다.

메이틀랜드에게는 항공 운송부에서 근무하는 쌍둥이 동생이 있었고, 패리시는 싱가포르에서 일본군에게 잡힌 오빠와 군함 후드호에서 죽은 남동생이 있었으며, 그렌빌의 아버지는 투브루크 전투에서 죽었다. 하지만 이들이 나누는 대화만으로는 이런 사실들을 결코 알 수 없었다. 그들은 잡담을 하고, 시동이 잘 걸리지 않는 벨라 루고시와 축축한 지하실, 그리고 자신이 비번일 때 보급 물자를 받아오라고 보내는 소령의 버릇에 관해 불평했다. "소령님이 어젯밤 등화관제 때 요오드 세 병을 가져오라며 나를 크로이던에 보낸 거 있지."

"다음번에는 내게 말해, 내가 갈게." 수트클리프-히스가 자기 침대에서 말했다. "이렇게 10분마다 경보가 계속 울려대는 상황에서는 어차피 잠을 잘 수가 없거든."

"그러면 넌 나랑 같이 이번 토요일에 무도회에 가자." 탤벗이 말했다.

"패리시랑 같이 가는 줄 알았는데?" 리드가 말했다.

"패리시는 데이트가 있어."

"내가 가면 저녁 내내 하품만 할걸." 수트클리프-히스가 말했다. 그녀는 몸을 돌려 옆으로 눕고는 머리 위로 담요를 뒤집어썼다. "그렌빌이랑 같이 가."

"안 될걸." 리드가 말했다. "그렌빌은 마침내 이탈리아에 있는 톰에게서 편지를 받았어. 내일은 온종일 답장을 쓸 계획이야."

"일요일에 하면 안 된대?" 탤벗이 말했다.

리드가 싸늘한 표정을 지어 보였다. "너 정말로 사랑을 해본 적이 없구나, 탤벗. 그리고 그렌빌은 톰이 다른 곳으로 이동하기 전에 그곳에 답장이 도착하길 원해."

"음, 그럼 네가 나랑 같이 갈래? 네 맘에 달렸어. 켄트." 탤벗이 메리의 침대 가장자리에 앉으며 말했다.

"난 안 돼. 토요일에 근무야." 핑계가 있어 다행이라고 생각하며 메리가 말했다. 만약 무도회가 폭탄 골목 또는 임플란트에 들어 있지 않은 지역에서 열린다면….

"페어차일드가 근무 시간을 바꿔줄 거야." 탤벗이 말했다. "그렇지, 페어차일드?"

"으응." 페어차일드가 눈을 감은 채 말했다.

"하지만 그건 공평하지 않잖아." 메리가 말했다. "페어차일드가 무도회에 가고 싶을 수도 있어."

"아니, 페어차일드의 마음은 땋은 머리를 잡아당기곤 하던 그 아이에게가 있어. 그렇지, 페어차일드?"

"응." 페어차일드가 방어하듯 말했다.

"그 남자는 조종사야." 패리시가 설명했다. "탱미어 기지에 있어. 스핏파이어를 조종해."

"어렸을 때의 연인이야." 리드가 덧붙였다. "그리고 페어차일드는 그 남자와 결혼하기로 마음먹었고, 그래서 다른 남자에게는 관심이 없어."

페어차일드는 성난 표정으로 일어나 앉았다. "나는 그 남자와 결혼하겠다고 말한 적 없어. 그 남자와 사랑에 빠졌었다고 말했지. 난 내가…."

"네가 여섯 살이고 그 남자가 열두 살일 때부터 쭉 그 남자를 사랑해왔지.” 탤벗이 말했다. “우리도 알아. 그리고 이렇게 다 자란 널 보면 그 남자는 너에게 푹 빠질 거야. 하지만 만약 안 그러면 어째?”

“그리고 네가 그 남자를 다시 봤을 때 네가 여전히 그 남자를 사랑할지를 어떻게 알아?” 리드가 말했다. “거의 3년 동안 못 만났잖아. 학생 때 풋사랑이었을지도 몰라.”

“안 그래.” 페어차일드가 단호히 말했다.

탤벗이 회의적인 표정을 지었다. “다른 남자들이랑 데이트해보기 전에는 확실히 알 수 없는 거야. 그래서 나랑 무도회에 가야 하는 거고. 난 단지 너를 위해서 그러는….”

“아니, 너는 그래서 그러는 게 아니야. 켄트. 기꺼이 너와 교대해줄게.” 페어차일드는 베개를 쳐서 움푹하게 한 뒤 누워 눈을 감았다. “모두 잘 자.”

“그러면 됐네. 넌 나랑 같이 가는 거야, 켄트.”

“어, 하지만 난….”

“넌 가야만 해. 결국, 내가 내기에서 져서 스타킹이 없는 건 다 너 때문이니까.”

사이렌이 울리며 더 이상 대화를 하는 게 불가능해졌다. ‘잘됐어.’ 메리가 생각했다. ‘덕분에 핑계를 생각해낼 시간이 생겼으니까.’ 그리고 사이렌 소리가 줄어들었을 때 메리가 말했다. “나는 마땅히 입고 갈 게 없어. 내가 가진 무도회용 드레스 두 벌은 패리시와 메이틀랜드에게 빌려주었고, 옐로우 페릴을 입으면 꼭 황달에 걸린 것처럼 보이는걸.”

“옐로우 페릴을 입으면 누구든 다 그렇게 보여.” 탤벗이 말했다. “게다가 무도회용 드레스는 필요 없어. 이건 구내식당에서 하는 거야. 그냥 군복을 입어도 돼.”

“어디서 열리는 건데?” 메리가 물으며 생각했다. ‘폭탄 골목에 있는 거면 토요일에 아픈 척해야만 해.’

“베스날 그린의 미군위문협회야.”

베스날 그린. 메리는 마침내 그곳에 가서 철교를 직접 확인할 수 있었고, 그러면 자신의 임플란트 자료를 믿어도 되는지 아닌지 더 이상 걱정하지 않아도 되었다. 무도회에서는 쉽사리 빠져나올 수 있을 것이고(탤벗은 나일론 스타킹을 얻기 위해 양키들을 구슬리느라 정신이 없을 테니), 또한 시기도 완벽했다. 토요일에 V-1이 베스날 그린을 공격한 건 모두 오후 시간대였다.

"좋아, 갈게." 이렇게 똑똑한 생각을 해낸 것에 스스로 뿌듯해하며 메리가 말했고, 무도회에서 군인 한 명을 꼬셔 지프로 그로브 로드까지 데려다 달라고 할 수 있을까 생각했다.

하지만 토요일 오후 2시에 탤벗이 말했다. "준비 안 됐어, 켄트?"

"준비라니? 무도회는 저녁이잖아."

"아니야. 내가 말 안 했던가? 무도회는 4시에 시작해. 그리고 나는 다른 사람들이 가장 좋은 양키들을 다 채가기 전에 그곳에 가 있고 싶어."

"하지만…."

"변명하지 말고. 약속했잖아. 이제 서둘러. 안 그러면 버스 놓치겠다." 그리고 메리를 끌고 버스 정거장으로 갔다.

메리는 베스날 그린으로 가는 동안 세탁기 소리나 성난 말벌 소리가 들리지는 않는지 초조하게 귀를 기울였고, 또한 존재하지 않는 이정표를 찾아 두리번거렸다. V-1 가운데 하나는 3시 50분에 단리 레인에 떨어졌고, 다른 하나는 5시 28분에 킹 에드워드 로드였다. "미군위문협회 식당은 어느 거리에 있어?" 메리가 탤벗에게 물었다.

"기억이 안 나." 탤벗이 말했다. "하지만 가는 길은 알아." 그건 도움이 안 되었다.

"이번 정거장에서 내려." 탤벗이 말했다. 그들은 가게들이 줄지어 선 거리에 내렸다.

'잘됐어.' 메리가 생각했다. '여기가 단리 레인일 리가 없어.' 단리 레인은 주택가였다. 메리는 손목시계를 힐끗 보았다. 4시 5분 전이었다. 3시 50분의 V-1은 이미 떨어진 뒤였다.

메리는 거리 양쪽을 살폈다. 철교 이정표는 보이지 않았고, 따라서 그로브 로드 역시 아니었다. 메리는 이곳이 킹 에드워드 로드가 아니길 바랐다. 그리고 단리 레인이 이미 공격당했기를 바랐다. 하지만 구급차의 경보음이나 공습경보해제 사이렌을 듣지도 못했다.

“좀 걸어야 해.” 탤벗이 거리를 걷기 시작하며 말했다.

메리는 다시 하늘을 힐끗 보며 귀를 기울였다. 남동쪽에서 무슨 소리를 들은 것만 같았다.

“어떤 남자를 좋아해?” 탤벗이 물었다.

“응?” 그때 윙윙거리는 소리가 났고, 커지다가 일정한 음으로 계속되었다. 공습경보해제 사이렌이었다. 그리고 몇 초 뒤, 소방차 소리가 들렸다.

“공습경보해제 사이렌을 왜 울리는지 도무지 모르겠어.” 탤벗이 분노한 목소리로 말했다. “5분 뒤면 다시 경보 사이렌을 울릴 거잖아.”

아니, 앞으로 1시간 15분 동안은 울리지 않으며, 그때면 둘은 무도회에 있을 것이다. 메리는 이미 미군위문협회 사람 중 한 명에게 그곳의 주소를 묻고, 그곳이 킹 에드워드 로드에 있지 않은 것을 확인한 뒤겠지. 그리고 그로브 로드에 어떻게 가면 되는지도 물어봐 놓았을 것이다. “미안, 좀 전에 뭐라고 했지?”

“어떤 남자를 좋아하느냐고 물었어.” 탤벗이 말했다. “거기에 도착하면, 내가 아는 남자 중 몇 명을 소개해주려고. 키 큰 남자가 좋아? 아니면 작은 남자? 너보다 어린 남자? 아님 나이 든 남자?”

‘이 무도회에 참가하는 모든 남자가 나보다 적어도 백 살은 많을걸.’ 메리가 생각했다. “나는 별로 관심이….”

“사랑하는 사람이 있는 건 아니지?”

“없어.”

“잘됐다. 나는 전쟁 중에 사랑에 빠지는 게 별로 안 좋다고 생각해. 미래가 있을지 없을지 모르는 상황에서 어떻게 상대와 미래를 계획하겠어? 내가 본머스에서 근무할 때, 거기 있는 여자 한 명은 순양함들을 호위하는 구축함에 근무하는 해군 장교와 약혼했어. 그 여자는 약혼자 걱정에 노심초사했고, 온종일 신문이며 라디오를 끼고 살았어. 하지만 정작 죽은 건 그 여자였어. 덕스퍼드 공군 기지로 장교를 데리고 가다가 그렇게 되었지. 그리고 이제는 비행 폭탄들이 있으니 우리 가운데 누군가가 지금 당장 죽어도 이상할 게 없잖아."

그들은 창문을 나무판자로 막아놓은 가게들이 줄지어 선 좁은 길로 들어섰다. "난 페어차일드, 그 바보에게 그 얘길 해주려 해봤어. 그 애는 진짜 사랑을 하는 게 아니야. 내 립스틱이 어디에 있더라?" 탤벗은 걸어가며 핸드백을 뒤졌다. "내 콤팩트는 또 어디 있는 거야? 네 것 좀 빌려줄래?"

메리는 고분고분 자기 핸드백을 뒤졌다. "아니, 됐어." 탤벗이 말하고는 아직 유리가 끼워져 있는 가게의 창으로 걸어갔다. 탤벗은 립스틱 뚜껑을 열고 아래를 돌렸다. "절대 안 될 거야. 그 남자는 페어차일드보다 한참 나이가 많잖아." 탤벗은 유리창에 비친 모습을 보며 립스틱을 바르기 위해 몸을 앞으로 숙였다. "너도 그게 어떤 건지 알잖아. 젊은 여자가 자기보다 나이 많은 남자를 숭배하는 거…."

"으흠." 메리가 말하며, 방금 자신들이 떠나온 거리를 오토바이가 달려오며 내는 '투투투' 소리에 귀를 기울였다.

탤벗은 그 소리를 알아차리지 못한 듯했지만, 그 소리 때문에 목소리를 높여 말했다. "페어차일드는 자신이 성장해 군복을 입은 자기 모습을 남자에게 보여주면 그 남자가 언제나 자신을 사랑했음을 깨달을 거라고 착각하고 있어. 하지만 페어차일드는 여전히 열다섯 살로 보여." 오토바이 소리가 너무나 요란해서 이제 탤벗은 거의 고함을 쳤다. 그 소리는 좁은 길의 가게들 사이로 요란하게 울려 퍼졌다. "상심하기로 아주 작정을 한 거지." 탤벗은 '진홍빛 애무'를 입술에 바르기 위해 입술을 뾰족하게 내밀었다. "게다가 그 남자는 영국 공군 소속이니 그리 안전한 직업도 아니야."

오토바이 소리는 귀가 먹을 정도로 커졌다가 갑자기 사라졌다. '저건 오토바이 소리가 아니야. V-1 소리야.' 메리가 생각했다.

그리고 생각했다. '그럴 리 없어. 아직 4시 15분밖에 안 되었는걸.'

그리고 생각했다. '내 임플란트 자료가 완전히 틀린 거면 어쩌지?'

그리고 생각했다. '이런 맙소사, 15초밖에 안 남았어.'

"그리고 만약 그 남자가 계획대로 페어차일드에게 빠지지 않으면?" 탤벗이 립스틱 바른 입술을 감상하기 위해 창 쪽으로 몸을 기울이며 말했다. "또는 그 남자가 조종하는 비행기가 추락하면?"

'이런, 맙소사, 유리!' 메리가 생각했다. '탤벗은 리본처럼 조각조각 잘릴 거야.' "탤벗!" 메리가 외치며 탤벗에게 달려들어 유리창에서 끌어냈다. 탤벗의 손에서 립스틱이 날아갔다.

"이크! 켄트, 왜 그러는…?" 탤벗이 말했다.

"몸을 숙여!" 메리는 탤벗의 머리를 배수구로 밀어 넣고 그 위로 자기도 몸을 숙이고 눈을 감은 채 섬광을 기다렸다.

26

딸들은 나를 두고 떠나지 않을 것이며,
나는 폐하를 두고 떠나지 않을 겁니다.
그리고 폐하는 절대로 떠나지 않을 겁니다.

— 메리 왕비, 공주들을 캐나다로 피신시키지 않은
이유를 묻는 말에 답하며

워릭셔, 1940년 5월

에일린이 준 아스피린 덕분에 열은 어느 정도 내렸고 또 계속 내려갔지만, 비니는 여전히 심하게 아팠다. 시간이 지날수록 비니는 더 힘들게 호흡했으며, 아침이 되었을 때는 에일린이 바로 옆에 있는데도 모르고 발악하듯 에일린을 찾았다. 에일린은 스튜어트 의사에게 전화했다.

"아이 어머니에게 편지해서 이쪽으로 오라고 해야 할 것 같습니다." 의사가 말했다.

'아, 안 돼.' 에일린이 생각했다.

에일린은 알프에게 가서 주소를 물었다. "비니 누나가 죽는 건가요?" 알프가 물었다.

"당연히 아니지." 에일린은 힘주어 말했다. "엄마가 옆에서 간호해주면 훨씬 더 빨리 나을 거라서 그러는 것일 뿐이야."

알프는 콧방귀를 꼈다. "안 온다는 데 걸겠어요."

"당연히 오시지. 네 어머니잖아."

하지만 알프의 어머니는 오지 않았다. 심지어 온다 안 온다 답조차 하지 않았다. "사악해." 비니가 마실 차를 가져온 배스컴 부인이 말했다. "어머니가 그러니 애들이 이렇게 된 것도 당연하지. 비니는 숨 쉬는 게 좀 편해졌어?"

"아니요." 폴리가 말했다.

"우슬초를 우린 차야." 배스컴 부인이 말했다. "가슴이 좀 편해질 거야." 하지만 비니는 몸이 너무 약해져서 쓴 맛 나는 그 차를 몇 모금 넘기는 것도 힘겨워했고, 더 나쁜 건 그 차를 안 먹겠다고 거절조차 못 할 정도로 몸이 약해져 있었다.

그게 비니의 병에서 가장 겁나는 점이었다. 비니는 에일린이 하는 행동에 저항하지 않았으며 군소리조차 하지 않았다. 반항은 완전히 사라졌으며, 에일린이 몸을 닦아주고 잠옷을 갈아입히고 아스피린을 먹이는 동안 그저 힘없이 누워 있었다. "우리 누나가 안 죽는다고 확신해요?" 알프가 에일린에게 물었다.

'아니.' 에일린이 생각했다. 전혀 확신이 안 가. "응, 확신해." 에일린이 말했다. "네 누나는 괜찮아질 거야."

"만약 진짜로 죽으면 누나에게 무슨 일이 일어나요?"

"너에게 무슨 일이 일어날지 걱정하는 게 나을 거다, 꼬마야." 배스컴 부인이 식기실에서 나오며 말했다. "만약 천국에 가고 싶으면 사는 법을 바꿔야 할 거야."

"나는 지금 그 이야기를 하는 게 아니에요." 알프가 말하고는 죄지은 표정으로 머뭇거렸다. "누나를 백베리의 교회 묘지에 묻을까요?"

"너, 교회 묘지에 무슨 짓을 한 거야?" 에일린이 다그쳐 물었다.

"아무 짓도 안 했어요." 알프가 분개해 말했다. "나는 비니 누나에 관해 이야기하고 있었다고요." 그리고 알프는 쿵쿵거리며 나갔지만, 이튿날 신부가 우편물을 가지고 오자 알프는 신부가 있는 아래층에 대고 외쳤다. "만약 누나가 죽으면 무덤에 묘비를 세워야만 하나요?"

"걱정하지 마라, 알프." 신부가 말했다. "스튜어트 의사 선생님과 에일린 누나가 비니를 아주 잘 돌봐주고 계셔."

"그건 알아요. 그런데 누나 묘에 '비석'이 세워지나요?"

"왜 그런 질문을 하는 거니, 알프?" 신부가 물었다.

"아무것도 아니에요." 알프는 말하고 다시 달아났다.

"아무래도 돌아가면 교회 부속 묘지를 확인해야 할 듯합니다." 신부가 에일린에게 말했다. "아마 알프는 독일군이 침공했을 때 묘비가 훌륭한 바리케이드가 될 거라고 생각한 듯하군요."

"아니, 뭔가 다른 거예요." 에일린이 말했다. "만약 그게 알프가 아닌 다른 아이였다면 저는 그 아이가 자기 누나가…." 에일린은 이 대목에서 목이 메었다. "집에서 이토록 먼 곳에 묻히는 게 걱정한 걸 거라고 여겼을 거예요."

"차도가 없나요?" 신부가 상냥하게 물었다.

"없어요." 그리고 만약 신부와 두 층만큼 떨어져 있지 않았더라면, 에일린은 신부의 어깨에 머리를 기대고 흐느꼈을 것이다.

신부는 위로하는 웃음을 지어 보이며 말했다. "당신이 최선을 다하고 있는 걸 전 압니다."

'하지만 그걸로는 충분하지 않잖아요.' 에일린이 생각했다. 그리고 비니의 뜨거운 팔다리를 닦아주고 잘 구슬려 아스피린을 더 먹였다. 그러면서도 혹시 이러는 게 상황을 낫게 하는 게 아니라 악화시키는 거면 어떻게 하나 하는 걱정이 들었다. 하지만 이튿날 아스피린을 먹이지 않고 그냥 재우자(자게 두는 게 나을 거라고 생각했다) 곧바로 열이 치솟았다. 에일린은 다시 비니에게 아스피린을 먹였으며, 아스피린이 다 떨어지면 어떻게 하나 걱정이 되었다.

'신부님에게 털어놔야겠어. 의사에게 말하지 않길 바랄밖에.' 에일린이 생각했다. '아니면 조만간 시트를 묶어 창문에 걸고 타고 내려가든가.' 하지만 그럴 필요가 없었다. 그날 오후 비니의 열은 갑자기 내려갔고, 온몸은 땀으로 흠뻑 젖었다.

"열이 내렸습니다." 스튜어트 의사가 말했다. "다행입니다. 최악의 경우를 걱정했습니다. 하지만 때로는 이렇게 신께서 도우시네요. 간병인도 아주 훌륭했고요." 의사는 에일린의 손을 토닥였다. "환자는 위험한 고비를 넘겼습니다."

"그러면 이제 낫는 건가요?" 에일린이 비니를 내려다보며 말했다. 비니는 너무나도 가냘프고 창백해 보였다.

의사가 고개를 끄덕였다. "이제 최악은 넘겼습니다."

그리고 비록 다른 아이들처럼 빨리 회복하진 못했지만 그래도 비니는 나아가는 듯했다. 비니가 편히 숨을 쉬기까지는 사흘이 더 걸렸고, 혼자서 고깃국물을 마실 수 있기까지는 꼬박 일주일이 걸렸다. 그리고 비니는 너무나도… 고분고분했다. 에일린이 동화책을 읽어주었을 때(평소 비니는 동화를 얕보았다), 비니는 조용히 듣고 있었다.

"걱정돼요." 에일린이 신부에게 말했다. "의사 선생님은 비니가 나아지고 있다고 하지만, 비니는 그냥 가만히 누워만 있어요."

"알프가 누나를 보러 왔나요?"

"아니요. 그랬다가는 비니의 상태가 악화될 수도 있어요."

"아니면 비니에게 활기를 불어넣을 수도 있지요." 신부가 말했다.

"비니가 좀 더 기운을 차릴 때까지 기다릴래요." 에일린이 말했지만, 그날 오후 비니가 자기 간이침대에 누워서 멍하니 천장만 바라보는 모습을 지켜본 에일린은 우나를 보내 알프를 데려왔다.

"꼭 시체 같네." 알프가 말했다.

'뭐, 난 좋은 의미로 데려온 거였어.' 에일린이 생각했고, 알프를 데리고 나가려는데 비니가 일어나 베개에 몸을 기댔다.

"안 그래." 비니가 말했다.

"아니, 그래. 모두가 누나가 죽을 거라고 말했어. 누난 죽었다가 살아난 거야."

"안 그래."

'옛날 그대로군.' 에일린이 생각했고, 비니가 병이 든 뒤로 왠지 모르게 가슴 한편을 짓누르던 것이 스르르 사라지는 것을 느꼈다.

"누나는 거의 죽었었잖아요, 그렇죠, 에일린 누나?" 알프가 말하고는 비니를 돌아보았다. "하지만 이제는 죽지 않을 거야."

그 말에 비니는 안심한 듯 보였지만, 그날 저녁 에일린이 깨끗한 잠옷을 입힐 때 비니가 물었다. "내가 안 죽는 거 확실해요?"

"그래." 에일린이 담요를 덮어주며 말했다. "넌 날마다 튼튼해지고 있어."

"이름이 없는 사람들이 죽으면 어떻게 되나요?"

"아무도 모르는 사람이 죽으면 어떻게 되냐는 뜻이야?" 에일린이 어리둥절해 물었다.

"아니요. 묘비에 새길 이름이 없으면요. 여전히 교회 무덤에 묻히나요?"

'사생아로구나.' 에일린은 갑자기 깨달았다. 이 시대에는 어머니가 미혼모라는 사실이 아이들에게 큰 상처였으며, 사생아라는 낙인을 안고 살아야 했다.

하지만 그 낙인이 묘비까지 따라붙진 않았다. "비니, 네 이름은 네 이름이야. 네 어머니가 결혼했든 안 했든 상관없어…."

그러자 비니는 정나미가 뚝 떨어질 만큼 듣기 싫게 소리를 질렀다. 에일린은, 만약 비니가 침대에서 일어날 수 없을 정도로 약하지만 않았다면 자기 동생이 그랬던 것처럼 발을 쿵쿵 구르며 방을 나갔을 거라고 생각했다. 하지만 그럴 수 없었기에, 비니는 몸을 돌려 모로 누워 벽 쪽을 향했다.

에일린은 신부가 여기 있었으면 하고 바랐다. 에일린은 1940년에 이름과 묘비에 연관되어 아는 지식이 있는지 떠올려봤지만, 아무것도 기억나지 않았다. '알프.' 에일린이 생각했다. '알프는 이게 무슨 말인지 다 알 거야.' 그리고 서둘러 더러운 침구를 챙겼다. "나 이거 아래층에 두고 올게." 에일린이 비니에게 말했다. "좀 이따가 올 거야."

아무 반응도 없었다. 에일린은 침구를 세탁실에 두고 무도회장으로 갔다. 그곳에서 알프는 로즈를 붕대로 감고 있었다. "구급차가 올 때를 대비하는 거예요." 알프가 말했다.

"알프, 나랑 이야기 좀 하자." 에일린이 말했다. "지금." 그리고 알프를 데리고 음악실로 가서 문을 닫았다. "비니가 묘비에 이름이 들어가는지 왜 걱정하지? 모른다는 말은 하지 마."

에일린의 목소리에서 알프는 그녀가 진지하다는 걸 느낀 모양이었다. 알프가 더듬거리며 말했기 때문이다. "아직 없거든요."

"묘비가?"

"아니요. '이름'이요." 그리고 에일린이 어리둥절해하자 덧붙여 말했다. "비니는 진짜 이름이 아니에요. 그냥 호드빈을 줄여 부르는 거예요."

"알프가 비니에게 누나는 이름이 없다고 말했다네요. 믿기세요?" 이튿날 신부가 오자 에일린은 신부에게 말했다. "그리고 비니는 동생 말을 믿는 거 같아요."

"비니에게 물어보았나요?" 신부가 말했다.

"무슨 말씀이세요? 설마 진짜로 그렇게 생각하시는… 이름 없는 사람은 없어요. 단지 가난한 집안 출신이라고 해서…."

신부는 고개를 젓고 있었다. "피난민 위원회에서는 빈민가 출신 아이 가운데 이름 없는 아이들을 본 적이 한두 번이 아닙니다. 그런 경우 숙소 배정 담당자는 그 자리에서 바로 이름을 만들어야만 했지요. 여기 있는 아이들 일부가 집에서 얼마나 어렵게 살았는지 당신이 아는지 모르겠습니다. 많은 아이들이 여기 오기 전에는 침대에서 잔 적이 없습니다…."

'화장실을 써본 적도 없고요.' 에일린이 여기 오기 전 학습했던 내용을 떠올리며 생각했다. 빈민가에서 온 아이들 중 일부는 피난 온 집의 바닥에 그냥 오줌을 싸거나 아니면 구석에 쪼그리고 앉아 볼일을 해결했다. 그리고 배스컴 부인은 에일린에게 말하길, 저택에 처음 왔을 때 포크와 나이프 쓰는 법을 몰라 그걸 가르쳐야 한 아이들도 상당수였다고 했다. 하지만 이름이 없다니! "알프는 이름이 있잖아요." 에일린이 주장했지만, 신부의 의견을 바꿀 수는 없었다.

"애들 아버지가 아들은 좀 다르게 생각했을지도요. 아니면 아버지가 다를 수도 있고요. 그리고 인정하셔야만 할 것이, 만약 그분이 결혼했다면 말이지만, 호드빈 부인은 그리 모성애가 있어 보이지 않습니다."

"사실이에요. 하지만 그래도…." 에일린이 말했다. 그리고 비니에게 갔을 때 에일린은 비니를 안심시키려 애썼다. "네 이름이 호드빈을 줄인 게 아니라고 난 확신해." 에일린이 비니에게 말했다. "그건 알프가 널 놀리려고 지어낸 이야기일 뿐이야. 그건 네 애칭이 확실해….”

“어떤 이름에서요?” 비니가 덤비듯 물었다.

“모르지. 벨린다? 바바라?”

“바바라에는 ‘ㄴ’이 안 들어가요.”

“애칭에 꼭 같은 글자가 들어갈 필요는 없어.” 에일린이 말했다. “페기를 보렴. 그 아이 진짜 이름은 마거릿이잖아. 그리고 메리에는 온갖 애칭이 있잖아. 메이미랑 몰리랑….”

“만약 비니가 뭔가를 줄여 말하는 거라면, 왜 누구도 날 그 이름으로 부른 적이 없어요?” 비니가 말하며 너무나도 회의적인 태도를 보였기에, 에일린은 아이들 어머니가 아이들에게 이름에 관해 뭐라 말한 적이 있는 게 아닌가 싶어졌다. 그게 뭐든 간에, 회복기에 들어선 지금 비니에게 중요한 건 이름이 아니었다. 2주가 지났지만, 비니의 눈 밑에는 다크서클이 있었고, 체중도 원래로 돌아오지 않았다.

에일린이 활기차게 말했다. “만약 이름이 없다면 하나 고르면 되지.”

“고른다고요?”

“그래, ‘룸펠스틸츠헨’[36]에서처럼.”

“그 얘기에선 이름을 고르지 않았어요. 추측했지.”

‘왜 난 이게 먹혀들어 갈 거라고 생각할 걸까?’ 에일린이 의문을 품었지만 잠시 뒤 비니가 말했다. “만약 내가 이름을 고르면 에일린 언니는 날 그 이름으로 부를 건가요?”

“응.” 에일린이 말했고, 즉시 후회했다. 비니는 이후 며칠 동안 마치 모자를 고르듯 이름을 골랐고, 에일린에게 글래디스와 엘리자베스 공주와 신데렐라는 어떠냐고 물었다. 하지만 계속 이름을 불러보는 게 짜증스럽긴 해도 효과는 있었다. 비니는 빠르게 회복하기 시작했고, 하루가 다르게 토실토실해지고 뺨에도 혈색이 돌아왔다.

그러는 동안 매그루더 삼 남매는, 아이들 어머니가 뭐라고 주장하든 간

36 독일 민화에 나오는 난쟁이의 이름으로, 난쟁이의 도움으로 왕비가 된 방앗간 집 딸은 대가로 넘겼던 딸을 되찾으려 온갖 이름을 다 대보며 난쟁이의 이름을 추측한다.

에 결국 홍역을 앓은 적이 없다는 것이 밝혀졌고, 에디와 팻시 역시 홍역에 걸렸다. 됭케르크 구출 작전이 시작될 무렵, 에일린은 온갖 수준의 발진 환자와 회복기 아이들 열아홉 명을 돌봐야 했다.

알프는 계속되는 구조에 관해 설레했다. "신부님이 그러는데 낚싯배와 노 젓는 보트로도 우리 군인들을 구하러 간대요." 알프는 즐거워하며 말했다. "나도 갈 수 있으면 좋겠어요."

'나도 가고 싶단다.' 에일린이 생각했다. '지금 마이클 데이비스는 도버에 있으면서 구출 작전에 관한 보고서를 작성하겠네.'

"적들이 우리 군인들에게 엄청나게 사격해대고 사방에 폭탄이 떨어진대요." 알프가 말했다. 하지만 그편이 열에 들뜨고 칭얼거리며 허물을 벗는 아이들 열아홉 명을 돌보는 현 상황보다 훨씬 더 나아 보였다. 일단 발진이 사라지자 아이들 피부는 갈색이 되면서 허물이 벗겨지고 있었다. 알프가 비니에게 말했다. "만약 누나가 됭케르크에 있었으면 사람들이 시체로 생각해서 해변에 두고 떠날 거고, 그러면 독일군이 와서 누나를 죽일 거야."

"안 그럴 거야!" 비니가 외쳤다.

"나가." 에일린이 명령했다.

"난 나갈 수 없어요." 알프가 자못 논리적으로 대답했다. "우리는 격리되었다고요."

알프는 됭케르크 작전에 흥분하다 못해 말 그대로 벽을 차고 날아다녔다. 초상화 몇 점이 비뚤어졌으며 캐롤라인 여사와 여사의 사냥개들의 초상화가 바닥에 떨어졌다. 에일린이 아이들에게 무도회장에서 나가라고 명령하자, 아이들은 캐롤라인 여사의 욕실로 갔으며, 에일린은 서재 천장에서 물이 떨어지는 것을 보고서야 그 사실을 알았다.

"알프랑 우리는 됭케르크 구출 작전 놀이를 하고 있었어요." 흠뻑 젖은 시어도어가 설명했다.

그리고 신부가 찾아와 혹시 뭐가 필요한 게 있는지 아이들 방 창 아래에서 묻자 에일린은 다소 절박한 목소리로 있다고 답했다. "아프지 않은 아이들이 관심을 가질 만한 게 필요해요. 게임이나 퍼즐이나 뭐든지요."

“부인회에서 뭘 마련할 수 있는지 알아보겠습니다.” 신부가 말했고, 이틀날 기증 도서(《소공자》, 《아이들을 위한 순교사》), 직소 퍼즐(세인트폴 대성당과 ‘봄의 코츠월드’), 그리고 ‘카우보이와 아메리칸 원주민’이라는 제목의 빅토리아 시대 보드게임이 담긴 바구니가 배달되었고, 보드게임에 영감을 얻은 호드빈 남매는 아이들을 이끌고 얼굴에 물감을 칠하고 함성을 지르며 복도를 뛰어다녔다.

“어제는 말뚝에 묶여 화형당하는 놀이를 하던 알프를 잡았어요.” 다음번에 신부가 방문했을 때 에일린이 창 아래로 외쳤다. “캐롤라인 여사의 로코코풍 모자걸이랑 성냥 상자를 가지고 그러고 있더라고요.”

신부가 에일린을 쳐다보며 소리 내 웃었다. “더 강력한 방법이 필요하겠군요.”

그리고 신부는 자신이 한 말을 실천에 옮겼다. 이튿날 신부가 가져온 바구니에는 공습 대비대 견장들과 업무 일지 하나, 그리고 영국 공군 공식 차트 하나가 들어 있었다. 차트에는 하인켈[37], 허리케인[38], 도르니에 17의 독특한 실루엣들이 담겼다. 알프는 즉각 일류 비행기 식별가가 되어 모두에게 도르니에 17과 스핏파이어의 차이를 설명하기 시작했고(“봐, 이건 날개에 기관총이 여덟 개가 있어.”), 비행기가 나타나면 언제나 무도회장 창밖으로 몸을 내밀고는 “3시 방향에 적기가 나타났다!”라고 외쳐댔으며, 업무일지 있는 곳으로 뛰어가 번호, 형식, 고도를 기록했다. 대부분의 경우 버밍엄으로 우편배달을 하는 비행기가 유일했지만, 알프는 그런 거로 낙심하지 않았으며, 덕분에 집안은 며칠 동안 상대적으로 평화로웠다.

물론 그렇게 좋은 상황이 계속될 리가 없었다. 알프는 폭격 편대를 꾸려 부엌을 날아다니는 시늉을 했다. 그리고 병실로 진출했고, 그다음엔 비니를 괴롭혔다. 비니가 “알잖아, 《잠자는 숲속의 미녀》.”라고 말하며 자기 이름으로 ‘미녀’가 어떻겠냐고 하자 알프는 야유를 보냈다. “미녀? 야수가 더

37 독일 공군의 우수한 비행기 시리즈로, 세계 최초로 제트 비행에 성공했다.

38 스핏파이어와 함께 제2차 세계대전 당시 영국 공군의 주력 전투기, 스핏파이어 제작에 비용과 시간이 너무 소요되어 오히려 보급형인 허리케인의 수가 훨씬 많았다.

그럴듯하겠다! 아니면 아기나. 아팠을 때 엉엉 울고 에일린 누나에게 떠나지 말라고 애걸복걸했으니까. 에일린 누나에게 맹세하라고 하면서 완전 난리를 쳤잖아."

"절대 그런 적 없어." 비니가 분개해 말했다. "난 에일린 언니를 좋아하지도 않아. 지금 당장 가도 난 상관없어."

'갈 수만 있다면 갈 거야.' 에일린이 생각했지만, 아이들을 간호하느라 남아 있는 동안 사무엘스 씨는 부엌의 문 하나를 빼고 모두 판자로 막은 다음 부엌문 앞에 의자를 가져다 놓고 앉아 지켰다. 창문은 무도회장을 빼고 모두 못을 박아 고정했고, 무도회장은 언제나 아이들로 가득했다. 그리고 이제 에일린은 열흘만 있으면 되었다. 홍역에 걸리는 아이가 더 없다면 말이다.

하지만 설사 홍역에 걸리는 아이가 더 생기더라도, 옥스퍼드는 에일린을 구하려 할 것이다. 여태 구조팀이 오지 않은 게 놀라울 뿐이었다. 이제 아이들 대부분은 회복했고, 비니 역시 위험한 단계를 벗어났으며, 집안일은 우나와 배스컴 부인 둘이서도 쉽게 다룰 수 있는 수준이 되었다. 하지만 구조팀이 왔다는 징후도, 또는 그들이 보낸 메시지도 없었다. "제게 온 편지 있나요?" 에일린은 사무엘스 씨에게 물었다.

"없습니다." 사무엘스 씨가 말했다. 그건 격리기가 거의 끝나가며 남은 아이들 중 누구도 홍역에 걸리지 않을 거란 뜻이었다. 에일린은 떠날 때까지 남은 날짜를 헤아리기 시작했다.

격리가 끝나기 이틀 전, 릴리 러벨이 심각하게 앓아누웠고, 열흘 뒤에는 루스 스타인버그가, 그리고 2주 뒤에는 시어도어가 홍역에 걸렸다. "이런 식이라면 성 미가엘 축일[39]까지 격리가 계속되겠군." 사무엘스 씨가 투덜거렸다.

에일린은 그때까지 버텨낼 자신이 없었다. 알프는 비행기를 식별하려다가 하마터면 창문에서 떨어질 뻔했고, 비니는 중앙 복도 꼭대기에 서서 공

39 9월 29일

습경보 사이렌 소리를 흉내 내며 공습 대피 훈련을 열기 시작했다. "그건 공습경보 사이렌이 아니야, 이 느림보야." 알프가 비니에게 말했다. "그건 공습경보해제 사이렌이야. 공습경보는 이거야." 그리고 피가 얼어붙을 듯이 날카로운 소리를 높였다 낮췄다 하며 길게 뽑았고, 에일린은 저 정도 소리면 캐롤라인 여사의 크리스털도 깨지겠단 생각이 들었다.

"집을 무너뜨리기 전에 아이들이 나가서 놀 수 있어야만 해요." 에일린이 배스컴 부인에게 말했다. "앞뜰에서 노는 건 격리령을 어기는 게 아닐 거예요. 그리고 누가 오면 곧장 집으로 들여보내면 돼요."

배스컴 부인은 고개를 저었다. "스튜어트 의사 선생님은 절대로 허용하지 않을 거야…."

계단에서 기괴한 통곡이 들려왔다. "공습이다!" 시어도어가 새된 소리를 지르며 낄낄거렸고, 아이들은 쿵쾅거리며 부엌을 통과해 지하 저장실 계단을 향해 갔다. 그 과정에서 케이크들이 가득 담긴 베이킹 팬을 탁자에서 떨어뜨렸고, 공습 대비대 완장을 하고 채소 탈수기를 머리에 쓴 알프가 바닥에 떨어진 케이크들을 그냥 밟고 지나갔다.

"격리가 끝나려면 정확히 얼마나 남았지?" 에일린과 함께 케이크들을 치우며 배스컴 부인이 물었다.

"나흘이요." 에일린은 밀가루 통 아래로 들어간 케이크를 꺼내려 손을 뻗으며 우울하게 대답했다.

"공습경보해제!" 지하 저장실 문에서 비니가 외쳤고, 아이들은 다시 새된 소리와 함께 쿵쾅거리며 부엌을 통과해 계단을 올라갔다.

"뛰지 마!" 배스컴 부인이 아이들에게 헛되이 소리쳤다. "우나는 어디 있지? 왜 아이들을 단속하지 않는 거야?"

"찾아올게요." 에일린이 말하고 짓밟힌 케이크를 베이킹 팬에 쏟은 뒤 위층으로 올라갔다. 알프와 비니의 평소 행실을 미루어볼 때, 우나는 아마도 의자에 묶였거나 옷장에 갇혔을 것이다.

아니었다. 우나는 무도회장에서 페기의 간이침대에 누워 있었다. "홍역에 걸린 거 같아요." 우나가 말했다. "열이 많이 나고 머리가 지끈거려요."

"홍역에 걸렸었다며?"

"알아요. 그랬다고 생각했어요. 아마 제가 잘못 안 모양이에요."

"아마 그냥 감기일 거야." 에일린이 말했다. "오, 우나, 넌 지금 홍역에 걸리면 안 돼!"

하지만 우나는 홍역에 걸렸다. 스튜어트 의사가 와서 확인을 해줬고, 이튿날 우나는 발진이 생겼다. 배스컴 부인은 에일린이 홍역에 걸려 격리가 다시 한 달간 연장되지 않게 하려고 에일린을 대신해 우나를 직접 간호했고, 에일린에게는 우나 근처에 얼씬도 말라고 했다. 다행이었다. 에일린이 간호를 맡았으면 아마도 우나를 목 졸라 죽였을 것이다.

우나가 빨리 회복하려면 안정을 위해 아이들을 조용히 시켜야 했지만, 그건 거의 불가능한 일이었다. 에일린은 아이들에게 동화를 들려주려 했지만, 알프와 비니는 이야기에 끊임없이 끼어들며 계속해 의문을 제기했다. 에일린이 《잠자는 숲속의 미녀》를 읽어주려 했을 때 둘은 "나쁜 요정이 세례식에 들어오려 했을 때 왜 못 들어오게 문을 잠그지 않았대요?" 또는 "착한 요정은 왜 주문 전체를 취소하지 못하고 공주를 몇백 년이나 잠들게 했대요?"라고 물어댔다.

"착한 요정이 너무 늦게 왔거든." 에일린이 말했다. "이미 주문은 효력을 발휘했어. 그걸 취소할 능력이 없었던 거야."

"아니면 착한 요정은 마법 능력이 영 별로였나 봐요." 알프가 말했다.

"그러면 그 요정은 어떻게 '착한' 요정이 되었어요?" 비니가 캐물었다.

《라푼젤》은 더욱더 심했다. 비니는 라푼젤이 왜 자기 머리를 직접 자르고 그걸 타고 내려가지 않았는지 물었고, 곧바로 로즈의 땋은 머리로 시범을 보이려 했다.

'나는 어쩌자고 비니가 원래 모습을 되찾길 바랐던 걸까?' 에일린이 생각했고, 아이들에게 이제 이야기 시간은 끝났고 공부를 할 시간이라고 선언했다.

"안 돼요!" 비니가 항의했다. "지금은 여름이라고요!"

"너희들이 아팠던 동안 빼먹은 수업이 있어." 에일린이 말했다. 에일린은 신부에게 아이들 교과서를 가져다달라고 했고, 신부는 에일린이 얼마 못 가 더 이상 버티지 못할 거라는 걸 눈치챈 게 분명했다. 에일린에게 딸기가 담긴 바구니 그리고 애거사 크리스티의《애크로이드 살인 사건》을 가져다줬기 때문이다.

"이러면 '호드빈 남매 살인 사건'을 막을 수 있을 것 같아서요." 신부가 말했다. 또한 신부는 우편물도 가져왔다. 그리고 전쟁 소식도. "영국 공군은 잘 버티고 있지만, 독일 공군은 전투기가 다섯 배나 많고 이제 독일은 우리 군 비행장과 기지들을 폭격하기 시작했습니다."

에일린은 그 소식을 알프에게 전해주었고, 덕분에 거의 일주일 정도는 조용히 보낼 수 있었다. 그리고 에일린은 무도회 창밖으로 몸을 내밀고 캐롤라인 여사의 오페라 쌍안경으로 밖을 살피던 알프를 발견했다. 알프는 에일린을 보자 재빨리 쌍안경을 등 뒤로 숨기다가 바닥에 떨어뜨렸다. "스투카인지 확인하려고 그랬던 것뿐이에요." 오페라 쌍안경을 집어 드는 에일린에게 알프가 말했다. 쌍안경에서는 불길하게도 딸그랑 소리가 났다. "에일린 누나 잘못이에요. 나를 겁주지 않았더라면 그걸 떨어뜨리지 않았을 거라고요."

'엿새만 버티면 돼.' 에일린이 생각했다. 그사이 저택이 잡석 더미로 변하지 않길 바랄 뿐이었다. 하지만 마침내 스튜어트 의사는 모두가 안전하다고 선언했고, 사무엘스 씨에게 문을 막은 판자를 치우고 공지도 떼라고 시켰다.

5분 뒤, 에일린은 강하 지점으로 가고 있었다. 심지어 노섬벌랜드에 있는 어머니가 아프다는 사직용 편지를 꺼내두지조차 않았다. 배스컴 부인은 에일린이 더는 아이들을 참을 수 없었을 것이라고 생각할 것이고, 그건 진실에 가까웠다.

거세게 비가 내리고 있었지만, 에일린은 아무래도 좋았다. '옥스퍼드에 가서 말리면 돼.' 에일린은 생각했다. '아이들이 없는 어딘가에서.' 그리고 그녀는 도로를 향해 빠르게 걸어가다 갑자기 방향을 틀어 숲으로 들어섰다. 나무들은 잎이 잔뜩 달렸고, 발치에는 데이지와 제비꽃이 만개했다.

'강하 지점을 찾을 수 있어야 할 텐데.' 우거진 초록에 잠시 어리둥절한 에일린이 생각했지만, 공터와 물푸레나무가 보였다. 풀이 우거졌고, 담쟁이덩굴과 인동덩굴이 사방으로 뻗어 있었다. 에일린은 손목시계에서 빗방울을 닦아내고 시간을 확인한 뒤 앉아서 기다렸다.

1시간이 지나고 또 1시간이 지났다. 정오가 되어 강하가 열리지 않으리라는 것이 확실해졌지만, 에일린은 젖은 몸으로 거의 2시까지 기다리며 생각했다. '격리가 오늘 아침에 풀린 걸 아직 모르는 걸 거야.'

2시 15분이 되자 비가 억수로 쏟아졌고, 에일린은 포기할 수밖에 없었다. 그녀는 무거운 걸음으로 저택으로 돌아왔다. 비니가 부엌문에 서서 에일린을 기다리고 있었다. "흠뻑 젖었네요." 비니가 참으로 친절하게도 에일린의 상태를 지적했다.

"정말?" 에일린이 말했다. "난 몰랐어."

"언니는 예전에 알프가 잡았던 물에 빠진 쥐랑 똑같아 보여요." 비니가 말하더니 이윽고 비난조로 계속 말했다. "오늘은 언니가 반일 쉬는 날이 아니에요."

'내가 반일 쉬는 날.' 에일린이 생각했다. '그래서 안 열린 거구나. 월요일이 되기 전에는 내가 오지 않을 거라고 생각한 거야.'

하지만 네트는 월요일에도 열리지 않았다. 뒤를 따라오는 아이가 없도록 에일린은 아이들이 모두 실내로 들어가 차를 마실 때까지 기다렸고, 확실히 하려는 마음에 길을 빙 돌아서 가기까지 했지만 소용없었다.

'격리가 끝난 걸 아직 모르는 거야.' 에일린이 생각했다. 하지만 격리가 끝난 날은 보건성 기록에 남아 있을 것이다. 하지만 어쩌면 실험실은 구조팀을 보냈고, 공지가 아직 붙어 있는 것을 보고 저택은 아직 격리 중이라고 결론지었을 수도 있었다. 하지만 에일린이 살펴보았을 때는 모든 공지가 제거되고 없었다.

그리고 만약 구조팀이 저택에 왔다면 격리가 풀린 것을 모르려야 모를 수가 없었다. 아이들이 밖에서 놀았고, 잔디에서는 간이침대를 훈증 소독했으며, 청과물상 소년은 부엌을 들락날락했다. 구조팀은 그 소년이 집으로 돌아가는 길에 불러 무리 없이 상황을 물어볼 수 있었다.

그리고 격리가 풀린 순간 아이들 부모는 그 사실을 통지받았다. 그리고 몇몇 부모는 바로 이튿날 아이들을 데려가려 사람을 보냈다. 당장에라도 영국 본토 항공전이 있으리라는 위기감이 돌았고 비행장과 기름 저장소들이 폭격받고 있으며 라디오는 침공을 경고하는 상황에서도 말이다.

침공을 예상하는 건 알프와 비니도 마찬가지였다. "히틀러가 낙하산 부대를 보내고 있어요." 알프는 신부에게 열심히 설명했다. 신부는 에일린과 릴리 러벨을 역으로 데려가기 위해 저택에 온 참이었다. "전화선을 자르고 다리랑 이것저것을 폭파할 거예요. 지금 놈들은 숲에 숨어 있을 게 분명해요." 그리고 신부마저도 독일군의 공격이 곧 있을 거라고 확신했다.

하지만 침공 걱정으로 주위가 아무리 시끌시끌해도 피난 온 아이들의 부모에게는 아무 소용이 없었다. 부모들은 자기 아이들을 "집에서 안전하게" 데리고 있겠노라고 단단히 결심했고(아이들을 이곳에 보냈더니 홍역에 걸렸을 뿐이라는 게 아마도 그 주장의 근거였을 것이다), 아이들을 이곳에 둬야 한다고 아무리 설득해도 소용없었다. 에일린은 아이들이 런던으로 돌아가면 어찌 될지 걱정이 되었다.

그리고 아이들 걱정을 하지 않을 때면, 구조팀이 어디에 있기에 아직 안 오는지가 걱정이었다. 이건 에일린의 첫 번째 임무였고, 그래서 구조팀이 얼마나 기다린 뒤에 과거로 간 사람을 구조하러 오는지 그녀는 알지 못했다. 열흘? 2주? 하지만 이건 시간 여행이었다. 일단 에일린이 일정보다 늦는 걸 알게 되면 즉시 올 것이다.

뭔가 잘못된 게 분명했다. 그냥 늦는 게 아니라 뭔가 고장이 난 게 분명했다. '알프와 비니가 강하 지점을 망친 거야.' 에일린이 생각했다. 아니면 둘이 에일린을 따라왔기에 강하가 열리지 않았거나. 에일린은 신부에게 비니의 운전 교습을 재개해달라고 부탁했다. 강하 지점에 들키지 않고 가기 위해서였다. 하지만 강하는 여전히 열리지 않았다.

'날 지켜볼 수 있는 건 알프와 비니뿐만이 아니야.' 에일린이 생각했다. 알프가 말했던 독일 낙하산병을 막기 위해 향토방위군이 숲을 순찰할 수도 있었고, 또는 알프와 비니가 말했던, 우나와 대화하던 군인이 아직도 숲에서 우나와 만나고 있을지도 몰랐다.

그 경우, 실험실은 강하 지점이 열리지 않는다는 것을 알아차리고 어딘가 다른 곳으로 구조팀을 보낼 것이다. 그때까지 에일린은 저택에서 할 일이 차고 넘쳤다. 피난 온 아이들을 돌봐야 할 뿐 아니라 캐롤라인 여사가 오기 전에 집을 청소하고 준비해야 했다. 캐롤라인 여사가 편지를 보내 이제 집으로 돌아오겠노라고 했던 것이다.

그리고 아이들이 망가뜨린 부분들을 수리해야 했다. "여사님이 서재 천장을 보면 어째!" 우나가 말했다.

'그리고 로코코 시대 모자걸이와 오페라 쌍안경도.' 에일린이 생각했고, 캐롤라인 여사가 돌아오기 전에 구조팀이 오기를 기도했지만, 구조팀은 오지 않았다.

캐롤라인 여사는 아들인 앨런이 함께 올 거라고 편지에 적었지만 혼자 돌아왔고, 언제 앨런이 오느냐는 배스컴 부인의 질문에 아들이 영국 공군에 징집되어서 전투기 조종사 훈련을 받고 있노라고 대답했다.

"그 아이는 전쟁에서 이기기 위해 자기 몫을 다하고 있어요." 캐롤라인 여사가 자랑스레 말했다. "그러니 우리도 그래야지요." 그리고 집안사람들에게 세인트존스 앰뷸런스 의료 매뉴얼을 처음부터 끝까지 숙지하게 했다. 그건 에일린이 아이들을 조용히 시키려 애쓰고, 알프와 비니가 최근 저지른 말썽에 관해 러드맨 씨와 풀러 교장과 브라운 씨에게 사과하고 아이들을 기차에 태워 보내는 틈틈이 "쇼크: 생존을 위해 신체가 말초계의 기능을 멈추는 현상"이라는 식의 내용들을 외워야 한다는 의미였다.

조지 콕스는 집 근처 비행장이 폭격당했음에도 햄스테드의 집으로 돌아갔다. 에드위나와 수잔의 할아버지는 맨체스터로 둘을 데려갔으며, 브리스틀에 사는 지미의 이모도 아이를 데리러 사람을 보냈다. 그래서 에일린은 호드빈의 실체를 모르는 친척이 둘을 데리러 오지 않을까 바랐지만, 그런 일은 일어나지 않았다. '호드빈 남매랑은 계속 붙어 있어야 할 거 같네.' 마침내 모든 희망을 포기한 에일린이 생각했다.

아이들을 보내느라 에일린은 거의 모든 시간을 썼다. 아이들 물건을 챙기고, 기차역까지 데려다주고, 아이들과 함께 (어떤 때는 몇 시간이나) 기차를 기다렸다. "모두가 병영 열차야." 툴리 씨가 말했다. "그리고 이제 공습이 있지. 공습이 끝날 때까지 기차는 멈춰서 기다려야 해."

신부는 가능할 때면 친절하게도 에일린과 아이들을 기차역까지 태워다줬지만, 그나마도 캐롤라인 여사가 조직한 공습 대비 회의에 참여하느라 바쁠 때가 많았다. 에일린은 상관없었다. 걸어서 돌아올 때는 강하 지점을 확인할 수 있었기 때문이다. 호드빈 남매의 감시가 느슨해질 때면 말이다. 하지만 그런 기회는 자주 있지 않았다.

하지만 오늘 팻시 포스터를 데려다줄 때, 알프와 비니는 기다리다 지루함을 못 이기고 떠났고 얼마 지나지 않아 기차가 도착했다. 에일린은 공터에 갈 수 있었을 뿐 아니라 혹시 강하 지점이 딱 1시간 반 또는 2시간마다 열리는 걸지도 모른다는 마음에 오후를 그곳에서 보냈다.

틀린 생각이었다. 구조팀은 여전히 흔적도 없었다. 그렇다고 우나의 군인이나 독일 낙하산 부대가 이곳에 있다는 흔적도 없었다. 왜 오지 않는 걸까? 에일린은 이곳의 기차도 종종 지연된다는 점이 퍼뜩 떠오르면서 혹시 옥스퍼드에서도 그런 식으로 무슨 일이 일어난 건 아닐까, 그래서 구조팀이 늦어지는 건 아닐까 하는 생각이 들었다.

만약 그런 경우라면 언제라도 구조팀이 저택에 나타날 수 있었고, 그러니 에일린은 그곳에 가 있는 게 나았다. 그래서 그녀는 서둘러 숲을 나섰다. 길에 가까워졌을 때, 에일린은 누군가가 길 반대편에 서 있는 걸 얼핏 보았다. 에일린은 나무 뒤에 몸을 숨기고 그게 누구인지 조심스레 살폈다.

알프였다. '그럴 줄 알았어.' 에일린이 생각했다. '알프와 비니가 날 엿보고 있었군. 그러니 열리지 않았지.' 하지만 알프는 숲을 살피고 있지 않았다. 알프는 마치 누군가를 기다리는 듯 저택으로 통하는 길을 응시하고 있었다. 그리고 에일린이 길로 들어서자 알프는 깜짝 놀라 펄쩍 뛰었다. "너 여기서 뭐 하는 거니, 알프?" 에일린이 다그쳐 물었다.

"아무것도 아니에요." 등 뒤로 두 손을 숨기며 알프가 말했다.

"그러면 왜 손을 숨기는 거지?" 에일린이 말했다. "또 길에 압정을 뿌려 놓은 거지?"

"아니에요." 알프가 말했고, 이상하게도 그건 진실처럼 들렸다. 하지만 이 아이가 알프라는 사실을 잊으면 안 되었다.

"손에 쥔 거 내놔." 에일린이 손을 내밀며 말했다.

알프는 덤불 있는 곳까지 뒷걸음질 쳤고, 수상쩍은 소리가 쿵 하고 나더니 알프가 텅 빈 두 손을 내밀었다. "차에 돌을 던지고 있었구나." 에일린이 말했다. 하지만 그 말을 하면서 에일린은 알프가 저택 쪽을 응시하고 있었다는 기억이 났다. 즉 알프는 그곳에서 나오는 차를 기다리고 있었다. 하지만 캐롤라인 여사의 벤틀리를 기다렸을 리는 없었다. 여사는 너니턴에서 열리는 적십자 회의에 참석하러 갔고 신부도 함께 갔다. 그러니 오스틴일 리도 없었다. "알프, 저택에 누가 있는 거지?" 에일린이 물었다.

알프는 이게 함정이 있는 질문인지 아닌지 가늠하려 애썼고 에일린을 보며 얼굴을 찡그렸다. "몰라요. 모르는 사람들이었어요."

'마침내 왔구나.' 에일린이 생각했다. "누굴 만나러 온 건데?"

"몰라요. 그냥 차를 타고 오는 걸 봤어요."

"차를?"

알프가 고개를 끄덕였다. "캐롤라인 여사님 거랑 같은 거예요. 하지만 나는 거기에 돌을 던지려던 게 아니었어요. 맹세해요. 그냥 진흙 덩이였어요. 독일군이 침공해 올 때를 대비해 연습하고 있었어요. 나랑 비니는 놈들 탱크에 돌을 던질 거예요."

에일린은 그 말을 듣고 있지 않았다. 캐롤라인 여사의 차와 같은 것이라면 벤틀리였다. 구조팀은 에일린이 그랬던 것처럼 옥스퍼드에서 그걸 운전하는 연습을 했을 터이고, 그런 뒤 이곳에 와서 한 대를 빌린 뒤 에일린을 구하러 이곳에 온 것이다. 에일린은 단숨에 저택으로 달려갔다.

벤틀리가 정문에 서 있었다. 에일린은 계단을 올라가기 시작했지만, 자신이 적어도 앞으로 몇 시간은 더 하인이라는 사실을 떠올리고는 저택을 빙 돌아 하인용 출입구를 통해 집으로 들어갔다. 에일린은 배스컴 부인이 부엌에 있기를 바랐다. 있었다. 부인은 팔꿈치 안쪽에 반죽 그릇을 받치고 나무 숟가락으로 격하게 반죽을 젓고 있었다. "누가 온 건가요?" 너무 궁금한 티를 내지 않으려 애쓰며 에일린이 물었다. "들어오는데 정문에 차가 서 있는 걸 보았어요…."

"국방성에서 왔어."

"하지만…." 국방성? 왜 구조팀이 캐롤라인 여사에게 국방성에서 왔다고 말을 한 거지?

"집과 땅을 둘러보고 적당한지 결정하려고 온 거야."

"흙덩어리는 아무 피해도 주지 않아요." 알프가 에일린의 팔꿈치께에서 말했다. "그냥 흙일 뿐이잖아요."

에일린은 알프의 말을 무시했다. "뭐에 적당하다는 건가요?" 그녀는 배스컴 부인에게 물었다.

"사격." 배스컴 부인이 맹렬하게 반죽을 저으며 말했다. "전쟁이 끝날 때까지 정부가 이 저택을 접수한대. 이곳을 소총 사격 훈련소로 바꿀 거래."

27

뺄은 들이받기 위한 것이고
입은 음매 하고 울기 위한 것이에요.

— 피난민 아이가 암소가 무엇인지
설명하는 편지에서, 1939년

켄트, 1944년 4월

황소는 목초지 저쪽에서 어니스트를 위협적으로 노려보았고, 그 짧은 순간이 어니스트에게는 무척이나 길게 느껴졌다. "워딩! 도망쳐! 황소가 있어!" 세스가 화물차 뒤에서 외쳤다.

"이제 당신들이 한 짓을 봐!" 농부가 말했다. "내 황소를 화나게 했어. 이건 저 황소의 목초지라고…."

"네, 보니까 알겠네요." 어니스트가 황소에게서 눈을 떼지 않고 말했다.

황소 역시 작은 두 눈을 어니스트에게서 떼지 않았다. 대체 지금처럼 꼭 필요할 때 안개는 왜 다 걷힌 거람?

황소가 그 육중한 머리를 내렸다. '이런, 젠장, 달려들겠군!' 어니스트가 등을 탱크에 기대며 생각했다.

황소는 앞발로 땅을 긁기 시작했다. 어니스트는 어찌할 줄 몰라 농부를 바라보았지만, 농부는 호전적인 태도로 팔짱을 끼고 울타리 옆에 서 있었다. "그리고 당신들은 목초지를 짓이겨놨어. 내 황소는 당신들이 자기 목초지에 한 행동을 맘에 들어 하지 않아. 나 역시 마찬가지고. 여기가 탱크 바퀴 자국들로 난장판이 된 걸 봐. 당신들은 저 빌어먹을 탱크로 풀밭 전체를 짓이겨 놨고, 그래서 저 황소는 화가 났어."

"압니다." 어니스트가 말했다. "이제 저는 어쩌면 좋을까요?"

"도망쳐!" 세스가 외쳤다.

황소는 누가 말하는지 보기 위해 그 육중한 머리를 돌렸다가 다시 어니스트 쪽으로 돌렸다. 황소가 콧김을 뿜었다.

"그러지…." 어니스트가 교통경찰처럼 손을 뻗었지만, 황소는 이미 풀밭을 가로질러 어니스트 쪽으로 곧장 돌진하고 있었다.

"도망쳐!" 세스가 소리쳤고, 어니스트는 마치 탱크가 황소를 막아줄 거라고 생각하는 듯이 서둘러 탱크 뒤를 돌아가 반대쪽에 쪼그리고 앉아 몸을 숨겼다.

황소는 씩씩거리며 탱크를 향해 곧장 돌진했다.

"멈춰! 그러다 너만 다친다." 마침내 농부가 움직이며 외쳤다. "넌 탱크에는 상대가 안 돼. 멈춰!"

하지만 황소는 듣지 않았다. 놈은 머리를 낮추어 두 뿔을 총검처럼 앞으로 내밀고 탱크를 향해 곧장 돌진했다. 그리고 그 내내 두 뿔은 정면을 향했다.

또다시 끝없이 길게 느껴지는 순간이 지났고, 이윽고 높고 가느다란, 마치 공습경보 사이렌 같은 소리가 들렸다. "너희들이 황소를 죽였어." 목초지를 재빨리 가로질러 오며 농부가 외쳤다. "이 못된 놈들…." 그리고 농부는 입을 벌린 채 말을 멈추었다.

황소 역시 입을 벌리고 있었다. 놈은 두 뿔로 탱크를 찌른 채 몇 초 동안 가만히 서 있더니 기운차게 한 걸음 물러서 탱크에서 뿔을 빼냈다. 탱크는 천천히 쭈그러들어 회녹색의 흐늘흐늘한 고무 덩어리로 바뀌었다. 구슬프게 울리던 소리는 삑 하는 소리가 되었다가 이윽고 사라졌고, 다시 긴 침묵이 찾아왔다.

"맙소사." 농부가 나지막이 말했고, 황소 역시 같은 말을 하고 싶은 듯했다. 황소는 아연하여 쭈그러든 탱크를 물끄러미 바라보았다.

"맙소사." 농부가 혼잣말하듯 다시 말했다. "독일 기갑 사단이 프랑스에 있는 우리 군을 싹쓸이한 것도 이상할 게 없군."

황소는 고개를 들어 어니스트를 똑바로 보더니 낮은 소리로 한 번 울고는 몸을 돌려 안전한 울타리로 도망쳤다. "당신들 둘, 대체 무슨 짓을 하는 거지?" 농부가 캐물었다. "지금 이거, 뭔가 장난인가?"

"아니요." 어니스트가 말했다. "저희는…." 그리고 그때 희미하게 웅웅거리는 소리에 하늘을 쳐다보았다.

"비행기다!" 세스가 하나 마나 한 말을 하고는 쏜살같이 달려와 바람 빠진 탱크 포탑을 잡았다. "뒤쪽을 잡아! 서둘러!" 둘은 탱크를 끌고 젖은 풀밭을 지나 나무들 있는 곳으로 갔다.

"당신들 둘이 무슨 짓을 하려는 건지는 몰라도…." 농부가 호전적으로 말을 하기 시작했다.

"그냥 거기 서 있지만 말고 좀 도와요!" 어니스트가 계속해서 커지는 윙윙 소리 너머로 목소리를 높였다. "저건 독일 정찰기예요. 놈들에게 이걸 들키면 안 된다고요!"

농부는 밝아지는 하늘을 힐끗 본 뒤 다시 탱크를 보았고, 마침내 상황을 파악한 듯했다. 그는 어색하게 달려와 탱크의 오른쪽 무한궤도를 들었고, 그들을 도와 탱크를 잡목림 쪽으로 옮겼다.

그건 마치 거대한 젤리를 옮기려 하는 것과 비슷했다. 마땅히 잡을 만한 단단한 부분이 없었고, 무게는 엄청났다. 진흙투성이의 젖은 풀은 이 거추장스럽고 무거운 것을 쉽게 옮길 수 있게 해야 했지만 미끄러지는 것은 발뿐이었고, 어니스트는 탱크를 작은 둔덕 위로 잡아당기려다가 미끄러져 방금 만든 바퀴 자국 가운데 하나 위로 고꾸라지고 말았다. "서둘러!" 세스가 넘어지지 않으려 애쓰며 어니스트에게 외쳤다. "거의 머리 위에 왔어!"

진짜였다. 그리고 바람 빠진 고무 덩어리 사진 한 장이면 남 포티튜드 작전은 박살 날 것이다. 어니스트는 진흙이 덕지덕지 묻은 부츠 발로 버티며 다시 한번 용을 썼고, 셋은 밀고 끌고 당겨 고무 탱크를 나무 아래로 옮겼다.

세스가 하늘을 쳐다보았다. “우리 편 비행기야.” 그가 말했다. “템페스트[40]네.”

그랬다. 어니스트는 독특한 외양을 알아볼 수 있었다. “이번에는 그러네.” 그가 말했다. “하지만 다음번에는 아닐 수도 있어.”

세스가 고개를 끄덕였다. “다음 비행기가 오기 전에 이걸 화물차에 싣는 게 좋겠어. 가서 화물차를 여기로 가져와.”

“이 목초지를 가로지르는 건 안 돼.” 농부가 말했다. “당신들은 이미 목초지를 엉망으로 만들었어. 내 황소의 식사 시간을 늦춰놓은 건 말할 것도 없고.” 농부는 울타리 근처에서 평화로이 풀을 입안 가득 넣고 우물거리는 황소를 향해 손짓했다. “그리고 황소에게 또 무슨 해를 입혔을지 누가 알겠어. 다음 주에 씨받이를 위해 세들스콤에 데리고 가야 하는데, 이제 저걸 봐.”

황소는 씹던 것을 멈추고 울타리 너머에 있는 암소 가운데 한 마리에게 눈독을 들이고 있었기에, 어니스트는 농부가 괜한 걱정을 한다는 생각이 들었지만 농부는 단호했다. “더는 황소를 화나게 할 수 없어.” 농부가 말했다. “딱 여기에 가져왔을 때처럼 저 탱크를 도로 당신네 화물차에 실어.”

“그럴 수 없습니다.” 세스가 말했다. “만약 독일군 정찰기들이 저희를 본다면….”

“아무것도 못 볼 거야.” 농부가 말했다. “안개가 끼고 있으니까.”

그 말이 맞았다. 목초지를 가로질러 다가오는 짙은 안개가 풀을 뜯는 황소와 화물차, 탱크 자국을 가렸다.

“그리고 그 일이 끝나면 저 탱크들도 가져가.” 농부가 나무들 아래로 비쭉 튀어나온 탱크들의 흐릿한 윤곽을 가리키며 말했고, 세스와 어니스트는 이후 15분 동안 독일 정찰기가 사진을 찍을 때까지 그 탱크들을 나무 아래 둬야 할 이유를 설명하느라 진땀을 뺐다.

“당신은 히틀러를 물리치는 걸 돕는 겁니다.” 세스가 농부에게 말했다.

40 제2차 세계대전 말기에 도입된 영국의 전폭기로, 대지공격 외에 V-1 요격에 탁월한 성능을 보였다.

"저런 풍선들로?"

"네." 어니스트가 단호히 말했다. 그리고 나무 비행기들과 낡은 하수도 파이프들과 가짜 라디오 뉴스들로.

"육군은 당신의 목초지를 손상한 것에 관해 기꺼이 배상할 겁니다." 세스가 말했고, 농부는 즉각 화를 누그러뜨렸다. "그리고 황소의 정신적 충격에 관해서도요."

'황소 이야기는 꺼내지 마.' 어니스트가 생각했지만, 농부는 싱긋 웃었다. "저놈이 탱크를 꿰었을 때의 그런 표정은 평생 처음 봤어." 농부가 고개를 저으며 말했다. 그는 허벅지를 치며 소리 내 웃기 시작했다. "어서 술집에 가서 사람들에게 이야기해주고 싶…."

"안 됩니다!" 세스와 어니스트가 한목소리로 외쳤다.

"아무에게도 말하면 안 됩니다." 어니스트가 말했다.

"이건 극비 사항입니다." 세스가 말했다.

"극비 사항이라고?" 농부는 보상받을 거라는 말을 들었을 때보다 더 기뻐하는 듯했다. "이거 우리 공격과 관련이 있는 거지?"

"네." 세스가 말했다. "그리고 누구에게도 말하지 않는 것이 아주 중요합니다. 하지만 더는 자세히 말해드릴 수 없습니다."

"그럴 필요 없어. 나 혼자서도 유추할 수 있으니까. 노르망디로 상륙할 거지? 그럴 거라 짐작했어. 오언 배트는 칼레일 거라고 말했지만, 나는 아니라고 했지. 거기는 이미 독일군이 짐작하고 있고, 우리 군은 그보다는 똑똑하니까. 어서 오언에게…."

"오언 배트 씨를 비롯해 누구에게도 말하면 안 됩니다." 세스가 말했다.

"만약 당신이 그렇게 하면, 그 때문에 전쟁에서 질 수도 있습니다." 어니스트가 말했고, 둘은 차갑고 습한 안개에 에워싸인 채 서서 다시 15분 동안, 농부가 다른 누구에게도 오늘 일을 말하지 않겠노라고 동의할 때까지 설득해야 했다.

"어둠 속에 묻어놓지." 마침내 농부가 마지못해 동의했다. "하지만 아쉽네. 저 황소의 표정…." 농부의 얼굴이 밝아졌다. "공격 다음에는 말해도 되겠지?"

"네." 어니스트가 말했다. "하지만 공격을 한 뒤 3주가 지나기 전에는 안 됩니다."

"왜 안 되는데?"

"그것도 알려드릴 수 없습니다." 세스가 말했다. "그건 '극극비'입니다."

"그리고 탱크들을 여기에 두어도 되는 거죠?" 어니스트가 물었다. "독일군이 사진을 찍으면 곧바로 치우겠다고 약속합니다."

농부가 고개를 끄덕였다. "그게 전쟁에서 이기기 위해 내 몫을 하는 거라면야."

"그렇게 하시는 겁니다." 세스가 말했고, 화물차를 향해 갔다.

"잠깐, 기다려. 탱크들을 여기에 둬도 된다고 했지, 내 목초지 위로 마구 차를 몰고 다녀도 된다고 하지는 않았어. 당신들은 저 터진 풍선 탱크를 여기로 가져온 방식대로 가져가야 해."

"하지만 그러려면 30분은 걸리고, 그사이에 저희가 하는 행동을 적의 비행기가 목격할 수도 있습니다." 세스가 항의했다. "안개는 금방이라도 걷힐 수 있습니다."

"안 걷힐 거야." 농부가 말했고, 그 말이 맞았다. 안개는 두꺼운 담요처럼 목초지와 숲 위를 덮었고, 방향을 가늠하는 것조차 불가능했다. 그 덕분에 둘은 공기 빠진 탱크를 끌고 밀고 당기며 화물차를 찾느라 백 미터는 더 움직여야 했고, 그사이 어니스트는 두 번 더 넘어졌다.

"뭐, 적어도 더 나빠질 수는 없는 상황이잖아." 바람 빠진 고무를 밀어서 화물차에 실으려 애쓰며 세스가 말했다. 이 시점에서 다시 비가 내리기 시작했다. 가늘고, 뼈까지 시리게 하는 비는 둘이 탱크와 바퀴 자국 재단기, 펌프, 축음기를 다 실을 때까지 계속 내렸고, 그 내내 둘은 황소와 함께 자신들이 하는 일을 지켜보던 농부를 두고 투덜거렸다. 카듀 캐슬로 돌아왔을 때, 둘은 물에 흠뻑 젖었고 몹시 추웠으며 아주 배가 고팠다.

"아, 이런. 아침 식사 시간이 끝났어." 세스가 축음기를 내리며 말했다. "점심시간까지 기다릴 수 없는데. 나는 일주일은 잘 수 있을 거야. 넌 어쩔래? 잠이야, 음식이야?"

"둘 다 아니야." 어니스트가 말했다. "기사를 써야 해."

"나중에 하면 안 돼?"

"아니, 크로이던에 4시까지 보내야 해."

"마감이 오늘 아침이라고 하지 않았어?"

"그랬지. 하지만 성난 황소 때문에 죽을 뻔하느라 〈서드베리 주간 쇼핑객〉의 마감을 놓쳤으니 이제는 그곳 대신 크로이던의 〈클라리온 콜〉에 보내야 해."

"미안."

"괜찮아. 괜한 고생을 한 것은 아니니까. 우리가 만난 농부 덕분에 편집장에게 보내는 편지 내용에 관한 아이디어를 얻었어." 어니스트는 세스가 건넨 축음기 레코드판 더미를 받았다. '편집장님께, 저는 화요일 아침에 일하러 갔다가….' "지금 여기 있는 거로 되어 있는 탱크 여단이 어디 거야? 미국 아니면 영국?"

"캐나다. 캐나다 제4보병 연대."

'캐나다의 탱크 대대가 저의 제일 좋은 목초지를 완전히 망가뜨려 놓은 것을 보았습니다. 그 탱크들은 제 풀들을 짓밟았고, 대회에 우승한 황소를 겁주었으며….'

"너를 겁준 것만은 못하지." 세스가 자전거펌프를 건네며 말했다.

'사방에 진흙 바퀴 자국을 남겼으며, 이 모든 것에 관해 저에게는 아무런 양해도 구하지 않았습니다.' 어니스트는 겨드랑이에 레코드를 끼었고, 문을 열 수 있도록 펌프는 왼손에 바꿔 들었다. '저는 독일을 물리치기 위해서는 우리 모두 협력해야 한다는 걸 알고, 전시에는 어느 정도 희생해야 한다는 사실도 압니다.' 그가 문을 열었다. '하지만….'

"둘 다 어디에 있었던 거야?" 몽크리프가 다그쳤다. "늦었잖아."

"뭐에 늦어?" 어니스트가 물었다.

"아, 안 돼." 세스가 말했다. "탱크에 바람을 더 넣어야 한다는 말은 하지 마. 우린 밤을 새웠다고."

"차에서 자면 돼." 몽크리프가 말했고, 프리즘이 트위드 재킷과 넥타이 차림의 말쑥한 모습으로 나왔다.

"이런 모습으로 무도회에 갈 수는 없어, 신데렐라." 프리즘이 어니스트에게서 레코드와 펌프를 받아 들며 말했다. "들어가서 샤워하고 옷을 차려입고 와. 5분 주겠어."

"하지만 난 기사를 써서⋯."

"그건 나중에 해도 돼." 프리즘이 말하며 레코드를 책상 위에 던지고 어니스트를 욕실로 밀어 넣었다.

"하지만 〈서드베리 주간 쇼핑객〉의 기사 마감이⋯."

"이게 더 중요해. 진흙을 씻고 좋은 옷을 입어." 그가 말했다. "그리고 잠옷을 챙기고."

"내 잠옷을⋯?"

"그래." 프리즘이 말했다. "우리는 왕비님을 만날 거야."

28

나는 다른 사람들에게 하늘이 맑아지고 있다고 외쳤지만,
다음 순간, 내가 본 것은 구름이 갈라진 틈이 아니라
거대한 파도의 하얀 마루라는 사실을 깨달았다.

— *어니스트 섀클턴*

런던, 1940년 9월 19일

라버넘 양은 서늘한 새벽에 하숙집으로 돌아오는 내내 고드프리 경에 관해 격찬했다. "정말 가슴이 설렜겠어요, 세바스찬 양. 고드프리 경처럼 위대한 배우와 공연하다니요!" 라버넘 양은 신이 나 떠들었다. "《한여름 밤의 꿈》은 내가 제일 좋아하는 연극이에요!"

그들이 한 공연은 《폭풍우》였기 때문에, 폴리는 고드프리 경이 여기 없어 다행이라고 생각했다.

"정말 멋진 밤이었어요." 라버넘 양이 말했다. "난 잠을 못 이룰 거예요!"

'저는 잘 거예요.' 폴리는 생각했지만, 시간이 없었다. 폴리는 블라우스를 한 벌 더 가져오지 않은 걸 후회하며 〈타임스〉 잉크가 묻은 블라우스를 빨았다. 그리고 치마를 가지러 '의상실'에 갈 때 블라우스도 한 벌 더 받아야겠다고 생각했다.

폴리는 다림질해 블라우스를 적당히 말렸고, 심하게 눌은 오트밀 죽을 아침 식사로 서둘러 먹고, 센트럴 선이 다시 열렸기를 바라며(다행히 열렸다) 출근했다. 폴리는 공습 때문에 집에 갈 수 없었다는 자기 이야기를 스

넬그로브 양이 믿어주기를 바랐지만, 타운센드 브라더스 백화점에 도착했을 때 스넬그로브 양은 자리에 없었다. "스넬그로브 양은 오늘 5층을 도우러 갔어." 마저리가 폴리에게 말했다. "오늘 낸이 안 나와서 가정용품 매장을 대신 맡아야 하거든. 그리고 오늘부터 타운센드 브라더스 백화점은 공습 때문에 폐장 시간을 6시에서 5시 30분으로 앞당긴다고 전하래."

'다행이야.' 폴리가 생각했다. '그러면 강하 지점에 갈 시간이 더 생기겠네.'

"지난밤 공습에서 낸이 다친 건 아니지?" 도린이 물었다. "화이트채플은 아주 지독하게 당했거든."

"아니야. 그랬으면 스넬그로브 양이 말을 해줬겠지."

"어쩌면 도망친 걸지도 몰라." 도린이 짐작해 말했다.

"아니, 아닐 거야. 스넬그로브 양이 내게 말할 때 화나 보이지 않았거든." 마저리가 싱긋 웃었다. "평소보다 더 화나지 않았다는 말이야."

도린이 킥킥거렸다. "적어도 오늘은 트집 잡힐 일이 없겠네."

'맞아.' 폴리가 생각했다. '하지만 오래는 아닐 거야.' 낸이 돌아오면 스넬그로브 양은 폴리가 검은 치마를 입고 포장을 잘할 줄 알기를 원할 것이다. 그래서 손님이 없는 틈틈이 폴리는 판매액을 합산했다. 폐장 시간이 되었을 때 재빨리 나가기 위해서였다. 오늘 공습은 8시 20분까지 시작되지 않았지만, 사이렌은 훨씬 더 일찍 울릴 수 있었다. '저녁 식사는 건너뛰고 지하철역에서 곧장 강하 지점으로 가는 게 좋겠어. 오늘 밤도 집에 돌아가다가 라버넘 양을 만나 시간을 낭비할 수는 없어.' 폴리가 생각했다. 그리고 옥스퍼드로 돌아가면 콜린에게서 사이렌이 울리는 시간 목록을 받아야 했다.

4시가 되었을 때, 매장에는 아무도 없었다. "사이렌이 울렸을 때 밖에 있기 싫은 거야." 마저리가 말했고, 폴리는 그게 정시에 퇴근할 수 있다는 뜻이기를 바랐지만, 폐장 10분 전에 발리 양이 들어오더니 매장에 있는 스타킹을 색깔별로 모두 보길 원했고, 폐장 시간이 당겨졌음에도 불구하고 폴리가 모든 일을 마친 건 6시 30분이 되어서였다. 폴리는 코트를 들고 백화점을 나와 지하철역으로 달려갔고, 그다음에는 지하철이 오기까지 거의 20분을 기다려야만 했다.

사이렌은 폴리가 노팅힐게이트역으로 가는 도중에 울렸다. 폴리는 랭커스터게이트에서 탄 여자 둘이 사이렌에 관해 이야기하는 걸 듣고 사이렌이 울린 걸 알았다.

'잘됐어.' 폴리는 하숙집 사람들이 대피하지 않고 늦게까지 집에 남아 있을까 봐 걱정했었다. 공습 대부분은 이스트 엔드에 있었기 때문이다. 블룸즈버리의 공습은 저녁 일찍인 게 분명했다. 그리고 지하철이 지연되지 않는다면, 공습이 시작되기 전에 강하 지점에 갈 시간이 충분했다.

아무런 방해도 없었고, 지하철이 노팅힐게이트역에 도착했을 때는 7시 15분밖에 되지 않았다. 폴리는 서둘러 에스컬레이터를 타고 올라가 출구로 갔다. 하지만 출구에는 철창문이 가로막고 있었다. "공습 중에는 아무도 이곳을 떠날 수 없습니다." 양철 헬멧을 쓴 역무원이 폴리에게 말했다.

"하지만 저는 집에 가야 해요." 폴리가 말했다. "집에 가지 않으면 가족이 걱정할 거예요."

"미안합니다, 아가씨." 역무원이 말했고, 철창문 앞을 굳건히 지켰다. "그게 규칙입니다. 공습경보가 해제될 때까지는 누구도 이곳을 떠날 수 없습니다. 안전한 아래층으로 돌아가십시오. 당장에라도 폭격이 시작될 수 있습니다."

'아니, 그렇지 않아요.' 폴리는 생각했지만, 역무원이 마음을 바꿀 리는 만무했다. 그래서 아래층으로 내려가 지하철 노선표를 보며 다른 역으로 갈 수 있는지를 살폈다. 베이스워터는 강하 지점에서 너무 멀어 첫 번째 공습 공습이 시작하기 전에 걸어서 강하 지점까지 갈 수가 없었다. 하지만 하이스트리트 켄싱턴은 가능할 듯싶었다. 만약 철창문이 설치되어 있지 않다면. 만약 역무원이 한 명밖에 없어서 들키지 않고 몰래 나갈 수 있다면….

그곳에도 철창문이 있었고, 그곳 역무원은 폴리를 밖으로 내보내지 않겠다는 의지가 두 배는 더 강했으며, 폴리가 역무원과 옥신각신하는 동안 방공포들이 발포를 시작했다. '인정해야만 해.' 폴리가 생각했다. '오늘 밤은 여기에서 꼼짝도 못 할 거야.'

아니, 그렇지 않았다. 폴리는 강하 지점에는 갈 수 없었지만, 이곳에서 밤을 보낼 필요도 없었다. 지하철을 타고 더 깊은 곳에 있는 역으로 간 다음 방공호들을 관찰할 수 있었다. 밸럼이 가장 흥미로울 것이며 그곳은 10월 14일까지 폭격이 없지만, 폴리가 그곳에 가면 던워디 교수는 화를 낼 것이다. 그리고 레스터 광장에 가려면 지하철을 갈아타야 했다. 하지만 출근하기 전에 씻고 옷차림을 단정히 하려면 아침에 노팅힐게이트역으로 돌아갈 수 있어야 했다. 그리고 만약 공습경보해제 사이렌이 예정보다 일찍 울리면 강하 지점에 가서 거기서 옥스퍼드로 가 검은 치마를 구한 뒤 다시 출근하러 돌아올 수 있어야 했다. 그건 센트럴 선의 역이어야 한다는 뜻이었다. 홀본이 적당했다.

홀본역의 터널은 50미터 깊이에 있었기에, 런던 대공습이 시작되었을 때 시민들이 대피한 최초의 지하철역 가운데 하나였다. 처음에 정부는 그곳을 방공호로 쓸 계획이 없었다. 정부는 공중위생과 전염병을 걱정했다. 하지만 '집에 계십시오', '앤더슨 형식 방공호를 만드십시오'[41]라는 조언은 무시당했고, 앤더슨 방공호와 지상 방공호에서 사람들이 죽었다는 이야기가 도는 상황에서 사람들이 홀본역으로 모여드는 걸 막을 실질적 방법은 없었다. 그리고 표를 사서 홀본으로 지하철을 타고 가기만 하면 되는 상황에서는 더더욱 그러했다.

그리고 오늘 밤은 런던 시민 전체가 그렇게 하는 듯이 보였다. 폴리는 하마터면 지하철에서 내리지 못할 뻔했고, 플랫폼은 담요를 깔고 앉은 사람들로 꽉 차 있었다. 폴리는 사람들을 밟지 않으려 조심하며 플랫폼을 떠나 터널을 나왔다. 그곳 역시 플랫폼과 마찬가지로 사람, 침구, 피크닉 바구니들로 미어터졌다. 여자 한 명이 휴대용 등유 스토브로 차를 끓이고 있었고, 다른 여자 한 명이 바닥에 테이블보를 깔고 접시와 포크, 나이프 따위를 놓고 있었다. 그걸 본 폴리는 자신이 저녁 식사를 하지 않았다는 사실을 깨달았다. 폴리는 그 여자에게 역내 간이식당이 어디에 있는지 물었다.

"저쪽으로 가서 피커딜리 선 쪽으로 가면 나와요." 여자가 차 수저로 가

41 영국의 내무장관과 재무장관을 지낸 존 앤더슨은 제2차 세계대전 발발 직전, 가정에서 간편하고 쉽게 조립할 수 있는 방공호를 개발해 전쟁 기간 중 국민에게 무료로 제공했다.

리키며 말했다.

"고맙습니다." 폴리가 말하고 타일 붙인 벽에 기대앉거나 삼삼오오 모여서서 잡담을 나누는 사람들을 헤치며 식당으로 나아갔다.

중앙 홀은 아주 약간만 덜 붐빌 뿐이었다. 폴리는 기다란 에스컬레이터를 타고 식당으로 내려갔다. 그곳은 노팅힐게이트역의 식당보다 훨씬 더 컸으며, 도자기 잔과 잔 받침도 갖추고 있었다. "다 드시고 돌려주시면 됩니다, 아가씨." 계산대 뒤의 여성 의용대 자원봉사자가 말했다. 폴리는 햄샌드위치 하나와 차 한 잔을 샀고, 걸어 다니며 이 시대 사람들을 관찰했다.

역사학자들은 방공호들을 '악몽 같은 곳', '지옥의 가장 밑바닥 같은 곳'이라고 표현했지만, 방공호는 죽음을 피해 온 영혼들보다는 휴일을 맞은 사람들이 모인 것처럼 보였다. 사람들은 피크닉을 즐기고 소문을 주고받고, 만화 신문을 읽었다. 남녀 커플 두 쌍은 접이식 의자에 앉아 브리지 게임을 즐겼고, 중년의 여자는 양철통에 스타킹을 넣고 빨고 있었으며, 태엽식 휴대용 축음기가 '버클리 광장에서 나이팅게일이 노래를 했네'를 연주하고 있었다. 역무원들은 질서를 유지하기 위해 플랫폼을 순찰했지만, 그들이 하는 일이라곤 사람들에게 담배를 끄라고, 버린 휴지를 주우라고 명령하는 게 전부인 듯 보였다.

공중위생을 걱정하던 정부의 생각은 옳았다. 각 층에는 임시 화장실이 하나씩 있을 뿐이었고, 모두 줄이 끝없이 길었다. 폴리는 요강 위에 앉은 유아를 몇 명 보았고, 또한 한 아이 어머니가 요강을 들고 플랫폼 가장자리로 가 철로 위에 버리는 모습도 보았다. 냄새를 풍길 것은 의심의 여지가 없었다. 폴리는 한겨울에는 어떨지 궁금했다.

분실물 보관소, 응급처치실, 도서대여실에서는 그나마 질서를 유지하려는 시도가 있었다.

하지만 대부분의 지역은 혼란이 지배했다. 아이들은 터널에서 마구 뛰어다니고, 터널 한가운데에서 그리고 승객들이 지하철 승하차를 하는 좁은 플랫폼에서 인형과 구슬을 가지고 놀고, 돌 차기 놀이를 했다. 9시 반이 지났고, 많은 수의 어른은 담요를 펼치고 베개를 부풀렸지만, 아이들을 재우려고 하는 사람은 아무도 없었고, 10대 소녀 한 명은 얼굴에 콜드크림을 바르고 있었다.

그걸 본 폴리는 자신도 잘 자리를, 아니 적어도 앉을 자리를 찾아야 한다는 생각이 들었다. 그리고 그 일이 쉽지 않으리라는 것을 깨달았다. 벽을 따라 난 몇몇 빈 공간들에는 담요들이 놓여 있었고, 이는 친척들과 친구들을 위해 맡아놓은 자리라는 뜻이었다. 10시 반이 되어 지하철이 끊기면 에스컬레이터는 멈출 것이었다. 그러면 비록 나무널이 불편하기는 해도 에스컬레이터 계단에 자리를 맡을 수도 있을 것이다. 하지만 그때까지는 1시간이 남아 있었다. 폴리는 벽에 붙은 공습 대비대 그리고 승리 채권 포스터들을 살펴보았다. 그 가운데 하나는 '오늘 처칠과 함께 대충 때우는 한 끼가 내일 히틀러와 함께하는 험블 파이[42]보다 낫다'라고 적혀 있었다.

'누가 생각해냈는지는 몰라도 리케트 부인의 음식을 먹어본 적이 없는 게 분명해.' 폴리가 생각하고 도서대여실을 구경하러 갔다. 그곳은 신문 한 무더기, 잡지 한 무더기, 대부분이 살인 추리 소설인 닳고 닳은 페이퍼백 한 줄로 이루어져 있었다.

"책을 읽으시겠어요, 아가씨?" 연한 적갈색 머리의 사서가 물었다. "이거 아주 재미있어요." 그녀가 폴리에게 애거사 크리스티의 《3막의 비극》을 건넸다. "누가 범인인지 절대 맞히지 못할 거예요. 애거사 크리스티 소설에서 저는 한 번도 범인을 맞춘 적이 없어요. 늘 미스터리를 풀었다고 생각하지만, 어느 순간 제가 영 엉뚱한 곳을 보고 있었고 뭔가 완전히 다른 일이 벌어지고 있다는 걸 깨닫는 거예요. 그땐 이미 너무 늦었고요. 아니면 신문을 좋아할지도 모르겠군요. 어제저녁의 〈익스프레스〉가 있어요." 그녀는 폴리의 손에 신문을 쥐여주었다. "다른 사람이 읽을 수 있도록, 다 읽고 나면 돌려주시면 됩니다."

폴리는 감사하다고 말하고 손목시계를 보았다. 아직도 20분을 더 기다려야 했다. 폴리는 역내 간이식당으로 가서 줄을 섰고, 한 눈으로는 에스컬

42 돼지 내장을 넣어 만든 파이. '험블 파이를 먹는다'는 건 '굴욕을 참는다'라는 뜻도 있다.

레이터를 주시하면서(에스컬레이터가 멈추자마자 달려가 자리를 맡기 위해서였다), 같이 줄을 선 이 시대 사람들을 관찰했다. 이브닝드레스를 입은 여자 그리고 실크햇에 모피 망토까지 완벽하게 갖추어 입은 남자 한 쌍, 목욕 가운을 입고 슬리퍼를 신은 나이 든 여자, 이디시어[43] 신문을 읽는 턱수염을 기른 남자 한 명.

누더기를 걸치고 꾀죄죄한 장난꾸러기들이 술래잡기 놀이를 하며 근처를 맴돌았다. 누군가가 자신들에게 비스킷이나 오렌지 주스를 사주길 바라는 게 분명했다. 폴리 앞에 있는 여인은 투정을 부리는 유아를 데리고 있었고, 그 앞에 있는 여자는 베개 두 개와 커다란 검은색 핸드백, 피크닉 바구니를 가지고 있었다. 자기 차례가 거의 다 되자 그 여자는 베개들을 한쪽 팔로 안고 바구니를 바닥에 내려놓은 뒤 핸드백을 열었다. "난 계산대 앞에서 계산할 때가 되어서야 돈을 찾는 사람들이 정말 싫거든요." 핸드백을 뒤지며 그 여자가 말했다. "여기 어딘가에 분명히 6펜스가 있었는데…."

"잡았다. 이제 네가 술래야!" 장난꾸러기 가운데 한 명이 외쳤고, 열 살짜리 여자아이가 달리다가 핸드백에 부딪혔다. 영 나타나지 않던 6펜스 주화를 포함해 핸드백 내용물이 사방으로 떨어졌고, 폴리를 제외한 모두가 몸을 숙이고 립스틱, 손수건, 빗을 주웠다.

폴리는 그 소녀를 바라보았다. '저 여자아이는 일부러 부딪힌 거야.' 폴리가 생각하며 피크닉 바구니를 힐끗 돌아보았다. 바구니는 사라지고 없었다.

"멈춰, 도둑이야!" 여자가 소리쳤고, 나머지 아이들이 뿔뿔이 흩어졌다.

역무원이 재빨리 아이들을 쫓으며 외쳤다. "당장 돌아와, 이 못된 놈들아!"

잠시 뒤 역무원은 작은 남자아이 한 명의 귀를 붙잡고 돌아왔다. "아야." 아이가 항의했다. "저는 아무 짓도 하지 않았어요."

"저 아이 맞아요." 여자가 말했다. "제 바구니를 훔친 아이예요."

"무슨 말을 하는지 모르겠는데요." 남자아이가 격분해 말했다. "저는 절대로…."

43 Yiddish language, 중부 및 동부 유럽 출신 유대인이 사용하는 언어

인부 한 명이 바구니를 들고 다가왔다. 그 인부가 남자아이를 가리켰다. "이 아이가 이 바구니를 쓰레기통 뒤에 숨기는 걸 봤습니다."

"안전하게 보관하려고 거기에 둔 거예요." 남자아이가 말했다. "나중에 분실물 보관소에 가져다주려고요. 아무도 없는 플랫폼에 놓여 있었어요."

"네 이름이 뭐지?" 역무원이 캐물었다.

"빌이요."

"어머니는 어디 계시냐?"

"일하러 가셨어요." 더 나이 든 여자아이가 다가오며 말했고, 폴리는 그 아이가 여자의 핸드백에 부딪혔던 아이라는 걸 알아보았다. 그 아이는 더럽고 너무 짧은 원피스를 입고 있었으며, 머리의 리본도 더러웠다. "엄마는 군수 공장에서 일해요. 폭탄을 만들어요. 아주 위험한 일이죠."

"네 누나니?" 역무원이 소년에게 물었고, 소년은 고개를 끄덕였다. "네 이름이 뭐지?" 역무원이 소녀에게 물었다.

"베로니카. 영화배우 이름이랑 같아요." 소녀는 역무원의 소매를 움켜쥐었다. "제발 이번 일에 관해 엄마에게 말하지 마세요. 아빠가 전쟁에 나가 있어서 그러지 않아도 걱정을 많이 하세요."

"아빠는 영국 공군에서 일해요." 소년이 덧붙였다. "스핏파이어를 조종해요."

"엄마는 몇 주째 아빠에게서 소식을 듣지 못했어요." 소녀가 눈물을 흘리며 말했다. "그래서 무척 걱정하세요."

'이 아이는 연기가 거의 고드프리 경 수준이네.' 폴리가 감탄하며 생각했다.

"불쌍한 것들." 바구니를 도난당했던 여자가 중얼거렸고, 주위에 모인 다른 몇몇은 역무원을 노려보았다. "아무 피해도 없었잖아요. 어쨌든 제 바구니도 찾았고요."

'그 말을 하기 전에 안의 내용물을 먼저 확인하는 게 좋을 텐데.' 폴리가 생각했다.

"오, 고맙습니다, 아주머니." 여자의 팔을 움켜쥐며 소녀가 말했다. "정말로 친절하세요."

"이번에는 봐주마." 역무원이 엄격한 목소리로 말했다. "하지만 다시는 그러지 않겠다고 약속해야 해." 역무원은 소년을 놓아주었고, 두 아이는 곧장 인파를 뚫고 에스컬레이터를 내려갔다. 에스컬레이터는 아이들과 소동을 벌이던 사이에 멈춰 있었고, 이제 좁은 계단들에는 앉거나 누운 사람들로 가득했다.

'못된 꼬마 녀석들'. 폴리가 생각했다. '그 아이들 때문에 자리를 못 잡았어.' 그리고 폴리는 다시 빈자리를 찾아 헤매기 시작했다. 더 이상 빈자리가 없었다. 대피한 사람들은 지하철이 멈추고 나자 철로에 누워 잠을 잤다. 비록 그러다 기차에 깔려 죽은 사람이 있었다는 역사적 기록은 없었지만, 여전히 폴리 눈에는 위험한 행동으로 보였다. 철로에 비운 요강들의 내용물은 말할 것도 없고.

폴리는 마침내 연결 터널 가운데 하나에서 빈자리를 찾아냈다. 양옆으로는 이미 두 여자가 자고 있었다. 폴리는 코트를 벗어 깔고 그 위에 앉았다. 핸드백을 옆에 내려두었다가 솜씨 좋은 사기꾼 남매를 떠올리고는 그걸 등 뒤에 받치고 기댄 채 잠을 청했다. 금방 잠이 들 게 분명했다. 지난밤 내내 잠을 자지 못했으며 그 전날 밤에도 3시간 좀 넘게 잔 게 전부였다. 하지만 너무 밝고 시끄러웠으며 벽은 바위처럼 단단했다.

폴리는 일어나서 코트를 접어 베개로 만들고 누웠지만 바닥은 더 단단했으며, 눈을 감자 정착 확인 보고가 늦었다고 화를 낼 던워디 교수, 그리고 검은 치마를 입지 않았다고 다그칠 스넬그로브 양에 관한 생각으로 심란해졌다. 하지만 지금 이 상황에서 그에 관해 폴리가 할 수 있는 건 아무것도 없었다.

폴리는 일어나 앉아 사서가 빌려준 〈익스프레스〉를 펼쳤다. 피난민 아이들을 가득 태운 해양 여객선 '시티 오브 베나레스호'가 독일 U보트에 의해 격침되었으며, 영국 공군이 독일 전투기 여덟 대를 격추했고, 리버풀은 폭격당했다. 존 루이스 백화점에 관해서는 아무 기사도 없었다. 그저 '런던에 지독한 폭격이 계속되다'라는 제목 아래 '화요일 저녁의 목표물 가운데는 병원 둘과 쇼핑가 하나가 포함되었다'는 내용의 기사가 전부였다. 하지만 4면을 펼치자 존 루이스 백화점의 광고가 실려 있었다.

폴리는 존 루이스 백화점이 광고를 빼는 걸 잊은 건지 아니면 그곳이 폭격당하지 않았다고 독일군을 속이기 위해 광고를 그냥 실은 것인지 궁금했다. V-1 공격 동안, 영국 정부는 신문에 V-1이 어디를 폭격했는가에 관해 가짜 정보들을 실었다. 폴리는 역시 폭격당한 피터 로빈슨 백화점의 광고도 있는지 찾아보았다.

없었다. 셀프리지스 백화점은 사이렌용 복장, 즉 위아래가 붙은 모직 커버롤 광고를 실었다. "방공호에서 밤을 보내기에 안성맞춤입니다. 멋지고 따뜻합니다." '딱 나한테 필요한 건데.' 폴리가 생각했다. 시멘트 바닥은 차가웠다. 폴리는 코트를 펼쳐 몸 위에 덮고 가방을 베고 다시 잠을 청했다.

소용없었다. 11시 30분이 되고 조명이 침침해지자 대화 소리는 중얼거림으로 줄어들었지만, 잠은 오지 않았다. 폭탄 소리도 들리지 않았다. 이렇게 깊은 지하까지는 소리가 뚫고 들어오지 못했다. 지상에서 무슨 일이 벌어지는지 알지 못하니 불안해졌다. 폴리는 누워서 대피한 사람들이 코 고는 소리를 듣다가 다시 일어나 앉아 신문을 마저 읽었다. '전시에 요리하는 법' 칼럼(리케트 부인이 여기서 조리법을 얻은 게 분명했다), 사상자 목록, 개인 광고들.

이 광고들을 통해 폴리는 이 시대 사람들의 삶이 어땠는가를 내밀히 엿볼 수 있었다. 어떤 광고는 웃겼다. 'L.T., 지난 토요일 장교 클럽 무도회에서 한 행동에 관해 사과할게. 다시 한번 기회를 주겠노라고 말해줘. S.W. 중위.' 그리고 어떤 것들은 마음이 아팠다. '됭케르크에서 '그래프톤호'를 타는 게 마지막으로 목격된 폴 로비 기수에 관해 뭔가 아는 분이 있으면 제발 P. 로비 부인에게 연락해주세요. 첼시, 체이니 워크 16번지.' 그리고 사람뿐 아니라 무엇도 대공습의 영향을 피하지 못했다. 가령 이랬다. '분실, 흰색 고양이. 모펫에게 연락 바람. 9월 12일 밤 공습 때 사라짐. 큰 소리에 겁을 먹었음. 보상함.'

'불쌍한 것.' 폴리가 생각했다. '자신이 이해할 수 없는 무시무시한 상황에 갇히다니.' 폴리는 그 고양이가 괜찮기를 바랐다. 폴리는 나머지 개인 광고들을 읽었다. '피난민들을 위한 숙소 구함.', 'R. T., 금요일 정오에 넬슨 기념비에서 만나자. H.', '구급차 운전사 구함. 오늘 FANY로 입대하세요.' 폴리는 다시 누워서 잠을 청했다.

폴리는 간신히 잠이 들었지만 아기 울음소리에 깼고, 화장실에 가던 여자 한 명이 중얼거렸다. "미안합니다… 미안합니다… 미안합니다…." 그리고 역무원이 날카로운 목소리로 외쳤다. "그 담배 끄세요. 방공호에서는 화재의 위험 때문에 금연입니다." 폴리는 지금 지상의 런던 절반이 불길에 싸여 있는 판에 화재를 걱정하는 게 아주 웃긴다고 느꼈고, 혼자 키득거리다가 잠이 들었다.

이번에는 역무원이 "공습경보해제!"라고 외치는 소리에 폴리는 잠에서 깼다. 폴리는 하품하며 코트를 입고 서쪽으로 가는 첫 번째 지하철을 타기 위해 센트럴 선으로 갔지만 그녀를 기다리는 건 '퀸스웨이에서 셰퍼드스 부시까지 운행하지 않습니다.'라고 적힌 게시판이 전부였다. 비운행 구간에는 노팅힐게이트도 들어 있었고, 따라서 출근 전에 강하 지점으로 갈 가능성은 전혀 없었다. 개장 전에 타운센드 브라더스 백화점에서 치마를 사야 할 듯했다.

하지만 지하철은 30분이 지나서야 도착했고, 출발한 뒤에도 곧바로 역들 사이에서 멈췄다. 그것도 두 번이나. 폴리는 간신히 개장을 알리는 종이 울리기 전에 백화점에 도착해 직원용 화장실에서 세수하고 머리를 빗을 수 있었다. 블라우스는 구겨졌고, 벽에 기대앉았던 탓에 윗등에는 갈색 줄이 나 있었다. 폴리는 그걸 대충 털어내고 블라우스 자락을 치마 안으로 넣고 낸이 다시 출근하지 않았기를 바라며 매장으로 갔다.

낸은 출근을 한 모양이었다. 스넬그로브 양은 곧장 폴리의 판매대로 왔다. 그녀는 못마땅하다는 듯이 입술을 오므리더니 말했다. "타운센드 브라더스의 점원으로 일하려면 검은 치마에 단정하고 '깨끗한' 흰색 블라우스를 입어야 한다고 내가 말했을 텐데요?"

"네, 말씀하셨습니다." 폴리가 말했다. "정말 죄송합니다. 하지만 공습 때문에 지난 이틀 동안 집에 갈 수가 없었습니다. 지난 이틀간 방공호에 있었어요."

"오늘은 그냥 넘어가겠어요." 스넬그로브 양이 말했다. "현 상황이 분명… 그러니까 복잡하다는 걸 아니까요. 하지만 그걸 극복하는 게 우리 일입니다. 타운센드 브라더스 백화점은 어떤 상황에서도 그 기준을 낮출 수 없어요."

폴리가 고개를 끄덕였다. "내일까지는 준비하겠습니다. 약속드릴게요."

"어디 두고 보지요."

"못됐어." 스넬그로브 양이 떠나자마자 마저리가 폴리에게 속삭였다. "치마 살 돈은 충분해? 만약 없으면 내가 좀 빌려줄 수 있어."

"고마워. 하지만 감당할 수 있어." 폴리가 말했다.

"치마를 사려면 다른 가게들이 문 닫기 전에 일찍 가봐야 하잖아. 오늘 폐장 전에 미리 나가. 내가 네 판매대를 봐줄게."

"그래 줄래?" 폴리가 고마워하며 말했다. "하지만 문제가 되지 않을까?"

"스넬그로브 양에게는 티드웰 부인이 데인티 데뷰탕트 브랜드의 거들 특대호가 있는지 물었다고 말할 거야. 그러면 스넬그로브 양은 그걸 찾느라 폐장 때까지 작업실에 있게 되겠지."

"하지만 만약 더 빨리 찾으면?"

"못 찾아. 딱 하나 있었는데, 이미 내가 티드웰 부인에게 보냈거든."

마저리는 약속을 지켰고, 폴리는 30분 먼저 퇴근할 수 있었다. 무척 다행이었다. 강하 지점까지 확실하게 가는 방법은 걷는 수밖에 없어 보였다. 폴리는 지하철역에 다시 갇히기 싫었고, 버스는 사이렌이 울리면 멈출 것이다. 오늘 밤 공습은 거의 9시까지 없었지만, 지난밤 이후 폴리는 더 이상 위험을 감수할 수 없었다.

'제발 비가 내리지 않길.' 폴리가 생각했다.

비는 내리지 않았지만, 마블 아치로 걸어가는 동안 안개가 끼기 시작했고, 베이스워터로 접어들자 안개는 폴리가 처음 도착했던 날 밤보다도 더 짙어졌다. 시야는 집 몇 채 정도 거리밖에 안 되었으며, 램프덴 로드로 다가가자 건물들이 흐릿하게 윤곽만 보였다. 안개 때문에 건물들은 낯설어 보였으며, 또한 멀고 어렴풋했다.

건물들은 '정말로' 낯선 게 맞았다. 거리를 하나 덜 간 상태에서 골목으로 들어온 게 분명했다. 지금 보이는 건물들은 램프텐 로드에 있는 게 아니었기 때문이다. 내단이창이 있는 약국과 줄지어 선 가게들이 보이지 않았다. 지금 보이는 건 일종의 창고들로, 창이 없는 벽돌 건물들, 그리고 그 사이에 낀 목조 뼈대 주택이었다.

폴리는 낯익은 이정표와 마음속에 새겨두었던 커브 길, 그리고 만약 안개가 너무 짙어 그게 보이지 않는 거라면 세인트조지 교회의 첨탑이 어느 방향에 있을지 찾으며 그 건물들로 다가갔다. 안개 때문에 거리 감각이 완전히 뒤틀려 있었다. 거의 모퉁이에 도달했는데도 창고들은 여전히 멀리 있는 듯 보였다. 그리고 여기에서라면 첨탑이 보여야 했다. 어쩌다가 모퉁이를 더 돌거나 한 건 아닐까? 앞쪽의 거리가 램프텐 로드일 리 없었다. 그러기에는 폭이 너무 넓고….

모퉁이에 도착하자 폴리는 발을 멈추고 길 건너편을 유심히 살폈다. 건물들이 너무 멀리 떨어져 있다는 생각은 옳았다. 그녀는 옆 거리를 향한 건물들을 바라보았다. 그 건물들 앞에 있었어야 할 건물들은 전부 파괴되어 지붕 조각들과 목재와 벽돌 무더기로 변해 어지럽게 쌓였고, 그 뒤로 다른 건물들의 뒷면이 보였다.

고성능 폭약에 당한 게 분명했다. 그리고 바드리 말이 맞았다. 폭발 뒤에는 방향감각을 잃기 쉬웠다. 폴리는 이곳이 길의 어느 부분인지 알 수가 없었다. 세인트조지 교회와 커브 길이 있어야 하는 곳을 바라보았지만, 안개가 너무 짙어 둘 다 보이지 않았다.

그리고 아무것도 낯익어 보이지 않았다. 폴리는 줄지어 선 창고들을 바라보았다. 창고들은 피해를 보지 않은 듯했다. 그리고 모퉁이에서 두 번째 창고는 뒷면에 나무 계단이 있었는데 무너지기 직전이었다. 만약 저 건물이 강하 지점 옆 골목에 있던 건물처럼 노후했다면, 폭탄의 충격파는 물론이고 누가 손으로 힘껏 밀기만 해도 쓰러질 듯했다.

폴리는 길 이쪽에 있는, 자기 뒤에 있는 건물들을 돌아보았다. 그 건물 역시 손상되지 않았다. 정육점의 유리창조차 깨져 있지 않았다. '묘하게 폭발이 여기만 비껴갔네.' 폴리가 생각했다. 정육점 너머 청과물상의 창문 역시 멀쩡했으며, 문밖에 내놓은 양배추 바구니들은….

'같은 청과물상일 리가 없어.' 폴리가 그쪽으로 달려가며 생각했다. 하지만 같은 곳이었다. 문 위에 건 차양에는 '튜빈스 청과물상'이라고 적혀 있었다. '하지만 만약 이게 그 청과물상이라면, 그렇다면….'

폴리는 멈춰서 가게 대신 거리 건너의 잡석과 그 너머 줄지어 선 창고들을 바라보았다. 끝에서 두 번째와 세 번째 건물 사이 좁은 길은 통들로 가득 차 있었다. 그리고 벽돌 벽에는 분필로 유니언 잭이 그려져 있었고, 안개와 짙어가는 어둠 속에서도 그 아래 휘갈겨 쓴 글씨가 또렷하게 보였다. '런던은 버틸 수 있다!'

29

철수를 해서 전쟁에서 이길 수는 없다.

— 윈스턴 처칠, 됭케르크 철수 작전 이후

됭케르크, 프랑스, 1940년 5월 29일

폭탄이 터지며 그 충격으로 정신을 잃었던 게 분명했다. 마이크가 정신을 차렸을 때 섬광은 사라졌고, 몸은 밧줄에 묶인 채 제인여왕호의 뱃전 너머로 들어 올려지고 있었기 때문이다. "괜찮아요?" 조너선이 초조한 목소리로 물었다.

"응." 마이크가 대답했다. 하지만 조너선과 군인 한 명이 그의 겨드랑이를 잡고 배 안으로 당기는 동안, 마이크는 난간을 잡고 있는 것만도 힘들었다.

"저체온증이야." 마이크가 설명했고, 지금이 1940년이라는 사실을 떠올렸다. "한기가 들어서 그래. 담요 한 장 줄래?"

조너선이 담요를 가지러 달려갔고, 그사이 군인은 마이크가 사물함 위로 올라와 앉을 수 있도록 도왔다(마이크는 걷는 것 역시 버거운 듯했기 때문이다). "안 다친 거 확실합니까?" 어둠 속에서 마이크를 살피며 군인이 물었다. "그 폭탄은 당신 바로 위에서 터진 거 같던데요."

"괜찮습니다." 마이크가 말하며 나무 사물함 위로 주저앉았다. "중령님에게 프로펠러에 엉킨 걸 치웠다고 알려주세요. 엔진 시동을 걸라고도 하시고요." 그리고 마이크는 몇 분 정도 다시 정신을 잃은 게 분명했다. 조너선이 이미 담요를 둘러준 상태였고, 비록 배가 움직이지는 않았지만 엔진은 시동이 걸려 있었기 때문이다.

"우리는 형이 죽은 줄 알았어요." 조너선이 말했다. "형을 찾는 데 너무 오래 걸렸어요. 그리고 찾았을 때는 형은 두 팔을 벌리고 얼굴을 아래쪽으로 하고 있었는데, 우리가 봤던 그 시체랑 똑같아 보였어요. 그래서 우리는 형이…."

조너선이 하늘을 쳐다보았고, 마이크도 위를 올려다보았다. 섬광들이 머리 위 하늘을 수놓았고, 떨어지며 초록빛 도는 하얀 불꽃들을 흩뿌렸다.

"주님께서 주신 것에…." 군인 한 명이 중얼거렸다.

"여기를 빠져나가야 해!" 마이크가 말하며 해럴드 중령을 도와 항구를 빠져나가려고 일어섰지만, 곧바로 휘청하며 다시 앉았다. "가서 길 안내를 해! 놈들이 돌아오기 전에 여기를 빠져나가야 해."

"너무 늦은 거 같아요." 조너선이 말했고, 마이크는 두려운 표정으로 하늘을 쳐다보았지만, 조너선은 물 저쪽을 가리키고 있었다. "우릴 봤어요."

"누가?" 마이크가 휘청거리며 난간으로 가 방파제를 보았다. 군인들이 달리고, 녹색 불빛이 밝혀진 물을 헤치며 걷고, 수영하며 제인여왕호를 향해 오고 있었다. 수백, 수천 명이었다. '내가 정신을 잃는 바람에 나를 구하느라 시간을 써서 그래.' 마이크가 생각했다. "네 할아버지에게 가서 어서 출발하라고 해." 마이크가 외쳤다. "어서!"

"우리 군인들을 그냥 두고요?" 조너선이 두 눈을 크게 뜨고 물었다.

"그래. 달리 다른 수가 없어. 안 그러면 서로 타려고 하다가 결국 배가 가라앉을 거야. 출발해!" 마이크가 소리치며 조너선을 툭 밀었고, 그런 다음에는 비틀거리며 선미로 갔다. 마이크는 자신을 구하기 위해 조너선과 군인이 던졌던 밧줄을 끌어 올리기 위해 난간에 몸을 의지하며 몸을 숙였다.

하지만 너무 늦었다. 군인들은 이미 밧줄을 끌어당기면서 올라와 뱃전을 잡고 난간을 넘어오고 있었다. "이러면 배가 가라앉아요!" 마이크가 밧줄을 끄르며 외쳤지만, 군인들은 그 말을 들은 척도 하지 않고 마치 해적처럼 마구 배에 올라타더니 앞다투어 갑판으로 뛰어내렸다.

"반대쪽으로 가요!" 마이크가 난간을 붙잡은 채 외쳤다. 마이크는 여전히 제대로 서 있기도 버거웠다. "그러다가 배가 뒤집힌다고요!" 마이크는 군인들을 뱃머리로 보내려 밀었지만, 아무도 그 말에 귀 기울이지 않았다.

갑판이 기울어지기 시작했다. "이봐요! 모두 반대쪽으로 움직…."

"숙여!" 누군가가 외쳤고, 사람들이 갑판에 바짝 엎드렸다. 첫 번째 폭탄은 모두에게 물을 뿌릴 정도로 가까이에서 터졌고, 두 번째 폭탄은 반대쪽에서 비슷한 거리에서 터졌다. 여전히 방파제에 있던 군인 무리가 반대편으로 달려 도망쳤고, 물에 들어가 헤엄을 치던 이들은 다시 해안으로 향했다.

여전히 배를 향해 헤엄을 치거나 배에 오르는 이들도 몇 명 있었지만, 폭탄 때문에 시간 간격이 생겼고, 기총소사가 있을지도 모른다는 생각에 일부 군인들은 아래쪽으로 내려갔다. "선실에서 적당히 간격을 두고 있어요." 마이크가 힘겹게 난간을 따라가며 말했다. "모두가 한쪽에만 몰려 있지 말아요. 그리고 괜히 움직이지 말고요. 앉거나 제자리에 있어요."

"뱃머리로 사람을 그만 보내요!" 조너선이 사람들 너머로 마이크에게 외쳤다. "여기엔 더 이상 공간이 없어요!"

"이쪽도 마찬가지야!" 마이크가 외쳤다. "사람들이 더 타기 전에 여기를 떠나자고 할아버지에게 말해." 보트는 이미 위험할 정도로 물에 잠긴 채 항해했고, 선실에 물이 얼마나 찼을지는 짐작도 가지 않았다. 배수펌프가 헐떡이는 소리가 엔진 소리를 넘어서까지 들렸다. 아래로 가서 배수펌프가 과열되어 터지지는 않았는지 확인해야 했지만 군인들이 너무나도 빽빽이 들어차 도저히 뚫고 갈 수가 없었으며, 심지어 난간을 떠나는 것도 불가능했다. 배가 움직이지 않는 것도 어쩌면 중령이 타륜까지 가질 못했기 때문일 수도 있었다.

누군가가 마이크의 셔츠 덜미를 잡아 난간 쪽으로 다시 당기더니 그의 어깨를 꽉 움켜쥐며 마이크를 이용해 배로 올라왔다. 배에 올라온 이는 아주 젊고 주근깨투성이의 군인이었다. "간신히 탔네요." 그가 말했다. "저를 태우지 않고 갈까 봐 걱정했죠. 배가 좀 붐비니까요. 가라앉는 건 아니겠죠?"

'당신이 지금 여기서 내리지 않으면 가라앉을 거야.' 마이크가 선미를 보며 생각했다. '제발.' 그리고 마침내, 마침내 제인여왕호가 이제는 불타고 있는 방파제를 뒤로하고 움직이기 시작했다. '쉬익' 하는 소리와 날카로운 소리가 들리더니 조금 전까지 그들이 있던 곳에서 폭탄이 터지며 물보라가 뱃머리까지 튀었다.

"성공했군요." 주근깨가 있는 군인이 즐거워하며 말했다.

'우리가 항구에서 빠져나갈 수 있다면.' 마이크가 생각했다. '그리고 중령이 잉글랜드로 돌아가는 길을 안다면. 그리고 엔진이 고장 나지 않는다면. 또는 뭔가에 배가 부딪치지 않는다면.'

마이크는 뱃머리로 가서 길잡이 역을 해야 했다. "지나갑니다." 마이크가 외치며 사람들을 밀고 나아가려 했지만 도저히 갈 수가 없었다. 군인들이 너무나도 빽빽이 들어차 있었다. 그리고 마이크는 난간을 놓자마자 다시 다리가 후들거렸다. '이건 아까 일에 대한 몸의 반응이야.' 다시 난간을 잡으며 마이크가 생각했다.

'그리고 안도감 때문이고.' 프로펠러에 엉킨 시체가 풀린 건 마이크가 힘을 썼기 때문이 아니라 폭탄이 터질 때의 충격파 때문이며, 마이크의 존재 여부와 관계없이 군인들은 배에 탔을 게 분명했다. '그러니 내가 됭케르크의 결과에 영향을 미친 게 아닐까 봐 걱정할 필요가 없어.'

"누군가가 우리에게 올 거라고는 생각도 하지 못했습니다." 주근깨가 난 군인이 말했다. "독일군을 빼면요. 놈들의 대포 소리를 들을 수 있었습니다. 거기 해안에서요. 아침이면 놈들이 이곳에 올 겁니다." 그는 걱정스러운 눈으로 마이크를 바라보았다. "멀미인가요?"

마이크가 고개를 저었다.

"저는 늘 멀미하죠." 군인이 활기차게 말했다. "저는 배가 싫어요. 제 이름은 하디입니다. 공병대 일병입니다. 좀 붐비네요. 그렇죠?"

그건 너무 줄여 말하는 것이었다. 중령이 스튜를 만들었던 깡통 속의 정어리들만큼이나 배는 사람들로 빽빽했다.

'그리고 내가 다른 누군가의 자리를 빼앗은 거라고 걱정할 필요도 없어.' 마이크가 생각했다. 그는 전혀 자리를 차지하고 있지 않았다. 배에 사람들이 어찌나 빽빽하게 타고 있는지, 마이크는 사람들 틈에서 선 채로 옴짝달싹할 수 없었다. 그건 잘된 일이었다. 군인들과 난간이 없었다면 다리가 휘청여 결국 주저앉고 말았을 것이다.

'그 스튜를 줄 때 먹어둘걸.' 마이크가 생각했다. '그리고 그 담요도 잘 두르고 있었어야 하는데.' 마이크는 앞으로 나아가는 중에 어디선가 담요를 잃어버렸고, 젖은 옷은 얼음처럼 차게 느껴졌다. 마이크는 심지어 자기 두 발을 느낄 수조차 없었다. 발이 너무 시렸다.

하지만 군인들은 더 심했다. 많은 이들이 셔츠를 입지 않았으며, 한 명은 사각팬티만 입었고 심지어 하고많은 것 중에 가스 마스크를 하고 있었다. 옆머리에는 깊은 상처가 났고, 뺨을 타고 피가 흘러 입으로 들어갔지만 그 군인은 상처를 느끼지 못하는 것처럼 보였다. '자신이 다쳤는지조차 모르는 거야.' 마이크가 생각했다.

"얼마나 가야 하죠?" 하디 일병이 마이크의 귀에 대고 물었다. "해협을 건너려면요."

"30킬로미터요." 마이크가 말했다.

"헤엄쳐 가야 하는 게 아닐까 걱정했어요."

그들은 항구를 떠나 탁 트인 바다로 들어섰다. 마이크는 훨씬 더 차가워진 바람에서 그 점을 알 수 있었다. 그는 떨기 시작했다. 팔로 몸을 안으려 해보았지만, 양쪽으로 팔이 끼여 꼼짝도 할 수 없었다. 마이크는 지금 여기에 담요가 있었으면 좋겠다고, 그리고 하디가 좀 닥쳤으면 좋겠다고 간절히 바랐다. 다른 군인들과 달리, 하디는 구출되었다는 안도감이 강박적인 수다의 형식으로 나타났다. "중사님이 우리에게 해안으로 향하라고 말했습니다." 하디가 말했다. "우리를 데려갈 배들이 있을 거라고요. 하지만 막상 도착해보니 배는 한 척도 보이지 않았습니다. 그래서 제가 말했죠. '문제가 생겼습니다, 중사님. 배가 우릴 버리고 갔습니다.'"

제인여왕호는 계속 어둠을 헤치고 나아갔다. ‘적어도 반은 건넜어야 하는데.’ 마이크가 생각했다. ‘그리고 어서 날이 밝아야 해.’ 그는 부로바 손목시계를 보기 위해 팔을 빼내려 하다가 코트, 신발과 함께 뱃머리에 두고 왔다는 게 기억났다.

바다는 거칠어졌고, 비가 내리기 시작했다. 마이크는 떨며 어깨를 움츠렸다. 하디는 비를 알아차리지 못했다. “누군가가 나를 구출하러 과연 올지 어떨지, 온다고 해도 제시간에 올지, 아니면 내가 그곳에 있는 걸 누군가가 알기는 하는지조차 확실하지 않은 상태에서 그냥 앉아 며칠이고 기다리는 게 어떤 기분인지 당신은 모를 겁니다.”

밤은, 그리고 하디의 목소리는 끝없이 이어졌다. 바람이 거세지며 비를 얼굴에 뿌려댔지만, 마이크는 그걸 거의 느낄 수 없었다. 너무 지쳐 난간을 잡고 있는 것도 버거웠고, 수많은 군인 틈에 끼어 세워져 있는 것조차도 힘들었다.

“우리 중사님이 회중전등으로 모스 신호를 보내려 했지만, 코니어스가 소용없다고 말했습니다. 히틀러가 이미 침공을 해버려서 우리를 구출하러 올 사람이 ‘아무도’ 없다고요. 그곳에 그냥 멍하니 앉아서 잉글랜드가 더 이상 존재하지 않을 수도 있다는 생각을 하고 있자니, 정말 최악이었습니다. 와, 봐요. 날이 밝네요.”

그랬다. 하늘은 석탄색으로, 그리고 이윽고 회색으로 밝아졌다. “이제 우리가 어디에 있는지 볼 수 있겠군요.” 하디가 말했다.

‘독일군도 그렇겠지.’ 마이크가 생각했지만, 드넓은 청회색 바다 어딜 보아도 아무도 보이지 않았다. 마이크는 파도를 훑어보며 잠망경이 있는지, 어뢰의 흔적이 있는지 찾아보았다.

“이상한 기분이었습니다.” 하디가 읊조렸다. “포로가 된다거나 죽는다는 생각은 참을 수 있었어요. 잉글랜드가 존재하는 한은요. 하지만… 아, 봐요!” 하디는 손을 빼 회색 수평선을 배경으로 밝은 회색 점이 있는 곳을 가리켰다. “저거, 도버의 백악 절벽 아닌가요?”

그랬다. ‘마침내 내가 며칠 동안 그렇게 오려고 한 곳에 도착하는구나.’

마이크가 생각했다. '멀리 돌아간다는 말을 이렇게 실감 나게 경험할 줄 몰랐네. 하지만 최소한 이제 나는 작은 배가 어디에 정박하는지를 알지.' 그리고 마이크는 쉽사리 그 배들에 접근할 수 있을 것이다. 그리고 됭케르크에서 돌아오는 사람들에게 접근하는 것도 아무 문제가 없을 것이다. 단지 자신이 그 가운데 한 명이 되리라고는 생각도 못 했을 뿐이었다.

그들은 항구로 들어가고 있었다. 항구 부근은 도착하거나 짐을 내리거나 출발하는 보트들로 미로처럼 복잡했다. "아, 아름답고 유서 깊은 잉글랜드여." 하디가 말했다. "이곳을 다시 볼 수 있을 줄은 생각도 못 했습니다. 그리고 이곳을 다시 보게 된 건 모두 당신 덕분입니다."

"제 덕분이라고요?" 마이크가 말했다.

"그리고 당신 배랑요. 이제는 다 틀렸구나 하고 포기했는데 당신의 신호 불빛을 봤어요."

마이크가 고개를 홱 돌렸다. "신호 불빛이라고요?"

하디가 고개를 끄덕였다. "물 위를 비추며 흔들리는 빛을 보았습니다. 그리고 아, 배가 있구나 하고 생각했죠."

'나는 조너선에게 회중전등으로 프로펠러를 비추게 했어.' 마이크가 생각했다. '저 친구는 조너선이 회중전등으로 물속의 나를 찾을 때 그 빛을 본 거야.'

"만약 그걸 못 봤으면 저는 아직 그 스투카들과 함께 해안에 있었을 겁니다. 그 빛이 저를 구했어요."

'나는 이 사람의 생명을 구했어.' 마이크가 충격을 받아 어찔한 마음으로 생각했다. 중령은 제인여왕호를 부두에 댔다. '원래 구조될 운명이 아니었던 사람의 생명을.'

"배에 부상자들이 있어." 부두에 배를 묶는 수병에게 해럴드 중령이 외쳤다.

"네, 알겠습니다." 수병이 말하고 부두를 떠났다. 조너선이 건널 판자를 내렸다. 군인들이 비틀거리며 배에서 내리기 시작했다.

"혹시 자기 부대를 찾으려면 어떻게 해야 하는지 아십니까?" 하디가 물었다. "다음번에는 제가 어디로 보내질지 궁금하군요."

'북아프리카.' 마이크가 생각했다. '하지만 당신은 거기에 가면 안 돼. 당신은 그 해변에서 죽어야 했다고. 아니면 독일군에게 사로잡혔거나.'

수병이 들것을 든 위생병들을 데리고 왔다. 함께 온 장교는 갑판에 오르자마자 한쪽 무릎을 꿇고 군인 한 명의 다리에 붕대를 감기 시작했다.

"휘발유를 가져다줘." 해럴드 중령이 수병에게 말했다. "우리는 사람들을 내리자마자 다시 됭케르크로 갈 거야."

"안 됩니다." 마이크가 중령에게 다가가며 말했다. 그는 비틀거렸고, 하마터면 넘어질 뻔했다.

하디가 마이크를 부축해 일으켰고, 로커로 데려가 앉혔다. "선장님을 데려올게요." 하디가 말했지만, 중령은 이미 마이크에게 다가오고 있었다.

"저는 됭케르크로 돌아갈 수 없습니다." 마이크가 중령에게 말했다. "중령님은 절 살트램-온-시로 데려다줘야 합니다."

"자네는 아무 데도 안 가, 젊은이." 중령이 말했다. 중령이 몸을 돌리고 외쳤다. "중위! 이쪽으로."

"중령님은 이해하지 못해요." 마이크가 말했다. "저는 옥스퍼드로 가서 무슨 일이 있었는지 알려줘야 합니다. 저 병사는 돌아오면 안 되는 거였어요. 그런데 빛을 봤다고요."

"자, 진정해, 캔자스 친구. 흥분하지 말고." 중령이 마이크의 어깨에 손을 올리며 말했다. "중위!" 중령이 다시 큰 소리로 외쳤고, 부상자들을 돌보던 장교가 일어나 그들 쪽으로 오기 시작했다.

"당신들은 이해하지 못해요." 마이크가 간청했다. "제가 사건의 진행 방향을 바꿨을 수도 있어요. 경고해줘야 해요. 됭케르크는 분기점이에요. 제가 한 뭔가 때문에 전쟁에서 질 수도 있다고요." 하지만 그들은 그 말을 듣고 있지 않았다. 그들은 모두 갑판 바닥을, 그의 오른발이었던 피투성이 덩어리를 보고 있었다.

30

그가 내 길을 막아 지나가지 못하게 하시고
내 앞길에 어둠을 두셨으며.

— 〈욥기〉 19장 8절

런던, 1940년 9월 20일

'폭격당했을 리 없어.' 휜히 드러난 강하 지점 주위로 쌓인 잡석들을 멍하니 바라보며 폴리가 생각했다. 이곳이 폭격당했었다면, 던워디 교수는 절대로 강하를 허락했을 리 없었다. 그리고 바드리는 폴리가 실습하는 6주뿐만이 아니라 런던 대공습 전체 기간 동안 전혀 피해를 보지 않은 장소를 찾아냈다고 강조에 또 강조를 했었다.

'하지만 강하 지점은 폭격당한 게 아니야.' 폴리가 깨달았다. 골목 저쪽의 건물들만이 폭격당했고, 그쪽은 주소가 램프텐 로드일 것이다. 바드리와 그의 동료들은 이 뒷골목에서 좁은 통로가 있는 쪽의 건물들만 확인했을 것이고, 골목의 한쪽이 파괴되면서 다른 쪽은 파괴되지 않을 수 있다는 가능성을 생각하지 못했을 것이다. 그들은 폭발의 패턴이 얼마나 제멋대로일 수 있는지를 알지 못했다. 강하 지점이 있는 좁은 통로 쪽은 적어도 안개 속에서 보이는 한에서는 파괴되지 않은 듯했고, 옆 건물 뒤쪽의 흔들거리는 계단도 여전히 멀쩡했다.

더 가까이서 살펴볼 필요가 있었다. 그녀는 도로를 건너 밧줄로 쳐놓은 출입 금지선을 조심스레 넘어 잡석 더미로 갔다. 출입 금지선에는 '위험, 접근 금지'라고 적힌 작고 네모난 게시판이 달려 있었다.

위험하다는 말이 맞았다. 가까이 다가가 살펴보니 잡석 더미는 부러져 끝이 뾰족한 목재와 부서진 지붕 슬레이트들이 거의 머리 높이까지 쌓여 있었다. 폴리는 출입 금지선 주위를 재빨리 걸으며 잡석 더미로 올라갈 방법이 있는지 찾아보았다. 딱히 길이 보이지 않았다. 그러나 북쪽에는 잡석 더미가 그렇게까지 높지 않은데다, 몇 걸음만 안으로 들어가면 폭발 때 잡석 더미 위로 날아온 게 분명한 문짝 하나와 찢어진 리놀륨 조각이 있어 그걸 밟고 가면 될 듯했다.

폴리는 반쯤 불에 탄 목재를 잡고 잡석 더미 위로 올라갔다. 더미는 보기보다 단단하지 않았다. 발을 내딛자 발이 회벽과 부서진 벽돌 가루 속으로 발목까지 파묻혔고, 스타킹 한 짝이 커다란 나무 조각에 걸려 찢어졌다. 폴리는 조심스레 다시 한 걸음 내디뎠고, 이번엔 더미 전체가 흔들리는 것 같았다. 폴리는 부러진 침대 기둥을 잡았다. 회벽과 자갈들이 몇 초 정도 덜그럭거리며 떨어지다가 이윽고 멈췄다. 폴리는 돌다리도 두들겨보고 건넌다는 심정으로 불안정한 파편들을 손과 발로 일일이 확인해보고 모든 확인이 끝난 뒤에야 발을 올리며 조심스레 앞으로 나아갔고 마침내 리놀륨 조각까지 왔다.

폴리의 짐작은 틀렸다. 리놀륨은 폭발로 인해 날아온 것이 아니었고, 문짝 역시 그렇지 않았다. 그것들은 구조대가 놓은 것이었고, 강하 지점으로 통하지 않았다. 그것들은 정사각형의 구멍으로 통했다. 폴리는 보자마자 그게 무엇인지 알았다. 그곳에 묻혔던 피해자나 시체를 꺼내기 위해 파놓은 갱도였다. 아래 묻혔던 희생자는 아마도 꺼냈으리라. 폴리는 더미 너머로 강하 지점이 있는 좁은 통로를 바라보았다. 유리 파편들이 흩어져 있었지만 잔해는 없었고, 쓰러진 통들도 없었다. 쌓여 있던 통들, 그리고 후미진 위치 덕분에 강하 지점은 폭발의 피해를 보지 않은 듯했다.

'저기에 갈 수 있으면 좋겠는데.' 폴리가 생각하며 리놀륨 너머 회벽과 벽돌 조각 더미를 시험 삼아 밟아보았다. 디디는 느낌이 아무래도 불안했다. 폴리는 뭔가 밟고 갈 만한 게 필요했다. 어쩌면 문을 강하 지점으로 가는 방향으로 옮길 수 있을지도…. 하지만 문은 너무 무거웠다. 리놀륨 역시 마찬가지였다. 폴리는 일어나 더미를 조사하며 벽의 일부 또는 찬장 문 같이 뭔가 쓸 만한 게 없는지 찾아보았다.

“거기, 당신!” 남자의 목소리가 외쳤다. “뭐 하는 겁니까?” 처음 도착한 날 밤 폴리를 방공호로 안내해준 그 공습 대비대 감시원이었다. 감시원은 회중전등을 들고 출입 금지선 옆에 서 있었다. “여기 사고 현장은 출입 금지 구역입니다.”

폴리는 순간 도망쳐야 하는 걸까 고민했다. 이런 잡석 더미에서라면 폴리를 따라잡기 어려울 것이고, 날도 거의 어두워져 있었다. 그건 폴리가 서두르다 잡석 더미 속에 발이 빠져 다리가 부러지기 쉽다는 뜻이기도 했다.

“당장 내려오세요.” 감시원이 말했다. 그는 출입 금지선 아래로 머리를 숙이고 들어와 더미를 오르기 시작했다.

“가고 있어요.” 폴리가 말하고 발밑을 조심하며 도로 내려가기 시작했다.

“거기서 뭘 하던 겁니까?” 감시원이 다그쳐 물었다. “공지를 못 봤어요?”

“봤어요.” 폴리가 말했다. 감시원에게 뭐라고 변명해야 할까 고민이 되었다. 그는 폴리를 알아보지 못하는 것 같았다. “고양이가 우는 소리를 들은 거 같았어요.” 폴리는 그가 서 있는 곳으로 내려왔다. “저는….” 폴리의 발이 미끄러졌고, 감시원은 한 손을 뻗어 그녀를 잡았다. “고양이가 잡석 더미에 갇힌 게 아닐까 걱정이 되었어요.”

감시원은 걱정스러운 눈으로 폴리 너머를 바라보았다. “도와달란 사람 소리가 아니고 고양이 소리인 게 확실해요?”

폴리는 감시원이 구조대에게 연락해 이곳을 다시 파헤치는 건 절대로 원하지 않았다. “네, 확실해요.” 폴리가 서둘러 말했다. “그리고 갇힌 것도 아니었어요. 소리 나는 쪽으로 가니까 도망쳤어요.”

“이곳은 위험합니다, 아가씨. 구멍도 많고 밟으면 꺼질 곳들이 꽤 많습니다. 그러다 안으로 떨어져도 아무도 모를 겁니다. 그러니 구출해주러 올 수도 없고요. 몇 날 동안 그곳에 있을 수도 있고, 그러다가 심지어….”

"알아요. 죄송해요. 몰랐어요."

"이런 밤에는 밖에 있으면 안 됩니다." 감시원이 말했다. "곧 사이렌이 울릴 겁니다."

폴리는 고개를 끄덕였다. 감시원은 폴리를 위해 출입 금지선을 잡아주었고, 그녀는 그 아래로 몸을 숙였다.

"방공호로 가야 합니다, 아가씨." 그가 지난 토요일에 했던 말과 같았고, 또한 같은 생각이 떠오른 모양이었다. 폴리를 보며 얼굴을 찡그렸기 때문이다.

"네, 곧장 갈게요." 폴리가 말하며 재빨리 몸을 숙여 출입 금지선을 빠져나왔고, 거리를 향해 서둘러 가기 시작했다.

"잠깐요!" 감시원이 외치며 따라왔다. "노팅힐게이트역은 이쪽입니다." 폴리의 팔을 잡으려 손을 뻗으며 그가 말했다.

폴리는 얼른 손을 피했다. "저는 바로 저쪽에 살아요." 그녀가 그곳에는 사고가 없었기를 빌며 거리 한 곳을 가리켰다.

동쪽에서 비행기 소리가 들렸다. 감시원이 그쪽을 쳐다보았다. '독일 공군이 구해주네.' 폴리가 생각하며 자신이 가리킨 방향으로 재빨리 걸어갔다.

"꼭, 바로 집으로 가세요." 감시원이 뒤에서 외쳤다.

"곧장 갈 거예요." 폴리가 말했고, 감시원이 따라오는지 돌아보고 싶은 마음을 꾹 참고 계속 걸었다. 폴리는 자신이 가리켰던 거리를 건넜고, 그다음 거리를 건넌 후 슬쩍 뒷골목으로 들어섰다. 이 정도로 멀리 왔으니 감시원에겐 폴리가 옆길로 들어선 것으로 보일 것이다. 만약 여전히 지켜보고 있다면 말이다.

그리고, 감시원은 지켜보고 있었다.

'가서 다른 사람이나 세인트조지 교회로 데려가요.' 폴리가 생각했다. '아니면 등화관제를 위반한 곳이나 뭐 그런 걸 좀 찾아다니세요.' 하지만 황혼 속에서 감시원은 계속 그곳에 서 있었다. 밤새 저곳에 서 있으면 어쩌지?

'공습이 시작되면 소이탄을 찾아다녀야 하니 저길 떠날 거야.' 폴리가 뒷골목 안으로 좀 더 들어가며 생각했다. 오늘 밤은 켄싱턴에 공습이 없었다. 공습은 블룸즈버리와 이스트 엔드에 있었다. 하지만 콜린은 빗나간 폭탄들의 숫자가 상당했다고 했다. 폴리는 손목시계를 보았다. 8시 15분 전이었다. 즉 1시간 넘게 기다려야 한다는 뜻이었고, 폴리가 있는 이곳은 이미 몹시 추웠다.

만약 감시원이 떠나기만 한다면, 폴리는 세인트조지 교회로 가서 모두가 거리에서 사라질 때까지 성단소에 숨어 있을 수 있었다. 그곳은 여기보다 따뜻할 것이다. 하지만 감시원은 여전히 그곳에 있었고, 아예 뒷골목으로 더 들어갈까 했지만 골목 안이 이미 너무 어두웠다. 폴리는 뭔가에 부딪힐 가능성이 컸고 그러면 감시원이 이쪽으로 달려올 것이다.

'좀 떠나요.' 여전히 꼼짝도 안 하는 형체를 보며 폴리가 생각했다. '다른 곳으로 가라고요.' 그리고 잠깐 뒤 감시원이 그렇게 했다.

'아, 이런.' 그는 이쪽으로 오고 있었다. 폴리는 어두운 뒷골목 더 깊숙이 들어가며 몸을 숨길 수 있는 문 또는 강하 지점이 있던 그런 좁은 골목을 찾아보았다. 그녀는 어둠 속에서 커다란 금속 쓰레기통을 때맞춰 찾아냈고, 그 끝 쪽으로 나무 상자가 보였다. 폴리는 나무 상자에 앉아 발이 안 보이도록 몸쪽으로 끌어당기고 발걸음 소리가 들리는지 귀를 기울이며 기다렸다.

몇 분 정도 귀를 기울였지만, 소리는 엉뚱한 방향에서 들렸다. 방공호로 가는 사람들의 재빠른 걸음 소리였다. 폴리가 여기에 머물러야 할 또 다른 이유였다. 폴리는 또다시 라버님 양을 마주쳐 세인트조지 교회로 끌려가고 싶지 않았다. 폴리는 소매를 걷고 다시 손목시계를 확인했다. 5분이 지나 있었다. 그녀는 시린 두 손을 주머니에 넣고 그대로 앉아 비행기 소리가 들리는지 귀를 기울였다.

영원과도 같은 시간이 흐른 뒤에야 비행기 소리가 들렸다. 동쪽 멀리서 방공포 소리가 났고 잠깐 뒤 고성능 폭탄이 터지는 소리가 들렸지만, 너무나도 먼 곳이었기에 희미하게 쿵 하는 소리가 전부였다. 폴리는 일어나서 아직 감시원이 있는지 살피려고 쓰레기통 옆면을 더듬으며 걸어 뒷골목 입구로 갔다. 그리고 조심스레 밖으로 나갔다.

깜깜했다. 거리는 좀 전까지 폴리가 있던 뒷골목만큼이나 어두웠다. 아니 더 어두웠다. 안개와 등화관제 때문에 빛은 전혀 없었다. 이런 상태라면 램프덴 로드로 가는 길을 절대 찾을 수 없을 것이다. 강하 지점으로 가는 길에 있는 불안정하고 위험하고 뾰족한 들보 조각들과 잔햇더미를 건너갈 수 없는 건 말할 필요도 없었다.

'회중전등을 가져와야겠어.' 폴리가 생각했지만, 만약 강하 지점으로 가는 길을 찾을 수 없다면 리케트 부인의 집으로 가는 길 역시 찾을 수 없을 것이다.

'하지만 옥스퍼드로 가는 걸 하루 더 미룰 수는 없어.' 폴리가 생각했고, 또다시 '쉬익', 그리고 '쾅' 하는 소리에 움찔했다. 이번에는 처음보다 훨씬 더 가까웠다. 그리고 또다시 그 소리가 들렸다. 태비스톡 광장의 대포가 발포를 시작했고, 곧이어 화염이 청백색으로 이글거리며 거리를 밝혔다.

화염은 흔들리며 희미한 붉은 기운을 남기다가 이윽고 사라졌지만, 거의 그 즉시 다른 화염이 좀 더 서쪽에서 밝아지며 이글거리는 하얀 별들의 소낙비가 호를 이루며 떨어졌고, 동쪽에서는 붉게 흔들리는 빛이 낮게 뜬 구름들을 비췄다. 방공포의 사격이 시작되었고, 이제 탐조등들이 마치 거대한 회중전등처럼 하늘을 가로질렀다. 폴리는 잘됐다는 생각이 들었다. 이제 강하 지점으로 가는 길을 찾기 충분할 정도로 밝았다. 또한 이 정도 밝기면 구조용 갱도를 못 보고 빠질 일도 없었다.

그리고 공습 대비대 감시원은 가고 없었다. 폴리는 재빨리 강하 지점으로 뛰어가며 누가 지켜보지 않는지 살폈다. 하지만 골목길들이나 앞에 보이는 램프덴 로드에는 아무도 보이지 않았다. 사고 현장까지 오자, 그곳은 '위험, 접근 금지' 표지판을 읽을 수 있을 정도로 밝았다. 폴리는 감시원이 없는지 마지막으로 재빨리 주위를 살피고 출입 금지선을 넘어 잔햇더미를 기어올랐고, 좀 더 높은 잔햇더미를 넘어 거리에서 적당히 가려진 곳까지 도착하자 일어서서 좀 더 천천히 이동했다.

강하 지점에 가까워질수록 더미는 점점 더 불안해졌다. 한 걸음 내디딜 때마다 한 부분 전체가 무너져 내렸다. 폴리는 부러져 쌓인 장선(長線)[44]들

44 마루 밑을 일정한 간격으로 가로로 대어 마루청을 받치게 된 나무

이 있는 곳까지 몇 미터 정도 물러섰다. 그리고 장선들을 잡고, 그다음엔 커다란 들보를 잡고 벽 쪽으로 다가갔으며, 이윽고 벽을 따라 좁은 통로로 나아갔다. 그리고 펄쩍 뛰어 좁은 통로 입구에 이르러서야 안도의 한숨을 내쉬었다.

폴리는 폭발이 강하 지점에 어떻게든 피해를 주지 않았을까 걱정했지만, 그저 깨진 유리가 강하 지점 안으로 몇십 센티미터 정도 퍼졌을 뿐이었다. 또한 바닥과 통들 위쪽에 회벽 가루가 얇게 덮였지만 그게 전부였다.

폴리는 통들을 비집고 지나 계단을 내려갔고 좁은 밑바닥에 닿았다. 아래로 내려오니 쌓인 통들과 위쪽의 돌출부 때문에 공중의 화염은 조금도 보이지 않았다. 하지만 주위를 볼 정도의 빛은 있었다. 그리고 통로와 통들이 좁은 밑바닥을 완벽하게 보호해주었다. 계단에는 먼지조차 깔리지 않았고, 경첩의 거미줄도 멀쩡했다. 폭발로 인해 혹시 문이 느슨해지지 않았을까 하는 마음에 폴리는 녹슨 문손잡이를 잡고 문을 열려고 해보았지만, 손잡이는 꼼짝도 하지 않았고 문은 여전히 잠겨 있었다.

바깥의 불빛 쇼는 시시각각으로 더욱 장대해졌다. 폭격과 이글거리는 화염과 이리저리 가로지르는 탐조등 빛 덕분에 강하가 열릴 때의 빛을 알아볼 사람은 없을 것이다. 그건 독일 공군이 상냥하게 이런 공격을 몇 분만 더 해준다면, 폴리는 집에서 저녁을 먹을 수 있다는 뜻이었다. 그리고 마침내, 검은 치마도 구하고.

'그리고 새 스타킹 한 쌍도. 아까 기어 다니는 바람에 망가졌으니까. 그리고 바드리에게 네트가 열리는 걸 기다리는 동안 불편하지 않게 있을 수 있는 새 강하 지점을 찾아달라고 해야겠어.' 폴리가 밑에서 두 번째 계단에 앉아 생각했다.

그리고 오기에 너무 힘들지 않은 강하 지점이 필요했다. 이곳이 여전히 작동 가능할 수도 있겠지만, 사고 현장을 멍하니 바라보는 구경꾼들이나, 폭탄 파편을 찾아 현장을 뒤적이는 아이들, 잔햇더미 위로 분주히 오가며 잔해를 치우는 건설 인부와 불도저들로 인해 이곳은 대부분의 시간 동안 열리지 않을 것이다. 그리고 과도하게 성실한 공습 대비대 감시원들이 혹시 모를 약탈자들을 감시하고 있었다.

폴리는 다른 곳을 찾기 위해 바드리와 그 동료들이 지난번처럼 시간을 오래 쓰지 않기를 바랐다. 이 시대 사람들에게는 몇 시간밖에 안 되겠지만 폴리에게는 며칠 또는 (제발 그러면 안 되겠지만) 몇 주 뒤에 다시 이곳에 오면 온갖 문제가 생길 수 있었다. 세인트조지 교회의 사람들 이름, 그리고 외상 판매 전표를 어떻게 쓰는가에 관한 스넬그로브 양의 지시사항을 잊기에 십상일 것이다.

'하지만 물건 포장하는 법을 배울 시간이 충분히 있을 거야.' 폴리가 생각했다. '그리고 제대로 된 식사를 할 시간도.'

폴리는 강하 지점이 곧 열리기를 바랐다. 폭격이 하늘을 따뜻한 주황색으로 물들이기는 했지만, 시멘트 계단에 앉아 있자니 골목보다도 더 추웠다.

'더 따뜻한 코트도 필요해.' 장갑을 끼며 폴리가 생각했다. 폴리는 이곳에 10월의 일부 동안만 있을 것이기에 가벼운 코트를 선택했지만, 강하 지점에 앉아 있어야 할 것이라고는 생각하지 못했으며, 대공습 당시의 가을은 역사상 가장 춥고 습한 시기 중 한때였다.

거의 30분 정도 기다린 게 분명했다. 하지만 느낌으론 몇 시간째 이러고 앉아 있는 것만 같았다. '그렇다는 건 아마 10분쯤 있었다는 거겠지.' 폴리가 쓴웃음을 지으며 생각했고, 손목시계를 보고 싶은 마음을 꾹 참았다. 폴리는 강하가 열리기를 기다리는 동안 시간이 얼마나 느리게 흐르는지를 너무나도 잘 알았다. 햄스테드 히스에서의 그날 밤, 그때는 몇 시간이 흐른 것만 같았다.

폴리는 계속 기다렸고 다시 15분쯤 흐른 것 같자 소매를 걷고 손목시계를 보려고 하다가 얼굴을 찡그리며 동작을 멈췄다. 소매나 바로 앞에 있는 문이 거의 보이지 않았다. 아, 안 돼. 공습이 끝난 건가? 그렇다면 강하가 열릴 때의 빛무리가 보일 거고, 소이탄이 떨어지지 않는지 확인하는 사람이 근처에 있다면 강하는 열리지 않을 것이다. 폴리는 확인을 위해 어두워진 좁은 통로를 걸어갔나.

공습은 여전히 한창이었다. 단지 화염이 멈추고 동쪽의 포격도 사라져,

그 때문에 통로에 빛이 덜 들어오는 것이었다. 하지만 이제 북쪽에서 여러 차례 공격이 있었고, 그 가운데 하나는 폴리가 있는 곳에서도 그 불길을 볼 수 있을 정도로 가까웠다. 그리고 몸서리쳐지는 폭발이 계속 이어졌다.

폴리는 손목시계를 보았다. 여기 잔햇더미의 가장자리 쪽은 충분히 밝았기 때문에 야광 다이얼이 없어도 시간을 읽을 수 있었다. 10시 10분 전이었다. 하지만 폴리는 자신이 강하 지점에 언제 도착했는지 알지 못한다는 걸 깨달았다. 골목에서 출발한 건 8시 55분이 얼마 지나지 않아서였지만, 잔햇더미를 건너는 데 영원이 흐른 것만 같았다.

하지만 이곳에 도착했을 때 폴리는 적어도 좁은 통로의 일부를 볼 수 있었고, 강하가 열릴 때 나타나는 빛무리는 보지 못했다. 그리고 계단 아래 좁은 공간이 손상되지 않았는지 확인하는 데도 몇 분 정도 걸렸다. 그리고 계단에 앉아 있는 동안 다리가 저릴 정도의 시간을 썼다. 기다리는 동안 시간이 천천히 흐르는 느낌이라는 걸 고려한다고 할지라도 30분 정도는 지났을 게 분명했다.

폴리는 계단 아래 좁은 공간으로 서둘러 돌아왔다. 자신이 돌아오기 전에 강하가 열렸으면 어쩌나 하고 걱정이 되었다. 그리고 그렇게 서두르다가 치마가 통들 가운데 하나에 걸려 찢어졌다.

'내가 도착했을 때 던워디 교수님이 실험실에 없었으면 좋겠는데.' 계단 세 개를 서둘러 내려가며 폴리가 생각했다. '내가 사고의 희생자가 되었다고 생각해서 그 자리에서 내 임무를 취소할 거야. 어쩌면 오늘은 세인트조지 교회로 가고 옷매무시를 좀 깔끔하게 한 다음 내일 가는 게 나을지도 몰라.'

하지만, 폴리는 너무 오랫동안 정착 확인 보고를 하지 않았다. 그리고 내일 폴리가 검은 치마를 입지 않고 출근하면 스넬그로브 양이 그녀를 해고할 것이다. 그러니 꼭 오늘 밤에 가야 했다. 운이 좋다면 던워디 교수는 다시 런던으로 갔을지도 모르고, 폴리는 무슨 일이 있었는지 던워디 교수에게 말하지 말라고 바드리와 리나를 설득할 수 있을 것이다.

왜 강하가 열리지 않는 걸까? 폴리는 손목시계를 보기 위해 소매를 다시 걷었지만 바로 옆 거리쯤 되는 곳에서 폭탄이 비명을 지른 뒤 천둥과도 같은 소리를 내며 폭발하는 바람에 고개를 숙였다. 그리고 또 폭탄이 터졌다. 그리고 뭔가가 부러진 장선 더미를 치면서 요란하게 덜거덕거리는 소리가 들렸다.

'소이탄이야.' 폴리가 생각했지만, 불꽃도, 청백색의 마그네슘 섬광도 보이지 않았다. 파편인 게 분명했다. '파편에 맞았다가는 던워디 교수님이 날 죽이려 들 거야.'

머리 위 비행기의 윙윙거리는 소리는 이제 포효가 되었고, 또다시 쉬익 하는 소리가 들리더니 거리 건너편을 직격한 듯 엄청난 소리가 울렸다. "오늘 밤에는 블룸즈버리가 폭격당하기로 되어 있어." 폴리가 비행기들을 향해 외쳤다. "켄싱턴이 아니라고." 폴리는 빗나간 폭탄들에 관해 경고하던 콜린이 떠올랐다. 역사 기록에 오르지 못한 자그마한 사고 피해지는 수백 곳이나 되었다. "공습 때 나와 있으면 안 돼." 콜린은 폴리에게 그렇게 말했었다.

'네 말이 맞았어.' 폴리가 계단 모퉁이에 다시 쪼그리고 앉으며 생각했다. 또다시 쉬익 하는 소리가 들렸고, 몇 블록 떨어진 곳에서 창문이 흔들릴 정도로 크게 쿵 하는 소리가 들렸다. 이윽고 길고 높아져가는 비명이 들려 폴리는 두 손으로 귀를 막고 고개를 숙였다. 그 소리는 고막이 터질 만큼 계속해 높아지다가 갑자기 뚝 떨어졌고, 무시무시한 섬광이 번쩍이고 건물 전체가 마치 부서질 것처럼 흔들렸다.

폴리는 양쪽의 벽돌 벽을 올려다보았다. '벽들이 무너져 내릴 거야.' 폴리가 생각했다. '그리고 내가 여기 있는 걸 아는 사람은 아무도 없어. 여길 빠져나가야 해.'

"열어!" 폴리는 옥스퍼드의 기술자들이 자기 소리를 들을 수 있다는 듯이 외치고는 문으로 뛰어들었다. "열어!" 하지만 또 다른 폭탄이 이미 떨어지며 그녀의 목소리를 가리고 있었다.

쉬익 하는 소리는 비명처럼 날카로워지고 커져갔다.

31

가망 없는 군사적 상황에도 불구하고 잉글랜드가 아직 항복 조약에
서명할 기미를 보이지 않으므로,
나는 잉글랜드를 침공할 준비를 시작하기로,
그리고 필요하다면 정말로 침공하기로 결심했다.

— 아돌프 히틀러, 1940년 7월 16일

전시 응급 병원, 1940년 여름

마이크가 정신을 차렸을 때, 하얀 베일을 쓴 수녀가 서서 그를 굽어보고 있었다. '이런, 맙소사.' 마이크가 생각했다. '나는 프랑스에 있어. 제인여왕호가 됭케르크 해변에 나를 남기고 떠났고, 독일군이 오고 있어.' 하지만 그럴 리 없었다. 그는 해협을 건너 돌아온 기억이 났고, 또한 그때 부두에 앉아 자신의 너덜너덜한 발을….

"내 발." 마이크가 말했다. 하지만 수녀는 영어를 알아듣지 못할 것이다. 그는 머리를 일으켜 발을 보려 애썼다. "피가 나고 있어요."

"이런, 이런, 지금은 그런 걸 생각하면 안 돼요." 수녀가 말했고, 영국 악센트였다. 그러니 마이크는 잉글랜드에 있는 게 분명했다.

'하지만 잉글랜드에 수녀가 있는 줄 몰랐네.' 헨리 8세가 모든 수녀원을 불태워 없애지 않았던가? 그러지 않은 게 분명했다. 왜냐하면 수녀가 마이크를 굽어보며 어깨 위로 담요를 끌어당겨 덮어주고 있었기 때문이다. "쉬셔야 해요." 수녀가 말했다. "방금 수술이 끝났어요…."

"수술이라고요?" 마이크가 놀라 말했다. 그는 일어나 앉으려 했지만,

머리를 베개에서 떼는 순간 어지러움을 동반한 욕지기가 밀려왔고, 마이크는 간신히 욕지기를 참으며 다시 쓰러졌다.

"환자분은 아직 에테르에 취해 있어요." 수녀는 마이크가 일어나 앉으려 하지 못하도록 그의 가슴을 지그시 누르며 말했다. "아직 누워 계셔야 해요."

"아니요." 마이크는 고개를 저었고, 그것 역시 실수였다. '이러다가는 저 하얀 수녀복을 온통 구토물로 뒤덮겠군.' 간신히 욕지기를 참으며 마이크가 생각했다. "수술하셨다고 했지요? 제 다리를 자른 건가요?"

"주무세요." 수녀가 다시 담요를 덮어주며 말했다.

"그런 건가요?" 마이크가 물으려 했지만, 이번에는 결국 구토했고, 수녀가 대야를 비우러 간 사이 그는 잠에 빠져들었다. 그리고 수녀 말이 옳았다. 그는 여전히 에테르에 취해 있는 게 분명했다. 약에 취한 묘한 꿈을 꾸었기 때문이다. 꿈에서 마이크는 하디 일병과 함께 됭케르크 해변에 있었다. "당신의 불빛이 없었으면 저는 죽은 목숨이었을 겁니다." 하디가 말했다. "당신이 제 목숨을 구했어요." 하지만 그건 사실이 아니었다. 배들은 모두 떠났고, 독일군이 오고 있었다.

"괜찮습니다." 마이크가 하디에게 말했다. "저와 함께 제 강하 지점을 쓰면 됩니다." 하지만 그곳은 열리지 않았고, 이윽고 그는 물속에 있었다. 제인여왕호로 가려 애썼지만, 그 배는 이미 방파제를 떠나 항구를 빠져나가고 있었고, 마이크가 헤엄을 쳐서 가려 했지만, 물은 화염으로 가득했으며, 너무나도 뜨거웠고….

'열이 있는 게 분명해.' 마이크가 잠깐 잠에서 깨며 생각했다. '발이 감염됐어. 그런데 왜 항생제를 주지 않는 거지?'

왜냐하면, 아직 그건 발명되지 않았으니까. 그리고 항바이러스제와 세포재생술도. 1940년에 페니실린은 발명되었던가? '여기서 나가야 해. 옥스퍼드로 돌아가야만 해.' 그리고 마이크는 그러려고 시도했지만, 수녀들이 마이크를 못 일어나게 잡고 주사를 놓았으며, 1940년에 진정제는 발명된 게 분명했다. 마이크는 결국 화염이 이글거리는 물로 돌아갔기 때문이다.

마이크의 눈에 제인여왕호는 어디에도 보이지 않았지만, 이리저리 흔들리는 빛이 보였다.

'조너선의 회중전등 빛이야.' 마이크가 생각하며 그곳으로 헤엄쳐 갔지만, 도무지 그곳에 닿을 수가 없었다. "기다려!" 마이크가 외쳤지만 수녀는 마이크의 말을 듣지 않았다.

"아니요. 차도가 없어요. 의사 선생님." 수녀가 말했다. "환자분이 너무 아프셔서 이동하면 안 될 거 같아요." 하지만 마이크는 그렇게 아픈 건 아닌 게 분명했다. 왜냐하면 꿈속에서 몇 날 며칠처럼 느껴지는 시간이 흐르고 마이크가 정신을 차렸을 때, 그는 다른 침대에, 더 커다란 병실의 다른 침대에 누워 있었기 때문이다. 그곳은 하얀색으로 페인트칠한 금속 침대들이 길게 두 줄로 늘어서 있었고, 수녀도 달랐다. 이번 수녀는 더 젊었고, 파란 수녀복 위로 하얀 가슴받이를 하고 있었다. 하지만 하는 말은 같았다. "쉬셔야 해요." "열이 다시 올랐어요.", "아래로 가서 신발을 신어요. 우리는 곧 됭케르크에 도착할 겁니다."

"저는 됭케르크로 갈 수 없어요!" 수녀가 마이크에게 담요를 끌어당겨 덮어줄 때 그가 말했지만, 그들은 이미 됭케르크에 있었다. 마이크는 부두와 도심의 불길, 그리고 그곳을 뒤덮은 검은 연기를 보았다. "저를 다시 데리고 가야만 해요." 마이크가 외쳤다. "저는 여기 있으면 안 돼요! 여기는 분기점이라고요!"

"쉬잇. 환자분은 어디에도 가지 않아요." 수녀가 말했고, 마이크가 눈을 뜨자 그는 다시 침대에 누워 있었고 그 옆에 수녀가 서서 그의 손목을 잡고 있었으며, 욱지기와 머리를 쪼갤 듯한 두통은 사라지고 없었다.

"에테르 약효는 다 됐다고 생각하는데요." 마이크가 말했다.

"저도 그럴 거라고 생각해요." 수녀가 말하고 싱긋 웃었다. "의사 선생님을 데려올게요."

"잠깐, 기다려요. 제가 얼마나…?" 하지만 수녀는 이미 병실 끝에 있는 양여닫이문을 통해 사라지고 없었다.

"3주입니다." 누군가가 말했고, 마이크는 머리를 돌려 옆 침대에 있는 남자, 아니 소년을 보았다. 그는 기껏해야 17살 정도로 보였다. 소년은 머리에 붕대를 감고 있었으며 왼팔은 깁스를 한 채 도르래와 철사에 매달려 있었다.

"3일이라고 한 거죠?" 마이크가 말했다.

소년은 고개를 저었다. "당신이 수술받은 지 3주가 되었어요. 그래서 당신이 에테르 약효가 떨어졌을 거라고 말했을 때 카모디 수녀님이 웃은 거예요."

'3주?' 여기에 3주나 있었다고? 하지만 그건 말이 되지 않았다. 왜 그동안 구출팀이 마이크를 데리러 오지 않았단 말인가?

"당신은 거의 늘 정신을 잃고 있었어요." 그가 말하고 있었다. "아, 저는 공군 장교인 포드햄입니다. 악수를 할 수 없어 미안합니다." 그는 오른팔을 들어 보였고(역시 깁스를 했다), 다시 옆쪽으로 팔을 내렸다.

"제가 수술을 받았다고 했나요? 제 발을 절단했나요?"

"모르겠어요." 포드햄이 말했다. "저는 천장 말고 그다지 다른 걸 볼 수 있는 자세가 아니거든요. 그런데 재수 없게도 천장의 얼룩이 메서슈미트랑 똑 닮았어요."

마이크는 듣고 있지 않았다. 그는 자기 발이 여전히 달려 있는지 보기 위해 고개를 들었지만, 그 바람에 머리가 어지러워졌고, 다시 누워 눈을 감고 어지러움이 멈추길 기다려야 했다.

"팔을 고정해도 어쩜 이렇게 지랄 맞은 각도로 고정해놨을까요?" 포드햄이 오른손으로 도르래에 매달린 팔을 가리키며 말하고 있었다. "마치 '데어 퓌어 러, 지그 하일!'[45]이라고 경례를 하는 것처럼 보이잖아요. 아주 비애국적인 자세죠. 하지만 나치가 침공하면 이 자세 때문에 총을 쏘지 않을지도 몰라요. 어쨌든 제가 누군지 알아내기 전에는 말이죠."

"오늘이 며칠이죠?" 마이크가 물었다.

"안타깝지만 그것 역시 몰라요. 여기 있으면서 날짜 감각을 잃었고, 불

45 총통 각하, 승리 만세!

행히 천장에는 달력 모양 얼룩이 없거든요. 아마도 29일 아니면 30일쯤 되었을 거예요.”

30일? 그건 한 달이 지났다는 뜻이었다. 잘못 들은 게 분명했다. “6월 30일이요?”

“이런. 정말로 한참 동안 정신을 잃고 있었군요. 지금은 7월입니다.”

“7월요?” ‘그건 불가능해.’ 마이크가 생각했다. 옥스퍼드에서는 됭케르크 구출 작전이 끝나고도 마이크가 돌아오지 않자 그 즉시 구출팀을 보냈을 것이다. “저를 찾아온 사람이 있었나요?” 마이크가 물었다.

“제가 아는 한 없어요. 하지만 저도 한참 동안 정신을 잃고 있었지요.”

그리고 구조팀은 마이크가 어디 있는지 모를 것이다. 구조팀은 마이크가 됭케르크에 간 것을, 그리고 병원에 있는 것을 모를 것이고, 수녀원을 찾아볼 생각은 절대로 하지 못할 것이다.

수녀는 의사와 함께 돌아왔다. 의사는 하얀 가운을 입었으며 목에는 낡은 청진기를 걸고 있었다. “자기가 누구인지 말하던가요?” 의사가 수녀에게 묻고 있었다.

“아니요.” 수녀가 말했다. “저는 환자분이 깨어나자마자 선생님께 간 거예요….”

“오늘이 며칠이지요?” 마이크가 다그쳐 물었다.

“깨어나서 말까지 하는군요.” 의사가 말했다. “기분은 좀 어떻습니까?”

“오늘이 며칠인가요?”

“8월 10일입니다.” 수녀가 말했다.

“맙소사. 그렇게나 됐어요?” 포드햄이 말했다.

“기분은 좀 어떻습니까?” 의사가 다시 물었고, 수녀가 끼어들었다. “이름이 뭔가요?”

“환자분이 입원했을 때 신분을 확인할 서류가 전혀 없었습니다.” 의사가 설명했다.

그렇다면 구조팀이 이곳을 조사했다 할지라도 마이크를 찾을 수 없었을 것이다.

"마이크입니다." 그가 말했다. "마이크 데이비스."

의사가 그 이름을 차트에 썼다. "어느 부대에 있었는지 기억합니까?"

"부대요?" 마이크가 멍하니 물었다.

"아니면 지휘관 이름은요?"

'내가 군인이라고 생각하는군.' 마이크가 생각했다. '내가 됭케르크에서 구조됐다고 생각해.' 그렇게 생각하는 게 당연했다. 마이크는 군인들이 가득한 배에 타고 있었고, 군복을 입지 않은 건 아무 문제도 되지 않았다. 배에 탄 군인들도 절반 정도는 군복을 입지 않고 있었다. 그는 자기의 신분 서류가 어떻게 되었는지 떠올리려 애썼다. 서류들은 재킷에 있었고, 마이크는 물에 들어가기 전 재킷을 벗었다.

하지만 이 사람들은 왜 마이크가 미국인인 걸 알아차리지 못한 걸까? 마이크는 자신이 비몽사몽 중에 말을 한 것을 기억했다. 어쩌면 그의 어휘-억양 임플란트가 작동을 멈추었을 수도 있었다. 역사학자가 아플 때면 임플란트는 가끔 고장이 났다.

의사는 차트 위에 펜을 멈춘 채 기다리고 있었다.

"저는…." 마이크가 입을 열었지만, 이윽고 망설였다. 만약 임플란트가 작동하지 않는다면 그는 자기가 미국인이라고 말하면 안 되었다. 그리고 만약 이곳이 군 병원이면 그가 민간인이라고 말해서도 안 되었다. 그랬다가는 쫓겨날 것이다. 하지만 군 병원에는 수녀들이 없었다.

"맘 쓰지 마십시오." 마이크가 마땅한 답을 떠올리기 전에 의사가 말했다. "당신은 힘든 시간을 보내셨습니다. 어떻게 부상당했는지는 기억하십니까?"

"아니요." 마이크가 말했다. 폭발이 일어나 죽은 군인 시체를 프로펠러에서 떨어지게 할 때 다친 게 분명했다….

"환자분은 파편에 맞았습니다." 수녀가 도우려는 듯 의사에게 말했다. "배 프로펠러에 엉킨 것을 풀려고 물에 들어갔는데 그때 배가 공격을 당했다는군요. 그런데도 환자분은 용감하게 더 깊이 물속으로 들어가 프로펠러 엉킨 것을 푸셨대요."

의사가 말했다. "수녀님, 저와 잠시 이야기 좀 하실까요?" 의사와 수녀가 좀 떨어진 곳으로 가더니 머리를 맞대고 이야기했다.

"…기억 상실…." 마이크는 의사가 하는 말을 일부 들을 수 있었다. "이런 경우에 아주 흔한 증상입니다." 그리고 "폭발로 인한 뇌진탕… 너무 재촉하지 마세요… 대개 며칠 뒤면 정상으로 돌아옵니다…."

'맙소사' 마이크가 생각했다. '내가 기억 상실증에 걸렸다고 생각하는군.' 하지만 어쩌면 이건 잘된 일일 수도 있었다. 덕분에 마이크는 어휘-억양 임플란트가 작동을 멈췄는지, 또는 이곳이 군 병원인지를 알아낼 기회가 생길 것이고, 이제 마이크가 자기 이름을 말해줬으니 여기서 하루 이틀 정도만 더 버티면 구조팀이 와서 그를 구해 안전하게 옥스퍼드로 데려갈 것이다. 만약 너무 늦은 게 아니라면, 그리고 발을 절단한 게 아니라면 말이다. 만약 발을 절단하지 않았다면, 제아무리 상태가 심각하다 할지라도 신경과 근육 이식, 세포 재생을 통해 치료할 수 있을 테지만, 만약 이미 절단했다면….

수녀와 의사는 논의를 끝냈다. "환자분 가슴소리를 들어보도록 할까요?" 의사가 말하며 차트를 수녀에게 건넸다. 그는 청진기 끝을 귀에 꽂고 담요를 내리고 마이크의 환자복을 걷어 가슴을 드러냈다.

"제 발을 절단했나요?" 마이크가 물었다. 그는 자기 발음이 영국식으로도 미국식으로도 들리지 않도록 억양을 조심했다.

"숨을 깊이 들이마시세요." 의사가 말했다. 그는 청진기에 귀를 기울였고, 이윽고 다른 곳에도 청진기를 댔다. "한 번 더 들이마시세요." 의사는 수녀를 보며 고개를 끄덕였다. "좀 나아졌군요. 왼쪽 폐는 지난번보다 많이 나아졌어요."

"제가 폐렴에 걸린 겁니까?" 마이크가 불쑥 말했고, 그의 임플란트가 작동하는 게 이제 확실해졌다. '폐렴'이라는 발음이 확실히 미국식이었기 때문이다.

의사는 알아차리지 못한 듯했다. 그는 차트를 보고 있었다. "환자 체온은 내려갔나요?"

"오늘 아침에는 39도였습니다."

"잘됐군요." 의사는 말하고 차트를 수녀에게 주더니 그곳을 떠나려 했다.

"제가 폐렴에 걸린 건가요?" 마이크가 계속 물었다. "제 발을 절단한 건가요?"

"의학적인 일은 우리가 걱정하겠습니다." 의사가 따뜻한 목소리로 말했다. "환자분께서는 회복에…."

"절단한 건가요?"

"지금은 그런 일을 생각하면 안 됩니다." 수녀가 달래며 말했다. "쉬세요."

"아니요." 마이크가 고개를 저으며 말했다. 실수였다. 그 동작 때문에 엄청나게 속이 울렁거렸다. "최악의 경우를 알고 싶습니다. 중요한 겁니다."

의사는 수녀와 시선을 교환하더니 결심을 한 듯 보였다. "알겠습니다." 의사가 말했다. "환자분이 이곳에 이송되었을 때 발의 부상은 심각했고, 출혈도 상당했습니다. 또한 저체온에 쇼크 상태였지요. 그래서 필요한 수술을 즉시 할 수 없었고, 수술을 할 수 있게 되었을 때는 감염 상태가 상당히 진행되었습니다…."

'이런, 맙소사.' 마이크가 생각했다. '다리를 통으로 잘라내야 했구나.'

"그리고 첫 번째 수술이 끝난 뒤 환자분은 폐렴에 걸렸고, 그래서 우리는 다시 수술할 때까지 긴 시간을 기다려야 했습니다. 그리고 또한 근육과 힘줄에 상당한 손상이 있었고…."

"보고 싶습니다." 마이크가 말했고, 수녀가 의사와 재빨리 시선을 교환했다. "지금요."

의사는 얼굴을 찡그리더니 이윽고 말했다. "카모디 수녀님, 환자분이 일어나 앉는 걸 도와주시겠습니까?" 그리고 의사는 몸을 숙여 침대 발치에 있는 크랭크를 돌렸다.

침대가 들리는 동안 수녀는 손으로 마이크의 등을 받쳐주었다. 마이크는 머리가 핑핑 도는 느낌이 들었다. 그는 토하지 않겠노라고 다짐하며 간신히 욕지기를 참았다. "어지러우신가요?" 수녀가 물었다.

마이크는 도무지 고개를 저을 수 있을 것 같지 않았다. "아니요." 마이크가 말했다. 의사는 담요와 시트를 걷었고, 환자복 역시 올려 다리와 발목 그리고 그 아랫부분을 드러냈다. 그곳은 거즈에 싸여 울퉁불퉁했지만 대충 발 모양이었다.

'발을 절단하지 않았어.' 마이크가 생각했고, 안도감에 힘이 빠졌다. 그는 수녀의 팔에 축 기댔다. '발뼈는 멀쩡해. 나머지는 옥스퍼드에 가자마자 치료할 수 있어.'

"나으려면 시간이 좀 걸릴 겁니다. 하지만 다시 걷지 못할 이유는 없습니다. 비록 추가 수술을 받아야 하지만요. 그러나 지금은 쉬면서 기력을 회복하셔야 합니다. 걱정하지 마세요."

'당신에게는 쉽겠죠.' 마이크가 생각했다. '당신은 집에서 120년 떨어지지도 않았고, 발을 다치지도 않았고, 원시적인 병원에 있는 것도 아니고, 조사하지 않은 환경에 둘러싸인 것도 아니고, 민간인이라는 게 알려지는 순간 내쫓길 상황에 처한 것도 아니니까요.'

그런데 왜 이들은 마이크가 민간인이라는 걸 모르는 걸까? 이들은 마이크가 배의 프로펠러 엉킨 걸 풀었다는 걸 알았고, 그건 중령이 그를 이리로 데려왔다는 뜻이었다. 그렇다면 중령은 왜 병원에 그의 이름을 알려주지 않은 걸까?

'중령은 아마 내 이름을 기억하지 못한 걸 거야.' 마이크가 생각했다. 중령은 그를 만나자마자 '캔자스 친구'라고 이름 붙이고 줄곧 그렇게만 불렀다. 하지만 중령은 마이크가 기자라는 걸 왜 병원에 말하지 않은 걸까?

마이크는 그 원인을 생각하다가 잠들었고, 강하하는 꿈을 꾸었다. 그곳은 열리지 않았다. "열리지 않아요." 하디 일병이 말했다. "존재하지 않거든요."

"왜 안 열리는데요?" 마이크가 말했고, 상대방이 하디가 아닌 걸 깨달았다. 상대는 마이크가 프로펠러에서 풀어낸 죽은 군인이었다. "강하 지점에 무슨 일이 일어난 거죠?"

"당신은 원래 여기에 있으면 안 되는 거였어요." 죽은 군인이 슬픈 듯 고개를 저으며 말했다. "당신은 모든 것을 바꾸었어요."

마이크는 식은땀에 흠뻑 젖어 잠에서 깼다. 이런, 맙소사! 만약 그의 행동이 사건을 바꾸었다면?

'군인 한 명을 구한다고 해서 전쟁의 승패가 달라질 수는 없어.' 마이크가 자신에게 말했다. 그 해변에는 35만 명의 군인이 있었다. 하지만 만약 하디가 그곳에서 한 장교의 생명을 구하기로 되어 있었고, 그 장교가 D-데이의 성공에 결정적인 역할을 하기로 되어 있었다면? 또는 하디가 다른 배 또는 구축함에 의해 구조되기로 되어 있었다면? 하디가 어뢰를 발사하려는 U보트를 발견하게 되어 있었고, 그래서 만약 하디가 없으면 그 구축함에 탄 모두가 물에 빠져 죽게 된다면? 그리고 만약 그 구축함이 '비스마르크호'를 침몰시킨 그 배였다면? 그리하여 비스마르크호를 침몰시키지 못했고, 그래서 전쟁에서 독일에 지게 된다면?

'그래서 구조팀이 오지 않은 거야.' 충격에 온몸을 떨며 마이크가 생각했다. 왜냐하면….

"이런, 맙소사." 마이크가 죽은 군인에게 말했다. "누가 전쟁에서 이겼죠?"

"아직 결정 안 났어요." 밤 근무를 맡은 수녀가 활기차게 말했다. "하지만 결국 우리가 이길 거라고 저는 확신해요. 나쁜 꿈을 꾸었나요?" 수녀는 풀 먹인 앞치마 주머니에서 체온계를 꺼내 마이크의 혀 아래에 넣고 이마에 손을 올렸다. "다시 열이 오르네요."

마이크는 안도감이 밀려오는 걸 느꼈다. '열 때문이었어.' 그가 생각했다. '머리가 맑지 않아 엉뚱한 생각을 한 거야. 난 사건의 방향을 바꿀 수 없어. 시간 여행의 법칙이 그걸 허용하지 않아.' 하지만 시간 여행의 법칙은 마이크가 분기점 근처에 가는 것 역시 허용하지 않았다. 그리고 하디의 말에 따르면….

"이걸 먹으면 기분이 나아질 거예요." 수녀가 말하며 알약 두 개와 물이 담긴 잔을 내밀었다. '다행이야.' 적어도 아스피린은 있는 시대였다. 그는 열심히 알약을 삼키고 다시 누웠다. "주무세요." 수녀는 속삭이고 계속 병실을 살폈고, 그녀의 회중전등 빛은 소너선이 하니에세 신호를 보냈을 때처럼 까닥였다.

'역사학자는 역사를 바꿀 수 없어.' 마이크는 아스피린의 약효가 나길 기다리며 떨리는 이를 악물고 생각했다. '만약 내가 엉킨 프로펠러를 푼 것 때문에 전쟁의 진행 방향이 바뀌게 된다면 네트는 나를 한 달 뒤에 도착하게 했을 거야. 아니면 스코틀랜드에 떨구었거나. 아니면 아예 열리지조차 않았을 거야. 그리고 구조팀이 이곳에 없는 건 수녀원을 살펴볼 생각을 하지 못했기 때문이야.'

하지만 이튿날 아침에 체온을 재러 카모디 수녀가 왔을 때, 마이크는 그녀에게 신문을 가져다줄 수 있는지 물었다. 전쟁이 원래 예정된 대로 진행되는지 확인하고 싶었기 때문이다. "몸이 나아진 게 분명하네요." 특유의 예쁜 웃음을 웃으며 카모디 수녀가 말했다. "일어나 앉아 고깃국을 마셔볼래요?" 그리고 마이크가 고개를 끄덕이자, 수녀는 재빨리 나가더니 곧 고깃국이 담긴 그릇을 가지고 돌아왔다.

"신문을 가져왔나요?" 마이크가 물었다.

"전쟁에 관해서는 걱정하지 마세요." 수녀가 밝게 말하고 마이크가 일어나 앉는 것을 돕고 등 뒤에 베개를 받쳐줬다. "낫는 데만 온 에너지를 집중해야 해요."

"무슨 에너지요?" 마이크가 말했다. 수녀의 도움을 받았음에도, 침대에 일어나 앉는 것만도 엄청난 노력이 필요했고, 카모디 수녀에게 그릇을 받을 때는 손까지 떨렸다.

"도와줄게요." 그녀가 그릇을 도로 가져가며 말했다. "아무것도 기억나지 않나요?" 수녀가 고깃국물을 한 숟가락 떠먹이며 물었다. "무슨 일이 있었는지 기억났나요? 아니면 어느 부대 소속이었는지?"

어쩌면 기억났다고 말해서 민간 병원으로 이송되는 게 나을 수도 있었다. 그러면 구조팀이 마이크를 찾을 수 있을 것이다. 하지만 구조팀이 이미 민간 병원들을 수색하고 그곳에 없다고 결론을 내렸다면? 그리고 다른 의사라면 발을 자르는 수술을 하려고 들 수도 있었다. "아니요, 아직이요." 마이크가 말했다.

"환자분은 처음 여기에 왔을 때 말을 많이 했어요." 수녀가 말했다. "'강하'에 관해 뭔가를 계속 중얼거렸어요. 그래서 우리는 환자분이 낙하산병일 거라고 생각했죠. 군에선 비행기에서 뛰어내리는 걸 그렇게 부르지 않나요? 강하를 한다고요."

"모르겠어요. 제가 또 무슨 말을 했나요?"

"'옥스퍼드'라고 했어요." 옆 침대에서 포드햄이 말했다.

"옥스퍼드. 거기가 환자분이 온 곳일까요?" 수녀가 물었다.

"모르겠습니다." 마이크가 말하고 뭔가를 기억하려 하는 척하며 인상을 찡그렸다. "그럴 수도 있어요. 하지만 기억이…."

"뭐, 걱정하지 마세요." 수녀가 말하고 마이크에게 한 숟가락을 더 먹이려 했지만, 마이크는 그걸 홀짝이는 것조차 너무 힘들었다. 마이크는 숟가락을 밀어내고 지쳐 베개에 기댔고, 그대로 잠이 든 게 분명했다. 눈을 떴을 때 수녀는 가고 없었기 때문이다.

"신문을 가져오셨나요?" 수녀가 체온을 재기 위해 다시 왔을 때 마이크가 물었다.

"열이 다시 올랐어요." 차트에 기록하며 수녀가 말했다. "열을 내릴 만한 것을 가져올게요."

"신문 잊지 마세요." 마이크가 말했지만, 수녀는 신문 없이, 하지만 축복받아 마땅할 아스피린을 가지고 돌아왔고, 마이크는 교활한 생각을 해냈다. "신문을 읽으면 기억에 도움이 될 거 같아요."

"가능한지 생각해볼게요." 수녀가 말하고 떠났다.

"제가 데이트를 청하면 늘 저렇게 대답해요." 포드햄이 말했다. "안 된다는 뜻이죠."

데이트를 청해? 하지만 저 친구는 그냥 소년일 뿐이고 저 여자는 수녀인데….

"그렇다고 뭐라고 할 수는 없죠." 포드햄이 말했다. "이런 꼴로는 무도회에 데려갈 수도 없잖아요. 그리고 제가 이 침대에서 내려갈 즈음이면 저 여자는 이미 의사 중 한 명과 약혼을 했을 거예요." 하지만 마이크는 그 말에 집중할 수가 없었다.

그녀는 '수녀'라는 호칭, 머리쓰개와 베일에도 불구하고 수녀가 아니었다. 그녀는 간호사였다.[46] '이 시대를 제대로 연구할 시간이 있었다면 당연히 알았을 내용이지.' 하지만 만약 그녀가 수녀가 아니라면 여기는 수녀원이 아닐 것이고, 그렇다면 구조팀이 왜 그를 구하러 오지 않았는가에 관해 그가 세운 이론은 틀린 것이었다. 그렇다면 구조팀은 어디 있는 걸까? 구조팀은 이미 오래전에 이곳에 왔어야만 했다.

구조팀이 존재하지 않는 게 아니라면, 네트가 오작동을 일으켜 마이크가 가면 안 되는 곳으로 가서 역사의 진행 방향을 바꾼 게 아니라면 말이다. 마이크는 프로펠러가 엉킨 걸 풀기만 한 게 아니었다. 그는 중령이 반쯤 가라앉은 배를 조종하는 걸 도왔고, 사람들이 배에 타는 걸 도왔으며, 개를 들어 올려 배에 태웠다. 그리고 혼돈계에서는 제아무리 관련이 없어 보이는 행동이라 할지라도 사건의 진행 방향에 영향을 미칠 수….

"카모디 간호사님!" 마이크가 일어나 앉으려 애쓰며 외쳤다. "카모디 간호사님!"

"왜 그래요?" 포드햄이 놀라 말했다. "뭐가 잘못됐나요?"

"신문을 봐야만 해요! 당장요!"

"어제 자 〈헤럴드〉가 여기 있어요." 포드햄이 말했다. "그것도 되나요?"

"네."

"문제는 그걸 어떻게 당신에게 건네느냐 하는 거죠. 저는 당신에게 신문을 건네줄 수 있을 정도로 손을 뻗을 수 없거든요. 침대에서 나올 수 있나요?"

'그래야만 해요.' 마이크가 생각했지만, 일어나 앉으려고 하자 열과 한기와 욕지기가 그를 덮쳤고, 그는 간신히 구토를 참으며 다시 누워야만 했다.

"제가 읽어줄 수 있어요. 원한다면요." 포드햄이 제안했다.

"고맙습니다."

포드햄은 침대를 툭툭 쳐서 신문 놓을 자리를 만든 뒤, 공중으로 들려

46 영국에서 'sister'는 수녀라는 의미와 함께 간호사라는 뜻이 있다.

있는 팔에 받쳐 신문을 세웠다. “어디 보자. 침공이 있을 때만 종을 치라는 공식 포고를 어기고 턴브릿지 웰스의 주임 사제가 교회 종을 쳤네요.”

‘그래서 내가 해변에 도착했을 때 종소리를 듣지 못한 거로군.’ 마이크가 생각했다.

“그래서 10파운드 10실링의 벌금형을 받았습니다.” 포드햄이 말했다. “비버브룩 경의 스핏파이어 모금 운동에 엄청난 호응이 있었습니다. 알루미늄 냄비 모은 것만 5톤이군요. 고드프리 킹스맨 경이 《리어왕》 공연 리허설을….”

“전쟁에 관한 건 없나요?”

“전쟁이라… 어디 보자….” 포드햄이 중얼거렸다. “방공 기구가 묶인 게 풀려 세인트알반스 교회의 첨탑까지 떠내려가 슬레이트 일부를 망가뜨렸군요.”

“제 말은, 전쟁이 어떻게 진행되는가에 관한 뉴스라는 뜻이었어요.”

“끔찍하게 진행되고 있지요.” 포드햄이 말했다. “언제나처럼요. 이탈리아는 이집트에 있는 우리 기지 하나를 공격했고….”

이집트? 영국군이 8월에 이집트에 있었던가? 마이크는 북아프리카에 무슨 일이 벌어져야 하는지를 알 정도로 2차 대전에 관한 지식이 많지 않았다. “그러면….” 마이크는 망설였다. 이 시점에서 영국 본토 항공전을 뭐라고 부르더라? “공중전은요?”

포드햄이 고개를 끄덕였다. “독일군이 어제 우리 수송대 하나를 공격했고, 영국 공군이 놈들 비행기 16대를 격추했어요. 우리는 7대를 잃었고요.” 그는 페이지를 넘기더니 재빨리 내용을 읽어내렸다. “맙소사. 수상이….”

“수상이 왜요?” 마이크가 날카롭게 말했다. 이런, 맙소사, 처칠에게 무슨 일이 일어났으면 어쩌지? 처칠이 없으면 잉글랜드는 절대로 전쟁에서 이길 수 없을 거야. 만약 처칠이 죽었다면….

“사진에서 아주 끔찍하게 보이거든요. 독일이 마지막으로 제안한 평화 협정을 거절한 건 처칠의 결단 덕분이지만, 그래도 꼭 쇠기름 푸딩처럼 보여요.”

마이크는 참았던 숨을 내쉬었다. 잉글랜드는 여전히 항복을 거부하고 있고, 영국 공군은 여전히 독일 공군을 막아내고 있으며, 처칠은 건재했다.

포드햄은 뉴스를 다 읽고 개인 광고를 읽고 있었다. "뒹케르크에서 목격된 뒤 소식이 끊긴 데렉 헌츠포드 일병에 관해 뭔가를 아는 분이 있으면 데본, 시포드의 헌츠포드 부부에게 연락을 주십시오." 포드햄이 고개를 저었다. "아마 돌아오지 못했을 거예요. 당신처럼 운이 좋지 않았을 겁니다. 불쌍한 친구."

'운이 좋았지.' 마이크가 생각했다. 하지만 적어도 그는 사건을 바꾸지는 않은 것이다. 전쟁은 여전히 제 궤도를 따라 진행되고 있었다.

포드햄은 또 다른 광고를 읽고 있었다. "세놓음. 켄트의 시골집. 평온한 위치…."

'평온한 위치라….' 마이크가 생각했고, 잠이 들었다.

마이크는 높아졌다 낮아졌다를 반복하는 사이렌 소리에 잠이 깨었다. 그리고 고함 소리도 들렸다. 환자들 가운데 한 명이 잠옷 차림에 맨발로 어두운 병실 사방으로 회중전등을 흔들어대고 있었다. "일어나!" 그가 밝은 회중전등 빛을 마이크 얼굴에 비치며 외쳤다. "놈들이 왔어!"

"누가 왔다는 거죠?" 마이크가 눈이 부시게 밝은 빛을 가리려 애쓰며 말했다.

"독일군! 놈들이 침공했어. 방금 라디오에서 들었어. 놈들이 템스강으로 오고 있어."

32

나는 공황 상태에 빠지지 않는다. 나는 가만히 있는다.
나는 '우리 군인들이 놈들을 처리할 것이다'라고 나 자신에게 말한다.
나는 '여기서 나가야만 해'라고 말하지 않는다.

— 공습 시 행동 지침, 1940년

워릭셔, 1940년 8월

군은 9월 15일까지 저택을 비우라고 시간을 주었다. 그래서 하인들은 그전까지 가구에 커버를 씌우고, 캐롤라인 여사의 조상들 초상화와 다른 그림들을 상자에 넣고, 크리스털 유리와 도자기를 포장해 치우고, 알프와 비니가 그 무엇도 '돕지 못하게' 해야만 했다. 에일린이 값을 매길 수 없을 정도로 귀중한 중세 태피스트리를 떼어내러 갔을 때, 호드빈 남매는 그걸 창밖으로 던지려 하고 있었다. "우리는 이게 마법이 걸려 있는 건지 알아보려 하고 있었어요." 비니가 말했다. "에일린 언니가 읽어준 동화에 나오는 하늘을 나는 양탄자처럼요."

또한, 하인들은 아직 저택에 남아 있는 아이들이 갈 곳을 마련해야 했다. 챔버스 부인은 포터 자매, 매그루더 삼 남매, 랠프와 토니 거빈 형제, 조지 콕스가 있을 새집을 찾아냈다. 챌머스 부인은 앨리스와 로즈를 데려갔으며, 시어도어의 어머니는 토요일에 아이를 데리러 오겠노라고 편지를 보냈다. 에일린은 안심되었다. 안 가겠노라고 비명을 지르며 발길질해대는 시어도어를 기차에 태워 보내는 과정을 다시 겪고 싶지 않았기 때문이다.

"난 집에 '안' 가고 싶어요." 어머니가 데리러 올 거라는 에일린의 말에 시어도어가 말했다. "난 여기 있고 싶어요."

"넌 여기 못 있어, 이 바보야." 알프가 말했다. "누구도 여기에 있을 수 없어."

"우리는 어디로 가나요, 에일린 언니?" 비니가 물었다.

"그건 아직 정해지지 않았어."

호드빈 부인에게 편지를 보냈지만 답이 없었고, 워릭셔의 그 누구도 호드빈 남매를 맡으려 하지 않았다. "피난민 위원회에 편지를 보냈습니다." 구드 신부가 말했다. "하지만 지금 우리 말고도 있을 곳을 알아봐달라는 요청이 쇄도하고 있다더군요. 곧 독일군이 런던을 폭격하기 시작할 거라고 모두 걱정하고 있습니다."

'곧 폭격을 시작하는 거 맞아요.' 에일린이 생각했다. 그리고 공습이 시작되면 알프와 비니가 있을 곳을 더 구할 수 없을 것이다. 런던 대공습이 시작된 뒤 십만 명 이상의 아이들이 런던에서 피난을 갔다. 알프와 비니가 있을 곳을 당장 구해야만 했다.

캐롤라인 여사는 사무엘스 씨를 통해 채드윅 하우스에 자기 트렁크들을 보냈다. 여사는 그곳에서 린메어의 공작부인과 함께 지낼 계획이었고, 따라서 에일린과 (있으나 마나 한) 우나, 배스컴 부인 이렇게 겨우 셋이서 군인들의 도착을 준비해야만 했다. 그래서 에일린은 강하 지점을 확인하거나 백베리로 가서 누군가가 자신에 관해 묻지 않았는지 확인할 시간이 없었다. 또는 다른 직장을 알아볼 시간도.

그런 직장을 찾아낼 수 있다면 말이다. 많은 집들이 '전시 재정' 상태였다. 그건 하인들 수를 줄이고 있다는 의미였고, 〈백베리 버글러〉에 '하녀 구함'이라는 광고가 더 이상 없다는 뜻이었다. 우나는 보조 수송대에 들어가겠노라고 선언했고, 배스컴 부인은 슈롭셔로 가서 남편의 입대 후 홀로 있는 조카딸을 돕겠노라고 했다. 그래서 에일린은 둘 누구와도 함께 머물 수가 없었고, 여관에 머물 만한 돈도 없었지만 있다 하더라도 백베리에는 여관이 없었다. 그리고 설사 에일린이 머물 방법을 '찾아낸다' 할지라도 강하가 열린다는 보장도, 구조팀이 온다는 보장도 없었다. 돌아가기로 한 때에서 이미 거의 넉 달이 지났다.

'집으로 돌아갈 다른 방법을 찾아내야만 해.' 에일린이 생각했다. 에일린은 런던으로 가 폴리를 찾아내서, 폴리의 강하 지점을 써야만 했다. '만약 폴리가 거기에 있다면 말이지만.'

폴리는 런던 대공습이 시작한 뒤에 올 예정이었다. 런던 대공습은 9월에 시작했다. 에일린은 정확한 날짜를 알지 못했다. '폴리에게 물어봐 둘걸.' 에일린이 후회했지만, 당시에는 폴리가 올 때까지 자신이 여기에 있으리라고는 생각도 하지 못했다. 그리고 군대는 9월 중순이 되어야 저택에 들어올 예정이었다. 그때면 런던 대공습은 확실히 시작했을 것이다.

폭격이 한창인 곳으로 간다는 사실이 겁나기는 했지만, 폴리 말고는 달리 찾아가볼 만한 사람이 없었다. 마이클 데이비스는 도버에 있었지만, 됭케르크 구출 작전은 몇 달 전에 끝났다. 마이클은 한참 전에 돌아갔을 것이다. 제럴드 핍스가 여기에 있다는 생각이 났다. 에일린은 실험실에서 제럴드를 만났을 때 그가 8월에 관해 무슨 이야기를 했던 게 떠올랐다. 하지만 장소가 기억나지 않았다. 제럴드가 말을 하긴 했지만, 에일린은 어딘지 도무지 기억나지 않았다. 그곳 이름은 'ㄷ'으로 시작했다. 아니면 'ㅍ'이거나.

또한, 에일린은 폴리가 있기로 한 곳도 기억나지 않았다. 폴리는 옥스퍼드 스트리트에 있는 백화점에서 일할 거라고 했고, 또한 던워디 교수의 허락을 받으려면 폭격받지 않은 곳이어야 한다는 말도 했다. 폴리는 후보지 몇 곳을 이야기했지만 에일린은 기억이 가물가물했다. 거기가 어디였더라? 에일린은 좀 집중해 들어두지 않은 것이 후회스러웠지만, 당시에는 운전 연습 허가를 받지 못하면 어쩌나 하는 걱정 때문에 다른 데 주의를 기울일 여력이 없었다. 백화점 중 한 곳은 무슨 남자 이름이었던 게 기억났다.

에일린은 부엌으로 내려가 배스컴 부인에게 옥스퍼드 스트리트의 백화점 중에 이름을 아는 게 있는지 물었다. "거기에서 일하려는 건 아니지?" 배스컴 부인이 말했다.

"아니에요. 제 사촌이 거기서 일해요. 가서 같이 살려고요."

"런던에서 다 큰 여자 둘이서만 살겠다고? 주위에 군인들이 득시글거리는 곳에서? 너는 대도시에 안 맞아. 우나가 보조 수송대와 전혀 안 맞는 것처럼 말이야. 내가 우나에게 뭐라고 했는지 알아? '분수에 맞는 일을 해야지'라고 했어."

폴리가 일하는 백화점 이름을 알아내는 건 런던에 가서야 가능할 듯했다. 그나마 런던에 갈 수 있다면 말이다. 에일린이 받은 급료로 이등석 표를 살 수 있었지만, 폴리가 있는 곳을 알아낼 때까지는 절약해야 했다. 대공습 기간이었기 때문에 잠은 방공호에서 자면 되겠지만, 음식과 버스 요금은 필요했다.

하지만 그건 나중에 걱정할 문제였다. 에일린에게는 다른, 더 당면한 걱정거리가 있었다. 시어도어의 어머니가 편지를 보냈고, 편지에는 자신이 일하는 비행기 공장이 2교대 근무로 바뀌었으며, 그래서 다음 주 토요일이 되어야 시어도어를 데리러 올 수 있다고 적혀 있었다. 그리고 알프와 비니의 어머니에게서는 여전히 연락이 없었고, 9월 1일에 에일린이 캐롤라인 여사의 메시지를 전하러 사제관으로 갔을 때 신부는 말했다. "둘을 맡겠다는 곳을 찾을 수가 없습니다. 악명이 아주 자자한 모양입니다. 해외 수용 프로그램을 알아봐야 할 것 같습니다. 미국에서는 둘의 소문을 듣지 못했을 테니까요."

"하지만 그건 호드빈 남매를 맡을 나라에 너무 가혹한 거 아닐까요?"

"하긴, 맞는 말입니다. 우리의 연합국들을 분노케 하는 건 안 될 일이죠. 이 전쟁에서 이기려면 얻을 수 있는 도움은 다 얻어야 하니까요. 아이들 어머니에게서는 아직 연락이 없나요?"

"네."

"놀랍네요. 저는 그 아이들 어머니라면 배급 수첩을 추가로 받기 위해서라도 아이들을 데려갈 거로 생각했거든요. 하지만 이 아이들이 '알프와 비니'라는 걸 생각해보면 이해가 되기도 하네요. 아이들 어머니에게서 소식이 오면 알려주세요. 그동안 저는 아이들을 맡을 사람을 계속해 찾아보지요. 당신은 여기에 15일까지 있는 거죠?"

"네." 에일린은 말하고 그 이후에는 런던으로 갈 거라고 신부에게 알렸다. "제 사촌이 옥스퍼드 스트리트의 백화점에서 일해요."

"셀프리지스인가요?"

"아니요." 그녀가 말했다. 하지만 폴리가 셀프리지스를 말했던 것도 같았다. "남자 이름처럼 들렸어요."

"남자 이름이라…." 신부가 생각에 잠겨 말했다. "피터 로빈슨?"

"아니요." 하지만 신부가 말을 했을 때 에일린은 생각했다. '폴리가 말한 곳 가운데 하나는 'ㅍ'으로 시작했어.' 피터 로빈슨은 아니었지만, 들으면 알 수 있으리라.

"A. R. 브롬리?" 신부가 말했다. "아니, 그건 나이츠브리지에 있지요. 어디 보자… 옥스퍼드에 뭐가 있더라? 타운센드 브라더스… 레이턴스…. 하지만 더는 아무래도 생각이…." 신부의 얼굴이 환해졌다. "아, 알겠네요. 존 루이스인가요?"

"네." 분명히 그것이었다. 그리고 에일린은 셀프리지스도 후보지에 있었다고 꽤 확신했다. 옥스퍼드 스트리트에 도착하면 'ㅍ'으로 시작하는 이름을 찾을 수 있을 것이다. 폴리는 그 세 곳 가운데 하나에 있을 것이고, 그러면 폴리에게 강하 지점을 물어 집으로 갈 수 있겠지.

그때까지 구조팀이 도착하지 않는다면 말이다. 에일린은 구조팀이 15일이 되기를 기다리고 있을지도 모른다는 생각이 퍼뜩 들었다. 그때면 군인들이 도착하는 소란통에 에일린이 떠나는 걸 다른 사람들이 눈치채지 못할 것이다. 하지만 에일린이 저택에 돌아와보니 군인들은 이미 그곳에 와 있었다. 자동차 한 대와 대형 화물차 한 대가 진입로에 주차해 있었고, 이튿날 군인들은 도로를 따라 그리고 숲을 둘러 철조망을 치기 시작했다. 덕분에 강하 지점으로 가는 것도 그곳에서 저택에 오는 것도 불가능해졌다.

7일, 캐롤라인 여사는 신부를 불러왔다. 에일린은 신부를 데리고 곳곳에 먼지막이용 커버가 드리워진 거실로 안내했다. "호드빈 부인은 아직 답장을 안 했어, 엘렌?" 캐롤라인 여사가 에일린에게 물었다.

"네, 여사님. 하지만 오늘 아침 우편물로 이게 도착했습니다." 에일린은 시어도어의 어머니가 보낸 편지를 건넸다.

"시어도어를 데리러 올 수가 없다고 적혀 있군." 편지를 읽으며 캐롤라인 여사가 말했다. "그리고 지난번에 그랬던 것처럼 우리가 월요일 기차에 태워 집으로 보냈으면 한다네."

'아, 이런.' 에일린이 생각했다.

캐롤라인 여사가 신부를 돌아보았다. "호드빈 남매가 머물 곳을 찾았나요, 구드 신부님?"

"아니요, 아직입니다. 아마도 몇 주는 더 걸릴 듯…."

"그건 절대 불가능해요." 캐롤라인 여사가 말했다. "체이스 대위에게 월요일 아침이면 이 집을 쓸 수 있을 거라고 약속했단 말이에요."

"이번 월요일이요?" 신부는 충격을 받은 듯한 목소리로 말했다. 에일린 역시 충격을 받았다.

"그래요. 그리고 호드빈 남매는 절대 여기에 머물 수 없어요. 돌볼 사람이 없다고요. 새로 머물 곳을 찾을 때까지 자기네 집에 돌아가 있어야만 해요. 시어도어와 함께 런던에 가면 되겠네요."

'알프와 비니는 기차에서 말썽을 부리겠지.' 에일린이 생각했다. 뒤집힌 수화물, 둘이 헤집어놓은 식당칸, 잡아당겨진 채 에일린 눈앞에서 대롱거리는 비상 정지 끈. 이 모든 것이 불 보듯 훤했다.

"안 됩니다!" 같은 재난을 상상한 게 분명한 목소리로 신부가 말했다. "둘을 마중 나올 사람이 없습니다."

"호드빈 부인에게 전화해서 마중 나오라고 하면 되지요." 캐롤라인 여사가 말했다. "엘렌, 가서 장거리 전화로…."

"호드빈 부인은 전화가 없습니다." 에일린이 말했다.

캐롤라인 여사는 짜증 난 듯 보였다.

"여사님이 그 아이들을 채드윅 하우스로 데려가면 안 되겠습니까?" 신부가 용기를 내어 말했다. "아이들을 맡아줄 곳을 찾을 때까지만요."

"저를 위해 친절을 베풀어주는 분들께 그런 부담까지 드릴 수는 없어요. 만약 둘만 보내는 게 그리 내키지 않으면, 신부님이 데리고 가야만 하겠네요.” 여사가 얼굴을 찡그렸다. “아, 이런, 그건 안 되겠네. 월요일에 헤리퍼드에서 향토방위군 회의가 있고, 신부님은 거기에 ‘꼭’ 참석해야 해요. 누군가 다른 사람이 데려다줘야겠군요. 챔버스 부인이라든가….”

“제가 데려다줄게요.” 에일린이 말했다. “죄송하지만, 여사님. 저는 여기를 떠나면 런던에 있는 사촌에게 갈 계획이었거든요. 제가 아이들을 데려다줄 수 있어요.” ‘그리고 당신이 내 차비를 내는 거야. 그러면 나는 그 돈을 절약해 폴리를 찾을 때까지 숙식에 쓸 수 있을 거고.’

“잘됐네.” 캐롤라인 여사가 말했다. “완벽해요, 신부님. 에일린이 아이들을 데리고 가고, 피난민 위원회는 호드빈 남매의 차비만 지출하면 되네요. 시어도어의 어머니가 아이 표를 보냈으니까요.”

충격을 받은 에일린의 표정을 신부가 본 게 분명했다. 신부가 이렇게 말했기 때문이다. “하지만 에일린이 아이들을 데리고 간다면….”

하지만 캐롤라인 여사는 이미 쾌활하게 말하고 있었다. “가서 아이들에게 짐을 꾸리라고 해, 엘렌. 월요일 기차를 타고 가.”

‘그리고 당신은 구조팀이 그 전에 도착하지 않기를 바라야 할 거야, 캐롤라인 여사.’ 에일린이 아이들 방으로 가며 생각했다. ‘구조팀이 도착하면 나는 뒤도 안 돌아보고 이곳을 떠날 거고, 그러면 당신이 직접 호드빈 남매를 런던에 데려다줘야 할 테니까.’

이튿날, 에일린은 아이들과 자신의 가방을 꾸렸고, 버스로 떠나는 우나와 배스컴 부인(군인들과 이야기하는 것의 위험성에 관한 마지막 잔소리를 꾹 참고 들었다)에게 작별 인사를 했으며, 아이들에게 차를 마시게 하고, 재우고, 아이들이 잠들고 집이 조용해질 때까지 기다렸다가 집을 빠져나가 강하 지점으로 갔다.

달은 여전히 떠 있었기에 회중전등은 철조망을 통과할 길을 찾을 때만 한 번 필요했다. 공터는 마법에 걸린 것처럼 보였으며, 물푸레나무의 둥치는 달빛을 받아 은색으로 보였다. “열려라.” 에일린이 중얼거렸다. “제발.” 그리고 빛무리가 보이기 시작한다고 생각했지만, 그건 그냥 안개였으며, 2시간을 더 기다려봤지만, 강하는 열리지 않았다.

'차라리 잘됐어.' 동트기 전 회색빛 속에서 집으로 돌아오며 에일린은 생각했다. '그 불쌍한 시어도어를 호드빈 남매에게 버리고 갈 수는 없는 거잖아.'

에일린은 이슬 젖은 풀밭을 달려 조용히 부엌으로 들어와 뒤쪽 계단을 오르기 시작했다. 잠옷 차림의 비니가 맨발로 계단 꼭대기에 앉아 있었다. "여기서 뭐 하는 거니?" 에일린이 속삭였다.

"에일린 언니가 나가는 걸 봤어요. 우리 몰래 도망치려는 거라고 생각했어요."

"빨랫줄에 널어놓고 안 걷은 빨래가 있는지 보러 나간 거야." 에일린이 거짓말을 했다. "침대로 돌아가. 아침이 되면 기차를 오래 타야 해."

"에일린 언니는 우리를 두고 떠나지 않는다고 이미 약속했어요." 비니가 말했다. "맹세했어요."

"나는 너희를 두고 떠나지 않아. 우리는 함께 런던으로 갈 거야. 이제 침대로 돌아가."

비니는 다시 자러 갔지만, 몇 시간 뒤 침대에서 일어난 에일린은 하마터면 비니에게 발이 걸려 넘어질 뻔했다. 비니는 방문 앞에서 담요로 몸을 말고 누워 있었다. "언니가 거짓말을 한 거일지도 몰라서요." 비니가 말했다.

캐롤라인 여사는 공작부인이 보내온 롤스로이스를 타고 8시에 떠났다. '나를 역까지 태워다줘어도 됐을 텐데 그냥 모르는 척하다니.' 에일린이 분개하며 생각했고, 그 분노의 에너지로 힘을 내 아이들 옷을 입히고 한데 모아 백베리로 출발했다. 지난주 동안 온갖 군용 차량들로 붐비던 길은 이제 완전히 텅 비어 있었다. 짐을 잔뜩 들고 마을을 향해 걷는 1시간 내내 화물차 한 대 지나지 않았다. 비니는 자기 여행 가방이 너무 무겁다고 징징거렸고, 시어도어는 안아달라고 칭얼거렸으며, 비행기가 지날 때마다 알프는 길을 멈추고 자기 비행기 식별용 지도에 표시해야 한다고 고집을 부렸다. "신부님이 우리를 기차역까지 태워다주셨으면 좋았을 텐데." 비니가 말했다.

'동감이야.' 에일린이 생각했다. "신부님은 여기 안 계셔." 에일린이 말했다. "지금 헤리퍼드에 계시지." 하지만 백베리에 도착했을 때, 에일린은 혹시나 신부가 아직 떠나지 않았을지도 모른다는 작은 희망을 품고 아이들과 함께 사제관을 지났다.

신부의 낡은 오스틴은 그곳에 없었다. '신부님께 작별 인사도 못 했는데.' 에일린은 아쉽고 슬펐다. 하지만 자신이 불평할 처지는 못 된단 생각이 들었다. 결국 자신이야말로 몇 번이나 뒤도 돌아보지 않고 모두를 떠나려 하지 않았던가. 어젯밤도 예외는 아니었다.

'그리고 나는 일개 하인에 불과한걸.' 에일린이 생각하며 서둘러 아이들을 데리고 마을을 통과했다. 거의 11시 41분이었다. 에일린은 아이들과 함께 급히 역으로 들어섰다.

툴리 씨가 달려 나왔다. 아, 이런. 설마 기차를 놓친 건 아니겠지.

"이 불한당 놈들, 다시는 여기 얼씬도 하지 말라고 경고를 했…."

"얘들은 저와 함께 온 거예요, 툴리 씨." 에일린이 재빨리 말했다. "우리는 오늘 기차를 타고 런던으로 떠나요."

"떠난다고? 아주?"

에일린이 고개를 끄덕였다.

"얘네들도 함께?"

"네. 기차는 아직 안 온 거죠?"

툴리 씨는 고개를 저었다. "오늘 올까 모르겠어. 지난밤 런던에 대규모 폭격이 있었거든."

좋았어. 런던 대공습이 시작되었군. 폴리가 런던에 있을 것이다. "어떤 폭격기였나요?" 알프가 열을 내며 물었다. "ME109? 융커 88?"

툴리 씨는 불쾌한 눈으로 알프를 노려보았다. "기찻길에 통나무를 또 올려놓았다가는 반 죽여놓을 테니 그런 줄 알아." 툴리 씨가 말하고는 쿵쿵거리며 역으로 돌아가더니 거칠게 문을 닫았다.

"철로에 통나무를 놓았어?" 에일린이 말했다.

"바리케이드였어요." 알프가 말했다. "히틀러가 침공할 때를 대비해서요. 우리는 그냥 연습한 거였어요."

"기차가 들어오기 전에 치울 계획이었어요." 비니가 말했다.

'하루만 더 견디면 돼.' 에일린이 생각했다. "앉아, 모두." 에일린이 말했다. 그녀는 알프와 비니의 여행 가방을 뒤집은 뒤 둘을 거기에 앉히고 기차를 기다렸다. '제발 기차가 빨리 좀 와줬으면.'

"보여요." 알프가 나무들 위를 가리키며 말했다.

"나는 아무것도 안 보여." 비니가 말했다. "거짓말하지 마." 하지만 알프가 가리킨 곳을 본 에일린은 나무들 위로 희미한 연기를 볼 수 있었다. 분명히 기차가 오고 있었다. 그건 기적과도 같은 일이었다.

"좋아. 다들 자기 물건을 챙겨." 에일린이 말했다. "알프, 네 지도를 접어. 시어도어, 재킷을 입어. 비니…."

"저기 보세요!" 알프가 흥분해 말하더니 플랫폼에서 뛰어내려 길을 향해 달려갔고, 비니가 그 뒤를 바짝 뒤쫓았다.

"너희들 어디 가는…?" 에일린이 철로를 초조하게 살피며 말했다. "어서 이리 와! 기차가…."

기차는 빠르게 다가오고 있었다. 나무들 속에서 기차가 나오는 게 보였다. "시어도어. 여기 가만히 있어. 움직이지 마." 에일린은 시어도어에게 명령하고 플랫폼 계단을 향해 갔다. 만약 둘 때문에 기차를 놓친다면….

"알프, 비니! 멈춰!" 에일린이 외쳤지만 둘은 그 말을 듣지 않았다. 둘은 오스틴을 향해 달려가고 있었다. 오스틴은 둘을 지나치더니 끼익 소리를 내며 급하게 플랫폼 계단 발치에 멈췄다.

구드 신부가 차에서 서둘러 내리더니 바구니를 들고 계단을 뛰어 올라왔다. "아직 안 가셔서 정말 다행입니다." 신부가 숨차하며 말했다. "혹시 떠났으면 어쩌나 걱정했습니다."

"헤리퍼드에 가신 줄 알았는데요."

"이미 다녀왔습니다. 고장 난 군인 수송 차량이 길을 막고 있지만 않았더라도 더 일찍 돌아왔을 겁니다. 짐들을 가지고 여기까지 걸어와야 했다니 유감입니다."

"괜찮아요." 말을 하면서 에일린은 갑자기 정말로 괜찮다는 느낌이 들기 시작했다.

"빨리 운전하는 건 응급 상황일 때만 허용되는 거라고 하셨잖아요." 플랫폼으로 뛰어오르며 비니가 말했다.

"시속 160킬로미터로 차를 모셨어요." 알프가 말했다.

"작별 인사를 하러 오신 거예요?" 시어도어가 물었다.

"그래." 그리고 신부는 에일린에게 말했다. "그리고 이걸 가져왔습…." 신부는 말을 멈추고 기차를 노려보았다. 기차는 역에 거의 다 와 있었다. "기차가 정말로 '제시간'에 오다니. 전쟁이 시작된 뒤로 기차가 제시간에 온 적은 한 번도 없었습니다. 그런데 하필 오늘 지금… 어쨌든, 샌드위치와 비스킷을 좀 가져왔습니다." 신부가 에일린에게 바구니를 건넸다. "그리고… 알프, 비니. 가서 짐을 가져오렴." 그리고 둘이 짐을 가지러 가자 신부가 조용히 말했다. "아동 해외 수용 위원회에 전화했습니다." 신부는 에일린에게 봉투를 건넸다. "알프와 비니를 캐나다로 보낼 배편을 구했습니다."

캐나다? '시티 오브 베나레스호'는 캐나다로 가다가 U보트에 의해 침몰했고, 그 배에 탔던 피난민 거의 대부분이 익사했다. "어느 배요?" 에일린이 물었다.

"모르겠습니다. 아이들 어머니가 아이들을 데리고 피난민 위원회 사무실로 가야 합니다. 주소는 편지에 있습니다. 그리고 그곳에서 아이들을 포츠머스로 데려갈 겁니다."

'시티 오브 베나레스호'는 포츠머스에서 출발했다.

"그리고 이건 당신에게 주는 겁니다." 신부는 안에 10실링 지폐 몇 장이 든 봉투를 에일린에게 건넸다. "당신 기찻삯이랑 아이들 비용입니다."

"어머, 하지만 전…."

"피난민 위원회에서 주는 겁니다."

'거짓말하시는 거 다 알아요.' 에일린이 생각했다. '신부님 주머니에서 나온 거잖아요.'

"위원회 일을 하면서 당신 돈을 쓰는 건 공정하지 않습니다." 신부가 말했다. 그는 알프와 비니를 힐끗 보았다. "당신이 맡은 일에 비하면 오히려 적은 액수이지요."

"기차가 왔어요." 알프가 말했고, 모두가 기차를 바라보았다.

기차는 쉬익 소리를 내며 멈추었다.

"고맙습니다." 에일린이 봉투를 신부에게 돌려주며 말했다. "하지만 전 신부님이…."

"받아주십시오." 신부가 진지하게 말했다. "당신이 얼마나 고생했는지 잘 압니다. 그리고 저는… 아니, 위원회는 당신이 적어도 돈 걱정은 하지 말아야 한다고 생각했습니다. 제발 받아주세요."

에일린은 눈물을 흘리지 않으려고 눈을 깜박이며 고개를 끄덕였다. "고맙습니다, 신부님. 아니, 위원회에 고맙다고 꼭 전해주세요. 전부 다 고맙다고요."

"그러겠습니다." 신부는 눈으로 에일린을 살폈다. "괜찮은 겁니까?"

'아니요.' 에일린이 생각했다. '저는 집에서 120년이나 떨어져 있고, 강하는 고장 났고, 폴리를 만나지 못하면 뭘 어째야 할지 모르겠어요.'

"뭐가 되었든, 제게 말해보세요." 신부가 말했다. "제가 도움 될 수도 있을 겁니다."

'저도 말을 할 수 있으면 좋겠어요.' 에일린이 생각했다.

"빨리 가요." 알프가 에일린의 소매를 끌며 말했다. "기차에 타야 해요."

에일린이 고개를 끄덕였다. "얘들아, 짐들 챙기고. 자, 비니, 시어도어의 더플백을 들어 줘. 알프, 네 짐을…."

"제가 하겠습니다." 신부가 말하고 가방들을 들었다. 신부의 도움을 받으며 에일린은 가방들을 기차에 실었고, 알프와 비니가 기차 계단에 올랐다. 다행히 이 기차는 군인들로 붐비지 않았다.

"이제 네 차례야, 시어도어." 에일린이 말했다.

시어도어가 울음을 터뜨렸다. "난 집에 가기…."

'오, 이런 또?' 에일린이 생각했지만, 신부가 이미 말을 하고 있었다. "시어도어. 기차에 타려면 어떻게 해야 하는지 에일린 누나에게 좀 보여줄래? 에일린 누나는 기차를 타고 런던에 가는 게 이번이 처음이란다."

"난 타봤어요." 시어도어가 말했다.

"알아. 그러니 네가 에일린 누나를 잘 보살펴줘야 하는 거야."

시어도어가 고개를 끄덕였다. "우선 계단을 올라가야 해요." 시어도어가 에일린에게 시범을 보였다. "그리고 자리에 앉아서…."

"와, 정말 아이를 잘 다루세요." 에일린이 고마워하며 말했다.

"제 일의 일부이죠." 신부가 싱긋 웃으며 말하더니 다시 진지하게 말했다. "지금 런던은 아주 위험합니다. 조심하십시오."

"그럴게요. 신부님께 수업까지 받았는데 여기 남아서 구급차를 운전하지 못해 죄송해요."

"괜찮습니다. 제 가정부가 대신하기로 했습니다. 불행히도, 가정부가 우나와 비슷한 성향을 보이기는 하지만…."

"빨리요." 알프가 계단 꼭대기에서 외쳤다. "누나 때문에 기차가 못 떠나잖아요!"

"가야겠네요." 계단을 오르며 에일린이 말했다.

"잠깐만요." 에일린의 팔을 잡으며 신부가 말했다. "아무 걱정하지 마십시오. 모든…."

"빨리요!" 알프가 에일린을 끌어당기며 외쳤다. 커다란 바퀴들이 움직이기 시작했다. "창가에 앉고 싶단…."

"안녕히 계세요, 신부님!" 시어도어가 손을 흔들며 외쳤다.

"안 돼." 비니가 말했다. "알프는 창가에 앉고 싶대요. 하지만 창가에는 내가…."

"조용." 에일린이 기차 밖으로 몸을 내밀며 말했다. 기차가 움직이기 시작했다. "네?" 에일린이 신부에게 외쳤다.

신부는 두 손을 입가에 모으고 외쳤다. "결국, 모든 게 다 잘될 거라고 했습니다." 기차는 속력을 내기 시작했고, 플랫폼에서 계속 손을 흔드는 신부를 남긴 채 역을 떠났다.

33

그리고 만약 우리가 하늘나라에서 만나기 전까지는 만날 수 없다면,
기꺼이, 나의 고귀한 영주들과 친절한 친척들, 전사들 모두,
아듀.

— 윌리엄 셰익스피어, 《헨리 5세》

런던, 1940년 9월 21일

"강하를 열어!" 폴리가 외치며 페인트칠이 벗겨지고 못이 박혀 고정된 문을 두 주먹으로 미친 듯이 두드렸다. "콜린! 서둘러!"

폭탄의 새된 소리는 높아져 고통스러운 비명이 되었다. 폴리는 두 손으로 귀를 막았다. '이런, 맙소사. 내 위로 떨어지고 있어.' 폴리가 생각했다. '직격탄이야.' 그리고 귀청을 찢을 듯한 소리 속에서 무릎을 꿇고 머리를 숙인 채 폭발을 기다렸다.

하지만 폭발은 없었고, 단지 귀가 먹을 듯하고 뼛속까지 흔드는 둔중한 소리만이 들렸고, 뒤이어 뭔가가 요란하게 무너지는 소리, 그리고 소방차 종소리가 들렸다. 소방차는 5백 미터 정도 떨어진 곳에서 멈췄다.

'말도 안 돼.' 폴리가 생각했다. '분명 내 위로 떨어졌는데.' 다음 것도, 그다음 것도 그랬고, 폴리는 마치 기도하듯 강하 지점은 대공습 기간에 폭격받지 않았다고 자신에게 중얼거렸지만, 폭탄이 떨어지는 날카로운 소리를 들을 때마다 자신도 모르게 두 귀를 막고 겁에 질려 문 발치에 몸을 웅크렸다.

"콜린!" 폴리가 흐느꼈다. "서둘러!"

영원의 시간이 흐른 뒤, 하지만 손목시계의 야광 다이얼에 의하면 1시간 반 뒤, 폭격은 잦아들기 시작했다. 폴리는 켄싱턴 가든스의 방공포가 멈추기를 기다렸다가 조심스레 통로를 기어갔다. 파괴되지 않고 남은 게 얼마나 있는지 볼 엄두가 안 났다.

하지만 피해의 유일한 흔적은 좁은 통로에서 골목으로 이어지는 부분의 통 두 개가 뒤집힌 것뿐이었다. 폴리는 그 통들을 치우고 잡석 더미 위로 짧은 오르막을 올라가 도로 건너를 바라보았다. 도로 한가운데에 떨어져 지글거리는 소이탄은 특대형 불꽃 장난감 같았으며, 그 불빛을 통해 폴리는 아직 멀쩡한 담뱃가게와 '튜빈스 청과물상' 간판을 볼 수 있었다. 화재가 난 가게는 없었다. 심지어 연기 냄새조차 나지 않았다. 진홍색 하늘을 배경으로 가게들의 멀쩡한 지붕들이 뚜렷이 서 있었고, 화재 감시원은 한 명도 없었다. 그리고 강하 지점 양쪽으로 늘어선 창고들 역시 멀쩡했다. 하지만 여전히 강하는 열리지 않았다.

'아마도 독일 공군이 문제일 거야.' 폴리가 건물들 사이로 길쭉하게 보이는 하늘을 올려다보며 생각했다. '저 위에서 강하의 빛무리를 보고 그걸 목표로 삼을 수 있을 테니까.'

하지만 폭격기 조종사가 담뱃불이나 등화관제 커튼 사이로 흘러나오는 빛처럼 지상의 작은 불빛을 볼 수 있다는 주장은 근거 없는 것으로 밝혀졌다. 3천 미터 상공에서는 둘 다 보이지 않았다. 그건 강하 시에 생기는 빛무리도 보이지 않는다는 뜻이었다. 게다가 런던 동부와 북부 전체는 불에 타고 있었고, 좁은 통로는 거의 대낮처럼 밝았다. 그리고 30분 뒤, 비행기들이 더 이상 머리 위에 없는데도 강하는 여전히 열릴 기미가 없었다.

1시간이 지나고 2시간이 지났다. 공습은 다시 격렬해졌다가 잠잠해졌고, 오렌지빛 구름들은 연한 분홍색으로 바뀌었다. 방공포들은 드문드문 발포하다가 멈췄다. 긴 정적이 흘렀고, 그곳을 떠나는 비행기 한 대가 내는 엔진음만 들렸다. 그 소리는 희미해지다가 완전히 사라지며 조용해졌고, 폴리는 공습경보해제 사이렌이 울리기를 몇 분 정도 기다렸다. 그리고 모든 것이 다시 시작되었다.

공습이 완전히 멈춘 건 3시로, 콜린이 말했던 바로 그 시각이었다. 하지만 콜린 또는 역사 기록은 장소들을 완전히 잘못 기록했다. 폭탄은 매릴번이 아니라 분명히 켄싱턴에 떨어졌다. 그리고 단지 켄싱턴일 뿐 아니라 램프텐 로드에 떨어졌다.

정적이 주위를 감쌌지만, 강하는 여전히 열리지 않았다. 5시 30분이 되어 공습경보해제 사이렌이 울릴 때까지, 폴리는 강하가 여전히 닫혀 있어야만 하는 가능한 모든 경우를 생각해보았고, 터무니없는 이유까지 고려해본 뒤 그 모든 경우를 물리쳤다.

확실한 이유 하나를 빼고는. 강하 지점은 손상된 것이다. 멀쩡한 통들과 거미줄에도 불구하고, 뒷골목을 사이에 두고 맞은편에 줄지어 선 건물들을 날려버린 폭발이 어떤 식으로든 강하 필드를 교란해 시간 연결을 파괴한 것이다. 그렇다면 더는 강하가 열리길 기다리며 이 축축하고 차가운 곳에 계속 앉아 있어야 할 이유가 없었다. 바드리, 그리고 던워디 교수는 무슨 일어났는지 깨닫자마자 어딘가 다른 곳에 강하 지점을 정해 구조팀을 보낼 것이다.

'나를 찾을 수만 있다면 그렇겠지.' 폴리가 생각했다. '방을 구하자마자 돌아가서 보고해야 했는데. 그러면 내가 어디 사는지 알 수 있었을 텐데.'

하지만 옥스퍼드는 허가된 거리와 주소 목록을 가지고 있었고, 이건 시간 여행이었다. 구조팀이 리케트 부인의 집에서 이미 기다리고 있을 게 분명했다. '그 여자가 구조팀을 들여보냈으면 좋겠는데. 남자 방문객은 절대 안 된다고 했으니 어떨지 모르겠네.' 폴리는 구조팀이 군인 분장을 하고 오지 않기를 바랐다. 리케트 부인은 군인들을 아주 얕잡아 보았다. 그리고 배우도.

폴리는 차가운 곳에 너무 오래 앉아 있느라 뻣뻣해진 몸을 일으켜 좁은 통로를 걸어갔다. 만약 서두른다면 리케트 부인이 세인트조지 교회에서 돌아오기 전에 하숙집에 도착해 구조팀을 만날 수 있으리라. 공습 중에 걷혔던 안개가 다시 짙어지면서 폴리가 도착했던 첫날 저녁처럼 모든 것을 어둡게 만들었고, 안개는 좁은 통로에서 뒷골목으로 나가는 입구와 그 뒤의 잡석 더미를 감쌌다. 폴리는 뒤엉킨 들보와 벽돌들 위를 최대한 빠르게 지났다. 한번은 잔해에 거의 무릎까지 빠졌고, 튀어나온 목재들을 몇 번이고 움켜쥐어 몸을 빼내야 했지만, 결국은 잡석 더미의 끝까지 도달했다.

폴리는 보도로 내려왔고, 멈춰서 코트를 털다가 스타킹이 얼마나 엉망이 되었는지를 깨달았다. 심각한 상태였다. 양쪽 모두 넓고 길게 올이 나갔으며, 왼쪽에는 구멍이 나 있었다. 무릎에서는 피가 났고, 치마는 엉망이었다. '남색 치마는 규정 위반이래서 오늘부터는 안 입는다고 스넬그로브 양에게 약속했는데.' 폴리가 생각했지만 그건 문제가 안 된다는 걸 기억했다. 폴리는 옥스퍼드로 돌아가 있을 테니까.

몇 시지? 폴리는 손목시계를 힐끗 보았다. 시계에는 분홍색 먼지 더께가 앉아 있었다. 폴리는 손가락으로 먼지 더께를 닦아냈다. 6시 10분이었다. 이런, 지금쯤이면 리케트 부인이 세인트조지 교회에서 돌아와서 구조팀에게 폴리는 그곳에 없으며 어디에 있는지 모르겠노라고 말했을 것이다. 아무 말 없이 구조팀 면전에서 거칠게 문을 닫지 않았다면 말이다.

폴리는 출입 금지선 아래로 몸을 숙이고 지나 안개를 뚫고 서둘러 램프덴 로드를 걸어갔다. 리케트 부인이 아직 교회에 있기를 바라며, 구조팀을 놓친 게 아니길 바라며….

폴리는 걸음을 멈추고 입을 벌리고 자기 앞의 폐허를 바라보았다. 폴리 생각이 맞았다. 공습은 블룸즈버리에 있지 않았다. 공습은 여기 램프덴 로드에 있었다. 안개를 뚫고 보이는 끝까지 모든 게 무너져 있었다. 폴리는 강하 지점 앞의 가게들이 파괴되었다고 생각했지만, 여기에 비하면 아무것도 아니었다. 길 양쪽은 완전히 박살이 나서 원래 무엇이 그곳에 있었는지조차 짐작할 수 없었다. 잔해가 흩뿌려진 도로를 가로질러 안개 너머 시선이 닿는 곳까지 출입 금지선이 쳐졌다. 그건 마치 V-2가 폭격을 한 장면 같았지만, 그건 불가능….

"끔찍하죠?" 등 뒤에서 누군가가 말했다. 모직 모자를 쓴 나이 지긋한 남자였으며, 방공호에서 나와 집으로 가는 게 분명했다. 그는 술 달린 분홍색 실크 쿠션을 겨드랑이에 끼고, 다른 쪽에는 커다란 종이봉투를 끼고 있었다. "낙하산 지뢰입니다."

지뢰. 그래서 이렇게 피해가 컸던 것이다. 고성능 폭탄은 폭발 전에 땅에 박혔지만, 지뢰는 지표면에서 터졌기에 주위 건물들에 폭발력이 최대로 전해졌다.

"여기 건물들을 모두 날린 거로 보아 450킬로그램짜리였을 겁니다." 남자가 강하 지점 앞쪽의 잔해들을 가리키며 말했다. "그리고 교회와…."

"교회요?" 폴리가 서둘러 세인트조지 교회의 첨탑을 찾으며 거리를 바라보았다. 첨탑이 보이지 않았다. "어느 교회요? 세인트조지요?"

남자가 고개를 끄덕였다. "끔찍한 일이지요." 거리를 살피며 남자가 말했다. "너무나 많은 사람이 죽었죠…."

폴리는 쏜살같이 그 남자를 지났다. 출입 금지선이 다리에 걸렸지만, 폴리는 상관하지 않고 계속 달렸다. 줄이 다리에 엉켜 뒤에서 길게 끌렸다. 폴리는 파편이 널린 길을 따라 교회 잔해로 달려갔다.

아니, 잔해조차 아니었다. 한때 이곳이 교회였음을 보여주는 지붕 슬레이트도 서까래도 기둥도 회중석도 없었으며, 남은 것이라고는 가루가 된 벽돌과 유리들이 넓게 퍼진 공간뿐이었다. 단 하나 예외는 지하 방공호로 통하는 계단의 금속 난간이었다. 그리고 누구도, 그 누구도 살아서 그곳을 나오지 못했을 것이다.

"너무나 많은 사람이 죽었죠." 그 남자는 그렇게 말했다. 이런, 맙소사. 주임 사제와 라버넘 양과 브라이트포드 부인. 그리고 어린 세 딸.

'내가 강하 지점에 있었던 어젯밤에 이렇게 됐어.' 폴리가 생각했다. '나는 그 폭격음을 들었고.' 그들은 모두 방공호에 있었다. '만약 강하 지점에 가지 않았다면, 나 역시 이곳에 있었을 거야.' 폴리는 생각할수록 속이 울렁거렸고, 거리에서 사람들이 사라질 때까지 교회 성단소에서 숨어 있으려 했던 계획을 떠올렸다. '그랬으면 나도 같은 운명이었을 거야.' 잔해를 보며 폴리가 생각했다. 라일라와 비브와 심스 씨와 함께. 그리고 넬슨과 함께.

그리고 고드프리 경도. 그들 모두가 저 아래에 있었다. "저기서 사람들을 꺼내야 해." 폴리가 말했다. 폴리는 난간을 바라보며 생각했다. '구조대는 왜 안 오지?' 하지만 그런 생각을 하면서도 마음 한편에선 이미 답을 알았다. 잔해 위에 아무런 먼지나 연기도 없고 오직 안개만 맴돌 뿐이란 사실, 어젯밤 벌써 첨탑을 찾아보았지만 보이지 않았다는 사실, 이미 주위에 출입 금지선이 쳐졌으며, 잔햇더미 중앙의 움푹한 곳은 구조대가 판 갱도라는 사실들이 단 한 가지 결론을 도출하고 있었다. 그에 더해, 아까의 나이 지긋한 남자는 교회가 폭격당한 것을 알며, 저 안에 있던 사람들이 죽은 걸 안다는 사실도 있었다.

남자는 술 달린 쿠션과 종이봉투를 움켜쥐고 빠른 걸음으로 다가왔다. "받아들이기 어렵죠, 안 그래요, 아가씨?" 폴리 옆에 다가와 서며 남자가 말했다. "무척이나 아름다운 교회였는데…."

"무슨 일이 일어난 건가요?" 폴리가 다그쳐 물었지만, 이미 답을 알았다. 어제저녁이 아니었다. 이틀 전이었다. 구조대는 이미 이곳에 와서 시체들을 파내 장의용 밴에 실어 나른 것이다.

"그제 밤이었습니다." 나이 많은 남자가 말하고 있었다. "사이렌이 울리고 1시간도 되지 않았을 때였죠."

'내가 그 골목길에 있으면서 방공호로 가는 그 사람들과 마주칠까 봐 걱정하던 때 그 사람들은 이미 죽은 거였어.' 폴리는 으스스해졌다. '그리고 내가 홀본역에 갇혀 있는 내내. 세인트조지 교회와 강하 지점 앞쪽의 가게들은 같은 날 밤 폭격을 당했어.' 갑자기 폴리는 절벽 가장자리에 너무 가까이 다가간 것처럼 다리가 휘청거렸다.

"적어도 감시원이 어제 아침에 말한 바로는 그렇습니다." 나이 지긋한 남자가 말하고 있었다. "누구도… 이런, 괜찮은가요, 아가씨?"

폴리는 멍하니 남자를 바라보았다. '강하 지점은 어젯밤에 폭격당한 게 아니야. 그제 밤에 당했어. 하지만 그럴 리 없어. 만약 그랬다면….'

폴리의 무릎이 꺾였다. 남자가 쿠션과 종이봉투를 보도에 떨어뜨리며 폴리를 잡았다. "잠시 여기 연석에 앉는 게 낫겠군요." 폴리를 부축하며 남자가 말했다. "좀 진정되고 나면 집까지 모셔다드리겠습니다. 어디에 사시죠, 아가씨?"

남자는 폴리의 하숙집을 묻고 있었다. 하지만 리케트 부인과 히바드 양과 도밍 씨와 라버넘 양 모두 죽었다. 이제 그 집엔 폴리가 거기에 산다고 구조팀에게 말해줄 사람이 아무도 없었다. 그리고 어제도 그 집엔 아무도 없었다….

"저는 타운센드 브라더스 백화점에 가야만 해요." 폴리가 말했다.

"그건 안 좋은 생각입니다, 아가씨." 남자가 말했다. "아가씨는 심한 충격을 받았습니다. 공습 대비대 지부가 바로 저기입니다. 눈 깜박할 사이에 돌아오겠습니다."

눈 깜박할 사이에. '그 사람들은 모두 죽었어.' 폴리가 생각했다. '그래서 내가 어디에 있는지 구조팀에게 알려줄 수가 없어. 구조팀은 나를 구하러 올 수가….'

"이런, 맙소사." 남자가 폴리를 붙잡아 연석 가장자리에 앉히며 말했다. "안 다친 거 확실합니까?" 그리고 폴리가 대답하지 않자 다시 말했다. "여기 앉아 계세요. 감시원을 불러오겠습니다. 감시원은 뭘 어째야 할지 알 겁니다." 남자는 술 달린 쿠션을 집어 폴리의 가운데 허리에 대주더니 바삐 걸어 안개 속으로 사라졌다.

폴리는 일어나 멍한 머리로 비틀대며 무작정 거리를 걸었다. 그 남자가 감시원을 데리고 오기 전에 이곳을 떠나야 했다. 베이스워터 로드로 가서 택시를 잡아야 했다. 그리고 타운센드 브라더스 백화점으로 가야만 했다.

하지만 택시는 보이지 않았고, 버스 역시 마찬가지였다. '안개 때문이야.' 폴리가 생각했지만, 진짜 이유는 그게 아니었다. 도로 중앙의 커다란 구덩이에 버스 한 대가 반쯤 처박혀 있었다. 버스는 비어 있었다. '승객들은 어찌 됐을까.' 하지만 폴리는 답을 알았다. 승객들은 모두 죽었다. 그들은 그제 죽었다. 라버넘 양과 트로트와 고드프리 경처럼. 어제.

'그건 생각하지 말자.' 폴리가 생각하며 휘청거리는 다리를 간신히 움직여 그곳을 지나 안개 낀 도로를 걸었다. '그건 생각하지 마. 택시를 잡아.'

파괴된 잔해와 구덩이들을 안개 속에서 지나치며 영원 같은 시간을 걸은 뒤에야 마침내 폴리는 택시를 잡았다. "타운센드 브라더스 백화점으로 가주세요." 폴리가 문을 열며 택시 운전사에게 말했다. "옥스퍼드 스트리트에 있는 거요."

"타운센드 브라더스요?" 택시 운전사는 어리둥절한 표정으로 폴리를 보며 말했다.

폴리는 이 시대 여자 점원은 택시를 타지 않는다는 사실을 깜박했다. 하지만 타야만 했다. "네." 폴리가 말했다. "당장 그곳에 데려다주세요."

"하지만 이미 거기에 와 있는데요?" 운전사가 말했다.

"이미요?" 폴리가 어리둥절해하며 택시 운전사가 가리키는 곳을 바라보았고, 그곳에는 타운센드 브라더스 백화점이 있었다. 폴리는 나무판자로 막은 진열창과 문들을 바라보았다. 그리고 그 앞의 텅 빈 보도를 바라보았다.

구조팀은 없었다. 폴리는 구조팀이 여기에 있을 거라고 철석같이 믿었다. 폴리가 사는 곳을 찾을 수 없으면 옥스퍼드 스트리트로 올 거라고 굳게 믿었다. '지연된 것뿐이야.' 폴리가 자신을 다독였다. '구조팀도 택시를 잡을 수 없었을 거야. 아니면 내가 출근하기 전에 자기들이 미리 와 있을 이유가 없다고 생각했겠지. 9시가 되면 이곳에 올 거야.' 폴리는 자기 손목시계를 보았지만, 시간을 믿을 수가 없었다. "몇 시인가요?" 폴리가 택시 운전사에게 물었다.

"9시 20분입니다." 운전사는 거리에 있는 셀프리지스 백화점의 시계를 가리키며 말했다. "괜찮으십니까, 아가씨?"

아니요. "네." 폴리가 말하고는 자신이 여전히 택시 문을 연 채 잡고 있다는 사실을 깨달았다. 그녀는 문을 닫고 백화점으로 들어가기 시작했다.

'구조팀은 이미 안에 있는 거야.' 폴리는 직원 출입구를 통과해 계단을 오르며 생각했다. '내가 일하는 매장에서 나를 기다리고 있는 거야.' 하지만 그럴 리 없었다. 백화점은 아직 문을 열지 않았고, 폴리가 4층에 도착해 계단 출입구를 열었을 때 그녀의 판매대에는 아무도 없었다.

'구조팀은 여기 없어.' 폴리가 생각했고, 파괴된 교회를 보았을 때부터 억지로 눌러 참으려 했던, 모르는 척하려 했던 두려움이 그녀를 덮쳐왔다.

강하 지점은 세인트조지 교회를 파괴하고 사람들을 죽였던, 오 맙소사, 고드프리 경과 트로트와 다른 모두를 죽인 바로 그 낙하산 지뢰에 의해 손상된 것이다. 사람들은 죽었고, 가게들은 파괴되었으며, 강하 지점은 손상되었다. 그제 밤 폴리가 홀본역에 있었을 때, 역내 간이식당에서 줄을 서고, 사서와 이야기하고, 터널에 앉아 신문을 읽던 그 시간에. 아니, 그보다 일찍이었다. "사이렌이 울리고 1시간도 되지 않았을 때였습니다." 나이 지긋한 남자는 그렇게 말했다. 강하 지점으로 가기 위해 역무원에게 철창문을 열어 달라고 설득하는 동안에….

하지만 강하 지점은 그때 이미 사용불능이었다. 어제 아침에 일하러 왔을 때 이미 사용불능이었다. '구조팀은 어제 이곳으로 왔어야만 했어.' 구조팀은 타운센드 브라더스 백화점 밖에서, 오늘이 아니라 어제 아침에 폴리를 기다렸어야 했다. 바로 어제.

"폴리!" 폴리는 마저리가 말하는 목소리를 들었지만, 고개를 들어보니 층 매니저인 스넬그로브 양이 이쪽으로 걸어오며 하는 말이다. 그녀는 무시무시한 표정이었다.

'날 해고하려는 거야.' 폴리가 생각했다. '내가 검은 치마를 입지 않았다고 말이야.'

"세바스찬 양." 스넬그로브 양이 말했다. "대체…?"

"검은 치마를 구할 수가 없었어요. 애는 썼지만 상점들이 열지를…."

"그건 지금 걱정할 필요 없어요." 나이 지긋한 남자가 그랬던 것처럼, 스넬그로브 양이 폴리의 팔을 잡으며 말했다.

"그리고 거의 9시 30분이에요."

"그것도 걱정할 필요 없어요. 헤이즈 양." 스넬그로브 양이 이쪽으로 다가온 마저리에게 말했다. "가서 위더릴 씨에게 전화로 택시를 부르라고 해주세요." 하지만 마저리는 가지 않았다.

"무슨 일이야, 폴리?" 마저리가 물었다.

"오지 않았어." 폴리가 말했다. "모두가 죽었어." 폴리는 멍하니 자기가 맡은 판매대 쪽으로 가기 시작했다.

스넬그로브 양은 폴리를 멈추고 승강기 쪽으로 부드럽게 돌려세웠다. "오늘 당신 일은 다른 사람이 대신하게 할게요." 그녀가 말하며 폴리의 어깨를 가볍게 도닥였다. "오늘은 집으로 가세요."

폴리가 멍하니 스넬그로브 양을 보았다. "매니저님은 이해하지 못하세요." 폴리가 말했다. "저는 집으로 갈 수가 없어요."

34

무정하게 들릴 수도 있겠네요. 어쩌면요.
하지만 그건 정말 짜릿했고 무척이나 재미있었습니다.

— 브라이언 킹컴 공군 중위,
영국 본토 항공전에 관해 이야기하며, 1940년

런던 가는 길, 1940년 9월 9일

기차는 지난 12월에 시어도어를 태워 보냈던 것만큼 사람들로 꽉 차 있지는 않았지만, 모든 객실이 들어찼고, 짐과 함께 아이들과 실랑이하며 객차 세 칸을 통과한 뒤에야 자리가 있는 객실을 찾을 수 있었다. 그곳에는 뚱뚱한 사업가, 젊은 여자 둘, 그리고 군인 셋이 있었다. 에일린은 시어도어를 자기 무릎 위에 앉히고 반대편에는 알프와 비니를 앉혀야 했다. "너희 둘 장난 치지 마." 에일린이 알프와 비니에게 말했다.

"안 칠 거예요." 알프는 약속했지만, 말을 하자마자 창가에 앉은 뚱뚱한 남자의 소매를 잡아당기기 시작했다. "나 창가에 앉아야 해요. 그래야 비행기를 볼 수 있거든요." 알프가 말했지만, 남자는 계속 신문을 읽었다. 신문에는 '독일의 공습이 런던의 의지를 시험하다'라고 적혀 있었다.

"나는 공식 비행기 식별가예요." 알프가 말했지만, 남자가 계속 자리를 바꾸려 하지 않자 비니가 알프 쪽으로 몸을 숙이고 속삭이는 척하며 크게 말했다. "저 사람에게 말 걸지 마. 제5열인 거 같아."

군인들이 고개를 들고 남자 쪽을 보았다.

“5열이 뭐야?” 시어도어가 물었다.

“자, 여기.” 에일린은 신부에게 받은 아이들용 바구니에서 꾸러미 하나를 꺼내 맞은편의 알프와 비니에게 건넸다. “비스킷을 좀 먹으렴.”

“5열은 반역자야.” 비니가 남자를 쏘아보며 말했다.

남자는 짜증 난다는 듯이 요란스레 신문을 넘겼다.

“5열은 너나 나처럼 평범하게 생겼어.” 알프가 말했다. “신문을 읽는 척하지만 사실은 사람들을 엿보면서 히틀러에게 보고해.”

젊은 여자 둘이 서로 숙덕이기 시작했다. 에일린은 ‘스파이’라는 단어를 알아들었고, 뚱뚱한 남자 역시 그런 게 분명했다. 신문을 내리고 여자들을 노려보다가 이윽고 비스킷을 우물거리는 알프를 노려본 뒤 다시 신문을 읽기 시작했기 때문이다.

“아이들을 싫어하는지를 보면 5열인지 아닌지 알 수 있어.” 비니가 시어도어에게 말했다. “아이들은 5열을 ‘특별히 잘’ 알아차리거든.”

알프가 고개를 끄덕였다. “저 사람 꼭 괴링처럼 생기지 않았어?”

“더는 못 참겠군!” 남자가 외쳤다. 그는 신문을 자리에 놓고 일어나 머리 위 선반에서 여행 가방을 낚아채더니 쿵쿵거리며 객실을 나갔다. 비니가 즉시 이제는 빈 창가 자리로 갔고, 에일린은 알프가 분통을 터뜨릴 거라고 예상했지만, 알프는 조용히 비스킷만 우물거릴 뿐이었다.

“그거 안 먹는 게 좋을 거야.” 비니가 말했다. “그거 먹으면 아플 거야.”

군인들과 젊은 여자들은 경계하는 눈으로 둘을 바라보았다.

알프가 꾸러미에서 비스킷을 하나 더 꺼내 한입 물었다. “난 안 아플 거야.”

“아니, 아플 거야. 얘는 기차만 타면 아파요.” 비니가 군인들에게 말했다. “에일린 언니의 신발에다가도 토했어요. 그렇죠, 언니?”

“비니….” 에일린이 입을 열었지만, 알프가 더 큰 소리로 외쳤다. “그건 내가 홍역에 걸렸을 때잖아. 그건 안 쳐야지.”

“홍역?” 군인 한 명이 걱정되는 목소리로 말했다. “그거 전염되는 거 아니죠?”

“아니에요.” 에일린이 말했다. “그리고 알프는 이제 더 이상….”

"나 몸이 안 좋아요." 알프가 배를 움켜쥐며 말했다. 알프는 꺽꺽거리는 소리를 내더니 한 손을 오므리고 그 위로 몸을 숙였다.

"내가 그럴 거라고 했잖아." 비니가 의기양양해서 말했고, 곧 객실은 텅 비었으며, 알프는 다른 창가 의자로 달려갔다. "나 샌드위치 먹어도 되나요, 에일린 누나?" 알프가 물었다.

"기차만 타면 아프다고 하지 않았나." 에일린은 시어도어를 무릎에서 내려 옆자리로 옮기며 말했다.

"맞아요. 아무것도 먹지 않을 때는 특히요."

"너 방금 비스킷을 두 개나 먹었어."

"아니, 아니에요." 비니가 말했다. "여섯 개예요." 그리고 객실 문이 열렸다.

나이 지긋한 여자가 안을 들여다보았다. "오, 다행이네. 여기에 자리가 있어, 리디아." 여자가 말했고, 나이 지긋한 다른 여자 둘과 함께 안으로 들어왔다. "꼬마야…." 그 가운데 한 명이 알프에게 말했다. "네 누나와 같이 앉으면 안 될까? 착하지?"

"물론 되지요." 에일린이 재빨리 말했다. "알프, 여기 내 옆에 앉아." 에일린은 시어도어를 다시 자기 무릎에 앉혔다.

"하지만 그러면 비행기 식별은 어떻게 하고요?" 알프가 항의했다.

"비니의 창에서 보면 되잖아. 그리고 다시 아픈 척하기만 해봐." 에일린이 속삭였다. "그리고 '5열'도 안 돼. 안 그러면 점심은 없을 줄 알아."

알프는 반대하려는 듯한 표정을 지었지만, 주머니에 손을 넣고 여자들에게 말했다. "제 애완 쥐 볼래요?"

"쥐?" 여자 한 명이 비명을 질렀고, 세 명 모두 의자에서 바짝 몸을 움츠렸다.

"알프…." 에일린이 경고하며 말했다.

"가지고 오지 말라고 경고했잖아." 비니가 고상한 척 말했고, 알프는 주머니에서 주먹 쥔 손을 꺼냈다. 손에서는 긴 분홍색 꼬리가 달랑거렸다. "얘 이름은 아리예요." 주먹을 여자들에게 내밀며 알프가 말했다.

여자들 가운데 두 명은 비명을 질렀고, 세 명 모두 자기 물건들을 챙기더니 도망쳤다. "알프…." 에일린이 말했다.

"아픈 척하지 말고 5열 이야기를 꺼내지 말라고만 했잖아요." 주먹을 주머니에 쑤셔 넣으며 알프가 말했다. "생쥐에 관해서는 아무 말도 하지 않았어요." 알프는 객실 문을 닫고 창가에 앉아 유리창에 코를 댔다. "봐, 저기에 웰링턴[47]이 있어!"

"알프, 그 생쥐 당장 내게 줘."

"하지만 나는 어디서 웰링턴을 봤는지 표시해야 하는걸요." 알프는 신부가 준 지도를 꺼내 펼치기 시작했다.

에일린은 알프에게서 지도를 빼앗았다. "그 생쥐를 내게 주기 전에는 안 돼." 에일린이 손을 내밀었다.

"좋아요." 알프는 투덜거리듯 말하며 생쥐를 주머니에서 꺼냈다. "그냥 실 조각이에요." 알프의 손바닥에는 색바랜 분홍색 실이 놓여 있었다.

기묘하게도 그건 눈에 익어 보였다.

"그거 어디서 난 거지?"

"캐롤라인 여사의 카펫에서요." 비니가 말했다.

"벽에서 떨어진 거예요." 알프가 말했다.

'캐롤라인 여사의 값을 매길 수 없을 정도로 비싼 태피스트리에서겠지. 그리고 만약 여사가 이걸 알게 되면….'

하지만 그때쯤이면 에일린은 오래전에 떠났고, 캐롤라인 여사는 그걸 군인들 탓으로 돌릴 것이고, 알프와 비니는 다른 범죄로 교수형을 당한 지 오래이리라. 그래서 에일린은 사람들을 겁줘서는 안 된다고 훈계하는 정도로 상황을 끝낸 뒤, 바구니에서 샌드위치와 레모네이드 병을 꺼내 셋에게 나눠줬다. 아이들이 즐겁게 레모네이드를 마시고 있을 때, 철회색 머리털에 엄격해 보이는 분위기의 여자가 객실 문을 열었다.

"안 돼." 에일린이 알프와 비니에게 말했다.

47 제2차 세계대전 당시 영국의 폭격기

그 여자는 에일린 맞은편에 앉았고, 무릎 위에 핸드백을 놓고 그 위로 두 손을 올려놓았다. "아이들에게 레모네이드를 주면 안 되지요." 여자가 엄격한 어투로 말했다. "뭐든 단 거는 안 좋아요."

"제 생쥐를 보실래요?" 알프가 물었다.

여자는 날카롭게 알프를 쏘아보았다. "아이들은 어른들 말하는 데 끼는 거 아니야."

"제 뱀에게 먹일 거예요." 알프는 대롱거리는 태피스트리 실을 여자에게 보여주었다.

여자는 차가운 눈으로 실을 보았다. "나는 30년 동안 교장으로 있었어." 여자가 말하더니 줄을 잡아 알프의 주먹에서 잡아당겼다. "오랫동안 학교생활을 했기 때문에 학생들이 가짜 쥐로 장난치는 것 따위에는 속지 않아." 여자는 실을 에일린에게 내밀었다. "그리고 가짜 뱀에도. 당신, 아이들을 좀 더 엄격하게 키워야겠군요."

"엄마 아니에요." 시어도어가 새된 소리로 말했고, 교장은 날카롭게 시어도어를 쏘아 보았다. 시어도어가 겁을 먹고 에일린에게 달라붙었다.

"이 아이들은 피난민이에요." 에일린이 시어도어를 팔로 안으며 말했다.

"그렇다면 더욱더 엄격하게 대해야지요."

알프가 배에 손을 댔다. "배가 아파요, 에일린 누나."

"알프는 기차만 타면 아파요." 비니가 말했다.

"안 아픈 게 이상하지." 교장이 에일린에게 말했다. "아이들에게 레모네이드를 주니 이렇지요. 아주까리기름을 한 숟가락 먹이면 나을 거예요."

알프는 즉시 배에서 손을 치웠고, 알프와 비니는 한쪽 구석으로 도망쳤다.

"이 아이들 셋 모두 너무 오냐오냐하면서 응석을 받아준 게 분명하군요." 교장은 시어도어를 노려보며 말했다.

'시어도어. 코트에 이름과 행선지를 적은 꼬리표를 붙이고 낯선 이들 손에 의해 낯선 곳으로 몇 번이고 옮겨 다닌 이 아이가?'

"아이들은 응석을 받아주며 키우면 안 됩니다." 교장이 말했다. 그녀는 고개를 돌려 구석에서 속삭이는 알프와 비니를 잠깐 노려보았다. "아이들에게는 훈육과 엄격한 태도가 필요합니다. 지금과 같은 시기에는 더욱더 그렇지요."

'전쟁 기간에는 오히려 더욱더 응석을 받아줘야지.' 에일린이 생각했다.

"아이들에게 잘 대해주면 아이들은 의존적으로 되고 나약해질 뿐이에요." 하지만 에일린은 알프와 비니를 도저히 의존적이라든지 나약하다고는 표현할 수 없었다. "회초리를 아끼면 아이를 버립니다."

"때린다는 뜻인가요?" 시어도어가 에일린의 옆을 파고들며 떨리는 목소리로 물었다.

"필요하면 그래야지." 교장은 알프와 비니를 보며 말했다. 바로 지금 회초리가 필요하다는 표정이었다.

알프는 머리 위 선반에서 배낭을 내리려 의자에 서 있었고, 비니는 알프가 의자에서 떨어지면 알프를 잡으려고 그 아래에 서 있었다. "알프, 앉아." 에일린이 말했다.

"비행기 식별 기록일지를 찾는 거예요." 알프가 말했다. "내가 본 비행기들을 적으려고요."

"아이들은 어른들에게 말대꾸하면 안 돼." 교장이 말했다. "원숭이처럼 기어 올라가도 안 되고. 거기, 너희 둘." 여자가 아이들에게 소리쳤다. "당장 앉아." 그리고 놀랍게도, 둘은 여자의 말에 따랐다. 둘은 두 손을 무릎에 올리고 여자 옆에 앉았다.

"봤죠?" 여자가 말했다. "아이들에게 필요한 건 엄격함입니다. 아이들이 원하는 대로 하게 내버려두자는 현대식 생각은 아이들을 망… 으악!" 여자는 핸드백을 에일린에게 던지며 펄쩍 뛰어오르며, 마치 불에 덴 것처럼 미친 듯이 무릎을 털었다.

"알프, 무슨 짓을 한 거니?" 에일린이 말했지만, 알프와 비니는 이미 무릎을 꿇고 바닥을 훑으며 뭔가를 찾고 있었다. 알프가 뭔가를 찾아주머니에 쑤셔 넣었다.

"아무것도 안 했어요." 알프가 일어나 빈손을 내밀며 말했다.

"우리는 그냥 여기에 앉아 있었어요." 비니가 시치미를 떼고 말했다.

"못된 놈들이로군." 교장은 분노에 차 말하고 에일린에게 고개를 돌렸다. "당신은 아이를 돌볼 능력이 전혀 없군요." 그녀는 에일린의 두 손에서 자기 핸드백을 낚아챘다. "당신을 피난민 위원회에 보고할 겁니다. 그리고 차장에게도요." 여자는 여행 가방과 꾸러미들을 낚아챈 뒤 알프와 비니에게 고개를 돌렸다. "너희 둘, 곱게 죽지 못할 거야." 교장은 거칠게 문을 열고 객실을 나갔다.

"난 단지 그게 가짜 뱀이 아니라는 걸 그 아줌마에게 보여주고 싶었을 뿐이에요." 주머니에서 녹색 가터뱀을 꺼내며 알프가 말했다.

"그리고 그 아줌마는 당해도 싸요." 비니가 음침하게 덧붙였다.

'그래, 그건 맞는 말이야.' 에일린이 생각했지만 그렇게 말할 수는 없었다. "기차에 뱀을 가지고 타면 안 되는 거야."

"저택에 두고 올 수는 없었단 말이에요." 알프가 말했다. "그랬다가는 총에 맞았을 거예요. 얘 이름은 빌이에요." 알프가 다정하게 덧붙여 말했다.

"우리는 기차에서 쫓겨나나요?" 시어도어가 겁을 내며 물었고, 마침 답이라도 하듯 기차가 속력을 늦추기 시작했다. 알프와 비니는 창가로 몸을 날렸다.

"괜찮아요." 비니가 말했다. "역에 들어서는 거예요." 하지만 10분이 지나도 기차는 다시 출발하지 않았고, 에일린이 (자신이 돌아올 때까지 꼼짝도 하지 말라고 아이들에게 경고를 내린 다음) 복도로 나가보니, 그 교장이 플랫폼에 나가 역장에게 손가락을 흔들어대고 있었고, 역장은 초조한 눈으로 회중시계를 들여다보았다.

에일린은 재빨리 객실로 돌아왔다. "알프, 너 지금 당장 그 뱀을 없애야 해."

"빌을 없애라고요?" 알프가 놀라 물었다.

"그래."

"어떻게요?"

"그건 상관없어." 에일린이 입을 열었지만, 뱀이 복도를 꿈틀거리고 다니는 무시무시한 장면이 떠올랐다. "창밖으로 버려."

"창밖으로요? 그러면 깔려 죽는다고요!" 그리고 시어도어가 울기 시작했다.

'하루만 더 견디면 돼.' 에일린이 생각했다. '그러면 다시는 이 아이들을 볼 일이 없어.'

기차가 움직이기 시작했다. 역장은 에일린 일행이 기차에 머물 수 있도록 교장을 설득한 게 분명했다. 아니, 어쩌면 교장이 분통을 터뜨리며 다음 기차를 타기로 한 것일 수도 있었다. "지금 빌을 창밖으로 던지면 안 돼. 기차가 움직이고 있어." 비니가 말했다. "그랬다가는 분명 죽을 거야."

"빌이 여기에 있는 건 얘 잘못이 아니에요." 알프가 항의했다. "있으면 안 되는 곳에 있다고 해서 누가 누나를 죽이려 한다면, 에일린 누나도 좋아하지 않을 거잖아요."

'런던에 도착하면 내가 딱 그런 상황에 놓인단다.' 에일린이 생각했다. "좋아." 에일린이 말했다. "하지만 다음번에 멈추면 꼭 밖에 내놔야 해. 그리고 그때까지 빌은 네 배낭 안에만 있어야 해. 배낭에서 꺼내면 창밖으로 나가는 거야."

알프가 고개를 끄덕이고 의자를 기어올라 뱀을 치우고 다시 뛰어내렸다. "나 초콜릿 먹어도 돼요?"

"아니." 에일린이 말하며 초조한 눈으로 문을 바라보았지만, 승무원이 들어왔을 때는 단지 표를 확인하고 표에 구멍을 뚫기 위해서였다. 그 후 기차가 레딩에 멈추고 승객들이 밀려드는 상황에서도 에일린 일행이 있는 객실에는 아무도 들어오지 않았다.

'소문이 퍼진 게 분명해.' 에일린이 생각했다. 호드빈 남매가 런던에 악명을 떨치기까지 얼마나 걸릴지 궁금했다. 일주일이면 충분할 듯했다.

하지만 당장은, 시어도어가 에일린의 무릎 대신 옆에 앉을 수 있었고, 교장의 잔소리를 듣지 않아도 되었으며, 그래서 과자 장수가 오자 마음이 풀어져 아이들에게 초콜릿 바를 하나 사줬다.

그러지 말았어야 했다. 아이들은 곧바로 코니시 페이스티[48]를 사달라고

48 고기, 야채를 넣어 만든 파이

했으며, 이어서 페퍼민트 사탕과 소시지 빵을 졸랐다. '이러다가는 런던에 도착하기 전에 돈이 다 떨어지겠네.' 에일린이 생각했다. '그리고 알프가 기차에서 정말로 아프면 안 되는데.' 하지만 알프는 지도에 X 표시를 하고, 보이지도 않는 비행기가 하늘에 있다고 가리키며 시어도어에게 말하느라 바빴다.

"봐, 저기에 메서슈미트가 한 대 있어. 메서슈미트에는 220킬로그램급 폭탄들을 실을 수 있지. 기차 전체를 폭파할 수 있어. 네 머리 위로 폭탄이 하나만 떨어져도 뼈도 못 추릴 거야. 콰광! 그리고 흔적도 없이 사라지는 거야."

둘은 창에 딱 달라붙어 비행기가 더 없는지 찾았다. 비니는 젊은 여자 가운데 한 명이 놓고 간 게 분명한 영화 잡지에 푹 빠져 있었다. 에일린은 뚱뚱한 남자가 두고 간 신문을 집어 혹시 존 루이스 백화점이나 셀프리지스 백화점 광고가 없는지 살폈다. 주소를 알기 위해서였다.

두 곳 모두 6시까지 열었다. 좋았어. 운이 좋다면 에일린은 아이들을 데려다주고 폐장 전에 두 곳 모두 들를 수 있겠지. 하지만 폴리가 두 곳 가운데 어디에서도 일하지 않는다면 어쩌지? 에일린은 광고를 살피며 폴리가 말한 다른 이름이 있는지 찾아보았다. 디킨스 앤드 존스? 아니었다. 파커 앤 코? 아니었다. 하지만 그 이름이 P로 시작한다는 확신은 더욱더 강해졌다. P. D. 화이츠였나?

아니, 파젯스였다. '보면 기억날 줄 알았다니까.' 파젯스 백화점 역시 6시까지 열었으며, 주소를 보니 모두 몇 블록 안쪽에 있는 듯했다. 운이 좋으면 세 곳 모두 문 닫기 전에 들를 수 있었다. 에일린은 오늘 밤에 공습이 없기를 바랐다. 혹시 공습이 있더라도 옥스퍼드 스트리트는 아니기를 바랐다. 공습 중에 거리에 있는 건 생각만 해도 끔찍했다. '런던 대공습에 관해 공부해야 했는데. 그러면 언제 어디에 폭격이 있는지 알았을 텐데.' 에일린이 생각했다. 하지만 당시에는 그런 지식이 필요할 거라고 전혀 생각도 못 했었다.

폴리는 지하철역이 방공호로 쓰였다고 했다. 공습이 있으면 지하철역으로 가면 된다. 하지만 모든 지하철역이 안전하지는 않았다. 콜린이 폴리에게 폭격을 당한 지하철역 목록을 주던 게 기억났다. 하지만 콜린이 말했던 역들의 이름은 기억나지 않았다.

'폴리만 찾으면 다 해결돼.' 에일린이 생각했다. '폴리는 대공습에 관한 모든 걸 알고 있으니까.' 폴리가 런던에서 무슨 이름을 쓰는지 알아서 다행이었다. 에일린은 폴리라는 이름 대신 세바스찬 양이라는 이름을 물으면서….

"폴리." 비니가 말했다.

"뭐라고?" 에일린이 날카롭게 물었다. 자신도 모르게 생각을 소리 내 말한 건 아닐까 하는 생각이 퍼뜩 들었다.

"'폴리'는 어때요? 내 이름으로요. 폴리 호드빈. 아니면 몰리. 아니면 베로니카는요?" 비니는 잡지를 에일린에게 내밀며 베로니카 레이크의 사진을 가리켰다. "내가 베로니카를 닮았나요?"

"누나는 두꺼비를 닮았어." 알프가 말했다.

"그렇지 않아." 비니가 말하고는 잡지로 알프를 후려쳤다. "그 말 취소해."

"안 해!" 두 팔로 머리를 보호하며 알프가 외쳤다. "두껍 호드빈! 두껍 호드빈!"

'하루만 더 견디면 돼.' 에일린이 둘을 말리며 생각했다. '난 결코 버티지 못할 거야.' "알프, 네가 하던 비행기 식별을 계속해." 에일린이 명령했다. "비니, 넌 잡지를 계속 읽어. 시어도어, 이리 와. 너에게 동화를 들려줄게. 옛날에 공주가 살았어. 나쁜 마녀는 그 공주를 작은 방에 가두고 못된 괴물 두 마리에게…."

"저기 봐." 알프가 말했다. "방공 기구다!"

"어디?" 시어도어가 물었다.

"저기." 알프가 창밖을 가리켰다. "저기 커다란 은빛. 독일군이 급강하 폭격을 하지 못하게 막을 때 쓰는 거야."

그건 기차가 런던 근처까지 왔다는 뜻이었지만, 에일린이 창밖을 보았을 때 주위는 여전히 시골이었고, 또한 방공 기구와 조금이나마 비슷한 물건조차 보이지 않았다.

“구름을 본 거야.” 비니가 말했다. 하지만 넓고 파란 하늘에 보이는 구름이라고는 희미하고 깃털처럼 가는 것들뿐이었다. 하늘, 지나가는 들판과 나무와 예스럽고 아름다운 마을들과 석조 교회와 초가지붕을 얹은 오두막들을 보고 있노라니 지금이 전쟁 중이라는 게 도무지 믿기지 않았다.

그리고 런던에 도착하리라는 것도 잘 믿기지 않았다. 오후가 지나고 있었다. 알프는 보이지 않는 스투카와 브리스톨 블레넘을 지도에 표시했고, 비니는 ‘클로뎃… 올리비아… 캐서린 헵번 호드빈’이라고 중얼거렸으며, 시어도어는 잠이 들었다. 에일린은 다시 신문을 읽기 시작했다. 4페이지에 아이들을 해외 수용 프로그램에 등록하라고 부모들을 독려하는 광고가 있었다. 광고에는 이렇게 적혀 있었다. “아이들을 안전한 곳에 두고 안심하세요.”

‘아이들이 시티 오브 베나레스호에 탄 게 아니라면 말이지.’ 에일린이 알프와 비니를 걱정스레 보며 생각했다. 오늘은 9일이었다. 호드빈 부인이 아이들을 데리고 내일 사무실에 간다면 아이들은 수요일에 포츠머스로 떠날 것이고, ‘시티 오브 베나레스호’에 탈 가능성이 아주 컸다. 그 배는 13일에 출항했고, 나흘 뒤에 가라앉았다.

“더워요.” 비니가 잡지로 부채질하며 말했다. 진짜로 더웠다. 오후의 태양은 열기를 뿜었지만, 블라인드를 내릴 수는 없었다. 블라인드는 등화관제용으로 제작되어 모든 빛을 차단했다. 그러니 블라인드를 내렸다가는 알프가 비행기 식별을 하지 못할 거고, 그러면 뭔가 다른 말썽을 생각해낼 것이다.

“난 창문을 열 거야.” 알프가 말하고 플러시 천을 씌운 의자 위로 뛰어올라갔다. 그때 갑자기 기차가 덜컹하더니 쉬익 소리와 함께 증기를 뿜었고, 급격히 속력을 늦추기 시작했다.

“너 뭘 한 거니?” 에일린이 말했다.

“아무것도 안 했어요.”

“비상용 브레이크 끈을 당긴 게 분명해요.” 비니가 말했다.

“절대 안 그랬어.” 알프가 열을 내며 말했다.

“그러면 왜 기차가 멈추고 있는데?” 비니가 물었다.

“빌을 놔줬어?” 에일린이 다그쳐 물었다.

“아니에요.” 알프가 배낭을 뒤지더니 꿈틀거리는 뱀을 꺼내 들었다. “보이죠?” 알프는 뱀을 다시 배낭에 넣고 의자에서 뛰어 내렸다. “역에 도착한 걸 거예요.”

알프는 문으로 달려갔다. “가서 보고 올게요.”

“안 돼, 그러지 마.” 에일린이 알프를 잡으며 말했다. “너희 셋은 여기 가만히 있어. 비니, 시어도어를 지켜봐. 내가 가서 보고 올게.” 하지만 복도에서 어느 쪽을 보아도 역은 보이지 않았고, 구불구불한 개울이 흐르는 들판뿐이었다. 아까의 그 교장을 포함한 몇 명이 복도에 나와 있었다. 아, 이런, 그 교장이 아직도 기차에 타고 있다니.

“무슨 일이 일어난 건지 혹시 아시나요?” 승객 한 명이 물었다.

교장은 고개를 돌려 에일린을 곧장 노려보았다. “누군가가 비상용 끈을 잡아당긴 게 아닐까 싶군요.”

‘이런, 맙소사.’ 에일린이 객실로 재빨리 들어오며 생각했다. ‘저 사람들은 우리를 기차에서 내쫓아 들판 한복판에 두고 떠날 거야.’ 에일린은 문을 닫고 등으로 문을 눌렀다.

“뭐였어요?” 비니가 따지듯 물었다. “역에 도착한 건가요?”

“아니.”

“그러면 왜 멈춘 거예요?”

“공습이 있는 게 분명해.” 알프가 말했다. “그리고 독일군은 지금 당장에라도 우리 머리 위로 폭탄을 떨어뜨리기 시작할 거야.”

“병영 열차에 길을 비켜주고 있는 걸 거야.” 에일린이 말했다. “그리고 곧 다시 출발할 거야.” 하지만 기차는 계속 정지해 있었다.

1분, 또 1분 시간이 흘렀고, 객실은 점점 더워졌다. 무작정 복도를 돌아다니는 승객들이 자꾸만 늘어났다. 에일린은 ‘물건 찾기’ 게임으로 아이들 주의를 돌리려 했다.

“난 벌써 찾았는데요. 스파이요. 기차도 분명 그 스파이 때문에 멈춘 거예요." 알프가 말했다. "날 창가에 앉지 못하게 한 그 사람이 확실히 스파이예요. 그 아저씨가 기차를 폭파할 거예요."

"난 그런 거 싫…." 시어도어가 입을 열었다.

"기차에 폭탄 같은 건 없어!" 에일린이 말할 때 승무원이 비장한 표정을 지으며 들어왔다.

"방해해서 죄송합니다, 아가씨." 승무원이 말했다. "하지만 우리는 기차에서 피신해야 합니다. 짐을 챙겨 기차에서 내리셔야 합니다."

"피신을 해요?"

"내가 말했잖아요." 알프가 말했다. "폭탄이 있는 거죠?"

승무원은 알프를 무시했다. "행선지가 어디신가요, 아가씨?"

"런던이요." 에일린이 말했다. "하지만…?"

"나머지는 버스로 가실 겁니다." 승무원이 말하고는 뭐라 더 질문하기 전에 객실을 나갔다.

"짐들을 챙기렴." 에일린이 말했다. "알프, 지도를 접어. 비니, 내 책을 주고. 시어도어, 코트를 입어."

"난 폭파되고 싶지 않아요." 시어도어가 말했다. "나는 집에 가고 싶어요."

"넌 폭파되지 않아, 멍청아." 비니가 짐을 내리기 위해 의자 위에 서며 말했다. "만약 폭탄이었다면 짐 챙길 시간도 없이 당장 내리게 했을 거야." 맞는 말이다.

'그리고 폭탄이 아니라 다행이야.' 에일린이 아이들 셋에 짐까지 챙기느라 끙끙대며 복도를 지나 객차 끝으로 가면서 생각했다. '폭탄이었으면, 이 아이들과 씨름하느라 결코 제시간에 기차를 빠져나가지 못했을 테니까.'

다른 승객들은 이미 기차에서 내려 철로 옆에 깐 자갈들 위에 서 있었고, 교장은 승무원을 향해 소리를 지르는 중이었다. "지금 나보고 가장 가까운 마을까지 걸어가라는 건가요?"

암만 봐도 그래야 할 상황이 분명했다. 몇몇 승객은 이미 짐을 들고 들판을 가로지르고 있었다. "그러셔야 할 것 같습니다." 승무원이 말했다. "멀지는 않습니다. 저 나무들만 지나면 교회 첨탑이 보일 겁니다. 버스가 1시간 안에 도착할 겁니다."

"왜 우리를 다음 역까지 데리고 갈 수 없는지 아직도 이해가 안 가는군요. 아니면 이전 역으로 돌아가…."

"안타깝지만 그럴 수 없습니다. 우리 뒤에 다른 기차가 있습니다." 승무원은 교장에게 몸을 숙이고 나지막이 말했다. "우리 앞쪽에 사고가 있었습니다."

"폭탄이 있었다고 내가 말했잖아요." 알프가 말했다. 알프는 사람들을 밀치며 교장을 지나갔다. "스파이가 뭘 폭파했어요?"

승무원이 알프를 노려보았다. "철교." 승무원은 교장에게 다시 말했다. "불편을 끼쳐드려 정말 죄송합니다. 이 아이가 부인의 짐을 옮겨줄 수 있을 겁니다."

"아니, 고맙지만 됐어요. 내 짐은 내가 옮기겠어요." 교장은 에일린에게 시선을 돌렸다. "경고하는데, 뱀과 함께 버스를 타지는 않을 겁니다." 그녀는 그렇게 말하고 단호한 태도로 다른 사람들을 따라 들판을 가로지르기 시작했다.

"폭탄을 떨어뜨린 게 도르니에인가요?" 알프가 굴하지 않고 승무원에게 물었다. "아니면 하인켈 III인가요?"

"이리 와, 알프." 에일린이 말하며 알프를 끌고 갔다.

"기차가 몇 분만 일찍 갔으면…." 알프가 중얼거렸다. "폭탄이 떨어졌을 때 우리는 철교에 있었을 거예요."

'너랑 뱀 덕분에 기차가 지연됐지.' 에일린은 교장이 손가락을 흔들어대고, 역장이 초조한 표정으로 손목시계를 보던 기억이 났다. 그렇다면 고마워해야 당연한 일이겠지만, 에일린은 도저히 고맙다는 생각이 들지 않았다. 들판의 풀은 무릎 높이였고 짐을 들고 걸어가는 건 불가능했다. 시어도어는 4분의 1 정도 가더니 안아달라고 했다. 알프는 시어도어의 더플백 들기를 거부했고, 비니는 뒤에서 꾸물거렸다.

"꽃은 그만 꺾고 어서 와." 에일린이 말했다.

"이름을 고르는 중이에요." 비니가 말했다. "데이지. 데이지 호드빈."

"아니면 스컹크 캐비지[49] 호드빈." 알프가 말했다.

비니는 알프를 무시했다. "아니면, 바이올렛. 아니면 마타."

"그건 무슨 꽃이야?"

"그건 꽃이 아니야, 이 바보야. 그건 '스파이' 이름이야. 마타 하리. 마타 하리 호드빈."

"나 더워요." 알프가 말했다. "여기서 잠시 쉬면 안 되나요?"

"그러자." 다른 승객들은 모두 저만치 앞서가고 있었지만 에일린이 말했다. 아니, 승객들과 떨어져 있는 게 더 나을 것도 같았다. 에일린은 시어도어를 내려놓았다. "알프, 버스에 뱀을 태울 수는 없어. 그러니 뱀을 놔줘."

"여기서요?" 알프가 말했다. "여기에는 빌이 먹을 게 없단 말이에요." 알프는 꿈틀거리는 뱀을 배낭이 아닌 주머니에서 꺼냈다. "굶어 죽을 거라고요."

"말도 안 되는 소리 말고." 에일린이 말했다. "여기는 뱀이 살기 딱 좋은 곳이야. 풀과 꽃과 벌레들이 있잖아."

이곳은 '완벽한' 곳이었다. 만약 아이들 셋에 짐을 들고 가로질러야 하지만 않았다면, 에일린은 무릎 높이까지 올라오는 향기로운 풀과 머리를 살랑이는 산들바람, 벌들이 희미하게 윙윙거리는 이곳에 서서 주위 풍경을 만끽했으리라. 들판은 오후 햇빛을 받아 황금빛이었고, 미나리아재비와 야생 당근으로 가득했다. 구릿빛 잠자리들이 여기저기 핀 하얀 별꽃들 위로 날아다녔고, 화창한 파란 하늘을 배경으로 진파란색 새 한 마리가 쏜살같이 지나갔다.

"하지만 빌을 여기에 놔주면 폭탄에 맞을지도 몰라요." 알프가 비니 앞에서 뱀을 흔들어 보였지만, 비니는 아무 반응도 보이지 않았다. "도르니에가 돌아와서…."

"놔줘." 에일린이 엄격하게 말했다.

"하지만 그러면 빌은 외로울 거예요." 알프가 말했다. "누나도 낯선 곳

49 수분을 위해 강한 스컹크 냄새로 곤충을 유혹하는 식물, 우리말로는 '앉은 부채'라고 부른다.

에 홀로 남겨지고 싶지는 않잖아요."

'네 말이 맞아. 그러고 싶지 않아.' "놔줘." 에일린이 말했다. "당장."

알프는 마지못해 쪼그리고 앉아 손을 폈다. 뱀은 신나게 풀 속으로 미끄러져 들어가 사라졌다. 에일린은 시어도어의 더플백과 자신의 여행 가방을 집어 들고 아이들과 함께 다시 출발했다. 다른 승객들은 이미 보이지도 않았다. 에일린은 먼저 간 승객들이 뒤에서 아이들이 따라오니 기다려달라고 버스 기사에게 말해주면 좋겠다고 생각했지만, 깐깐한 교장의 태도를 생각해보면 그건 너무 허황된 소망이었다.

"저것 봐!" 알프가 외치며 너무나 갑자기 멈췄기 때문에 에일린은 하마터면 알프와 부딪칠 뻔했다. 알프가 하늘을 가리켰다. "저기 비행기가 있어."

"어디?" 비니가 말했다. "난 아무것도 안 보이는데." 잠깐 에일린에게도 아무것도 보이지 않았지만, 이윽고 작고 검은 점이 보였다. "잠깐, 이제 나도 보여!" 비니가 외쳤다. "우리에게 폭격하려고 다시 오는 거예요?"

에일린은 돌연 역사 수업에서 본 비디오의 한 장면이 떠올랐다. 비행기가 뿔뿔이 흩어져 도망치는 피난민들을 향해 급강하하며 기총소사하는 장면이었다. "저거 급강하 폭격기니?" 에일린이 알프에게 물었다. 에일린은 짐을 놓고 시어도어의 손을 잡았고, 다른 손을 비니와 알프 쪽으로 뻗으며 잡고 달아날 준비를 했다.

"스투카냐는 거죠? 작아서 잘 모르겠어요." 알프가 말하며 눈을 가늘게 뜨고 비행기를 바라보았다. "아니요. 우리 편 비행기예요. '허리케인'이네요."

하지만 에일린과 아이들은 아직도 들판 한가운데에 있었고, 겨우 몇백 미터 옆에는 정지한 기차도 있었다. 폭격에 딱 좋은 목표였다. "다른 사람들을 따라잡아야 해." 에일린이 말했다. "가자. 서둘러."

아무도 움직이지 않았다. "저기 또 한 대 있어요!" 알프가 흥분해 말했다. "메서슈미트예요. 날개에 철십자가 보이죠? 둘이 싸울 거예요!"

에일린은 목을 빼고 작은 비행기들을 쳐다보았다. 비록 장난감 비행기처럼 작아 보였지만, 앞부리가 날카로운 허리케인과 뭉툭한 메서슈미트 둘 다 이제 또렷하게 보였다. 두 대는 서로를 돌고, 급강하하고 조용히 방향을 바꾸었고, 싸우는 게 아니라 춤을 추는 것 같았다. 시어도어는 에일린의 손을 놓고 알프 옆으로 가서 우아하게 움직이는 두 비행기의 동작에 홀린 채 입을 벌리고 쳐다보았다. 그리고 그럴 만했다. 그 비행기들은 아름다웠다. "격추시켜!" 알프가 외쳤다. "쏴버려!"

"쏴버려!" 시어도어가 따라 말했다.

장난감 비행기들은 아무 소리도 내지 않으며 동체를 기울여 방향을 바꾸고 급강하하고 솟아올랐으며, 가느다랗고 하얀 비행운이 그 뒤를 따랐다. '내가 기차에서 본 건 구름이 아니었어. 지금처럼 비행기들이 쫓고 쫓기며 내는 비행운이었어. 난 지금 영국 본토 항공전을 보고 있는 거야.' 에일린이 감탄하며 생각했다.

메서슈미트가 고도를 높였다가 다른 비행기를 향해 곧장 강하했다. "조심해!" 비니가 외쳤다.

비행기가 하강하는 동안 여전히 아무 소리도 들리지 않았고, 기관총 소리도 들리지 않았다. "빗맞았어!" 알프가 외쳤고, 에일린은 허리케인의 날개 중간쯤에서 주황색 액체가 분출되는 걸 보았다.

"맞았어!" 비니가 외쳤다.

날개에서 하얀 연기가 뿜어나왔다. 허리케인이 급강하했다. "기수를 올려!" 알프가 외쳤고, 작은 비행기는 균형을 잡으려는 듯이 보였다.

'그건 조종사가 아직 살아 있다는 뜻이야.' 에일린이 생각했다.

"거기서 나와요!" 비니가 외쳤고, 마치 그 말에 따르는 것처럼, 비행기는 날개에서 하얀 연기를 뿜으며 북쪽으로 도망갔다. 하지만 충분히 빠르지 못했다. 메서슈미트는 빠르게 방향을 바꿔 다시 뒤를 쫓기 시작했다.

"뒤쪽!" 알프와 시어도어가 소리쳤다. "조심해요!"

"봐!" 비니의 팔이 올라갔다. "저기 하나 더 있어!"

"어디에?" 알프가 다그쳐 물었다. "난 안 보여." 그리고 갑자기 에일린 눈에 비니가 가리킨 게 보였다. 그것은 다른 비행기 두 대 위에 있었고 빠르게 다가오고 있었다.

'오, 맙소사. 독일군이면 안 되는데.' 에일린이 생각했다.

“스핏파이어다!” 알프가 소리쳤고, 메서슈미트의 조종석이 불길에 싸여 폭발하며 시커먼 연기를 내뿜었다. “잡았다!” 알프가 신나서 말했다. 메서슈미트는 동체를 뒤집더니 나선을 그리며 떨어졌다. 꼬리에서는 연기가 소용돌이쳤지만, 죽어가며 추락하는 와중에도 메서슈미트는 여전히 우아하고 여전히 아무 소리도 내지 않았다.

‘땅에 충돌해도 소리가 안 날 거야.’ 에일린이 생각했지만, 틀린 생각이었다. 비행기는 조용하면서도 불쾌한 충돌음을 냈다. 아이들이 환호성을 냈다. “스핏파이어가 허리케인을 구할 줄 알았어!” 비행기 두 대를 올려보며 알프가 기뻐했다.

스핏파이어는 여전히 하얀 연기를 내는 허리케인 위를 선회했다. 그리고 에일린과 아이들이 지켜보는 가운데, 허리케인은 끝없이 펼쳐진 파란 하늘을 길게 가로지르며 잠깐 떨어지더니 나무들 너머로 사라졌다. 에일린은 눈을 꼭 감고 충돌음이 나기를 기다렸다. 충돌음은 발걸음 소리처럼 희미하게 들렸다.

‘집에 가고 싶어.’ 에일린이 생각했다.

“탈출했어.” 알프가 말했다. “낙하산이 보여.” 알프는 푸르고 하얀 텅 빈 하늘을 자신 있게 가리켰다.

“어디?” 시어도어가 물었다.

“난 낙하산이 안 보여.” 비니가 말했다.

“이제 우리는 가야 해.” 에일린이 자기 여행 가방을 들고 시어도어의 손을 잡으며 말했다.

“하지만 추락해서 응급 처치가 필요하면 어떻게 해요?” 알프가 말했다. “아니면 구급차나요. 영국 공군은 마법의 조종사들이에요. 어디든 착륙할 수 있어요.”

“날개에 불이 붙어도?” 비니가 말했다. “분명 죽었을걸.”

시어도어는 에일린의 손을 꽉 잡고 애원하는 눈으로 그녀를 바라보았다. “그건 일 수 없이, 비니.” 에일린이 말했다.

“내 이름은 비니가 아니에요.”

에일린은 그 말을 무시했다. "조종사는 분명히 무사할 거야, 시어도어." 에일린이 말했다. "이제 가자. 버스 놓치겠다. 알프, 비니…."

"말했잖아요. 나는 이제 비니가 아니에요." 비니가 말했다. "새 이름을 정했어요."

"뭔데?" 알프가 경멸하며 물었다. "민들레?"

"아니. 스핏파이어."

"스핏파이어?" 알프가 야유했다. "허리케인이 더 어울려. 허리케인 호드빈."

"아니." 비니가 말했다. "스핏파이어야. 늙다리 히틀러를 혼내주는 거니까. 스핏파이어 호드빈." 비니가 새로운 이름을 말해보았다. "내게 딱 어울리는 이름이죠, 에일린 언니?"

35

다 글렀다!

— 윌리엄 셰익스피어, 《폭풍우》

런던, 1940년 9월 21일

스넬그로브 양은 폴리에게 이런 상태로 어떻게 일을 하겠냐며 쉬라고 고집을 부렸다. “헤이즈 양이 당신 판매대를 맡아줄 거예요.” 스넬그로브 양이 말했다.

“세바스찬 양은 집에 가야 하는 거 아닌가요?” 도린이 다가오며 물었다.

“갈 수 없어요.” 마저리가 말하고는 도린에게 귓속말로 뭔가를 말했다. ‘강하 지점이 손상된 걸 마저리가 어떻게 알지?’ 폴리가 궁금해했다.

“이리 와요.” 스넬그로브 양이 말하고 폴리를 데리고 승강기를 타고 타운센드 브라더스 백화점의 지하 방공호로 갔다. “쉬어야 해요.” 그녀가 평소에는 손님들 전용으로 마련된 간이침대를 가리키며 말했고, 폴리가 여전히 서 있자 다시 말했다. “자, 코트를 벗어요.” 스넬그로브 양은 직접 코트 단추까지 끌러주고는 코트를 의자에 걸쳐놓았다.

“검은 치마를 구하지 못해 죄송해요.” 폴리가 말했다. 그녀는 침착함도 용기도 보여주지 못했다. 모든 직원은 화재 속에서도 침착함을 유지해야만 했다. “그리고 선물 포장하는 법도 아직….”

"그건 지금 걱정하지 말아요." 스넬그로브 양이 말했다. "다른 걱정은 말고 우선 한숨 푹 자요. 당신은 너무 큰 충격을 받았어요."

'너무 큰 충격.' 폴리는 고분고분 간이침대에 앉으며 생각했다. 고드프리 경과 라버넘 양과 다른 모두가 죽었고 강하는 작동하지 않았다. 그리고 구조팀은 여기에 오지 않았다. '구조팀은 어제 여기에 와야 했어. 어제.'

"신발을 벗어요. 그래요, 잘했어요. 자, 이제 눕도록 해요." 스넬그로브 양이 간이침대의 베개를 가볍게 쳐서 부풀렸다.

'그 남자의 술 달린 분홍 쿠션을 거기 보도에 두고 오면 안 되는 거였는데.' 폴리가 생각했다. '누가 훔쳐 갈 거야. 출입 금지선 안에 넣어뒀어야 하는데.'

"누워요. 그래야 착한 아이죠." 스넬그로브 양이 말했다. 그녀는 폴리에게 담요를 덮어주고 불을 껐다. "쉬도록 해요."

폴리는 고개를 끄덕였고, 스넬그로브 양이 보여준 놀라운 친절에 감동해 눈물이 글썽였다. 폴리는 두 눈을 감았지만 그러자마자 산산이 부서진 교회가 눈앞에 어른거렸고, 마치 자신이 보고 있는 게 교회가 아니라 그 안의 사람들처럼 느껴졌다. 뒤엉키고 짓이겨지고 온몸이 부러진 주임 사제와 위번 부인과 어린아이들. 베스 브라이트포드, 6살, 적의 공격으로 급사. 아이린 브라이트포드, 5살. 트로트….

"아무 소리도 듣지 못할 겁니다." 도밍 씨는 그렇게 말했었다. "즉사할 테니까요." 폴리는 그 말이 사실이기를 간절히 바랐다. 자신들이 갇혔다는 사실을 알 시간이 없었기를, 교회가 무너져 내린다는 걸 느낄 시간이 없었기를, 무슨 일이 일어날지 알아차릴 시간이 없었기를 바랐다.

'나처럼 말이야.' 폴리가 씁쓸하게 생각했다. 폴리는 억지로 두려움을 떨쳐냈다. '난 갇힌 게 아니야. 강하 지점이 손상되었다는 게 나를 구출하지 못한다는 뜻은 아니야. 시간은 충분해.'

하지만 그게 바로 문제였다. 옥스퍼드 측은 시간이 필요 없었다. 옥스퍼드는 세상의 모든 시간을 가지고 있었다. 설사 강하를 수리해야 한다고 할지라도, 그리고 그게 몇 주 아니 몇 달이 걸리더라도, 그들은 강하 지점이

손상되자마자 이곳에 올 수 있었다. '그렇다면 대체 구조팀은 어디에 있는 거야?'

'아마도 나를 찾지 못했을 거야.' 폴리가 생각했다. 목구멍을 타고 두려움이 다시 올라왔다. 폴리는 정착 확인 보고를 하지 않았다. 자신의 주소를 알리지 않았다. '그리고 리케트 부인 집에는 내가 그 집에 산다고 구조팀에게 말해줄 사람이 아무도 없어.'

하지만 던워디 교수는 구조팀에게 신문에 난 '세놓음' 란의 모든 방과 아파트를 확인하게 했을 것이다. 그리고 그들은 폴리가 옥스퍼드 스트리트에서 일하는 것을 알았다. 던워디 교수는 구조팀에게 모든 백화점의 모든 매장을 확인하게 시켰을 것이다.

'하지만 나는 백화점에 있지 않았어.' 폴리가 생각하며 담요를 걷었다. 그녀는 일어나 앉아 신발에 손을 뻗었지만, 신발을 신기 전에 마저리가 차를 담은 잔과 꾸러미를 들고 들어왔다. "좀 잤어?" 마저리가 물었다.

"응. 폴리가 거짓말을 했다. "훨씬 좋아졌어. 이제 매장으로 돌아가도 돼."

마저리는 가늠하는 표정으로 폴리를 바라보았다. "그건 좋은 생각이 아니라고 봐. 넌 여전히 안색이 아주 나빠." 그녀는 폴리에게 차를 건넸다. "넌 쉬어야 해. 게다가 서둘러 갈 필요도 없어. 전혀 바쁘지 않거든."

"나를 찾으러 온 사람 없었어?" 폴리가 말을 가로챘다.

"공습 대비대나 민방위대 말이야? 아니, 아무도 안 왔어. 그 사람들이 잔해에 파묻힌 너를 꺼낸 거야?" 마저리가 궁금해 물었고, 폴리는 이 사람들이 자신이 사는 하숙집이 폭격당한 거로 생각한다는 걸 깨달았다.

"아니, 내가 살던 곳이 아니었어." 폴리가 설명하려 했다. "방공호였어. 세인트조지 교회에 있는 거. 지하에 방공호가 있었어. 공습 때 내가 있던 곳이었지. 하지만 폭격이 있던 날 나는 그곳에…."

하지만 만약 폴리가 강하 지점에 가려고 하지 않았다면, 만약 지하철역에서 잡혀 있지 않았더라면, 또는 정착 확인 보고를 하기 위해 옥스퍼드에 주소에 다녀왔더라면, 폴리는 낙히산 지뢰가 폭발했을 때 그들과 함께 있었을 것이고, 교회가 무너져 사람들을 깔아뭉갰을 때….

"네가 거기 없었다니 정말 다행이야." 마저리가 말하고 있었다.

'다행이라….' 폴리가 생각했다. "넌 이해하지 못해. 그 사람들은…." 폴리가 말했고, 갑자기 죽기 직전 지하실에 앉아 있었을 그 사람들 모습이 떠올랐다. 뜨개질하는 히바드 양, 넬슨을 쓰다듬는 심스 씨, 소문을 주고받는 라일라와 비브, 어머니 주위에 모여 앉아 동화를 듣는 베스와 엄지손가락을 입에 넣은 아이린과 트로트. "그 사람들은… 거기에는 어린 여자아이도 세 명이나 있었어…."

"정말 끔찍하다." 마저리가 말하며 꾸러미를 바닥에 내려놓고 폴리와 나란히 간이침대에 앉았다. "네가 그러는 것도 당연해…. 넌 정말로 여기 있으면 안 돼. 어디 살아? 네 집주인에게 전화해서 널 집으로 데리고 가라고 할게."

'집.' "그건 불가능해." 폴리가 말했다.

"하지만 넌 방을 구했다고…."

"집주인은 죽었어. 리케트 부인은 세인트조지 교회에 있었어. 그리고 하숙하던 사람들도 전부. 히바드 양과 도밍 씨와 라버넘 양…." 폴리의 목소리가 떨렸다. "이제 그곳에는 아무도 없어…."

"그래서 집으로 갈 수 없다고 말한 거였구나. 그렇겠네. 하숙집 주인이 죽으면 하숙하던 사람들 어떻게 되는지 나도 몰라." 마저리가 마치 혼잣말하듯 말했다. "다른 누군가가 하숙집을 넘겨받지 않을까 싶은데…, 혹시 리케트 부인에게 가족이 있어?"

"모르겠어."

"하지만 가족이 집을 팔기로 결정한다면… 그리고 어쨌든 그런… 일이 있고 난 뒤에 너 혼자서 거기에 머물 수는 없는 노릇이니까…. 함께 있을 사람 있어? 여기 런던에 가족이나 친구가 있어?"

'아니.' 폴리가 다시 공포가 스멀스멀 일어나는 것을 느끼며 생각했다. '나는 전쟁 한복판에 여기 혼자야. 그리고 만약 구조팀이 나를 구하러 오지 않으면….'

마저리는 근심스러운 표정으로 폴리를 바라보았다. "아니." 폴리가 말했다. "아무도 없어."

"네 가족은 어디에 있어? 런던 근처에 살아?"

"아니, 노섬벌랜드에 살아."

"아, 그럼 뭔가 방법을 생각해내야겠네. 일단은 여기, 차를 좀 마셔. 기분이 나아질 거야."

'내 기분을 나아지게 할 수 있는 건 없어.' 폴리가 생각했지만, 이제 매장으로 돌아갈 수 있을 정도로 충분히 몸이 회복되었다고 마저리를 설득해야만 했고, 그래서 차를 마셨다. 차는 연했고 간신히 미지근한 정도였다. "네 말이 맞아. 도움이 되네." 폴리가 말하며 마저리에게 찻잔을 건네고 일어서려 했지만, 마저리가 말렸다.

"스넬그로브 양이 넌 쉬어야 한다고 했어." 마저리가 단호히 말했다.

"하지만 이제 나는 '아주 많이' 좋아졌어." 폴리가 항의했다.

마저리가 고개를 저었다. "정신적 충격을 받은 사람들은 이상한 행동을 해. 내 집주인인 아멘트루드 부인의 조카딸이 버스를 타고 가다가 폭격받았어. 부인은 자신은 아무렇지도 않다고 말했지만, 1시간 뒤 갑자기 얼굴이 창백해져 몸을 벌벌 떨더라. 그래서 결국 병원에 가야만 했어."

"나는 정신적 충격을 받은 게 아니야. 그냥 타박상을 약간 입은 거고, 난 이제 매장으로…."

"스넬그로브 양은 네가 쉬어야 한다고 했어." 마저리가 반복해 말했다. "그리고 나더러 이걸 너에게 주라고 했어." 마저리가 폴리에게 꾸러미를 내밀었다. 꾸러미는 네 가장자리가 완벽하게 평평했고, 꾸러미를 두른 끈은 정확한 나비매듭으로 단단히 묶여 있었다.

"포장 연습용이야?" 폴리가 물었다.

"아니, 당연히 아니지." 마저리가 이상하다는 표정으로 폴리를 보았다. "네가 뭐라고 하든 간에 넌 충격을 받은 게 분명해. 줘봐." 마저리가 폴리에게서 꾸러미를 다시 받아 갔다. "내가 대신 풀어줄게."

그건 검은 치마였다. "스넬그로브 양이 치마값은 7펜스 6실링이라고 했어. 하지만 다시 일할 수 있을 때까지는 돈과 배급 점수를 갚을 걱정을 하지 않아도 돼."

"7펜스 6실링?" 폴리가 말했다. 그건 너무 헐값이었다. 스타킹 하나만 해도 그 세 배 가격은 되었다. "어떻게 그런 가격이…."

"스넬그로브 양이 본 앤 홀링스워스의 폭탄 세일에서 샀다고 했어. 물에 손상된 것들이었대." 마저리가 치마를 폴리에게 내밀었다.

그 치마는 결코 폭탄에 손상된 물건 할인 판매에서 산 것이 아니었다. 새것이었고, 흠 하나 없었으며, 폴리 생각에 그 치마는 타운센드 브라더스 백화점의 '고급 여성복' 매장에서 곧장 가져온 것으로 가격이 적어도 5파운드는 할 것이다. 폴리는 너무 감동해 잠시 말을 잇지 못하고 두 손으로 치마를 들고 있었다. "정말 고마워하더라고 꼭 전해줘." 마침내 폴리가 말했다.

마저리가 고개를 끄덕였다. "가끔은 스넬그로브 양은 거의 사람 같아 보이기도 해. 하지만 내가 여기 좀 더 머물렀다가는 내 목을 치려 들걸." 마저리는 폴리에게서 부드럽게 치마를 받아 의자 등받이에 걸쳐두었다. "뭐 더 도와줄 거 없어?"

"응. 내 판매대로 돌아갈 수 있다고 전해줘."

"그 말은 절대로 전하지 않을 거야. 넌 아직 제대로 생각할 수 없고 얼굴은 종잇장처럼 하얘. 그리고 영웅처럼 행동할 필요 없어. 여기는 타운센드 브라더스 백화점이지 됭케르크가 아니야. 자, 이제 누워."

폴리는 그 말대로 했고, 마저리는 폴리 주위로 이불을 단단히 여며주었다. "이제 이대로 쉬어."

폴리가 고개를 끄덕였고, 마저리는 나가기 위해 일어났다. "잠깐." 폴리가 마저리의 손목을 잡으며 말했다. "만약 누가 나를 찾거든, 그리고 내가 여기에서 일하는지 묻거든, 내가 어디에 있는지 그 사람들에게 알려줄래?"

"당연하지." 마저리가 말했고, 다시금 이상하다는 눈으로 폴리를 바라보았다.

"그리고 스넬그로브 양에게 오늘 오후에 매장으로 돌아갈 수 있는지 물어봐줘"

"잠을 청하겠다고 약속하면 물어볼게." 마저리가 말하고 나갔다. 몇 분 뒤 마저리는 샌드위치와 우유가 담긴 잔을 가지고 돌아왔다. "스넬그로브 양이 3시까지 쉬래." 마저리가 말했다. "그리고 상황을 보자네. 그리고 넌 뭔가를 먹어야 해."

"그럴게." 폴리가 거짓말을 했다. 음식 생각만으로도 속이 울렁거렸다. 폴리는 누워서 마저리 말대로 잠을 청해봤지만 소용없었다. 만약 구조팀이 마저리에게 폴리가 어디에 있는지 묻지 않는다면? 그냥 쇼핑하는 척 백화점을 둘러보고 폴리를 발견하지 못하고는 이곳에서 일하지 않는 것이라고 결론을 내리고 떠난다면? 폴리는 담요를 걷고 일어나 치마를 쥐고 옷매무시를 가다듬으러 화장실로 갔다.

그리고 거울에 비친 자기 모습을 보고 깜짝 놀랐다. 스넬그로브 양이 폴리에게 치마를 준 것도 이상할 게 없었다. 폴리의 치마는 더럽고 벽돌 먼지에 뒤덮였을 뿐만 아니라 한쪽이 완전히 찢어진 상태였다. 뾰족한 들보 조각에 걸려 찢어진 모양이었다. 그리고 모두가 폴리에게 상냥히 대해준 것도 이상하지 않았다. 폴리의 모습은 형편없었다. 머리와 얼굴은 횟가루로 하얗고, 뺨에는 눈물 얼룩이 져 있었다. 무릎에서 흐른 피는 다리를 타고 흘러내렸고, 찢어진 스타킹에 엉켜 있었다.

스타킹 양쪽은 넓게 올이 나갔고, 구멍도 몇 개 나 있었다. 폴리는 피를 씻어냈지만, 스타킹은 여전히 끔찍해 보였고, 그래서 스타킹을 벗어 핸드백에 쑤셔 넣었다. 문제가 되지는 않을 것이다. 스타킹이 부족하기에 젊은 여자들은 맨다리로 다니곤 했다.

하지만 그건 전쟁 후반부지 1940년에는 그러지 않았다. 마저리가 맞았다. 폴리는 제대로 생각할 수가 없었다. 폴리는 판매대 뒤에만 있으면서 자신이 스타킹을 신지 않은 걸 손님들이 알지 못하게 해야 할 것이다. 블라우스는 그리 나쁘지 않았다. 코트가 어느 정도 보호를 했기 때문이다. 폴리는 얼룩을 최대한으로 훔쳐내고, 새 치마를 입고, 얼굴을 씻고, 머리를 빗었다. 립스틱을 발라야 했다. 너무나 창백해 보였다. 하지만 립스틱을 바르자 오히려 더 창백해 보였다. 그래서 립스틱을 대부분 지워낸 뒤 자신이 맡은 판매대로 올라갔다.

"여기서 뭐 하는 거야?" 폴리를 본 마저리가 말했다. "2시밖에 안 됐어. 넌 3시까지 쉬어야 해. 매니저님!" 마저리는 폴리가 말리기도 전에 외쳤고, 스넬그로브 양이 서둘러 오더니 걱정스러운 표정을 지었다.

"세바스찬 양, 당신은 쉬어야 해요." 스넬그로브 양이 꾸짖듯이 말했다.

"아니요. 제발 여기 있게 해주세요."

"어째야 할지 모르겠군요." 스넬그로브 양이 망설이며 말했다.

"이제 훨씬 좋아졌어요. 진짜예요." 폴리는 말하며 어떻게 해야 그녀를 설득할 수 있을지 생각했다. "그리고 처칠 수상님은 우리는 버텨야만 한다고, 적에게 항복해서는 안 된다고 했어요."

"좋아요. 하지만 만약 조금이라도 아프거나 어지러우면…."

"고맙습니다." 폴리가 기뻐하며 말했고, 스넬그로브 양이 마저리에게 폴리를 잘 지켜보라고 한 뒤 툼리 양을 맞이하러 승강기로 가자마자, 폴리는 주위를 둘러보며 구조팀일 만한 사람이 없는지 찾아보았다.

마저리의 말은 사실이었다. 손님은 거의 없었고, 오후 내내 온 손님이라곤 발리 양, 미니안 부인, 쿨페퍼 양처럼 폴리가 아는 단골들뿐이었다. 쿨페퍼 양은 돼지가죽 장갑을 끼어보려 했지만, 결국은 모직 장갑을 사기로 했다. "신문에 따르면 올겨울은 특히 추울 거라더군요." 쿨페퍼 양이 말했다.

'맞아요, 아마 그럴 거예요.' 폴리가 생각하며 장갑을 포장했고, 승강기를 지켜보며 승강기 문 위쪽의 화살표가 4층에서 멈추기를, 문이 열리고 구조팀이 나오기를 간절히 소망했다.

하지만 아무도 나오지 않았고, 5시가 되었을 때는 플란넬 잠옷도 사기로 마음먹고 마저리의 판매대에 가 있는 쿨페퍼 양 말고 다른 손님은 없었다. 다른 점원들은 상자들을 치우고 있거나 자기 판매대에 기대 승강기 위 시계를 지켜보았다.

'그래서 구조팀이 오지 않은 거야.' 폴리가 생각했다. 왜냐하면 모두가 지켜보고 있기 때문이었다. 구조팀이 오는 걸, 폴리가 그들과 함께 나가는 걸, 폴리의 얼굴에 안심한 기색이 역력해지는 걸 모두가 볼 수 있을 것이

다. '백화점이 폐장해서 나랑만 이야기할 수 있을 때까지 아래층에서 기다리고 있는 거야.'

폐장을 알리는 종이 울리자마자 폴리는 서둘러 코트를 입고 모자를 쓴 다음 계단을 내려가서 직원용 출입구를 나섰지만, 밖에는 아무도 없었다. '정문 쪽에 있을 거야.' 폴리가 생각하며 재빨리 거리를 돌아 정문 쪽으로 갔지만, 그곳에는 도어맨 한 명만이 나이 든 여자가 택시에 타는 걸 돕고 있을 뿐이었다.

도어맨은 문을 닫고 택시 운전사에게 뭔가를 말했다. 택시는 떠났고, 도어맨이 폴리를 돌아보았다. "도와드릴까요, 아가씨?"

'아니요.' 폴리가 생각했다. '누구도 나를 도울 수 없어요.' 구조팀은 어디에 있는 걸까?

"아니요, 고맙습니다." 폴리가 말했다. "사람을 기다리고 있어요."

도어맨은 고개를 끄덕이더니 모자챙을 살짝 만져 인사를 보내고 안으로 돌아갔다.

'구조팀은 타운센드 브라더스 백화점이 폐장 시간을 앞당긴 걸 모르는 거야.' 폴리는 생각했고, 거리를 재빨리 걸어가 택시를 잡는 쇼핑객들, 직원 전용문으로 나와 버스 정류장으로 서둘러 가거나 옥스퍼드 서커스 쪽으로 가는 여자 점원들과 승강기를 조작하는 소년들을 살폈다. '그래서 늦는 거야. 6시에는 올 거야.' 하지만 1분 1분 시간이 흐르며 폴리가 그토록 억누르려 했던 공포심이 그녀가 처음 도착한 날 저녁의 안개처럼 스멀스멀 피어오르기 시작했다.

'어디에 있는 걸까?' 추위와 맨다리 때문에 떨며 폴리가 스스로에게 물었다. 그녀는 인도의 가장자리까지 나와 몸을 내밀고 도로를 살폈다. '구조팀에게 무슨 일이 생긴 거지? 아예 안 오면 어쩌지?'

손 하나가 다가와 폴리의 팔을 잡았다. "여기 있었구나." 마저리가 숨차하며 말했다. "널 찾아 사방으로 다녔어. 왜 그렇게 달려 나간 거야? 자, 가자. 오늘 밤은 나랑 우리 집에 가자. 스넬그로브 양의 명령이야."

"아, 하지만 난 그럴 수 없어." 폴리가 말했다. 만약 구조팀이 오면….

"아무도 없는 하숙집으로 돌아갈 수는 없지. 스넬그로브 양과 나는 네가 지금 혼자 있으면 안 된다고 생각해."

"하지만 나는 …."

"네 물건은 내일 가지러 가도 돼. 오늘 밤에는 잠옷을 빌려줄게. 내일 나랑 같이 다니면서 네가 살 곳을 찾아보자."

"하지만…."

"오늘 밤 할 수 있는 일은 아무것도 없어. 그리고 내일 넌 좀 더 기운이 날 거고 상황을 직시할 수 있을 거야. 내일은 일요일이야. 우리는 온종일…."

'일요일.' 폴리는 주임 사제와 와이번 양이 제단의 꽃을 논의하던 것이 떠올랐다. 교회의 다른 부분과 마찬가지로 제단은 부서져 고드프리 경과 라버넘 양과 트로트 위로 무너져 내렸을 것이다….

"알겠지?" 마저리가 폴리의 팔을 잡으며 말했다. "넌 혼자 있으면 안 돼. 나뭇잎처럼 떨고 있잖아. 그리고 난 스넬그로브 양에게 널 돌보겠다고 약속했단 말이야. 나 잘리는 걸 보고 싶지는 않겠지?" 마저리는 격려하듯 웃어 보였다. "가자. 6시가 지났어. 곧 버스가 올 거야…."

6시가 지났지만, 구조팀은 여전히 이곳에 없었다. '왜냐하면 오지 않을 거니까.' 폴리가 멍하니 마저리를 보며 생각했다. '그리고 나는 이곳에 갇혔어.'

"알아. 끔찍한 일이지." 마저리가 동정하며 말했다.

'아니, 넌 몰라.' 폴리가 생각했지만, 그녀는 마저리가 이끄는 대로 거리를 다시 거슬러 버스 정거장으로 갔다.

"스넬그로브 양이 너에게 따뜻하고 맛있는 음식을 만들어주라고 했어." 줄을 서며 마저리가 말했다. "그리고 네가 잘 자는지도 지켜보래. 폭격 때문에 언니네가 자기 집으로 들어오지만 않았어도 스넬그로브 양이 널 자기 집에 데려갔을 거야. 그리고 나는 공간이 넉넉해. 나랑 같이 살던 애는 바스로 이사했거든. 아, 잘됐다. 버스가 오네." 마저리는 폴리를 붐비는 버스 안으로 밀어 올린 뒤 빈 의자에 앉혔다.

폴리는 옆에 앉은 여자 쪽으로 몸을 기울이고 창밖의 타운센드 브라더스 백화점을 보았다. 하지만 그 앞에는 아무도 없었고, 셀프리지스 백화점을 지날 때 시계는 6시 15분을 가리켰다.

"곧 집에 도착할 거야." 마저리가 폴리 옆에 서서 말했다. "세 정거장만 더 가면 돼." 하지만 옥스퍼드 서커스를 지나자마자 버스는 길옆으로 가 멈추었고, 운전사가 내렸다.

"우회합니다." 운전사가 다시 타며 말했다. "불발탄입니다." 그리고 옆길로 들어가더니 다시 그리고 또다시 옆길로 들어섰다.

"아, 이런. 지하철을 탔어야 하는데." 마저리가 초조해하며 걱정스러운 표정으로 폴리를 보았다. "미안해, 폴리."

"네 잘못이 아닌걸."

다시 버스가 멈췄다. 운전사는 공습 대비대 감시원과 상의하더니 다시 출발했다.

"어디로 가는 거야?" 마저리가 폴리 너머로 몸을 기울여 창밖을 보며 말했다. "이건 말도 안 돼. 거의 스트랜드에 와 있잖아. 이런 식이면 절대 집에 못 가겠어." 마저리가 줄을 당겨 운전사에게 내리겠다는 신호를 보냈다. "가자. 지하철을 타자."

둘은 거의 어두워진 거리에 내렸다. 폴리 눈에 건물들 위 왼쪽으로 교회 첨탑이 보였다. "여기가 어딘지 혹시 알아?" 폴리가 물었다.

"응. 저쪽으로 가면 채링크로스야."

"채링크로스?" 폴리가 말했고, 다시 다리에서 힘이 빠지며 휘청하는 걸 느꼈다. 그녀는 지나치던 가로등 기둥을 잡았다.

"응. 여기서 안 멀어." 마저리가 계속 걸으며 말했다. "저건 세인트마틴 인 더 필즈 교회의 첨탑이고 그 너머는 트래펄가 광장이야. 피커딜리 선이 운행 중이면 좋겠는데. 그 노선은 이번 주에 두 번 폭격을 당했어. 어제는 역들 사이 철로에 폭탄이… 폴리, 괜찮아?" 마저리가 서둘러 폴리에게로 돌아왔다. "정말 미안해. 내가 생각이 없었어. 폭탄 이야기를 하는 게 아닌데…." 마저리는 도움을 청하기 위해 아무도 없는 거리를 황급히 살폈다. "자, 여기에 앉이."

마저리는 폴리를 데리고 가게로 갔고, 문으로 올라가는 계단에 앉혔다.

'문. 정말 적절하네.' 폴리가 생각했다. '하지만 문은 소용없어. 열리지 않을 거니까. 내 강하 지점은 망가졌어.'

"내가 뭔가 해줄 수 있는 게 있어?" 마저리가 초조하게 물었다. "의사를 데려올까?"

폴리가 고개를 저었다.

"좌절하면 안 돼." 마저리가 옆에 앉아 손으로 폴리를 안으며 말했다. "우린 다 이겨낼 수 있어."

폴리가 고개를 저었다.

"알아. 이 끔찍한 전쟁이 영원히 안 끝날 거 같이 느껴진다는 거. 하지만 그렇지 않을 거야. 우리는 늙다리 히틀러를 물리치고 이 전쟁에서 이길 거야."

'네 말이 맞아. 그렇게 될 거야.' 폴리가 생각했다. 폴리는 고개를 들고 세인트마틴 인 더 필즈 교회의 첨탑을 바라보았다. '난 알아. 나는 전쟁이 끝나던 날 채링크로스에 있었어. 하지만 내가 이걸 이겨낼 거라는 네 말은 틀렸어. 내 데드라인이 되기 전에 구조팀이 날 구해주지 않는다면 말이야. 역사학자는 같은 시간 위치에 두 번 존재할 수 없어. 그리고 구조팀은 이곳에 어제 왔어야만 해. 어제. 이건 시간 여행이야.'

"두고 봐." 마저리가 더 꼭 껴안으며 말했다. "결국, 모든 일이 잘 풀릴 거야." 그리고 동쪽에서 사이렌이 울리기 시작했다.

36

그가 오고 있다! 그가 오고 있다!

— 히틀러, 그 자신 그리고 그의 영국 침공
계획에 관해 이야기하며, 1940년 9월 4일

전시 응급 병원, 1940년 여름

그 환자는 마이크의 침대 발치 난간을 흔들었다. "서둘러!" 그가 외쳤다. "독일군이 오고 있어! 침공이야! 이곳을 빠져나가야 해!"

'이런, 맙소사.' 마이크가 생각했다. '우리는 전쟁에서 졌어. 내가 사건에 영향을 끼친 거야.'

"왜 그래요? 무슨 일이에요?" 옆 침대에서 포드햄이 졸린 목소리로 말했다.

"침공이 시작됐어!" 환자가 말했고, 병실 문이 벌컥 열렸지만, 문을 연 건 그저 밤 근무 간호사였다. 그녀는 마이크의 침대로 뛰어오더니 환자의 팔을 잡았다.

"침대에서 나오시면 안 돼요, 베빈스 하사님." 간호사가 차분하게 말했다. "쉬어야 해요. 자, 침대로 돌아가세요."

"그럴 수 없습니다." 베빈스 하사가 회중전등으로 간호사의 얼굴을 환히 비추며 말했다. "놈들이 런던으로 진군하고 있습니다. 우리는 폐하에게 경고해야 합니다."

"네, 네, 누군가가 폐하에게 경고할 거예요." 간호사는 부드럽게 회중전등을 빼앗았다. "이제 침대로 돌아가세요."

"무슨 일이에요?" 포드햄 옆의 환자가 물었다.

"독일군이 침공해오고 있대요." 포드햄이 말했다. "또요."

"어휴, 그러지 않아도 골치 아픈데." 그 환자가 말하더니 베개로 자기 얼굴을 덮어버렸다.

"저는 제 부대로 돌아가야 합니다!" 베빈스 하사가 목소리를 높여 외쳤다. "한 명이 아쉽다고요!"

"전투 신경증입니다." 포드햄이 마이크에게 말했다. "사이렌 소리를 들어서 그래요. 지난 2주 동안 이번이 세 번째입니다." 포드햄이 눈을 감았다. "공습경보해제 사이렌이 울리면 곧바로 괜찮아질 거예요."

'하지만 나는 그렇지 않겠지.' 마이크가 누운 채 쿵쾅거리는 가슴을 진정시키려 애쓰며 생각했다. '만약 독일이 진짜로 침공하면 어쩌지? 또는 내일 신문에 폭격받은 군 비행장에서 처칠이 죽었다는 기사가 나면?'

가브리엘 간호사가 베빈스 하사를 침대로 데려가며 '지금은 그런 걱정을 하지 마세요'라고 속삭였고, 공습경보해제 사이렌은 그런 간호사의 목소리처럼 사람 마음을 안심시키며 높낮이 없는 달콤한 음을 울렸다. "자도록 해봐요." 간호사가 베빈스 하사에게 이불을 덮어주며 말했다. "모두 다 괜찮아요."

'그럴까?' 마이크가 생각했고, 이튿날 아침 포드햄에게 〈헤럴드〉의 나머지 부분을 읽어달라고 했다. 영국 공군은 16대를 격추했고, 독일은 8대만 격추했지만 그건 아무런 증거도 되지 않았다. 영국 공군은 독일 공군보다 전투기 수가 훨씬 적었고, 1학년 수업에서 배운 바로는 영국 본토 항공전은 아슬아슬하게 이긴 전투였다. 그리고 제2차 세계대전도.

오후에 녹색 여성 의용대 제복을 입은 중년 여자가 책과 잡지가 가득한 카트를 밀고 병실로 들어왔고, 마이크는 그 여자를 불러세우고 혹시 신문이 있는지 물었다. "아, 그럼요." 이름표에 '이브스 부인'이라고 적힌 자원봉사자가 노래하듯 말했다. "뭐가 좋으세요? 〈이브닝 스탠더드〉? 〈타임스〉?

〈데일리 헤럴드〉? 거기에는 멋진 십자말풀이가 있어요."

"전부 다요." 마이크가 말했고, 다음 며칠 동안 그는 격추된 비행기 숫자를 주시했다. 그 숫자들은 마치 야구 경기 결과처럼 공지되었다. '독일 공군 19, 영국 공군 6', '독일 공군 12, 영국 공군 9', '독일 공군 11, 영국 공군 8.'

'소형 선박 이름들이 문제가 아니었어.' 마이크가 생각했다. '영국 본토 항공전의 일일 결과를 암기했어야 하는데.' 그 결과를 알지 못하면 신문의 숫자들은 아무 의미가 없었다. 하지만 그 숫자들은 걱정될 정도로 컸고, 마이크는 다른 뉴스들을 열심히 읽으며 사건의 진행 방향이 여전히 제 경로를 가고 있다는 걸 증명해줄 만한 뭔가를, 그게 무엇인지 모르겠지만 뭐든지 찾아보았다. 하지만 마이크는 오직 됭케르크와 관련된 사건들만 알았다. 독일군이 민간인 기차를 폭파했던가? 도버를 폭격했던가? 히틀러가 여름이 끝날 때까지는 잉글랜드를 완전히 정복할 생각이라고 선언했던가?

마이크는 알지 못했다. 그가 아는 것이라고는 다음 주 뉴스 역시 계속 나쁜 내용이라는 것뿐이었다. "호위함 격침", "영국 보병이 상하이를 포기하다", "군 비행장들은 여전히 큰 피해를 본 상태." 이게 원래 나쁘게 진행되는 거였는지 아니면 마이크가 역사에 영향을 미친 바람에 전쟁이 원래의 진행 경로를 벗어나는 신호인지….

"환자분은 전쟁에 관해 그렇게 안달복달하면 안 됩니다." 카모디 간호사가 엄격하게 말하며 마이크가 읽던 〈익스프레스〉를 빼앗아 갔다. "건강에 안 좋아요. 열이 다시 오르잖아요. 모든 에너지를 회복하는 데 집중하셔야 해요."

"그렇게 하고 있어요." 마이크가 항의했지만, 카모디 간호사는 이브스 부인에게 마이크에게 더는 신문을 주지 말라고 지시한 게 분명했다. 왜냐하면 이튿날 〈헤럴드〉를 달라고 하자 이브스 부인이 노래하듯 이렇게 말했기 때문이다. "대신 재미있는 책은 어때요? 이 책에는 확실히 흥미를 느끼실걸요." 그리고 마이크에게 어니스트 섀클턴[50]의 두꺼운 전기를 건넸다.

50 영국의 남극 탐험가

마이크는 자신이 책을 다 읽고 나면 이브스 부인이 누그러져 신문을 읽게 해줄 거란 생각에 그 책을 읽었다. 심지어 지루한 전기라 할지라도 누워서 걱정하기보다는 나을 거라는 생각도 있었다. 하지만 그렇지 않았다. 섀클턴과 그의 동료들은 남극 한복판에서 오도 가도 못하는 신세가 되었고, 구조팀에게 자신들의 위치를 알릴 방법이 없었으며, 극지방의 겨울이 빠르게 다가오고 있었다. 그리고 섀클턴의 동료 한 명은 동상에 걸려 발의 일부를 잘라내야만 했다.

마이크는 그 책을 다 읽고 이브스 부인에게 책이 정말로 재미있고 몸도 많이 나아졌다고 거짓말까지 했지만, 부인은 마이크에게 신문을 주지 않았다. 하지만 마이크는 어서 신문을 손에 넣어야 했다. 왜냐하면 오늘은 24일이었고, 24일은 전쟁의 주요 분기점 가운데 하나였기 때문이다.

마이크는 시간 여행 이론에 관해 공부하던 당시에 이 부분을 배웠다. 독일 공군 조종사 두 명이 안개 속에서 항로를 잃어 목표물을 발견할 수 없자, 그들은 영국 해협이라고 생각되는 곳에 폭탄을 투하했다. 하지만 사실 그곳은 런던의 크리플게이트였다. 그들은 교회와 유서 깊은 존 밀턴 조상을 폭격했고, 민간인 세 명이 죽고 스물일곱 명이 다쳤다. 그 결과 처칠은 베를린을 폭격하라고 명령했으며, 격분한 히틀러는 영국 공군과의 전투를 중단하고 런던을 폭격하기 시작했다.

아주 절묘한 시점이었다. 영국 공군은 전투기가 40대도 남지 않았고, 만약 그 조종사들이 항로를 잃지 않았다면, 2주 뒤에는 독일 공군이 남은 영군 공군을 전멸시켰을 것이고(24시간 안에 그렇게 됐을 거라고 말하는 역사학자들도 있다), 독일은 아무 저항도 받지 않은 채 런던에 진군했을 것이다. 그리고 영국이 빠지면, 히틀러는 모든 전력을 러시아에 집중했을 것이고, 그러면 러시아는 스탈린그라드를 절대 지켜내지 못했을 것이다. "못 하나가 부족해…."

비록 크리플게이트가 폭격당했다 할지라도 그것이 마이크가 사건을 바꾸지 않았다는 결정적인 증거가 되지는 않지만, 전쟁을 원래의 진행 방향에서 틀어버리지는 않았으며 역사가 여전히 제 경로를 따라간다는 증거는 될 것이다. 그 내용은 내일 아침 또는 어쩌면 오늘 마감판에 실리겠지만, 날씨 예보는 이미 실렸겠지. 마이크는 적어도 안개 예보가 있는지는 확인할 수 있었다. 지금은 맑았다.

'하지만 안개는 오후 늦게 낄 거야.' 이브스 부인이 도착하길 초조히 기다리며 마이크가 생각했다.

하지만 이브스 부인은 오지 않았고, 포드햄은 〈헤럴드〉를 가지고 있지 않았으며, 가브리엘 간호사가 등화관제 커튼을 치러 왔을 때까지 하늘은 여전히 맑았다.

'설사 하디를 구해서 사건들이 변경되었다 할지라도 날씨에까지 영향을 미칠 수는 없어.' 마이크가 자신에게 말했다. 하지만 혼돈계에서는 모든 것이 모든 것에 복잡하고 예측 불가능한 방식으로 영향을 미쳤다. 만약 몬태나의 나비 날갯짓 한 번이 중국에 태풍을 일으킨다면, 됭케르크에서 병사 한 명을 구한 것이 남동부 잉글랜드의 날씨에 영향을 미칠 수도 있었다.

그날 밤 사이렌은 울리지 않았고, 이튿날 아침은 여전히 맑았다.

'안개는 런던에만 한정될 수도 있어.' 마이크가 속으로 중얼거렸다.

가브리엘 간호사가 아침 식사를 가지고 왔을 때, 마이크가 물었다. "어젯밤에 무슨 일이 있었나요? 폭탄 소리를 들은 거 같은데요."

물론 도버에서 크리플게이트의 폭탄 소리를 듣는 것은 불가능했지만, 마이크는 가브리엘 간호사가 "아니에요. 하지만 어젯밤에 런던이 폭격당했어요."라며 자세하게 설명하는 내용을 듣고 싶었다.

그녀는 그러지 않았다. 그 대신 마이크에게 베빈스 하사를 볼 때면 짓는 그 표정을 지어 보이고는 마이크의 체온을 쟀다. 가브리엘 간호사는 체온계를 보며 얼굴을 찡그렸다. "쉬세요." 그녀는 그렇게 말하고 마이크를 떠났고, 그는 도로 초조하게 이브스 부인을 기다렸다. 만약 오늘 이브스 부인이 다시 안 오면 어쩌지? 포우니 씨처럼 절대로 돌아오지 않으면?

이브스 부인은 나타났지만, 오후 늦게나 되어서였다. "어제 아침 이후 계속 2층에 있어야만 했어요." 이브스 부인이 말했다. "새 환자들 돌보는 걸 도와야 했거든요. 조종사가 거의 여남은 명은 돼요. 한 명은 비행기가 불시착했고, 그래서….” 이브스 부인이 말을 멈췄다. “아, 그 일에 관해 듣고 싶지 않을 텐데. 재밌는 책은 어때요?”

“아니요. 책을 읽으면 머리가 아파요. 신문은 안 되나요? 제발요.”

“아, 이런. 정말로 난 줄 수가 없어요. 간호사가 말하길 당신이 뭔가 문제가 되는 걸 읽으면….”

‘문제라….’ “전쟁 관련 뉴스를 읽으려는 게 아니에요.” 마이크가 거짓말을 했다. “십자말풀이를 하고 싶은 거뿐이에요.”

“아하.” 그녀가 안심하며 말했다. “에, 그렇다면….” 그리고 마이크에게 〈헤럴드〉와 노란 연필을 주었고, 마이크가 십자말풀이 면을 펼치는 동안 옆에 서 있었다. 마이크는 적어도 십자말풀이를 하는 시늉이라도 해야 했다. 그는 힌트를 읽기 시작했다. 6번 가로: “언덕 두 개 사이에 있는 남자는 새디스트이다.”

‘뭐?’ 15번 가로: “황도 12궁의 이 자리는 물고기와 아무 관련이 없다.” 무슨 힌트가 이따위람? 마이크는 게임의 역사를 공부할 때 십자말풀이를 해본 적이 있었지만 “스페인 주화”라든가 “습지의 새”라는 식의 단순한 힌트였지, “올바르게 자란 사람들은 이들이 울타리용 디딤대 오르는 것을 돕는다” 따위가 아니었다.

“도와드릴까요?” 이브스 부인이 상냥하게 물었다.

“아니요.” 마이크가 말하고 첫 번째 빈칸들을 재빨리 아무렇게나 채워 넣었다. 이브스 부인은 카트를 밀고 다른 곳으로 갔다. 그녀가 떠나자마자, 마이크는 재빨리 첫 장으로 돌아갔다. 헤드라인은 이렇게 되어 있었다. “런던 교회 폭격. 3명 사망, 27명 부상.” 그리고 크리플게이트의 반파된 세인트길레스 교회와 쓰러진 밀턴 조상의 사진이 실려 있었다.

‘다행이야.’ 마이크가 생각했다. 하지만 폭격의 반응이 어떤지를 보기 전까지는 확신할 수 없었고, 그건 이브스 부인이 계속 그에게 신문을 주게끔 해야 한다는 뜻이었다.

하지만 이튿날 마이크가 신문을 달라고 하자 이브스 부인이 말했다. “아, 십자말풀이가 효과가 있군요. 안색이 훨씬 좋아졌어요.” 그리고 별말

없이 〈익스프레스〉를 건넸다.

27일 자 헤드라인은 이랬다. “영국 공군이 베를린을 폭격하다!” 그리고 이튿날은 이랬다. “히틀러가 베를린 폭격의 보복을 다짐하다.” 그는 안도의 한숨을 내쉬었다. 하지만 만약 그가 사건을 바꾸지 않은 거라면, 구조팀은 어떻게 된 것일까?

‘내가 어디에 있는지 모르는 거야.’ 마이크가 생각했다. 그게 유일한 설명이었다. 하지만 왜 모르는 걸까? 설사 구조팀이 살트램-온-시에서 아무 흔적을 발견하지 못했다 할지라도, 마이크가 도버로 가려는 건 알고 있을 것이다. 그들은 마을을 뒤지고 경찰서와 시체 보관소와 모든 병원을 확인했을 것이다. 그곳에 병원이 몇 개나 있더라? 마이크는 그날 오후 내내 던워디를 기다리느라 그걸 조사할 시간이 없었다. “여기에 병원이 몇 개나 있지요?” 마이크는 자신이 먹을 약을 가져온 가브리엘 간호사에게 물었다.

“여기요?” 그녀가 멍하니 말했다. “잉글랜드에요?”

“아니, 여기 도버요.”

“음, 뭔가 잘못 아신 거 같군요.” 자기 침대에서 포드햄이 말했다. “여기는 도버가 아니에요.”

“아니…라고요? 그럼 제가 어디에 있는 거죠? 이 병원은 어디죠?”

“전시 응급 병원이요.” 가브리엘 간호사가 말했다. “오핑턴에 있는 거예요.”

37

방공호는 이쪽으로

— 런던 스트리트의 공지, 1940년

런던, 1940년 9월 10일

에일린이 아이들을 데리고 런던까지 가는 데는 이틀이 더 걸렸다(버스에서 기차로, 다시 버스로 갈아탔다). 그리고 런던에 도착했을 때는 아이들에게 샌드위치와 오렌지 주스를 사주느라 구드 신부가 준 돈을 절반 넘게 썼으며, 알프와 비니 때문에 인내심은 한계에 이르렀다.

'얘네들을 어머니에게 넘겨주고 나면 다시는 보고 싶지 않아.' 마침내 유스턴역에 도착했을 때 에일린은 생각했다. "화이트채플에 가려면 어느 버스를 타야 하나요?" 에일린은 역무원에게 물었다.

"스테프니가 화이트채플보다 가까워요." 비니가 물었다. "시어도어를 먼저 데려다주는 게 나아요."

"너희들 먼저 집에 데려다줄 거야, 비니." 에일린이 말했다.

"비니가 아니에요. 내가 말했잖아요. 내 이름은 '스핏파이어'예요. 어쨌든 우리 엄마는 거기 없어요."

"그리고 시어도어를 먼저 데려다주면…." 알프가 말했다. "시어도어 사는 집을 찾는 걸 우리가 도와줄 수 있어요. 에일린 누나 혼자 다니면 길을 잃어버릴 거예요."

"난 집에 가고 싶지 않…." 시어도어가 말을 했다.

"이제 그만." 에일린이 말했다. "셋 다 그만 말해. 우리는 화이트채플로 갈 거야. 화이트채플로 가는 버스는 어느 건가요?" 에일린이 역무원에게 물었다.

"과연 거기에 갈 수 있을지 모르겠습니다, 아가씨." 역무원이 말했다. "거기는 어젯밤에 심하게 폭격당했거든요."

"스테프니로 가야 한다고 내가 말했잖아요." 비니가 말했다.

"어떤 폭격기였나요?" 알프가 물었다.

"쉬잇." 에일린이 말하고 역무원에게 버스 번호를 물었다.

역무원이 에일린에게 말했다. "버스가 과연 다닐지 모르겠습니다. 그리고 설사 다닌다 해도 그 거리는 폐쇄됐을 겁니다."

그 역무원 말이 맞았다. 에일린 일행은 버스를 두 번 갈아탄 뒤 내려서 걸어야 했고, 화이트채플에 도착했을 때는 4시 30분이 되어 있었다. 화이트채플은 디킨스 소설에서 갓 튀어나온 것처럼 보였다. 길들은 좁고 어두웠고, 집들은 검댕으로 시커멨다. 하늘에는 연기가 장막처럼 드리워졌고, 저 멀리에서는 화염이 보였다. 에일린은 알프와 비니를 여기 버리고 가야 한다는 사실에 죄책감이 들었고, 폭격당한 집을 보니 더욱 죄책감이 들었다. 벽 하나는 여전히 서 있었고, 깨진 창문들에는 커튼이 있었지만, 나머지 부분은 목재와 회벽 더미로 변해 있었다. 뒤집힌 식탁 의자의 일부가 더미에서 튀어나와 있었고, 깨진 도자기와 신발 한 짝이 보였다. 알프가 휘파람을 불었다. "저것 좀 봐요!" 알프가 말하더니, 사람들이 다가가지 못하게 밧줄이 둘려 있는 것도 아랑곳하지 않고 더미 위로 올라가려 했다. 만약 에일린이 알프의 셔츠 옷깃을 잡아당기지 않았더라면 올라갔을 것이다.

모퉁이에 또 다른 잡석 더미가 쌓여 있었고, 다음 거리 끝에서 길을 건너자 거리를 따라 모든 집이 시커먼 골조만 남았다.

'우리가 도착했는데 알프와 비니의 집이 폭격당했으면 어쩌지?' 에일린이 걱정스레 생각했지만, 가저리 레인에 들어서자 모든 집이 멀쩡했다. 하지만 비록 폭탄에 맞은 집은 없어도, 한 번 세게 밀기만 해도 쓰러질 것 같은 집들뿐이었다. "여기부터는 우리가 길을 찾을 수 있어요." 알프가 말했다. "우리랑 같이 갈 필요 없어요."

에일린은 그러고 싶은 유혹이 강하게 들었지만, 구드 신부에게 아이들을 어머니에게 직접 데려다주겠노라고 약속했기에 그럴 수 없었다. "어느 게 너희 집이니?" 에일린이 알프에게 물었고, 알프는 집들 가운데 가장 허름해 보이는 곳을 명랑하게 가리켰다.

그리고 그곳이 아이들 집인 게 분명했다. 에일린이 현관문을 두드렸을 때, 어떤 여자가 으르렁거리는 듯한 목소리로 대답했기 때문이다. "너희 둘을 몰아냈다고 생각했는데. 내 릴리에게는 얼씬도 하지 마."

호드빈 부인이 집에 있냐고 에일린이 묻자 그 여자는 코웃음을 쳤다. "호드빈 '부인'이라고요? 그건 과분한 호칭이군요. 그 여자가 부인이면 나는 왕비님이지."

"아이들 어머니가 언제 돌아올지 아시나요?"

여자는 고개를 저었다. "어젯밤에 집에 안 들어왔어요."

아, 이런. 만약 폭탄에 죽었으면 어쩌지? 하지만 여자는 물론이거니와 알프와 비니 역시 걱정하는 눈치가 아니었다. "시어도어부터 집에 데려다줘야 한다고 내가 말했잖아요." 비니가 말했다.

"저는 알프와 비니를…." 에일린이 입을 열었다.

"스핏파이어라니까요." 비니가 고쳐줬다.

"알프와 알프 누나를 피난민 위원회의 부탁으로 워릭셔에서 데려왔어요." 에일린이 여자에게 말했다. "아이들 어머니가 돌아올 때까지 아주머니가 이 아이들을 좀 맡아주시겠어요?"

"어머, 안 돼요. 이 아이들을 맡아줄 수는 없어요. 잘은 모르지만, 그 여자는 군인이랑 다시 도망쳐버린 거 같은데, 이 아이들을 나보고 맡아서 어쩌라고요?"

'저랑 똑같은 상황이시네요.' 에일린이 생각했다. "에, 그럼 혹시 이 아이들을 지켜봐줄 만한 다른…."

"우리는 아기가 아니에요." 알프가 항의했다.

"엄마가 돌아올 때까지 우리끼리 있을 수 있어요." 비니가 말했다. "만약 이 할망구가 열쇠만 주면…."

"열쇠 대신 흠씬 때려주마." 여자가 말했다. "너랑 네 동생 모두. 그리고 너희들이 내 아이들이었다면 훨씬 심하게 대했을 거야." 여자는 에일린에게 주먹을 흔들었다. "그리고 아이들을 여기에 두고 갈 생각은 하지 말아요. 그랬다가는 경찰을 부를 테니까." 여자가 말하고 들어가며 에일린 일행 면전에서 거칠게 문을 닫았다.

"나는 경찰 겁 안 나요." 알프가 힘주어 말했다.

"그리고 우리는 열쇠가 필요 없어요." 비니가 말했다. "저 할망구가 모르는, 집으로 들어가는 방법이 아주 많아요."

'어련하겠니.' 에일린이 생각했다. "아니, 너희를 어머니에게 직접 전하겠노라고 신부님에게 약속했어. 이리 와. 스테프니로 갈 거야." '제발 시어도어의 어머니는 집에 있어야 할 텐데.'

시어도어의 어머니도 집에 없었다. 화이트채플에 갈 때보다 더 시간이 걸리고 더 도는 경로를 거쳐 스테프니에 도착했을 때, 이웃인 오언스 부인이 말했다. "아이 엄마는 야근 근무를 하러 출근했어요. 방금 출근했는데, 아슬아슬하게 놓쳤네요."

아, 안 되는데. "언제 집에 돌아오나요?"

"아침이 되어야 돌아와요. 공장에서 2교대로 근무를 하거든요."

어쩌면 이리도 운이 없을까.

"하지만 시어도어는 밤에 나랑 함께 있어도 돼요." 오언스 부인이 말했다. "차는 마셨나요?"

"아니요." 비니가 열정적으로 말했다.

"굶어 죽기 직전이에요." 알프가 말했다.

"이런, 불쌍한 것들." 오언스 부인이 말하고는 아이들에게 구운 치즈 샌드위치를 만들어주고 에일린에게는 차를 끓여주겠노라고 고집을 부렸다. "시어도어를 보면 애기 엄마가 아주 기뻐할 거예요. 폭격 때문에 걱정이 많왔거든요. 어제 오후부터 시어도어가 오기를 고대하고 있었어요." 에일린은 런던에 오기까지 무슨 일이 있었는지를 설명했고, 오언스 부인은 동정심에 혀를 차며 그 이야기를 들었다.

깔끔하고 따뜻한 부엌에 앉아 있으니 무척이나 좋았지만, 밖이 점점 어두워지고 있었다. "가봐야겠네요." 오언스 부인이 차 한 잔을 더 하라고 에일린에게 권하자 그녀가 말했다. "알프와 비니를 화이트채플에 있는 집에 데려다줘야 하거든요."

"오늘 밤에요? 어머, 안 돼요. 금방이라도 사이렌이 울릴 거예요. 아침이 되어야 떠날 수 있어요."

"하지만…." 에일린이 말했고, 알프와 비니를 데리고 호텔을 찾아야 한다는 생각에 가슴이 철렁했다. 스테프니에 호텔이 있다면 말이지만. 그리고 호텔비는 또 어떻게 하나!

"모두 여기에 머무세요." 오언스 부인이 말했다.

에일린이 안도의 한숨을 쉬었다.

"시어도어네 엄마가 집 열쇠를 내게 줬어요." 오언스 부인이 계속 말했다. "내 집에 있게 하고 싶지만, 앤더슨이 없고 저 벽장뿐이라서요." 부인은 계단 아래 좁은 문을 가리켰다.

'오언스 부인이 무슨 말을 하는 거지?' 에일린은 아이들과 함께 부인을 따라 옆집으로 갔다. '그리고 앤더슨은 또 누구야?'

"아이들은 여기서 자면 돼요." 오언스 부인이 모두를 거실로 들여보내며 말했다. "그렇게 하면 아이들을 다시 계단으로 내려오게 하지 않아도 돼요." 오언스 부인은 침구장을 열더니 담요들을 꺼냈다. "방공호가 내게는 좀 축축해요. 그래서 내 집엔 설치하지 않은 거예요. 하지만 등화관제 때 베스날 그린까지 가는 것보다는 뒤뜰로 가는 게 더 나을 거예요. 두 집 건너 사는 스캐그데일 부인은 엊그제 밤 사이렌이 울릴 때 보도 연석에서 넘어져 발목이 부러졌어요."

'공습이야.' 에일린은 생각했다. '오언스 부인은 공습에 관해 이야기하고 있는 거야.' 그리고 앤더슨은 일종의 방공호였다. 에일린은 방공호에 관해서는 공부하지 않았다. 사람들이 아이들을 백베리로 보낸 주된 이유는 마땅한 방공호가 없으니 '멀리' 피신시키려는 거였다. 오언스 부인은 방공호가 뒤뜰에 있다고 말했다. 아이들이 쓸 베개를 가지러 부인이 아이들과 함께 위층으로 간 동안, 에일린은 밖으로 달려가 뒤뜰을 살폈다.

처음에는 방공호를 찾지 못했지만, 곧 에일린은 뒤뜰 울타리 옆의 풀이 무성하고 커다란 둔덕이 방공호란 것을 깨달았다. 방공호는 골이 진 철판으로 된 오두막이었다. 오두막은 땅속을 파고 들어가 있었고, 벽 세 면의 주위 그리고 굴곡진 지붕의 꼭대기에는 흙이 쌓였다. 꼭대기에는 풀이 자라고 있었다.

'무덤 같네.' 에일린이 생각했다. 흙을 쌓아 올려두지 않은 유일한 한쪽 면에는 금속 문이 달렸다. 에일린은 문을 열었고, 오언스 부인이 옳았다. 축축한 냄새가 났다. 에일린은 안을 들여다보았지만, 너무 어두워 아무것도 보이지 않았다.

'오언스 부인에게 회중전등이 있는지 물어봐야겠어.' 에일린이 생각했고, 안으로 돌아갔더니 알프와 비니가 베개로 서로를 때리고 있었다. "당장 멈추고 잠옷으로 갈아입어." 에일린이 말하고 오언스 부인에게 사과한 뒤 회중전등이 있는지 물었다. 오언스 부인은 회중전등과 성냥 한 상자를 찾아주었다. "허리케인용이에요." 부인이 수수께끼 같은 말을 했고, 뭔가 더 필요한 게 있으면 꼭 말하라고 당부했다.

"아이들을 지금 앤더슨 방공호로 데리고 가야 하나요?" 에일린이 문에서 걱정스레 물었다.

"어, 아니에요. 사이렌이 울린 뒤에도 시간은 넉넉해요. 적어도 15분은 여유가 있어요." 부인은 어두워져가는 하늘을 올려다보았다. "만약 사이렌이 울린다면 말이에요. 오늘은 히틀러가 폭격기들에게 집에서 쉬라고 말했을 것 같은 예감이 드네요."

'다행이네.' 에일린이 생각했고, 안으로 들어가 누가 소파에 잘지를 두고 싸우고 있는 알프와 비니를 뜯어말렸다. 에일린은 등화관제용 커튼을 치고 시어도어가 파자마 입는 걸 돕고, 아이들을 데리고 위층 화장실에 갔다가 다시 거실로 데려와서 시어도어를 소파에서 자게 했다. "여긴 시어도어의 집이니까, 알프." 에일린은 바닥에 알프와 비니가 잘 수 있게 잠자리를 꾸며준 다음 뒷문 옆에 회중전등을 놓아두고 등불을 끄고 안락의자에 앉아 사이렌 소리가 들리는지 귀를 기울였다. 그녀는 사이렌 소리를 자신이 알아들을 수 있기를 바랐다. 에일린은 사이렌 소리도 공부해두지 않았다. 그리고 폭탄도.

에일린이 이제 신발을 벗고 마음을 놓아도 되겠다고 생각하는 순간 곧바로 사이렌 소리가 들렸고, 신발을 신기도 전에 비행기들이 다가오는 으스스한 소리가 났다. 그리고 곧바로 저 멀리서 폭탄이 터지는 소리가 울려왔다. "비니! 알프! 일어나! 앤더슨으로 가야 해."

"공습이에요?" 알프가 곧바로 깨어나며 말했다. 알프는 벌떡 일어나 천장을 바라보며 귀를 기울였다. "저건 하이켈 III예요."

"그건 앤더슨에 가서 해도 돼. 서둘러. 담요를 가져가. 시어도어, 일어나."

시어도어가 졸린 눈을 비볐다. "난 앤더슨에 가고 싶지 않아요."

'어련하겠니.' 에일린은 담요로 시어도어를 감싸 들어 올렸다. 쿵 하는 소리가 들렸고, 이어서 더 크게 쿵 소리가 들렸다. "다가오고 있어요." 알프가 기뻐하며 말했다.

"가자. 어서." 에일린이 목소리에 두려운 마음이 드러나지 않도록 애쓰며 말했다. "비니, 회중전등을…."

"내 이름은 '스핏파이어'예요."

"회중전등을 가져와. 알프, 문을 열어. 아니, 등불부터 꺼." 에일린은 비니에게서 회중전등과 성냥을 받았고, 모두 뒷문을 통해 나가 풀밭을 가로질렀다. 회중전등이 흔들리며 길을 밝혔다.

"불을 밝혔다고 공습 대비대 감시원이 누나를 체포할 거예요." 알프가 말했다. "감옥에 간다고요."

비니가 앤더슨에 제일 처음으로 도착했다. 비니는 낮은 문을 열고 안으로 들어갔다가 다시 나왔다. "젖었잖아요!"

"들어가." 에일린이 말했다. "당장." 그리고 비니를 문안으로 밀었다. 에일린은 풀밭 위에 서서 어두운 하늘을 바라보는 알프를 잡아 안으로 넣었고, 그 뒤를 따라 들어갔다. 그리고 실내에 얼음처럼 차가운 물이 발목까지 차오른 것을 깨달았다.

'침수됐잖아.' 에일린이 생각하며 회중전등으로 물을 비추어보았고, 벽을 비추며 어디에서 물이 나오는지를 찾아보았다. 오언스 부인은 이걸 축축하다고 말한 거였다.

"신발이랑 양말이 흠뻑 젖었어요." 비니가 말했다.

"난 집 안으로 돌아가고 싶어요." 시어도어가 말했다.

"공습이 끝날 때까지는 안 돼." 에일린은 폭탄과 하인켈 III인지 뭔지가 내는 소리를 이기려고 고함을 쳐야 했다. 그것들이 내는 소리는 아주 요란했다. 문을 닫으면 좀 나아질 것 같았다. 에일린은 비니에게 회중전등을 넘기고 문을 당겨 닫아걸었다.

소용없었다. 굴곡진 양철 지붕은 마치 메가폰이라도 되는 듯이 소리를 증폭, 반향하는 듯했다. 이런 상황에서 사람들은 어떻게 잠을 잤던 걸까? 에일린은 비니에게서 회중전등을 다시 받아 방공호 안을 비췄다. 양쪽으로 아주 좁은 간이침대가 둘 있었고, 문 옆 끝 쪽으로 선반들이 놓였다. 그리고 간이침대 하나에는 유리 등피가 있는 기름등이 달렸다.

'허리케인[51]이 이거였군.' 에일린이 생각하며 시어도어를 이층 침대의 위쪽 간이침대에 올린 뒤, 물을 헤치고 기름등으로 가서 불을 켰다. 등은 어둑하고 희미한 빛을 냈다.

"봐요." 비니가 가리키며 말했다. "저기 거미들이 있어요."

"어디?" 시어도어가 외쳤다.

"물에."

에일린은 등에 등피를 씌우고 회중전등을 껐다. "괜찮아. 모두 물에 빠져 죽은 거야."

"물에 빠져 죽어요?" 시어도어가 울부짖었다.

51 강풍에도 버틸 수 있게 만든 기름등을 말한다.

"물이 점점 차오르는 거 같아요." 비니가 말했다.

"아니, 안 그래." 에일린이 단호히 말했다. "네 간이침대에 올라가. 비니, 저걸 써." 에일린은 아래쪽 간이침대를 가리켰다. "알프, 넌 위쪽으로 올라가."

"난 집 안으로 돌아가고 싶어요." 시어도어가 말했다. "추워요."

"여기 네 담요를 받고." 에일린이 말하며 담요를 집었다. 담요는 흠뻑 젖어 있었다. 끝자락이 질질 끌리며 물에 젖은 듯했다. 에일린은 코트를 벗어 시어도어를 감싸줬다.

"너무 좁아요." 비니가 자기 간이침대에서 말했다. "앉기도 버거워요."

"그러면 누워서 자." 에일린이 말했다.

"이렇게 시끄러운데요?" 알프가 물었다.

일리가 있었다. 엔진음과 폭발음은 점점 커졌다. '쉬익' 하는 소리가 들리더니 폭발이 있었고, 앤더슨이 흔들렸다. 허리케인 등은 달그락거렸다.

"우리 물에 빠져 죽는 거예요?" 시어도어가 물었다.

'아니, 우리는 폭탄에 산산조각이 날 거야.' 에일린이 생각했다. 그리고 비니가 옳았다. 이 간이침대들은 너무 좁았다. 에일린은 아래층 간이침대에서 젖은 스타킹을 신은 발을 몸 아래 집어넣고 웅크리고 앉아 덜덜 떨었다.

'오언스 부인의 집 문을 노크한 뒤 아이들을 거기 두고 떠났어야 하는데.' 에일린은 이가 덜덜 떨렸다. '그랬다면 난 지금 집에 있었을 거야.'

"나 화장실 가고 싶어요." 알프가 말했다.

38

부상자들을 생각하십시오.

— *정부 포스터, 1940년*

전시 응급 병원, 1940년 8월

마이크는 가브리엘 간호사를 응시했다. "제가 오핑턴에 있다고요?" 마이크가 멍하니 되뇌었다. 오핑턴은 런던 바로 남쪽으로, 도버에서는 몇십 킬로미터나 떨어진 곳이었다.

"네. 수술 때문에 도버에서 이곳으로 이송되었어요." 가브리엘 간호사가 설명했다.

"언제요?"

"잘 모르겠네요." 가브리엘 간호사가 확인을 위해 마이크의 차트를 집어 들었다.

"제가 알아요." 포드햄이 말했다. "6월 6일이었습니다."

'D-데이.' 마이크가 생각했다. '이런 맙소사. 지금은 1944년이구나. 나는 여기에 4년 동안이나 있었어.'

"제가 그날을 기억하는 건, 제가 입원하고 이틀 뒤이기도 하고…." 포드햄이 계속 말했다. "당신을 침대로 옮기면서 당번병이 제 견인 철사에 자꾸만 부딪혔거든요."

"맞아요, 6일이네요." 마이크의 차트를 보며 가브리엘 간호사가 말했고, 그 날짜가 둘에게 아무 의미가 없는 건 분명했다. 그러니 지금은 1944년이 아니라 아직 1940년이었다. 하느님 감사합니다. 6월 6일. 그건 됭케르크에서 일주일 뒤에 이곳으로 이송되었다는 것이고, 즉 구조팀이 중령과 이야기하고 그를 찾으러 도버에 갔을 때 이미 마이크는 자신을 추적할 수 있는 이름도 남기지 못한 채 그곳에서 사라진 지 오래였다는 뜻이었다.

'그래서 구조팀이 여기에 안 온 거야.' 마이크가 기뻐하며 생각했다. '내가 어디에 있는지 알려야 해.' 마이크는 덮고 있던 담요를 움켜쥐었고, 담요를 팽개치고 침대에서 나오려 했다.

"어라, 뭐 하는 겁니까?" 포드햄이 깜짝 놀라 말했고, 가브리엘 간호사가 마이크를 말리러 황급히 달려들었다.

"어, 침대에서 나오면 안 돼요." 간호사가 말하며 그의 가슴에 손을 올렸다. "아직 몸이 너무 약해요." 간호사는 다시 이불을 끌어 올렸다. "왜 그러세요? 환자분이 왜 여기 오게 되었는가에 관해 뭔가 기억이 나셨나요?"

"아니요. 저는… 저는 여태까지 여기가 도버인 줄로만 알았습니다."

"기억을 못 하니 괴로우실 거예요." 가브리엘 간호사가 동정심을 보이며 말했다. "영국 공군에 계셨나요?"

아, 이런. 어휘-억양 임플란트가 다시 작동을 멈춘 건가?

"영국 공군에는 미국인 조종사들이 많아요." 가브리엘 간호사가 계속 말했다. "환자분은 격추당했고, 그래서 물에 빠진 것일 수도 있어요."

마이크는 인상을 쓰며 고개를 저었다. "너무 흐릿해서 기억이 안 납니다."

"맘 쓰지 마세요. 여기서 잘 보살핌을 받고 있으니까요." 가브리엘 간호사는 마이크에게 십자말풀이와 연필을 건넸다. "그리고 여긴 도버보다 훨씬 더 안전해요."

'아니, 그렇지 않아요.' 마이크가 생각했다. '그리고 저는 구조팀에 소식을 전해야 해요.' 하지만 어떻게? 2060년으로 전보를 보낼 수는 없었다. 옥스퍼드에 메시지를 보낼 유일한 방법은 강하를 통해서였고, 만약 메시지를 보내기 위해 그곳에 갈 수 있다면 애초에 메시지를 보낼 필요가 없었다. 그냥 직접 갈 수 있으니까.

마이크는 구조팀이 도버에서 자신을 찾지 못하면 어떻게 했을까 생각해 봤다. 아마 살트램-온-시로 돌아갔을 것이다. 그곳, 그리고 해럴드 중령만이 유일한 단서였다. 중령이 구조팀에게 알려줄 수 있도록 편지를 써야겠어. 하지만 어떻게? 중령은 전화기가 없는 게 분명했다. 있었다면 여관까지 가서 해군 본부에 전화할 필요가 없었겠지.

'여관으로 전화해서 일하는 여자에게 메시지를 남겨도 되겠군.' 그 여자 이름이 뭐였더라? 돌로레스? 디어드리? 그 여자 아버지가 전화를 받을 수도 있는 상황에서 무작정 전화를 걸어 흑발에 어깨너머로 애교 섞인 웃음을 지어 보이는 여자를 바꿔달라고 할 수는 없는 노릇이었다. 게다가 그 여자가 메시지를 전해줄지 어쩔지 믿을 수가 없었다. 마이크에게 그토록 절실히 차가 필요한 상황에서, 그 여자는 중령에게 차가 있다는 사실을 기억하지 못했다.

어쩌면 마이크는 중령에게 전보를 보낼 수 있을 것이다. 하지만 마이크는 어떻게 전보를 보내는지 알지 못했다. 그리고 돈도 없었다. 그리고 만약 포드햄 또는 간호사에게 전보를 보내달라고 부탁하면 그들은 마이크가 기억을 되찾았다고 생각해 온갖 답하기 어려운 질문들을 해댈 것이다.

'아마도 이브스 부인에게 부탁하면 될 거야.' 마이크가 생각했다. '이브스 부인은 내가 기억 상실증에 걸린 상태라는 걸 모르니까. 포드햄은 오늘 오후에 아래층으로 X선 촬영을 하러 나가니까 그때 물어봐야겠어.'

하지만 이브스 부인이 왔을 때도 포드햄은 여전히 자기 침대에 있었다. "다른 거 뭐 필요한 거 없나요?" 마이크에게 신문을 건넨 뒤 부인이 명랑하게 물었다.

'있어요.' 마이크가 생각했다. '포드햄을 데려갈 간호사가 필요해요.' "이 십자말풀이를 좀 도와주실래요?" 아무거나 가리키며 마이크가 말했다. "'일요일 아침에 PM이 가는 언덕.' 아홉 글자예요. 답을 모르겠네요."

"아, 그건 처칠(Churchill)이에요."

"처칠이요?"

“네. 새로 취임한 수상(Prime Minister)이요.”

그리고 마침내 이송용 침대를 밀고 남자 간호사가 들어왔다. 그와 여자 간호사는 포드햄의 도르래에서 견인 철사를 끄르기 시작했다. “하지만 어떻게 언덕 이름이 처칠이 되지요?” 시간을 끌기 위해 마이크가 물었다.

“언덕은 힐(Hill)이고요….”

“조심해요.” 간호사들이 포드햄을 이송용 침대에 실을 때 그가 말했다. “그러지 말아요…, 아이씨! 미안합니다, 이브스 부인.”

“이해해요.” 이브스 부인이 말하고 십자말풀이로 다시 돌아왔다. “그리고 일요일 아침에 가는 곳은 ‘처치(Church)’이고, 합쳐서 말하면 처치-힐(Church-hill). 그러니까 처칠(Churchill)이지요.”

“그러면 힌트가 수수께끼인 건가요?” 마이크가 말했다.

이브스 부인이 고개를 끄덕였다.

포드햄이 고통의 비명을 질렀다. “미안해요. 그냥 잠깐 아픈 거였어요. 출발하세요, 운전사님. 사진사의 스튜디오로 출발!” 그리고 마침내 병실의 문을 향해 이송용 침대가 움직이기 시작했다.

“연락해야 할 사람이 있어요.” 이송용 침대 움직이는 소리가 안 들리게 되자마자 마이크가 말했다. “그리고 혹시 부인께서 절 대신해서….”

“편지를 써줄 수 있느냐고요?” 이브스 부인이 말했다. “기꺼이요.” 부인은 카트에서 필기구를 꺼내기 시작했다.

“아니요. 전보를 보내고 싶어요….”

“오, 안 돼요. 전보는 너무나 끔찍해요. 늘 나쁜 소식만 가져오죠. 특히나 지금처럼 전시에는요. 연락을 받는 사람을 겁에 질리게 하고 싶지는 않을 거예요. 편지가 훨씬 더 나아요.” 이브스 부인은 만년필을 집어 들었다. “기꺼이 편지를 보내드릴게요.”

“하지만 전 이 사람에게 즉시 연락해야….”

“편지도 거의 전보만큼 빨라요.” 이브스 부인이 말하며 침대 옆에 앉았다. “자, 누구에게 보내는 거지요?”

“제가 직접 쓸 수 있어요. 저는 단지….”

"오, 괜찮아요. 이게 이런 전시 상황에서 내가 내 몫을 다하는 방법이에요. 그리고 당신은 그런 거로 기운을 쓰면 안 돼요. 당신은 오로지 '낫는 데만' 집중해야 해요."

논쟁을 벌일 시간이 없었다. 포드햄은 금방이라도 돌아올 수 있었다. "해럴드 중령에게 보내는 거예요." 마이크가 말했다.

이브스 부인이 깔끔하고 가늘고 긴 필체로 '해럴드 중령님께'라고 썼다.

"저는 오핑턴의 전시 응급 병원에 있습니다." 마이크가 말했다. "발 수술을 위해 도버에서 이곳으로 이송되었습니다." 그리고 뭐라고 한다? 그가 기억 상실증에 걸린 척한다는 사실 또는 민간인이라는 사실을 들키지 않고 표현할 방법이 필요했다. 만약 이곳에서 그 사실들을 안다면 마이크를 다른 병원으로 이송할 것이고, 그러면 이렇게 편지를 쓰는 의미가 없었다.

이브스 부인은 다음을 기다리는 표정으로 마이크를 바라보았다.

"지금은 너무 피곤해서 더 쓸 수가 없네요." 마이크가 손으로 이마를 문지르며 말했다. "그냥 두고 가시면 제가 마저 쓸게요."

"그러면 나중에 계속 써줄게요." 부인이 말하고 편지를 접어 자기 주머니에 넣었다.

아니, 그랬다가는 포드햄이 옆에 있으면서 내용을 들을 수도 있었다. "그냥 '꼭 답장 부탁드립니다.'라고 적어주세요." 마이크가 이브스 부인에게 말했다. 중요한 건, 중령에게 그가 어디에 있는지를 알리는 것이었다. 마이크는 제발 중령이 답장으로 그곳에서 마이크를 찾는 이가 있었는지 알려주길 바랐다. "그리고 '마이크 데이비스'라고 적어주세요."

부인은 그렇게 적었고, 편지를 3등분으로 접어 봉투에 넣고 끝부분에 침을 발라 붙인 다음, 우표를 떼어 뒷면에 침을 발라 봉투 모서리 부분에 붙였다. 이브스 부인이 대신 편지를 써준 건 다행이었다. 마이크는 어떻게 봉투를 봉하고 우표를 붙이는지 전혀 알지 못했기 때문이다. 이브스 부인은 봉투 왼쪽 모퉁이에 마이크의 이름과 병원 주소를 적었고, 중앙에는 '해럴드 중령님께'라고 적었다. "중령님의 주소가 어떻게 되나요?" 이브스 부인이 물었다.

"부인이 알아봐줬으면 합니다. 그분은 살트램-온-시라는 마을에 삽니다. 켄트에 있어요. 서식스일 가능성도 있고요."

"우체국장이 알 거예요." 이브스 부인이 말했다. "아마 살트램-온-시만 써도 편지가 갈 거예요." 그녀는 '살트램-온-시'라고 쓰고 그 아래에 '잉글랜드'라고 써서 제복 주머니에 넣었다. "오늘 밤에 돌아갈 때 보낼게요."

'제대로 되길 바랄밖에.' 마이크가 생각했다. "편지가 도착하는 데 얼마나 걸릴까요?"

"아, 내일 아침에 배달될 거예요. 전시라서 무슨 일이 생길지는 모르지만요. 오후에 배달될 수도 있어요. 하지만 내일 배달되는 건 확실해요." 이브스 부인이 말했고, 그렇다면 편지는 수요일에 배달된다는 뜻이었다. 또는 중령의 주소를 제대로 적지 않았기 때문에 목요일에 도착할 수도 있었다. 그건 금요일까지는 구조팀이 온다는 뜻이었다. 그건 구조팀이 도착했을 때 마이크를 싣고 가기 위해 들것이나 구급차를 훔칠 필요 없이 바로 데리고 갈 수 있도록 빨리 몸을 회복해놓는 게 좋다는 뜻이기도 했다. 그러기 위해서 마이크는 식사로 나오는 모든 것을 어떻게든 다 먹었고, 한 번에 5분 이상 침대에 앉아 있는 연습을 했다.

일어나 앉는 건 마이크가 생각했던 것보다 힘들었다. 마이크는 여전히 믿을 수 없을 정도로 허약했고, 심지어 침대 가장자리에 앉으려 노력하는 것만으로도 땀에 흠뻑 젖었다. "아직 폐에 합병증이 남아 있습니다." 의사가 마이크의 가슴에서 나는 소리를 듣고 말했다. "기억은 어떤가요? 뭔가 떠올랐나요?"

"아주 조금씩요." 마이크가 조심스레 말했다. 이브스 부인이 의사에게 편지에 관해 말한 건가?

아닌 모양이었다. 의사가 이렇게 말했기 때문이다. "억지로 기억을 떠올리려 하지 마세요. 여유를 가지세요. 그리고 일어나는 것도 너무 서두르지 말고요. 다시 건강이 나빠지는 건 원치 않습니다."

그리고 마이크의 체온을 재러 온 카모디 간호사는 말하길, 마이크를 일어나 앉게 했다고 의사에게 혼났다고 했다. "의사 선생님이 다음 주가 되기 전에는 일어나면 안 된다고 하셨어요."

'그때면 나는 옥스퍼드에 돌아가 있을 거야.' 마이크가 생각했지만, 금요일이 되어서도 구조팀은 나타나지 않았고, 중령으로부터 답장도 오지 않았다. "지연되는 모양이네요." 이브스 부인이 말했다. "전시잖아요. 내일은 올 게 분명해요." 하지만 토요일 아침이 지나도 아무 연락도 없었다. 이브스 부인의 주장과 달리 '살트램-온-시, 잉글랜드'는 주소로 충분하지 않은 게 분명했다. 마이크는 두 번째 편지를 쓰고 이번에는 이브스 부인에게 그곳 관할 행정 구역 이름이 뭔지 알아내게 할 생각이었지만, 부인은 오자마자 말했다. "아마도 답장을 보내는 대신 주말에 직접 보러 올 거예요."

마이크는 그런 가능성에 관해서는 생각도 해보지 못했다. 이런 젠장, 중령이 으르렁대며 간호사들에게 마이크가 미국인 기자라고 알리는 모습은 상상만 해도 끔찍했다. '내 기억이 돌아왔다고 사람들에게 알려야만 해.' 마이크가 생각했다.

"주말에 방문 가능 시간은 어떻게 되나요, 이브스 부인?" 마이크가 물었다.

"오늘과 내일 모두 2시부터 4시까지예요."

그렇다면 마이크에게는 기억이 천천히 돌아오는 척할 시간이 없다는 뜻이었다. 기억은 한 번에 전부 돌아와야만 했다. '뭔가에 의해 자극을 받았다고 해야 해.' 마이크가 생각했고, 이브스 부인이 나가자마자 〈헤럴드〉를 읽으며 자기 기억이 돌아오게 했다고 주장할 만한 기삿거리를 찾았다. "군 비행장 폭격", "런던 시민들은 독가스 대비 훈련을 하다", "침공이 임박한 듯해 보인다." 하지만 됭케르크나 미국인과 관련된 내용은 없었다. 그는 안쪽 면을 펼쳤다. 존 루이스 백화점 광고, 장례식들 안내, 결혼 공고. '제임스 경과 엠마 시스톤-휴즈 여사는 딸 제인의 약혼을 선포….'

'제인, 완벽해.' 마이크는 몇 분 정도 더 신문을 읽는 척하다가 신나게 종을 울렸다. "왜 그래요?" 포드햄이 물었다. "뭐 잘못되었나요?"

"제가 누군지 기억났어요." 마이크는 다시 종을 울렸다.

카모디 간호사가 서둘러 들어왔다. "제가 누군지 기억났습니다." 마이크가 카모디 간호사에게 신문을 건네며 약혼 발표를 가리켰다. “제인이라는 이름을 보자 갑자기 모든 것이 기억났습니다. 제가 어떻게 됭케르크에 갔는지, 그곳에서 무엇을 했는지, 어떻게 부상당했는지 전부요. 저는 제인여왕호를 타고 있었습니다. 그리고 저는 군인이 아닙니다.”

“군인이 아니라고요?”

“네. 저는 종군기자입니다. 저는 됭케….”

“하지만 군인이 아니면 여기에 있으면 안…. 의사 선생님을 모셔 올게요.” 카모디 간호사는 〈헤럴드〉를 움켜쥐고 서둘러 나갔다.

그녀는 의사를 데리고 거의 즉시 돌아왔다. “기억이 돌아오기 시작했다고 들었습니다.” 의사가 말했다.

“지금 ‘막’ 돌아왔어요. 이런 식으로요.” 마이크는 손가락을 튕겨 보이며 기억이 이런 식으로 돌아오는 게 맞기를 바랐다. “저는 〈헤럴드〉를 읽고 있었어요.” 마이크는 카모디 간호사에게서 신문을 받아 들고 결혼 공고를 보여주었다. “그런데 제인이라는 이름을 보자마자 모든 게 기억났습니다. 저는 미국 신문사에서 일해요. 〈오마하 옵서버〉라는 신문입니다. 그 신문사의 런던 특파원이죠. 저는 구출 작전 기사를 쓰기 위해 해럴드 중령님과 함께 그분의 보트인 제인여왕호를 타고 됭케르크에 갔습니다.” 마이크는 침울한 표정으로 자기 발을 힐끗 보았다. “그리고 제가 쓰려고 계약한 이야기 내용보다 더 많은 이야기가 생겼죠.”

의사는 해변에서 병사들을 태운 것, 프로펠러, 스투카 등등 마이크의 진술을 무표정하면서도 침착한 태도로 귀 기울여 들었다. “제가 전에 걱정하지 말라고 했지요.” 마이크가 이야기를 끝내자 의사가 말했다. “기억이 돌아올 거라고요.” 의사는 카모디 간호사를 돌아보았다. “수간호사에게 제가 이야기를 좀 하자고 한다고 전해주시겠어요?”

카모디 간호사는 괴로운 표정으로 마이크를 보며 의사에게 말했다. “선생님, 잠시 이야기를 좀 할 수 있을까요?” 그녀가 물었고, 둘은 병실 중앙으로 가서 다시 속삭이며 상의했다. “…환자분 잘못이 아니에요.” 마이크는 카모디 간호사가 하는 말을 드문드문 들을 수 있었다. “…발이 괜찮아질 때까지 기다릴 수는 없을까요? …폐렴….”

의사 역시 걱정스러운 투로 말했다. “…우리가 할 수 있는 건 아무것도… 규정상….”

의사는 또다시 카모디 간호사에게 수간호사를 데려오라고 말한 게 분명했다. 왜냐하면 그녀는 싸움을 걸듯이 팔짱을 끼고는 베일 쓴 머리를 저었기 때문이다. “…간여하지 않을 거예요… 애초에 살아서 이송된 게 기적이에요….” 그리고 의사는 간호사와 함께 재빨리 밖으로 나갔다.

‘그리고, 중령님.’ 마이크가 생각했다. ‘당신은 오늘 나타나는 게 좋을 겁니다.’

중령은 나타나지 않았다. 그날과 이튿날, 여자친구들과 어머니들, 군복을 입은 사람들 등 계속해 방문객들이 병실을 찾아와 환자들의 침대 옆에 앉았지만, 중령은 오지 않았다.

‘조급하게 굴면 안 되는 거였는데.’ 방문객들을 내보내는 카모디 간호사를 보며 마이크가 생각했다. “저는 다른 병원으로 이송되는 건가요?” 마이크가 카모디 간호사에게 물었다.

“걱정하지 마세요.” 간호사가 말했다. “쉬세요.”

‘그 말인즉슨 그렇다는 뜻이군.’ 마이크가 생각했고, 그 일이 일어나지 못하게 막을 방법을 밤새 생각했다. 그리고 그의 편지가 왜 중령에게 도달하지 않았을까를 두고 온갖 상상을 했다. 우체국장이 그 편지를 중령에게 전해달라며 여관의 그 여자에게 전해주었고, 그 여자는 그 편지를 바 뒤에 두고 잊어버렸을 수도 있었다. 혹은 중령이 편지를 보트의 선실 물에 떨어뜨렸을지도 몰랐다. 아니면 탁자 위에 엉망으로 쌓인 해도와 정어리 통조림들 사이에 두고 편지의 존재 자체를 잊어버렸거나.

“아직도 답장이 없나요?” 월요일 아침, 마이크에게 〈헤럴드〉를 건네며 이브스 부인이 안타까워했다. “아무 일도 없길 바라요.” 그리고 그 말 때문에 또다시 걱정거리가 생겼다. 편지를 싣고 가던 기차가 폭격당했다면? 살트램-온-시가 폭격당했다면? 구조팀이 폭격당했다면….

쓸데없는 걱정이었다. 마이크는 〈헤럴드〉를 집고 십자말풀이 면을 펼쳤다. 헛되이 걱정하는 것보다는 차라리 알쏭달쏭 수수께끼를 푸는 게 더 나았다.

가로 1번 힌트는 "아무 메시지도 나올 수 없는 장소에 보내짐"이었다. 세로 10번은 "두려워하던 불운이 도착하다"였다. 마이크는 첫 장으로 신문을 넘겼다. 헤드라인은 이렇게 되어 있었다. "침공 임박. 영국 해협을 따라 증가된 독일군은 임박한 침공을 의미…."

카모디 간호사가 마이크에게서 신문을 빼앗았다. "면회 온 분이 있어요." 그녀가 말했다. "젊은 아가씨예요."

'구조팀이구나.' 너무나도 격렬하게 안도감이 몰려온 탓에 마이크는 손이 떨려 간호사가 '단정히 하세요'라며 건넨 빗과 거울을 제대로 쥘 수도 없었다. 마이크는 남자 역사학자가 올 거라고 생각했지만, 여자가 더 이치에 닿았다. 환자를 보러 온 젊은 여자에게 질문할 사람은 아무도 없을 것이다. '아마도 메로피일 거야.' 마이크가 희망에 부풀어 생각했다. '포드햄이 X선 촬영을 위해 나가 있어서 다행이야. 덕분에 암호로 이야기할 필요가 없으니까.'

간호사는 마이크에게서 거울과 빗을 다시 건네받았고, 그에게 적갈색 실내용 가운을 입히고, 담요를 정돈하고 방문객을 데리러 갔다. 문이 양쪽으로 열리며 녹색 원피스 차림에 모자를 멋 부려 기울여 쓴 젊은 여자가 병실로 들어왔다.

메로피가 아니었다. 들어온 여자는 흑발로, 머리를 이마 위로 쓸어 올렸고, 뺨에는 블러셔를 바르고, 입술에는 아주 빨간 립스틱을 발랐다. 앞이 트인 신발과 짧은 원피스 치마 때문에 그 여자는 이곳을 방문한 다른 환자들의 아내나 여자친구들처럼 보였지만, 구조팀의 일원일 게 분명했다. 그녀는 방독면에서 나온 게 분명한 끈 손잡이가 달린 마분지 상자를 들고 있었다. 비록 마이크가 본 모든 역사 기록에는 이 시대 사람들이 저런 상자를 들고 다녔다고 되어 있었지만, 그는 이곳에 도착한 이래로 저런 상자를 들고 다니는 사람을 단 한 명도 본 적이 없었다.

'저것 때문에 사람들 눈길을 끌지 않았으면 좋겠는데.' 마이크가 생각했지만, 사람들은 그 상자가 아니라 여자에게 눈길을 주었고, 병실을 걸어가는 동안 환자들이 휘파람을 불어댔다. "오, 제발 절 보러 온 거라고 말해줘요!" 마이크에게서 침대 세 개 건너편의 군인이 자기 옆을 지나가는 그 여자에게 외쳤고, 그 말에 여자는 걸음을 멈추고는 어깨너머로 애교 섞인 웃음을 지어 보였다.

'술집에 있던 그 아가씨야.' 마이크가 생각했다. 머리를 올리고 화장을 한 덕분에 알아보지 못한 것이다. '이름이 도리스였나 디어드리였나 여하튼 그랬는데. 구조팀이 아니야.' 그리고 마이크가 실망한 듯한 표정을 그 여자가 본 게 분명했다. 여자가 갑자기 우울한 표정을 지었기 때문이다.

"아빠가 저보고 가지 말랬어요. 편지를 보내야 한다고 했어요. 하지만 전…." 그녀의 목소리가 떨렸다.

"아니, 아니에요." 마이크는 말하며 그녀를 보아 기쁘다는 표정을 지으려 애썼다. 그리고 이름을 기억하려 애썼다. 데보라였나? 아니 끝이 'ㅣ'로 끝나는데. "와줘서 기뻐요, 디어드리."

그녀는 더욱더 실망한 듯했다. "다프네예요."

"다프네. 미안해요. 사고 이후 정신이 좀 맑지 않아서…."

그녀는 즉시 동정심 어린 표정을 지었다. "아, 그랬죠. 간호사에게 다 들었어요. 충격 때문에 기억을 잃었고, 얼마 전에야 정신을 차렸고, 부상이 심각했으며 발은… 어때요…?" 다프네는 말을 더듬으며 이불 아래 발의 윤곽을 힐끗 보더니 시선을 돌렸다. "당신 편지에서 수술을 했다고 했어요. 그럼 발을…?" 다프네가 말을 하다가 입술을 깨물며 말을 멈추었다.

"발은 잘 낫고 있어요. 다음 주에 붕대를 풀 거예요."

"아, 잘됐네요." 다프네는 마분지 상자를 마이크에게 밀었다. "포도를 좀 가져왔어요. 케이크를 굽고 싶었지만, 배급으로 설탕과 버터를 구하는 게 너무 어려워서…."

"그러지 않아도 의사가 포도를 많이 먹으라고 했어요. 고마워요. 그리고 이렇게 멀리까지 저를 보러 와줘서 고마워요." 마이크는 말하면서도 어떻게 하면 화제를 돌려 누군가가 술집에 들러 자신을 찾은 사람이 없는지 물어볼 수 있을까 고민했다. "버스를 타고 왔나요?"

"아니요. 포우니 씨가 도버로 데려다줬고, 거기서 기차를 탔어요." 다프네가 장갑을 벗어 무릎 위에 올려놓았다.

포우니 씨. 그러니까 마침내 그 사람이 나타났군.

"더 일찍 올 수가 없었어요. 주말에는 술집이 바쁘거든요. 아빠는 저보고 편지를 쓰라고 했지만, 저는 그러고 싶지 않았어요. 당신은 부상당했잖아요." 다프네는 다시 자기 장갑을 들고 비비 꼬았다. "직접 와서 말하는 게 나을 거라고 생각했어요."

구조팀이 왔었다. 구조팀이 다프네에게 뭐라고 했을까? 마이크가 무단 탈영자이기 때문에 찾고 있다고 했을까? 그래서 중령이 마이크가 어디에 있는지 말을 하지 않은 건가? "제게 뭘 말해요?" 마이크가 물었다.

"중령님이랑 그분 증손자인 조너선에 관해서요." 다프네가 두 손으로 장갑을 비비 꼬며 말했다.

"그 둘이 왜요? 다프네?"

다프네는 비비 꼬인 장갑을 내려보았다. "둘은 죽었어요. 됭케르크에서요."

39

그자들이 언제 시도할지 언제 올지 우리는 알지 못합니다.
솔직히 우리는 그자들이 과연 시도할지조차 확신할 수 없습니다.

— 윈스턴 처칠, 1940년

런던, 1940년 9월 21일

폴리는 마저리 너머로 세인트마틴 인 더 필즈 교회의 첨탑을 바라보았다. 그 뒤로는 채링크로스가 있었다. 그리고 트래펄가 광장이. '마저리, 네가 틀렸어.' 폴리가 생각했다. '결국은 잘 풀리지 않을 거야. 내게는 그렇지 않아.' 이번에는 남쪽에서 사이렌이 울리기 시작했고, 이어서 또 다른 사이렌 소리가 울리며 그들이 앉은 계단이 있는 어두운 거리를 채웠다.

"사이렌이 울려." 마저리가 하나 마나 한 소리를 했다. "여기 있으면 안 돼."

'달리 할 수 있는 게 없어.' 폴리가 생각했다. '내 강하 지점은 파괴되었고, 구조팀은 오지 않았는걸.'

"곧 폭격기들이 올 거야. 걸을 수 있겠어, 폴리?" 마저리가 물었지만 폴리가 대답하지 않자 다시 물었다. "도와줄 사람을 찾아올까?"

그래서 이제 몇 분 뒤면 공습이 시작될 텐데 그 사람들까지 위험하게 만들고? 폴리는 이미 헌신적으로 자신을 도우려는 마저리를 위험에 빠뜨렸다. 그리고 세인트조지 교회를 파괴한 폭탄이 최후의 폭탄은 아닐 것이다. 오늘 밤 낙하산 폭탄과 고성능 폭탄이 더 떨어지고, 치명적인 파편들도 더 있으리라. 그리고 내일 밤도. 그리고 모레 밤도.

'나만 곤란하고 힘든 게 아니야. 마저리와 스넬그로브 양과 세인트조지 교회의 연석에 나를 앉힌 나이 든 남자 모두가 힘든 상황을 겪고 있어. 차이가 있다면 그 사람들은 자신이 죽는 날을 모른다는 것뿐이야.' 최소한 폴리는 그 사람들이 자신을 도우려다가 죽는 건 막을 수 있었다. "아니." 폴리가 목소리가 떨리지 않도록 힘을 주어 말했다. "난 괜찮아." 폴리가 계단에서 일어났다. "채링크로스까지 갈 수 있어. 어느 쪽이야?"

하지만 마저리가 어두운 거리를 가리키며 "저쪽이야. 트래펄가 광장을 가로질러 가면 돼." 하고 말했을 때, 폴리는 양 주먹을 꽉 쥐고 옆구리에 바짝 붙여야 했다. 그러지 않으면 자기도 모르게 다시 마저리의 팔을 잡고 몸을 의지할 것 같았다.

'난 할 수 있어.' 몸을 버티기 위해 다리에 힘을 주며 폴리가 생각했다. '전에도 봤잖아. 세인트폴 대성당에 가는 길에.' 하지만 그때 폴리는 자신이 이곳에 갇혔다는 사실을 알지 못했다.

'해내야만 해.'

'그날 밤과는 완전히 다를 거야.'

폴리는 걱정할 필요가 없었다. 너무 어두워서 아무것도 보이지 않았다. 사자와 분수와 넬슨 기념비는 어둠 속에서 윤곽만 보였다. 하지만 폴리는 오로지 앞만 바라보며 역으로 갔고, 핸드백에서 토큰을 찾아서 하향 에스컬레이터에 탔다.

그날 밤의 채링크로스역은 전쟁에 이긴 것을 떠들썩하게 축하하던 사람들로 가득했지만, 오늘은 그렇지 않았다. 폴리가 이곳에 도착한 이래 가본 모든 지하철역은 승객과 대피객과 뛰어다니는 아이들로 가득한 듯했다.

그리고 안전했다. 채링크로스역은 9월 10일에 폭격을 당했지만, 다시 폭격당하는 건 12월 29일이었다. 그리고 시끄럽고 혼잡한 플랫폼에서 대화하는 건 불가능했다. 폴리는 더 이상 자신이 괜찮은 척하려고 마저리의 질문에 대답할 필요가 없었다.

하지만 마저리는 앉을 만한 빈자리를 찾지 않았다. 심지어 대피한 사람들에게 눈길조차 주지 않았다. 그녀는 곧장 노던 선으로 가서 북쪽으로 가는 터널로 향했다. "어디 가는 거야?" 폴리가 물었다.

"블룸즈버리." 마저리가 말하며 붐비는 터널을 걸었다. "나 거기 살아."

"블룸즈버리?" 블룸즈버리에는 오늘 밤 폭격이 있었다. 하지만 사이렌은 이미 울렸다. 둘이 그곳에 도착해도 역무원은 둘이 역을 나가지 못하게 할 것이다. "어느 역인데?" 폴리가 물으며 폭격당한 역 가운데 하나가 아니길 빌었다.

"러셀 광장역."

러셀 광장에 인접한 거리들은 9월에 엄청나게 폭격을 당했으며, 러셀 광장은 1944년 V-1에 폭격당했다. 하지만 역 자체는 2006년에 테러리스트가 공격하기 전까지는 멀쩡했다. 그렇다면 그곳에 가도 안전할 것이다.

하지만 둘이 그곳에 도착했을 때, 철창문은 막혀 있지 않았다. "아, 다행이다. 러셀 광장역의 사이렌은 아직 안 울렸어. 사이렌이 울리기 전까지는 철창문을 닫지 않아." 마저리가 말하며 밖으로 나가기 시작했다. "다행이야. 너에게 저녁을 먹이겠노라고 스넬그로브 양에게 약속했거든. 그리고 여기서는 차 한 잔도 제대로 마시기 어렵잖아."

"아, 하지만 난 네게…."

"이미 말했듯이, 전혀 폐가 되지 않아. 사실, 네가 날 구한 걸지도 몰라."

"너를 구해? 어떻게?"

"하숙집에 도착하면 말해줄게. 가자. 배고파." 마저리가 폴리의 팔을 잡고 어두운 거리로 들어섰다.

같이 걸어가는 동안, 폴리는 블룸즈버리의 어느 지역이 21일에 폭격을 당했는지 기억을 더듬어보았다. 베드포드 플레이스는 9월과 10월에 거의 완파되었고, 길드포드 스트리트와 워번 플레이스도 마찬가지였다. 대영 박물관은 9월에 세 번 폭격을 당했지만, 첫 번째 폭격이 있던 17일을 빼고는 콜린의 목록에 날짜가 들어 있지 않았다. 그리고 독일 공군의 급강하 폭격기가 고든 광장에 추락했지만, 폴리는 그 날짜 역시 알지 못했다.

마저리는 폴리를 데리고 구불구불한 거리를 걷더니 어느 문 앞에 서서 노크했고 이윽고 자기 열쇠로 문을 열었다. "계세요?" 문을 열며 마저리가 외쳤다. "아멘트루드 부인?" 마저리는 잠시 귀를 기울였다. "아, 잘됐다. 모두 세인트팽크러스역에 갔어. 부인은 좋은 자리를 차지하려고 일찍 나가. 이 집에는 우리밖에 없어."

"넌 세인트팽크러스역에 안 가도 돼?"

"응." 앞장서 카펫 깔린 계단을 올라가며 마저리가 말했다. "태비스톡 광장에 방공포가 하나 있고, 그게 밤새 발사되기 때문에 그쪽에 있으면 한숨도 잘 수 없어."

그렇다면 이곳은 태비스톡 광장 근처가 아니라는 뜻이었다.

"그러면 너는 어느 방공호에 가는데?"

"나는 안 가." 둘은 카펫 깔린 계단을 한 줄 더 올라갔고, 카펫이 깔리지 않은 계단을 다시 한 줄 더 올라가 어두운 복도를 걸었다. "여기가 내 방이야."

"그러면 여기에 방공호가 있어?" 폴리가 희망을 품고 말했다.

"지하창고." 마저리가 방문을 열며 말했다. 방은 폴리의 방과 똑같았다. 유일한 차이라면 이 방에는 에나멜 받침대에 올려진 가스풍로, 해진 꽃무늬 천으로 된 의자, 그 의자 등에 걸쳐진 스타킹 한 쌍, 그리고 선반에 놓인 양철통 몇 개와 상자들과 빵 한 덩이가 있다는 거였다. 아멘트루드 부인은 리케트 부인처럼 엄격하지 않은 게 분명했다. 이런 맙소사, 리케트 부인은 죽었어. 그리고 라버넘 양도. 그리고….

"하지만 내 생각에 우리 지하창고는 폭탄보다 더 위험해." 마저리는 하나 있는 창문에 등화관제용 커튼을 치고 침대 곁의 램프를 켰다. "이틀 전에 사이렌이 울릴 때 계단을 달려 내려가다가 하마터면 목뼈가 부러질 뻔했어." 마저리가 주전자를 집어 들었다. "이제 앉아. 금방 돌아올게."

마저리는 복도로 사라졌다. 폴리는 창문으로 가서 등화관제 커튼 사이로 밖을 엿보았다. 혹시라도 탐조등 불빛이 있으면 이곳이 가을에 폭격받은 대영 박물관이나 왕립 연극 학교 근처인지 확인할 수 있을 거란 기대에 서였다. 하지만 아직 탐조등은 켜지지 않았다.

마저리가 돌아오는 소리가 들렸다. 폴리는 커튼을 놓고 서둘러 창문에서 물러섰다. 마저리가 주전자를 들고 들어오자 폴리가 물었다. "여기가 베드포드 플레이스야?"

"아니." 마저리가 가스풍로에 주전자를 올리며 말했다.

'그래도 여전히 길드포드 스트리트나 워번 플레이스일 수 있어.' 하지만 지금 이 순간 폴리는 마저리에게 더 질문할 만한 마땅한 핑계를 떠올릴 수가 없었다.

"앉아." 마저리가 말하며 성냥을 켜 주전자 아래 풍로에 불을 붙이고, 선반에서 찻주전자와 차통을 꺼냈다. "금방 차가 준비될 거야." 마저리는 마치 여기가 블룸즈버리가 아니라는 듯, 이 집이 오늘 밤 폭격을 당하지 않을 거라는 듯 아주 태평한 태도로 말했다.

그리고 폴리는 오늘 밤뿐 아니라 내일 밤도, 그리고 런던 대공습의 다른 날 밤들도, 12월 29일과 1월 11일, 그리고 5월 10일에도 살아남아야 했다. 폴리는 공황이 몰려오는 걸 느꼈다. "마저리." 폴리는 공황 상태에 빠지지 않기 위해 말을 했다. "지하철역에서, 내가 이곳에 오는 덕분에 널 구했다고 했지? 도대체 무슨 상황인 거야?"

"오늘 내가 하면 안 되는 줄 알면서도 할 뻔한 일이 있었거든." 마저리가 씁쓸한 웃음을 지으며 말했다. "내가 아는 영국 공군 조종사가 있는데… 잠깐." 마저리는 램프를 끄고 커튼을 열어 우유병과 작은 치즈 조각을 창틀에서 꺼낸 뒤 커튼을 닫고 다시 램프를 켰다. "그 남자가 자기랑 무도회에 가자며 내게 계속 추근거려. 그리고 내가 그 남자에게 오늘 밤에 만나자고 했거든…."

'그리고 만약 마저리가 그 남자를 만났다면, 나는 여기에 있지 않았을 거고, 폭격당할 위험도 없었겠지.' "아직 늦지 않았어. 가도 돼." 폴리가 말했다. '그리고 나는 러셀 광장역으로 돌아가서….'

"아니, 네 덕분에 안 가게 되어 다행이야. 애초에 무도회에 같이 가겠다고 말을 하지 말아야 했어. 내 말은, 그 사람은 조종사잖아. 조종사들은 모두 아주 방탕해. 내 룸메이트였던 브렌다가 말하길, 조종사들은 단 하나만

쫓는대. 그리고 그 애 말이 맞아. 부엌용품 매장에서 일하는 루실이 후방사수와 데이트를 했는데, 아주 찰거머리였대." 마저리가 선반에 손을 뻗어 잔을 두 개 꺼냈다. "그 남자는 절대로 거절을 허용하지 않았고, 그래서 루실은 결국…."

높은음의 휘파람 소리가 났고, 폴리는 주전자 물이 끓는 소리인가 생각하며 주전자를 바라보았지만, 알고 보니 사이렌 소리였다. "너무하네." 마저리가 지긋지긋하다는 투로 말했다. "독일 놈들은 우리가 차도 못 마시게 해." 마저리는 가스풍로와 램프를 껐다. "매일 밤 사이렌이 울리는 시간이 점점 더 빨라지는 거, 알아? 크리스마스가 되면 어쩔지 궁금할 지경이라니까. 작년도 충분히 끔찍했지만, 그때는 그래도 오후 3시 반이면 깜깜해지는 등화관제만 견뎌내면 됐잖아?"

'그리고 그때도 나는 아직도 여기에 있을 거고.' 폴리가 생각했다. '그리고 새해가 되면 나는 폭격이 언제 어디서 일어나는지조차 모르게 돼.'

"가자." 마저리가 말하고 있었다. "우리의 '안전하고 편안한 방공호'를 보여줄게." 마저리는 폴리를 데리고 뒤쪽 계단을 내려가 부엌을 지나 지하창고로 내려갔다.

지하창고가 위험하다던 마저리의 말은 과장이 아니었다. 계단은 위험할 정도로 가팔랐고, 디딤판 하나는 부서졌으며, 천장이 낮은 지하창고의 들보들은 폭탄의 직격은 고사하고 소리만 나도 무너질 것만 같았다. 이곳은 던워디 교수의 금지 목록에 들어 있어야 마땅했다.

세인트조지 교회 역시 던워디 교수의 금지 목록에 없었다. 왜 없었을까?

'왜냐하면 난 지하철 방공호로 피하게 되어 있었으니까.' 폴리가 생각했다. 하지만 세인트조지 교회는 콜린의 목록에도 없었다.

방공포 한 대가 윙윙거리는 비행기들을 향해 발포를 시작했고, 방공포와 비행기 소리 둘 다 폴리가 강하 지점에 앉아 강하가 열리길 기다리던 때만큼이나 똑같이 크고 똑같이 가깝게 들렸다. 그때 폴리는 구조팀이 이미 왔어야 했다는 것도 몰랐고, 라버넘 양과 어린 여자애들이 이미 죽은 것도 몰랐었다.

그리고 첫날 밤에 신문을 보려고 심스 씨 자리로 갔다가 곤경에 처했을 때 폴리를 구해준 고드프리 경 역시 죽었다. 고드프리 경은 이렇게 말했었다. "'하늘나라에서 만나기 전까지는 만날 수 없다면….'"

"대포 소리가 겁나?" 마저리가 물었다. "내 룸메이트이던 브렌다는 저 소리를 너무 무서워했어. 브렌다가 런던을 떠난 것도 그 때문이야. 나보고도 런던을 떠나라고 계속 부추기고 있어. 지난주에는 편지를 써서 나보고 바스로 오래. 자기가 일하는 가게에서 나도 일할 수 있을 거라면서. 그리고 이런 일이 일어날 때마다, 내 말은, 교회랑 그 사람들 같은 일이 일어날 때마다, 나도 브렌다에게 가야 하는 게 아닐까 생각하게 돼. 만사 제쳐놓고 떠날 생각을 해본 적이 있어?"

'응.'

"적어도 여기 앉아서 죽기를 기다리는 것보다는 나을 거야. 이런, 미안해." 마저리가 말했다. "하지만 내 말은, 그런 일을 당하면 온갖 생각이 들게 마련이잖아. 어, 내가 말했던 그 조종사 톰이 말하길, 전쟁에서는 그냥 가만히 앉아서 살려고 하는 건 사치래. 행복을 추구할 수 있으면 곧바로 쟁취하래. 남은 시간이 얼마나 되는지 모르니까."

'남은 시간이 얼마나 될까.'

"브렌다는 그게 그냥 하는 말이라고, 남자들이 여자들에게 늘 하는 말이라고 하지만, 가끔은 남자들도 진심을 담아 말하기도 해. 조애나가 데이트하던, 아, 조애나는 예전에 도자기와 유리그릇 매장에서 일했어. 하여튼 걔가 데이트하던 해군 중위도 조애나에게 똑같은 말을 했어. 그리고 그 남자는 진심이었어. 둘은 아무에게도 알리지 않고 도망쳤거든. 그리고 톰이 한 말은 나를 꼬시려고 그냥 한 소리였다 할지라도, 그 말 자체는 사실이야. 누구든 오늘 밤 또는 다음 주에 죽을 수 있고, 만약 그렇다면 날마다 무도회에 못 갈 이유가 뭐냐고. 좀 즐기면 어때서? 재미없게 사는 것보다 훨씬 더 낫잖아. 미안." 마저리가 말했다. "내가 말이 많네. 이렇게 다 허물어져 가는 지하실에 앉아 있어서 그래. 그래서 신경이 날카로워졌나 봐. 어쩌면 나는 바스에 가야 할까 봐. 하지만 그러면 직장 사람들 모두 나를 겁쟁이로 생각하겠지." 마저리는 갑자기 천장을 바라보았다. "오, 잘됐다. 공습경보해제 사이렌이 울렸어."

"나는 못 들었어." 폴리가 말했다. 폴리는 여전히 폭발과 대포 소리를 들을 수 있었다. "안 울린 거 같은데."

하지만 마저리는 일어나 계단 위를 바라보고 있었다. "카트라이트 가든스의 방공포가 멈추면 우리는 공습경보해제 사이렌이 울린 거로 쳐. 그건 비행기들이 블룸즈버리의 이 구역을 떠났다는 뜻이거든. 마침내 차를 마실 수 있겠네." 마저리는 폴리를 데리고 계단을 올라 자기 방으로 돌아갔고, 가스풍로에 다시 불을 붙이고 그 위에 주전자를 올렸다.

"이제 옷을 벗어." 마저리가 말했다. 그녀는 옷장을 열고 부드럽게 따뜻한 셔닐천으로 만든 가운을 고리에서 내렸다. "그리고 이걸 입어. 네 블라우스는 빨고 코트는 가볍게 닦아낼게." 마저리가 가운을 내밀었다. "네 스타킹을 줘. 그것도 빨아줄게."

"수선부터 해야 해." 폴리가 핸드백에서 스타킹을 꺼내며 말했다. 마저리는 조심스레 스타킹을 받아 살폈다. "수선이 안 될 거 같은데. 괜찮아. 내 걸 빌려줄게."

"어, 아냐. 그러지 마." 마저리는 가지고 있는 스타킹을 다 간직하고 있어야 했다. 12월 1일이 되면 정부는 스타킹 제조를 중지할 것이고, 전쟁이 끝날 무렵이면 스타킹은 금보다도 더 가치 있는 물건이 될 것이다. "내가 그 스타킹까지 올이 나가게 하면 어쩌려고?"

"바보 같은 소리 마." 마저리가 말했다. "스타킹 없이 다닐 수는 없어. 자, 네 블라우스를 줘."

폴리는 블라우스를 마저리에게 준 다음, 치마를 벗고 가운을 입었다. 가운은 아주 포근하게 몸을 감쌌다.

주전자의 물이 끓었다. 마저리는 폴리더러 의자에 앉으라고 했다. 그러고는 차를 우려 폴리에게 한 잔을 준 뒤, 선반에서 수프 깡통을 꺼내고, 책상 서랍에서 깡통 따개, 숟가락 하나, 그릇 하나를 꺼냈다. 마저리는 그러면서도 끊임없이 톰에 관해 조잘댔다. 톰은 자기가 곧 아프리카로 전역 될 수도 있지만, 두 사람이 사랑한다면 그런 건 걸림돌이 되지 않을 거라고 말했다는 내용이었다. "차를 마셔." 마저리가 말했다.

폴리는 차를 마셨다. 차는 뜨겁고 진했다.

"자." 마저리가 수프가 담긴 그릇을 내밀며 말했다. "난 그릇이랑 숟가락이 하나씩밖에 없어. 그러니 서로 번갈아 가며 먹어야 해."

폴리는 억지로 수프를 한 숟가락 삼키며 뭔가를 마지막으로 먹은 게 언제인지 기억을 더듬어보았다. 그리고 마지막으로 잠을 잔 때도. '이틀 전 홀본역에서 핸드백을 베고 있었을 때네.' 폴리가 생각했다. 하지만 그건 잤다고 할 수 없었다. 폴리는 그때 그냥 존 것뿐이었고, 환한 빛과 시끄러운 목소리들, 그리고 못된 아이들이 물건을 훔쳐 가지 않을까 하는 걱정 때문에 몇 분마다 깨어났다. 사실상 폴리는 수요일 밤 세인트조지 교회에서 잔 이후로 잠을 자지 못했다.

세인트조지 교회. 배에 두 손을 올려놓고 코를 골던 도밍 씨, 실핀으로 머리를 고정하고 코트를 덮고 자던 라일라와 비브, 벽에 기대《사제관의 살인 사건》을 읽다가 손에서 떨어뜨리고 잠이 들었던 주임 사제….

"수프를 전혀 먹지 않았네." 마저리가 꾸짖듯이 말했다. "좀 더 먹어. 그러면 기분이 나아질 거야."

"아니, 네가 먹을 차례야."

마저리는 폴리에게서 그릇과 수프를 받아 들었다. "이걸 씻으러 갔다 올게. 금방 올 거야." 그리고 폴리는 잠이 든 모양이었다. 마저리가 돌아와 폴리에게 담요를 덮어주고 있었고, 방공포가 다시 발포를 시작했기 때문이다.

"지하 저장 창고로 가야 하지 않을까?" 폴리가 잠에 취한 채로 물었다.

"아니, 소리가 가까워지면 깨울게. 다시 자."

폴리는 그 말대로 했고, 다시 잠에서 깼을 때는 새벽 5시였다. 공습경보 해제 사이렌이 울리고 있었는데, 구조팀이 오지 않은 이유도 명확했다. 구조팀이 오지 않은 건 그들이 폴리를 지하철역에서 찾고 있었기 때문이다. 옥스퍼드 스트리트의 백화점 수보다는 던워디 교수가 승인한 지하철역 수가 훨씬 더 적었고, 만약 구조팀이 노팅힐게이트에서 폴리의 인상착의를 설명한다면, 그곳 역무원은 그녀를 기억했을 테니까.

구조팀은 그날 아침 노팅힐게이트역에 갔겠지만, 폴리는 홀본역에 있었다. 그날 오후 그녀는 일찍 퇴근해 집까지 걸어갔기 때문에 사이렌이 울렸을 때 지하철역에 갇히지 않았고, 구조팀은 폴리가 강하 지점에 갔단 걸 알 도리가 없었을 것이다. 그리고 오늘 밤, 폴리는 채링크로스역과 러셀 광장역 쪽에 있었다.

그리고 그 내내 구조팀은 노팅힐게이트역에서 폴리를 기다리고 있었을 것이다. 그들은 지금도 그곳에서 기다리고 있겠지. '구조팀을 만나러 가야 해.' 폴리가 생각하며 의자에서 일어났지만, 마저리가 그녀의 블라우스를 빨았고, 지하철은 6시 30분이 넘어서야 운행한다는 기억이 났다.

'그때까지만 좀 쉬자.' 폴리가 생각했다. '그리고 구조팀을 만나러 가는 거야.' 하지만 다시 잠이 든 모양이었다. 잠에서 깼을 때는 환한 아침이었고, 마저리는 옷을 입고 다림질 판 앞에 서서 블라우스를 다리고 있었다. 폴리의 블라우스는 깨끗하게 세탁되어 다림질된 상태로 이미 정돈된 침대 위에 놓여 있었다. "푹 주무셨나요, 잠자는 숲속의 미녀 아가씨." 마저리가 다리미 너머로 폴리에게 웃어 보이며 말했다.

폴리는 손목시계를 보았지만, 그건 멈춰 있었다. "지금 몇 시야?"

"4시 30분."

"4시 30분이라고?" 폴리는 담요를 제치고 일어났다.

"이렇게 오래 자게 두면 안 되었을지도 모르지만, 넌 너무나 지쳐 보였어…. 뭐 하는 거야?" 블라우스에 손을 뻗는 폴리에게 마저리가 물었다.

"가야 해." 폴리가 말하며 블라우스를 입고 서투르게 단추를 채웠다.

"어디에?" 마저리가 말했다.

'집.' 폴리가 생각했다. "하숙집." 폴리가 치마를 입으며 말했다. "거기에 아직도 내 방이 있는지 확인해야 해." 폴리는 블라우스를 치마 안으로 넣고 신발을 신기 위해 앉았다. "그리고 만약 방이 없으면, 다른 방을 구해야지."

"하지만 오늘은 일요일이야." 마저리가 말했다. "오늘 밤은 여기서 자고 내일 나랑 같이 출근했다가 퇴근해서 같이 가보면 어때?"

"아니. 넌 이미 내게 충분히 잘해줬어. 여기서 재워주고 내 블라우스도 다려줬잖아. 더는 폐를 끼칠 수 없어." 폴리가 코트를 입었다.

"하지만… 기다리면 안 돼? 나랑 같이 가자. 거기에 혼자 가면 안 돼."

"난 괜찮을 거야." 폴리가 모자와 핸드백을 집어 들었다. "고마워. 전부다." 그녀는 가볍게 마저리를 안은 뒤 서둘러 방을 나와 계단을 내려갔다.

반쯤 내려갔을 때 마저리가 뒤에서 외쳤다. "기다려. 스타킹 가져가야지." 그리고 손에 든 스타킹을 펄럭이며 계단을 달려 내려왔다.

옥신각신하느라 시간을 쓰지 않기 위해, 폴리는 스타킹을 받아서 들어 코트 주머니에 쑤셔 넣었다. "러셀 광장역이 어느 쪽이야?"

"다음 건널목에서 왼쪽으로 가서 다시 왼쪽으로 가면 돼." 마저리가 말했다. "잠깐만 기다리면 내가 코트를 가져올 테니…."

"그럴 필요 없어. 정말이야." 폴리가 말했고, 마침내 그곳을 나올 수 있었다. 그녀는 러셀 광장역까지 뛰었지만, 그곳에 도착했을 때 간이침대와 저녁 식사가 담긴 바구니와 침낭을 지고 대피한 사람들이 끝없이 줄을 서 있었다. "지하철을 탈 승객용 줄이 따로 있나요?" 폴리가 접시와 식기를 가득 실은 손수레를 밀고 가는 여자에게 물었다.

"그냥 맨 앞으로 가서 만날 사람이 있다고 말해요." 여자가 말했다. "그리고 늦으면 그 사람을 만나지 못한다고 하세요."

'진짜로 그래.' 폴리가 여자에게 고맙다고 말하고 역무원에게 갔다. 역무원은 고개를 끄덕이고 폴리를 통과시켰고, 그녀는 서둘러 승강기로 가 남행 플랫폼으로 내려갔다. 출입구에 칠판이 서 있었고 거기에는 이렇게 적혀 있었다. '남행 지하철은 일시 중지되었습니다.'

폴리는 노선이 손상된 게 분명하다고 생각하며 지하철 노선표를 열심히 살폈다. 북행 지하철을 타고 킹스크로스까지 간 다음 빅토리아 선으로 갈아타야 했지만, 그곳에 도착해보니 그곳 역시 남행 지하철은 운행하지 않았다. 그러면 남은 것은 서클 선뿐이었다. 폴리는 서클 선을 탔고, 제발 이것마저 노선이 손상되지 않았기를 빌었다.

서클 선도 노선 손상이 있었지만, 홀랜드 파크와 셰퍼즈 부시 구간만이었다. 폴리는 지하철을 타고 노팅힐게이트역으로 갔고 서둘러 에스컬레이터 쪽으로 갔다. "오, 맙소사, 저길 봐!" 폴리가 홀을 가로질러 가는데 저쪽에서 젊은 여자가 비명을 지르며 말했다. "폴리야!" 그리고 두 번째 목소리가 따라 말했다. "폴리!"

'오, 감사합니다.' 폴리가 생각했다. 안도감이 밀려왔다. '드디어 구조팀이 왔어.'

"폴리 세바스찬! 이쪽이야!" 그들은 에스컬레이터 방향에서 외쳤다.

'구조팀일 리가 없어.' 몸을 돌리며 폴리가 생각했다. '구조팀은 절대 저런 행동을 해서 나나 자기들에게 사람들의 주목을 끌지 않을 테니까.'

정말로 구조팀이 아니었다. 소리를 친 건 라일라와 비브였다.

40

절대로 포기하지 마.
다음번에 무슨 일이 일어날지 아는 사람은 아무도 없어.

— L. 프랭크 바움

런던, 1940년 9월 22일

“폴리! 이쪽이야.” 라일라가 지하철역 저쪽에서 다시 소리를 쳤고, 비브도 따라 외쳤다. “이쪽!”

그들일 리가 없었다. 완전히 무너져 뒤엉킨 잔해에서 생존할 수 있는 사람은 아무도 없다. 하지만 분명히 라일라와 비브였다. 둘은 차가 담긴 머그잔과 샌드위치를 들고 사람들을 헤치며 이쪽으로 다가오고 있었다.

“어디서… 어떻게?” 폴리가 더듬거리며 말했다. “난 너희들이 죽은 줄로만 알았어.”

“우리가 죽은 줄 알았다고?” 라일라가 말했다. “우리는 네가 죽은 줄로만 알았어! 비브, 사람들에게 가서 폴리를 찾았다고 말해.” 라일라가 말했고, 비브는 들고 있던 샌드위치와 차를 폴리에게 건네고 사람들을 헤치며 돌아갔다.

“방금 ‘사람들’이라고 했어? 그렇다면…?”

하지만 라일라는 듣고 있지 않았다. “무슨 일이 있었던 거야?” 라일라가 다그쳐 물었다. “우리는 네가 세인트조지 교회에 갔다고 생각했어. 지금까지 어디에 있었던 거야? 사흘이나!"

폴리의 귀에 비브의 목소리가 들렸다. "샌드위치를 사러 역내 간이식당에 갔는데 거기에 개가 있지 뭐예요." 그리고 폴리는 에스컬레이터 쪽을 바라보았다. 비브가 에스컬레이터 난간 아래를 내려다보며 올라오는 누군가에게 이야기하고 있었다. "정말 우리 눈을 믿을 수가 없었다니까요!" 비브가 이야기하는 상대는 주임 사제였다.

폴리는 사람들을 헤치고 그쪽으로 가기 시작했지만, 어린 소녀들, 베스와 아이린과 (오, 감사합니다!) 트로트가 이미 그녀 쪽으로 달려오고 있었다. 아이린은 전속력으로 질주해 폴리의 품으로 뛰어들었고, 트로트는 폴리의 다리를 껴안았다. "안 죽었어요!" 트로트가 기뻐하며 말했다.

"언니가 안 죽었을 줄 난 알았어." 베스가 말했다.

주임 사제가 다가왔다. "살아 있다니, 하느님 감사합니다."

아이린이 폴리의 팔을 끌어당겼다. "같이 가요." 아이린이 말했다. "엄마에게 언니를 보여줘야만 해요."

"트로트, 언니 다리 좀 놔줘." 베스가 다른 팔을 잡으며 말했다. "너 때문에 폴리 언니 넘어지겠다." 그리고 셋은 폴리를 에스컬레이터로 끌고 갔다. 트로트는 폴리의 치마에 달라붙었고, 북행 디스트릭트 선 플랫폼으로 가며 외쳤다. "엄마, 우리가 누구를 찾았는지 봐요!"

그리고 플랫폼 끝에는 브라이트포드 부인과 라버넘 양과 도밍 씨가 있었다. 모두가 앉아 있던 곳에서 일어나 폴리를 에워쌌고, 기뻐 탄성을 지르고 웃고 동시에 말을 했다. "어디에 있었던 거예요? 그렇게 걱정시키고는… 정말 걱정이 되었어요… 고드프리 경은 떠나지 않으려 했어요… 그리고 당신이 리케트 부인의 집으로 돌아오지 않자…."

트로트가 자기 어머니의 치마를 끌어당겼다. "언니는 죽지 않았어요, 엄마."

"그래, 그렇구나." 브라이트포드 부인이 밝게 웃으며 말했다. "그래서 우리는 아주, 아주 기뻐요."

"제가 괜한 걱정 하지 말라고 했죠?" 리케트 부인이 주임 사제에게 말했다. "결국은 나타날 거라고 했잖아요."

"하지만 여러분은… 이해가 안 돼요… 교회에 갔을 때 그 사람이…." 폴리가 말을 더듬었다. "저는 잔해를 봤어요…." 그때 뜨개질감을 든 히바드 양이 눈물을 줄줄 흘리며 다가왔고, 줄에 묶여 총총걸음으로 다가오는 건 넬슨이었다. "하지만 공공 방공호에 반려동물은 허용되지 않잖아요." 폴리가 말하며 생각했다. '이건 꿈이 분명해.'

"런던 지하철 당국이 특별히 허가해줬어요." 심스 씨가 말했고, 그러니 이건 꿈이 아닌 게 분명했다. 폴리 자신은 절대 이런 걸 상상해내지 못했을 테니 말이다.

"오, 당신을 봐서 정말 기뻐요! 우리는 당신이 죽었을까 봐 두려웠어요." 위번 부인이 폴리를 껴안기 위해 다가오며 말했고, 이 역시 폴리가 상상할 수 있는 장면이 아니었다.

그들은 진짜로 이곳에 있었고, 교회 잔해 아래 묻힌 게 아니었다. "여러분은 죽은 게 아니군요. 모두 여기에 있어요." 폴리가 기뻐하며 리케트 부인과 주임 사제와 넬슨과….

고드프리 경은 어디에 있지? 폴리는 플랫폼에 있는 사람들을 황망히 둘러보았다. "고드프리 경은 떠나지 않으려 했어요." 아까 누군가가 그렇게 말했고, 세인트조지 교회에서 봤던 그 나이 든 남자는 고개를 저으며 중얼거렸었다. "정말 안타까운 일이지요. 그렇게 많이 죽다니."

"고드프리 경은 어디에 있나요?" 폴리가 다그쳐 물었다. 폴리는 승객들을 밀치고 피난 온 사람들에게 발이 걸리면서 쏜살같이 플랫폼을 되돌아가 고드프리 경을 찾았다. '오, 맙소사. 그 구조용 갱도는 고드프리 경을 꺼내려는 거였어….'

그때 폴리는 고드프리 경이 〈타임스〉를 겨드랑이에 끼고 터널에서 아치길을 통과해오는 걸 보았다.

'다행이야. 고드프리 경은 괜찮아.' 폴리가 생각했지만, 그는 괜찮지 않았다. 마치 무너지는 세인트조지 교회에 깔렸다가 살아나온 사람처럼 온몸을 흠씬 두들겨 맞은 듯한 모습이었다. 그리고 둘이 《폭풍우》를 연기하던 날보다 훨씬 더 늙어 보였다. 고드프리 경의 얼굴에는 주름이 생겨났고 안색은 잿빛이었다.

트로트가 폴리를 지나 떼 지어 있는 승객들을 헤치고 달려가며 외쳤다. "고드프리 경! 고드프리 경!" 그는 트로트를 내려다보았고, 이윽고 시선을 들었다. 그리고 폴리를 보았다. "언니는 죽지 않았어요!" 트로트가 행복하게 말했다.

"그래." 고드프리 경이 갈라진 목소리로 말하고 폴리에게 한 걸음 다가왔다.

"고드프리 경." 폴리가 말을 하려 했지만, 더는 아무 말도 나오지 않았다.

"'그때는 그이를 보고 죽었다고 믿어서,'" 그가 속삭였다. "'무덤에서 소용없는 기도를 많이 드렸소.'"[52] 그는 폴리의 두 손을 잡기 위해 손을 뻗었지만, 이어서 동작을 멈추고 궁금해하는 눈으로 폴리를 바라보았다. "'이 얼마나 멋진 선물이란 말인가?'"

"네?" 폴리가 멍하니 말했고 자기 두 손을 내려다보았다. 그녀는 아직도 비브의 샌드위치와 차가 담긴 머그잔을 들고 있었다. "아니 이게 왜… 분명 전 이걸…." 폴리가 더듬거렸고, 무기력하게 그걸 고드프리 경에게 내밀었다.

고드프리 경은 고개를 저으며 말했다. "'이미 주신 선물만으로도 과분하니….'"[53]

"오, 다행이에요. 고드프리 경을 찾았군요, 세바스찬 양." 주임 사제가 말하며 라버님 양 그리고 다른 사람들과 함께 다가왔다. 그들은 폴리와 고드프리 경 주위로 몰려들었다. 넬슨은 꼬리를 흔들며 앞으로 나왔다.

"고드프리 경, 멋지지 않아요?" 히바드 양이 말했다. "세바스찬 양이 안전하게 잘 있는 걸 알게 되었잖아요."

"그렇습니다." 고드프리 경이 엄숙하게 폴리를 보며 말했다. "'굉장한 기

52 셰익스피어, 《베로나의 두 신사》
53 셰익스피어, 《아테네의 타이몬》

적이군! 바다는 무섭게 굴지만 자비롭구나. 공연히 바다를 저주했네.'[54] 잘 돌아오셨습니다, 크나큰 고초를 겪은 비올라여."

"고드프리 경이 어땠는지를 네가 봤어야 해!" 라일라가 말했다. "완전히 제정신이 아니셨어."

"당국은 수색견을 포함해 온갖 방법을 다 써서 널 찾아보았어." 비브가 말했다.

"그동안 어디에 있었는지 정말로 궁금하군요." 리케트 부인이 힐난하듯 캐물었다.

"맞아요. 폴리에게 어디에 있는지 말해달라고 하세요, 고드프리 경." 라버넘 양이 재촉했다.

"하지만 우선 우리 자리로 돌아가야 하지 않을까요?" 심스 씨가 제안했다. "누군가가 우리 자리를 차지할 수도 있으니까요."

"그래요, 일단 돌아가는 게 좋겠습니다." 주임 사제가 말하고는 그들을 데리고 북적거리는 사람들을 헤치며 플랫폼을 걸었다. 베스와 트로트는 폴리의 손을 잡고 걸었다.

"아쉽게도 세인트조지 교회의 방공호처럼 아늑하지는 않아요." 라버넘 양이 말했다.

"그리고 좀 시끄럽기도 하고요." 브라이트포드 부인이 덧붙였다. "하지만 열차들이 멈추면 좀 나아요."

"난 맘에 들어." 주임 사제를 따라가며 라일라가 폴리에게 속삭였다. "역내 간이식당도 있고 그리고…."

"잘생긴 남자들도 많거든." 비브가 말을 받았다.

그들은 플랫폼 끝부분에 도착했다. "자, 앉아요." 라버넘 양이 말하며 라일라와 비브더러 폴리에게 자리를 내주라고 손짓했다. "그리고 당신의 모험담을 말해줘요."

고드프리 경은 폴리에게서 부드럽게 머그잔과 샌드위치를 받아 들어(폴

54 셰익스피어, 《폭풍우》

리는 무슨 이유에서인지 아직까지 그것들을 들고 있었다) 비브에게 건넸다. 폴리는 자리에 앉았다. 그러자 모두 야영용 걸상과 담요를 움직여 폴리 주위로 원을 그리며 모였다. "무슨 일이 있었던 거야?" 라일라가 물었다. "왜 리케트 부인 집으로 돌아오지 않은 건데?"

"모두 다 이야기해줘요." 트로트가 말했다.

"그래요, 미란다." 고드프리 경이 말했다. "'어디서 목숨을 보전했고 어디서 살았고 어떻게 아버지 궁정을 찾았더냐?'"[55]

"언니가 찾은 게 아니에요." 트로트가 말했다. "우리가 찾았어요!"

"쉬잇, 트로트." 아이 어머니가 말했다. "언니가 말하게 하자꾸나."

"'그래요, 말하세요, 아가씨.'" 고드프리 경이 명령했다. "'어찌 생존했는지, 사흘 전에 이 해안에 난파당한 우리를 어떻게 만났는지 자세히 말해주오.'"

강하 지점에서 하룻밤을 보냈다고 말할 수는 없었다. 그래서 폴리는 그 대신, 퇴근하기 전에 사이렌이 울렸으며, 타운센드 브라더스 백화점의 지하실 방공호에서 밤을 보내야 했다고 말했다. "이튿날 아침에는 출근하기 전에 집에 들를 시간이 없었고, 그날 밤에도 같은 일이 일어났어요. 그리고 토요일 아침 집에 가는데 교회를 보았고, 사람들이 죽었다는 말을 들었어요. 그래서 여러분 모두가 죽었다고 생각했어요. 누가 죽은 거죠?"

"소방관 세 명과 공습 대비대 감시원 한 명입니다." 주임 사제가 말했다. "그리고 폭탄 해체반 전부 다요."

히바드 양이 슬퍼하며 고개를 저었다. "용감한 분들이었는데, 안타까워요."

"지뢰의 낙하산이 사제관 옆 건물 꼭대기에 걸렸습니다." 도밍 씨가 설명했다. "낙하산 끈을 잘라내는 중에 폭탄이 터진 거지요."

"하지만 저는 아직도 어떻게 여러분이…."

"우리는 모두 대피했습니다." 심스 씨가 설명했다.

55 셰익스피어, 《폭풍우》

"우리가 세인트조지 교회에 막 도착한 순간, 감시원이 문을 두드리더군요." 라버님 양이 말했다. "그리고 당장 그곳을 떠나야 한다고 말했어요."

"고드프리 경은 너 없이는 떠나지 않겠다고 했어." 라일라가 말했다. "고드프리 경은 네가 폭탄에 대해 모른다면서 네가 올 때까지 우리가 기다려야 한다고 말했지만, 감시원은 그 지역을 봉쇄했다고 했어."

"공습 대비대 감시원은 우리를 아가일 로드에 있는 임시 방공호로 데려갔어요." 라버님 양이 말했다. "그리고 우리가 그곳에 도착하자마자 폭탄이 터졌어요. 만약 몇 분만 더 기다렸더라면…." 그녀는 고개를 저었다.

"공습이 멎자마자 우리는 이곳으로 보내졌어." 라일라가 말했다. "그리고 지하철 역무원은 넬슨을 안 들여보내려 했어…."

"심스 씨는 밖에 공습이 한창인데 넬슨을 내보낼 수는 없다고 말했지." 비브가 열심히 설명했다.

"고드프리 경은 역무원에게 넬슨이 연극단의 정식 단원이라고 설득했습니다." 심스 씨가 말했다. "결국, 역무원은 넬슨을 들여보낼 수밖에 없었지요." 심스 씨는 다정하게 넬슨의 머리를 쓰다듬었다.

"우리는 당신이 여기에 있을 거라고 확신했어요." 브라이트포드 부인이 말했다.

그 말대로 그때 폴리는 이곳에 있었다. 하지만 대피한 사람들을 관찰하기 위해 홀본역으로 갔었다.

"고드프리 경은 베이스워터와 퀸스웨이역으로 가보았어요. 당신이 있는지 찾아보려고요." 히바드 양이 말했다. "하지만 당신은 그곳에 없었죠."

"그리고…." 라버님 양이 말했다. "이튿날 아침, 하숙집에 당신이 돌아오지 않자…."

하숙집. 폴리는 이 사람들 모두가 죽었기 때문에 구조팀이 자신을 찾을 수 없을 거라고, 리케트 부인 집에는 아무도 없으므로 자신이 그곳에 산다는 사실을 구조팀에 알릴 수 없을 거라고 계속 생각해왔다. 그럼 구조팀은 어디에 있었던 걸까?

"우리는 최악의 상황이 있었을까 봐 두려웠어요." 라버님 양이 말했다.

'저도 두려워요.' 폴리가 생각했고, 공황이 다시 일어나는 걸 느꼈다.

"혹시라도 출입 금지선이 쳐지지 않은 부분이 있어서, 또 어두워서 당신이 '위험, 접근 금지'라는 게시판을 보지 못하고 교회로 간 건 아닐까 걱정했습니다." 주임 사제가 말했다.

"그리고 죽었을까 봐 걱정했더랬어요." 트로트가 말했다.

"고드프리 경은 구조대가 교회의 잔해 전체를 수색해야 한다고 난리도 아니었어." 라일라가 말했다.

'내가 봤던 그 구조용 갱도는 이 사람들을 구하려고 판 게 아니었어.' 폴리가 생각했다. '고드프리 경을 구하려고 판 게 아니었어. 구조대는 나를 찾고 있었던 거야.'

"하지만 구조대는 소용없다고 말했어." 비브가 말했다. "교회랑 지붕 전체가 방공호로 무너져 내렸기 때문에 그 밑에서는 아무도 살아남을 수 없다고 했어. 하지만 고드프리 경은 포기하지 않았어. 어떻게든 너를 찾아내려 했지. 얼마가 걸리든 상관없이 말이야."

'콜린처럼.' 폴리가 생각했다. 문제는 구조팀이 오지 않은 것만이 아니었다. 던워디와 콜린이 오지 않았다는 것이 진짜 문제였다. 그 둘은 폴리를 구하기 위해서라면 천지라도 움직였을 사람들이었다. "리케트 부인, 절 찾으러 하숙집에 온 사람은 없었나요?" 폴리가 물었다.

"모두가 당신을 찾았죠." 리케트 부인이 꾸짖었다. "고드프리 경은 어제 온종일 그리고 오늘까지 병원들을 돌아다니며 당신을 찾았어요. 다치지 않았다고 우리에게 알려주려고 시도는 했어야죠."

"우리에게 어떻게 알려줄 수 있었겠어요?" 라일라가 말했다. "폴리는 우리가 '죽었다'고 생각했는데요."

리케트 부인이 라일라를 노려보았다.

"중요한 건, 당신이 살아 있고 안전하며, 우리 모두 여기에 함께 있다는 겁니다." 주임 사제가 특유의 평화를 부르는 목소리로 말했다. "끝이 좋으면 다 좋은 겁니다. 그렇지 않습니까, 고드프리 경?"

"그렇고 말고요. '마침내 이렇게 만났고, 힘든 시절은 지났으니 달콤한 시절은 더욱더 기쁘지요.'[56] 또는 우리 예쁜 트로트의 말에 따르자면 '그리고 그들은 영원히 행복하게 살았답니다.'"

"히틀러가 우리를 죽이려고 했다는 사실만 빼면요." 도밍 씨가 부루퉁하게 말했다.

'그리고 구조팀이 하숙집에 오지 않았다는 사실도 빼고. 대체 구조팀은 어디에 있는 거지? 뭔가 끔찍한 일이 일어난 거면 어째?' 하지만 폴리는 이 사람들에게도 뭔가 끔찍한 일이 일어났다고 생각했었지만, 모두 안전했고 다치지도 않았다.

'쓸데없이 공황 상태에 빠진 거야.' 폴리는 자신에게 말했다. '구조팀이 아직 날 찾아내지 못할 만한 이유는 잔뜩 있어.' 어쩌면 그들은 리케트 부인과 다른 사람들이 하숙집으로 돌아가기 전에 그곳에 갔을 수도 있었다. 또는 하숙집 주위의 거리가 출입 금지되었거나, 오직 거주자들만 출입이 허용될 수도 있었다. 또는 바드리가 구조팀을 보낼 강하 지점을 찾는 데 어려움을 겪고 있는 것일지도 몰랐다. 폴리의 강하 지점을 찾는 데도 6주나 걸리지 않았던가.

하지만 그 어떤 이유를 떠올리더라도 폴리는 이게 시간 여행이라는 사실을 다시 떠올릴 수밖에 없었다. 옥스퍼드에서 다른 강하 지점을 찾거나 모든 백화점과 지하철역을 수색하는 데 제아무리 시간이 걸린다고 할지라도, 그 사람들은 여전히 옥스퍼드로 돌아갈 수 있었고, 두 번째 팀을 보내 출근 첫날 아침에 타운센드 브라더스 백화점 밖에서 폴리를 기다리게 할 수 있었다.

'구조팀이 여기에 올 수 없는 경우가 아니라면 말이야.' 폴리가 생각했다. 폴리는 자신이 일요일에 세인트폴 대성당으로 가는 게 얼마나 어려웠는지를, 그리고 존 루이스 백화점이 폭격당한 이튿날 옥스퍼드 스트리트로 가는 게 얼마나 힘들었는지를, 그날 그 불굴의 의지를 가진 스넬그로브 양마저 출근하지 못했던 사실을 떠올렸다. 만약 바드리가 새로운 강하 지점

56 셰익스피어, 《끝이 좋으면 다 좋아》

을 찾기 어려웠고, 그 결과 구조팀이 이스트 엔드나 햄스테드 히스 또는 아예 런던 외곽으로 와야 했다면, 그들은 여전히 런던 안으로 들어오지 못하고 그곳에 있을 것이다. 열차며 버스가 운행하지 않았기 때문이다. 또는 출입 금지선이 쳐진 곳에 들어가거나 잡석 더미를 넘다가 물건을 약탈한다고 오해받아 체포되었을 수도 있었다.

아니면 더 큰 가능성은, 낮의 공습과 도로 파괴로 인한 우회, 그리고 옥스퍼드 스트리트로 오는 지하철 노선의 폐쇄 때문에 우왕좌왕하다 꼬박 이틀이 걸렸고, 구조팀이 마침내 옥스퍼드 스트리트에 도착했을 무렵엔 폴리가 마저리의 집에 가 있었다는 것이다. 그리고 구조팀은 이리 막히고 저리 막힌 길로 다시 다니느니 그냥 월요일까지 기다리기로 한 것이다. 그럴 경우, 그들은 내일 아침에 타운센드 브라더스 백화점으로 올 것이다.

이튿날이 되었지만, 그들은 오지 않았다. 폴리는 구조팀을 놓치지 않기 위해 점심시간과 휴식 시간에도 자기 판매대를 지켰지만 허사였다.

마저리는 고드프리 경과 다른 사람들이 죽지 않았다는 말을 듣고 몹시 기뻐했다. "모두 다 결국엔 잘 풀릴 거라고 내가 말했잖아." 마저리가 말했다.

'아직은 그런 말 하기 일러.' 폴리가 생각했다. 폴리는 하숙집에 돌아갔을 때 구조팀이 와 있기를 바랐지만, 그곳에도 구조팀은 없었다. "오늘 저를 찾아온 사람이 없었나요?" 폴리가 리케트 부인에게 물었다.

"만약 누군가가 있었다면, 당신에게 진작 말을 해줬겠지요." 리케트 부인은 기분 나빠하며 말했다. "누구를 기다린 거죠? 당신 방에 남자를 들이면 안 된다는 규칙을 다시 말해줄 필요는 없었으면 좋겠네요."

폴리는 모든 터널과 플랫폼을 찾아보았지만, 구조팀은 노팅힐게이트역에도 없었다.

"위번 부인과 주임 사제님과 저는 아주 좋은 생각을 해냈어요." 폴리가 탐색을 마치고 돌아왔을 때 라버넘 양이 말했다. "우리는 극단을 꾸릴 거예요."

"여기, 방공호에서요." 위번 부인이 말했다. "우리는 대중 앞에서 대본

낭독을 할 거예요. 사람들의 사기를 북돋는 데 아주….”

“그리고 그냥 대본 낭독만 하는 게 아니에요.” 라버넘 양이 끼어들었다. “우리는 연극을 할 거예요! 고드프리 경이 나올 거고 우리 모두 참여할 거예요.”

“옥스퍼드에 있을 때 저는 아마추어 연극을 했습니다.” 주임 사제가 말했다. “저는《진지함의 중요성》에서 채서블 목사 역을 맡았습니다.”

“이런 우연이!” 위번 부인이 말했다. “학교에서 그 연극을 할 때 전 세실리 역을 맡았어요.” 폴리는 위번 부인이 그 역을 하는 게 도무지 상상되지 않았다.

“배리의《어린 성직자》를 하는 것도 좋겠어요.” 라버넘 양이 눈을 반짝이며 말했다.

‘고드프리 경이 들으면 질겁을 할 이야기들을 잘도 하시네.’ 폴리가 생각했다. 그리고 설사 그들이 배리 작품을 고집해서 고드프리 경을 쫓아내지 않는다 해도, 극장들은 2주 뒤면 다시 열 것이고 고드프리 경은 웨스트 엔드로 돌아갈 것이다.

“연극을 하는 거, 멋진 생각 아닌가요?” 라버넘 양이 폴리에게 물었다.

“저는… 과연 고드프리 경이 그걸 하실까요?”

“당연하죠.” 위번 부인이 말했다. “전시에 기여할 기회인걸요.”

“《어린 성직자》는 정말 멋진 연극이에요.” 라버넘 양이 말했다. “또는 《메리 로즈》를 할 수도 있어요. 그 연극 아시나요, 세바스찬 양? 젊은 여자가 사라졌다가 오랜 세월 뒤에 다시 나타났는데 단 하루도 늙지 않았고, 그리고 다시 사라지는 이야기예요.”

‘역사학자인 모양이네.’ 폴리가 생각했다.

하지만 메리 로즈의 구조팀은 와서 그녀를 구한 게 분명했다. ‘내 경우와는 다르게 말이야. 구조팀은 어디에 있을까?’

구조팀은 이튿날 아침에도 역 밖에서 폴리를 기다리고 있지 않았다. 리케트 부인 집에도 없었다. 타운센드 브라더스 백화점 밖에도 없었다. 그건 분기점과 교통 지연 문제 말고 뭔가 다른 문제가 있다는 뜻이었다.

'시간 편차야.' 폴리가 생각했다. 폴리의 강하에서는 나흘하고 한나절의 편차가 있었고, 그녀는 그게 분기점 때문이라고 생각했었다. 강하 지점이 손상된 날 다른 분기점이 있던 건 아닐까? 아니면 그 뒤에라도? 그래서 구조팀의 강하가 열리지 않는 걸까? 영국 본토 항공전은 끝났고, 코번트리 공격은 11월 중순에 시작되었다. 독일 공군이 그즈음에 고성능 폭탄과 '괴링의 빵 바구니'라는 별명이 붙은 소이탄들을 무더기로 투하하기 시작했지만, 구조팀의 존재가 그 사건에 영향을 줄 수는 없었다. 처칠이나 몽고메리 장군이 폭탄에 죽을 뻔한 적이 있었나? 아니면 국왕이?

라버넘 양과 히바드 양은 왕비의 행적을 충실히 따랐다. 그날 밤 노팅힐 게이트역에 도착했을 때, 폴리는 그 둘에게 최근 왕실에 무슨 특별한 뉴스가 있는지 물었다.

"오, 그럼요. 있어요." 라버넘 양이 말하더니, 엘리자베스 공주가 대피한 아이들을 격려하기 위해 라디오 연설을 했다고 했다. 폴리가 찾던 소식은 아니었다.

"왕비님이 어제 이스트 엔드를 방문하셨어요." 히바드 양이 말했다. "폭격당한 가족들을요. 거기에는 어떤 여자가 잔해에서 자기 작은 개를 구하려 애쓰고 있었어요. 불쌍한 것. 그 개는 너무 겁이 나 밖으로 나오지 못했어요. 그러자 왕비님이 어떻게 하셨는지 알아요? 왕비님은 '나는 늘 개와 사이가 좋은 편이었답니다.'라고 말씀하시고는 엎드려서 그 개를 달래서 나오게 했어요. 정말 사랑스럽지 않아요?"

위번 부인은 의심이 간다는 듯이 말했다. "왕비님의 행동으로는 그리 위엄있어 보이지…."

"말도 안 되는 소리 마세요. 왕비님은 해야 할 일을 하신 거예요." 심스 씨가 말했다. "안 그러냐, 넬슨?" 그는 개의 두 귀를 긁어주었다. "왕비는 전시에 자신의 몫을 하신 겁니다."

하지만 개 한 마리를 구하는 건 어떤 식으로든 전쟁의 결과에 영향을 줄 것 같지 않았다. 그리고 버킹엄 궁전은 3월이 되어야 다시 폭격당했다.

폴리는 고드프리 경의 〈타임스〉를 빌려 헤드라인을 읽었고, 이윽고 홀본역으로 가 도서대여실에서 지난주의 〈헤럴드〉와 〈이브닝 스탠더드〉를 보면서 역사학사들의 접근을 막아야 할 만한 다른 사건들이 있었는지 찾아보았다.

국립 미술관은 폭격당했지만, 역사학자 한 명이 폭탄이 떨어지는 곳에 영향을 줄 수는 없었다. 소이탄이 상원 건물에 작은 화재를 일으켰다. 몇 분만 늦었어도 큰 화재로 바뀔 수도 있었다. 역사학자 한 명이 그 사건에 영향을 줄 수는 있었겠지만, 구조팀이 그곳 또는 같은 날 밤 폭격을 받은 세인트토마스 병원에 있을 이유가 없었다. 지뢰 하나가 화이트홀의 헝거포드 다리에 떨어졌다. 만약 그게 터졌다면, 처칠을 포함해 육군성에 있던 모두가 죽었을 것이다. 그건 가능성이 있었지만, 그 분기점은 폭탄을 제거하는 시간 동안에만 존재했다. 폴리는 자신의 강하 지점이 손상된 뒤 5일 동안 네트를 열리지 못하게 할 만한 그 어떤 사건도 찾을 수 없었다.

하지만 꼭 신문에 날 정도의 사건이 아닐 수도 있었다. 지금 런던에서는 방공호에 몇 분만 늦게 가거나 열차에 몇 분만 늦게 타도 생사가 갈렸다. 그리고 도미노가 쓰러지듯 그 사건이 연쇄적으로 다른 사건들에 영향을 미치고, 그 영향이 눈에 보이기까지 며칠 또는 몇 주가 걸릴 수도 있었다. 그리고 그동안, 폴리는 기다리는 것 말고 달리 할 수 있는 일이 없었다.

아니면 이 시기에 있으면서 대공습과 무관한 곳에 있는 역사학자를 찾아 그 사람의 강하 지점을 사용할 수도 있었다. 지금 여기에 누가 있더라? 메로피는 제럴드 핍스가 제2차 세계대전 시기에 뭔가를 한다고 했지만, 그게 무엇인지 그리고 정확히 언제인지는 말하지 않았다. 마이클 데이비스는 됭케르크에서 임무를 수행했다. 어쩌면 아직 이 시대에 있을지도 몰랐다. 하지만 됭케르크는 거의 4개월 전에 끝났다. 지금쯤이면 마이클은 아마도 진주만이나 벌지 전투에 있을 가능성이 아주 컸고, 둘 중 어느 쪽이라 해도 폴리에게는 아무 소용이 없었다. 마이클은 자기 룸메이트 이야기를 했지만, 그는 싱가포르에서 임무를 수행했고, 따라서 역시 소용이 없었다. 폴리는 인상을 쓰면서 마이클과 메로피가 누군가 다른 사람을 또 언급한 적이 없는지….

메로피. 메로피는 아직 백베리에 있을까? 옥스퍼드에서 만났을 때, 메로피는 임무가 끝나기까지 몇 달이 남았다고 말했지만, 몇 달은 너무 모호한 기간이었다. 폴리는 메로피가 자기 임무가 얼마나 긴가에 관해 또 무슨 말을 했었는지 기억을 더듬어보았다. 대부분의 아이들은 1939년 9월과 10월에 피신했다. 만약 메로피가 1년짜리 임무를 맡았다면, 아직 백베리에 있을 가능성이 있었다.

'당장 메로피에게 편지를 써야 해.' 폴리가 생각했다. 하지만 메로피의 가명이 뭐였더라? 에일린 뭔가였다. 아일랜드식 이름이었다. 오릴리 또는 오말리였나. 아니면 래퍼티였나. 기억이 나지 않았다. 그리고 장원의 이름도 기억나지 않았다. 메로피가 장원 이름을 말하기는 했던가?

백베리 근방에 장원이 하나 이상일 가능성은 거의 없었다. 하지만 만약 하나 이상 있다면? 그리고 설사 하나만 있다고 할지라도, 편지에 그냥 '백베리 근처 장원에서 하녀로 일하는 아일랜드 여자 에일린'이라고 주소를 적을 수는 없는 노릇이었다.

'백베리로 직접 가서 메로피를 찾아야 해.' 폴리가 생각했다. 메로피의 강하 지점을 쓰기 위해서는 어쨌든 그곳으로 가야 했고, 편지를 쓰고 답장을 기다리는 것보다 직접 가는 것이 더 빠를 것이다.

'하지만 에일린이 거기에 없으면 어쩌지?' 폴리가 생각했다. '거기 가려면 나는 직장을 그만둬야만 할 텐데 그렇게 하면 구조팀이 나를 찾을 확률은 0이야. 그리고 만약 구조팀을 막고 있는 게 분기점이고, 내가 없을 때 구조팀이 오면 어쩌지?' 폴리는 이곳에 머무르는 게 나았다.

하지만 하루하루 지날수록, 메로피가 옥스퍼드로 돌아가버려서 폴리가 그녀를 만나지 못하게 될 확률은 커졌다. 그리고 메로피를 찾기 위해 직장을 그만둘 필요는 없었다. 스넬그로브 양에게 도구실이 마련해준 사직용 편지를 보여줄 수도 있다. 어머니가 위중하니, 즉시 집으로 돌아와야 한다는 내용의 편지였다. 그런 상황에서 스넬그로브 양이 폴리를 보내주지 않을 가능성은 없었고, 방공호가 파괴되었던 날 그녀는 아주 이해심이 많았다. 그리고 구조팀에 관해서는, 마저리에게 부탁해서 자신을 찾으러 오는 사람이 있으면 폴리가 그곳에서 일하고 언제쯤 돌아온다고 전해달라면 되었다.

그리고 백베리로 여행을 가는 것이 이곳에 그냥 앉아서 자신의 데드라인까지 구조팀이 오지 않으면 어떻게 하나 걱정하는 것보다는 나을 것이다. 하지만 최근 폴리의 운으로 볼 때, 구조팀은 폴리가 떠나자마자 도착할 것 같았다. 그들이 이곳에 오지 못하도록 막고 있는 분기점이 플리스 스트리트에 대한 대규모 공격이었다면 특히나 그랬다. 그 공격은 수요일 저녁에 일어날 예정이었다.

'목요일까지는 기다려보자.' 폴리가 생각했다. '그때까지는 분명히 올 거야.'

하지만 구조팀은 오지 않았다.

41

11번 가로:
"이것과 같은 어떤 거물은 때때로 이것의 일부를 훔쳤다."
(답: overload[57])

— *〈데일리 헤럴드〉 십자말풀이 힌트로,*
독일에 보내는 메시지로 의심된다. 1944년 5월 27일

전시 응급 병원, 1940년 9월

"해럴드 중령님과 조너선이 됭케르크에서 죽었다고요?" 마이크가 다프네에게 말했다. "아니, 그렇지 않아요. 둘은 안전하게 도버로 돌아왔어요. 저와 같이 있었어요. 중령님은 다른 이들과 함께 절 들것에 실으셨고…."

"당신은 그때 다친 건가요?" 다프네가 물었다. "첫 번째 왕복에서요?"

"네…, 첫 번째요?"

다프네는 고개를 끄덕였다. "제인여왕호가 안 보이자, 중령님의 손녀 그러니까 조너선의 엄마는 둘이 됭케르크에 간 건 아닐까 걱정했어요. 그래서 제 아빠에게 부탁해 도버로 가서 좀 알아봐달라고 했죠. 해군 본부는 중령님과 조너선이 독단적으로 됭케르크에 가서 군인들을 구해왔고 곧바로 다시 떠났다고, 하지만 두 번째로 떠났을 땐 돌아오지 않았다고 했어요. 해군 본부는 둘에게 무슨 일이 일어났는지 몰랐지만 우리는 그 둘이 다시 됭케르크로 간 걸 알아요. 포우니 씨가 둘을 봤거든요."

57 노르망디 상륙 작전의 암호명

"포우니 씨요? 황소를 사러 갔던 농부요?"

"네. 그래서 그날 돌아오지 않은 거였어요. 호크허스트에 가지도 못했거든요. 그곳에 가던 길에 구조 활동에 관해 알게 됐고, 그래서 자원해 램스게이트로 갔대요. 구조대는 포우니 씨를 해안 감시선에 배정했고, 포우니 씨는 세 번을 오가며 많은 군인을 구했어요."

"그리고 포우니 씨가 중령님과 조너선을 보았고요?"

"네. 됭케르크에서요. 30일에요. 둘은 포화 속에서 제인여왕호에 군인들을 태우고 있었고, 포우니 씨가 소리를 치며 인사를 했지만 너무 거리가 멀어 중령님과 조너선은 그 인사를 듣지 못했대요. 그리고 포우니 씨의 '수선화호'는 제인여왕호가 동쪽 방파제를 떠나는 것을 보았지만, 그 뒤로는 그 배를 볼 수 없었어요. 아빠가 만난 장교는 아마도 제인여왕호가 돌아오는 길에 어뢰 또는 기뢰에 당했을 거라고 했어요."

'아니면 스투카에게 격침당했을 수도 있고.' 마이크는 급강하 폭격기의 날카로운 소리를 떠올렸다. '아니면 또 다른 시체가 프로펠러에 감겼거나.'

"당신이 중령님에게 보낸 편지가 도착했을 때, 펀트워스 우체국장님은 어떻게 해야 할지 몰랐어요. 그 편지를 조너선의 엄마에게 줄 수는 없었어요. 조너선의 엄마는 슬픈 소식을 들은 뒤 요크셔에 있는 자기 친지에게 갔거든요. 그렇다고 우체국장님은 당신에게 편지를 돌려보내고 싶어 하지도 않았어요. 무슨 일이 있었는지 당신은 모르는 게 분명했거든요. 그래서 펀트워스 우체국장님은 편지를 가지고 아빠에게 와서 어째야 하는지 물었어요. 우리가 편지를 열어보았다고 당신이 기분 나빠하지 않았으면 좋겠네요. 하지만 아빠는 병원에서 온 것이니 급한 내용일 수도 있다고 했고, 편지를 읽고 당신이 됭케르크에서 부상당한 것을 알았죠. 우리는 당신이 중령님과 함께 있었던 게 분명하다고 생각했어요. 그리고 우리는 당신이 무슨 일이 있었는지 모른다는 사실을 알았어요." 다프네는 다시금 장갑을 꼬았다. "만약 알았다면 중령님에게 편지를 썼을 리 없으니까요. 하지만 우리는 생각하길, 제인여왕호가 격침되었을 때 당신이 그곳에 있었고, 무슨 이유에서인가 당신만 떨어져 구조되었을 수도 있으며, 무슨 일이 있었는지 당신이 알 수도 있다고 생각했어요."

'아니, 몰랐어요. 하지만 둘이 왜 죽었는지는 알지요.' 마이크가 생각했다. 그가 프로펠러 엉킨 걸 풀었기 때문이다. 마이크 때문에 둘은 다시 됭케르크로 갈 수 있었다.

다프네는 대답해달라는 눈으로 마이크를 바라보았다.

"아니요. 전 첫 번째에서 다쳤어요." 마이크가 간신히 말했다. "둘이 다시 됭케르크에 간 건 몰랐어요. 유감이에요."

"당신 잘못이 아니에요." 다프네가 자기 장갑을 내려보며 말했다. "아빠는 둘이 죽은 건 중령님이 무모해서래요. 알겠지만, 소형 선박 자원대는 제인여왕호를 거절했어요. 아빠는 중령님이 그 말을 들었어야 했대요."

"중령님은 돕고 싶어 했습니다." 마이크가 말했다. "독단적으로 행동한 배들이 많았고, 그건 잘한 행동이었어요. 육군은 굉장히 힘든 상황에 처해 있었으니까요."

"그리고 당신은 둘을 돕기 위해 같이 갔고요. 저는 당신이 정말 대단하다고 생각해요. 양키이고 군인도 아니잖아요. 아주 용감했어요. 해군 본부의 장교는 아빠에게 중령님과 조너선이 거의 백 명 정도의 군인을 데려왔다고 했어요. 두 사람이 진짜 영웅이라고 했어요."

'진짜 영웅이 맞아요.' 마이크가 생각했다. '저는 영웅들의 행동을 관찰하고 싶어 했고, 그 소원대로 되었죠.' "그렇고 말고요. 둘은 크나큰 용기를 보여줬어요."

다프네가 엄숙하게 고개를 끄덕였다. "당신도 영웅이에요. 당신이 프로펠러 엉킨 걸 푼 거며 모든 이야기를 간호사에게 들었어요. 당신이 훈장을 받아야 한대요."

'훈장.' 마이크는 착잡한 마음으로 생각했다. 자신이 있어서는 안 될 곳에 있었으며 또한 사건들의 진행 방향을 크게 바꾸었기 때문이다. '내가 프로펠러 엉킨 것을 풀지 않았다면, 그 폭탄은 제인여왕호에 떨어졌을 거고, 방향타가 파괴되었을 거야. 그러면 두 번째로 됭케르크에 갈 수 없었겠지.'

다프네는 걱정스러운 표정으로 마이크를 보고 있었다. "저랑 이야기하면서 지치신 것 같아요." 그녀는 말하고는 일어서 장갑을 끼기 시작했다. "전 그만 가야겠어요."

"아니, 그러지 말아요." 마이크는 다프네에게 아직 구조팀에 관해 묻지 못했다. "잠시만 더 있으면 안 되나요?"

다프네는 망설이며 어째야 좋을지 모르겠다는 표정으로 문 쪽을 바라보았다. "간호사가 딱 15분만 만날 수…."

"제발요." 마이크가 다프네의 손을 잡았다. "바깥사람을 만나니 정말 좋아요. 살트램-온-시에서 무슨 일이 있었는지 말해줘요."

"오, 그래요, 그럼." 다프네가 기쁜 표정으로 말했다. "지난주는 꽤 소란스러웠어요. 독일군이 데이먼 씨의 들판에 폭탄을 하나 떨어뜨렸거든요. 우리는 침공이 시작된 거라고 생각했죠. 톰킨스 씨는 교회 종들을 요란히 울리려 했지만, 주임 사제님은 확실하게 알 때까지 기다려야 한다면서 말렸어요. 톰킨스 씨는 그러면 너무 늦는다고 했고요. 독일군이 이미 사보타주를 할 자들과 스파이들을 보냈으며, 독일군이 곧 도착할 거고, 교회 앞에 길게 줄을 서 있을 거라고도 했죠."

스파이. 그 단어에서 마이크는 원하던 질문을 할 기회를 잡았다. "그러면 모두 낯선 사람들이 없는지 찾았겠네요?" 마이크가 물었다.

"아, 그럼요. 민방위대가 들판이며 해변을 밤마다 순찰해요. 그리고 시장님은 주위에서 낯선 사람을 보면 즉시 자신에게 알리라고 공문을 보냈어요."

"그래서 누구라도 발견했나요? 낯선 사람이 있었어요?"

"아니요. 됭케르크 작전 이후로 포우니 씨와 이야기하려는 기자들이 많이 있었고, 다른 사람들…."

"그 가운데 술집으로 와서 당신과 이야기한 사람이 있나요?"

"마치 질투하는 것처럼 들리네요." 다프네는 마이크에게 추파를 던지듯 고개를 옆으로 기울이며 말했다.

"아니, 전…." 생각지 못한 기습에 마이크는 말을 더듬었다. "…제 신문사에서 절 찾아온 사람이 있지 않을까 생각했어요. 편집장에게 살트램-온-시에 가서 침공 대비에 관한 기사를 써 보내겠노라고 했는데, 제가 아무 연락이 없으니 아마도 편집장이….”

“어떻게 생겼는데요? 그 편집장이요.”

“갈색 머리에 키는 보통….” 마이크가 대충 되는대로 말했다. “하지만 누군가 다른 사람을 보냈을 거예요. 다른 기자나… 누군가 저에 관해 물은 사람이 있나요?”

“아니요. 있더라도 아빠와 이야기했을 거예요. 그리고 그랬다면 당신이 런던으로 돌아갔다고 말했을 가능성이 아주 커요. 우리는 당신이 그랬다고 생각했거든요.”

그렇다면 구조팀은 런던에서 그를 찾고 있을 수도 있었다. “다프네, 만약 편집장이나 누군가가 오면 제가 어디에 있으며 무슨 일이 있었는지 그 사람들에게 말해줄래요? 그리고 당신 아버지에게 저를 찾아온 사람이 없었는지도 물어봐줘요. 만약 있었다면, 편지로 알려주고요.”

“오, 그럴게요. 아무도 안 왔어도 편지를 쓸게요. 그리고 아빠가 허락하면 다시 면회 올게요.” 그러고는 다시금 애교 섞인 눈길로 마이크를 힐끗 보았다. “다음번에는 어떻게든 케이크를 만들어 올게요. 약속해요.”

수간호사가 들어오더니 면회 시간이 끝났다고 선언했다. 다프네는 일어섰다. “와줘서 고마워요.” 마이크가 말했다. “포도도요. 그리고 중령님과 조너선에 관해 알려준 것도요. 정말 유감이에요.”

다프네는 고개를 끄덕이더니 갑자기 슬픈 표정을 지었다. “핀트워스 우체국장님은 희망을 버리지 말라고, 그 둘이 여전히 살아 있을 수도 있다고 하지만, 만약 살아 있다면 왜 돌아오지도 않고 편지든 뭐든 아무 연락도 없겠어요?”

“시간 되었습니다.” 수간호사가 엄숙하게 말했다.

“안녕. 곧 또 올게요. 그리고 걱정하지 말아요. 당신 말고 다른 사람과는 데이트 안 할 테니까요.” 다프네가 말하고 마이크의 뺨에 립스틱 자국이 남을 정도로 세게 키스하더니 휘파람을 불어대는 환자들 사이를 지나 서둘러 나갔다.

“이 운 좋은 친구 같으니.” 환자들 가운데 한 명이 외쳤다.

'운이 좋기는 무슨. 나는 노인과 열네 살짜리 소년을 죽였어.' 그동안 마이크는 자신이 하디 일병의 목숨을 구한 것을 내내 걱정해왔다. '그때 물로 들어가지 않겠다고 해야 했어. 해럴드 중령에게 수영할 줄 안다고 한 건 거짓말이었다고 말해야 했어.' 하지만 그렇게 말하는 대신 마이크는 엉킨 프로펠러를 풀었고, 결국 그 행동이 사건들의 진행 방향에 영향을 미쳤다. 중령과 조너선이 죽었다. 그 일은 또 어떤 사건에 영향을 끼쳤을까? 무슨 피해를 줬을까?

마이크는 밤새 잠을 못 이루며, 마치 우리에 갇힌 동물이 어슬렁거리듯 그 생각을 하고 또 했으며, 마침내 그 생각을 더는 하지 않으려 두 눈을 감자 이번엔 조너선과 중령의 모습이 보였다. 스투카가 급강하하는 소리가 들리고, 좀 전까지도 그 둘이 있던 곳에 물보라가 튀는 모습이 보였다. 만약 마이크가 엉킨 프로펠러를 풀지 않았더라면, 폭탄은 뱃머리에 떨어졌을 것이다. 배는 물에 가라앉기 시작했을 것이고, 다른 보트가 와서 모두를 구해서 도버까지….

하지만 근처에는 다른 보트가 없었고, 스투카는 수십 대가 있었다. 그리고 뱃머리가 파괴된 제인여왕호를 잡는 것쯤은 누워서 떡 먹기였다. 뱃머리를 파괴한 스투카가 다시 방향을 돌려 지나가며 선체 중앙을 폭격해 배에 탄 모두를 죽였을 것이다. 그게 원래의 운명이었을까? 만약 마이크가 그곳에 없었다면 무슨 일이 일어났을까?

마이크는 침대에서 일어나 앉아 그 가능성의 함의에 관해 생각해봤다. 만약 그들이 죽게 될 예정이었다면, 만약 마이크가 외우지 않은 그 목록에서 제인여왕호에 별표가 쳐져 있었다면, 그렇다면 마이크는 그들을 죽게 함으로써가 아니라 그들을 구함으로써 사건의 진행 방향을 바꾼 것이다.

그리고 혼돈계에는 변형에 대응하는 자체 메커니즘이 있었다. 혼돈계에는 그 영향을 줄이거나 완전히 없애는 되먹임 기능이 존재했다. 역사는 그런 예로 가득했다. 암살자가 목표를 빗맞히고, 총이 불발되고, 폭탄이 터지지 않았다. 히틀러가 암살 시도에서 살아남을 수 있었던 건 폭탄이 탁자를 사이에 두고 터진 덕분이었다. 진주만 공격을 경고한 전보는 전함들이 방어 태세를 갖추기 충분한 시간을 두고 보내졌지만, 전보를 엉뚱한 곳에 놓는 바람에 암호 해독이 늦어져 공격이 있은 다음에야 전해졌다.

그리고 만약 중령과 조너선이 구조되지 않을 운명이었다면, 그건 바로 잡기 쉬울 것이다. 두 번째 구조 작업 과정에서 일어난 둘의 죽음은 되먹임과 취소 작용의 일부인 걸까? 만약 그렇다면, 마이크는 아무런 해도 입히지 않은 것이다. 그렇기 때문에 마이크가 됭케르크가 갈 수 있었던 것이다. 마이크의 행동이 됭케르크 구출 작전의 결과에 큰 영향을 미치지 않았기 때문이다. 그럼에도 조너선과 해럴드 중령이 죽은 것은 여전히 마이크가 거기에 있었던 탓이었다. 그리고 하디 일병에 관해서는?

마이크가 하디 일병의 목숨을 구해낸 일에도 되먹임과 취소 작용이 적용되어야 했고, 따라서 하디 일병은 다시 죽어야 했다. 하디는 배에 올라올 때 흠뻑 젖어 있었다. 어쩌면 그는 나중에 폐렴에 걸려서….

'내가 프로펠러 엉킨 걸 풀었다고 간호사들에게 말한 이는 하디 일병이었구나.' 갑자기 그 생각이 머리를 스쳤다. 이제까진 그 말을 한 게 중령일 거라고 추측했지만, 다프네는 그들이 곧바로 다시 떠났다고 했으며, 그렇다면 병원에서 마이크의 이름을 모르는 게 설명되었다. 하지만 왜 하디가 마이크를 병원에 데려다 놓았단 말인가?

'하디도 입원했기 때문이야.' 하디는 자기가 다쳤다고 말한 적이 전혀 없었지만, 그건 다치고도 다친 줄 몰라서 그랬을 수도 있었다.

'나와 마찬가지로 말이지.' 마이크가 생각했고, 아침이 되어 카모디 간호사가 들어와 등화관제 커튼을 젖혔을 때 그녀에게 물었다. "사람을 좀 찾아 주시겠어요? 제가 입원한 날 도버의 병원에 같이 입원한 환자 한 명을 찾는데요. 이름은 하디입니다."

카모디 간호사는 의심이 든다는 눈으로 마이크를 보았다. "어딘가에서 읽은 게 아니라 정말로 기억하는 게 확실한가요?"

"읽어요?"

"네. 기억 상실증 환자는 종종 기억을 혼동해요. 그리고 '키스해줘, 하디.' 등등의 말을 하지요."

"뭐라고요?" 마이크는 완전히 어리둥절했다.

"아, 깜박했네요. 당신은 미국인이죠. 넬슨 경이 트라팔가르 해전에서 치명상을 입었을 때, 마지막 남긴 말이 '키스해 줘, 하디.'였거든요." 그녀가 설명했다. "하디는 넬슨 경의 부관이었어요. 하지만 당신이 그걸 몰랐다면 어딘가에서 읽은 내용일 리가 없겠네요. 그렇죠?"

"네. 찾아주실 수 있나요? 중요해요." 그리고 급한 마음이 전달된 모양이었다. 카모디 간호사가 아침 식사를 가져왔을 때 말하길, 도버에 전화해 보았지만 마이크가 입원했을 때 그곳에서 입원한 사람들 가운데 하디라는 사람은 없었다고 했기 때문이다.

그건 아무런 증명도 되지 못했다. 하디는 나중에 입원했을 수도 있었다. '아니면 자기 부대로 돌아가다가 부상당했을 수도 있고.' 마이크는 자신이 읽은 폭격당한 기차 기사를 떠올리며 생각했다. 아니면 도버에서 그랬을 수도 있었다. 부두는 폭격당했다. 하디는 마이크를 구급차에 태우고 운전사에게 엉킨 프로펠러에 관해 말하고 5분 뒤에 죽었을 수도 있었다. 지금은 전시였다. 틀어진 사건의 진행 방향을 되돌릴 방법이 수백 가지는 있었다. 하지만 만약 마이크가 바꾼 사건들이 다시 제자리로 돌아갔다면, 그리고 마이크 때문에 전쟁에서 지지 않았다면, 구조팀은 대체 어디에 있단 말인가? 마이크는 다프네가 떠날 때 그녀의 아버지에게 꼭 물어보라고 다시 한번 당부하지 않은 게 아쉬웠다. 마이크는 다프네가 잊어버릴까 봐 걱정되었다.

하지만 다프네는 잊지 않았다. 화요일 오후에 편지가 도착했다. 다프네는 향이 나는 편지지에 이렇게 썼다. "아빠에게 물어봤어요. 하지만 당신을 찾아 술집에 온 사람은 아무도 없었대요."

그렇다고 구조팀이 그곳에 오지 않았다는 뜻은 아니었다. 다프네는 됭케르크 작전 이후로 마을에 기자들이 잔뜩 왔다고 말했으며, "우리 모두 당신이 런던으로 돌아간 줄 알았어요."라고 했다. 구조팀은 톰킨스 씨나 다른 어부에게 마이크에 관해 물은 뒤 런던으로 갔을 수도 있었다. 군 병원들을 찾아봐야 한다는 생각은 전혀 할 수 없었을 것이다. 하지만 1940년이라 할지라도, 런던은 대도시였다. 구조팀은 마이크를 찾기 위해 어떤 식으로 행동했을까?

'다음 주에 런던 대공습이 시작되자마자 폴리 처칠이 런던에 가 있을 거야.' 마이크는 생각했다. 구조팀은 폴리를 만나 혹시 마이크가 그녀에게 연락하지 않았는지 확인하려 할 것이다. 그건 마이크가 폴리에게 연락을 해야 한다는 뜻이었다. 하지만 어떻게? 폴리는 옥스퍼드 스트리트의 백화점에서 일할 것이라고 말했지만, 마이크는 그게 어느 백화점인지, 심지어 폴리가 어떤 가명을 쓰는지조차 알지 못했다. 마이크는 런던으로 가서 폴리를 찾아야만 했다.

하지만 만약 런던에 갈 수 있다면, 마이크는 자신의 강하 지점에도 갈 수 있다는 의미였다. 그리고 그는 런던 대공습 한복판에 있고 싶은 마음이 전혀 없었다. 그는 병원에서 내쫓기기 전에 이곳에서 지금 당장 구조팀에게 연락할 방법을 찾아야만 했다. 마이크가 자신의 상황에 관해 카모디 간호사에게 묻자 그녀는 말했다. "수간호사가 해군 본부와 상의를 했고, 본부에서는 모든 소형 선박의 승무원들은 됭케르크로 떠나기 전에 해군에서 한 달간 복무하는 것으로 서명했기 때문에 당신은 여기에 있을 권리가 있다고 했어요."

하지만 그건 도버에서 수송 작전에 정식으로 참여한 소형 선박들 이야기였다. 마이크는 아무것에도 서명한 적이 없었고, 그들이 그걸 알아내는 건 시간문제였다. 구조팀에게 당장 연락해야 할 또 다른 이유였다.

마이크가 런던에 있다고 생각했다면 구조팀 또한 그러려고 했겠지. 구조팀은 마이크에게 연락하려 애쓸 것이다. 그들은 자신들이 어디에 있으니 연락하라는 메시지를 보낼 것이다. 마이크가 읽었던 개인 광고들처럼. '살트램-온-시에서 마지막으로 목격된 이후 행방불명된 마이크 데이비스라는 이름의 시간 여행자에 관해 아는 분이 있으면, 부디 구조팀으로 연락을 주십시오.' 그리고 전화번호가 있으리라.

다만, 진짜 메시지는 암호화되어 있는 게 다를 뿐이다. 가령 '마이크, 모든 걸 용서하마. 제발 집으로 돌아오렴.' 뭐 그런 식으로. 마이크는 자신이 십자말풀이를 하던 〈헤럴드〉를 집어 개인 광고란을 읽기 시작했다. '폭격 기간 동안 페키니즈 한 마리를 맡아줄 시골집 구함. L. 스미스, 브라운 스트리트 26번지, 메이페어.' 아니었다. '홀본 지하철역에서 분실. 갈색 가죽 핸드백. 보상 있음.' 아니었다. '팜. 정원용 세트. 붓꽃, 백합, 포인세티아.'

포인세티아. 진주만 공격이 있기 직전, 미 해군은 도쿄 신문사가 호놀룰루의 일본인 치과의사에게 건 전화를 도청했다. "현재 만개한 꽃들은 올해 들어 그 수가 가장 적습니다. 하지만 히비스커스와 포인세티아는 만개했습니다." 그건 전함과 구축함들이 모두 입항 중이지만 항공모함은 아니라는 내용을 일본에 알리는 암호였다. 그리고 구조팀은 마이크의 다음 임무가 진주만인 것을 알 것이다.

하지만 광고에 있는 주소는 슈롭셔였고, 전화번호는 없었다. 그리고 그 아래 광고 다섯 개는 '다알리아와 글래디올라스'에 관해 거의 같은 내용이었다. 다른 모든 광고는 평범한 '발견물'과 '판매'에 관한 것들이었다. '연락 요망'이나 '~에 관한 정보가 있으면 누구든'과 같은 광고는 없었다. 하지만 지금 보는 건 〈헤럴드〉였다. 구조팀은 〈타임스〉나 〈이브닝 스탠더드〉에 메시지를 실었을 수도 있었다. 내일 마이크는 이브스 부인에게 말해 다른 신문을 구해달라고 해야 했다. 그리고 개인 광고를 싣는 방법을 알아내야 했다. '던워디, 마이크에게 연락 바람. 전시 응급 병원, 오핑턴. 시급함.' 또는 그냥 'R. T.는 M. D.에게 연락 바람.'[58]

마이크는 〈헤럴드〉에서 광고 가격이 얼마인지 찾아보았고, 자기 돈이 재킷에 있었다는 사실을 떠올렸다. 제인여왕호의 갑판에 두고 온 재킷에. 그리고 만약 이브스 부인에게 도와달라고 청하면, 그녀는 온갖 질문을 해댈 것이다. 그러니 퇴원할 때까지 기다리는 게 나았다.

하지만 마이크는 걷게 되기 전에는 퇴원할 수 없었다. 그건 두 발로 서는 것이 최우선 과제라는 뜻이었다. 그는 이브스 부인에게서 엽서를 받아냈다(자신이 대신 써주겠다는 걸 사양하는 데 15분이 걸렸다). 그리고 포인세티

58 '구조팀(Rescue Team)은 마이클 데이비스(Michael Davids)에게 연락 바람'을 짧게 쓴 것이다.

아 광고의 주소를 적고, 만약의 경우에 대비해 좀 더 정보를 보내달라고 하고 병원 주소를 알려주었다. 혹시라도 이게 자신에게 보내진 메시지일 수도 있어서였다. 그런 다음 마이크는 두 발로 서는 연습을 허락해달라고 간호사들에게 부탁했다.

간호사들은 거절했다. 목발을 쓴다 해도 소용없었다. "아직 회복 중이에요." 간호사들은 말했고, 그에게 〈타임스〉를 건넸다. 그는 자신에게 보내는 메시지가 없는지 살폈지만, '연락 요망' 메시지는 '지난 일요일 탱미어 군 비행장 무도회에서 빨간 물방울무늬 드레스를 입었던 숙녀분께서는 레스 그럽맨 공군 대위에게 부디 연락해주십시오.'가 유일했다.

'정원용품' 광고가 몇 개 더 있었고, 금요일에는 포인세티아 주소에서 편지가 도착했다. 가격표, 그리고 씨앗 카탈로그와 함께였다.

마이크는 어서 일어나 직접 일을 처리해야겠다고 마음먹었지만, 침대에서 나오기도 전에 카모디 간호사에게 들켰다. "완전히 나을 때까지는 발에 무게를 실으면 안 되는 걸 아시잖아요." 카모디 간호사가 마이크에게 말했다.

"더는 침대에 못 있겠어요." 마이크가 말했다. "미칠 것만 같아요."

"당신에게 뭐가 필요한지 알아요."

"재밌는 십자말풀이요?" 마이크가 빈정거렸다.

"네." 간호사가 말했고 마이크에게 〈헤럴드〉와 연필을 건넸다. "그리고 신선한 공기와 햇빛이요." 그녀는 나갔다가 몇 분 뒤에 쪼갠 등나무로 등받이를 한 휠체어를 가지고 돌아오더니 휠체어에 마이크를 태우고 일광욕실로 갔다. 하지만 그곳은 아주 밝지는 않았다. 세로로 긴 창문이 여러 개 있었지만 유리마다 X자로 검은 테이프를 붙여놓고 다시 모래주머니를 쌓아 받쳐놓았으며, 초록색 그물 커튼 때문에 방은 꼭 물속처럼 보였다. 의자들은 등받이가 높고 등나무로 만들어졌지만, 짙은 갈색으로 칠이 되어 있었고, 쿠션은 짙은 초록색 벨벳이었다. 그 가운데 하나에는 얼굴이 붉고 목에는 보호대를 찬 남자가 앉아 〈가디언〉을 읽고 있었다.

의자들 사이에는 육중한 떡갈나무 탁자들, 책장들, 전시장들, 그리고 비슷하게 육중하고 어두운색 화분에 담긴 식물들이 있었다. 휠체어가 과연 지나갈 수 있을까 싶을 만큼 좁은 공간만이 남아 있었지만, 카모디 간호사는 재주 좋게도 마이크가 탄 휠체어를 요리조리 밀어 통과한 뒤 모래주머니를 쌓아둔 창문으로 갔다. 그녀는 육중한 탁자 옆에 휠체어를 세우고 창문을 열었다. "자, 신선한 공기를 마셔요." 간호사가 말했다.

붉은 얼굴의 남자가 짜증 난다는 듯이 목청을 가다듬고 신문을 바스락거렸다.

"다른 거 뭐 도와드릴 거 있나요?" 그녀가 속삭였다.

"아니요." 무거운 가구를 생각에 잠겨 바라보며 마이크가 말했다. '만약 이곳에 혼자만 남게 된다면 저기에 기대어….'

"제가 여기 함께 남아 신문을 읽어드릴까요?" 카모디 간호사가 물었다.

"아니요. 저는 십자말풀이를 하고 싶어요."

카모디 간호사는 고개를 끄덕이더니 주머니에서 종을 꺼내 거의 아무 소리도 안 날 정도로 조심스레 탁자에 올려놓았지만, 붉은 얼굴의 남자가 짜증 난다는 듯이 다시 신문을 바스락거렸다.

"수간호사가 바로 문밖에 있어요." 카모디 수녀가 속삭였다. "뭔가 필요하면 종을 울리세요. 만약 연필이 바닥에 떨어진다 해도 그걸 주우려 하면 안 돼요. 종을 울려 수간호사를 부르세요. 당신은 의자에서 일어나면 안 돼요. 점심시간이 되면 올게요." 그녀가 말하고 조심스레 나갔다.

붉은 얼굴이 〈가디언〉을 다 읽으려면 적어도 점심시간은 되어야 하리라. 마이크는 어서 그를 쫓아내야 했다. 그는 〈헤럴드〉를 펼쳤다가 요란히 반으로 접고 다시 반으로 접어 십자말풀이가 맨 위에 오게 했다. "1번 가로." 마이크가 큰 소리로 말했다. "'파도를 만들 것 같은.'" 그는 연필로 탁자를 톡톡 쳤다. "파도를 만든다라… betides…인가? 아니, 여덟 글자랬는데. Hurricane?"

헛기침과 험악하게 신문 넘기는 소리가 났다.

"미안합니다." 마이크가 그 남자에게 말했다. "'파도를 만들 것 같은'이 뭔지 혹시 아시나요? 아니면 '끝이 보이지 않게 복무'는요? 7글자인데요."

붉은 얼굴은 요란하게 〈가디언〉을 접고 일어나 화난 걸음으로 나갔다. 마이크는 잠시 몸을 숙이고 십자말풀이에 집중했다. 수간호사가 들어올 경우에 대비해서였다. 이윽고 마이크는 휠체어를 움직여 화분에 심긴 야자나무에 다가가 한 손으로 그 줄기를 잡았고, 그 줄기가 보기만큼 튼튼한지 확인해보았다.

튼튼했다. 마이크는 다른 손으로 줄기를 잡고 천천히 몸을 일으켜 세웠지만, 야자나무는 움직이지조차 않았다. 그는 몸무게 일부를 다친 발 쪽으로 조심스레 옮겼다. 지금까지는 괜찮았다. 고통은 예상했던 것처럼 심하지는 않았다. 그는 한 손으로는 여전히 야자나무를 잡고, 가장 가까운 책장에 다른 손을 뻗으며 조심스레 한 걸음을 내디뎠다.

'이런, 맙소사.' 그의 손톱들이 책장의 나무를 파고들었다. 그는 그곳에서 몸의 중심을 잡고, 앙다문 이 사이로 새어 나오는 숨을 고르며 다시 한 걸음 내디딜 용기를 추슬러 모았고, 이런 순간에 수간호사가 들어오지 않기를 기도했다.

'좋아, 한 걸음 더. 이걸 하지 않으면 절대 회복하지 못할 거야.' 마이크가 혼잣말했다. 그는 책장을 고쳐잡고, 이를 앙다물고 다시 한 걸음 내디뎠다. '맙소사.'

마이크가 휠체어에서 의자 두 개, 책장 하나 더, 장식장 하나만큼의 거리를 이동하는 데 30분이 걸렸고, 그러고 나자 온몸이 땀으로 흠뻑 젖었다.

'이렇게 멀리까지 오지 말걸.' 그가 생각했다. 이 거리면 수간호사가 오는 소리를 들어도 제시간에 휠체어까지 돌아갈 수가 없었다.

그는 온 길을 돌아가기 시작했고, 잘 흔들리지 않는 빅토리아 시대 가구들에 무척이나 고마운 생각이 들었다. 책장, 화분의 야자나무, 휠체어. 그는 안도하며 거의 쓰러지듯이 휠체어에 앉았고, 그렇게 몇 분 정도 앉아 숨을 고른 뒤 십자말풀이를 보며 뭔가 재빨리 답을 채울 수 있는 힌트가 있는지 찾아보았다. "피터 팬 작가가 쓴 섬 생물?" 대체 이게 무슨 소리람? "히틀러가 무시할 의사의 경고?"

그는 답 찾기를 포기하고 단어 몇 개를 대충 휘갈겨 썼다. 다행이었다.

마침 그때 카모디 간호사가 웃으며 들어왔다. "진척이 좀 있었나요?" 그녀가 물었다.

"네." 그는 간호사가 보기 전에 십자말풀이 면을 안 보이게 접으려 했지만, 이미 간호사는 그에게서 신문을 낚아챈 다음이었다. "사실, 아니요. 저는 잠이 들었었어요. 신선한 공기를 마시니 졸리더라고요."

"그리고 혈색도 좋아졌네요." 카모디 간호사가 기뻐하며 말했다. "만약 내일 날이 맑으면, 다시 여기로 데려와줄게요." 그녀는 마이크에게 신문을 돌려주었다. "그런데, 18번 세로를 틀렸어요. 이건 '기만(deception)'이 아니에요."

'그건 당신 생각이고요.' 마이크가 생각했지만, 계속해 십자말풀이를 핑계로 삼으려면 카모디 간호사의 의심을 사는 위험을 감수할 수는 없었고, 그래서 그날 나머지 시간 동안 십자말풀이에 집중했다. 다음번에 카모디 간호사가 그를 데리고 일광욕실에 갈 경우를 대비해서였다.

토요일, 런던 대공습은 부두와 이스트 엔드를 폭격하며 시작되었고, 이후 이틀 동안 부상자들이 몰려오며 모두가 너무 바빠서 마이크를 일광욕실로 데려가줄 사람이 없었다. 하지만 화요일이 되자 카모디 간호사는 다시 그를 휠체어에 태웠고, 그는 즉시 미리 준비해둔 답들을 채워 넣은 뒤 의자에서 일어났다. 이번에는 좀 더 멀리까지 걸어갔지만, 여전히 가구들 도움 없이는 몇 걸음 이상 걸을 수가 없었다. 그리고 한 걸음 한 걸음이 죽을 듯이 아팠다.

수요일엔 네 명짜리 브리지 게임을 했고, 목요일에는 X선 촬영을 위해 내려갔지만, 금요일에는 일광욕실에 아무도 없었다. 춥고 비가 올 것 같은 날씨였다. "여기 있으면 춥지 않겠어요?" 카모디 간호사가 마이크의 어깨에 모직 담요를 둘러주고 무릎 위에도 담요 한 장을 덮어주며 물었다. "몹시 추운데요."

"괜찮을 거예요." 마이크가 고집했지만, 카모디 간호사는 여전히 망설였다.

"모르겠어요. 만약 감기라도 걸리면…."

"안 걸릴 거예요. 괜찮아요." '가세요.'

결국, 카모디 간호사는 조금이라도 한기가 들면 '종을 울려 수간호사를 부른다'는 약속을 받고서야 나갔고, 마이크는 지난밤 미리 연구해둔 십자말풀이의 답들을 휘갈겨 썼다. 4번 가로: 급강하폭격기, 28번 세로: 대성당, 31번 가로: 탈출. 그는 담요를 옆으로 밀어놓고 간호사가 돌아오지 않는지 잠시 귀를 기울였다가 차근차근 걷기 연습을 시작했다.

책장, 창문…. 지난 사흘 동안 그의 발은 뻣뻣해져 있었다. 발에 몸무게를 싣는 게 쉽지 않았다. 시계, 화분에 담긴 야자수, 등받이가 높은 의자.

"쯧쯧쯧." 의자 깊숙이에서 누군가의 목소리가 들렸다. "그 발에 몸무게를 실으면 안 되는 거로 아는데, 데이비스 씨."

42

여기에 '민간인'은 없습니다.

— 영국인 여인, 대공습 동안 런던 내
민간인들의 사기에 관한 질문에 답하며

런던, 1940년 9월

에일린은 화장실에 가야 하니 집 안으로 들어가게 해달라는 알프의 부탁을 거절했다. "지금 폭탄이 떨어지고 있어." 에일린이 말했다. "끝날 때까지 참아." 그리고 예상대로 알프는 참을 수 없다고 말했고, 에일린은 간이침대 아래 물속을 더듬으며 혹시 앤더슨 방공호에 요강이 있는지 찾아보았다.

요강은 있었지만, 알프는 요강 쓰기를 거절했다. "여자들 앞에서 이걸 쓰라고요?" 알프가 말했고, 이제 비니 역시 화장실에 가야 한다고 말했으며, 시어도어는 이를 달달 떨며 춥다고 했다. 에일린도 떨고 있었고, 젖은 발은 꽁꽁 얼어버린 것만 같았다.

'내가 틀렸어.' 에일린이 생각했다. '우리는 폭탄에 산산조각이 나는 게 아니라 얼어 죽을 거야.' 그리고 폭격이 잠깐 잠잠해지자마자 아이들을 데리고 쏜살같이 집으로 돌아갔다. 에일린은 회중전등을 가지고 갔지만, 사실 회중전등은 필요 없었다. 정원은 주위의 불 때문에 환했다. 심지어 집 안 역시 길을 찾기에 충분하고도 남을 만큼 환했다.

'어쩌자고 폴리는 이런 걸 관찰하고 싶어 한 걸까?' 에일린은 집을 뒤져 담요들을 찾고 아이들을 재촉하며 생각했다. "폭격기들이 곧 다시 올 거야." 아이들을 서둘러 계단으로 내려보내며 말했지만, 비행기들은 이미 와 있었다. 에일린과 아이들이 부엌을 통해 뒷문으로 서둘러 가는 동안 폭탄 하나가 날카로운 소리와 함께 떨어지며 집을 뒤흔들었다.

"무서워요." 시어도어가 말했다.

'나도 무서워.' 에일린은 생각했다. 그녀는 비니에게 담요들을 넘기고 몸을 숙여 시어도어를 들어 안고 뛰어 앤더슨으로, 얼음처럼 차가운 물 속으로 들어갔다. "비니, 담요가 안 젖게 높이 들고 있어. 알프는 어디에 있지?"

"바깥에요."

에일린은 시어도어를 위쪽 간이침대에 내려놓고 밖으로 뛰어나갔다. 알프는 풀밭 한가운데 서서 붉은 하늘을 응시하고 있었다. "여기서 뭐 하는 거야?" 폭격기들의 웅웅거리는 소리를 뚫고 에일린이 외쳤다.

"어떤 비행기인지 보려고 하는 거예요." 알프가 말했고, 거리에서 몸이 떨릴 정도로 요란한 폭발이 일어나더니 붉은빛이 이글거렸다. "불이에요!" 알프가 외치고 그쪽으로 뛰어갔다.

에일린은 알프의 셔츠 자락을 잡아채 알프를 문안으로 밀어 넣은 뒤 문을 닫아걸었고, 그 순간 또 다른 폭발이 일어나며 방공호가 흔들렸다. "이제 됐어." 에일린이 말했다. "그만 자." 그리고 놀랍게도, 아이들은 그 말을 들었다.

하지만 잠들기 전에 비니는 자기 담요가 따끔거린다고 불평했고, 알프는 "폭격기가 도르니에인지 스투카인지 알아내는 게 비행기 식별가의 임무란 말이에요."라며 항의했다. 그러나 일단 마른 담요를 덮어주자 아이들은, 그리고 에일린은 다시 사이렌이 울릴 때까지 잠이 들었다.

이번 사이렌은 높낮이 변화가 없이 높은 음으로만 계속되었고, 에일린은 이게 독가스 공격을 알리는 게 아닐까 두려웠다. 그래서 비니를 깨워 물었다. "이건 공습경보해제 사이렌이에요." 비니가 말했다. "언니는 그것도 몰라요?" 그리고 요란하게 문을 두드리는 소리가 들렸다.

"공습 대비대 감시원이라는 데 걸겠어요. 이제 공습이 끝났으니까 에일린 누나를 체포하러 온 거예요." 담요에서 나오며 알프가 말했다. "등화관제 동안에는 회중전등을 밝히면 안 된다고 내가 말했잖아요."

하지만 문을 두드린 이는 공습 대비대 감시원이 아니라 시어도어의 어머니였고, 시어도어를 만나자 감격에 겨워 바닥에 들어찬 물도 아랑곳하지 않았다. 하지만 에일린과 아이들이 다시 집으로 들어가자 시어도어의 어머니는 에일린에게 젖은 스타킹을 벗고 자기 슬리퍼를 신으라고 강하게 권했다. "제 소중한 아이를 여기까지 데려다줘서 정말 얼마나 고마운지 몰라요." 그녀는 모두에게 홀릭스[59]를 타주며 말했다. "런던에 사나요?"

에일린은 사촌이 얼마 전 런던에 도착해 옥스퍼드 스트리트의 백화점에서 일한다고 말했다. "하지만 어느 백화점인지는 말해주지 않았어요. 편지로 물어봤지만, 답장을 받기 전에 떠나와야 했기에 사촌이 어디 사는지, 어디에서 일하는지 아직 몰라요."

이웃인 오언스 부인이 들어오더니 브라운네가 폭격을 맞았다고 말했다.

"누가 다쳤나요?" 시어도어의 어머니가 물었다.

"브라운 부인의 막내 에밀리만요. 아이는 약간 벤 정도지만 집은 완전히 폐허가 됐어요." 오언스 부인이 말했고, 에일린은 겁도 없이 무턱대고 집으로 돌아온 일을 떠올리며 몸을 떨었다.

"감기에 걸렸군요." 시어도어의 어머니가 에일린에게 말했다. "누워요. 런던에 온 첫날부터 이런 고생이라니. 쉬면서 잠을 보충해야 해요."

"아니요. 전 알프와 비니를 아이들 어머니에게 데려다주고 제 사촌도 찾아야 해요." 에일린이 말했다. '안 그러면 그 앤더슨에서 하룻밤을 더 보내야 한단 말이에요. 그리고 이번 세기에서도요.'

"알겠어요." 시어도어의 어머니가 말했다. "그래도 최소한 아침은 드시고 가세요. 그리고 사촌을 바로 찾지 못하면 돌아와 우리와 함께 있어요. 그리고 뭐라도 제가 도울 수 있는 일이 있으면…."

"제 연락처로 여기 주소를 써도 되나요? 혹시라도 제 사촌에게 연락을

59 곡물가루와 분유를 타 만든 음료

남겨야 할 경우를 대비해서요….”

“당연하지요. 그리고 오언스 부인도 자기 전화번호를 당신 연락처로 남기는 걸 허락해줄 거예요.”

에일린은 감사하다고 말했지만, 속으론 자신이 연락처를 남기거나 ‘원하는 만큼 머무르지’ 않아도 되길 빌었다.

에일린이 떠날 때 시어도어의 어머니는 다시 한번 말했다. “당신이 원하는 만큼 우리와 머물러도 돼요.”

“난 에일린 누나와 같이 가고 싶어요.” 시어도어가 말했다.

“가자, 알프, 비니.” 시어도어가 자기 집으로 돌아올 거냐고 질문하기 전에 어서 떠나려고 에일린이 말했다. “너희 어머니를 찾아야지.”

“어머니는 집에 없을 거예요.” 알프가 말했다.

아이들 어머니는 집에 없었고, 이번에 에일린의 노크에 문을 열어준 이는, 두 팔에는 큰 소리로 우는 아이가 안겨 있고 치맛자락에는 막 걸음마를 배웠을 만한 나이의 아이들 둘이 매달려 있는 지친 표정의 여자였으며, 문조차 제대로 열려 하지 않았다. 에일린이 그 여자에게 혹시 알프와 비니를 잠깐 맡아줄 수 있냐고 하자 그 여자는 고개를 저었다. “미키에게 한 짓이 있는데, 절대로 안 돼요.”

“그러면 언제 아이들 어머니가 오는지…?” 에일린이 입을 열었지만 여자는 이미 문을 닫고 빗장을 걸었다. ‘난 이 아이들을 절대 떼어낼 수 없을 거야. 이 아이들은 평생 내게 붙어 있으려 할 거야.’

“이제 어째요?” 알프가 물었다.

‘나도 모르겠구나.’ 막막하게 보도에 서서 에일린이 생각했다. 에일린은 폴리를 찾아야만 했다. 하지만 폴리를 찾는다고 할지라도 알프와 비니를 떼어놓기 전에는 강하할 수 없었다.

하지만 적어도 폴리가 어디 있는지, 그리고 강하 지점이 어디인지를 먼저 알아낼 수는 있었고, 호드빈 부인이 마침내 집에 돌아오면 곧장 강하 지점으로 가면 될 것이다. “가자.” 에일린이 말했다. “우리는 쇼핑할 거야.”

“이걸 다 들고요?” 비니가 짐들을 들어 보이며 말했다.

비니 말이 맞았다. 이런 상태로는 백화점에 들어가는 것도 무리였다. "아까 그 사람에게 적어도 짐이라도 맡아줄 수 있는지 물어보자." 문으로 가며 에일린이 말했다.

"안 돼요! 그랬다가는 우리 물건들을 훔칠 거예요." 비니가 말했다.

"내가 아는 곳이 있어요." 알프가 말했다. 알프는 가방들을 움켜쥐고 길을 따라 돌진해 폭격당한 집으로 가더니 잔해 위로 올라갔고, 여전히 서 있는 벽 뒤로 갔다. 알프는 곧바로 짐 없이 나타났고 잔햇더미에서 보도로 뛰어내렸다. "어디로 쇼핑하러 갈 건가요?" 알프가 물었다.

"옥스퍼드 스트리트." 에일린이 말했다. "거기 어떻게 가는지 길을 아니?"

아이들은 길을 알았고, 에일린은 아이들을 따라 지하철역으로 가서 맞는 플랫폼을 찾아 제대로 지하철을 타고 맞는 역에서 내렸을 때 거의 기쁘기까지 했다. 아이들은 옥스퍼드 서커스역의 크기나 복잡하게 연결된 터널, 2층 높이 에스컬레이터, 엄청난 인파에 전혀 겁먹지 않았다. 사람들이 정말로 공습이 있는 동안 여기서 잔 걸까? 어떻게 이런 인파 속에서 안 밟혔을까?

지하철역 밖의 보도 역시 지하철역만큼이나 붐볐으며, 자동차와 택시와 거대한 이층 버스들이 으르렁대며 지나갔다. '나는 시골길만 운전하면 됐어서 다행이야.' 에일린은 생각하며 길모퉁이에 서서 폴리가 말했던 백화점을 찾아보았지만, 보이지 않았다. 지금 서 있는 블록만 해도 가게와 백화점이 스무 개는 있었고, 길 양쪽으로 시선이 미치는 곳까지 계속 상점들이 늘어서 있었다. 폴리가 일할 백화점 후보를 세 군데로 줄여놓은 게 천만다행이었다. 만약 그 백화점이 어디에 있는지 찾을 수 있다면 말이다. 에일린은 문 위의 이름들을 훑어보았다. 골드스미스, 프리스 앤 코, 레이턴스….

"뭘 찾는 건데요?" 알프가 물었다.

"존 루이스." 에일린이 말했고, 아이들은 그게 사람 이름이라고 생각할 수도 있다고 짐작하고 덧붙여 말했다. "백화점 이름이야."

"나도 알아요." 비니가 말했다. "이쪽이에요." 그리고 에일린을 끌고 거리를 걸었다.

에일린과 아이들은 계속해 백화점들을 지났다. 본 앤 홀링스워스, 타운센드 브라더스, 매리 마쉬…. 그리고 그 모든 백화점은 적어도 5층 높이의 거대한 건물들이었다. 길 건너편에는 셀프리지스 백화점이 블록 전체를 차지했다. '폴리가 저기에서 일하지 않기를 바랄밖에.' 에일린이 생각했다. '저기에서 폴리를 찾으려면 2주는 걸릴 거야.'

하지만 파젯스 백화점은 거의 셀프리지스 백화점만큼이나 컸고, 심지어 정면의 그리스식 기둥들은 더욱 웅장하기까지 했다. 거리 두 개 너머의 존 루이스 백화점 역시 기둥들이 있는데다, 판자로 막지 않고 제대로 된 진열창까지 있었다. 에일린은 존 루이스 백화점 옆의 라이언스 코너 하우스로 가서, 창 안에 진열된 페이스트리들을 보고 있는 아이들을 끌고 왔고, 조금이나마 깔끔해 보이게 매만져주려 애썼다. 에일린은 비니의 허리 장식 띠를 다시 묶고 옷깃을 바로잡았다. "양말 당겨 신어." 빗을 찾기 위해 핸드백을 뒤지며 에일린이 아이들에게 말했다.

"나 배고파요." 비니가 말했다. "여기 들어가면 안 돼요?"

"안 돼." 에일린이 말하고 비니의 엉킨 머리를 빗질했다. "네 셔츠 자락을 넣어, 알프."

"몇 시간째 아무것도 못 먹었어요." 알프가 불평했다. "우리 뭔가를…?"

"안 돼." 에일린이 말하고 알프를 꽉 잡고는 손수건으로 재빨리 알프를 닦아주었다.

에일린은 아이들 손을 잡고 입구로 갔다. 그리고 어찌할 바 몰라 걸음을 멈추었다. 그곳에는 문이 없었다. 오직 세로로 구획된 유리와 나무로 된 틀만 있을 뿐이었다. "회전문 처음 봐요?" 알프가 말했고, 구획 한 곳으로 달려가더니 그곳을 밀어 회전시켰고, 그 뒤를 비니가 따라가며 어떻게 회전문을 쓰는지 설명했다. 에일린은 그 설명도, 호드빈 남매도 믿지 않았다. 하지만 잠깐 갇혔다는 느낌을 받긴 했어도, 에일린은 곧 회전문을 빠져나와 백화점 안에 있었다.

그리고 백화점은 정말 대단했다! 천장에 매달린 놋쇠와 유리 램프들, 조각된 나무 기둥들, 반짝이는 바닥. 판매대들은 떡갈나무였고, 그 뒤로 놋쇠 손잡이 서랍들이 높은 천장 끝까지 줄지어 있었다. 각 판매대 위에는 우아한 램프가 하나씩 놓였고, 그 뒤로는 역시 우아한 젊은 여자가 한 명씩 있었다.

'오, 이런 맙소사.' 에일린이 생각했다. 존 루이스 백화점은 하녀와 빈민촌 아이 둘이 있기에는 너무나 고급스러웠다. 그리고 단지 옷차림이 허름하다는 것만이 문제가 아니었다. 원래 에일린은 물어볼 만한 사람을 찾을 때까지 물건들을 보는 척할 생각이었지만, 막상 와보니 그건 가능하지 않을 듯했다. 놋쇠 모자걸이에 걸린 모자 몇 개와 판매대 하나에 접혀 전시된 스카프 몇 장을 빼면 전시된 물건들이 없었다. 물건을 보려면 원하는 물건을 보여달라고 말해야 하는 게 분명했고, 점원들은 에일린이 이 가게의 물건을 살 정도로 돈이 있다고 믿지 않을 게 분명했다.

그리고 프록코트와 줄무늬 바지를 입은 중년의 남자가 에일린의 그런 예측을 확인해주었다. 그 남자는 놀란 표정으로 셋에게 서둘러 다가왔다. "도와드릴까요, 아가씨?" 남자는 표정만큼이나 놀라움이 배인 목소리로 물었다.

"네." 에일린이 말했다. "여기서 일하는 사람을 찾고 있어요. 폴리 세바스찬이라고 해요."

"여기에서 일한다고요? 청소부인가요?"

"아니요. 점원이에요."

"엉뚱한 곳을 오신 것 같습니다, 아가씨." 남자가 말했다. 하지만 그 남자의 목소리 톤은 "우리는 당신 같은 사람을 아는 사람은 절대로 고용하지 않습니다."라고 말하고 있었다.

'저 사람은 폴리가 여기에서 일하는지 확인조차 해주지 않을 거야.' 에일린이 생각했다. '그리고 내가 직접 살펴보는 것도 허락하지 않을 거고.' 이제 곧 그는 에일린 일행을 데리고 회전문으로 가 내보낼 것이고, 다시는 백화점에 들여놓지 않을 것이다. '알프와 비니를 데리고 오는 게 아니었는데.' 에일린이 생각하다가 퍼뜩 영감이 떠올랐다. "이 아이들은 피난민이에요." 에일린이 말했다. "캐롤라인 여사와 함께 데네웰 장원에서 머무르고 있어요. 저는 여사님 하녀예요. 여사님은 아이들에게 새 옷을 입히려고 저를 런던으로 보내셨어요. 여사님은 제게 세바스찬 양을 찾아가라고 하셨어요."

"아, 그러시군요." 이제 남자는 활짝 웃으며 말했다. "아동복 층으로 가시면 됩니다. 4층에 있습니다. 이쪽으로 오십시오." 남자가 말하며 길을 안내했고, 에일린은 이 남자가 4층까지 자기들을 데리고 가는 게 아닐까 걱정했지만, 남자는 승강기 앞에서 걸음을 멈췄다. 비니보다 그리 더 나이가 많아 보이지 않는 소년이 몸을 내밀고 물었다. "몇 층에 가세요, 아가씨?"

"4층에 가요." 에일린이 말하고 아이들과 함께 안으로 들어섰다. 소년은 손을 뻗어 나무 문을 닫더니 놋쇠 철창문을 잡아당겨 닫고, 레버를 내렸다. 승강기가 올라가기 시작했다.

"3층, 남성복과 신발 층입니다." 소년이 기계적으로 암송했다. "4층, 아동복, 책, 장난감 층입니다." 소년은 철창문을 잡아 열고 문을 열더니, 에일린과 아이들이 내릴 때까지 문을 잡아주었다.

에일린은 다른 줄무늬 바지가 곧바로 길을 막아서지 않을까 걱정했지만, 이번 층의 줄무늬 바지는 어떤 여자와 그 딸의 쇼핑을 돕고 있었다.

'다행이야.' 에일린이 생각했고, 알프와 비니의 손을 잡고 층을 가로질러 반대 방향으로 걸어가기 시작했다. 하지만 알프와 비니는 발에 힘을 주고 꼼짝도 하지 않으려 했다. "우리 배고파요." 비니가 말했다.

"말했잖아…."

"너무 배가 고파서 말하면 안 되는 걸 말할지도 몰라요." 알프가 말했다.

"가령 캐롤라인 여사가 언니를 보내지 않았다든가 하는 거요."

'이 비열한 놈들이 협박을 다 하네.' 하지만 에일린은 아이들과 입씨름할 시간이 없었다. 줄무늬 바지가 이쪽으로 오고 있었다. "좋아. 라이언스에서 점심을 사줄게." 에일린이 속삭였다. "내가 여기 일을 마친 뒤에."

"점심, 그리고 달콤한 것도요." 비니가 말했다.

"점심과 달콤한 것. 만약 너희들이 내 사촌 찾는 걸 도우면."

"도울 거예요." 알프가 말했고, 아이들은 약속을 지켰다. 줄무늬 바지가 에일린에게 뭘 도와줄지 묻자 알프가 재빨리 말했다. "우리는 캐롤라인 여사님 집으로 피신한 아이들이에요." 그리고 처지에 알맞게 불쌍한 표정을 지었다.

"그러면 아동복 매장을 보고 싶겠군요." 줄무늬 바지가 말했다. "이쪽입니다."

'그리고 거기에 도착하면 뭘 어째야 하지?' 에일린은 피난민 이야기를 괜히 꾸며낸 게 아닌가 하고 반쯤 후회했다. 이제 에일린은 점원들에게 폴리가 여기서 일하는지 물어볼 수 없었다. 그리고 아동복 매장에 도착해서 왜 아무것도 사지 않는지에 관해 뭐라고 변명해야 하는지도 알 수 없었다.

하지만 알프가 그런 에일린의 곤란을 해결해주었다. "에일린 누나, 나 속이 안 좋아요." 알프가 배를 움켜쥐며 말했고, 줄무늬 바지는 아동복 매장 대신 에일린과 아이들을 데리고 서둘러 여자 화장실로 갔다.

안으로 들어가자 알프가 말했다. "층 지배인에게 들키지 않고 위아래층으로 다닐 더 좋은 방법을 알아요."

층 지배인. 줄무늬 바지는 바로 층 지배인이었다.

"이쪽으로요." 알프가 말했고, 비니를 앞으로 보내 망을 보게 한 뒤, 에일린을 데리고 계단이라고 표시된 문을 통과해 계단으로 갔다. 에일린은 둘이 어째서 백화점들과 회전문과 승강기에 그토록 익숙한 걸까 그 이유를 생각하지 않으려 애쓰며 둘을 따라갔다. 협박 그리고 물건들을 슬쩍하기.

하지만 계단을 쓰는 건 정말 천재적인 생각이었다고 인정할 수밖에 없었다. 안으로 들어가기 전에 창문이 달린 문 안쪽에 서서 층 전체를 살필 수 있었다. 만약 폴리가 그곳에 있다면 에일린은 폴리를 볼 수 있을 것이다.

하지만 폴리는 없었다. 에일린은 일부를 방공호로 바꾼 지하층을 포함해 여섯 개 층 전부를 살펴보았지만, 폴리는 찾아볼 수 없었다. "이제 점심 먹을 수 있어요?" 비니가 간청했다.

"그리고 달콤한 것도요." 알프가 덧붙였다.

"그래." 에일린이 말하고 아이들과 백화점을 나와 옆의 라이언스로 갔다. "너희들이 노력해줬으니까 먹을 권리가 있지." 하지만 가격을 본 에일린은 달콤한 것도 사주겠다고 동의한 것을 후회했다. "아니, 4코스 식사를 할 수는 없어." 에일린은 메뉴에서 가장 비싼 음식을 고르려는 알프에게 말했다. "나는 '점심'이라고 말했어."

"하지만 벌써 3시가 지났어요." 비니가 말했다. "우리는 점심을 먹고 차도 마셔야 해요."

"3시가 지났다고?" 에일린이 시계를 쳐다보며 말했지만, 비니 말이 맞았다. 존 루이스 백화점에서 폴리를 찾느라 오후가 상당히 지나 있었다. 에일린은 아이들을 먹인 뒤 파젯스 백화점도 가볼 계획이었지만 그곳은 존 루이스 백화점보다 훨씬 더 컸고, 알프와 비니를 아이들 어머니에게 돌려보내지 않으면 이 아이들과 또 하룻밤을 보내야만 했다. 그리고 에일린이 아이들을 화이트채플에 데려다 놓고 돌아올 때면 공습이 시작되었을 것이다.

에일린은 아이들을 재촉해 서둘러 점심과 푸딩을 먹게 한 뒤 라이언스를 나와 거리를 따라 옥스퍼드 서커스역으로 향했다. "마블 아치역이 더 가까워요." 비니가 다른 쪽을 가리키며 말했다.

비니 말이 맞았다. 마블 아치역은 라이언스에서 걸어서 금방이었고, 파젯스 백화점에서는 더 가까웠다. 에일린은 다음에 다시 올 때는 마블 아치역에 내려야겠다고 마음속에 새겨두었다.

만약 돌아올 시간이 있다면 말이다. '아이들 어머니가 아직도 집에 없어서 이 아이들을 데리고 시어도어의 집으로 다시 돌아가야 하면 어쩐담?' 에일린이 플랫폼에서 지하철을 기다리며 생각했다. 하지만 가저리 레인에 도착해보니 아이들 어머니는 집에 있었다. 아이들 어머니는 해진 실크 기모노를 입은 뚱뚱한 여자로, 에일린의 노크 소리에 잠이 깬 게 확실해 보였다. 이마 위로 높이 올린 여자의 금발 머리는 헝클어졌고, 화장은 번져 있었다.

"너희 둘 여기서 뭐 하는 거야?" 짐을 든(폭격당한 집에서 알프가 다시 가져왔다) 알프와 비니를 본 여자가 캐물었다. "내쫓긴 거야?"

에일린은 저택이 군인들에게 접수되었다고 설명했지만, 호드빈 부인은 관심이 없었다. "아이들 배급 수첩은 가져왔어요?"

"네." 에일린이 배급 수첩을 건네며 말했다. "둘 다 이번 여름에 홍역에 걸렸고, 비니는 아주 아팠어요."

하지만 호드빈 부인은 그것 역시 관심이 없었다. 그녀는 배급 수첩들을 낚아채더니 알프와 비니에게 안으로 들어가라고 명령하고는 거칠게 문을 닫았다.

에일린은 묘한 기분으로 잠시 그대로 서 있었다…. '뭐지, 이 기분은? 왜 속은 느낌이 들지? 호드빈 부인이 아이들과 작별 인사를 할 시간을 안 줘서?' 그건 터무니없었다. 에일린은 지난 사흘간 아이들을 떼어내려 무진 애를 써왔다. '그리고 이제 난 홀가분하게 폴리를 찾고 폴리의 강하 지점을 써서 집에 갈 수 있어.' 에일린은 혼잣말하며 서둘러 계단을 내려가 거리를 걸어갔고 폭격당한 집들을 지났다. '아이들이 잘 지내면 좋겠네.'

에일린은 신부가 준 편지를 떠올리고는 곧 걸음을 멈추었다. '아, 이런!' 에일린은 그 편지를 호드빈 부인에게 주는 걸 깜박했다. 그녀는 핸드백을 뒤져 편지를 찾아냈고, 호드빈 가족의 집으로 돌아가기 시작했지만, 곧 다시 걸음을 멈추고 고민에 빠졌다. 화이트채플에 있는 건 위험했지만, '시티 오브 베나레스호'에 타는 건 훨씬 더 위험했다. 호드빈 부인은 알프와 비니를 치워버릴 수만 있다면 기꺼이 그 배에 태우고도 남을 듯했다. 만약 부인이 오늘이나 내일 아이들을 데리고 해외 수용 프로그램 사무실로 간다면, 아이들은 거의 확실하게 '시티 오브 베나레스호'를 탈 것이다.

'그건 모를 일이야.' 에일린은 생각했다. '호드빈 부인이 아이들을 그곳으로 데려가고 싶어 하는지조차 난 몰라. 아이들 배급 수첩을 아주 재빨리 낚아챘잖아.' 그리고 알프와 비니는 이곳에서도 언제 죽을지 몰랐다. 하지만 여기에서는 둘에게 기회가 있었다. 그렇지만 대서양의 캄캄한 물 속에서는…. 게다가 만약 에일린이 아이들에게 돌아간다 해도 호드빈 부인은 문조차 열어주지 않을 것이다. 그리고 에일린에게는 시간이 없었다. 에일린은 파젯스 백화점이 문을 닫기 전에 옥스퍼드 스트리트로 가야만 했다.

에일린은 봉투를 핸드백에 넣은 뒤, 지하철을 타고 마블 아치역으로 가서 파젯스 백화점까지 걸어갔고, 그곳에서 폴리를 찾기 시작했다. 에일린은 이제 알프와 비니를 달고 다니지 않기 때문에 각 층을 확인하고 질문을 하는 게 훨씬 더 빠를 거라고 생각했다.

하지만 폐장을 알리는 종이 울렸을 때도, 에일린은 1층, 중이층, 2층까지밖에 확인하지 못했다. 잠시 에일린은 폐장 종을 공습 사이렌으로 착각하고 겁을 먹었고, 순간적으로 어서 스테프니의 앤더슨 방공호로 가야 한다는 본능적 충동에 휩싸였다. 그러나 그보단 오늘 밤이 되기 전에 안전한 옥스퍼드로 강하해 돌아가고 싶다는 마음이 훨씬 더 강했다. 에일린은 마음을 다잡고 백화점 측면의 직원용 통로로 갔고, 그 옆에 서서 여자 점원들이 잡담을 나누며 나오는 모습을 지켜보았다. 하지만 폴리는 보이지 않았고, 몇 명에게 물어보았지만 누구도 폴리를 알지 못했다.

에일린이 마블 아치역으로 가는 사이 사이렌이 울렸다. 터널과 플랫폼에는 사람들이 자리를 잡고 있었고, 에일린은 그 사람들과 함께 그곳에 있고 싶은 유혹이 들었다. 그렇게 하면 출근하는 폴리를 만날 수 있을지도 몰랐다. 하지만 고급 상점들을 가기에 에일린은 머리가 너무 엉망이었고, 옷도 너무 구겨져 있었다. 에일린은 스테프니로 돌아가 몸과 옷을 단정히 한 뒤 아침 일찍 다시 나오기로 했다.

하지만 간밤에 공습으로 스테프니의 주요 도로 두 개가 부서졌고, 에일린은 아침에 버스를 타기 위해 거의 3킬로미터를 걸어야 했다. 게다가 옥스퍼드 서커스에 도착하자 곧바로 사이렌이 울렸고, 에일린은 피터 로빈슨 백화점의 비좁은 지하 방공호에서 45분을 보내야 했다.

에일린이 파젯스 백화점에 도착한 건 거의 정오가 다 되어서였다. 그녀는 당당하게 도어맨을 지나 승강기를 타고 4층으로 간 뒤 그곳에서 계단을 통해 6층으로 갔고, 거기부터 폴리를 찾으며 내려오기 시작했다. 에일린은 폴리에 관해 묻기 전에 각 매장을 확인부터 했다. 혹시라도 폴리의 이름을 잘못 기억하는 경우에 대비해서였다.

12시 30분, 에일린은 2층까지 내려오며 이미 모두 확인했지만 폴리를 찾을 수 없었다. '만약 폴리가 이 층에도 없다면 셀프리지스 백화점으로 가서 찾아봐야겠어.' 에일린이 문구용품 매장으로 걸어가며 생각했다. 하지만 에일린이 그곳에서 폴리 세바스찬이 일하는지를 점원에게 묻는 동안, 다른 여자 점원 둘이 계단에서 잡담하며 나타났다. 막 점심을 먹고 돌아오는 게 분명했다. 그리고 문구용품 매장 판매대 뒤의 점원이 모자를 쓰기 시작했다.

'점심시간이구나.' 결국 에일린은 모든 사람을 확인하진 못한 셈이었다. 그러니 다들 점심을 마치고 돌아올 때까지 기다렸다가 다시 일일이 확인해 봐야 했다. 그리고 존 루이스 백화점에서도 폴리를 놓쳤을 가능성이 있었다. 그곳 역시 다시 찾아봐야 했다.

하지만 두 백화점 모두 폴리는 흔적도 없었고, 아는 사람도 없었다. 그렇다면 셀프리지스가 남았다. 그곳은 매장이 아주 길게 늘어져 있었고, 온갖 기둥이며 벽감이며 후미진 곳들이 있어서 여러 매장을 동시에 살피는 건 불가능했다. 폐장 시간까지 에일린은 여섯 개 층 가운데 두 개 층밖에 살펴보지 못했고, 그나마도 제대로 다 살펴봤는지 확신이 들지 않았다. 에일린은 밖으로 나와 백화점의 직원용 출입구를 찾아보았지만, 그곳을 찾았을 때는 직원들이 이미 나가고 있었으며 이미 한참 전부터 사람들이 빠져나간 게 분명했다.

근처에서 사이렌이 높아졌다 낮아졌다 하며 울리기 시작했다. '집에 가고 싶어.' 에일린은 그렇게 생각하다가 씁쓸하게 웃었다. '나 꼭 시어도어 같잖아.' 하지만 시어도어와 달리 에일린은 이걸 몇 주 동안 참을 필요가 없었다. '하룻밤만 더 견디면 돼.'

하지만 에일린은 과연 자신이 그만큼도 참을 수 있을지 자신이 없었다. 공습은 너무나 심해져 오언스 부인은 벽장을 포기하고 축축함도 마다치 않고 시어도어, 에일린과 함께 앤더슨 방공호로 들어왔다. 그리고 에일린은 오로지 자신보다 나이 많은 아주머니의 존재, 그리고 자신에게 그 작은 몸을 붙이고 벌벌 떠는 시어도어 덕분에 구석에 몸을 웅크리고 비명 지르고 싶은 마음을 억누를 수 있었다. 폭탄들은 마치 정원에 떨어진 듯 가까이에서 무시무시한 소리를 냈다. 하지만 시어도어의 어머니가 공장 일을 마치고 집에 돌아왔을 때 말하길, 스테프니 지역은 대체로 멀쩡하며 폭탄 대부분은 웨스트민스터와 화이트채플에 떨어졌다고 말했다.

'알프와 비니가 잘 있으면 좋겠어. 그리고 그 편지를 호드빈 부인에게 주지 않은 건 잘한 거야.' 오늘은 13일이었다. 만약 에일린이 편지를 오늘 보낸다면 그 편지는 '시티 오브 베나레스호'가 출항한 다음에 도착할 것이고, 그 뒤로 떠나는 피난선은 가라앉지 않았다. 그리고 아이들에겐 런던보다 캐나다가 훨씬 더 안전했다. 에일린은 지하철역에 가는 길에 편지를 보낼 생각으로 시어도어의 어머니에게서 우표를 빌렸고, 호드빈 부인의 주소를 봉투에 썼다. 하지만 마지막 순간에 마음을 바꿨다. 만약 '시티 오브 베나레스호'가 아직 출항하지 않았다면….

에일린은 셀프리지스 백화점이 열기 전에 그곳에 도착해 출근하는 직원들을 살피고 싶었지만, 철로가 망가진 탓에 지하철이 두 번이나 지연되었다. 그리고 마침내 셀프리지스 백화점에 도착했을 때, 에일린은 새로운 수를 생각해냈다. 그녀는 혹시 폴리라는 사람이 일하지 않는지 물어보기 위해 승강기를 타고 인사과로 갔다. "미안합니다." 에일린이 들어서자 비서가 말했다. "우리는 이미 팜 코트 레스토랑의 웨이트리스를 고용했습니다."

"아, 하지만 저는 그것 때문에…." 에일린이 입을 열었다.

"판매 보조 자리도 난 게 없어요." 그리고 그 여자는 타자기로 다시 시선을 돌렸다.

"일자리를 찾는 게 아니에요." 에일린이 말했다. "여기서 일하는 사람을 찾아요. 폴리 세바스찬이라고 해요."

비서는 심지어 타자를 멈추지조차 않았다. "셀프리지스 백화점은 직원 정보를 외부인에게 주지 않습니다."

"하지만 저는 폴리를 찾아야 해요. 오빠인 마이클이 병원에 있는데, 오빠가 폴리를 보고 싶어 해요. 오빠는 영국 공군 조종사예요. 조종하던 스핏파이어가 격추됐어요." 에일린이 덧붙였다. 그리고 그 말에 비서는 직원 파일에서 폴리의 이름이 있는지 찾아보았을 뿐 아니라 그 이름이 보이지 않자 최근 고용한 직원들 목록을 확인해보기까지 했다.

그리고 또한 비서는 마이클이 근무했던 공군 기지에 관해 대답하기 어려운 질문들을 잔뜩 물었다. 그래서 에일린은 존 루이스 백화점에 갔을 때는 마이클이 됭케르크에서 부상당했다고 말했다.

그곳의 비서 역시 서류에서 폴리의 이름을 찾을 수 없었고, 파젯스 백화점에서는 비서가 말했다. "저는 임시로 여기에서 일해요. 평소에는 향수 매장에서 일하지만 그레고리 양의 비서가 죽어서 그 자리를 메꾸고 있는 거예요. 저는 인사 파일이 어디에 있는지 알지 못해요. 게다가 지금 그레고리 양은 여기에 없고요. 당신 이름과 연락처를 남겨주세요. 그러면 그레고리 양이 돌아왔을 때 전화하라고 전해줄게요."

에일린은 자기 이름과 오언스 부인의 전화번호를 알려준 다음 셀프리지스 백화점으로 돌아가 각 매장의 점원들에게 혹시 폴리 세바스찬이라는 사람이 그 층에서 일하는지 물어보았지만, 그 누구도 그 이름을 알지 못했다. "최근에 일을 시작했을 거예요." 에일린은 여성 모자 매장의 점원에게 말했다. "금발에 회색 눈동자고요." 하지만 점원 여자는 고개를 저었다.

"7월 이후로 아무도 고용하지 않았어요." 점원이 말했다. "점원 몇 명이 떠났는데도요. 그리고 아무도 고용하지 않을 거 같아요. 공습 때문에 장사가 잘 안되거든요."

이로써 완전히 새로운 문제가 생겨났다. 만약 폴리가 자신이 말했던 백화점 가운데 어디에서도 일자리를 잡지 못했다면? 아마도 폴리는 다른 가게에서 직장을 구했을 것이다. 하지만 그곳이 어디란 말인가? 옥스퍼드 스트리트에는 백화점과 가게가 수십 개였다. 그곳들을 모두 조사하려면 몇 주가 걸릴 것이다. 폴리는, 폭격받은 기록이 있는 곳에서는 일을 하면 안 된다고 던워디 교수가 지시했다고 말했었다. 하지만 에일린은 폴리에게서 들었던 세 곳 말고 다른 곳 어디가 폭격받지 않았는지 알지 못했다. "파슨스가 아니라 파젯스가 확실한가요?" 점원이 묻고 있었다.

"네." 에일린이 말했다. "편지에 파젯스에서 일하려고 런던으로 온다고 했어요."

"사촌이 언제인지 말했나요? 어쩌면 아직 일을 시작하지 않았을 수도 있어요."

에일린은 그 점 역시 생각하지 못했다. 폴리는 심지어 아직 이곳에 오지 않았을 수도 있었다. 에일린은 대공습이 얼마나 오래 지속되었는지 알지 못했지만, 몇 달 정도일 거라고 생각했고, 폴리는 자기 임무가 몇 주 정도밖에 안 된다고 말했다. 폴리는 다음 주가 되어야 이곳에 올지도 몰랐다. 아니면 다음 달이거나.

"괜찮으세요?" 점원이 묻고 있었다.

'아니요.' 에일린이 생각했다. "네." 에일린이 말하고 도와줘 고맙다고 한 뒤 승강기 쪽으로 향했다.

"친척분을 만날 수 있기를 바라요." 에일린 뒤에서 점원이 소리쳤다.

'저도 폴리를 어서 만나기를 바랍니다.' 에일린이 생각했다. 에일린에게는 이제 2, 3일 정도 지하철을 타고 식사를 할 수 있는 돈밖에 없었다. 그나마 시어도어의 어머니가 에일린을 자기 집에서 계속 머물게 해줄 때의 이야기였다. "원하는 만큼 머무세요." 시어도어의 어머니는 그렇게 말했지만 그건 '당신 친척을 만날 때까지 하루 이틀' 정도라는 뜻이었지 몇 주를 의미한 건 아니었다.

하지만 만약 폴리가 1940년의 여기에 아직 오지 않았다면, 또는 몇십 개나 되는, 백화점보다 작은 상점 가운데 하나에서 일을 하고 있다면, 폴리를 찾기까지는 훨씬 더 오랜 시간이 걸릴 것이다. 에일린은 직장을 구해야만 했다. 하지만 무슨 일을 한단 말인가? 이 시대에서 에일린의 경험이라고는 하인으로 일한 게 전부였지만, 그 일은 직장으로서는 최악이었다. 그쪽 일을 했다가는 기껏해야 반일 정도를 쉴 수 있으며, 맘대로 드나들 자유가 없을 것이다.

'어쩌면 라이언스 코너 하우스에서 직장을 구할 수 있을지도 몰라.' 에일린이 생각했지만, 그곳에 문의하자 오직 저녁 시간에 일할 사람만을 구한다는 답을 들었다. 그건 공습 시간에 일해야 한다는 뜻이었고, 에일린은 라이언스가 폭격당하는지 아닌지 알지 못했다.

에일린은 그날 남은 시간 동안 혹시나 폴리가 말한 곳이 아닐까 하는 마음에 파슨스 백화점에서 폴리를 찾아보았고, 가본 곳들에 표시하기 위해 옥스퍼드 스트리트의 모든 상점과 백화점 목록을 만들었다. 그리고 신문을 한 부 샀고, 스테프니로 돌아오는 지하철에서 옥스퍼드 스트리트 주소로 되어 있는 '직원 구함' 광고들에 모두 동그라미를 쳤다.

직원을 구하는 곳은 네 곳뿐이었고, 셀프리지스, 파젯스, 존 루이스 백화점에서는 직원을 구하지 않았다. 네 곳 가운데 가장 나은 건 '웨이트리스 구함. 위스테리아 티 숍. 532 옥스퍼드 스트리트. 오후 1시~5시 근무'였다. 그곳은 백화점들로부터 여러 블록 떨어져 있었지만, 마블 아치역에서는 건물 몇 개 거리였고, 만약 근무가 끝나기 전에 공습이 시작되면 마블 아치역으로 피신할 수 있었다. 그리고 시간대도 완벽했다. 에일린은 아침 내내 폴리를 찾아다닌 다음 근무를 하고 점원들이 퇴근할 때 직원용 출입구를 지켜보러 갈 수 있었다.

'제일 빠른 버스를 타고 가서 줄 제일 앞에 서야겠어.' 시어도어의 집으로 걸어오며 에일린은 생각했다. 하지만 시어도어가 에일린을 문 앞에서 맞이했다. "어떤 여자분이 누나에게 전화했어요."

'폴리야.' 에일린이 생각했다. '파젯스 백화점에 지원하러 갔고, 그레고리 양이 폴리에게 내가 그곳에 왔다며 내 번호를 준 거야.' "전화한 분 이름이 뭐였어?" 에일린이 물었다.

"몰라요." 시어도어가 말했다. "여자분이었어요."

"주소나 전화번호를 남기던?"

시어도어는 그것도 몰랐다. 에일린은 시어도어를 데리고 이웃인 오언스 부인에게 가며 생각했다. '제발 시어도어 말고 다른 사람과도 통화했기를.' 다행히 전화를 받았던 건 오언스 부인이었다. "아쉽네요. 조금만 일찍 왔으면 받았을 텐데."

"전화 건 사람이 뭐라고 하던가요?" 에일린이 열심히 물었다.

"당신과 통화를 하고 싶다고 했고, 자기에게 이 번호로 전화를 걸어달라고 했어요." 오언스 부인이 전화번호를 에일린에게 주었다.

"제가 전화를 좀 써도 될까요? 공중전화 부스까지 가면 파젯스 백화점이 문을 닫을 거 같아서요."

"당연하죠." 오언스 부인은 에일린을 전화기가 있는 곳으로 데려갔다. "시어도어, 나랑 부엌에 가서 차 마시자."

'잘됐어.' 에일린은 교환수에게 번호를 말하며 생각했다. '둘 다 여기 없으니 나는 폴리에게 강하 지점이 어디인지 물어볼 수 있어.' "여보세요, 저는 에일린 오릴리예요." 에일린이 말했다.

"네, 저는 파젯스 백화점의 그레고리입니다. 이름과 번호를 남기셨더군요."

"네, 맞아요." 폴리는 사무실에서 지금 전화 받은 이와 같이 있는 게 분명했다.

"판매원 자리가 나서 전화 드렸어요." 그레고리 양이 말했다.

"자리가 나요?" 에일린이 멍하니 말했다.

"네, 바로 시작할 수 있는 거로요. 잡화 매장 판매 보조원이에요."

그레고리 양은 에일린에게 직장을 제안하고 있었다. 그레고리 양은 에일린이 놓고 간 연락처를 보고 그게 일자리를 구하기 위해서라고 생각한 게 분명했다. 하지만 에일린은 전화를 건 이가 폴리이기를, 자신이 집으로 돌아가는 길이기를 바랐다. "가능하신가요, 오릴리 양?" 그레고리 양이 묻고 있었다.

'네.' 에일린은 그렇게 생각하면서도 낙담했다. 하지만 에일린은 이 직장을 거절할 수 없었다. 이곳은 폴리가 일하고 있을지도 모르는 백화점 가운데 하나이자 다른 백화점들 근처에 있었고, 설사 폴리가 그곳에서 일하지 않더라도 에일린은 옥스퍼드 스트리트의 심장부에 있을 수 있었다. 점심시간에 옥스퍼드 스트리트의 모든 백화점을 체계적으로 조금씩 살펴볼 수 있을 것이다. "네." 에일린이 말했다. "꼭 그 일을 하고 싶습니다."

"정말 잘됐네요. 내일 아침부터 시작할 수 있나요?" 그레고리 양이 물었고, 에일린이 그렇다고 대답하자, 그레고리 양은 에일린에게 언제 어디로 와야 하는지, 그리고 무엇을 입어야 하는지 알려주었다.

"떠나는 건가요?" 에일린이 전화를 끊자 시어도어가 금방이라도 울음을 터뜨릴 것 같은 목소리로 말했다.

'아직은 아니야.' 에일린이 생각했다. "아니." 에일린이 말하고 시어도어에게 웃어 보였다. "나는 여기 머물면서 파젯스 백화점에서 일할 거야."

43

그 여행이 정말로 필요합니까?

— 교통성 포스터, 1940년

런던, 1940년 9월 26일

폴리의 구조팀은 목요일 저녁까지도 나타나지 않았다. '이렇게 계속 기다릴 수만은 없어. 토요일까지만 기다렸다가 백베리로 갈 거야.' 폴리가 생각했다. 그동안 라버넘 양과 다른 사람들은 무슨 연극을 할지를 두고 계속 토론 중이었다.

놀랍게도, 고드프리 경은 정식으로 공연하자는 생각에 찬성했다. "그런 훌륭한 이유에서라면 기꺼이 돕겠습니다." 그가 말했다. "우리는《십이야》를 할 겁니다. 세바스찬 양이 비올라 역을 맡을 거고요."

"아, 전 배리의 희곡 가운데 하나를 하고 싶었는데요." 라버넘 양이 말했다.

"아마도《피터 팬》을요." 브라이트포드 부인이 제안했다. "그러면 아이들도 나올 수 있잖아요."

"넬슨은 나나 역을 맡을 수 있고요." 심스 씨가 말했다.

고드프리 경은 아연한 표정을 지었다. "《피터 팬》이요?"

"그건 안 돼요." 폴리가 재빨리 말했다. "우리는 나는 걸 연출할 방법이 없어요."

고드프리 경은 고맙다는 눈으로 폴리를 힐끗 보았다. "좋은 지적입니다. 한편《십이야》는…."

"애국심을 고취하는 연극이어야만 해요." 위번 부인이 단호히 말했다.

"《헨리 5세》." 고드프리 경이 말했다.

"안 돼요. 여자들이 충분히 나오지 않아요. 우리는 여자들이 나오는 연극을 해야 해요. 그래야 우리 극단의 모두가 참여할 수 있지요."

"그리고 개도요." 심스 씨가 말했다.

"《십이야》에는 여자들이 많이 나와요." 폴리가 말했다. "비올라, 올리비아 아가씨, 마리아…."

"나는 우리가 시계가 나오는 걸 해야 한다고 생각해요." 트로트가 말했다.

"정말 좋은 생각이야!" 라버넘 양이 외쳤다. "배리의《신데렐라를 위한 키스》를 하면 되겠네요!"

"거기에 개가 나오나요?" 심스 씨가 물었다.

"살인 추리극은 어떨까요?" 주임 사제가 말했다.

"《쥐덫》." 고드프리 경이 무미건조하게 말했다.

'백베리에 가면 메로피에게 고드프리 경이 애거사 크리스티를 좋아한다고 말해줘야겠어.' 폴리가 생각했지만, 이윽고 그녀는 고드프리 경이 말하는 건《햄릿》이라는 걸 깨달았다.[60] 그리고 아마도 고드프리 경은 라버넘 양을 살해할 계획을 짜고 있으리라.

폴리는 사람들이 제안하는 작품들을 듣는 둥 마는 둥 하면서 언제 갈지를 고민했다. 만약 토요일 퇴근 때까지 기다린다면 스넬그로브 양에게 휴가를 신청할 필요가 없고, 또한 백베리에 간 사이 구조팀을 놓칠 염려도 없었다. 하지만 메로피가 자기의 반일 휴일은 월요일이라고 얘기를 했던 기억이 나는 듯했다. 아마도 메로피가 정착 확인 보고를 하러 옥스퍼드에 들렀을 때 들은 듯했다. 만약 백베리까지 가는 데 예상보다 오래 걸리면, 막상 그곳

60 《쥐덫》은 애거사 크리스티의 작품 제목이자,《햄릿》에 나오는 연극 제목이기도 하다.

에 도착했을 때 메로피가 없을 가능성이 있었다.

또는 아예 거기 없거나. 메로피의 임무는 거의 끝났을 것이다. 만약 이번 월요일에 메로피가 아예 돌아간다면? '토요일 밤까지 기다리지 않는 게 좋겠어.' 폴리가 생각했다.

"지난주에 중고 서점에서 《메리 로즈》 세 권이 있는 걸 봤어요." 라버넘 양이 말했다. "정말 감동적인 희곡이에요. 그 오랜 시간 동안 잃어버린 사랑을 찾아 헤맨 그 불쌍한 소년은…." 그녀는 가슴에 손을 올렸다. "토요일에 채링크로스로 가봐야겠어요."

'그리고 나는 백베리로 가야 하고.' 폴리가 생각했다. '토요일에 갔다가 일요일에 돌아와야겠어.'

폴리는 기차 시간을 알아내야 했다. 유스턴역에 가서 시간표를 보기에는 너무 늦은 시간이었다. 밤이 늦어 지하철은 이미 운행을 멈춘 뒤였다. 내일 아침에 해야 했다.

하지만 아침 6시 30분이 되어 지하철이 운행을 시작했을 때, 센트럴 선은 '철로 손상으로 인해 운행하지 않는다'는 공지가 붙었다. 폴리는 마저리에게 판매대를 잠깐 맡아달라고 부탁한 뒤, 서점으로 가서 《ABC 철도 가이드》를 살펴봤다.

토요일 가장 이른 기차는 10시 2분이었고, 레딩과 레밍턴에서 연결편이 있었다. 그리고 백베리에는… 아, 안 돼. 밤 10시가 지나서 도착했다. 그건 일요일 아침에나 장원에 갈 수 있다는 뜻이었다. 그리고 백베리에서 그 장원이 얼마나 먼가에 따라, 거기까지 걸어갔다가 돌아오는 데 오랜 시간이 소요될 수도 있었다.

그리고 만약 메로피가 이미 옥스퍼드로 돌아간 경우, 폴리는 돌아오는 기차 편을 놓쳐선 안 됐다. 그리고 철도 가이드에 따르면, 일요일에 백베리에서 돌아오는 기차는 오전 11시 19분 편이 유일했다.

'오늘 밤에 가야 해.' 폴리가 생각했다. '기차가 있다면 말이야.'

세 편이 있었다. 처음 것은 6시 48분이었다. '만약 일이 끝나고 곧장 유스턴역으로 가면 6시 48분 것을 탈 수 있어.' 폴리는 생각하며 마저리에게 맡겼던 판매대로 돌아가기 시작했다.

마저리. 만약 메로피가 백베리에 있어서 폴리가 다시 이곳으로 돌아오지 않을 거면, 그건 폴리가 백베리로 떠나기 전에 마저리에게 빌렸던 스타킹 대신 다른 스타킹을 사줘야 한다는 뜻이었다. 하지만 폴리는 스타킹과 기차표를 살 만한 돈을 지금 당장은 가지고 있지 않았다. 그녀는 던워디 교수가 준 비상금을 가지러 리케트 부인의 집으로 가야 했고, 그러면 7시 55분 기차를 타야 하겠지만 그건 나름대로 장점이 있었다. 폴리는 리케트 부인에게 자신이 어디로 가는지 알려줄 수 있었다. 그리고 어떤 이유로든 만약 지연된다면 9시 3분 기차를 타면 될 것이다.

폴리는 서둘러 자기 판매대로 갔다. 마저리는 손님 한 명을 상대하느라 바빴다. 폴리는 입금 전표를 쓰기 위해 도린을 데려왔고, 마저리의 손님 시중이 끝나자 스타킹을 들고 마저리에게 갔다. "스타킹 정말 예쁘다." 마저리가 말했다. "하지만 이럴 필요 없는데."

'아니, 이래야 해.' 폴리가 생각했다. '넌 앞으로 스타킹 구하는 게 얼마나 어려워질지 몰라. 아마 이걸로 전쟁이 끝날 때까지 써야 할 거야.'

"고마워." 마저리가 말했다. 그녀는 판매대 너머 폴리 쪽으로 몸을 기울였다. "네가 없는 동안 누가 왔었는지 상상도 못 할걸." 그녀가 속삭였고, 놀란 폴리가 뭐라 말하기도 전에 계속 말했다. "전에 말했던, 자기랑 데이트하자고 늘 졸라대던 그 공군 조종사, 톰 말이야. 나보고 무도회에 가재."

"갈 거야?" 폴리가 물었다.

"아니. 말했잖아. 그 남자는 너무 방탕하다니까." 마저리가 얼굴을 찡그렸다. "하지만 가야 할지도 모르겠어. 그 남자가 말했듯이, 이런 시기에는 행복을 잡을 수 있을 때 잡아야 하잖아."

그 말 역시 아주 오래된 작업 멘트였다. "물어볼 게 있어." 폴리가 말했다. "내일 하루 쉬어야 하는데, 스넬그로브 양에게 말해야 해, 아니면 위더릴 씨에게 말해야 해?"

"하루 쉰다고?" 마저리가 따라 말했다. 그 목소리는 공포에 질린 것처럼 들렸다.

"응. 언니에게서 편지가 왔는데, 어머니가 아프시대. 집에 가봐야 해."

"하지만 내일은 못 가. 토요일은 타운센드 브라더스 백화점이 일주일 중 가장 바쁜 날이거든. 절대 허락 안 해줄 거야."

폴리는 하루 휴가를 낼 수 없으리라는, 특히나 어머니가 아프다는 이유를 대고도 그러리라는 생각은 해보지 못했다. 물론 그냥 떠날 수도 있겠지만, 만약 메로피가 백베리에 없을 경우 이곳에서 일하는 것이 구조팀을 만날 확률이 가장 높았다.

"스넬그로브 양의 이번 주 치 친절함은 이미 다 소진됐어." 마저리가 말하고 있었다. "그리고 위더릴 씨는 네가 도망치는 거라고 생각할 거야." 마저리는 폴리를 자세히 살폈다. "설마 그런 건 아니지? 비난하는 건 아니야. 지난밤 그 끔찍한 지하실에 앉아서 폭탄 소리를 들으며 생각했어. '공습경보가 해제되면 곧장 워털루역으로 가서 바스로 가는 기차를 타야지. 그리고 브렌다랑 같이 살 거야.'라고."

"나는 도망치는 게 아니야." 폴리는 도구실이 마련해준 편지를 꺼내 봉투에 찍힌 노섬벌랜드 우체국 직인이 제대로 보이게 해서 마저리에게 건넸다. "어머니 심장에 문제가 있대. 스넬그로브 양에게 말하면 분명히…."

하지만 마저리는 고개를 흔들고 있었다. "스넬그로브 양이나 위더릴 씨에게는 아무 말도 하지 마." 편지를 돌려주며 마저리가 단호히 말했다. "내일 아침, 네가 아파서 못 나오겠다고 전화했다고 말할게. 월요일에는 돌아올 거지?"

"응, 어머니만 괜찮…." 폴리가 말하다 머뭇거렸다. 폴리는 만약 자신이 돌아오지 않을 경우 마저리가 곤란에 빠지는 걸 원하지 않았다.

"월요일에도 대신 근무해줄게. 만약 더 오래 머물러야 하면, 집에서 편지를 보내 알리면 돼."

"하지만 내일은 어쩌고? 너 혼자서는 너무 바쁠 거야."

"해낼 수 있어. 요즘은 거들을 사는 사람이 없거든. 공습 때 입으려면 너무 오래 걸리니까. 오늘 밤에 떠나?"

폴리가 고개를 끄덕였다. "내 일을 맡아줘서 정말 고마워. 만약 나를 찾는 사람이 오면 월요일, 늦어도 화요일까지는 돌아온다고 전해줘."

마저리는 비밀을 공유하자는 듯이 판매대 위로 몸을 기울였다. "네가 그렇게 목 뽑아 기다리는 그 신비의 인물은 대체 누구야? 남자?"

'나도 몰라.' 폴리가 생각했다. 구조팀은 여자일 가능성이 컸지만, 확실하지는 않았다.

"그 남자, 조종사야?"

"아니. 내 사촌이 런던으로 오는데, 나를 찾아올 수도 있거든." 폴리가 말하고 마저리가 더 질문하기 전에 재빨리 자기 판매대로 돌아갔다.

5시 15분이 되자 폴리는 일찍 퇴근할 수 있기를 바라며 매장을 정리하기 시작했지만, 폐장 종이 울리기 직전에 스넬그로브 양이 판매 장부를 보여달라고 했다.

이미 모자를 쓰고 코트를 입은 마저리가 다가와 말했다. "저는 이제 퇴근해요, 매니저님." 그녀는 말하더니 폴리 쪽을 돌아보았다. "괜찮아? 좀 창백해 보인다."

"괜찮아." 폴리가 말했고, 다음 순간 그녀는 마저리가 자기를 위해 내일을 위한 알리바이를 마련해주는 중이라는 사실을 깨달았다. "그냥 두통일 뿐이야. 그리고 오후부터 목이 좀 아파." 폴리는 목에 손을 댔지만, 스넬그로브 양은 아무 느낌도 없는 듯해 보였다. 마저리 생각이 맞았다. 스넬그로브 양은 이미 이번 주 치 친절함을 다 쓴 것이다.

"스코트 부인의 입금 전표는 어디에 있지요?" 스넬그로브 양이 캐물었다.

폴리는 마저리에게 작별 인사를 하고 싶었다. 다시는 볼 수 없을 가능성이 컸기 때문이다. 하지만 스넬그로브 양이 폴리에게 먹지 얼룩에 관한 질책을 마쳤을 때 마저리는 이미 가고 없었으며, 차라리 잘됐다 싶었다. 마저리가 폴리의 사촌 이름이 뭔지, 또는 남자인지 여자인지 물으면 대답하기 난감했기 때문이다. 어쨌든, 작별 인사를 할 시간도 없었다. 이미 6시 15분이었다.

폴리는 떠나야 했다. 그리고 6시 48분 기차를 타려면 리케트 부인 집까지 택시를 타고 가야 했다. 만약 택시를 잡을 수 있다면 말이다. 타운센드 브라더스 백화점 앞이나 거리에는 기다리고 있는 택시가 없었다. 결국 폴리는 파젯스 백화점까지 네 블록을 달려가 그곳 도어맨에게 택시를 잡아달라고 부탁했지만, 그러는 사이 몇 분이 흘렀고, 폴리가 리케트 부인 집에 도착했을 때는 20분이 지난 뒤였다. 폴리는 운전사에게 기다려달라고 말한 뒤 안으로 달려들어 갔다. 폴리는 응접실에 히바드 양이 있어 자신이 리케트 부인이나 수다스러운 라버넘 양을 상대하지 않아도 되길 바랐지만 응접실에는 아무도 없었고, 식탁에 저녁 식사가 여전히 있었음에도 식당 역시 아무도 없었다. 오늘도 사이렌이 일찍 울린 모양이었다. 오늘 밤 공습은 9시에 시작되었다.

폴리는 계단을 뛰어 올라가 방으로 들어가 돈을 챙긴 뒤 다시 계단을 뛰어 내려와 택시를 잡아타고 말했다. “유스턴역이요. 서둘러주세요. 기차를 타야 해요.”

“늦지 않게 모시지요.” 운전사가 말하고는 무시무시한 속도로 카들 스트리트를 달려 노팅힐게이트와 그곳 지하철역을 지났다.

‘아, 이런.’ 폴리가 생각했다. ‘내가 떠난다는 말을 그 사람들에게 안 했네.’ 하지만 아침에 공습경보해제 사이렌이 울렸을 때 폴리는 그 생각을 미처 하지 못했다. ‘쪽지를 남겼어야 하는데.’

이제는 너무 늦었다. 이미 40분이 다 되었다. 기차를 탈 수 있다면 다행일 정도였다. 하지만 폴리는 눈물을 흘리던 히바드 양의 얼굴 하며 자신을 보기 전 잿빛이던 고드프리 경의 표정이 눈에 선했다. 그녀는 무너진 교회를 보았을 때 자신도 무릎이 절로 꺾였던 일을 떠올렸다.

‘그 사람들에게 또 그런 짓을 할 수는 없어.’ 폴리가 생각했다. ‘앞으로 4년 반 동안 진짜 죽음을 엄청나게 목격할 사람들에게 그럴 수는 없어.’ 폴리는 몸을 앞으로 숙여 택시 운전사의 어깨를 가볍게 두드렸다. “마음을 바꿨어요.” 폴리가 말했다. “노팅힐게이트 지하철역으로 데려가주세요.”

“하지만 기차는 어쩌고요, 아가씨?”

“다음 걸 탈게요.” 폴리가 말했다.

운전사는 U턴을 해 온 길을 돌아갔다. “다시 기다릴까요?” 그가 역 앞에서 차를 세우며 물었다.

이미 사이렌이 울렸기에 역무원은 폴리를 역 밖으로 나가지 못하게 할 것이다. “아니요. 여기서부터는 지하철을 타고 갈게요.” 폴리가 말하고 택시비를 치른 뒤 안으로 뛰어 들어가 플랫폼으로 내려갔다.

“아, 잘됐네요. 공습 대비대 사람이 당신에게 말했군요.” 라버넘 양은 폴리를 보자마자 말했다.

“무슨 말을요?”

“가스 누출에 관해서요.”

“거리 두 개 건너에서 시한폭탄이 터져서 가스관이 파열됐어요.” 히바드 양이 뜨개질감을 가지고 다가오며 말했다. “저녁 식사 중에요.”

‘가스 누출! 택시의 발화 스파크 때문에 우리는 완전히 산산조각이 날 수도 있었어.’

주임 사제와 리케트 부인이 그곳에 있었고, 브라이트포드 부인과 아이들은 담요를 펼치고 있었다. “당신이 이곳에 와서 다행이에요.” 라버넘 양이 말했다. “우리는 연극에 관해 이야기 중이었어요.”

“저는 여기 있을 수 없어요.” 폴리가 말했다. “오늘 밤 이곳에 있을 수 없다고 말하러 온 거예요.”

“오, 하지만 여기 있어야만 해요.” 라버넘 양이 말했다.

“공평하기 위해서는 투표가 제일 좋다고 결론을 내렸거든요.” 위번 부인이 말했다.

아, 이런. 그건 배리를 의미했다. 불쌍한 고드프리 경.

“하지만 고드프리 경은 우리가 일요일까지 기다리기를 원해요. 우선 《십이야》의 한 장면을 보고 결정하라네요. 비올라가 오시노를 사랑하는 마음을 말하고 싶어 하지만 자신의 정체를 밝힐 수 없기에 그 마음을 알릴 수 없어 하는 장면이지요. 그리고 고드프리 경은 당신이 비올라 역을 하길 원해요.”

고드프리 경은 배리의 연극을 배제하기 위해 폴리의 도움을 원하는 게 분명했다. 하지만 폴리는 7시 55분 기차를 타야만 했다. “안타깝지만 다른 사람이 비올라 역을 맡아야 해요. 저는….”

“오, 하지만 고드프리 경은 당신이 그 역을 맡아야 한다고 강력히 주장해요. 당신이 그 역에 딱 맞는대요.”

“안 돼요. 언니에게서 편지를 받았어요. 어머니가 아프시고, 저는 집에 가야만 해요. 여기 온 건 혹시라도 제가 안 보이면 또 제가….”

“죽었을까 생각할까 봐 그러는 거죠.” 트로트가 재빨리 말했고, 폴리는 비록 6시 48분 기차를 놓치기는 했지만 여기 들르길 잘했다고 생각했다.

“맞아.” 폴리가 말했다. “그리고 여러분에게 아무리 일러도 일요일 밤까지는 돌아오지 못할 거라는 걸 알리려고요. 언제 돌아올지는 어머니 상태에 달려 있어요. 제가 있지 못해 미안하다고 고드프리 경에게 전해주세요. 저는 기차를….”

“물론이지요. 어서 가세요. 다 이해합니다.” 주임 사제가 말했고, 리케트 부인만 빼고 모두가 공감하며 고개를 끄덕였다.

“고맙습니다. 전부 다요. 그럼 안녕히 계세요.” 폴리가 말하고 서둘러 플랫폼을 걸어 터널을 따라갔다. 고드프리 경에게 작별 인사를 하지 못해 아쉬웠지만, 아마도 그게 최선일 것이다. 라버넘 양과 주임 사제에게 거짓말을 하는 것도 큰일이었지만, 고드프리 경은 그렇게 쉽사리 속지 않을 것이다. 그리고 폴리는 만약 고드프리 경이 이곳에 있으면서 자신이 맡은 오시노의 상대로 비올라 역을 맡아달라고 부탁하면 그걸 거절할 자신이 없었다.

‘그리고 나는 7시 55분 기차를 타야 해.’ 폴리는 서둘러 에스컬레이터로 가며 생각했다. 그녀는 인파를 헤치고 가며 손목시계를 힐끗 보았다. 7시 15분이었다. 만약 지하철 배차 간격이 너무 길지만 않다면 폴리는 7시 55분 기차를….

“세바스찬 양, 기다려요.” 고드프리 경이 외쳤다. 그는 폴리를 따라잡았다. “당신이 우리를 떠난다는 말을 조금 전에 들었습니다.”

“네. 어머니가 아프시다는 편지를 받았어요.”

“그래서 노섬벌랜드로 가야만 하는 거고요?”

“네.”

"영원히요?"

'날 부르는 소리를 못 들은 척했어야 했는데.' 폴리가 생각했다. 그리고 폴리가 무슨 말을 하든, 고드프리 경은 진실을 꿰뚫어 볼 것이다. "모르겠어요."

고통스러운 표정이 그의 얼굴을 가로질러 갔고, 그는 연극적인 언어를 포기하고 조용히 말했다. "문제가 있는 겁니까, 비올라?"

'네.' 폴리가 생각했다. '그리고 경의 말이 옳았어요. 비올라는 제게 딱 맞는 역이에요. 저는 변장을 했거든요. 저는 경에게 진실을 말할 수 없어요.'

"아니요." 폴리는 대답하면서, 자신이 고드프리 경의 말처럼 진짜로 배우이길 바랐다. "그냥 어머니가 너무 걱정되어서 그래요. 언니 말로는 위험하지는 않다지만, 그래도 걱정이…."

"어머니가 당신에게 진실을 말하지 않았을까 싶어서요?"

"네." 폴리가 차분히 고드프리 경과 시선을 마주하며 말했다. "어머니는 제가 휴가를 내는 게 얼마나 어려운지 잘 알거든요. 그래서 가야 하는 거예요. 어머니가 괜찮으신지 직접 보려고요. 만약 심각한 상태가 아니면 일요일에 돌아오겠지만, 만약 정말로 아프신 거면, 몇 주 또는 몇 달을 그곳에 있어야 해요."

'그리고 경은 제가 하는 말을 단 한 마디도 믿지 않고요.' 폴리가 생각했다.

하지만 고드프리 경은 단지 이렇게 말했다. "당신 어머니가 빠르게 회복하시기를, 그리고 당신이 빨리 돌아오기를 바랍니다. 만약 일요일 저녁에 투표할 때 당신이 이곳에 없으면, 저는《피터 팬》을 공연해야 할 운명에 처하게 됩니다. 설마 제가 그런 비참한 상황에 처하길 바라지는 않으시겠죠."

폴리가 소리 내 웃었다. "맞아요. 안녕히 계세요, 고드프리 경."

"안녕, 아름다운 비올라. 당신과《십이야》공연을 하지 못하다니 정말 아쉽군요. 하지만 어쩌면 그게 나을지도 모르지요. 무릎에 십자 대님을 매고 싱글거리는 말볼리오 역을 하는 저 자신이 싫을 테니까요. 그리고 그 고결한 여인이 자신을 아낀다는 슬픈 오해도 할 일이 없을 테지요."

"절대 그러지 마세요." 폴리가 말했다. "오시노 공작 말고 다른 배역은 절대로 맡지 마세요."

고드프리 경은 극적으로 자기 가슴을 움켜쥐었다. "오, 다시 스물다섯이 될 수만 있다면!" 그는 폴리를 에스컬레이터로 밀었다. "자, 가십시오. 빨리. 그래야 우리가 다시 만날 수 있지요. 독일 공군기들이 으르렁거리는 노팅힐게이트역에서 일요일 저녁에. 절 실망시키지 마십시오, 아름다운 여인이여! 제 삶과 당신의 평판이 거기에 달려 있습니다!" 그는 말하더니 폴리가 대답하기도 전에 인파 속으로 사라졌다.

폴리는 서둘러 센트럴 선 플랫폼을 향했다. 이미 20분이 다 되어갔다. '유스턴역까지 절대로 시간 안에 도착하지 못할 거야.' 폴리가 생각했다. '무슨 기적이 일어나서 기차가 늦지 않는 한 말이야.'

기차는 늦었다. 다행이었다. 7시 55분 기차가 역을 떠날 때 사이렌이 울리기 시작했기 때문이다. 하지만 이미 역을 떠나긴 했어도 공습 때문에 기차는 밤에 거의 대부분 정지해 있었고, 토요일에는 병영 열차 때문에 옆으로 비켜 있어야 할 때가 많았다. 그래서 폴리는 레밍턴에서 갈아타야 할 기차를 놓쳤다. 다음 기차는 아침에 있었다. "오늘 밤에는 아무 기차도 없나요?"

표 판매원이 고개를 저었다. "알다시피, 전쟁 때문에요."

그리고 만약 아침 기차가 방금 자신이 탔던 기차처럼 연착한다면, 폴리는 월요일 오후나 되어서야 백베리에 도착할 수 있을 테고, 그 시간이면 메로피는 보고하기 위해 옥스퍼드로 떠난 뒤일 것이다. 아니면 완전히 돌아갔거나. "백베리로 가는 버스가 있나요?"

표 판매원은 다른 시간표를 살폈다. "헤리퍼드로 가는 버스가 있고, 거기에서 내일 아침 7시에 백베리로 떠나는 버스가 있어요."

그건 헤리퍼드 역에서 밤을 보내야 한다는 뜻이었지만, 적어도 월요일이 아니라 일요일에는 백베리에 도착할 수 있을 것이고, 기차와 달리 버스는 병영 열차들에 길을 양보한 채 몇 시간이고 기다릴 필요가 없었다.

하지만 버스 역시 병영 열차가 느릿느릿 지나는 동안 철도 건널목에서 기다려야 할지 몰랐다. 그리고 검문소에서는 과하게 열심인 민방위대 장교가 모두의 신분 서류를 검사하자고 고집을 부릴 수도 있었다. 그래도 역에서 밤을 보낼까 봐 걱정했던 부분은 괜한 것으로 드러났다. 헤리퍼드에 도착했을 때는 아침 7시가 되기 조금 전이었다.

백베리로 가는 버스는 군인을 태운 기차가 지나갈 수 있도록 단 한 번, 30분간만 섰다. 운전사가 "백베리입니다."라고 외쳤을 때는 8시가 약간 지나서였다. "헤리퍼드로 돌아오는 버스는 언제 있나요?" 폴리가 내리며 물었다.

"5시 20분이요."

"오후요?"

"일요일에는 하루에 두 번만 버스가 있어요. 알다시피, 전쟁 중이잖아요."

'네, 저도 알아요.' 하지만 백베리에서는 적어도 기차가 있었다. 폴리는 기차가 언제 있는지 철도 가이드로 확인해 다행이라고 생각했다. 11시 19분 기차를 타면 버스보다 훨씬 더 일찍 런던으로 돌아올 수 있겠지. 만약 3시간 안에 장원까지 갔다가 돌아올 수 있다면.

만약 장원을 발견할 수 있다면 말이다. 운전사는 가게와 오두막들이 뒤죽박죽으로 모인 작은 지역에 정차했다. 장원은 보이지 않았다. 기차역도 보이지 않았다. 폴리는 몸을 돌려 버스 운전사에게 물었다. "장원까지 가는 길을 알려주시겠어요?" 하지만 운전사는 이미 문을 닫았고, 버스는 떠나는 중이었다.

'마을 사람에게 물어봐야겠어.' 폴리가 생각했지만, 아무도 보이지 않았다. 사람들은 아마도 교회에 있는 모양이었다. 일요일이었고, 만약 백베리에서 이른 미사를 하지 않는다면, 이 지역에서 위번 부인 역을 맡은 사람이 제단에 꽃꽂이하기 위해 교회에 있을 것이다. 하지만 폴리가 교회 문을 열고 성소를 들여다보았을 때 안에는 아무도 없었다. "계세요?" 폴리가 말했다. "아무도 안 계세요?"

유일한 반응은 멀리서 들리는 기적 소리였다. '이제 기차역이 어느 방향인지 알겠네.' 폴리는 생각하며 밖으로 나와 소리와 연기 기둥을 따라갔다. 그녀가 기차역 플랫폼에 도착해보니 병영 열차가 엄청난 속도로 지나가고 있었다.

'왜 어젯밤에는 이렇게 빨리 가지 않았던 거야?' 폴리가 역으로 걸어가며 생각했다. 하지만 역이라는 이름이 부끄러울 지경이었다. 그곳은 정원용 도구 보관 창고 정도 크기밖에 안 되었다. 노크할 필요도 없어 보였지만, 폴리가 노크하자 안에서 기침 소리와 부스럭거리는 소리가 들리더니 면도를 하지 않은, 그리고 숙취에 시달리는 게 분명한(또는 아직도 술에 취한 게 분명한) 남자가 문을 열었다.

"실례합니다." 폴리는 그가 자신에게 쓰러지지 않도록 한 계단 다시 내려가며 물었다. "장원까지 가는 길을 알려주시겠어요?"

"장원?" 남자가 비틀거리며 눈을 가늘게 뜨고 폴리를 게슴츠레 보며 말했다. 취한 게 분명했다.

"네, 그곳까지 어떻게 가는지 알려주시겠어요?"

그가 애매하게 손짓했다. "교회 바로 뒤쪽 길을 따라가슈."

"어느 쪽으로요?"

"일방통행이요." 남자가 말했고, 만약 폴리가 계속 문을 잡고 있지 않았다면 분명 그는 문을 닫았을 것이다.

"장원에서 일하는 사람을 찾는데요. 에일린이라는 이름의 하녀예요. 거기로 피난 온 아이들을 돌봐요. 붉은 머리이고…."

"피난 온 아이들?" 그가 눈을 가늘게 뜨고 말했다. "그 호드빈 새끼들 때문에 온 건 아니지?"

호드빈? 메로피의 골치를 썩였던 그 아이들 이름이었다.

"그 아이들을 다시 데려오지 않는 게 좋을 거요."

"아이들을 데리고 온 게 아니에요. 에일린은 여전히 장원에서 일하고 있나요?" 폴리가 물었지만 그는 이미 문을 거세게 닫은 뒤였고, 마지막 순간에 손을 빼내지 않았다면 폴리는 문에 손을 심하게 다칠 뻔했다. "장원까지 얼마나 먼지 알려주시겠어요?" 문밖에서 폴리가 외쳤지만 아무 대답도 없었다.

'그렇게 멀지는 않을 거야. 메로피는 거기까지 걸어갔어.' 폴리는 생각하며 교회로 돌아가 그 너머 길을 따라갔다. 그곳은 도로라기보다는 좁은 길에 가까웠다. 그리고 가다가 점점 좁아져 들 한복판에서 사라질 것 같은 그런 길이었다. 하지만 다른 도로나 길은 보이지 않았고, 그 길은 남쪽으로만 뻗어 있었다. 또한 타이어 자국이 가득했다. 메로피는 예정대로 운전 강습을 받은 모양이었다.

그런데 역에서 본 그 남자 말에 따르면 호드빈 남매는 이제 이곳에 있지 않았고, 만약 피난 온 아이들이 집에 돌아갔다면, 메로피 역시 그랬을 것이다. 하지만 메로피가 한 말로 미루어볼 때, 호드빈 남매는 쫓겨났을 수도 있었다. 아니면 소년원에 보내졌거나.

길은 건초 밭을 지나 숲으로 이어졌다. 공기에서 비 냄새가 났다. '비.' 폴리가 생각했다. '지금 상황에서는 오면 안 되는데. 이런 고생을 했는데, 메로피가 꼭 여기에 있으면 좋겠어.'

장원은 어디지? 폴리는 이미 2킬로미터 가까이 걸었지만, 여전히 입구는 보이지 않았고, 타이어 자국들이 잔뜩 있음에도 얻어탈 수 있는 차 한 대 지나지 않았다. 보이는 건 숲, 그리고 또 숲뿐이었다.

'메로피…, 아니 에일린이지.' 폴리는 메로피가 아니라 에일린이라 부르는 걸 기억해야 했다. '에일린'은 자기 강하 지점이 장원의 저택 근처 숲속에 있다고 했다. 만약 에일린이 그곳에 없다고 해도, 어쩌면 폴리가 그곳을 찾아낼 수 있을지도 몰랐다. 비록 에일린이 돌아갔다면 그곳은 더는 작동하지 않겠지만 말이다.

길은 왼쪽으로 굽어졌다. '아주 멀지는 않을 거야.' 폴리가 바퀴 자국을 따라 터벅터벅 걸었지만, 숲 사이로 장원의 저택은 물론 그 어떤 집도 보이지 않았고, 길은 점점 좁아지는 듯했다. 그리고 숲 저 앞쪽으로는 철조망이 쳐져 있었다.

'길은 들판 한가운데에서 사라질 거야.' 폴리가 생각했다. '길을 잘못 든 게 분명해.'

아니, 잠깐. 저 앞에 돌 기둥들과 주철 문으로 된 장원의 입구가 보였다. 그리고 자동차가 오가는 걸 막기 위해 차단봉이 설치된 초소가 있었다. 그리고 군복을 입은 보초병도.

"성명과 용무를 말씀하십시오." 보초병이 말했다.

"저는 폴리 세바스찬이라고 합니다. 사람을 찾고 있는데, 길을 잘못 든 모양이에요. 저는 장원을 찾고 있었거든요."

"여기입니다. 아니, 여기였습니다. 이제 이곳은 왕립 소총 사격 훈련소입니다."

그 말을 들으니 폴리 혼자서 강하 지점을 찾으려 하지 않길 잘했다는 생각이 들었다. 그랬다가는 총에 맞을 수도 있었다. "언제… 여기에 훈련소가 들어선 지 얼마나 되었나요?"

"그건 헤퍼넌 중위님께 물어보셔야 합니다. 저는 이곳에 온 지 2주밖에 되지 않았습니다."

"장원이 군에 접수된 뒤로 남아 있는 직원을 혹시 아시나요?"

"헤퍼넌 중위님께 물어보셔야 합니다." 보초병은 초소로 들어가 전화기를 들었다. "세바스찬 양이라는 분이 헤퍼넌 중위님을 만나고 싶어 합니다. 네." 그가 말했다. 그는 전화를 끊더니 다시 나왔다. "들어가십시오." 보초병은 폴리가 들어갈 수 있도록 차단봉을 들어 올렸다. "길을 따라 집까지 간 뒤 그곳에서 본부를 찾으십시오." 보초병은 판지로 만든 방문객 출입증을 주었다. "저기 사이로 가시면 됩니다." 그는 새로 세운 것으로 보이는 막사 두 개 사이를 가리키며 말했다.

"고맙습니다." 폴리가 말하고 자갈길을 걸어가기 시작했다. 하지만 속으로는 소용없으리라는 사실을 알았다. 메로피의 임무는 장원이 군에 접수되며 끝난 게 분명했다. 남은 아이들이 다른 마을로 이송되고 메로피 역시 그곳으로 같이 가지 않았다면 말이다. 하지만 헤퍼넌 중위는 피난 온 아이들에 관해 아무것도 알지 못했다.

"저는 이곳이 훈련소로 바뀐 이후에 왔습니다." 중위가 말했다.

"군이 장원을 언제 접수했나요?"

"제가 알기로는 8월입니다."

8월. "장원 직원 중 아직도 이곳에 있는 이가 있나요?"

"없습니다. 일부는 장원의 여주인과 함께 갔을 겁니다. 제가 알기로, 그분은 친구분 댁에 머물러 갔습니다."

그런 경우라면, 그 여자는 자신의 시중 하녀와 운전사만을 데려갔을 것이다.

"그 여사님의 주소를 알려드릴 수 있습니다." 중위가 서류 뭉치를 살피며 말했다. "여기 어딘가에…."

"아니요, 괜찮아요. 이곳에 있던 아이들이 집으로 돌아갔는지 아니면 근처 다른 곳으로 배정되었는지 혹시 아세요?"

"모르겠습니다. 그 당시에 틸슨 중사가 이곳에 있었을 겁니다. 틸슨 중사가 도움이 될 겁니다."

하지만 틸슨 중사 역시 당시에 이곳에 있지 않았다. "저는 9월 15일에 왔고, 그때는 피난 온 아이들은 이미 자기 부모들에게 돌아가고 난 뒤였습니다."

"자기 부모들요? 런던으로요?"

중사가 고개를 끄덕였다.

그렇다면 메로피는 그 아이들과 있지 않을 게 분명했다. "직원들은요?"

"체이스 대위님 말에 따르면, 직원들은 자기 가족에게 돌아갔습니다."

"체이스 대위님요?"

"네. 체이스 대위님이 훈련소 설립을 지휘하셨습니다. 아마 대위님이 알려주실 수 있을 겁니다. 직원들이 모두 떠났을 때 이곳에 계셨거든요. 하지만 안타깝게도 아슬아슬하게 대위님을 놓치셨습니다. 대위님은 오늘 아침 일찍 런던으로 떠났고, 화요일이 되어야 돌아오실 겁니다." 중사가 얼굴을 찡그렸다. "어쩌면 마을의 주임 사제님이 직원들의 행방을 알지도 모르겠네요."

'내가 그 주임 사제를 만날 수 있다면 말이지.' 폴리가 생각했다. 하지만 백베리에 11시 이전에 돌아갈 수만 있다면, 주임 사제는 예배 준비를 위해 교회에 있을 것이다. 폴리는 재빨리 중사를 떠나 초소를 통과했고(보초병은 엄숙한 태도로 차단봉을 올려줬다), 서둘러 길을 되짚어 백베리로 돌아갔다.

이미 10시가 지나 있었다. '걸어서는 절대로 제시간에 도착하지 못할 거야.' 폴리가 생각했지만, 뛰어가기엔 거리가 너무 멀었다. 그리고 게이트 바로 밖에 도착하자 비가 내리기 시작하며 길은 진흙탕이 되었다. 폴리는 두 번이나 멈춰서 나뭇가지로 신발 바닥의 진흙을 긁어내야 했다.

'사람들은 이미 교회에 있을 거야.' 절벅이며 마침내 마을로 들어온 폴리가 생각했다. 폴리는 주임 사제를 발견했다. 그는 교회 옆면을 따라 반은 뛰고 반은 걷다시피 하며 예배실 문으로 가고 있었다. 그는 종이 한 다발을 쥐고 있었고, 사제복이 뒤로 휘날렸다.

"주임 사제님!" 폴리가 그의 뒤를 따라 달려가며 외쳤다. "주임 사제님!" 아니, 주임 사제가 맞을까? 이제 점점 가까이 다가가니 그 남자는 아주 젊어 보였다. 어쩌면 그는 성가대 지휘자이고, 저 종이들은 아침 찬송일 수도 있었다. "선생님! 기다리세요!"

폴리는 막 문으로 들어가는 남자를 간신히 따라잡았다. "무슨 일입니까, 아가씨?" 반쯤 연 예배실 문을 잡고 그가 말했다. 그의 시선이 땀에 젖은 폴리의 머리와 진흙 묻은 신발에 와 닿았다. "무슨 일이십니까? 사고가 난 겁니까?"

"아니요." 달려온 탓에 숨을 헐떡이며 폴리가 말했다. "방금 장원에서 나왔어요. 오늘 아침에 버스를 타고 왔…."

"주임 사제님!" 작은 소년이 반쯤 열린 문밖으로 고개를 내밀었다. "풀러 교장 선생님께서 서곡이 끝났다고 전해달래요." 소년은 주임 사제의 소매를 잡아당겼다.

"곧 갈게, 피터." 주임 사제가 말하더니 다시 폴리에게 말했다. "소총 훈련소에서 무슨 일이 일어났습니까?"

"아니요. 저는 그냥 묻고 싶은 게 있어서요. 저는…."

"이제 기도 순서예요." 피터가 비난하듯 졸라댔다.

"저는 들어가봐야만 합니다." 주임 사제가 미안하다는 듯이 말했다. "하지만 예배가 끝나는 대로 이야기를 할 수 있습니다. 함께 예배를 보시겠습니까?"

"주임 사제님, 시간이 없어요!" 피터가 말하며 그를 교회 안으로 끌어당겼다.

'이제 이것으로 됐어.' 폴리가 생각하며 기차를 기다리기 위해 역으로 걸어갔다. '아이들이 어디로 갔는지 역장이 아는 게 아니라면 말이야.'

하지만 역장은 지난 3시간 동안 술을 마시며 보낸 듯했다. "뭘 알고 싶다고?" 그가 다그쳐 물었고, 역장은 오늘 아침에 본 폴리를 알아보지 못하는 게 분명했다.

"런던으로 가는 11시 19분 열차를 기다리고 있어요."

"몇 시간은 기다려야 할 거요." 역장이 뭉개진 발음으로 말했다. "빌어먹을 병영 열차 때문이지. 언제나 연착이야."

다행이었다. 폴리는 교회로 가서 예배가 끝나길 기다렸다가 주임 사제에게 물어볼 수 있었다. 그리고 만약 11시 19분 기차가 다른 기차들이 늦는 정도로 늦는다면, 마을에 있는 다른 모든 사람에게도 물어볼 수 있겠지. 폴리는 비를 맞으며 서둘러 교회로 돌아갔고 예배당 뒤쪽으로 조용히 들어갔다.

앞쪽 회중석 몇 줄에만 사람들이 있었다. 검은 모자를 쓴 백발 여인 몇 명, 대머리 남자 몇 명, 그리고 아이들을 데리고 온 젊은 엄마들이었다. 그들은 '예부터 도움 되시고' 찬송을 막 마치는 참이었다. 폴리는 살금살금 걸어 제일 뒤쪽 회중석에 앉았다.

주임 사제는 찬송가 책에서 시선을 들더니 폴리를 향해 환영하는 웃음을 지어 보였고, 히바드 양과 위번 부인을 섞어놓은 듯해 보이는 백발 여인 한 명이 고개를 돌려 폴리를 노려보았다. 메로피가 말했던 '풀러 교장'이 분명했다.

'저 여자와 이야기해야만 해.' 폴리가 생각했다. 중사는 주임 사제와 이야기하라고 했지만, 폴리는 그가 장원의 직원들과 가까운 관계였을지 의심이 들었다. 하지만 이 마을은 작았다. 풀러 교장이나 나이 든 다른 여자들은 드나드는 모든 사람을 알 것이다. 만약 폴리가 저 못마땅해하는 시선만 잘 처리할 수 있다면 말이다.

하지만 설사 처리하지 못한다 해도, 피터라는 소년은 피난 온 아이들에 관해 알 법한 또래였고, 또는 적어도 교장이 누군지 알려줄 수 있겠지. 그리고 교장은 분명히 알 것이다. 그러는 동안, 예배당은 비록 따뜻하지는 않아도 적어도 습하지는 않았고, 폴리는 주임 사제의 설교가 너무 길지 않기를 바랐다. 하지만 그가 가져온 종이 다발의 두께를 볼 때, 과연 설교가 짧을까 싶기도 했다. 주임 사제는 이제 그 종이 다발을 강단 위에 단정하게 놓고 있었다.

주임 사제는 종이를 가지런히 놓은 뒤 신도들을 바라보았다. "성경은 우리의 진정한 집은 이 세상이 아니라 다음 세계이며, 우리는 이곳을 잠시 스쳐 지나는 것에 불과하다고 말합니다…."

'공감해요.' 폴리가 생각했다.

주임 사제가 말했다. "지금 세상은 전쟁 중입니다. 우리는 폭탄과 전투와 등화관제, 앤더슨 방공호와 방독면과 배급제가 지배하는 낯선 땅에 떨어졌습니다. 그리고 우리가 알던 다른 세상, 사방에 평화와 빛과 교회 종이 울리던 세상, 사랑하는 이들이 재회하고 눈물도 없고 헤어짐도 없는 그 세상은 까마득히 멀어 보일 뿐 아니라 비현실적인 듯이 보입니다. 그리고 우리가 그곳으로 돌아간다는 건 상상조차 할 수 없어 보이지요. 우리는 이곳에서 시간을 헤아리며 기다립니다…."

'설교가 끝나기를 기다리고, 기차가 도착하기를 기다리고, 구조팀이 도착하길 기다리고 있지요.' 폴리가 생각했다. 주임 사제의 설교는 듣는 이가 좀 거북할 정도로 너무 직설적이었다. 차라리 아담의 족보나 뭐 그런 걸 설교하는 게 낫지 않았을까?

"…이 시련이 지나가길 바랍니다. 하지만 한편으로는 우리가 젖과 꿀이 흐르고 설탕과 버터와 베이컨이 풍족한 땅을 다시는 보지 못할까 봐 마음속으로 두려워합니다. 이 끔찍한 곳에 영원히 사로잡혀 있는 것은 아닐까 두려워합니다…."

기적 소리가 날카롭게 주임 사제의 말을 잘랐다. 피터는 일어나 창밖을 보았고, 풀러 교장은 피터를 노려보았다. 폴리는 손목시계를 보았다. 11시 19분이었다. 기차였다. 하지만 역장은 기차가 언제나 늦는다고 말했는데.

'병영 열차야.' 폴리가 생각했지만, 이미 기차가 속력을 늦추는 소리가 들려왔다.

"언젠가는 전쟁이 끝나리라는 믿음을 가진 것과 마찬가지로…." 주임 사제가 말했다. "우리는 언젠가 우리가 하늘나라에 갈 것이라는 믿음이 있습니다. 하지만 우리가 이 전쟁에서 이기려면 붕대를 감고, 승리 정원에서 채소를 가꾸고, 향토방위군에 참여하는 것처럼 '각자가 맡은 몫'을 다해야 하듯이, 하늘나라에 가기 위해서도 각자가 맡은 몫을 해야만 합니다…."

폴리는 어찌할지 몰라 망설였다. 오늘은 저 기차가 유일했고, 버스는 5시에나 있었다. 그나마 제시간에 온다면 말이다.

하지만 여기 누군가는 메로피가 어디로 갔는지 알 것이다. '난 메로피가 어디로 갔는지 알아.' 폴리가 생각했다. '이 사람들이 뭐라고 말할지 이미 알아. 아이들은 모두 런던으로 돌아갔고, 아이들이 떠나자마자 메로피도 떠났어. 메로피는 몇 주 전에 옥스퍼드로 돌아갔어. 그건 메로피의 강하가 더 이상 작동하지 않는다는 거고, 설사 작동한다 해도 나는 그곳이 어디인지 모르며, 그곳에 가려고 했다가는 총에 맞을 거야. 그러니 여기 있어 봤자 소용없어.'

'그리고 만약 기차를 놓치면 화요일 또는 수요일 전에 런던으로 돌아갈 방법이 없어. 그리고 마저리가 계속해서 나를 대신해줄 수는 없는 노릇이고. 난 직장을 잃을 거고, 구조팀이 와도 나를 찾을 수 없을 거야.'

"우리는 행동을 해야만…." 주임 사제가 말했다. 경적이 다시, 훨씬 더 가까이서 울렸다.

폴리는 일어나 미안한 표정으로 주임 사제를 힐끗 보고는 교회 문을 열고 기차를 타기 위해 달렸다.

44

수도원에 있는 이들은 절박하다.

— 프랑스 레지스탕스에게 보내는 암호 메시지,
1944년 6월 5일

전시 응급 병원, 1940년 9월

마이크는 등받이 높은 등나무 의자에 누군가가 앉아 있다는 것을 전혀 알지 못했었다. "그 발에 몸무게를 실으면 안 되는 거로 아는데, 데이비스 씨."라는 말을 들은 마이크는 너무나 놀라 의자 등받이를 놓으며 아픈 발에 모든 체중을 싣는 바람에 하마터면 쓰러질 뻔했고, 똑바로 서기 위해 화분의 야자나무를 급히 잡아야만 했다.

동시에, 희망이 물밀듯 솟구쳤다. '구조팀이야.' 마이크는 생각했다. '드디어.'

말을 한 남자는 병원에서 지급한 환자복과 갈색 가운을 입고 있었지만, 옷은 의상실에서 받았을 수도 있었다. '환자'는 병원에 들어오기에 완벽한 위장이었고, 나이도 역사학자로 딱 맞았다. 그리고 그는 일광욕실에 단둘이 남게 될 때까지 기다리기까지 했다.

"미안. 놀라게 할 생각은 없었는데." 그는 의자 팔걸이 너머로 몸을 기울이며 마이크에게 웃어 보였다.

"내 이름을 아는군." 마이크가 말했다.

"아, 그래. 아직 우리는 제대로 소개를 안 했지?" 그는 손을 내밀었다. "나는 휴 텐싱이야. 4층에 있어."

'그리고 구조팀이 아니군.' 마이크가 생각했다. 더 가까이서 보니 텐싱은 너무 말랐으며 병자 특유의 고통에 찌들고 힘들어하는 표정이었다.

"당신은 마이크 데이비스, 미국 종군기자고." 텐싱이 말하고 있었다. "당신은 맨손으로 고장 난 프로펠러를 고쳤고, 오롯이 혼자 힘으로 영군 해외 파견군 전부를 구했다고 베이커 간호사가 그러더군. 베이커 간호사는 입만 열면 당신 이야기야."

"그 간호사가 잘못 안 거야." 마이크가 말했다. "프로펠러는 고장 난 게 아니라 그저 뭐에 엉킨 거였어. 나는 그냥 거기에서…."

"진짜 영웅처럼 말하는군." 텐싱이 말했다. "임무 수행 중에 부상당했는데도 겸손하게 말을…."

"나는 임무 수행 중이 아니…."

"알아. 모두 날조된 거지. 당신은 됭케르크에 간 적이 없어." 텐싱이 싱글거리며 말했다. "당신은 런던의 신문사에 있었는데 발에 타자기가 떨어진 거야. 그런데 어쩌나, 당신은 거짓말을 너무 못하네. 당신이 영웅인 거 알아. 나는 당신이 위험을 감수하는 걸 봤어."

"위험…?"

"방금 봤어. 간호사의 명령을 공공연하게 어겼잖아. 그리고 수간호사의 분노도 아랑곳하지 않고. 당신은 나보다 훨씬 더 용감해."

"그래, 뭐, 하지만 나는 잡힐 위험을 감수할 정도로 용감하지는 않아." 마이크가 말했다. "그리고 금방이라도 간호사들이 올 테니 나는 원래 있어야 하는 곳으로 돌아가는 게 낫겠어." 마이크는 야자나무를 놓고 창틀을 잡기 위해 손을 뻗었다.

"아니, 기다려. 가지 마." 텐싱이 말했다. "조금 전에 난 당신에게서 숨어 있던 게 아니야. 나는 내 간호사에게서 숨고 있었던 거야. 누군가가 나를 다시 병실로 데려갔을 거라고 생각하길 바라면서 말이야. 나도 당신과 같은 걸 하고 싶었거든. 사실 나는 당신 간호사가 당신을 이곳에 데려왔을 때 정확히 같은 코스로 움직이고 있었고, 하마터면 손쓸 사이도 없이 잡힐 뻔했지. 아니, 발뺌도 못 해보고라고 해야 하나?"

마이크는 텐싱의 발을 힐끗 보았지만 깁스는 없었다.

"등 부상이야." 텐싱이 말했다. "병원에서 한 처방은…."

"침대에서 쉬라는 걸 테고." 마이크가 어림짐작으로 말했다.

"정확해. '끈기를 가지셔야 해요. 회복에는 시간이 걸려요.' 완전히 잘못 알고 있는 거지. 내게 없는 단 한 가지는 바로…."

"시간이라는 거?"

"정확해. 내 마음을 잘 아는 사람이로군." 텐싱이 싱긋 웃었다. "그래서 말인데, 제안할 게 있어. 당신도 나와 같은 걸 원하는 걸 알아. 전장으로 돌아가고 싶은 거잖아."

'틀렸어.' 마이크가 생각했다. '나는 이곳에서 나가고 싶어. 내가 더 피해를 주기 전에.'

"지난번에 회복을 재촉하다가 잡혔을 때는…." 텐싱은 계속 말했다. "일광욕실에 3주 동안 출입 금지였어. 그 모든 게 충분한 경보 시스템을 두지 못한 탓이었지. 그래서 나는 당신이 내 파트너가 되었으면 좋겠어."

'파트너.' 마이크가 우울하게 생각했다. '나는 당신이 회복하는 걸 돕는 건 고사하고 당신과 이야기조차 해서는 안 돼. 만약 당신이 내 덕분에 원래보다 한 달 일찍 전장에 가서 누군가 죽지 않아야 할 사람을 죽이고, 그래서 전쟁의 결과가 바뀌면 어쩌라고?'

"제안할 게 있어." 텐싱이 말하고 있었다. "한 명이 걷는 연습을 하는 동안 다른 한 명은 문에서 밖을 살피다가 누군가가 오면 경고를 하는 거야. 전혀 어렵지 않을 거야. 간호사들은 문안을 힐끗 보고 당신이 신문을 보거나… 좀 전에 뭘 하고 있던 거지?"

"십자말풀이를 하고 있었어."

"간호사들은 당신이 십자말풀이 하는 걸 보고 서부 전선에 이상 없다고 여기고 다시 돌아갈 거야."

"만약 간호사들이 그러지 않으면?"

"내게 알려줘야지. 그러면 나는 가장 가까운 의자에 앉아 낮잠을 자는 환자의 흉내를 멋들어지게 내는 거야. 그리고 간호사들이 돌아가면 곧바로 우리 둘이 위치를 바꿔서 당신이 걷는 동안 내가 보초를 서는 거야. 그러면 우리는 금방 회복해서 이곳을 나가게 될 거야. 어떻게 생각해?"

'아니.' 마이크가 생각했다. '그런 위험을 감수할 수는 없어.'

한편으로, 마이크가 이 병원과 시대를 더 빨리 떠나면 그만큼 그와 이 시대에 더 좋았다. "좋아." 마이크가 말했다. "하지만 어떻게 해야 우리 둘이 이곳에 같은 시간에 올 수가 있지?"

"그건 내게 맡겨. 내 생각에 10시 30분이 좋을 거 같아. 그보다 이르면 월턴 대령이 여기에서 〈가디언〉을 읽을 가능성이 커. 내가 먼저 할까, 아니면 당신이 먼저 하겠어?"

"당신이 먼저 해. 나는 한 번에 몇 분 정도가 고작이야." 마이크가 말하고 비틀거리며 휠체어로 돌아가기 시작했다. "우리 암호는 뭐야? '한밤중에 개가 짖는다' 같은 거? 스파이들은 늘 그런 식으로 말하지 않나?"

텐싱은 대답하지 않았다.

마이크는 텐싱이 이미 방 저편으로 걸어가서 자기 말을 듣지 못한 게 아닐까 생각하고 뒤를 돌아보았지만, 그는 인상을 찡그린 채 여전히 등나무 의자에 앉아 있었다. "텐싱, 내 말…."

"응, 들었어. 미안. 마땅한 암호를 생각하고 있었어. 그냥 당신이 하는 십자말풀이에서 하나 골라. 휠체어에 도착하면 말해."

"도착했어." 휠체어로 몸을 낮추며 마이크가 말했다. 그는 십자말풀이를 집은 뒤 휠체어를 굴려 문가로 갔고, 걷기 연습을 시작하는 텐싱을 바라보았다. 텐싱은 가구를 잡을 필요가 없었지만 두 번이나 멈추어야 했고, 관절이 하얗게 보일 정도로 두 주먹을 꽉 쥐고 있었다.

'저 친구가 내상을 입은 거면 어쩌지?' 마이크가 걱정했다. '그리고 이렇게 걷는 연습을 하면 안 되는 거면? 내가 저 친구를 돕는 게 오히려 부상을 악화시킨다면?'

텐싱은 중간중간 쉬며 벽을 따라 방을 두 번 돌더니 말했다. "당신 차례야." 그리고 마이크가 창까지 갔다가 돌아오는 동안 문 옆에 앉아 망을 보았다.

"어쩌다가 십자말풀이를 하게 된 거야?" 책장을 잡은 마이크에게 그가 물었다. "나는 미국인들은 야구를 더 좋아하는 줄 알았는데."

"그러지 않으면 신문을 주지 않으려 해서. 전쟁 관련 기사를 읽고 싶었거든." 마이크가 의자 등받이에 손을 뻗으며 말했다. "사실 난 여기 신문의 십자말풀이를 그리 잘하지 못해."

"대부분의 미국인은 그걸 전혀 풀 수 없어." 잠깐 침묵이 흘렀고 이윽고 그가 말했다. "6번 가로: 탄막(barrage)."

"뭐라고?" 마이크가 걸음을 멈추고 말했다.

"분노로 가득한 밤중의 총격."

"그게 암호야? 누군가 오는 소리를 들은 거야?"

"아니. 6번 가로 답이라고."

"아." 마이크가 말했고, 화분에 담긴 야자나무 쪽으로 절룩이며 갔다.

"'분노(rage)'는 '화(anger)'와 동의어야."

"그게 암호야?"

"아니, 미안. 아무래도 암호는 결국 '한밤중에 개가 짖는다'로 하는 게 나을 거 같네. 나는 힌트를 설명하던 거였어. 'rage'는 'anger'와 동의어이고 '가득한(full of)'은 단어 안에 다른 단어가 들어 있다는 뜻이야. '엉뚱한 방향으로 감(going the wrong way)'은 아나그램이라는 뜻이고, '뒤죽박죽(muddle)'도 같은 뜻이야." 그의 목소리가 갑자기 바뀌었다. "38번 세로: 현장에서 잡히다."

그건 암호가 분명했다. 마이크는 재빨리 책장에서 야자나무 화분으로 가기 시작했고, 고통에 이를 악문 채 나아가 휠체어에 털썩 앉았다. "가." 마이크가 재빨리 문 쪽으로 휠체어를 움직이며 말했고, 텐싱은 수많은 등나무 의자들의 숲으로 자기 휠체어를 밀고 가다 마이크에게 십자말풀이를 건네고는 진열장 너머로 사라졌다.

마이크는 간호사가 나타나기 직전에야 아슬아슬하게 연필을 쥐었다. 그녀는 의심스러운 눈초리로 실내를 훑어보았다. “텐싱 중위님을 보셨나요?” 간호사가 마이크에게 물었다.

“저쪽에 있어요.” 마이크가 일광욕실의 저쪽 끝을 고갯짓하며 속삭였다. “나중에 오는 게 어때요? 지금은 자는 거 같던데요.”

“잘됐네요.” 간호사가 말했다. “그분은 휴식이 필요해요. 그분이 의자에서 나오려거나 하지는 않은 거죠?”

“네.” 마이크가 말했고, 텐싱의 부상에 관해 물으려 했지만, 그 전에 가브리엘 간호사가 마이크를 데리러 왔다.

마이크는 오후 내내 그 일에 관해 걱정했다. 만약 텐싱의 척추에 총알이나 파편이 박혀 있으면, 그리고 걷다가 그게 움직이면? 또는 텐싱이 베빈스 하사처럼 폭탄성 쇼크에 빠져 있어서, 제대로 걷게 되자마자 절벽 아래로 몸을 던진다면?

“오늘 일광욕실에서 텐싱이라는 환자를 만났어요.” 마이크는 카모디 간호사가 차를 가지고 왔을 때 그녀에게 말했다. “그 환자는 왜 들어왔나요?”

“꼭 여기가 감옥인 것처럼 말하네요.” 간호사가 나무랐다. “우리는 환자의 부상에 관해 말하면 안 돼요.”

“텐싱이 조종사였나요?”

“아니요. 국방성에서 일하는 사람이에요.” 대야에 스펀지를 짜며 카모디 간호사가 말했다.

“국방성이요?” 마이크가 말했다. “사무실에서 일하는 사람이 어떻게 하다가 부상을 입은 거죠?”

“모르겠어요. 아마 자동차 사고나 뭐 그런 걸 당했겠죠. 갈비뼈 다섯 대에 금이 갔고, 등을 삐었어요.” 카모디 간호사가 말하다가 갑자기 질겁한 표정을 지었다. “제발 제가 이런 말을 했다고 수간호사님께 말하지 마세요. 그러면 제가 정말 곤란해져요.”

‘저도 그래요.’ 마이크가 생각했다. 하지만 만약 텐싱이 국방성에서 일했다면, 적어도 마이크는 그가 전장에 나가는 걸 돕는 게 아니었다. 그리고 걷는다고 해서 삔 등이나 금이 간 갈비뼈에 문제가 생기지는 않을 것이다.

텐싱은 장담했던 대로 마이크를 일광욕실에 올 수 있게 했다. 잡역부가 날마다 10시 30분이면 마이크를 데리고 일광욕실로 갔다. 마이크는 담당 간호사들이 의심할까 봐 걱정했지만, 간호사들은 새로 온 환자들 때문에 눈코 뜰 새 없이 바빴다. 환자 대부분은 영국 공군 조종사였다. 그리고 텐싱이 보초를 서는 동안, 마이크는 날마다 거의 1시간씩 걷는 연습을 할 수 있었다. 다음 주 중반이 되자, 마이크는 비록 절룩이기는 했지만 부축 없이 방의 절반 정도 거리를 걸을 수 있었다. 그리고 텐싱의 도움으로, 40분 만에 〈데일리 헤럴드〉 십자말풀이를 하게 되었다.

텐싱은 더욱더 잘했다. 텐싱은 일광욕실뿐 아니라 의사의 허락을 받아 병실은 물론 계단까지 오르내렸다. "이런 속도면 한두 주 뒤면 퇴원하겠는걸." 수요일에 텐싱이 가운과 슬리퍼 차림으로 마이크를 만나러 병실로 왔을 때 마이크가 말했다.

"아니야." 텐싱이 의자를 끌어당기며 말했다. "나는 내일 아침에 퇴원해. 오늘 오후에 들었어." 텐싱은 의자에 앉아 몸을 앞으로 숙이고 목소리를 낮춰 말했다. "더는 파트너가 되지 못해 미안해, 친구. 하지만 임무가 부르니 어쩔 수 없지. 그리고 당신은 아주 잘 해내고 있어. 당신도 곧 퇴원할 거야."

"원래 일하던 곳으로 돌아가는 거야?" 마이크가 말하며 생각했다. '만약 국방성이 폭격당하면? 지금 런던은 전선만큼이나 위험한데.'

"일하던 곳?" 텐싱이 당황한 표정으로 말했다.

"응. 국방성."

"아, 응. 멋진 직업은 아니지. 서류 작성이나 하는 거지만, 해야만 하는 거니까. 그리고 요즘 런던은 공습 때문에 꽤 흥미진진한 곳이 되었더군."

"그래서 부상당한 거였어? 공습 때문에?"

"아쉽게도 그렇게 극적인 게 아니야. 타자기가 내 위로 떨어졌어." 텐싱은 마이크와 악수했다. "다시 만나길 빌게."

'만나지 못할 거야.' 마이크가 생각했지만, 고개를 끄덕였다. "행운을 빌어."

텐싱이 고개를 저었다. "답이 틀렸어. 제대로 된 답은 '19번 가로: 불편한 개막 인사'야." 그리고 그는 병실을 나갔다.

마이크는 그 뒤로 10분이 지나서야 그 답이 '행운을 빌어(break a leg)'라는 사실을 깨달았다. 마이크는 그걸 종이에 적었고, 카모디 간호사가 그에게 왔을 때 그 종이를 텐싱에게 전해달라고 말하려 했지만, 그 말을 하기 전에 카모디 간호사가 말했다. "면회 온 분이 있는데, 만나시겠어요?"

"면회요?" 다프네일 리 없었다. 다프네는 마지막으로 보낸 편지에서 '침공이 임박하면서' 해안으로 군인들이 밀려왔고, 그 결과 여인숙이 너무 바빠 빠져나올 수 없다고 적었다. 마이크는 그게 다프네가 애교떨 새로운 누군가를 발견했다는 뜻으로 받아들였다. 다행이었다.

"네. 새로 온 환자예요." 카모디 간호사가 말했다. "입원하자마자 당신이 이곳에 있는지 묻더군요."

즉, 구조팀이 환자로 변장하고 올 거라는 그의 짐작이 맞은 것이다. "그 환자가 어디에 있나요?" 그는 침대 아래로 발을 내리기 시작했지만, 자신이 아직 침대에 누워 있어야 한다는 걸 깨달았다.

"제가 데려올게요." 카모디 간호사가 말했고, 거의 곧바로 병실 문이 활짝 열리더니 얼굴에 주근깨가 많고, 어깨에 붕대를 하고 팔에는 깁스를 한 남자가 병실로 성큼성큼 활기차게 들어왔다. 하디였다.

"절 기억해요?" 그가 물었다. "데이비드 하디 일병입니다. 됭케르크에서 봤죠?"

"네." 마이크가 그의 깁스를 보며 말했다. '당신이 죽었길 바랐는데. 당신이 더는 피해를 줄 기회가 없기를 바랐는데.'

"절 기억하지 못한다 해도 놀라지 않았을 거예요." 하디는 말하고 있었다. "그날 당신은 아주 심하게 다쳤으니까요. 발은 어때요? 혹시 절단했나요?"

"아니요."

"안 했어요? 분명히 절단할 줄 알았는데." 그는 명랑하게 말했다. "아주 끔찍해 보였거든요."

"당신은 어쩌다 그렇게 된 거예요?" 마이크가 하디의 깁스를 가리키며 물었다.

"됭케르크에서요." 하디가 말했다. "메서슈미트였어요. 그게 곧장 우리에게 왔고, 저는 갑판으로 몸을 날렸는데 뱃전에 몸을 세게 부딪쳤어요. 어깨뼈가 부서졌어요. 그래서 수술받으러 이곳에 온 거예요. 제대로 낫지 않고 있거든요. 그리고 여기 도착하자마자 제가 물었죠. '여기에 됭케르크에서 프로펠러 엉킨 걸 풀다가 발이 박살 난 환자가 있나요?' 하고요. 그랬더니 있다고 하더군요. 얼마나 기쁘던지. 도버의 병원에는 당신이 입원했다는 기록이 전혀 없었어요. 당신이 구급차에 타는 걸 제가 직접 봤는데도 말이에요. 그래서 전 당신이 병원에 가는 동안 죽었다고 생각했어요. 그런데 도버 병원에서 저를 오핑턴으로 보내겠다고 하더라고요. 그래서 어쩌면 당신도 그랬을 수 있겠다고 생각했죠. 그리고 당신이 진짜 여기 있는 거예요. 당신을 찾게 되어 정말 기뻐요. 제 생명을 구해주어 고맙다고 말하고 싶었어요. 만약 당신이 아니었다면 전 독일 포로수용소에 있었을 거예요. 아니면 더 끔찍한 꼴을 당했거나요."

하디는 마이크를 보며 활짝 웃었다. "그리고 당신이 저를 구한 그 일이 얼마나 잘한 일이었는지를 알려주고 싶었어요. 저는 따뜻한 식사를 하고 푹 잔 뒤 곧바로 '메리 로즈호'로 돌아갔고, 그 배가 가라앉은 뒤에는 '보니 라스호'에 탔어요. 그리고 됭케르크를 네 번 왕복하면서 519명을 도버로 안전하게 데려왔죠." 하디는 행복한 표정으로 마이크를 보며 씩 웃었다. "그 모든 게 당신의 회중전등 빛 덕분이에요."

45

배가 한 척도 보이지 않는다.
뭔가 잘못된 게 분명하다.

— 존 도드 대위, 영국 포병대,
됭케르크, 1940년 5월

런던 가는 길, 1940년 9월 29일

런던으로 돌아오는 길은 백베리로 갈 때보다도 더 끔찍했다. 기차에는 빈 좌석이 없었기에 폴리는 사람들 사이에 낀 채 복도에 서 있어야만 했는데, 기차가 흔들릴 때나 병영 열차들이 지나갈 수 있도록 기차가 멈출 때 넘어지지 않는다는 게 그나마 좋은 점이라면 좋은 점이었다.

대번트리에서 기차를 갈아탔을 때는 객실에 좌석을 잡을 수 있었지만, 다음 역에서 군인 수십 명이 기차에 탔고, 각자 들고 온 엄청난 크기의 배낭들을 머리 위 선반에 올렸으며, 그곳이 다 차자 이미 비좁은 좌석에 올려두는 바람에 폴리가 쓸 수 있는 공간은 점점 더 작아졌다.

'콜린은 폭발과 파편의 위험에 관해 경고했지 숨 막혀 죽을 위험에 관해서는 말하지 않았어. 아니면 찔려 죽기나.' 폴리가 생각하며 오른쪽의 배낭을 옆으로 밀려고 애썼다. 배낭 안에 총검이 들었는지 뭔가가 계속 그녀의 옆구리를 찔러댔기 때문이다.

그리고 대체 왜 하고많은 날 중에 오늘, 기차는 백베리에 정시에 도착했단 말인가? 전시 내내, 다른 기차들은 모두 연착했다. 병영 열차에 딱 한 번만 길을 비켜줬어도 폴리는 주임 사제와 이야기를 할 수 있었고, 메로피가 옥스퍼드로 돌아갔는지 아닌지를 확실히 알 수 있었을 것이다.

'당연히 메로피는 돌아갔지.' 폴리가 생각했다. '군이 장원을 접수했을 때 떠났어.' 메로피의 임무는 그때 끝나게 정해져 있었다. 모두가 떠나는 상황이니, 사람들은 메로피가 사라진 걸 알아차리지조차 못했을 것이다. 사람들은 메로피가 다른 직장을 구했거나 중사의 말처럼 가족이 있는 집으로 돌아갔을 거라고 여겼다. 하지만 만약 옥스퍼드로 돌아가지 않았다면? 아이들이 다른 마을로 보내졌고, 그래서 메로피가 그 아이들과 같이 갔다면?

아니, 중사는 아이들이 런던으로 돌아갔다고 말했고, 설사 아이들을 다른 장원으로 보냈다 할지라도 그 장원의 직원들이 아이들을 돌보았을 것이다. 그리고 메로피는 호드빈 남매와 함께 가는 것을 절대로 원하지 않았을 것이다. 그리고 자신의 강하 지점에서 멀리 떨어지는 것도. 만약 메로피가 아이들과 함께 가라는 말을 들었다면, 뭔가 핑계를 대고 최대한 빨리 강하 지점으로 가서 옥스퍼드로 돌아갔을 것이다.

어찌 되었든 메로피는 돌아갔고, 그건 누군가가 자신을 데리러 올 때까지 폴리는 이곳에 갇힌 신세가 되었다는 뜻이었다. 하지만 그건 네트가 망가졌거나 자신의 데드라인 이전에 구출하러 오지 않을 거라는 상상을 더 이상 하지 않아도 된다는 뜻이기도 했다. 메로피의 강하 지점은 작동했던 게 분명했다. 그렇지 않으면 돌아갈 수 없었을 테니 말이다.

그건 하나 또는 일련의 분기점이 문제였다는 뜻이고, 분기점이 지나면 곧바로 구출팀이 올 것이다. 아니, 어쩌면 이미 분기점은 지났고, 구출팀은 타운센드 브라더스 백화점에서 폴리를 기다리고 있을지도 몰랐다. 비록 폴리가 자리를 비운 그 '하루'에 그곳에 왔을 가능성은 아주 적었지만 말이다.

만약 그것이 '정말로' 하루라면 말이다. 이런 식이면 런던까지 돌아가는데 일주일은 걸릴 것 같았다. 대번트리에서 갈아탄 기차는 애초에 굉장히 연착한데다 가면서도 무수히 지연되었기에 6시가 되어도 아직 헤리퍼드에 도착하지 못했고, 차라리 예배가 끝나길 기다렸다가 백베리의 모든 사람과 이야기하고 버스를 타고 오는 게 나았겠다는 생각이 들 정도였다. 하지만 레딩을 지나서는 좀 제대로 가기 시작했고, 10시가 되자 군인 한 명이 보고했다. "일링에 들어서고 있습니다. 곧 런던에 도착할 겁니다."

기차가 역을 떠나더니 멈췄다. 그리고 계속 움직이지 않았다. "또 병영 열차 때문인가요?"

"아니요. 공습 때문입니다."

폴리는 주임 사제의 설교를 떠올렸다. "이 끔찍한 곳에 영원히 사로잡혀 있는 것은 아닐까 두려워합니다." 주임 사제는 그렇게 말했다. '동감이야.' 폴리가 생각했고, 배낭에 머리를 기대고 잠시 자려 했다.

백화점 개장 종이 울릴 때까지 폴리가 나타나지 않으면 마저리가 대신 일을 봐주겠다고 해서 다행이었다. 기차는 이튿날 아침 8시 반이 되어서야 유스턴역에 도착했고, 그 뒤 폴리는 '커다란 공습을 겪은 뒤의 런던'에서 온갖 장애물들을 헤쳐 나가야 했다. 피커딜리 선, 노던 선, 주빌리 선은 운행하지 않았다. 폴리가 타야 할 버스는 길 한복판에 쓰러져 있었다. 그리고 거리 하나 건너 하나꼴로 출입 금지선이 쳐졌고, '불발탄, 위험'이라는 게시판이 붙었다.

폴리는 11시 30분에야 타운센드 브라더스 백화점에 도착했고, 지금쯤이면 마저리가 스넬그로브 양에게 폴리의 어머니가 아프다고 이야기했을 가능성이 컸다.

하지만 마저리는 그곳에 없었다. 폴리가 매장에 도착하자 도린이 서둘러 오더니 캐물었다. "어디에 있었던 거야? 우리는 네가 마저리와 함께 도망친 줄 알았어."

"도망쳐?" 폴리가 마저리의 판매대를 힐끗 보며 말했다. 하지만 판매대 뒤에는 처음 보는 검은 머리의 통통한 여자가 서 있었다. "어디로?"

"아무도 몰라. 마저리는 누구에게도, 한마디도 하지 않았어. 그냥 오늘 아침에 오지 않았어. 스넬그로브 양은 머리끝까지 화가 났어. 네가 올지 안 올지 모르는데다 우리는 너무나 바쁘니까. 손님들이 떼로 몰려왔거든." 도린은 검은 머리 여자를 가리켰다. "다른 사람을 고용할 때까지 위층의 가정용품 매장에서 세라 스타인버그를 보냈어."

"다른 사람을 고용해? 하지만 마저리가 하루 안 나왔다고 해고하다니 말도 안 돼. 여기 오기 어려웠을 수도 있잖아. 나도 역에서 여기 오느라 고생했는걸. 아니면 무슨 일이 일어난 것일 수도 있어."

"우리도 처음에는 그렇게 생각했어. 지난밤 공습이 심했으니까." 도린이 말했다. "그런데 스넬그로브 양이 마저리의 집주인에게 전화했는데, 그 여자 말로 마저리는 지난밤에 돌아오지 않았대. 그래서 스넬그로브 양은 병원들에 전화했어. 하지만 좀 전에 집주인에게서 전화가 왔는데, 방을 살펴봤더니 짐이 다 사라지고 없더래. 마저리는 늘 바스에 가서 예전 룸메이트와 함께 살고 싶어 했잖아. 하지만 정말로 그렇게 할 줄은 몰랐어. 너는 알았어?"

"아니." 폴리가 말했다. 마저리는 떠나는 것에 관해 단 한 마디도 하지 않았다. 그리고 폴리 대신 판매대를 맡아주고 구조팀이 오면 폴리가 어디에 있는지 알려주겠노라고 약속했었다. 그들이 오늘 아침에 이곳에 왔었다면 어떻게 되는 걸까?

"오늘 아침에 누군가…." 폴리가 말을 했지만 도린이 말을 잘랐다.

"서둘러. 스넬그로브 양이 오고 있어." 도린이 속삭였다. 그녀는 종종걸음으로 자기 판매대로 돌아갔고, 폴리도 자기 판매대로 돌아가기 시작했지만, 너무 늦었다. 스넬그로브 양은 이미 폴리를 향해 다가오고 있었다.

"말해보겠어요?" 스넬그로브 양이 다그쳤다. "2시간 반이나 늦을 만한 이유가 있으리라고 믿어요."

'그건 마저리가 토요일에 당신에게 뭐라고 했는가에 달려 있어요.' 폴리가 생각했다. 마저리는 폴리가 아프다고 했을까 아니면 어머니를 보러 갔다고 했을까?

"말해보겠어요?" 스넬그로브 양이 호전적으로 팔짱을 끼며 말했다. "이제 몸이 좀 나아졌을 거라고 믿어요."

그렇다면 마저리는 폴리가 아프다고 말한 것이다. '바라건대.' "아니요, 사실 아직도 좀 몸이 안 좋아요. 그래서 출근을 못 하겠노라고 아침에 전화했는데, 이곳에 일손이 너무나도 부족하다고 해서 와보는 게 낫겠다고 생각했어요."

스넬그로브 양은 그 말에 감명받지 않았다. "누구와 이야기했죠?" 그녀가 캐물었다. "마저리였나요?"

"아니요. 누군지 모르겠어요. 여기 오기 전까지는 마저리에 관해 알지 못했어요. 그 소식을 듣고 너무나 놀라…."

"그래요. 자, 그럼 스타인버그 양에게 가서 자기 부서로 돌아가도 된다고 말하세요. 그리고 내가 보기에는 손님이 기다리고 있군요."

"아, 네. 죄송해요." 폴리가 말하고 자기 판매대로 갔지만, 스넬그로브 양은 계속해서 매의 눈으로 그녀를 지켜보았다. 그래서 폴리는 세라에게 오늘 아침에 자신을 찾아온 사람이 없었는지 물을 수 없었으며, 스넬그로브 양이 점심을 먹으러 가기 전까지는 도린과 말할 기회도 잡지 못했다.

스넬그로브 양이 사라지자마자, 폴리는 도린의 판매대로 가서 물었다. "마저리가 떠나기 전에, 날 찾아온 사람이 있었다거나 그런 말 한 거 없어?"

"없었어. 나는 걔랑 말할 기회도 없었는걸." 도린이 말했다. "네가 아파 빠지고 어쩌고 해서 우리는 굉장히 바빴어. 게다가 폐장 전에 스넬그로브 양이 내가 입금 전표에 실수했다고 말해서 나는 합계를 다시 내야 했고, 일을 끝내고 보니 마저리는 이미 퇴근했더라고." 도린은 생각에 잠긴 눈으로 폴리를 보았다. "넌 누구를 기다리는 건데? 누군가를 만난 거야?"

"아니야." 폴리가 말했다. 그녀는 자기 사촌이 런던에 오기로 했다는, 마저리에게 했던 말을 되풀이했다. "그리고 마저리가 누군가와 말하는 걸 못 봤어?"

"응. 말했듯이, 우리는 아주 바빴다니까. 토요일 아침 신문에 정부가 실크를 배급제로 돌릴 거라는 기사가 실렸어. 영국 공군 낙하산에 써야 한대. 그래서 런던에 있는 모든 사람이 잠옷이랑 속옷을 사러 몰려왔어. 마저리는 적어도 작별 인사는 해야 했던 거 아냐?" 도린이 분개하며 말했다. "아니면 간단하게 메모라도 남기든가."

메모. 폴리는 자기 판매대로 돌아가 서랍과 판매 장부를 뒤졌고, 그다음엔 물건들을 재배치하는 척하며 스타킹 서랍들과 장갑 서랍들을 살펴보았다. 하지만 찾아낸 거라고는 갈색 포장지에 '뼈 6, 연기 1'이라는, 의미를 알 수 없는 내용이 적힌 게 전부였다. 아마도 주문해야 할 스타킹 색깔을 잊지 않기 위해 적어둔 것인 듯했다. 아니면 폭격 맞은 곳의 묘사이거나. 여하튼 찾는 메모는 아니었다.

비록 세라가 메모를 발견해 그걸 가져갔을 확률은 낮았지만, 폴리는 쉬는 시간에 위층의 가정용품 매장으로 달려가 세라에게 물어보았다. 세라는 메모를 보지 못했으며, 또한 폴리가 돌아오기 전 아침 시간에 그녀를 찾아온 사람은 없었노라고 말했다. 그리고 세라 역시 토요일에 마저리와 말한 적이 없었다. 다른 여자들 역시 마찬가지였고, 유일하게 마저리와 얘기했다는 낸의 말에 따르면, 마저리는 폴리를 찾는 사람에 관해 아무 언급도 하지 않았다.

"받아들여, 자기야. 그 남자는 오지 않아." 판매대를 마감할 때 도린이 말했다.

"응?" 폴리가 깜짝 놀라 말했다. "누구?"

"네가 매장마다 돌아다니며 묻고 있는 네 남자친구. 그 남자 이름이 뭐야?"

"나는 남자친구가 없어. 말했잖아, 내 사촌이…."

도리는 안 믿는 눈치였다. "그 남자가 설마… 너 문제가 있는 거 아니지?"

'있어.' 폴리가 생각했다. '하지만 네가 생각하는 그런 건 아니야.' "없어." 폴리가 말했다. "말했잖아, 나는 남자친구 없다니까!"

"뭐, 지금 없는 건 확실하네. 궁지에 처한 널 두고 떠났으니까."

'아니, 구조팀은 그런 짓 안 해.' 폴리가 생각했지만, 직원용 출입구 밖에는 아무도 서 있지 않았고, 백화점 앞 역시 아무도 없었다. 폴리는 구조팀이 폐장 시간이 앞당겨진 것을 모를 수도 있다는 희망을 품고 가능한 한 오랫동안 기다렸지만, 거의 10월이 되면서 어둠, 그리고 필연적으로 공습이 점점 더 빨라지고 있었다. 다음 주면 사람들이 퇴근하기 전에 공습이 시작될 것이다.

폴리가 노팅힐게이트역에서 내렸을 때, 고드프리 경이 기다리고 있었다. 그는 폴리의 팔을 잡았다. "비올라! 슬픈 소식이 있습니다. 지난밤 투표할 때 당신이 없었고, 그래서 우리는 감상에 절은 배리의 작품을 해야만 하는 운명에 처했습니다."

"오, 이런 맙소사.《피터 팬》은 아니죠?"

"아닙니다. 다행히도요." 폴리를 데리고 에스컬레이터를 타고 내려가며 그가 말했다. "하지만 거의 그럴 뻔했습니다. 심스 씨는 찬성했을 뿐 아니라 넬슨이 '나나' 역을 할 수 있다며 넬슨에게도 투표권을 줘야 한다고 주장을 했지요. 그 불쌍한 개를 이곳에 들여야 한다고 애초에 중재해준 게 바로 저였는데 말입니다! 못된 배반자 같으니!"

고드프리 경은 폴리를 향해 웃어 보이더니 이윽고 얼굴을 찡그렸다. "그렇게 가슴 아픈 표정으로 보지 마십시오. 모두를 잃은 건 아니니까. 만약 우리가 배리를 '해야만' 한다면,《훌륭한 크라이턴》의 경우 최소한 흥미는 있을 겁니다. 그리고 여주인공은 역경에 처했을 때 큰 용기를 보이지요."

"오, 잘됐네요. 돌아왔군요." 라버넘 양이 에스컬레이터를 내려오며 말했다. "우리가《훌륭한 크라이턴》을 할 거라고 고드프리 경이 말해주셨나요?" 그리고 폴리가 대답하기도 전에 그녀는 계속 말했다. "어머니는 어떠신가요?"

'어머니?' 폴리는 멍하니 생각하다가 자신이 어머니 집에 다녀온 거로 되어 있다는 기억이 났다. "훨씬 나으세요. 고맙습니다. 그냥 바이러스였어요."

"바이러스요?" 라버넘 양이 어리둥절해하며 말했다.

아, 이런. 1940년에 바이러스가 발견되었던가? "전…."

"바이러스는 독감의 일종입니다." 고드프리 경이 말했다. "그렇지요, 비올라?"

"네." 폴리가 고마워하며 말했다.

"아, 이런." 라버넘 양이 말했다. "독감은 정말 심각해질 수 있어요."

"그렇지요." 고드프리 경이 말했다. "하지만 제대로 약을 먹으면 괜찮습니다. 세바스찬 양에게 대본을 드렸나요?"

라버넘 양은 대본을 가지러 사람들을 헤치고 사라졌다. "라버넘 양이 무슨 약이냐고 물으면 '진'이라고 말하십시오." 고드프리 경이 폴리에게 속삭였다.

"'진'이요?"

"네. 가장 효험있는 치료법이지요. 당신 어머니가 갑자기 생기를 되찾으시더니 아예 숟가락을 물어뜯어 부러뜨리셨다고 말하세요."

그건 버나드 쇼의《피그말리온》에 나오는 내용이었고, 이 말은 고드프리 경이 폴리가 어머니를 보러 간다고 한 게 거짓말이었다는 사실을 잘 알고 있다는 뜻이었다. 폴리는 고드프리 경이 자신이 '어디에' 다녀왔는지 물을 거라고 생각하며 마음의 준비를 했지만, 라버넘 양이 파란색 천 장정이 된 작은 책들 한 무더기를 가지고 돌아왔다.

라버넘 양은《훌륭한 크라이턴》한 권을 폴리에게 건넸다. "《메리 로즈》를 했으면 좋았을 텐데 아쉽게도 모두가 볼 수 있을 만큼 충분한 권수를 구할 수가 없었어요." 라버넘 양이 둘을 플랫폼으로 인도하며 말했다. "지난주에만 해도 분명히 서점들에서 여러 권을 봤는데 말이죠."

그들은 다른 사람들이 있는 곳에 도착했다. "세바스찬 양의 어머니는 훨씬 더 나아지셨대요." 라버넘 양이 말했고, 주임 사제 있는 곳으로 가서 책을 한 권 건넸다.

"당신을 위해 제가 한 희생에 고마워하시길 바랍니다." 고드프리 경이 폴리에게 속삭였다. "저는 당신이 '와도 와도 또 오고 싶은 작은 섬'이라는 감정 과잉의 쓰레기 같은 대사를 하지 않아도 되게끔, 3파운드 10실링이나 써가며 채링크로스 로드 서점들에 있는《메리 로즈》를 전부 다 사버렸습니다."

폴리가 소리 내 웃었다.

"자, 여러분 주목해주세요." 와이번 부인이 손뼉을 치며 말했다. "모두 대본이 있지요? 좋아요. 고드프리 경이 주연을 할 거고 세바스찬 양이 메리를 할 거고…."

"메리요?" 폴리가 말했다.

"네. 여주인공이요. 무슨 문제라도 있나요?"

"아니요. 단지… 우리는《메리 로즈》를 하지 않는 줄 알았는데요."

"안 해요. 우리는《훌륭한 크라이턴》을 할 거예요. 당신은 메리 '아가씨'

역을 하고요."

고드프리 경이 말했다. "배리는 메리라는 이름을 지나치게 좋아했지요."

"오." 폴리가 말했다. "제가 그렇게 중요한 역을 맡아도 될지 모르겠어요. 제 어머니 문제도 있고 해서요. 만약 제가 갑자기 빠지기라도 해야 하면…."

"그러면 라버넘 양께서 대신 메리 아가씨 역을 하실 겁니다." 고드프리 경이 말했다. "계속하시죠, 와이번 부인."

와이번 부인은 배역 명단을 마저 읽었다. "감사하게도, 고드프리 경은 또한 연출을 맡아주시기로 했어요. 이 연극은 롬 경과 경의 세 딸, 그리고 딸들의 약혼자들에 관한 내용이에요. 그 사람들과 하인들이 탄 배가 조난을 당해요…."

'조난을 당하다니.' 폴리가 생각했다. '정말 딱 맞는 표현이네.'

"무인도에요. 그리고 그 사람들 가운데 생존 기술이 '조금이라도' 있는 유일한 이는 집사인 크라이턴이었고, 그래서 그 사람이 지도자가 돼요. 그리고 그렇게 무인도에서 평생을 살 거라고 모두가 단념했는데, 구출되었고…."

'하지만 나는 단념할 수 없어.' 폴리가 생각했다. '나는 이곳에 앉아 구출되기만을 기다릴 수 없어. 데드라인이 되었을 때 섬을 떠나지 않으면 나는….'

하지만 두 손 놓고 앉아서 구조팀이 오기를 기다리는 것 말고는 달리 '할 수 있는 일'이 없었다. 또는 강하가 열리기를 기다리거나. 만약 문제가 '분기점'이었다면, 강하 지점은 손상되지 않았으며, 그게 열리지 않는 것은 일시적 현상일 뿐일 것이다. 만약 그렇다면, 구조팀이 오지 않은 것은 그럴 필요가 없었기 때문이다. 폴리는 혼자서도 집에 갈 수 있을 것이다.

그래서, 이튿날 아침 공습경보해제 사이렌이 울렸을 때, 폴리는 대사 연습을 하겠다는 핑계로 뒤에 남았다. 그녀는 사람들이 집으로 돌아갈 때까지 30분을 기다렸다가 강하 지점으로 갔다.

인부들이 강하 지점 주변의 폭격 장소를 치우기 시작한 상태였고, 그래서 좁은 통로는 램프덴 로드에서 더욱더 잘 보였지만, 주위에는 아무도 없었다. 좁은 통로와 계단 아래 작은 공간은 강하가 열리길 기다렸던 그날 밤과 똑같아 보였다. 화벽 가루가 두껍게 쌓여 있는 게 유일한 차이였지만, 바같에서 청소 작업이 벌어질 때 쌓인 게 분명했다. 회벽 가루에는 발자국이 전혀 없었고, 그러니 폭격 장소를 치우는 사람들 누구도 이 통로를 발견하지 못했다는 뜻이었다. 그건 행운이었지만, 강하 지점으로 내려가는 계단에도 아무 발자국이 없었으며, 구조팀이 강하했다는 흔적 역시 없었다.

폴리는 강하가 열릴까 싶어 계단에 앉아 기다렸고, 칠이 벗겨지는 검은 문을 바라보며 '세상의 빛'에 관해 생각했다. 그리고 마저리에 관해서도. 폴리를 대신해 일해주겠다고 약속해놓고 그렇게 떠나는 건 마저리답지 않았다. 아무에게도 말하지 않은 것도 그랬다. 하지만 어쩌면 사람들에게 말을 하면 자신을 말릴까 봐 두려워서 그랬을 수도 있었다. 또는 무서워져서 도망치는 거라는 말을 들을까 봐 두려워서 그랬을지도 몰랐다. 그래서 폴리가 떠나고 백화점이 아주 바빠질 때까지 기다렸다가 도망친 것이다.

'만약 메로피가 백베리에 있었다면, 나 역시 그렇게 갑자기 사라진 거로 보였을 거야.' 폴리가 생각했다. '그리고 만약 강하가 열리면 지금도 그렇게 보일 거고.'

하지만 강하는 열리지 않았다. 그리고 이튿날 아침에도, 저녁에도 열리지 않았다. 그건 분기점이 여전히 존재하거나 아니면 폴리의 강하 지점이 결국 '손상'되었다는 뜻이었다. 하지만 설사 그렇다고 해도, 구조팀은 어딘가 다른 곳을 통해 왔어야 했고, 그러면 여전히 폴리의 행방에 관한 단서를 얻기 위해 여기로 올 수 있었다.

폴리는 종잇조각에 자기 이름과 '타운센드 브라더스'라고 적어 접은 뒤 칠이 벗겨지고 있는 검은 문 중간 아래쪽에 끼워두었고, 이튿날 백화점 일이 끝난 뒤엔 수선실로 가서 재단용 분필 한 조각을 훔쳤다.

그날 저녁은 비가 왔기에 강하 지점에 갈 수 없어서 홀본역으로 갔다. 애거사 크리스티의 추리 소설을 빌린다는 명목으로 도서대여실로 가서 부스스한 곱슬머리의 사서에게 연극단과 《훌륭한 크라이턴》에 관해 말했고, 그 과정에서 자기 이름을 두 번, 노팅힐게이트역을 세 번 언급했다. "저는 낮에는 타운센드 브라더스 백화점의 스타킹 매장에서 일해요." 폴리가 말했다. "그러니 연기는 멋진 변화지요. 우리 연극을 보러 오세요. 우리는 북행 디스트릭트 선 플랫폼에 있어요."

폴리는 이튿날 직장에서도 점심시간과 차 마시는 휴식 시간에 같은 일을 했다. 퇴근 후, 그녀는 하숙집 주소와 리케트 부인의 전화번호를 판매 영수증 책 뒤에 적었고, 비록 여전히 살짝 안개가 끼었지만 강하 지점에 갔다.

그녀는 그곳을 청소하는 사람들이 있다는 사실을 깜박했다. 그녀는 전에 감시원을 피해 숨어 있던 바로 그 뒷골목에 쪼그린 채 마지막 인부가 떠나길 기다렸고, 그가 떠나자 남은 잔햇더미를 기어올라 좁은 통로로 갔다.

통로의 유일한 발자국은 그녀가 지난번에 만든 거였고, 그녀의 메모도 여전히 그곳에 있었다. 폴리는 그 메모를 회수하고 훔친 분필 조각을 꺼내 들고 잠시 서서 문을 보며 무슨 메시지를 남길지 고민했다. 하지만 "도와주세요! 저는 1940년에 갇혔어요. 저를 찾으러 와줘요."라고, 원하는 걸 쓸 수는 없었다. 인부들이 여기 좁은 통로를 아직 발견하지 못했다는 게 앞으로도 발견하지 못하리라는 뜻은 아니기 때문이다.

대신에 폴리는 분필로 이렇게 썼다. "즐거운 시간을 원하면, 폴리에게 전화 주세요." 그리고 문에 리케트 부인의 전화번호를 적은 다음 문 아래쪽 구석에(작정하고 찾으려 하지 않으면 절대 볼 수 없는 곳이었다) 동그라미에다 가로선이 그어진 지하철 로고를 그리고 '노팅힐게이트'라고 적었다. 그녀는 좁은 통로로 나와 계단에서 가장 가까운 통에 화살표를 그리고, 쪼그려 앉아 맞은편 벽에 '폴리 세바스찬, 타운센드 브라더스'라 적고 하숙집 주소를 써넣었다. 그런 다음, 계단 위에 앉아 혹시 강하가 작동할 경우를 대비해 1시간을 꼬박 기다렸다.

작동하지 않는 듯했다. 그녀는 10분을 더 기다렸다가 뒷골목으로 나와 자신의 발자국을 지우고 그 위에 회벽 가루를 뿌렸고, 창고 벽의 '런던은 버틸 수 있다!'라고 쓰인 위쪽에 '세바스찬이 이곳에 있었다'라고 끼적인 다음 노팅힐게이트역으로 갔다.

라버넘 양이 에스컬레이터 꼭대기에서 폴리를 맞이했다. "그 아가씨를 만났나요?" 그녀가 물었다.

폴리의 심장이 쿵쾅거렸다. "어떤 아가씨요?"

"자기 이름은 말하지 않았어요. 타운센드 브라더스 백화점에서 왔다고 했어요. 1막에서는 메리 아가씨에게 하얀 레이스 드레스를 입히고, 배가 난파한 장면에서는 파란 레이스 드레스를 입힐까 하는데, 당신 생각은 어떤가요? 전 무대에서는 늘 파란색이 가장 멋진 것 같더라고요…."

"그 여자는 어디로 갔나요?" 폴리가 인파를 둘러보며 말했다. "그 아가씨요."

"이런, 몰라요. 그 아가씨는… 아, 저기 있네요."

도린이었다. 도린은 숨이 차 얼굴이 벌겠다. "오, 폴리." 도린이 헐떡이며 말했다. "널 찾아서 사방으로 다녔어. 마저리 때문이야. 네가 떠나고 곧바로 마저리네 집주인이 스넬그로브 양에게 전화했어. 마저리는 바스에 없었대."

"그게 무슨 말이야?" 폴리가 다그쳐 물었다. "그러면 어디에 있었다는 거야?"

"저민 스트리트." 도린이 울음을 터뜨리며 말했다. "그곳이 폭격을 당할 때에."

46

위험: 지뢰 있음

— 잉글랜드 해변의 공고문, 1940년

전시 응급 병원, 1940년 9월

하디는 마이크의 침대 옆에 서서 환하게 웃고 있었다. "당신은 519명의 생명을 구한 거예요." 주근깨투성이 얼굴 전체가 웃음으로 가득 찼다. "아무리 전쟁 중이라도, 자랑스러워할 만한 기록이지요."

'만약 나 때문에 전쟁에서 지게 되는 게 아니라면 말이지.' 마이크가 울고 싶은 심정으로 생각했다. '내 잘못으로 생명을 구한 그 사람들 가운데 누군가가 엘 알라메인이나 D-데이 또는 벌지 전투 같은 중요한 사건의 경로를 변경해 전쟁의 결과를 바꾸면 어쩌지.' 그리고 그런 일이 없을 거라고 생각하는 거야말로 터무니없었다. 시공 연속체는 한두 가지 변화는 없앨 수 있지만, 살아서는 안 되었을 519명, 아니, 하디까지 520명에 관한 보정은 할 수 없었다.

"당신을 피곤하게 하려는 뜻은 없었어요." 하디가 자신 없이 말했다. "그냥 좀 기운을 북돋워주려던 거였어요. 뭔가 제가 해줄 수 있는 일이 있어요?"

'이미 차고 넘치게 해줬어요.' 마이크는 하디의 뺨을 한 대 때려주고 싶었지만, 그건 하디의 잘못이 아니었다. 그가 됭케르크로 돌아간 건 그저 옳은 일을 하려던 생각에서였다. 그 행동이 어떤 결과를 낳을지, 하디로선 알 도리가 없었다.

"더 이상 방해 안 할 테니 쉬어요." 하디가 말했지만 그건 불가능했다. 마이크는 이곳을 나가야만 했다. 강하 지점으로 가서 옥스퍼드에 자신이 한 행동에 관해 경고해야 했다. 만약 너무 늦지 않았다면, 그리고 구조팀이 이곳에 없는 게 그 이유 때문이라면 말이다. 마이크로 인해 연합군이 전쟁에 지고, 그래서 구조팀이 존재하지 않기 때문이라면.

하지만 하디는 마이크가 죽은 줄 알았다고 했다. 그의 흔적을 찾지 못한 구조팀 역시 같은 결론을 내렸을 수 있었다. 아니면 여전히 런던에서 그를 찾고 있을지도 몰랐다.

그리고 설사 너무 늦었다고 할지라도, 적어도 시도는 해야 했다. 그건 이 빌어먹을 병원을 나가야 한다는 뜻이었다. 하지만 어떻게? 그냥 몰래 빠져나갈 수는 없었다. 우선 아직 계단을 내려갈 수 없었고, 설사 내려갈 수 있다 치더라도 환자복과 슬리퍼 차림으로는 두 블록도 갈 수 없을 것이다. 게다가 마이크에게는 아무런 서류도 없었다. 돈도 없었다. 적어도 도버까지 갈 기찻삯과 도버에서 살트램-온-시로 갈 버스비는 있어야 했다. 그리고 신발도.

우선 마이크는 의사에게 그가 퇴원할 만한 상태라는 확신을 주어야만 했다. 그건 지금보다 더 잘 걸을 수 있어야 한다는 뜻이었다. 마이크는 하디가 가고 밤 근무 간호사가 모든 환자를 살펴볼 때까지 기다렸다가 일어났고, 그날 밤 내내 절룩이며 병실을 걷는 연습을 했고, 마침내 의사에게 차도가 있음을 보여주었다.

"놀랍군요." 주치의가 감명받으며 말했다. "제가 생각했던 것보다 훨씬 더 빠르게 회복하고 있어요. 곧장 수술해야겠네요."

"수술이라고요?"

"네. 손상된 힘줄을 고쳐야죠. 원래 상처가 낫기 전에는 그 수술을 할 수 없었거든요."

"안 돼요." 마이크가 말했다. "수술은 안 돼요. 저는 퇴원하고 싶습니다."

"전장으로 돌아가고 싶은 마음은 이해합니다." 의사가 말했다. "하지만 수술하지 않으면 다리를 제대로 쓸 수 없을 가능성이 크다는 걸 아셔야 합니다. 평생을 절룩이며 걸을 가능성이 큽니다."

'내가 여기 머물 때 생길 위험이 수술하지 않을 때의 위험보다 훨씬, 훨씬 더 커.' 마이크가 생각했고, 다음 며칠 동안 의사에게 자신을 퇴원시켜달라고 졸라댔다. 그리고 답을 기다리느라 초조해 미칠 지경이었다. 하지만 밤마다 사이렌 소리가 들렸고, 폭탄 터지는 소리는 점점 더 가까이서 들렸다. 베빈스 하사는 계속 흐느끼며 '침공이다. 즉시 여기를 나가야 해.'라고 소리쳤고, 그 어느 것도 마음을 진정시키는 데 도움이 되지 않았다.

'나는 노력하고 있어.' 머리 위로 베개를 뒤집어쓰며 마이크가 생각했다.

"히틀러가 오고 있어." 베빈스 하사가 비명을 질렀다. "금방이라도 놈이 이곳에 올 거야!" 사실 그러지 않는 게 오히려 이상했다. 신문들에 따르면, 독일 공군은 밤마다 런던을 때려대고 있었다. 런던탑, 트래펄가 광장, 마블 아치 지하철역, 버킹엄 궁전 모두가 폭격받았고, 이미 수천 명이 죽었다.

"끔찍해요." 이브스 부인이 〈헤럴드〉를 마이크에게 가져다주며 말했다. 신문 헤드라인은 '야간 폭격이 잦아들 기미 없어… 그러나 흔들리지 않는 런던 시민들', '지난밤에 내 이웃이 폭격당했습니다. 그리고….' 등이었다.

"어떻게 하면 새 신분증을 받을 수 있나요?" 마이크가 말을 가로챘다. "제 신분증이 됭케르크에서 훼손되었고, 제 옷들은 어떻게 되었는지 모르거든요."

"그런 건 아마도 지원국에서 처리해줄 거예요." 이브스 부인이 말했고, 이튿날 젊은 여자가 공책을 들고 그의 침대 옆으로 오더니 여권 번호부터 신발 크기에 이르기까지 뭐라고 답을 해야 할지 난감한 질문을 수십 개나 해댔다.

"최근에 바뀌었어요." 마이크가 말했다. "특히 오른발이요."

그녀는 그 말을 무시했다. "당신 여권은 언제 발급되었나요?"

"제 모든 신분 서류는 모두 신문사의 편집장이 마련해줬습니다." 마이크는 그녀가 미국에서는 일 처리 방식이 다를 거라고 믿기를 바라며 말했다.

"편집장 이름이 뭔가요?"

"제임스 던워디요. 하지만 지금 신문사에 없습니다. 이집트로 발령이 났어요."

"그리고 당신 신문사 이름은요?"

"〈오마하 옵서버〉입니다." 마이크가 말했다. '이 사람들은 확인을 해보고 그런 신문사는 존재하지 않으며 그런 여권이 없다는 사실을 알게 될 거고, 나는 다른 스파이들과 함께 런던탑에 갇히겠지.' 하지만 그날 오후 그녀는 임시 신분증, 배급 수첩, 기자용 통행증을 가지고 돌아왔다.

"이 양식을 채워 사진 한 장과 함께 런던에 있는 미국 대사관으로 보내면 새 여권을 받을 수 있어요." 여자가 말했다. "아마도 몇 달은 걸릴 거예요. 전시잖아요."

'전쟁 만세.' 마이크가 말했다.

"그때까지는 이 임시 여권과 비자를 쓰세요." 여자가 그것들을 마이크에게 건넸다. "수간호사에게 당신이 입을 옷을 맡겨두었어요."

'그리고 당신도 만세.'

"퇴원하면 어디로 갈지 생각해봤나요?" 그녀가 물었다.

마이크는 다른 생각은 해보지 않았다. 그는 살트램-온-시의 강하 지점으로 가야 했다. 하지만 강하 지점에 가는 걸 그 지역 사람들, 특히 다프네의 눈에 띄지 않아야 했다. 다프네가 자신에게 더 관심을 두게 되면 위험했다. 그랬다가는 결혼할 운명인 상대와의 데이트를 거절하거나 그가 떠났을 때 버림받았다는 느낌 때문에 기자들을 욕할 수도 있었다. 아니면 미국인들을. 제2차 세계대전 당시 잉글랜드 여자 수백 명이 미국인 군인과 결혼했다. 다프네는 그 가운데 한 명일 수도 있었다. 그리고 지금도 이미 마이크는 충분한 피해를 준 상태였다. 더 이상 아무 해도 입히지 말고 이 시대를 떠나야 했다.

마이크는 도버로 가서 그곳에서 살트램-온-시로 가는 버스를 타고, 그 버스 운전사가 그를 해변에 기꺼이 내려주기를 바라야 했다. 그리고 강하 지점까지 내려갈 수 있기를.

“도버로 가려고 생각했습니다.” 마이크는 지원국 여자에게 말했다. “그 곳에 같이 머물 동료 기자가 있습니다.” 그리고 이튿날 그녀는 도버로 가는 기차표와 숙박 시설 사용권, 그리고 5파운드 지폐를 건네며 말했다. “당신이 정착할 때까지 도움이 되길 바라요. 뭔가 더 필요한 게 있나요?”

“병원 퇴원서요.” 마이크가 말했고, 그녀는 정말로 ‘대단한’ 능력의 소유자였다. 의사가 그날 오후 서류에 서명했기 때문이다. 마이크는 곧바로 종을 울려 가브리엘 간호사를 불러 옷을 가져다달라고 했다.

“수간호사가 당신 서류에 서명할 때까지는 안 돼요.” 가브리엘 간호사가 말했다.

“그건 언제 되나요?” 마이크가 물었다. 오늘은 수요일이었고, 쓰라린 경험에서 배운 바로는, 살트램-온-시로 가는 버스는 화요일과 금요일에만 운행했다. 그러니 금요일까지는 퇴원해야만 했다.

“확실히 모르겠네요. 아마도 내일쯤? 우릴 떠난다고 너무 그렇게 티 나게 기뻐할 필요는 없어요.”

카모디 간호사는 가브리엘 간호사보다 마이크를 더 이해했다. “전장으로 돌아가고 싶은데 계속 기다려야만 하는 심정을 이해해요. 저도 몇 달 전부터 야전 병원에서 근무하고 싶다고 신청하고 하염없이 기다리는 중이에요.” 그녀는 말했고, 수간호사와 이야기하겠노라고 약속했다.

카모디 간호사는 약속을 지켰다. 그녀는 1시간도 안 되어 지원국이 두고 간 옷 꾸러미를 들고 돌아왔다. “오늘 퇴원할 거예요.” 카모디 간호사가 말했다. 꾸러미에는 갈색 트위드 수트, 하얀 셔츠, 타이, 커프스 링크, 양말, 속옷, 모직 코트, 중절모, 걷는 건 고사하고 다친 발에 신는 것조차 엄청나게 아픈 신발 한 쌍이 들어 있었다.

‘이걸 신고 절룩이는 모습을 보면 절대로 나를 퇴원시키지 않을 거야.’ 마이크가 생각했다. 퇴원하는 환자는 휠체어에 태워 아래층까지 데려가 택시에 태워 보낸다는 병원 규칙이 있었기에 망정이지, 그렇지 않았다면 정말로 병원은 마이크를 퇴원시키지 않았을 것이다. 그리고 마지막 순간에,

카모디 간호사는 마이크에게 목발 한 쌍을 건넸다. "의사의 처방이에요." 그녀가 말했다. "의사 선생님은 가능한 한 다친 발에 체중을 싣지 말라고 했어요. 그리고 이건 기차용이에요." 카모디 간호사는 갈색 종이 꾸러미를 건넸다. "우리 모두가 주는 거예요. 어떻게 지내는지 꼭 편지로 알려줘요."

"그럴게요." 마이크는 거짓말을 했고, 택시 운전사에게 빅토리아역으로 데려다달라고 했다. 그곳에 가는 도중, 마이크는 꾸러미를 끌렀다. 안에는 십자말풀이 책이 들어 있었다.

그는 도버로 가는 가장 이른 기차를 탔고, 도버에 도착하자마자 전당포에 가서 커프스 링크와 코트를 4파운드에 팔았다. 목발도 팔 수 있었지만, 목발은 나름 편리한 구석이 있었다. 사람들로 꽉 찬 기차에서 의자에 앉을 수 있었던 것이다. 버스 운전사에게 해변에서 내리게 해달라고 할 때도 이 목발이 도움 될 듯했다.

버스 타는 곳을 찾을 수 있다면 말이다. 아무도 모르는 것 같았다. 심지어 기차 역장도 몰랐다. 전당포 주인도. 마이크는 누가 알지 생각해봤다. 호텔에서는 알 것이다. 그는 몇 달 전에 옥스퍼드에서 암기한 도버의 지도 덕분에 호텔들 위치를 알았다. 하지만 그 호텔들은 발이 다친 상황에서 목발을 짚고 전당포에서부터 걸어가기에는 모두 너무 멀었다. 그는 택시를 불러 세웠고, 택시 안에 목발을 간신히 넣고 뒷자리에 앉았다. "어디로 모실까요?" 택시 운전사가 물었다.

"임페리얼 호텔요." 마이크가 말했다. "아니, 잠깐요." 택시 운전사라면 버스 정류장의 위치를 알 것이다. "살트램-온-시로 가는 버스를 타야 하는데요."

"그곳으로 가는 버스는 없습니다. 6월부터 쭉 끊겼어요. 해변은 출입 금지예요."

"출입 금지라고요?"

"침공 때문에요. 그곳은 제한 구역이에요. 민간인은 접근이 허용되지 않아요. 그곳에 살거나 통행증이 있지 않은 한요."

'이런, 젠장.' "저는 종군기자입니다." 기자 통행증을 꺼내며 마이크가 말했다. "살트램-온-시까지 가는 데 요금이 얼마나 나올까요?"

"갈 수 없어요. 거기까지 가는 데 드는 휘발유 쿠폰을 구할 수도 없고, 설사 구할 수 있다고 할지라도 거기 해변 도로는 돌멩이들로 가득해요. 저는 이 타이어로 전쟁이 끝날 때까지 버텨야 합니다."

"그러면 제가 차를 구할 만한 곳이 있습니까?"

택시 운전사는 잠깐 생각하더니 말했다. "차가 있을 만한 정비소를 하나 알아요." 그리고 그곳으로 마이크를 데려갔다.

그 정비소에는 차가 하나도 없었다. 그들은 "길 바로 저쪽"의 누난 정비소로 가보라고 했다. 하지만 그곳은 들은 것보다 훨씬 더 멀었다. 마이크가 그곳에 도착했을 때, 그는 목발을 전당포에 팔지 않아 정말 다행이라고 생각했다.

정비공은 그곳에 있지 않았다. "술집에 가면 찾을 수 있을 거예요." 기름에 뒤덮인 열 살쯤 되어 보이는 소년이 마이크에게 말했지만, 그게 말처럼 쉽지 않았다. 술집은 됭케르크에서 돌아올 때의 배만큼이나 사람들로 빽빽했다. 목발을 짚고 그 사람들을 통과할 방법이 없었다. 마이크는 목발을 문가에 두고 인부들, 군인들, 어부들 속으로 비틀비틀 걸어갔다. 그들은 모두 침공에 관해 토론하고 있었다. "이번 주에 있을 거야." 딸기코의 뚱뚱한 남자가 말했다.

"아니, 놈들이 런던 공습을 좀 더 한 다음일 거야." 그의 친구가 말했다. "적어도 2주는 걸릴걸."

옆에 앉은 남자가 고개를 끄덕였다. "상륙하기 전에 스파이들부터 보낼 거야."

누가 정비소 주인인 걸까? "실례합니다." 마이크가 말했다. "요 옆에 있는 정비소의 주인을 찾는데요. 차를 빌려야 해서요."

"차를?" 뚱뚱한 남자가 말했다. "지금 전쟁 중이라는 거 몰라?"

"왜 차를 빌리려는 거지?" 그의 친구가 물었다.

"살트램-온-시로 가야 해서요."

"왜?" 그가 의심스럽다는 표정으로 말했고, 그의 친구가 눈을 가늘게 뜨고 물었다. "어디서 왔지?"

이런, 제길. 그들은 마이크를 스파이라 생각했다. "미국에서요." 그가 말했다.

"양키?" 그 남자가 코웃음을 쳤다. "당신들은 언제 참전할 거야?"

그리고 중산모를 쓴, 작고 소심해 보이는 남자가 호전적으로 말했다. "대체 뭘 기다리는 건데?"

"그냥 정비소 주인이 누구인지만 알려주시면…."

"그 친구는 저기, 바에 있수다." 뚱뚱한 남자가 가리키며 말했다. "해리! 이 양키가 자네에게 차를 좀 빌리고 싶다는군."

"누난에 가보라고 해!" 정비소 주인이 외쳤다.

"이미 가봤습니다." 마이크가 외쳤지만, 정비소 주인은 이미 바를 향해 돌아앉은 뒤였다.

소용없었다. 그쪽으로 가는 농부가 있는지 찾아봐야 할 것이다. '어쩌면 포우니 씨가 또 황소를 사러 이곳에 와 있을지도 몰라.' 마이크가 생각했고, 목발을 가지러 문 쪽으로 향했다.

"잠깐." 뚱뚱한 남자가 마이크의 발을 가리키며 말했다. "다리는 어쩌다 그런 거요?"

"스투카 때문에요." 마이크가 말했다. "됭케르크에서 당했죠." 그러자 갑자기 술집에서 불친절한 기운이 싹 가셨다.

"어느 배?" 중산모를 쓴 작은 남자가 더는 호전적이지 않은 목소리로 물었고, 정비소 주인은 바를 떠나 마이크 쪽으로 다가왔다.

"제인여왕호요." 마이크가 말했다. "아주 작은 보트였지요."

"그 배는 돌아왔고?"

"제가 탔을 때는 그랬죠. 하지만 다음번에는 못 돌아왔…." 그는 말을 하려 했지만, 그가 뭐라 더 말하기 전에 질문들이 쏟아졌다.

"어뢰에 침몰한 거야?"

"몇 명이나 태울 수 있었어?"

"언제 갔었는데?"

"'릴리 벨호'를 봤어?"

"숨 돌릴 시간을 좀 줘." 정비소 주인이 외쳤다. "그리고 맥주도. 그리고 앉게 하고. 됭케르크의 영웅을 세워놓고 맥주 한 잔 안 주다니, 무슨 사람들이 이래?"

누군가가 마이크가 앉을 벤치를 내줬고, 또 다른 이가 에일 맥주가 담긴 유리잔을 내밀었다. "집에 가는 거지?" 뚱뚱한 남자가 물었다.

"네." 마이크가 말했다. "방금 퇴원했습니다."

"나도 가서 돕고 싶었는데." 정비소 주인이 말했다. "하지만 내게 있는 건 캬브레터가 없는 모리스하고 자석 발전기가 없는 다임러뿐이어서 그곳에 갈 방법이 없었어."

"이 친구에게 내 차를 빌려줄 수 있어." 아까는 그렇게 호전적이던 작은 남자가 자진해서 제안했다. "여기서 기다려." 그가 말했고, 몇 분 뒤에 오스틴을 가지고 돌아왔다.

"이게 차 열쇠야. 있는 휘발유를 다 쓰면, 트렁크에 한 통이 더 있어." 그는 의심이 드는 표정으로 마이크의 발을 바라보았다. "페달을 밟을 수 있겠어?"

"네." 마이크는 이 작은 남자가 대신 운전해주겠노라고 제안할까 봐 재빨리 말했다. "휘발윳값하고 차 빌리는 값을 드리겠습니다."

"아냐, 됐어." 그가 말했다. "자동차 등록증은 글로브박스에 있어. 검문소에서 보여달라고 할 수도 있으니까. 돌아오면 여기 술집에 차를 맡겨두면 돼."

'저는 돌아오지 않을 거예요.' 마이크가 죄책감을 느끼며 생각했다. "당신이 없었으면 어쨌을지 모르겠네요." 마이크가 말했다. "정말로 제 생명의 은인이십니다."

"그런 생각은 이제 그만 하고." 작은 남자가 말하고 자동차 보닛을 툭툭 치더니 술집으로 돌아가기 시작했다. "나도 거기에 있었어. 됭케르크에. '금잔화호'를 탔지."

남자는 안으로 들어갔다. 마이크는 목발을 뒷자리에 싣고 운전석에 앉아 시동을 걸고 차를 몰았다. 마이크는 그 작은 남자가 밖에 그대로 남아 마이크가 시동 거는 일이나 기어 바꾸는 일로 끙끙대는 모습을 지켜보지 않아서 다행이라고 생각했다.

'내 이런 모습을 봤다면 절대로 차를 빌려주지 않으려 했을 거야.' 마이크는 비틀비틀 차를 몰아 해안 도로로 들어섰다. '나도 메로피처럼 운전 강습을 받아둘걸.'

그는 남쪽으로 차를 몰며 지나가는 해변을 살폈다. 만약 그가 '스파이'였다면, 히틀러에게 굉장히 실망스러운 보고서를 보냈을 것이다. 해변에는 칼날 철조망과 끝을 뾰족하게 깎은 말뚝과 콘크리트 탑이 빽빽이 들어섰으며, '지뢰 지역, 안전을 보장하지 못함'이라 적힌 커다란 경고문들이 걸려 있었다. 폴크스톤으로 가는 동안, 마이크는 살트램-온-시 해변에는 지뢰를 묻지 않았거나 아까 본 것 같은 장애물들이 없기를 바랐다.

폴크스톤에는 검문소가 있었고, 히스에도 있었다. 두 곳 모두 무장한 경비병들이 마이크에게 질문을 했고, 서류를 확인한 뒤에야 통과시켰다. "도로에서 수상한 자를 보았습니까?" 두 번째 검문소에서 마이크에게 질문을 했고, 마이크가 못 봤다고 말하자 그들이 말했다. "해변에서 허가받지 않은 사람을 보거나 또 수상한 행동을 하고 질문을 하거나 사진을 찍는 사람을 보거든 당국에 연락하십시오."

'그래서 구조팀이 오지 않은 거야.' 마이크가 운전하며 생각했다. '바드리가 마땅한 강하 지점을 찾을 수가 없었던 거야.' 됭케르크 작전 이후, 모든 해안은 군인과 해안 감시원, 그리고 비행기 식별원으로 득실거렸다. 그뿐 아니라 모든 농부와 운전사와 술집 단골들이 낙하산병과 스파이를 찾고 있었다. 구조팀이 발각되지 않고 제한 구역 안에서 강하해올 방법은 없었다. 그리고 설사 그들이 어찌어찌 제한 구역 밖에서 강하해서 온다 해도, 마이크와 마찬가지로 살트램-온-시에 올 방법을 찾기 어려울 것이다. 그들이 아직 마이크를 찾지 못한 것도 이상할 게 없었다.

'나는 미래를 바꾸지 않았어.' 그는 매우 기뻐하며 생각했다. '나 때문에 전쟁에 지지는 않았어. 그리고 더 뭔가를 바꾸지 않고 강하 지점에 도달할

수 있다면, 나는 가벼운 마음으로 집에 갈 수 있어.'

'하지만 그것도 내가 저 해변으로 내려갈 수 있을 때의 이야기지.' 도버의 백악 절벽을 보자마자 마이크의 기쁨이 수그러들었다. 가까이 다가갈수록 그곳은 더 가팔라 보였다. 좋은 점은, 군은 그 절벽이 탱크를 막을 수 있다고 생각한 듯했다. 그 아래 해변의 유일한 방어 설비는 말뚝 두 줄과 철조망이 전부였다.

히스 외곽으로 나오자 곧바로 비가 내리기 시작했다. 마이크는 차 앞창 너머의 하얀 길 그리고 절벽 너머로 언뜻언뜻 보이는 회색 바다를 노려보며 눈에 익은 표지물이 없나 살펴보았다. 길은 다시 해협에서 멀어졌다가 다시 가까워지며 오르막이 되었다. 그는 이제 목적지에 거의….

목적지가 보였다. 차는 길을 따라 작은 언덕을 올라갔고, 그 꼭대기에서는 살트랩-온-시와 그 너머까지 가는 길이 다 보였다. 그는 풀밭 위에 차를 세우고 내렸고, 혹시라도 누군가가 볼 경우를 대비해 얼굴을 찌푸린 채 거칠게 차 문을 닫았다. 그는 보닛을 열고 그 안을 살폈다. 마이크는 어떻게 하면 증기가 올라오게 하는지 알았으면 좋겠다고 생각했다. 엔진 과열처럼 보이고 싶었기 때문이다. 하지만 마이크는 휘발유 엔진이 어떻게 작동하는지 알지 못했고, 감히 '진짜로' 고장 내고 싶진 않았다.

그는 몇 가지를 조정하는 척하다가 지긋지긋하다는 듯 펜더를 손으로 내리치고는 절룩이며 절벽 가장자리로 갔고, 모두 다 짜증 난다는 눈으로 회색 해협과 회색 하늘을 바라보다 해안을 내려보았다. 절벽에 날카롭게 튀어나온 돌출부가 강하 지점을 가리고 있었지만, 해안의 나머지 부분은 거의 다 보였다. 이곳에도 같은 말뚝과 철조망이 있었지만, 기관총 설치대나 초소, 칼날 철조망은 없었다. '좋았어.'

해안에 지뢰가 매설되어 있지만 않다면 말이다. 하지만 강하 지점은 절벽 가장자리에서 조금밖에 떨어지지 않았고, 지뢰는 물가 근처나 대전차 장애물 사이에 매설되어 있을 가능성이 훨씬 컸다. 침공은 내륙이 아닌 바다 쪽에서 있을 테니까.

언덕 꼭대기는 바람이 심했고, 안개비를 맞으며 서 있으니 온몸이 얼어붙을 것처럼 추웠다. 그는 재킷의 깃을 세워 목을 감쌌다. 코트를 전당포에 판 게 후회되었다. 만약 강하가 열리기까지 한참 동안 기다려야 한다면 특히 그랬다. 하지만 오래 걸릴 리가 없었다. 철조망과 궂은 날씨의 좋은 점은 해안 감시원을 포함해 누군가가 밖에 나와 있을까 봐 걱정할 필요가 없다는 것이다. 그리고 그럴 리는 없지만 혹시라도 이렇게 파도가 심한 날에 배가 나와 있다면, 그 배의 수병들은 해변이 아니라 해협 쪽을 바라볼 것이다. 그러니 마이크는 목격자를 걱정할 필요가 없었다.

만약 강하 지점에 갈 수 있다면 말이다. 마이크는 좀 더 걸어가 돌출한 절벽 너머를 보려고 애썼지만, 돌출부는 여전히 강하 지점을 안 보이게 가리고 있었다. 그는 차로 돌아가 시동을 거는 척하다가 다시 나와 마치 도움을 청할 집을 찾는 것처럼 절룩이며 길을 따라 북쪽으로 갔다. 그리고 돌출된 절벽을 지났다는 판단이 들자 다시 가장자리 쪽으로 절룩이며 갔다.

이곳에서는 강하 지점이 확실히 보였다. 그는 모래에서 들쭉날쭉하게 삐져나온 바위의 두 면을 볼 수 있었다. 그리고 그 사이 중간, 강하 지점 바로 위로 150밀리 방공포가 하나 보였다.

47

정원 곳곳에서 가시나무들과 가시덤불들이
갑자기 쑥쑥 자라며 서로 뒤엉켰고,
그래서 그 누구도 그곳을 지날 수 없었습니다.

—《*잠자는 숲속의 미녀*》

런던, 1940년 10월

폴리는 깜짝 놀라 도린을 바라보았다. 도린은 사람들이 자신들을 밀치고 지나가는 것도 느끼지 못한 채, 붐비는 지하철역 한가운데 서서 흐느끼고 있었다. "폭격?" 폴리가 되풀이해 말하며 생각했다. '마저리는 죽은 거야. 그래서 자신이 떠난다는 말을 아무에게도 하지 않은 거고.'

"그리고 최악은…." 도린이 눈물을 참으려 애쓰며 말했다. "오, 폴리. 마저리는 그 잔햇더미에 사흘이나 갇혀 있다가 발견되었어!"

가엾은 마저리는 만신창이가 된 채로 그곳에 사흘이나 갇혀 있었다. 그녀가 거기에 있다는 걸 아무도 몰랐기 때문이다. 심지어 그녀가 실종됐다는 것조차 아무도 몰랐다. "하지만 집주인은 마저리가 떠났다고 했잖아." 폴리가 말했다. "자기 물건들을 다 챙겨서 말이야. 어째서…?"

"모르겠어." 도린이 말했다. "집주인에게 물어봤지만, 면회 금지라 마저리를 만날 수가 없었대."

"면회? 마저리가 살아 있는 거야?" 폴리가 도린의 두 팔을 움켜잡고 말했다. "어디에 있는데?"

"병원에. 아멘트루드 부인, 그러니까 마저리의 집주인 말로는 마저리가 아주 심하게 다쳤대…. 내상이…."

'이런, 맙소사.' 폴리가 생각했다. '내상을 입었구나.'

"아멘트루드 부인 말로는 비장이 파열됐대…."

폴리는 희망이 샘솟는 걸 느꼈다. 아무리 1940년이라 할지라도 비장 파열 정도는 어떻게 치료하는지 알 것이다. "감염에 관해서는 아무 말도 없었어?"

도린은 고개를 저었다. "갈비뼈가 몇 대 부러졌다고 했어… 그리고… 팔도!" 도린은 더는 참지 못하고 통곡하기 시작했다.

어느 시대에서든 팔이 부러지는 정도로 사람이 죽지는 않는다. 그리고 복막염이 아니라면 마저리는 괜찮을 것이다. "이거 써요, 아가씨." 라버넘 양이 가장자리에 레이스가 달린 손수건을 도린에게 건네며 말했다. "그리고, 세바스찬 양, 제가 간이식당에 가서 당신 친구가 마실 차를 좀 사 올까요?"

"아니, 전 괜찮아요." 도린이 뺨을 닦으며 말했다. "미안해. 마저리는 그렇게 심한 꼴을 당했는데, 그것도 모르고 나는 걔가 아무 말도 없이 그렇게 급하게 떠났다고 화를 낸 게 너무 후회돼서 그래…." 그리고 도린은 다시 울기 시작했다.

"넌 몰랐잖아." 폴리가 말하며 생각했다. '우리는 알아야만 했어. 나 역시 마저리가 내게 말도 없이 바스로 떠났을 리 없다는 걸 알았어야만 했지. 내 일을 대신 해주겠노라고 말을 한 뒤 나를 실망시킬 리 없다는 걸 알았어야만 했어.'

"스넬그로브 양도 그렇게 말했어." 도린이 훌쩍였다. "누구의 잘못도 아니라고. 설사 마저리가 런던에 있는 걸 우리가 알았더라도, 우리는 걔가 런던 어디에 있는지 몰랐을 거라고 했어. 나는 마저리가 저민 스트리트에 왜 갔는지 모르겠어. 공습이 시작되었을 때 기차역으로 가던 중이었나 봐."

'하지만 저민 스트리트는 워털루 기차역에서 한참 먼데.' 폴리가 생각했다. '정반대 방향이잖아.'

"생각해봐. 곧 안전하게 런던을 벗어날 거라고 생각하고 있는데 갑자기…." 도린이 다시 울기 시작했다. "우리가 할 수 있는 일이 뭐라도 있으면 좋겠어. 하지만 아멘트루드 부인은 마저리의 면회가 안 된다고 했어."

"꽃을 보낼 수 있을 거예요." 라버님 양이 제안했다. "아니면 맛있는 포도나."

"아, 그거 좋은 생각이에요." 도린이 기운을 내며 말했다. "마저리는 늘 포도를 좋아했어요. 아, 폴리. 마저리는 괜찮아지겠지?"

"당연하죠. 괜찮아질 거예요." 라버님 양이 말했고, 폴리는 고마운 눈으로 그녀를 바라보았다. "당신 친구는 이제 제대로 보살핌을 받고 있으니 걱정하지 마세요. 의사들은 놀라운 일들을 하지요. 오늘 밤 우리와 함께 이 방공호에 있는 게 어때요?"

"말씀은 고맙지만, 그럴 수 없어요." 도린이 라버님 양에게 말하더니 폴리에게 시선을 돌렸다. "스넬그로브 양이 나더러 모두에게 전하라고 했어. 그리고 낸은 아직 이 사실을 몰라. 낸을 찾아서 말해줘야 해."

"지금은 안 돼." 폴리가 말했다. "곧 사이렌이 울릴 거란 말이야. 그리고 공습 때 밖에 있으면 안 돼."

"괜찮아. 낸은 대개 피커딜리역에 있거든." 도린이 말하더니 벽에 칠해진 표시들을 대충 둘러보았다. "여기에 피커딜리 선이 있어?"

"디스트릭트 선을 타고 얼스 코트까지 간 다음 거기에서 갈아타면 돼." 폴리가 말했다. "나랑 같이 가자. 라버님 양, 고드프리 경에게 친구가 사람 찾는 걸 도우러 갔다고 전해주세요."

"이런, 우리는 오늘 밤에 난파 장면 연습을 하기로 되어 있는데요." 라버님 양이 말했다. "고드프리 경은 몹시 화를 낼 거예요."

그 말이 맞았다. 고드프리 경은 집사 역에 최선을 다했을 뿐 아니라 연출가로서도 혼신의 힘을 쏟아부었고, 넬슨을 포함한 모두에게 고함을 쳤다. 그러니 만약 연습을 빼먹으면….

"아니, 아니, 나랑 같이 갈 필요 없어." 도린이 말하고 있었다. "이제 난 훨씬 나아졌어. 둘 다 고마워요." 도린은 라버님 양에게 손수건을 돌려주고 서둘러 떠났다.

"정말 끔찍하군요!" 라버님 양이 도린의 뒷모습을 보며 말했다. "자신이 갇힌 걸 아무도 모른 채 갇혀 있어야 했다니. 슬퍼하지 마세요, 세바스찬 양. 당신 잘못이 아닌걸요."

'아뇨, 제 잘못이 맞아요. 나는 뭔가 잘못되었다는 걸 알았어야 했어. 하지만 나는 마저리가 구조팀과 이야기했는지에만 신경을 썼지. 정말 미안해, 마저리.'

폴리는 이튿날 병원에 갔지만, "환자는 안정되었습니다."라는 말과 함께 '한동안'은 면회를 할 수 없다는 말을 들었을 뿐이었다.

"어쩌면 스넬그로브 양이 의사들에게서 좀 더 정보를 얻을 수 있을지도 몰라." 도린이 카드를 건네며 말했다. 모두가 한마디씩 적어 마저리에게 보낼 카드로, '히틀러 0, 마저리 1'과 같은 글들이 적혀 있었다.

폴리는 스넬그로브 양의 냉정한 성격을 떠올리며 별 기대를 하지 않았다. 하지만 스넬그로브 양은 많은 정보를 알아내서 돌아왔다. 마저리의 비장 제거 수술은 성공적이었다. 팔과 갈빗대 네 대가 부러진 것 말고 다른 부상은 없었고, 비록 백화점으로 돌아오려면 적어도 2주는 걸리겠지만, 완전히 회복될 수 있다고 했다. 그리고 마저리는 피를 상당히 많이 흘렸다.

"헤이즈 양은 1미터가 넘는 잔햇더미 아래에 깔렸었다는군요." 스넬그로브 양이 말했다. "구조대가 헤이즈 양을 발견하고도 잔해를 치우고 구조하기까지 거의 하루가 걸렸대요. 발견된 게 행운이지요. 공습 대비대 감시원 기록에 따르면 그 집은 비어 있다고 되어 있었으니까요. 그 집의 주인인 할머니는 런던 대공습이 시작되자 그곳을 걸어 잠그고 시골로 갔거든요."

'마저리는 빈집에서 무엇을 하고 있었던 거지?' 폴리는 의문이 들었다.

"…그래서 구조대는 그곳을 찾아보지도 않았대요. 만약 공습 감시원이 순찰하다가 무너진 벽 아래에서 마저리가 외치는 소리를 듣지 못했다면…." 스넬그로브 양은 고개를 저었다. "아주 운이 좋았어요. 헤이즈 양이 있던 곳은 우묵한 문간 같은 곳이라 눈에 띄기 어려웠거든요."

'강하 지점처럼.' 폴리는 생각하며 사방으로 폭탄이 떨어지던 그날 밤을 떠올렸다. 만약 그 좁은 통로로 벽이 무너졌다면, 폴리가 그곳에 있다는 사실 역시 아무도 몰랐을 것이다.

"병원에서 마저리를 만나게 해주던가요?" 마저리 자리를 채우기 위해 위층에서 내려온 세라 스타인버그가 물었다.

"아니. 아직 너무 아파서 면회가 안 된다는군요." 스넬그로브 양이 말했다. "수간호사에게 여러분이 보낸 포도와 카드를 전했어요. 꼭 전하겠다는 약속을 받았어요."

"완쾌되는 거 확실한 거죠?" 도린이 물었다.

"확실해요." 스넬그로브 양이 명쾌하게 대답했다. "잘 보살핌을 받고 있으니 걱정할 거 없어요. 우리는 우리 일이나 잘하면 돼요."

다음 주 동안, 폴리는 그 말대로 하려 했다. 즉 스타킹을 팔고, 물건을 포장하고, 대사를 암기하고, 연기 연습에 집중했다. 하지만 잔햇더미에 깔린 마저리의 모습이 계속 눈에 선했다. 겁에 질리고 피를 흘리며 누군가가, 아무라도 와서 자신을 꺼내주기를 기다리는 그 모습이. 그리고 만약 마저리가 의식이 없었거나 도와달라고 외칠 수 없었다면 그녀는 여전히 그곳에 있었을 것이고, 그녀에게 무슨 일이 있었는지 아는 이는 아무도 없었을 것이다.

"메리 아가씨!" 고드프리 경이 폴리를 향해 고함쳤다. "당신 차례입니다!"

"죄송합니다." 폴리가 자기 대사를 말했다.

"아니, 아니, 아닙니다!" 고드프리 경이 으르렁댔다. "당신은 소풍 온 게 아닙니다. 당신은 조난을 당한 겁니다. 당신이 탔던 배는 폭풍으로 항로를 이탈했고, 그 누구도 당신의 행방을 알지 못합니다. 자, 다시 해보세요."

폴리는 다시 대사를 말했지만, 마음은 고드프리 경이 했던 말에 가 있었다. "그 누구도 당신의 행방을 알지 못합니다."

사람들은 마저리가 바스에 갔다고 생각했지만, 사실 그녀는 저민 스트리트의 벽 아래 묻혀 있었다. 폴리의 구조팀에게도 같은 일이 일어났을 수 있지 않을까? 구조팀이 뭔가를 보거나 듣고 폴리가 있는 곳에 관해 잘못된 결론을 내린 것은 아닐까? 폴리를 찾아 리젠트 스트리트 또는 나이츠브리지를 헤매는 건 아닐까? 아니면 다른 도시에 가 있는 건 아닐까?

하지만 마저리와 달리, 폴리는 아무 연락도 없이 사라진 적이 없었고, 엉뚱한 곳에 간 적도 없었다. 그녀는 실험실, 그리고 콜린에게 있겠다고 말했던 바로 그곳에 있었다. 옥스퍼드 스트리트의 백화점에서 일했고, 폭격당한 적 없는 지하철역에서 잤다. 그리고 도린이 마저리에 관한 이야기를 하기 위해 노팅힐게이트역으로 폴리를 찾아왔다는 건, 백화점 사람들은 폴리가 어디에 있는지 알았으며, 만약 구조팀이 타운센드 브라더스 백화점에 와서 폴리에 관해 물었을 경우 그녀의 행방을 제대로 알 수 있다는 뜻이었다.

"틀렸어요, 틀렸어, 틀려!" 고드프리 경이 으르렁댔다. 폴리는 자기 자리를 찾기 위해 민첩하게 움직였지만, 이번에 경은 나머지 배우들에게 고함치고 있었다. "당신들이 구조될 가능성은 거의 없습니다. 당신들은 항로에서 멀리 벗어나버렸고, 당신들이 탄 배가 실종되었다는 소식이 잉글랜드에 도착할 무렵이면 사람들은 당신들이 죽었다고 생각을 할 겁니다."

죽었다고 생각한다? 만약 구조팀이 폴리가 어딘가 다른 곳에 있다고 생각하는 게 아니라 죽은 거라고 생각한다면? 도린이 마저리에 관해 처음 말을 꺼냈을 때, 폴리는 마저리가 죽었다고 생각했다. 그리고 세인트조지 교회의 잔해를 보았을 때, 폴리는 고드프리 경과 다른 사람들이 죽었다고 생각했다. 마찬가지로, 라버님 양과 다른 이들도 폴리를 죽었다고 생각했다. 고드프리 경만이 구조대에게 폴리가 있는지 파보아야 한다고 고집했었다. 만약 구조팀이 그때 도착했고, 주임 사제가 구조팀에게 폴리가 죽었다고 말을 했다면? 또는 주임 사제가…?

"라버님 양…." 폴리가 속삭였다. "세인트조지 교회가 무너지고 난 뒤에 혹시…."

"메리 아가씨, 이 장면에 관해 뭔가 할 말이 있나요?" 고드프리 경이 물었고, 그 목소리에는 빈정거림이 뚝뚝 떨어졌다.

"아니요. 죄송합니다, 고드프리 경."

"제가, 전에도, 말, 했듯이…." 고드프리 경은 한 단어 한 단어를 강조하며 말했다. "오직 집사인 크라이턴과 '메리 아가씨'…." 고드프리 경은 폴리를 노려보았다. "이렇게 둘만이 이 시점에서 자신들이 처한 상황이 위중하다는 걸 깨달았습니다. 그리고 이 장면에서 바로 그 자체로 유머를 제공하는 거지요. 애거사 아가씨, 당신은 여기에 서세요." 경이 말하며 라일라의 팔을 끌고 플랫폼 가장자리로 데려갔다. "그리고 브로클허스트 경, 당신은 여기, 애거사 아가씨 앞의 모래에 앉으세요."

폴리는 고드프리 경이 배역들의 자리를 다시 잡아주는 틈을 타 라버님 양에게 물었다. "제가 사라졌을 때, 주임 사제님이 혹시 제 이름을 신문사에 보내 사상자 명단에 실리게 했나요?"

라버님 양이 고개를 저었다. "와이번 부인은 사망 통지를 하는 게 우리 의무라고 생각했어요." 그녀가 속삭였다. "하지만 고드프리 경은 그 말을 들으려 하지 않았어요. 경은…."

"메리!" 고드프리 경이 호통쳤다. "당신만 괜찮다면 전쟁이 '끝나기 전'까지는 이 장면 연습을 마쳐보고 싶습니다만."

"죄송해요."

그들은 연극 연습을 하기 시작했다. 폴리는 더 이상 고드프리 경의 분노를 사지 않으려 억지로 대사와 연기에 온 정신을 집중했다. 하지만 연습이 끝나자마자 이전 신문을 찾아보기 위해 지하철을 타고 홀본역의 도서대여실로 갔다. 와이번 부인이 폴리의 죽음을 공무원들에게 알리지 않았다 할지라도, 사고 통제 경관 또는 공습 대비대 감시원은 그걸 알렸을 수 있었다. 또는 폭격당한 교회 기사에 그녀 이름이 언급되었을 수도 있었다. 그리고 만약 구조팀이 〈타임스〉에서 '폴리 세바스찬, 적의 폭격으로 인해 급사'라는 기사를 보았다면….

하지만 도서대여실에 있는 가장 오래된 신문은 사흘 전 것이었다. "더 이전 것은 없나요?" 폴리가 사서에게 물었다.

"네." 사서가 미안해하며 말했다. "며칠 전에 아이들이 와서 폐지 수집 운동을 한다며 가져갔어요."

폴리는 〈타임스〉 사무실에 직접 가야 했다. 하지만 언제? 신문 보관소는 폴리가 유일하게 쉬는 일요일에 열지 않았으며, 플리트 스트리트는 점심시간에 다녀오기에는 너무 멀었다. 그리고 다시 백화점에 전화해 자신이 아프다고 할 엄두가 나지는 않았다. 스넬그로브 양은 이제 휴가를 신청하는 사람은 마저리처럼 몰래 도망치려는 거라고 확신했다.

하지만 폴리는 그 사상자 명단을 보아야만 했다. 그래서 이튿날 밤 연극 연습이 끝났을 때 고드프리 경에게 〈타임스〉를 빌려 핑계로 쓸 부고 기사를 확보했고, 라버넘 양에게는 손수건을 빌린 다음, 금요일 밤이 되기만을 기다렸다. 금요일 밤엔 클러큰웰에 공습이 있을 것이었고, 희망대로라면 이튿날 스넬그로브 양은 제시간에 출근하지 못할 것이다.

그리고 그 희망은 이루어졌다. 폴리는 손수건을 들고 위층 인사과로 가 위더릴 씨에게 아침 시간 동안 휴가를 낼 수 있는지 물었다. "이모 장례식에 참석해야 해요."

"층 매니저에게 허락받아야 해요."

"매니저님은 지금 없어요."

위더릴 씨는 자기 비서를 힐끗 보았고, 비서는 고개를 끄덕여 확인을 해주었다. "스넬그로브 양이 전화했어요. 지하철이 운행하지 않는다며 버스를 타보겠다고 했어요."

"음, 이모라고 그랬나요?"

"네. 루이스 이모예요. 공습에 돌아가셨어요." 폴리는 손수건으로 눈가를 찍었다.

"조의를 표합니다. 장례식은 언제인가요?"

"11시, 세인트팽크러스 교회예요." 폴리가 말했고, 만약 위더릴 씨나(또는 더 높은 확률로) 스넬그로브 양이 장례식 공지를 확인한다면 신문에서 '제임스 루이스 반스 부인, 53세, 세인트팽크러스 교회, 오전 11시. 조화는 사양함.'이라는 내용을 발견할 것이다.

"알았습니다." 위더릴 씨가 말했다. "하지만 장례식이 끝나는 대로 돌아와야 합니다."

"네, 그럴게요." 폴리는 말하고 계단을 뛰어 내려와 도린에게 자신이 어디로 가는지 알리면서 누군가 자신의 행방을 물으면 1시까지 돌아올 거라고 말해달라고 했고, 지하철을 타고 플리트 스트리트로 갔다. 폴리는 일반인도 자료실 접근이 허용되길 바라며 〈타임스〉 보관소로 빠르게 걸어갔다.

허용되었다. 그녀는 9월 20일부터 22일까지 아침판과 저녁판을 요청했고, 진짜 신문을 건네받으며 충격을 받았다. 하지만 지금은 디지털판이나 심지어 마이크로필름마저 없는 시대니 당연했다. 폴리는 커다란 신문을 넘겨 사망 공지를 찾아 읽어 내려갔다. '조셉 시브룩, 72세, 적에 의해 급사. 헬렌 섹스턴, 43세, 급사. 필리스 섹스턴, 11세, 급사. 리타 섹스턴, 5세, 급사.'

폴리의 이름은 명단에 없었고, 신문에는 '사랑받던 18세기 교회가 폭격당하다'라는 제목으로 한 문단짜리 간단한 기사만 실려 있었다. 자세한 내용도, 사진도, 심지어 교회의 이름조차 없었다.

'좋았어.' 폴리는 생각했다. 그녀는 신문들을 반납하고 〈데일리 헤럴드〉에 가서 세인트조지 교회에 관한 기사들을 확인했다. '영국인들의 기를 꺾으려 했지만 성공하지 못한 폭격에서 독일 공군이 네 번째로 유서 깊은 교회를 파괴했다.' 그리고 사망 공지. 그 안에 폴리의 이름은 없었다. 〈스탠다드〉에도 없었다. 시간 내에 확인할 수 있는 곳들은 거기까지였다. 다른 곳들은 다음에 확인해야 했다.

폴리는 타운센드 브라더스 백화점으로 서둘러 가다가 파젯스 백화점의 여자 화장실에 들러 눈가에 블러셔를 살짝 문지르고 속눈썹과 뺨과 손수건에 물을 살짝 적셨다. 그렇게 하길 잘했다. 스넬그로브 양은 도착해 있었고, 폴리가 장례식장에 다녀왔다는 걸 전혀 안 믿는 눈치였다.

'그리고 콜린 역시 내가 죽었다는 것을 안 믿을 거야.' 폴리가 생각했다. '설사 내 사망 공지를 보았다 할지라도 절대 믿지 않을 거야.' 콜린은 포기하지 않으리라. 고드프리 경이 그러했듯이, 콜린도 계속 폴리를 찾자고 주장하리라.

'그렇다면 구조팀은 어디에 있는 거야?' 폴리가 입금 전표를 쓰며 생각했다. 폴리는 자신이 없는 사이 누가 자신을 찾지 않았는지를 도린에게 묻기 위해 스넬그로브 양이 떠나기를 기다리고 있었다. '왜 구조팀은 여기로 안 오는 거지?' 강하가 손상된 지 벌써 4주 가까이 흘렀고, 폴리가 보고하러 옥스퍼드로 돌아가야 했던 때에서는 5주가 지났다.

폴리는 폐장을 알리는 종이 울리고 나서야 도린과 이야기할 수 있었다.

도린은 아무도 찾아오지 않았다고 말했다. 폴리는 이어 마저리에 관해 물었다. "스넬그로브 양은, 아직 마저리의 건강이 충분히 회복되지 않아 2주는 면회를 할 수 없다고 했어." 도린이 말했다. "그게 상태가 악화되고 있다는 건 아니겠지?"

"응, 당연히 아니지." 폴리가 거짓말을 했다.

"마저리가 잔햇더미 아래 쓰러져 있고 우리는 걔에게 무슨 일이 일어났는지 모르던 상황이 자꾸 생각나." 도린이 말했다. "우리는 마저리가 바스에서 안전하게 있을 거라고 생각했잖아…. 걔가 어려움에 처한 걸 몰랐던 게 너무 마음에 걸려."

"네가 알 방법이 없었잖아." 폴리가 말했다. 그리고 그 말에 도린은 위안을 얻은 듯했다. 도린은 돌아가 자기 판매대를 덮었지만, 폴리는 그곳에 서서 생각에 잠겼다.

'알 방법이 없었어.' 구조팀이 오지 않는 게 분기점 때문이 아니고, 폴리가 죽었다고 생각하기 때문도 아니고, 그녀가 생각했던 다른 이유들 때문도 아니라면? 만약 구조팀을 폴리에게 보내야 한다는 사실을 실험실이 모르는 것일 뿐이라면? 뭔가 잘못되었다는 사실을 전혀 모르고 있다면? 마저리가 잔햇더미 아래 쓰러져 있던 걸 내가 몰랐듯이.

실험실은 귀환과 강하와 일정 변경으로 일에 치인 상태였고, 던워디 교수 역시 사람들을 만나고 런던을 방문하느라 바빴다. 너무 바쁘고 일에 치여 폴리가 보고하러 와야 한다는 사실을 모두가 잊는다는 게 가능할까? 아니면 도버나 진주만에서 마이클 데이비스에게 무슨 일이 일어났고, 그래서 모두의 관심이 그를 데리러 오는 데 집중되어 있어서 다른 귀환은 보류 중인 그런 상태인 걸까?

만약 그런 경우라면, 폴리가 돌아가야 하는 날이 되기 전까지는 그녀의 강하가 작동하지 않는다는 사실을 그쪽에서는 모를 것이다. 그러면 구조팀은 22일에 이곳에 올 것이고, 폴리는 며칠만 더 기다리면 된다. 아니, 폴리는 콜린을 잊고 있었다. 다른 사람들의 주의가 어디에 쏠리든 간에, 콜린은 폴리를 잊지 않았을 것이다. 콜린은 실험실에 날마다 와서 폴리가 보고했는지 확인했으리라. 그리고 보고가 없었다는 사실을 안다면, 당장 던워디 교수에게 갔겠지.

아니, 잠깐. 콜린은 그럴 수 없었다. 실험실 출입이 금지됐으니까.

'그런다고 막을 수 있는 아이가 아니지.' 폴리는 생각했다. 콜린에게 모든 사람의 정신이 쏠려버린 게 아니라면 말이다. 콜린은 폴리의 나이를 '따라잡기' 위해 임무에 가려고 단단히 결심한 상태였다. 만약 허락도 없이 네트를 통과해 십자군 시대나 어딘가로 갔고, 그래서 구조팀이 콜린을 구하러 갔거나 던워디 교수가 콜린을 쫓아갔다면? 그리고 그 혼란 통에 폴리에 관해 완전히 잊었다면? 너무나도 그럴싸한 가정이었고, 폴리는 22일까지 콜린에 관해 걱정하며 시간을 보냈다. 그리고 마저리에 관해서도.

10월 22일이 되었고, 구조팀은 오지 않은 채 그날이 지나갔다. '날 찾는 데 시간이 좀 걸릴 거야.' 폴리는 시간 여행의 법칙이나 자신이 신중하게 뿌려둔 빵가루를 무시하고 생각했다. '내일이면 올 거야.'

하지만 23일에도, 24일에도 구조팀은 오지 않았다. 그리고 이튿날 아침 노팅힐게이트역 밖에서 기다리지도 않았다. '파젯스 백화점에 취직하지 않아서 다행이야.' 폴리가 타운센드 브라더스 백화점으로 걸어가는 길에 파젯스 백화점 앞을 지나며 생각했다. 파젯스 백화점은 오늘 밤에 폭격당할 예정이었다. 수천 킬로그램의 고성능 폭탄이 그곳을 직격해 건물이 무너졌고, 폐장 직후에 폭격당했기 때문에 건물에는 아직도 사람들이 있었다. 그리고 세 명이 죽었다.

폴리는 파젯스 백화점의 웅장한 기둥들과 진열창과 모직 코트를 입고 좁은 챙의 펠트 모자를 쓴 마네킹들을 마지막으로 보기 위해 걸음을 멈추었다. 현수막에는 '여름 시즌 마감 세일. 이 가격으로 살 수 있는 마지막 기회'라고 적혀 있었다.

'다른 물건들도 마찬가지지.' 폴리가 생각했고, 죽은 세 명은 누구일까 궁금했다. 폐장 직전에 들린 손님? 아니면 남아서 매출 전표를 정리해야 했거나 배달용 포장을 해야 했던 판매 보조?

'오늘 밤 퇴근할 땐 판매대 뒤에 내 모자와 외투를 두고 버스 대신 전철을 타고 가는 게 낫겠어. 출근했을 때 구조팀이 날 기다리는 상황이 아니라면 말이야.' 폴리는 타운센드 브라더스 백화점까지 남은 세 블록을 걸어가며 생각했다.

하지만 구조팀은 없었다. '어디 있는 걸까?' 폴리는 두려운 마음으로 4층으로 올라갔다. '구조팀은 어디에 있는 걸까?'

'내가 이곳에 왔을 때 시간 편차가 나흘하고 한나절이 있었어.' 폴리가 판매대를 덮은 천을 벗기며 생각했다. '만약 22일에 오려고 했고, 나와 같은 시간 편차가 있었다면 이곳에는 내일 밤이 되어야 도착할 거야.'

'내일이 되어도 구조팀이 안 오면 난 또 무슨 이유를 찾아낼까? 그리고 그다음 날에도 안 오면? 내 데드라인 전날에는?' 폴리는 도린과 세라를 초조하게 바라보았다. 둘은 오늘 밤 퇴근 후 어디에 갈지를 논의하고 있었다. '나도 앞일을 알았으면 좋겠어.' 폴리가 생각했다.

하지만 둘 역시 알지 못했다. 둘은 레스터 광장으로 영화를 보러 갈 계획을 짜고 있었지만, 만약 파젯스 백화점이 폐장 직후에 폭격당한다면 둘이 퇴근할 때 딱 공습경보 사이렌이 울릴 것이다. 둘은 옥스퍼드 서커스역에서 밤을 보내야 하리라.

안 그랬다가는 레스터 광장에 가는 길 또는 집으로 돌아가는 길에 산산조각이 날 것이다. 폴리와 마찬가지로 그들은 무슨 일이 일어날지, 그 상황에서 살아남을지 어떨지 전혀 알지 못했고, 침공의 위협에 직면해 있었고 전쟁에서 질까 봐 두려워했다. 그리고 만약 세라처럼 유대인이라면….

'그리고 저 둘에게는 구조팀이나 던워디 교수님이나 콜린처럼 구하러 올 사람도 없어.' 폴리가 부끄러워하며 생각했다. 하지만 그럼에도 저 둘은 두려움이나 절망에 빠지지 않고 밝은 표정으로 손님들의 물건 구매를 도왔다. 타운센드 브라더스 백화점에 모직 조끼가 없다며 세라를 나무라던 엘리엇 양이나, 피신시키지 않은 유아들을 데려온 스테드맨 부인에게도 밝은 표정으로.

저들이 용감한 표정을 지을 수 있다면, 분명히 폴리 역시 그렇게 할 수 있었다. 어쨌든 폴리는 배우였다. 제임스 배리의 연극에서, 기사 작위를 받은 배우의 상대역이었다.

"용기를 내, 메리 아가씨." 폴리가 중얼거리며 유아들로부터 도린을 구하러 갔다. 폴리는 유아들에게 압축공기 튜브가 어떻게 작동하는지 보여주었고, 아이들의 작은 손을 꼭 잡고 스넬그로브 양에게 가서 혹시 마저리 면회와 관련해 새 소식이 없는지 물어보았다.

"오늘 아침에 전화했어요." 스넬그로브 양이 말했다. "하지만 수간호사 말이, 헤이즈 양은 여전히 너무 아파서 면회할 수가 없다더군요." 그건 좀 불길하게 들렸고, 스넬그로브 양 역시 그렇게 생각한 듯했다. 이렇게 덧붙여 말했기 때문이다. "그렇지만 걱정한다고 해결되는 일은 없단 거 알죠?"

폴리는 고개를 끄덕이고는 아이들을 어머니와 고마워하는 도린에게 데려다주었고, 밀리켄 부인 그리고 성을 내는 손님들 몇 사람의 물건 구매를 도왔다. 까다로운 존스-화이트 부인이 왔고, 그다음으로는 아버포일 부인이 그녀의 물기 좋아하는 페키니즈를 데리고 왔으며, 그다음으로는 모든 서랍에 있는 모든 물건을 남김없이 보여달라고 하면서 아무것도 사지 않는 거로 유명한, 나이 지긋한 핑크 양이 왔다.

"오늘 런던에서 기분 나쁜 사람들은 하나도 빠짐없이 타운센드 브라더스 백화점에서 쇼핑하기로 한 모양이야." 도린이 작업실로 돌아오며 속삭였다.

"그러게." 폴리가 길 양이 산 물건들을 포장하며 말했다. 그녀는 폴리에게 물건들을 배송해달라고 했다가 마음을 바꿔 직접 가져가기로 했다. 그걸 모두 포장하고 나자 퇴근 시간이 되었지만, 그 무렵 길 양은 다시 마음을 바꿨다.

"드디어 끝났네." 폐장을 알리는 종이 울리자 판매대를 가리기 시작하며 도린이 말했다.

폴리가 코트를 입고 모자에 손을 뻗을 때 스넬그로브 양이 왔다. "아까 존스-화이트 부인의 구매를 도왔나요?"

"네. 그분은 스타킹 두 벌을 사셨어요. 배달해달라고 하셨어요." 폴리가 말하며 생각했다. '제발 그 여자도 마음을 바꿔 포장을 원한다는 말이

아니길.'

"존스-스미스 부인은…."

"오오!" 도린이 이상한 비명을 지르더니 폴리의 판매대를 지나 승강기 쪽으로 달려갔다.

"어디 가는 거예요, 티몬스 양?" 스넬그로브 양이 화를 내며 말했고, 이윽고 완전히 달라진 목소리로 말했다. "오, 세상에!" 그리고 도린의 뒤를 따라 승강기 쪽으로 가기 시작했다.

젊은 여자가 승강기에서 내리고 있었다. 그 여자는 다친 듯 뻣뻣하게 움직였고, 팔에는 삼각건을 하고 있었다. 마저리였다.

48

해군이 온다. 육군과 함께!

— 됭케르크 구출 작전에 관한 기사 헤드라인, 1940년 6월

런던, 1940년 10월 25일

마저리는 승강기에서 나와 매장을 가로질러 여전히 코트를 입고 있는 폴리 쪽으로 오기 시작했다. "마저리!" 폴리가 속삭이듯 말하고는 그녀 쪽으로 달려갔다.

도린이 그곳에 먼저 도착했다. "언제 퇴원한 거야?" 도린이 묻고 있었다. "왜 우리에게 말 안 했어?"

마저리는 도린의 말을 무시했다. "오, 폴리!" 마저리가 말했다. "널 봐서 정말 좋다!" 그녀는 몰골이 형편없었다. 부쩍 말랐고 눈 아래에는 다크서클이 드리워져 있었으며, 폴리가 껴안자 움찔했다. "미안." 마저리가 말했다. "갈비뼈 네 대가 부러졌거든."

"그런데 여기는 왜 왔어." 폴리가 말했다. "퇴원도 하면 안 될 것처럼 보이는걸."

"퇴원한 거 아니야." 마저리가 말하고 몸을 흔들며 웃어댔다.

스넬그로브 양이 왔다. "여기서 뭐 하는 건가요, 헤이즈 양? 당신 담당 의사가 퇴원시켰을 리가 만무…."

"퇴원한 거 아니에요." 마저리가 말했다. "전… 그냥 나온 거예요." 마저리는 살짝 휘청이며 이마에 손을 댔다.

"세바스찬 양, 헤이즈 양에게 의자를 가져다주세요." 스넬그로브 양의 명령에 폴리는 자기 판매대로 가기 시작했지만, 마저리가 그녀의 소매를 잡았다.

"아니. 가지 마, 폴리." 마저리가 간청했다. "나랑 같이 있어."

"내가 가져올게." 도린이 자원했다.

"고마워." 마저리가 여전히 폴리를 잡고 말했다. 도린이 떠났고, 마저리는 스넬그로브 양에게 시선을 돌렸다. "위더릴 씨에게 제가 왔다고 말해주시겠어요? 인사과에 가서 직접 말을 하고는 싶지만, 몸이 아직…."

"그건 걱정하지 말아요." 스넬그로브 양이 상냥하게 말했다. "당신이 돌아올 때까지 계속 당신 자리를 비워둘 테니 안심해요." 도린이 의자를 가져왔고, 마저리는 의자에 무너지듯 앉았다. "그러니 필요한 만큼 시간을 쓰도록 해요."

"고맙습니다. 하지만 위더릴 씨랑 이야기를 직접 할 수 있다면…."

"물론이지요." 스넬그로브 양은 마저리의 손을 도닥이더니 승강기로 가기 시작했다.

"저 여자에게 무슨 일을 한 거야?" 도린이 이상하다는 눈으로 스넬그로브 양의 뒷모습을 보며 물었다. "지난 몇 주 동안 완전히 폭군이었는데." 도린이 마저리에게 시선을 돌렸다. "너 저민 스트리트에는 왜 갔는지 우리에게 아직 말 안 했어."

"도린, 나 물 한 잔만 가져다줄래?" 마저리가 힘없이 말했다. "귀찮게 해서 미안해…."

"바로 가져다줄게." 도린이 말하고 서둘러 떠났다.

"오, 넌 여기 오면 안 돼." 폴리가 걱정하며 말했다.

"와야 했어." 마저리가 폴리의 팔을 움켜잡으며 말했다. "너랑 단둘이 이야기하려고 물을 가져다달라고 한 거야. 난 너무 걱정했어. 너 아무 문제 없었어?"

"문제?"

"네가 출근하지 못한다고 스넬그로브 양에게 내가 말을 해줄 수가 없었잖아." 마저리는 거의 눈물을 흘릴 듯한 표정으로 말했다. "너무 미안해. 오늘 아침에서야 기억났어. 간호사 둘이 이야기하는 걸 들었는데, 그 가운데 한 명이 오늘 일찍 퇴근해야 한다면서 다른 한 명에게 자기 일을 해달라고 말했거든. 그때 생각났어. 아, 이런. 폴리가 월요일에 돌아오지 못하면 그 자리를 대신 해주기로 했는데 하고 말이야. 그래서 최대한 빨리 나온 거야. 병원에서 몰래 빠져나왔어."

"괜찮아." 폴리가 말했다. "걱정할 필요 없어. 모든 게 다 괜찮아."

"아, 그럼 월요일에 '시간 맞춰' 출근한 거구나." 마저리의 뺨에 안색이 돌아왔고, 너무나도 안도한 모습이기에 폴리는 자신이 월요일에 늦게 출근했다는 말을 차마 할 수 없었다. "스넬그로브 양이 널 해고했을까 봐 정말 걱정했거든."

'그럴 뻔했지.' 폴리가 생각했다. "아니, 나는 해고되지 않았어."

"그리고 어머니는 괜찮으셔?"

폴리가 고개를 끄덕였다.

"오, 다행이야." 마저리가 말했다. "네가 계속 그곳에 있어야 할까 봐, 그리고 내가 널 실망시켰을까 봐 너무 걱정이었어."

"날 실망시켜?" 폴리가 말했다. "내가 널 실망시켰지. 나는 네가 바스로 간 줄 알았어. 나에게 말도 없이 런던을 떠날 네가 아니었는데. 당국에 네가 실종되었다고 알렸어야 마땅했어. 널 찾아보게 했어야…."

마저리는 고개를 젓고 있었다. "날 찾지 못했을 거야. 내가 어디에 가는지 아무에게도 말 안 했거든."

"어디에 가던 중이었는데?" 폴리가 묻고 곧바로 후회했다. 마저리가 고통스러운 표정을 지었기 때문이다. "괜찮아." 폴리가 서둘러 말했다. "원하지 않으면 말하지 않아도 돼." 폴리는 승강기 쪽을 바라보았다. "도린이 물을 가지고 오는 데 왜 이리 오래 걸리는지 모르겠네. 무슨 일인가 알아보고 올게."

"고마워. 네 친구는 만났어?"

폴리는 얼어붙었다. "내 친구?"

"응. 네가 떠나던 날에 널 찾아온 여자가 있었어. 에일린 오릴리…."

메로피였다. 옥스퍼드에서는 메로피를 보낸 것이다. 당연했다. 메로피는 폴리를 알 뿐 아니라 이 시대 역시 알았다. 하지만 참 얄궂었다. 메로피가 폴리를 찾아 이곳에 온 사이에, 폴리는 메로피를 찾아 백베리로 갔으니 말이다. "너와 동창이라고 했어." 마저리가 말했다.

동창. "맞아." 폴리가 말했다. "내가 없던 토요일에 온 거야?" 그건 거의 4주 전이었다.

"응. 네가 월요일에 돌아올 거라고 말해줬어." 마저리가 말했다. "다시 오지 않은 거야?"

"응. 또 무슨 말 없었어?"

"네가 여기서 일하느냐고 물었고, 그래서 난 그렇다고 대답했어. 그러니까 어디 가야 널 찾을 수 있는지 묻더라."

"그래서 뭐라고 했는데?"

"널 정말 만나고 싶은 눈치였어. 그래서 네가 어머니를 만나러 노섬벌랜드로 갔다고 했어."

그리고 역사학자들이 임무 마지막 단계에서 자취를 감추기 위해 사용하는 그 변명을 들은 메로피는 폴리가 옥스퍼드로 돌아갔다는 결론을 내렸을 게 분명했고, 메로피가 월요일에 나타나지 않은 것도 그 때문이었다.

"자기 주소를 내게 줬어." 마저리가 말했다. "하지만 잃어버린 거 같아. 주머니에 넣어뒀는데, 구조될 때 온몸에 묻은 피 때문에 구조대가 내 옷을 다 잘라내야 했거든…. 간호사 말로는 그 옷들은 버렸대."

"그리고 주소를 기억하지는 못하고?"

"응." 마저리가 말하며 다시 고통스러운 표정을 지었다. "스테프니에 있는 곳이었어. 아니면 쇼어디치나. 이스트 엔드 어디였어. 그냥 힐끗 보기만 했거든. 월요일 아침에 너에게 건넬 생각이었으니까. 하지만 어디에서 일하는지는 기억해."

"일을 해?" 폴리가 어리둥절해 물었다.

"응. 네 친구가 일하는 곳도 여기 옥스퍼드 스트리트에 있는 곳이거든. 파젯스 백화점이야."

"여기 있어." 도린이 물이 담긴 유리잔을 들고 서둘러 오며 말했다. "미안. 구내식당까지 갔다 와야 했어. 네 이야기를 했더니 다들 네 안부를 묻더라." 도린은 물잔을 마저리에게 건넸다. "무슨 일이 있었는지 우리에게 말해줘야 해. 우리 모두 네가 도망친 줄 알았어. 안 그러니, 폴리? 아무 말도 없이 대체 어디로…."

"마저리…." 폴리가 끼어들었다. "파젯스라고 한 게 확실해?"

"응. 일하는 매장은…." 마저리는 승강기들 있는 곳을 힐끗 보았다. 스넬그로브 양과 위더릴 씨가 가운데 승강기에서 나오고 있었다. 둘은 곧 이곳에 도착할 것이다.

"일하는 매장은…." 폴리가 재촉했다.

"4층이래. 잡화 판매장. 정확히 기억해. 왜냐하면 우리랑 층수가 같았거든. 그리고 내가 처음 타운센드 브라더스 백화점에 왔을 때 근무했던…."

"헤이즈 양." 위더릴 씨가 마저리에게 다가오며 말했다. "타운센드 브라더스 백화점을 대표해, 돌아온 걸 환영합니다."

"저는 헤이즈 양이 언제고 완쾌되어 돌아오면 원래 자리로 돌아갈 수 있다고 확인해주었어요." 스넬그로브 양이 말했다.

폴리는 그들에게서 슬금슬금 멀어지며 방금 마저리에게 들은 말을 이해하려 애썼다. 그건 꾸민 이야기일 것이다. 던워디 교수는 설사 폴리를 찾는 단 며칠 동안이라 할지라도 메로피가 금지 목록에 있는 백화점에서 일하는 것을 절대로 허용하지 않았을 것이다. 메로피가 그렇게 말을 한 건, 마저리와 친밀감을 높이기 위해서일 뿐이고, 이스트 엔드의 주소는 사실 메로피가 머무는 곳이자 새로운 강하 지점일 것이다.

하지만 그건 말이 안 됐다. 이스트 엔드는 파젯스 백화점만큼이나 위험했다. 그리고 폴리가 옥스퍼드로 돌아가지 않은 걸 메로피가 알았을 때, 왜 타운센드 브라더스 백화점으로 다시 오지 않았단 말인가?

메로피가 구조팀의 일원이 아니라면 모를까. 메로피의 강하도 열리지 않았고, 그래서 폴리가 메로피를 찾아 백베리로 갔듯이, 메로피 역시 폴리를 찾으러 런던으로 온 것이라면 모를까. 그리고 메로피가 자신은 쇼어디치에 살며 파젯스 백화점에서 일한다고 말했을 때, 그건 진실이었을 것이다.

파젯스 백화점, 폭격당한 그곳… 오, 맙소사, 오늘 밤이었다. 그리고 사망자들이 있었다.

'에일린을 찾아서 데리고 나와야 해.' 폴리가 무작정 승강기로 가기 시작하며 생각했다. 하지만 승강기는 벌써 7층까지 올라가 있었다. 폴리는 스넬그로브 양이 있는 곳을 돌아보았다. 그녀와 위더릴 씨는 지금 당장에라도 고개를 들고 폴리가 떠나는 것을 볼 수 있었다. 폴리는 재빨리 계단으로 통하는 문으로 걸어가 문을 통과해, 계단 세 줄을 달려 내려와 밖으로 나왔다.

비가 거세게 내렸지만, 폴리는 코트 단추를 채우거나 깃을 올릴 시간마저 없었다. 폴리는 비를 맞으며 파젯스 백화점으로 갔다. 폴리는 가게들에서 나오는 사람들을 헤치고, 우산들 그리고 비를 피해 고개를 숙인 채 앞을 보지 않고 급히 걷는 사람들을 밀며 달렸다. 파젯스 백화점이 몇 시에 폭격당했는지를 정확히 알아놨더라면 좋았을 것을….

'하지만 그 당시에는 내가 지금 이때 여기에 있을 줄 몰랐어.' 폴리가 유모차를 비키며 생각했고, 파젯스 백화점에 관해 읽은 내용을 떠올리려 애썼다. 사망자가 세 명 있었고, 사망 원인은 첫 번째 공습에서 폭탄에 맞았기 때문이었다. 그리고 오늘 밤 공습은 6시 22분에 시작했다. 그건 지금 당장에라도 사이렌이 울릴 수 있다는 뜻이었다.

'두 블록만 더 가면 돼.' 폴리가 생각하며 철벅이는 거리를 가로지를 때 사이렌이 울렸다. 사람들은 방공호로 향하기 시작했다. 폴리는 그 사람들을 피해 지그재그로 걸으며 파젯스 백화점 입구에 도착했다. 기둥을 세운 포치 밑에 선 도어맨이 여자 한 명 그리고 작은 소년과 논쟁을 벌이고 있었다.

"지금 당장 택시를 불러와요." 여자는 도어맨에게 명령을 하고 있었다.

"사이렌이 울렸습니다, 사모님." 도어맨이 말했다. "사모님과 아드님은 방공호로 가셔야 합니다. 으윽!" 소년이 그의 정강이를 차자 도어맨이 비명을 질렀다.

폴리는 재빨리 그들을 지나쳐 회전문을 밀었지만, 문은 꼼짝도 하지 않았다. "죄송합니다, 아가씨." 도어맨이 여자 쪽에서 고개를 돌리며 말했다. "파젯스 백화점은 오늘 영업을 종료했습니다."

"하지만 전 여기서 친구를 만나기로 했어요." 폴리가 문 너머로 백화점 내부를 들여다보려 애쓰며 말했다. "그 애는…."

"친구분은 가셨을 겁니다." 그가 말했다. "그리고 여기 사모님에게 말씀드렸듯이, 모두 방공호로 가셔야…."

"알아요. 하지만 저는 손님을 찾는 게 아니에요. 제 친구는 여기서 일해요. 4층에서요. 제 친구는…."

"나는 해로드 백화점이 문 닫기 전에 거기에 '가야만' 해." 여자가 끼어들었고, 작은 소년은 다시 한번 발길질하려고 발을 뒤로 뺐다.

도어맨이 재빨리 옆으로 피하며 폴리에게 말했다. "직원용 출입문으로 가보십시오."

"그건 어디에 있나요?"

"당장 택시를 불러와요." 여자가 말했다. "내 아들은 목요일에 스코틀랜드로 떠나고, 따라서 제대로 된 옷을 입히는 게 아주 중요…."

폴리는 직원용 출입문이 어디인지 들을 때까지 기다릴 수 없었다. 그녀는 건물 옆면으로 뛰어갔다가 다시 뒷면으로 달리며 직원용 출입문을 찾아보았다. 점원들이 나오고 있었다. 그들은 문간에서 발을 멈추고 비가 얼마나 거세게 내리는지 확인하고 우산을 펼쳐 들었고, 불안한 눈으로 하늘과 비행기들을 바라보았다. 비행기들 소리는 점점 더 가까이 다가오는 것처럼 들렸다.

"정말 진절머리가 나!" 폴리가 재빨리 옆을 지날 때 여자 점원 가운데 한 명이 말했다. "집에 가는 길에 차에 곁들여 먹을 고기를 한 덩이 살 계획이었는데, 이제 방공호에서 샌드위치나 먹어야 하잖아. 또다시 말이야. 독일 폭격기는 어째 하룻밤도 쉬는 때가 없는지."

타운센드 브라더스 백화점의 직원용 출입문에는 경비원이 있었지만,

다행히도 파젯스 백화점에는 경비원이 없는 듯했다. 폴리는 점원들과 우산들을 헤치고 출입문으로 가서 문을 통과했다.

그리고 바로 안에 있는 경비원과 부딪혔다. "어디에 가시는 겁니까?" 경비원이 다그쳐 물었다.

폴리는 여기서 일하는 척했다. "모자를 놓고 왔어요." 폴리가 말하며 마치 자신이 어디에 가야 하는지 아는 것처럼 재빨리 경비원을 지났다. 하지만 계단은 보이지 않았고 문들이 줄지어 선 긴 복도만 보였다. 계단으로 통하는 문은 어디일까?

"거기, 잠깐요!" 경비원이 뒤에서 말했고, 왼쪽의 마지막 문이 열리면서 계단 그리고 계단참에서 장갑을 끼고 있는 젊은 여자 둘이 보였다. 폴리는 고개를 숙이고 두 여자와 문을 통과해 계단을 달려 올라갔다. 문이 닫힐 때 경비원의 외침이 들렸다. "거기! 지금 뭐 하는 겁니까!" 그리고 뒤를 따라 힘겹게 달려오는 발소리가 들렸다. 폴리는 계단을 달려 중이층이라 표시된 문을 지나 2층으로 갔다. 경비원은 지금 당장에라도 나타날 수 있었다. 폴리는 2층 문을 열었고, 그곳에 여전히 아무도 없기를 바라며 안으로 달려들어 갔다.

아무도 없었다. 조명은 꺼져 있었고, 진열장들은 밤이 되어 덮개가 덮였다. 폴리는 가장 가까운 판매대 뒤로 달려가 몸을 웅크리고 계단으로 통하는 문을 지켜보았다. 잠시 뒤, 문이 열리고 걸음 소리가 들렸다. 폴리는 숨을 죽인 채 판매대 뒤에 몸을 더욱더 바짝 붙였고, 발소리가 물러가더니 문이 닫혔다.

폴리는 영겁 같은 1분을 더 기다리며 귀를 기울였다. 비행기들의 웅웅거리는 소리만이 들렸다. 그 소리는 여전히 멀리서 들려왔지만, 계속해서 가까워졌다. 그녀는 승강기 쪽을 보았다. 그녀는 승강기를 다룰 수 있었다. 타운센드 브라더스 백화점에서 승강기를 조작하는 소년들을 유심히 지켜보았던 것이다. 하지만 문 위쪽의 다이얼은 승강기가 1층에 있다고 알렸다. 조작원 없이 2층으로 올라올 수는 없었다. 그리고 만약 폴리가 다시 계단으로 돌아간다면, 그리고 경비원이 아직 계단에서 돌아가지 않았다면 폴리는 경비원과 정면으로 마주칠 것이다.

폴리는 반대쪽에 다른 계단이 있기를 바라며 층을 가로질러 달려갔다. 있었다. 폴리는 층을 세면서 계단을 뛰어 올라갔다. '둘 반. 셋. 아니, 중이층. 중이층과 반. 셋. 메로피는 왜 1층에서 일하지 않은 거람.'

비행기들의 웅웅거리는 소리는 훨씬 더 커졌다. 폴리는 그 소리가 좁은 계단통 때문에 증폭되어 들리는 것이기 바랐다. 만약 그렇지 않다면… '셋과 3분의 2… 넷.' 폴리는 조용히 문을 열고 그 층을 살펴보았다. 경비원의 흔적은 보이지 않았다. 하지만 어두운 층 어디에도 메로피의 흔적 역시 보이지 않았다. 비행기들의 소리는 계단통에서 들었을 때보다 덜 시끄러웠다. 하지만 아주 약간만 덜할 뿐이며, 동쪽 저 멀리에서 폭탄이 터지는 희미한 소리가 들렸다.

폴리는 문을 빠져나와 층을 가로지르며 잡화 판매장을 찾았다. "메로피!" 폴리가 외쳤다. "어디 있어?"

대답이 없었다. 폴리는 전에 옥스퍼드에서 메로피를 불렀을 때 메로피가 자신을 부르는지 몰랐다고 했던 말이 떠올랐다. 그리고 만약 여기에 다른 누군가가 있다면, 그 사람들도 메로피를 에일린이라는 이름으로 알 것이다. "에일린!"

여전히 대답이 없었다. '여기에 없어.' 폴리가 생각하며 리넨 판매장을 달려 통과했다. '또는 비행기들 소리에 내 목소리가 가려졌거나.' "에일린!" 폴리는 좀 더 크게 외쳤다. "에일린 오릴리!"

누군가의 손이 폴리의 팔을 움켜쥐었다. 폴리는 경비원에게 무슨 변명을 해야 할지 생각하며 몸을 돌렸다. "백화점 영업시간이 끝났다고 말한 건 알지만…." 폴리는 말을 하다 깜짝 놀라 입을 벌리고 말을 멈추었다.

폴리의 팔을 움켜쥔 이는 경비원이 아니었다. 그건 마이클 데이비스였다.

49

현재 상황을 고려컨대, 아이들이 아직 런던에 있는 모든 부모는
지체 없이 아이들을 피신시키기를 촉구합니다.

— 정부 공지, 1940년 9월

런던, 1940년 10월 25일

“런던에 있는 불쾌한 사람들은 하나도 빼지 않고 오늘 파젯스 백화점에서 쇼핑하기로 결심한 게 분명해.” 창고에서 피터슨 양이 에일린에게 속삭였고, 에일린은 동의할 수밖에 없었다. 에일린은 오후 내내 새들러 부인과 그녀의 못된 아들 롤랜드에게 시달렸다. 롤랜드는 뒤늦게 이번 목요일에 스코틀랜드로 피신할 예정이었다.

‘피신하는 곳이 호주가 아니라니 너무 아쉽네.’ 롤랜드가 입어볼 또 다른 블레이저를 꺼내며 에일린이 생각했다. 롤랜드는 에일린이 소매를 끼우게 팔을 뻗지 않으려 했고, 또한 자기 어머니가 남자용 조끼를 보려 시선을 돌린 틈을 타 에일린의 정강이를 힘껏 걷어찼다. “아야!”

“이런, 제가 누나에게 부딪힌 거예요?” 롤랜드가 상냥하게 말했다. “사과드려요.”

‘난 알프와 비니가 못됐다고 생각했지.’ 에일린이 생각했다. 롤랜드에 비하면 둘은 천사였다. “이건 어떤가요, 사모님?” 마침내 어찌어찌 롤랜드에게 재킷을 입힌 에일린이 새들러 부인에게 물었다.

"오, 그래, 훨씬 더 맵시가 사네." 새들러 부인이 말했다. "하지만 색이 좀 별로야. 파란색으로 있어?"

"확인해보겠습니다, 사모님." 에일린은 발목이 욱신거리는 걸 참고 절룩이며 커튼이 쳐진 창고로 가서 파란 블레이저를 가져왔고, 다음으로는 갈색을 가져와 입기를 거부하는 롤랜드와 옥신각신하며 그것들을 아이에게 입혀보았다.

'왜 난 늘 못된 아이들 때문에 고생을 해야 하는 걸까?' 에일린이 생각했다. '이쪽에 일손이 부족하든 말든 잡화 매장에서 이곳으로 보낸다고 할 때 무조건 거절했어야 하는데.' 그리고 이제 왜 아동복 매장에 일손이 부족한지 그 이유를 아주 확실히 알 수 있었다. '옥스퍼드로 돌아가면 절대로 아이들과 관련된 임무는 맡지 말아야겠어. 설사 전승 기념일 임무를 포기해야만 한다 할지라도 말이야.'

"파란색이 훨씬 낫네." 새들러 부인이 블레이저 옷깃을 만져보며 말했다. "하지만 아무래도 따뜻할 것 같지 않아. 스코틀랜드의 겨울은 몹시 춥잖아. 뭔가 모직으로 된 건 없어?"

'맨 처음 입어본 네 벌이 모직이었잖아요.' 에일린이 생각했다. "있는지 확인해보겠습니다, 사모님." 에일린이 말하고 다시 창고로 가며 생각했다. '왜 난 옥스퍼드 스트리트의 '다른 쪽' 백화점부터 찾아보지 않았던 걸까?' 만약 그랬다면 폴리를 놓치지 않았을 것이다. 에일린이 갔을 때 폴리도 아직 타운센드 브라더스 백화점에 있었을 것이고, 그랬다면 둘은 함께 옥스퍼드로 돌아갔겠지. 하지만 이제 폴리는 갔고, 에일린은 누군가가 자신을 구하러 올 때까지 또는 백베리로 돌아갈 돈을 모을 때까지 여기 파젯스 백화점에서 여섯 살짜리 사이코패스들의 시중을 들어야 할 것이다.

에일린은 아이들을 안전하게 돌려보냈다는 내용을 알린다는 핑계로 백베리의 구드 신부에게 편지를 보냈다. 그래서 구드 신부는 에일린이 어디에서 머무르는지 알았고, 구조팀이 왔을 때 주소를 알려줄 수 있었다. 하지만 에일린이 백베리로 돌아가면 구조팀은 그녀를 찾으러 런던까지 올 필요가 없었다.

그리고 그곳이 훨씬 더 안전했다. 스테프니는 계속해 폭격당했고, 옥스퍼드 스트리트도 이미 두 번이나 폭격당했다. 처음에는 존 루이스 백화점이 부서졌다. 그건, 존 루이스 백화점은 폴리가 말한 곳이 아니었다는 뜻이었다. 에일린은 발음이 비슷한 레이튼스 백화점과 헛갈린 거였고, 남자 이름이라고 생각했던 곳은 타운센드 브라더스 백화점이었다.

에일린이 존 루이스 백화점에 고용되지 않은 건 천만다행이었다. 하지만 옥스퍼드 스트리트에서 정말로 안전한 곳이란 없었다. 만약 에일린이 지하철역으로 가는 중이었을 때 존 루이스 백화점의 진열창들이 폭격으로 깨졌다면….

하지만 아직 에일린은 백베리로 돌아갈 충분한 돈을 마련하지 못했다. 백베리로 돌아가려면 기찻삯뿐 아니라 그곳에 도착해서 쓸 생활비도 충분히 있어야 했다. 시어도어의 어머니는 에일린에게 숙박비를 받지 않았다. 밤에 에일린이 시어도어를 돌봤고 또한 밤마다 모두 앤더슨 방공호에서 보냈기 때문이다. 하지만 식비는 받았고, 또한 점심값과 지하철 삯도 있어야 했다. 백베리로 돌아갈 비용을 마련하려면 앞으로 2주는 더 일해야만 했다.

그리고 새들러 부인이 블레이저를 고르는 데도 2주는 걸릴 것처럼 보였다. "안 돼. 이것도 충분히 따뜻해 보이지 않아." 새들러 부인이 말하고 있었다. "좀 더 두꺼운 건 없어? 트위드라든가?"

에일린은 다시 창고로 가서 물건을 찾으며 파젯스 백화점이 문을 닫기 전에 새들러 부인이 뭘 살지 결정하면 좋겠다고 바랐다. 이번 주 들어 공습은 점점 더 일찍 시작했고, 스테프니까지는 멀었다. 그리고 만약 에일린이 중심가에서 밤을 보내야만 한다면, 시어도어는 이웃인 오언스 부인의 집에 머물러야 할 텐데, 오언스 부인이 과연 시어도어를 데리고 앤디슨 방공호로 갈까 의문이었다.

에일린은 그제 밤을 파젯스 백화점의 방공호에서 보내야 했고, 집에 돌아왔을 때 시어도어가 말하길, 자기들은 오언스 부인의 식탁에서 카드

놀이를 하며 밤을 보냈다고 했다. "오언스 부인이 내게 '진 러미'[61]를 가르쳐 줬어요." 시어도어가 자랑스레 말했다. "그리고 폭탄들이 아주 많이 떨어졌을 때, 우리는 계단 아래 벽장에 숨었어요." 그리고 에일린이 오언스 부인에게 그러면 안 된다고 말하자 부인이 말했다. "벽장이 그 깡통 조각보다 더 안전해요. 정부가 뭐라고 하든 난 상관 안 해요."

에일린은 알프와 비니의 어머니가 방공호에 관해 오언스 부인처럼 무신경하지 않기를 바랐다. 화이트채플은 거의 밤마다 폭격당했다. 에일린은 호드빈 부인에게 신부의 편지를 전하지 않은 게 잘한 일이기를 바랐다. 이제 와서 편지를 전하기에는 너무 늦었다. '시티 오브 베나레스호'가 침몰한 뒤, 영국 정부는 해외 피난을 일시 중지시켰으며, 에일린은 이번 주에 아이들을 피난시킬 장소들이 심각하게 부족하다는 라디오 방송을 들었다.

"아니, 이 트위드는 너무 거칠어." 새들러 부인이 말했다. "롤랜드는 아주 예민하단 말이야."

'예민한 건 내 발이에요.' 에일린이 생각했다.

"낙타 털로 된 건 없어?"

에일린이 그걸 찾는 동안 폐장을 알리는 종이 울렸다. '감사합니다.' 에일린이 생각했다. 하지만 부인은 계속 남아 있을 생각이 분명해 보였다. 주위의 모든 손님이 나가고 판매 보조원들이 판매대를 덮고 외투와 모자를 쓰고 있었지만, 부인은 아랑곳하지 않았다.

"죄송하지만 파젯스 백화점은 오늘 영업이 끝났습니다, 사모님." 에일린이 말했다. "오늘 사신 물건들은 집으로 배달시키고 블레이저는 내일 고르시겠습니까, 사모님?"

"아니, 그건 절대 안 돼." 새들러 부인이 말했다. "롤랜드는 다음 주 목요일에 떠나고 만약 수선해야 하면…."

에일린의 상사인 해스킨스 양이 서둘러 다가왔다. "무슨 문제라도 있으세요, 새들러 사모님?"

61 2인용 카드 게임의 일종

'고마워라.' 에일린이 생각했다. '제발 이 여자에게 오늘 백화점 영업은 끝났다고 말해주세요.' 하지만 새들러 부인은 이미 롤랜드를 스코틀랜드로 보내려는 자기 결심에 관해 줄줄이 늘어놓고 있었다. "모두 나보고 롤랜드를 시골로 보내야 한다고 말했지만, 독일군이 런던은 폭격하고 워릭셔는 그대로 둘 이유가 없잖아? 나는 롤랜드가 정말로 안전한 곳에 있기를 원해. 공주들을 스코틀랜드로 보내지 않는다니, 내 생각에 왕비는 멍청하기 짝이 없어. 어쨌든 부모라면 이별이 아무리 고통스럽더라도 아이들을 안전한 곳으로 보내야 하잖아."

'고통스럽다는 표현이 딱 맞네.' 에일린이 생각했다. 롤랜드는 어머니가 자기를 안 보는 틈을 타서 에일린의 팔을 세게 꼬집었다.

"…그러니 롤랜드의 쇼핑을 오늘 마치는 게 얼마나 중요한 일인지 당신도 알겠지." 새들러 부인이 말하고 있었다.

"네, 물론이지요. 오릴리 양, 좀 더 있어도 괜찮겠지요?" 해스킨스 양은 답을 기다리지 않았다. "오릴리 양이 기꺼이 도와드릴 겁니다." 해스킨스 양이 말하고 다시 에일린에게 말했다. "떠날 때 당신 매장의 불을 끄는 것 잊지 말아요."

"네, 알겠습니다." 에일린이 말했다. 해스킨스 양은 떠났고, 잠시 뒤 층의 다른 매장 불들이 꺼지고 아동복 매장만 조명이 들어오며 그곳은 작은 섬처럼 보였다.

에일린은 어찌어찌 더는 부상당하지 않고도 롤랜드에게 낙타털 블레이저를 입힐 수 있었다. "아주 잘 맞네요." 롤랜드가 겨냥한 발길질을 날쌔게 피하며 에일린이 말했다. "그리고 아주 따뜻…." 사이렌 소리에 에일린은 말을 멈추었다.

"너무 잘 맞네…." 새들러 부인이 생각에 잠겨 말했다.

에일린은 폭격 시 런던 시민들의 침착함에 계속해서 감탄을 금치 못했다. 런던 시민들은 사이렌이나 방공포 소리에 전혀 신경을 쓰지 않는 듯했고, 방공호에 가면 마치 윈도우 쇼핑하듯 어슬렁거렸다. 런던에서 보낸 처음 며칠 동안, 에일린은 런던 시민들은 자기보다 더 경험이 많아서 그런 거라고 생각했었다. “곧 익숙해질 거예요.” 폭탄 터지는 소리에 움찔거리는 에일린에게 시어도어의 어머니는 그렇게 말했지만, 에일린은 여전히 사이렌 소리를 들을 때마다 공황 상태에 빠졌고, 여기 파젯스 백화점처럼 전혀 위험하지 않다는 걸 아는 곳에 있어도 그랬다.

“사모님, 사이렌 소리가 사라졌어요.” 에일린이 천장을 바라보며 말했다. 희미하게 비행기들이 윙윙거리는 소리가 들리는 듯했다.

롤랜드 역시 그 소리를 들은 게 분명했다. “엄마, 들어봐요.” 샌들러 부인의 팔을 잡아당기며 롤랜드가 말했다. “폭격기예요.”

“그래, 얘야. 그리고 난 ‘이게’ 맘에 드는구나. 하지만 아직도 잘….”

새들러 부인이 아이를 피신시키는 데 1년 넘게 걸린 것도 이해가 되었다. 새들러 부인은 지금 블레이저를 고르느라 꾸물거리는 것처럼 피신을 결정하는 것도 꾸물거린 것이다. ‘당신은 왕비를 멍청하다고 비난했지.’ 에일린이 생각했다. ‘하지만 지금 당신 행동은 어떤데? 알까 모르겠지만, 파젯스 백화점은 지금 당장에라도 폭격을 당할 수 있어.’

“사모님, 우리는 여기에 있으면 안 됩니다.” 에일린이 말했다. “여기는 안전하지 않아요.”

“문제는, 과연 충분히 따뜻할까 하는 거야.”

‘맙소사, 아이를 남극으로 보내는 것도 아니잖아.’

“하지만 지금까지 본 것 가운데 제일 좋은 건데… 좋아, 사겠어.”

‘어휴, 다행이다.’ “잘 선택하셨어요, 사모님. 이거랑 구매하신 다른 물건들이랑 해서 내일 아침 일찍 댁으로 보내드릴게요.”

“내가 가져가는 게 더 나을 거 같은데.”

‘아니, 아니, 아니. 만약 당신이 가져가려면, 포장을 해야 하고, 그렇게 시간을 보내다 보면 폭격 중에 여기 있어야 한다고.’

“내일 아침에 배달되는 거 확실한 거지?” 새들러 부인이 말하고 있었다. “롤랜드….”

‘…는 목요일에 스코틀랜드로 떠나는 거, 나도 안다고요.’ “당연하지요, 사모님. 제가 직접 확실하게 처리하겠습니다.” 에일린은 둘을 승강기로 데려갔다. 그곳에서는 승강기 조작원이 초조히 둘을 기다리고 있었다. 이윽고 에일린은 쏜살같이 판매대로 와서 매출 전표를 써서 옷더미 위에 핀으로 꽂은 뒤 그것들을 가지고 창고로 가기 시작했다.

아, 이런. 새들러 부인과 아이가 다시 왔다. "뭔가 잊으신 게 있나요, 사모님?" 에일린이 물었다.

"아니. 롤랜드가 블레이저랑 울 조끼 입은 걸 한번 봐보려고. 스코틀랜드는 몹시 추우니까. 롤랜드, 코트를 벗으렴."

"싫어요." 롤랜드가 말했다.

"네가 피곤한 건 나도 안단다." 새들러 부인이 말했다. "하지만 이제 거의 끝이야."

'그럼요, 끝장나기 직전이죠.' 에일린이 속으로 말하며 초조한 눈으로 천장을 바라보았다. 비행기들 소리는 아주 가까이서 들렸고, 여기서 지하철역까지는 멀었다.

'구조팀은 어디에 있는 걸까?' 에일린은 런던에 도착한 뒤로 천 번도 넘게 한 생각을 다시 했다. '어서 구조팀이 오지 않으면, 구조할 게 아무것도 남지 않을 텐데.'

"엄마를 위해 블레이저를 입어보지 않겠니?" 새들러 부인이 말했다. "자, 착하지."

착하다니 개뿔이었다. 에일린이 조끼를 입히려 하자 롤랜드는 고개를 격렬하게 비틀었고, 에일린이 블레이저를 들자 호전적으로 가슴에 팔짱을 꼈다. "난 저 여자 싫어." 롤랜드가 말했다. "아까 내 팔을 비틀었단 말이야."

'이 쪼그만 게 거짓말을 하네.' 에일린은 생각하며 알프와 비니가 여기에 있기를 바랐다. "아주 조심할게." 에일린이 말했고, 이어서 아주 조그맣게 말했다. "빨리 팔 안 뻗으면 부러뜨려 버리겠어."

아이가 재빨리 팔을 뻗었고, 에일린은 블레이저를 아이에게 입혔다.

"보세요. 아주 잘 맞아요."

"그러네. 잘 맞네." 샌들러 부인이 뒤로 물러서 미심쩍은 눈으로 아이를 바라보았다. "하지만 이제 두 개를 같이 입혀놓고 보니까, 잘 모르겠…"

"사모님을 위해 예약을 걸어둘게요." 새들러 부인이 뭔가 다른 것을 보겠노라고 하기 전에 에일린이 말했다.

"아, 하지만 잘 모르겠어." 새들러 부인이 미심쩍게 말했다. "나는 오늘 롤랜드의 쇼핑을 끝내고 싶었지만… 만약 여기에 갈색이 없다면… 그래, 우선 예약을 해두는 게 제일이겠네."

'하느님 감사합니다.' 에일린이 생각했다. 비록 그건 에일린이 이 모든 과정을 내일 다시 겪어야 한다는 뜻이었지만 우선은 잘됐다는 생각뿐이었다. 에일린은 롤랜드에게서 블레이저와 조끼를 벗겼고, 둘을 보낼 수 있다는 생각에 너무 열중한 나머지 롤랜드에게 주의를 기울이지 않았다. 롤랜드는 에일린의 발등을 세게 밟았고, 에일린이 비명을 지르자 순진한 목소리로 말했다. "이런, 제가 누나 발을 밟았어요? '정말' 미안해요."

"이리 오렴, 롤랜드." 새들러 부인이 말했다. "서둘러야 해."

'마침내 우리가 공습당하고 있다는 걸 깨달았군.' 에일린이 생각했다. '그리고 지금이 몇 시인지도.' 탐조등들이 켜졌고, 방공포들이 발사를 시작하고 있었다.

"서두르렴, 얘야. 해로드 백화점에 가서 무슨 물건들이 있는지 봐야 해."

'해로드는 문 닫았는걸.' 에일린이 생각했지만, 그걸 말해줄 수는 없었다. 또한 무슨 말이든 둘의 출발을 지연시킬 만한 내용을 말하고 싶지 않았다. 에일린은 둘을 승강기로 배웅한 뒤 절룩이며 스위치로 가서 매장 등을 껐다. 롤랜드 때문에 발이 부러진 건 아닌지 걱정이 되었다.

'그리고 하필 지하철 방공호로 뛰어가야 하는 상황에서라니.' 에일린이 생각했고, 절룩이며 자기 매장으로 돌아왔다. 마지막 들렸던 것보다 더 가까이서 다른 방공포가 발사를 시작했고, 폭발음이 들렸다.

'곧 떠나지 않으면 여기서 밤을 보내야 할 거야.' 그리고 아마도 그게 최선일 듯했다. 폭격기들은 마치 옥스퍼드 스트리트로 곧장 향하는 것 같은 소리를 냈고, 적어도 에일린은 여기 파젯스 백화점에 있으면 안전했다. 에일린은 블레이저와 조끼를 주워 창고에 던진 뒤 매장 판매대를 덮었다.

그리고 승강기에서 목소리들이 들렸다. '이런, 안 돼.' 에일린이 생각했다. '새들러 부인이 아이와 돌아오나 봐.' 에일린은 판매대에 있는 램프를 재빨리 끄고 창고 안으로 숨었다. 에일린을 찾기 위해 새들러 부인이 창고로 롤랜드를 보낼 가능성이 있었다. 에일린은 절룩이며 창고 뒤쪽으로 가서 제일 끝 선반 뒤에 숨었고, 점점 커지는 폭격기의 윙윙거리는 소리 속에서 부인의 소리를 들으려 바짝 긴장해 귀를 기울였다.

목소리들은 점점 더 가까이 다가왔다. '무슨 일이 있어도 나는 여기서 나가지 않을 거야.' 에일린은 모퉁이에 더욱 몸을 붙이며 그들이 다시 가버릴 때까지 기다릴 채비를 마쳤다.

50

갈 수 있으면, 집에 갈게요.

— 피난한 아이가 엽서에 쓴 추신

런던, 1940년 10월 25일

잠시지만 영원처럼 느껴지는 그 1분 동안, 폴리는 파젯스 백화점 안에 그렇게 가만히 서 있기만 했고, 마이클 데이비스가 말하는 내용을 이해하지 못했다. 아니, 그가 그곳에 있다는 사실조차 제대로 받아들이기 어려웠다. 폴리는 메로피를 찾느라 온 정신을 집중하고 있었기 때문이다. 폴리는 입을 벌린 채 그냥 그곳에 서서 마이클을 바라보았고, 그는 폴리의 팔을 흔들며 이곳에서 빠져나가야 한다고 외쳤다.

"여기서 뭐 하는 거야?" 마침내 폴리가 정신을 가다듬고 말했다. "왜 진주만에 있지 않고?"

"말하자면 길어. 나중에 말해줄게. 지금 중요한 건, 네가 여기서 '뭘' 하느냐는 거야. 사이렌 소리 못 들었어? 가자!"

'네가 구조팀이구나.' 폴리가 멍한 상태로 생각했다. '마침내 왔구나.' 폴리는 지금까지 알지 못하면서 지고 다녔던 무거운 짐이 한순간에 사라진 듯 갑자기 몸이 가벼워지며 붕 뜨는 느낌이 들었다. "이런, 맙소사, 마이클, 난…." 폴리가 말을 더듬었다. "정말 반가워!"

"반가워?" 방공포가 발포를 시작했다. "잘 들어, 우리는 여기 있으면 안 돼. 방공호로 가야 해. 이 백화점에 방공호가 있어?"

"응. 하지만 우리는 그곳에 있을 수 없어. 그곳은 파괴됐어."

"파괴됐어? 네가 그걸 어떻게…?"

"파젯스 백화점은 오늘 밤 폭격당할 거야."

"오늘 밤? 몇 시에?"

"몰라. 첫 번째 공습 때라는 것밖에 몰라."

"그러면 여기서 나가자." 마이클이 말하고 폴리를 다시 계단으로 데려가기 시작했다.

"안 돼! 먼저 메로피를 찾아야 해."

"메로피? 걔는 또 여기 왜 있는데? 이미 한참 전에 돌아갔어야 하잖아."

"몰라. 하지만 메로피는 이 층에서 일해. 잡화 매장에서." 폴리는 마이클에게서 팔을 비틀어 빼더니 어두운 층을 뛰어가며 외쳤다. "에일린!"

폴리는 에일린을 찾아냈다. 그녀는 판매대 옆에 서 있었다. "메로피!" 폴리가 외쳤지만 그건 메로피가 아니라 손을 멋진 자세로 내민, 천이 드리워진 마네킹이었다. 폴리는 마네킹을 지나고, 천 다발들과 늘어선 재봉틀들을 지나며 잡화 매장을 찾아다녔다.

그리고 잡화 매장임이 확실한 곳을 찾아냈다. 단추 상자들과 실 통들이 보였다. 하지만 판매대는 다른 곳들과 마찬가지로 녹색 베이즈 천이 덮였고, 판매대 램프는 꺼져 있었다. "메로피? 에일린? 여기 있어?" 폴리가 외쳤지만, 아무 대답도 없었고, 아무 움직임도 없었다. "여기 없어." 폴리는 다가오는 마이클에게 말했다.

그는 절룩거리며 걷고 있었다. "무슨 일이 있었던 거야?" 폴리가 물었다. "발을 다친 거야?"

"응. 하지만 꽤 전에 그랬어. 나중에 말해줄게. 지금은 여기에서 나가야만 해."

"메로피 없이는 안 돼."

"메로피가 여기서 일한다고 누가 그랬는데?"

"나랑 같이 일하는 여자가. 왜?"

"왜냐면 내가 너를 찾느라 오후 내내 여기에 있었지만 메로피를 보지 못했거든."

"하지만… 이 층을 찾아봤어? 여기 잡화 매장을?"

"응. 메로피는 이곳에 없었어."

"휴식 시간이었거나…."

"아니야. 나는 이곳에 1시간 넘게 있었어. 그리고 백화점이 문을 닫을 때 직원용 출입구가 보이는 곳에 있으며 지켜봤어. 그러다가 널 발견한 거야. 메로피는 직원용 출입구로 나오지 않았어."

"그러면 아직 여기에 있을 거야. 다른 매장에서 일하는 게 분명해." 폴리가 말했다. 하지만 마저리는 메로피가 잡화 매장에서 일한다고 확실하게 말했다. 4층에서. "아니면 인원이 모자라는 다른 층으로 일손을 도와주러 갔을 수도 있어."

"설사 메로피가 여기 있었다 할지라도, 지금은 여기서 나갔을 거야." 마이클이 천장을 보며 말했다. "우리도 여기서 나가야 해. 저 비행기 소리를 들어봐. 금방이라도 폭격을 할 거야…."

"다른 층들을 찾아보기 전에는 안 돼."

"시간이 없어…."

"우리가 헤어져서 찾으면 돼. 너는 다시 2층으로 내려가서 올라오며 찾아. 나는…."

"절대로 안 돼. 널 찾느라 거의 한 달이 걸렸어. 우리는 다시는 헤어지지 않을 거야. 가자." 마이클은 폴리의 팔을 잡더니 서둘러 층을 가로질러 갔다. "엘리베이터를 탈 거야."

"승강기를 말하는 거야?" 폴리가 말했다. "하지만…."

"걱정하지 마, 어떻게 작동하는지 알아. 여기 올라올 때도 타고 왔어." 마이클이 열린 승강기에 폴리를 밀어 넣었다.

"하지만 공습 때는 사용하면 안 돼."

"공습은 아직 시작되지 않았어." 마이클은 금속 창살을 잡아당겨 닫고 레버에 손을 뻗었다. "몇 층으로 갈까?"

폴리는 문 위의 숫자들을 올려다보았다. "맨 위층. 8층. 거기서 내려오며 찾자."

"폭탄들과 함께." 마이클이 레버를 반대쪽으로 당기며 말했다. 승강기가 올라가기 시작했다. "8층에는 사무실들만 있어. 7층부터 시작하자."

폴리가 고개를 끄덕이며 화살표가 5를 지나 6, 그리고 7을 가리키는 모습을 지켜보았다. "7층에는 뭐가 있는지 기억해?"

"7층, 도자기, 부엌 용품, 가정용 세간." 마이클은 승강기 조작 소년의 단조로운 가락을 읊었다. "도착했습니다, 사모님." 승강기가 덜컹하며 멈췄다. "미안." 마이클은 금속 창살을 밀어 열고 문을 열기 위해 손을 뻗었다.

"조심해." 폴리가 속삭였다. "밖에 경비원이 있으면…."

"없어. 경비원은 나를 찾기 위해 1층으로 내려갔어." 그는 문을 열고 으르렁거리는 비행기 소음 속으로 들어섰다. "또는 생존 본능이 조금이라도 있다면 방공호에 갔을 거야. 메로피가 여기에 있을 것으로 보이지는…."

"너는 그쪽을 찾아봐. 나는 반대쪽을 볼게." 폴리가 말하고 어두운 매장들을 향해 달려갔다. 폴리는 식기류 세트와 소파들이 있는 곳을 지나며 우르릉거리는 비행기들 소리 너머로 메로피의 이름을 외쳤지만, 그녀는 그곳에 없었다.

6층에도 마찬가지였다. "메로피는 여기 없어." 마이클이 발을 절룩거리며 폴리에게 다가와 말했다. "그리고 우리는 당장 여기서 나가야 해. 비행기들이…."

"5층." 폴리가 단호하게 말했다.

그들은 승강기로 돌아왔다. "만약 여기에도 아무도 없으면…." 마이클이 문을 열며 말했다. "우리는 밖으로…."

"메로피는 여기에 있어." 폴리가 말했다. "봐. 불이 아직 켜져 있잖아." 하지만 그 불은 탐조등에서 나온 것이었고, 이글거리는 오렌지빛은 어딘가의 화재로 인한 것이었다. 그 두 불빛이 층 전체를 밝혔고, 그곳에는 확실히 아무도 없었다.

"여기에도 없어." 마이클이 말했다.

"그래도 확인해봐야 해." 폴리가 완강히 말하고 승강기에서 내리기 시작했다.

마이클이 폴리의 팔을 잡았다. "시간이 없어. 인정해야 해. 메로피는 이곳에 없어. 설마 이곳에서 일한다 할지라도 우리는 걔를 놓친 게 분명해. 어쩌면 우리가 승강기를 타고 올라오는 동안 메로피는 다른 승강기를 타고 내려갔을지도 몰라. 이곳에는 아무도 없어. 이 백화점은 완전히 비었어."

"아니, 그렇지 않아. 사망자들이 있었어. 세 명이 죽었어…."

"맞아. 그리고 당장 나가지 않으면 그 가운데 두 명은 우리가 될 거야."

마이클 말이 맞았다. 비행기들은 거의 머리 위에 있었다. 그리고 메로피는 확실히 이곳에 없었다. 마저리는 백화점 이름을 혼동했거나….

마저리. 마저리는 저민 스트리트에 있었지만 아무도 그 사실을 알지 못했다. 만약 메로피가 늦게까지 남아 진열대를 정리했다면? 또는 잊은 뭔가를 가지러 돌아왔다면? 사망자가 세 명이 있었고….

폴리는 마이클의 손아귀에서 팔을 비틀어 빼내고는 층을 가로질러 달렸다. "메로피!" 그녀는 비행기들의 윙윙거리는 소리 너머로 외쳤다. 요란한 폭발음이 들리더니 높다란 창들이 환히 밝혀졌다. 폴리가 움찔했다. "에일린!"

"폴리!" 마이크가 절룩거리며 쫓아와 외쳤다. "창문에서 멀어져!"

폴리는 그 말을 무시하고 아동복 매장이 분명한 곳으로 달려갔다. 그곳에는 주름 장식이 된 드레스를 입은 작은 마네킹이 있었다. "에일린!" 폴리가 외치며 그곳을 지나 아기용 침대들이 줄지어 있는 곳으로 갔다.

"우리는 나가야 해!" 마이클이 외쳤다. "메로피는 이곳에 없어…." 또 다른 폭발이 더 가까이서 일어났고, 마이클의 목소리가 끊겼다.

폴리가 몸을 돌렸지만, 마이클은 다친 게 아니었다. 그는 그곳에 서서 마치 뭔가를 들었다는 것처럼 아동복 매장을 돌아보고 있었다. "왜 그래?" 폴리가 물었다.

그리고 메로피가 창고 문을 나와 그들에게 달려오고 있었다. 그녀의 얼굴은 웃음으로 환했다. 메로피는 폴리의 품으로 뛰어들었다. "폴리, 오, 다행이야. 내 평생 누굴 봐서 이렇게 좋았던 적은 처음이야!" 메로피는 마이클에게도 달려가 그를 껴안았다. "그리고 너도 여기 있구나! 정말 멋지다. 나는 거의 포기하고 있었거든. 도대체 어디에 있었던 거야?"

방공포가 '쿵-쿵-쿵' 하고 발포를 시작했고, 그 소리가 너무나 가까워 창문들이 흔들렸다. 마이클이 말했다. "그런 건 나중에 이야기해도 돼. 지금은 이곳에서 빠져나가야 해."

"이곳에 방공호가 있어." 메로피가 말했다. "지하에…."

"아니, 우리는 백화점 밖으로 나가야 해." 폴리가 말했다.

"오, 그러면 내 코트와…."

"그럴 시간이 없어. 따라서 와!" 마이클이 귀청을 찢을 듯한 비행기 소리 너머로 외쳤다. "여기서 내려가는 가장 가까운 길이 어디야?"

"저쪽에 계단이 있어." 메로피가 가리키며 말했다.

"엘리베이터가 더 빠를 거야." 마이크가 말했고, 층을 가로질러 가기 시작했다.

폴리가 입을 열고 말했다. "하지만 폭격이 시작됐어. 계단이 더 안전하지 않겠어?" 하지만 계단은 네 줄이었고, 마이클은 절름거리는 다리로 계단을 빨리 내려갈 수 없었다. 폴리는 메로피를 끌면서 마이클을 따라갔다. "서둘러."

메로피 역시 다리를 절고 있었다. "너도 발을 다쳤어?" 같이 뛰어가며 폴리가 외쳤다.

"아니. 어떤 끔찍한 아이가 내 발등을 일부러 밟았어."

"옥스퍼드에서 말했던 그 아이들?"

"알프랑 비니? 아니, 이 못된 녀석에 비하면 그 아이들은 아무것도 아니야. 폭탄 하나가 그 녀석에게 떨어졌으면 좋겠어." 메로피가 말하며 초조한 눈으로 천장을 바라보았다. 비행기들은 아주 가까이 있었다. 또 다른 방공포가 발포했고, 창문들이 눈부신 녹색으로 밝혀졌다. 섬광이었다. "방공호까지 갈 시간이 없을 거 같아. 파젯스 백화점의 방공호를 써야 해. 괜찮아. 더 튼튼하게 보강했어."

폴리는 고개를 저었다. "파젯스 백화점은 폭격당할 거야."

"정말?" 메로피가 두려움에 찬 눈으로 폴리를 바라보았다. "하지만 네가 말하길… 언제?"

"몰라." 폴리가 말했다. "지금 당장에라도."

"하지만 넌 파젯스 백화점이 폭격당하지 않았다고 말했잖아."

"난 그런 말 안 했어. 서둘러! 이야기는 나중에도 할 수 있어."

하지만 메로피는 폴리에게 끌려 절룩이며 승강기 쪽으로 가면서도 계속 해 떠들어댔다. "그래서 내가 이곳에 직장을 얻은 거야. 네가 이곳은 안전하다고 말했기 때문에 말이야. 넌 네가 백화점에서 일할 거라고 했고, 셀프리지스나 파젯스나…."

'이런, 맙소사. 나는 던워디 교수님이 그곳들에서 일하는 걸 금지시켰다고 말했는데.' 폴리가 생각했다. 하지만 지금은 그런 말을 할 시간이 없었다. 그리고 왜 월요일에 타운센드 브라더스 백화점에 오지 않았는지 물을 시간도. 또한 왜 아직 이곳에 있었는지를 물을 시간도. "그건 나중에 이야기해." 폴리가 말했다.

메로피가 고개를 끄덕였다. "옥스퍼드로 돌아가서 이야기하자. 난 네가 이미 돌아간 걸 알고는 다신 옥스퍼드를 못 보게 될까 봐 두려웠어. 나는 뭘 해야 할지 몰랐어…."

마이클은 이미 승강기 안에 있었다. "어서 들어와!" 그가 외쳤다.

1킬로미터쯤 떨어진 곳에서 밝은 섬광과 함께 요란하게 부서지는 소리가 들렸다. 폴리는 메로피를 먼저 승강기에 태우고 따라 들어가 마이클을 대신해 놋쇠 철창문을 당겼다. "가." 폴리가 말했다.

마이클은 레버를 끝까지 당겼고, 승강기는 내려가기 시작했다. "너희들이 여기 있다는 게 아직도 믿기지 않아." 메로피가 마이클에게 떠들어댔다. "목소리를 들었지만, 새들러 부인이 그 끔찍한 아들 롤랜드를 데리고 돌아왔다고 생각해서 창고에 숨어 있었어. 그리고 누군가가 폴리의 이름을 부르는 걸 들었어. 이제 이곳을 나갈 수 없겠구나 하고 거의 포기하던 차에…."

크고 육중한 울림이 들리더니 둔탁하게 쿵 하는 소리가 들렸고, 승강기가 덜컹하며 멈췄다. 하지만 멈춰야 하는 곳이 아니었다. 금속 창살 너머에는 벽만 보였다.

'우리는 갇혔어.' 폴리가 생각했다. '사망자가 세 명 있었어. 우리는 메로피가 여기에 갇히게 하려고 구한 거야.'

"무슨 일이야?" 메로피가 물었지만 마이클은 대답하지 않았다. 그는 레버를 세게 밀었다가 다시 당겼다. 승강기가 올라가기 시작했다. 마이클은 승강기가 잠시 올라가게 뒀다가 다시 레버를 반대로 움직였다. 승강기가 내려가기 시작했다.

폴리가 숨을 죽였다. '3층. 좋았어.' 폴리는 승강기가 내려가라고 빌며 생각했다. '그리고 이제 2….'

승강기가 덜컹이며 다시 멈췄고, 이번에는 다시는 안 움직일 듯한 소리가 났다. 마이클은 양손으로 레버를 잡아당겨 보았지만, 레버는 꼼짝도 하지 않았다. 그는 철창문을 당겨 열고 위를 올려다보았다. 층은 1미터 위에 있었다. "폴리, 네가 올라가서 문을 열어." 마이클이 말하며 몸을 벽에 단단히 붙이고 두 손을 깍지 껴 내밀었다. "내 손을 타고 올라가." 마이클이 말했다.

폴리는 고개를 끄덕이고 마이클의 깍지 손으로 올라가 머리 위의 층 가장자리로 손을 뻗었다. 마이클은 폴리를 올렸고, 메로피가 도왔으며, 폴리는 한쪽 무릎을 층에 올렸다.

"이제 손을 문손잡이에 뻗어." 마이클이 말했다. "그래, 그거. 이제 밀어서 열어." 말은 쉬었지만 직접 하기는 어려웠다. 폴리에게는 힘을 버텨줄 만한 것들이 거의 없었다. 그는 문을 몇 센티미터 정도 열었지만, 무릎이 미끄러져 내렸고, 그래서 하마터면 떨어질 뻔했다.

"괜찮아." 마이클이 말했다. 그는 폴리를 내렸다. "처음치고 잘했어. 막대기든 뭐든 저걸 밀어 열 수 있는 게 있으면 좋을 텐데." 마이클이 주위를 둘러보며 말했지만, 파젯스 백화점의 승강기에는 승강기 조작원이 앉을 걸상마저도 없었다. "좋아. 다시 해보자."

"이번에는 내가 해볼게." 메로피가 말하며 신발을 차서 벗었다. 그녀는 마이클의 두 손에 가볍게 올라가 좁은 공간으로 몸을 밀어 넣었다. 그리고 두 다리를 대롱거리며 그 틈을 통과했고, 위층으로 올라가 일어났다. 메로피는 바깥에서 문을 활짝 열었고, 그 순간 방공포와 폭탄 소리가 요란하게 들려왔다. 메로피는 초조한 눈으로 어깨너머를 돌아보았고, 이윽고 무릎을 굽히고 손을 뻗었다. "이제, 네 차례야, 폴리. 폴리를 받쳐줘, 마이클."

마이클은 그 말대로 했고, 메로피는 폴리의 손을 잡고 가장자리로 끌어당겼다. 어딘가 근처에서 폭탄 하나가 터졌고, 메로피는 움찔하며 겁먹은 목소리로 말했다. "시간이 얼마나 남은 거 같아?"

"거의 다 됐어. 마이클을 꺼내게 도와줘." 폴리가 말했다. '만약 그럴 수 있다면.' 폴리는 생각했다. '내가 마이클을 받쳐줬어야 하는 건데.' "내 발목을 잡아줘." 폴리가 메로피에게 말했고, 바닥에 엎드려 마이클에게 두 팔을 뻗었다.

"안 될 거야." 마이클이 외쳤다. "난 너무 무거워. 너희 둘은 그냥 가."

메로피가 벌떡 일어나더니 스타킹만 신은 발로 어둠 속으로 뛰어갔다. 폴리는 분노에 차서 그런 그녀의 뒷모습을 바라보았다. 메로피는 겁을 먹은 게 분명했지만, 그렇다고 마이클을 두고 떠날 수는 없었다. "메로피!"

"너도 가." 마이클이 폴리에게 외쳤다. "난 이걸 고쳐서 아래층에서 너희들과 만날게."

"널 두고 가지 않을 거야."

"옥신각신할 시간이 없어." 마이클이 말했다. "너희는…." 하지만 메로피가 의자를 끌고 돌아왔다.

"미안." 메로피가 숨차하며 말했다. "이걸 가지러 여자 화장실까지 가야 했어. 이걸 내리게 도와줘." 둘은 함께 의자를 마이클에게 내려줬고, 그는 절뚝이며 의자 위에 올라섰다.

"기다려." 메로피가 외쳤다. "내 신발!"

"그럴 시간이…." 폴리가 입을 열었지만, 마이클은 이미 의자에서 내려가 신발을 주머니에 쑤셔 넣었고, 다시 의자로 올라왔다.

메로피가 폴리 옆에 무릎을 꿇고 앉았고, 둘은 마이클을 끌어올려 꺼냈다. "가장 가까운 지하철역이 어디야?" 마이클이 메로피에게 물었다.

"저기." 메로피가 말하고는 폴리와 함께 포화로 환히 밝혀진 층을 쏜살같이 달렸고, 마이클이 절룩이며 그 둘 뒤를 따랐다.

"어서 이 끔찍한 곳을 빠져나가 옥스퍼드로 돌아가고 싶어서 참을 수가 없어." 층을 달려가며 메로피가 말했다. "옥스퍼드로 돌아가면 내가 제일 먼저 뭘 할지 알아?"

'과연 우리가 돌아갈 수 있을까 모르겠어.' 폴리가 둘을 재촉하며 생각했다. 이제 비행기들은 그들 머리 위에 있었다. 폭탄들이 쉭쉭거리며 주위 사방으로 떨어졌고, 귀청을 찢을 듯 요란한 소리와 함께 섬광이 일며 층을 밝혔다. 그들은 계단통으로 뛰어들었고, 서둘러 계단을 내려갔다.

"나는 던워디 교수님에게 아이들과 관련된 임무는 '다시는' 하지 않을 거라고 말할 거야." 메로피가 말했다.

폴리는 마이클을 힐끗 뒤돌아보았다. 그는 계단 난간에 몸을 많이 의지하기는 했지만, 둘을 잘 따라오고 있었다.

"난 네가 날 절대 찾지 못할 거라고 생각했어, 폴리." 메로피가 말했다. "네가 돌아간 걸 알았을 때, 난…."

그들은 1층에 도착했다. 폴리가 문을 열었고, 그들은 두 손으로 머리를 가리고 문밖으로 뛰어나와 잇따르는 섬광과 폭발 속에서 백화점 옆면을 따라 달려간 다음, 거리를 건넜다.

반대편 보도에 도착하자 메로피와 마이클은 헐떡이며 뛰기를 멈췄다. "안 돼. 아직도 너무 가까워." 폴리가 메로피의 팔을 잡고 거리를 더 나아갔고, 마이클이 절룩이며 그 뒤를 따랐다. 그들은 가게의 유리창들과 거리를 두는 동시에, 건물을 파편의 보호막으로 삼기 위해 건물들에서 너무 멀리는 떨어지지 않으려 애썼다. 그들은 파젯스 백화점이 위치한 쪽의 거리에 있어야만 했다. 폭발은 호 모양으로 퍼질 것이고, 지금 그들과 충격파 사이에는 아무런 차폐물도 없었다. 그리고 폴리는 폭발로 인한 충격파가 얼마나 멀리까지 영향을 미칠지 알지 못했다.

"미안." 두 블록을 더 간 다음 메로피가 헐떡이며 말했다. "난 잠깐 좀 쉬어야겠어."

폴리는 고개를 끄덕였고, 그들을 데리고 다음 모퉁이를 돌아 건물 그림자로 들어가 숨을 돌렸다. "고마워." 메로피가 벽에 기대 헐떡였다.

마이클은 두 무릎을 짚고 거칠게 숨을 쉬었다. "폭격이… 잦아들면… 좋을 텐데." 그가 하늘을 보며 말했다. "하지만, 아… 이건… 더… 심해지네."

"하지만 방공호에 가면…." 메로피가 반대했다. "우리는 밤새 그곳에 갇혀 있게 돼. 그냥 강하 지점으로 곧장 가면 안 돼?"

'강하 지점.' 폴리는 메로피를 파젯스 백화점에서 빼내고 모두를 안전하게 데리고 나와야 한다는 생각에만 몰두한 탓에 마이클이 구조팀이라는 사실을 잊고 있었다. 마이클은 그녀를 구하기 위해 이곳에 왔다. 그들을 구해 옥스퍼드로 안전하게 데려가기 위해. 집으로 데려가려고.

"그래, 물론이지. 네 말이 맞아." 폴리가 말했다. 그녀는 마이클을 돌아보았다. "강하 지점으로 가자."

"좋아." 마이클이 말했다. "어딘데?"

"뭐?"

"네 강하 지점. 어디야? 여기서 멀어?"

메로피와 마이클은 기대에 찬 눈으로 폴리를 바라보았다. "네가 구조팀 아니었어, 마이클?" 폴리가 말했다.

"구조팀? 아니야."

'눈치챘어야 했는데.' 폴리가 멍하니 생각했다. 이미 모든 실마리가 있었다. 마이클의 다친 발, 메로피가 이곳에 있다는 걸 몰랐던 사실, 거의 한 달이나 폴리를 찾아다녔다던 언급까지.

"잠깐. 무슨 말인지 모르겠어." 메로피는 어리둥절한 표정으로 폴리와 마이클을 번갈아 보았다. "둘 다 구조팀이 아닌 거야? 하지만 그렇다면 여기서 뭘 하는 거야, 마이클?"

"나는 내 강하 지점에 갈 수가 없었어." 마이클이 말했다. "그래서 폴리의 강하 지점을 쓰려고 폴리를 찾아 런던으로 온 거야."

"나도 그래." 메로피가 말했다. "하지만 타운센드 브라더스 백화점으로 갔을 때, 직원들은 네가 돌아갔다고 말했어, 폴리. 그래서 난….”

“그건 옥스퍼드에 돌아가서 토론해도 돼.” 마이클이 조바심을 내며 말했다. “지금 당장은 네 강하 지점으로 가야 해, 폴리. 여기서 얼마나….”

“켄싱턴에 있어.” 폴리가 말했다. “하지만 우리는 그것 역시 쓸 수가 없어. 넌 ‘왜’ 네 강하 지점에 갈 수 없었는데?”

고성능 폭탄이 그들이 있는 거리 저쪽에서 터지며 사방으로 유리 파편을 날렸다. 그들 셋은 본능적으로 두 손으로 얼굴을 가렸다. “방공호로 가야 해.” 마이클이 말했다. “가장 가까운 건 어디야?”

“옥스퍼드 서커스역.” 폴리가 말했고, 그들을 이끌고 종종걸음으로 거리를 지나 지하철 입구로 들어가 계단을 내려갔다. 철창문은 이미 닫혀 있었다. 역무원이 그들을 위해 철창문을 열어주었다. “아슬아슬했습니다.” 뛰어들어가는 그들에게 역무원이 말했다. “곧장 아래로 내려가는 게 안전할 겁니다.”

필요 없는 권고였다. 그들은 회전식 개찰구를 향해 달려갔다. “난 돈이 없어.” 메로피가 말했다. “내 핸드백이….”

폴리가 자기 핸드백에서 여분의 토큰을 꺼냈다. 근처에서 또 다른 고성능 폭탄이 터지면서 역을 뒤흔들었다.

“여기가 안전한 거 확실해?” 메로피가 초조한 눈으로 천장을 보며 말했다.

“응.” 폴리가 메로피와 마이클에게 토큰을 건네며 말했다. “옥스퍼드 서커스역은 대공습이 끝날 때까지 폭격받지 않아.” 폴리는 회전식 개찰구를 밀어 통과했고, 에스컬레이터를 향해 달려갔다.

“아, 그렇지.” 메로피가 폴리 뒤에서 말했다. “잊고 있었어. 넌 폭탄이 떨어진 모든 곳을 아는데.”

‘1월 1일이 되기 전까지만이야.’ 폴리가 기다란 에스컬레이터에 올라서며 생각했다. ‘그건 그전까지 마이클의 강하 지점에 가야만 한다는 뜻이지.’

마이클이 그곳에 갈 수 없었다는 게 무슨 의미일까? 폴리는 질문하기 위해 마이클을 돌아보았지만, 그는 몇 계단 위쪽에 있었고, 움직이는 고무 난간에 무겁게 몸을 기댄 채 절룩절룩 그들에게 다가오고 있었다. “괜찮아?" 메로피가 물었다. "파젯스 백화점에서 나를 쫓아올 때 발목을 접질린 건 아니지?"

"응." 마이클이 메로피가 있는 계단으로 내려오며 말했다. "난… 파편에 맞았어. 됭케르크에서."

'됭케르크?' 폴리는 공포가 온몸을 꿰뚫는 것을 느꼈다. 마이클이 강하 지점에 갈 수 없는 건, 그게 됭케르크에 있기 때문인 건가? 만약 그렇다면, 그들은 전쟁이 끝나기 전에는 그곳에 갈 수 없었고, 그때면 너무 늦은 뒤였다. 하지만 그의 강하 지점이 됭케르크일 리 없었다. 그리고 마이클이 그곳에 갈 수 있었을 리도 없었다.

"됭케르크에서 뭘 했는데?" 메로피가 묻고 있었다.

"쉬잇." 마이클이 말하며 아래쪽을 가리켰다. 그들은 에스컬레이터 끝부분에 와 있었고, 그곳에는 사람들이 너무 많아 내리기 어려울 지경이었으며, 어찌어찌 내려도 인파를 헤치고 나아가는 건 더 힘이 들었다. 홀 전체가 사람들로 꽉 차 있었다. 폭격이 시작되었을 때 옥스퍼드 스트리트, 그리고 리젠트 스트리트와 뉴 본드 스트리트의 모든 사람이 이곳으로 도망쳐와 있었고, 모두가 꾸러미와 쇼핑백과 젖은 우산을 가지고 있기에 혼잡은 더욱더 심했다.

터널들 역시 붐비기는 마찬가지였고, 플랫폼은 더 심하리라는 걸 폴리는 경험을 통해 알았다. "이건 말도 안 돼." 마이클이 말했다. "이야기할 수 있는 곳을 찾아야 해. 다른 지하철역은 어때? 지하철 운행은 아직 하지?"

폴리는 고개를 끄덕였고, 둘을 이끌고 인파를 헤치고 가며 연신 "죄송합니다, 지하철을 타야 해서요. 죄송합니다…."라고 말을 했다.

"플랫폼으로 가봤자 소용없어요, 아가씨." 센트럴 선 플랫폼으로 가는 아치길에서 어떤 여자가 말했다. "센트럴 선은 운행하지 않아요."

"베이컬루 선은요?" 폴리가 물었다.

그 여자는 어깨를 으쓱해 보였다. "몰라요, 아가씨."

"위층으로 올라가야 해." 폴리가 마이클과 메로피에게 말했다. 만약 그곳에 도착할 수 있다면, 이 통로라도 빠져나가 터널로 돌아갈 수 있다면….

"저기 빈자리가 있어!" 메로피가 외쳤고, 폴리가 말리기도 전에 그녀는 플랫폼으로 뛰어갔다. 폴리와 마이클이 따라잡았을 때, 메로피는 모퉁이마다 신발을 하나씩 놓아 움직이지 않게 눌러놓은 파란 담요 위에 행복하게 서 있었다.

"여기에 앉을 수는 없어." 폴리는 세인트조지 교회에서 보냈던 첫날밤, 신문을 가지러 갔다가 당했던 봉변을 떠올리며 말했다.

극단. 폴리는 그 사람들을 까맣게 잊고 있었다. 돌아가지 않으면 그 사람들은 폴리에게 무슨 일이 일어났다고 생각할 것이고, 고드프리 경은….

"왜 여기 앉으면 안 되는데?" 메로피가 말했다. "여기 앉았던 사람들이 누군지는 몰라도 간이식당이나 화장실에 갔을 거고, 이런 인파라면 돌아오는 데 한참 걸릴 거야."

"그리고 이 정도면 이야기하기에 딱 좋아 보여." 마이클이 말했다.

그 말이 맞았다. 양쪽에 앉은 사람들은 대화에 깊게 빠져, 메로피가 담요 위에 앉아 무릎을 끌어안는 것조차 알아차리지 못했다. 마이클은 메로피의 어깨를 짚어 몸을 지탱하며 앉았고, 다리를 꼬면서 얼굴을 찡그렸다. "자, 그럼." 마이클이 앞으로 몸을 숙이고 목소리를 낮추며 말했다. "네 강하 지점에 관해 듣고 싶어, 폴리. 왜 그곳이 안 열리…."

메로피가 끼어들었다. "아니, 우선 어쩌다가 네 발이 그렇게 되었는지부터 말해. 됭케르크에서 뭘 한 거야? 난 네가 도버로 간다고 생각했어."

"그랬어." 마이클이 말했다. "하지만 내가 도착한 곳은 도버에서 50킬로미터 남쪽이었고…."

아, 다행이야. 마이클의 강하 지점은 됭케르크가 아니었다. 그곳은 대서양 이쪽이었다.

"그리고, 도버에 가려 했는데 깨어나보니…."

"깨어나보니?"

"이야기하자면 길어. 어쨌든, 결국 나는 됭케르크에서 구조 작업에 참여하게 되었고, 거기에서 이렇게 되었어." 마이클이 자기 발을 가리켰다. "병원에서 수술받았고, 간신히 발을 절단하지는 않았지만 힘줄을 다쳤어. 그래서 다리를 절게 된 거야."

"하지만 나은 다음에 왜 옥스퍼드로 돌아가지 않은 건데?" 메로피가 물었다.

"말했잖아. 내 강하 지점에 갈 수 없었다니까."

"왜?" 폴리가 물었다. "해변이 감시 중이야?" 만약 문제가 그뿐이라면, 셋은 보초의 주의를 돌릴 방법을 생각해낼 수 있을 것이다.

"아니, 그럴 필요조차 없어. 강하 지점 바로 위에 방공포가 설치되었어."

'그렇다면 전쟁이 끝날 때까지 그곳은 쓸 수가 없겠네.' 폴리가 생각했다.

"하지만 왜 구조팀이 널 구하러 오지 않은 건데?" 메로피가 속삭였다.

"시도는 했을 수도 있지만, 그랬다 해도 날 찾지 못했을 거야. 난 입원했을 당시에 의식이 없었고, 신분증도 없었기 때문에 병원에서는 내가 누구인지 몰랐고, 나는 의식을 잃은 상태에서 오핑턴으로 이송되었어."

폴리가 마이클을 쳐다보았다. "오핑턴?"

"응. 런던 남동쪽에 있어. 구조팀은 내가 그곳에 있으리라고는 생각도 못했을 거야. 잘 들어. 내가 무슨 일을 겪었는지 그 얘기는 일단 나중으로 미루자." 그는 목소리를 낮췄다. "당장 우리는 강하 문제부터 해결해야 해. 폴리, 네 것이 작동하지 않는 게 확실해?"

"응." 폴리는 그들에게 사고에 관해 말했다.

"폭발의 영향은 예측할 수 없는 부분들이 좀 있지." 마이클이 동의했다. "준비 조사를 할 때 알게 됐어. 겉으로는 아무 흔적이 없는데 사람이 죽기도 하더라고. 그러면 네 것만 남았어, 메로피." 마이클이 메로피를 돌아보며 말했다. "네 강하 지점에 갈 수 없다고 한 말, 그게 무슨 의미야? 네 강하 지점 위에 방공포가 설치되었다는 뜻은 아니었으면 좋겠다."

"그건 아니야. 하지만 군이 장원을 접수해서 소총 사격 훈련소로 바꾸었어."

"강하 지점이 장원 부지에 있었어?"

"아니, 숲속에. 하지만 군인들이 거기서 사격 연습을 하고 있어."

"그리고 숲 주위로 철조망을 쳤어." 폴리가 말했다.

메로피는 놀란 표정으로 폴리를 바라보았다. "그걸 어떻게 알았어?"

"널 찾으러 백베리로 갔었거든. 바로 네가 타운센드 브라더스 백화점에 왔던 그날에. 우리는 아슬아슬하게 길이 엇갈린 거지."

"하지만 그러면 백화점 사람들은 왜 네가 노섬벌랜드로 갔다고 했지? 난 네가…."

"그 이야기는 나중에." 마이클이 초조해하며 말했다. "철조망에 보초가 있어? 우리가 철조망을 자르고 들어갈 수 있을 거 같아? 아니면 그 아래로 기어들어 간다든가?"

"가능은 할 거야." 메로피가 말했다. "하지만 문제는 그것만이 아니야. 내 생각에는, 내 강하 지점도 무슨 이유에서인가 망가진 듯해. 열리려 하질 않아. 군인들이 오기 전부터 그랬어. 격리가 끝난 뒤에 나는 강하를 하려고 열 번 넘게 시도를 해보았지만…."

"격리?" 마이클이 말했다.

"응. 원래 내 임무는 5월 2일에 끝나기로 되어 있었어. 하지만 알프가 홍역에 걸렸고, 장원은 거의 석 달 동안 격리가 되어 있었기에…."

메로피의 임무가 '5월' 2일에 끝났다고? 폴리는 군대가 장원을 접수했을 때 임무가 끝났다고 생각해왔다. "장원에서 언제 떠났어?" 폴리가 물었다.

"9월 9일."

5월 2일부터 9월 9일. 그건 넉 달이었다. 메로피는 임무가 끝나고도 그 장원에 '넉 달'이나 있었다. "그런데 구조팀이 안 온 거야?" 마이클이 물었다.

"응. 격리 기간에 왔는데 사무엘스 씨가 들여보내지 않은 게 아니라면."

하지만 격리 기간이라 메로피를 구해낼 수 없었다 할지라도(그리고 구조팀은 분명히 구해낼 수 있었을 것이다), 격리가 끝나고 한 달 넘게 시간이 있었다. 폴리나 마이클과 달리, 메로피가 어디 있는지 알지 못한다는 핑계도 성립하지 않았다. 옥스퍼드는 메로피가 어디에 있는지 정확히 알았다.

그리고 단지 그뿐이 아니었다. 던워디 교수는 메로피가 전염병에 노출되는 상황을 절대로 허용하지 않았을 것이며, 발을 부상당한 마이클을 그냥 두었을 리도 없었다.

그리고 이건 시간 여행이었다. 설사 마이클이 병원에 입원했다는 사실을 아는 데 '몇 달'이 걸렸다 할지라도, 옥스퍼드는 마이클이 도버에 상륙했을 때로 두 번째 팀을 보내 그를 새로운 강하 지점으로 데려와 옥스퍼드로 돌아갈 수 있었다.

"하지만 내 강하 지점은 폭발에 손상됐을 리 없어." 메로피가 말했다. "장원은 폭격당하지 않았어. 그러면 어떻게 된 걸까?"

"난 모르겠어." 마이클이 말했다.

'난 알아.' 폴리가 두려워하며 생각했다. 폴리는 세인트조지 교회에 있던 아침, 구조팀이 그 전날 타운센드 브라더스 백화점 밖에 있어야만 했다는 걸 깨달았을 때부터 그 사실을 알고 있었다. 바로 그 때문에 당시 폴리는 다리가 후들거렸던 것이다. 구조팀이 그곳에 없다는 게 무슨 의미인지 알았기 때문이다. 하지만 폴리는 진실을 외면하기 위해 계속 핑곗거리를 만들어냈다. 옥스퍼드에 뭔가 끔찍한 일이 생겼으며, 구조팀은 오지 않는다는 게 진실이었다.

'아무도 오지 않아.' 폴리가 생각했다.

"하지만 만약 우리 가운데 누구의 강하 지점도 쓸 수 없다면…." 메로피가 말하고 있었다. "이제 우리는 어떻게 해야 해?"

51

우리만 남았다.

— 〈런던 타임스〉 헤드라인, 1940년 6월 22일[62]

런던, 1940년 10월 25일

"폴리랑 내 강하 지점이 망가졌으면 우리는 어떻게 돌아가지?" 메로피는 자기 말이 플랫폼의 소음을 뚫고 들리게 하는 동시에 근처 담요들에 앉은 사람들의 귀에는 들리지 않도록 목소리 크기를 조절하려 애쓰며 말했다.

"그것들이 망가졌는지는 아직 확실히 몰라." 마이클이 말했다. "장원에는 군인들이 있다고 했잖아. 군인들이 네 강하 지점에 너무 가까워서 그게 안 열린 것일 수도 있어."

메로피는 고개를 저었다. "군인들은 격리가 끝나고 한 달 후에 왔어."

"네 강하 지점은 숲으로 얼마나 들어가야 있는데?" 마이클이 물었다. "도로에서 보여? 아니면 피난 온 아이들 누군가가 널 따라갔을 가능성은? 네 쪽은 어때, 폴리? 네 것이 망가진 게 확실해? 아니면 네트의 빛무리를 볼 수 있는 근처 어딘가에 공습 대비대 감시원이 있었던 건 아닐까? 아니면 화재 감시원이라든가."

62 독일과 프랑스가 휴전 협정을 한 날이다.

"중요한 건 그게 아니잖아." 폴리는 마이클에게 비명을 지르고 싶었다. "어찌 된 상황인지 아직도 모르겠어?"

'여기서 나가야 해.' 폴리가 생각하며 일어났다. "나는 가야 해."

"간다고?" 마이클과 메로피가 멍하니 말했다.

"응. 이 시대 사람들과 만나기로 한 약속이 있어. 가서 그 약속을 지킬 수 없다고 말해야 해."

"우리랑 같이 가자." 마이클이 말했다.

"아니. 나 혼자 다녀오는 게 더 빠를 거야." 폴리가 말하고 인파 속으로 사라졌다.

"폴리, 기다려." 폴리는 마이클이 자신을 부르는 소리를 들었다. 이윽고 메로피에게 하는 말도 들렸다. "아니, 넌 여기서 기다려, 메로피. 내가 데려올게." 하지만 폴리는 뒤돌아보지 않았다. 그녀는 인파를 헤치고, 다리를 쭉 뻗고 앉은 사람들을 돌아가고 담요들과 바구니들을 넘어가며, 아치길을 지나고 터널을 통과했다. 어서 이곳을 빠져나가 혼자 있고 싶은 마음뿐이었다. 방금 마이클과 메로피에게 들은 말을 곱씹을 장소가 필요했다. 하지만 이곳은 어딜 가도 사람들로 꽉 차 있었다. 심지어 중앙 홀은 터널보다도 더 심했다.

"폴리, 기다려!" 마이클이 외쳤다. 폴리는 달리면서 힐끗 뒤를 돌아보았다. 다리를 절었지만, 마이클은 점점 폴리를 따라잡고 있었고, 홀에는 사람들이 너무나 꽉 들어찼기에 도저히 지나갈 수가 없었다. 어디로 가야…?

"거기, 너희! 멈춰!" 누군가가 외쳤다. 아이들 둘이 폴리를 지나 사람들 사이로 도망쳤고, 역무원이 그 뒤를 쫓았다. 사람들이 역무원에게 길을 비켜줬고, 폴리는 그 순간을 틈타 에스컬레이터로 도망치는 아이들 뒤를 따라 달렸다. 폴리가 지나간 뒤 사람들은 다시 그 공간을 빽빽이 메웠다.

홀본역에서 피크닉 바구니를 훔쳤던 남매처럼 보이는 그 말썽꾸러기들은 에스컬레이터를 요란스레 뛰어 다음 층으로 내려갔고, 역무원과 폴리보다 몇 걸음 앞서 남쪽 터널로 도망쳤다.

그들은 모퉁이를 돌았다. "너희 둘, 멈춰!" 역무원이 외쳤고, 근처 벽에 기대 있던 사람 중 남자 둘이 추적에 동참했다. 폴리는 남자들이 떠난 자리를 재빨리 차지했고, 벽에 딱 달라붙어 거친 숨을 골랐다.

폴리는 남은 사람들 너머로 몸을 내밀어 자신이 온 곳을 살폈지만, 에스컬레이터에 마이클은 보이지 않았다. '마이클을 따돌렸어.' 이제 잠시지만 안전했다.

'안전이라니.' 폴리가 멍하니 생각했다. '우리는 대공습 시기에 있어. 그리고 돌아갈 수가 없어. 우리를 구하러 올 사람은 아무도 없고.' 폴리는 두려운 진실을 안에 가둬두려는 듯 손으로 배를 눌렀지만, 이미 진실은 밖으로 쏟아져나와 폴리를 집어삼키고 있었다.

뭔가 끔찍한 일이, 아니 끔찍한 것보다 더 심각한, '상상할 수도 없는' 무슨 일이 옥스퍼드에 일어난 것이다. 그러지 않고서야 폴리와 메로피의 강하 지점이 열리지 않고, 구조팀이 이곳에 오지 않고, '던워디 교수'가 이곳에 오지 않을 리가 없었다. 던워디 교수는 마이클이 부상당해 병원에 있게 두었을 리 없고, 전염병 한가운데에 메로피를 남겨뒀을 리 없으며, 폴리에게 데드라인이 있는 것을 알면서도 그녀를 이곳에 그냥 두었을 리 없었다. 던워디 교수라면 메로피의 강하가 작동하지 않는다는 것을 아는 '그 순간'에 폴리를 데려왔을 것이다. 그리고 구조팀은 리케트 부인의 집이나 타운센드 브라더스 백화점 또는 노팅힐게이트역에 오는 대신, 폴리가 도착한 첫날 밤 그 좁은 통로에서 그녀를 기다리고 있었을 것이다. 그리고 그들이 그렇게 할 수 없었다는 것은 오로지 한 가지 사실을 뜻했다.

'던워디 교수님이 돌아가신 게 분명해.' 폴리가 생각했다. 폴리는 무슨 일이 일어날 걸까 멍하니 생각했다. 누구도 예상하지 못했던 일이었으리라. 진주만 습격 같은 그런 일, 아니면 더 심각한 일이 벌어진 것이다. 핀포인트 폭탄을 가진 테러리스트 또는 제2차 전 지구적 전염병? 아니면 세상의 종말? 진짜로 대재난일 게 분명했다. 설사 실험실과 네트가 파괴되었더라도 새로 지을 수 있었고, 이건 '시간 여행'이었다. 새로운 네트를 건설하고 폴리 일행의 좌표를 다시 계산하는 데 5년, 아니 50년이 걸린다 해도, 여전히 폴리를 첫날에 데려갈 수 있었고, 메로피 역시 격리가 시작되기 전에 빼낼 수 있었고, 마이클이 발을 다치기 전에 구할 수 있었다. 그들이 이곳에 있는 걸 아는 이들이 모두 죽지만 않았다면.

그건 모두가, 바드리와 리나와 던워디 교수 모두가 죽었다는 뜻이었다. 그리고, 오, 맙소사, 콜린도.

"괜찮아요, 아가씨?" 터널 저쪽에서 얼굴이 둥그렇고 뺨이 불그스레한 여자가 말했다. 그 여자는 여전히 배를 누르고 있는 폴리의 손을 보고 있었다. "겁먹지 말아요. 늘 이런 소리가 나니까." 여자는 천장을 가리켰고, 그곳에서는 아주 희미하게 폭탄 소리가 들렸다. "여기 왔던 첫날 밤, 나는 우리가 죽을 거라고 생각했어요."

'우리는 그럴 거야.' 폴리가 절망하며 생각했다. '우리는 대공습 한가운데에 갇혔고, 우리를 구하러 올 사람은 아무도 없어. 내 데드라인이 닥쳐도 우린 여전히 이곳에 있을 거야.'

"아가씨는 아주 안전해요." 여자가 말하고 있었다. "폭탄은 여기 있는 우리를 어쩌지 못해요. 놈들을 찾았나요?" 그녀는 폴리에게 하던 말을 멈추더니, 터널로 돌아오는 역무원에게 말을 걸었다. 역무원은 언짢은 표정이었다.

"아니요. 갑자기 사라졌어요. 이쪽으로 돌아오지는 않았지요?"

"네." 여자는 말하더니 다시 폴리에게 말했다. "그 아이들은 돌보는 이 없이 방치되어서…." 그녀는 혀를 찼다. "이 전쟁이 어서 끝났으면 싶네요."

'당신은 그렇겠지요.' 폴리가 생각했다. '저는 그럴 수가 없어요. 저는 이미 전쟁이 끝난 걸 보았어요.' 그리고 채링크로스에서 환호하는 사람들의 모습이 갑자기 눈에 선해지며….

'그래서 내가 아는 거야.' 폴리가 갑자기 생각했다. '에일린이 자기 강하지점이 작동하지 않는다는 걸 말하기도 전에 내가 그걸 알았던 것도, 타운센드 브라더스 백화점에 가기도 전에, 구조팀이 오지 않았다는 걸 알기도 전에 내가 세인트조지 교회에서 그날 아침에 그걸 알았던 것도 다 그래서인 거야.'

이때까지, 폴리는 연관 관계를 전혀 알아차리지 못했다. 심지어 마저리가 폴리를 자기 집에 데려가 채링크로스 쪽에서 밤을 나게 된 날에도 그랬다. 폴리는 그 진실을 조심스레 외면해왔다. 건드리기 두려워했고, 시선을 주는 것조차 두려워했다. 언제라도 터질 수 있는 불발탄이라도 되는 것처럼. 그리고 그 생각이 맞았다. 이건 뭔가 끔찍한 일이 일어났다는, 누구도 제때 오지 않았다는 걸 확정 짓는 마지막 증거였다. 그리고 그건… 아, 이런, 폴리는 그 가능성은 생각조차 해보지 않았다. 폴리는 가정을 세웠었지만… 그건 더욱더 심각했다….

“아픈 거예요, 아가씨?” 여자가 묻고 있었다. “이리 와요, 앉아요.” 그녀는 자기 담요를 두드려 보였다. “여기 자리가 있어요.”

“아니요, 저는 가야 해요.” 폴리가 옥죄인 목소리로 말하고 터널을 지나 에스컬레이터 쪽으로 재빨리 갔다. 어서 플랫폼으로 돌아가 메로피에게 물어볼 게 있었다.

“폴리!” 뒤에서 어떤 여자가 그녀를 부르는 소리가 들렸다. 라버님 양이었다. 그녀는 쇼핑백 두 개를 든 채 빼곡한 사람들 사이를 뚫고 폴리에게 다가오려 안간힘을 쓰고 있었다. 그녀는 얼굴이 시뻘겠고, 곤란한 표정이었으며, 동그랗게 틀어 올린 머리는 흐트러져 있었다.

‘못 본 척해야겠어.’ 폴리는 생각했지만, 사람들이 빽빽이 들어차 있었기에 도망갈 길이 없었다.

“당신도 연습에 늦어서 정말 다행이에요.” 라버님 양이 말했다. “저만 늦은 줄 알아서 걱정했거든요. 연극에 쓰려고 크록슬리에 사는 이모에게 가서 집사 유니폼을 빌려왔어요. 당신이 난파당했을 때 입을 멋진 옷도 구했어요. 자, 이거 좀 들고 있어줘요.” 라버님 양은 폴리에게 쇼핑백 하나를 넘겼고, 다른 하나를 뒤적이기 시작했다. “여기 어디에 있는데.”

“라버님 양….”

“우리가 이미 엄청나게 늦은 건 알아요. 돌아오는 지하철이 연착되었거든요. 폭격 때문에요.” 라버님 양은 쇼핑백 뒤적이는 걸 포기하며 말했다. “맘 쓰지 말아요. 연습할 때 보여줄게요.”

“전 같이 못 가요.” 폴리가 말하고 쇼핑백을 돌려주려 했다.

"왜요? 연습은 어쩌고요?"

"전…." 무슨 핑계를 대야 한단 말인가? 동료 시간 여행자들이 이곳에 있다고? 그럴 수는 없었다. 친척? 아니, 메로피는 이미 마저리에게 폴리가 동창이라고 말했다.

마저리. "제 친구가 병원에 있어요. 기억하세요?" 폴리가 말했다. "그 친구가 다쳤다는 걸 제가 알게 된 날 밤에 저와 같이 계셨잖아요."

"네." 라버넘 양은 말했고, 그제야 폴리의 긴장한 표정을 본 듯했다. "아, 이런. 설마 당신 친구가…?"

"아니, 친구는 훨씬 좋아졌어요. 훨씬 좋아져서 이제 면회도 가능해요. 그리고 저는 오늘 꼭 …."

"아, 하지만 공습 중에 면회를 갈 수는 없어요."

다른 것들을 걱정하느라, 폴리는 지금 자기 머리 위로 폭탄들이 떨어진다는 사실을 잊고 있었다. "아니, 아니요. 저는 그 친구를 면회 가려는 게 아니에요. 세인트팽크러스에 가서 마저리의 집주인에게 좋은 소식을 전해주고, 마저리가 병원으로 가져와 달라는 물건들을 챙기려고요."

"아, 물론이지요. 충분히 이해해요." 라버넘 양은 폴리에게서 쇼핑백을 받아 들었다. "하지만 내일은 올 거죠?"

'네. 내일도, 그 이튿날도, 그 이튿날도.' "고드프리 경에게 제가 내일부터 연습에 참여할 거라고 전해주세요." 폴리가 말하고 서둘러 그곳을 떠났다. 그녀는 메로피를 찾아서 꼭 물어볼 것이….

누군가가 폴리의 어깨를 움켜쥐었다. "사방으로 찾아다녔잖아." 마이클이 화난 목소리로 말했다. "왜 그렇게 뛰어간 거야?"

"말했잖아. 이 시대 사람들과 만날 약속을 했는데, 못 간다고 말해야 한다고." 폴리가 말했지만, 마이클은 듣고 있지 않았다.

"다시는 그런 식으로 행동하지 마! 3주 반 동안이나 널 찾아 런던을 헤맸다고. 다시 널 잃어버릴 수는 없어."

"미안해." '그리고 유감이야. 네가 날 조금만 늦게 찾아냈더라면 나는 이 상황을 규명할 시간이….'

"마이클…." 폴리가 말했다. "언제 도버 임무로 강하했어?"

"옥스퍼드에서 널 만난 직후에."

'다행이야.' 폴리가 생각했다. 하지만 이건 시간 여행이었다. 그는 진주만에 순간 시간으로 다녀왔을 수 있었다. "네 일정을 바꿔달라고 던워디 교수님을 설득하는 데 성공했던 건 아니지?" 폴리는 확인차 물었다.

"응. 만나지도 못했어." 마이크가 궁금한 표정으로 폴리를 보았다. "왜?"

"그냥 궁금해서. 메로피를 찾는 게 좋겠어. 걱정하고 있을 거야." 폴리는 다시 마이클을 떼어놓을 수 있기를 바라며 인파를 헤치고 가기 시작했다.

"아니, 잠깐 기다려." 마이클이 폴리의 팔을 움켜쥐며 말했다. "더 알고 싶은 게…."

"폴리!" 메로피가 외쳤다. 폴리와 마이클이 고개를 돌려 소리 나는 쪽을 보았다. 메로피가 에스컬레이터에서 사람들을 밀치며 아래로 내려오고 있었다.

"마이클! 오, 다행이야! 너희를 찾아 사방으로 돌아다녔어. 담요 주인이 돌아와서 나를 내쫓았어. 그 남자는 그곳이 자기 자리고, 그 자리를 맡기 위해 자기 아내가 정오부터 줄을 서서 기다렸다고 했어. 그리고 달리 앉을 곳이 없어서 너희들을 찾으러 갔는데 '어디에도' 너희가 보이지 않았고, 다시는 너희를 보지 못할까 봐 두려웠어!" 메로피가 말하며 울음을 터뜨렸다.

"울지 마." 마이클이 한쪽 팔을 메로피에게 두르며 말했다. "괜찮아. 우릴 찾았잖아."

"알아." 메로피가 말하고 마이클에게서 벗어나 뺨의 눈물을 닦았다. "미안. 여기 있는 동안 한 번도 운 적이 없었는데. 네가 옥스퍼드로 돌아갔다는 걸 알았을 때조차 울지 않았어, 폴리. 내 말은, 네가 가지 않은 걸 지금은 알지만, 당시에는 네가 돌아가고 나만 혼자서 이곳에 있다고 생각했거든…." 메로피가 다시 울기 시작했다.

"이제 넌 혼자가 아니야." 메로피에게 손수건을 건네며 마이클이 말했다.

"고마워." 메로피가 말했다. "알아. '이제야' 울다니 터무니없지. 억누르던 마음이 드디어 터졌나 봐. 앉을 자리를 잃어서 미안해…."

"괜찮아. 다른 곳을 찾을 수 있을 거야." 마이클이 말했다. "한 층 올라가면 어떨 것 같아, 폴리?"

"그래, 가보자." 폴리가 말하고 에스컬레이터 쪽으로 가기 시작했다.

"잠깐!" 폴리의 손을 잡으며 메로피가 말했다. "우리가 헤어지게 되면 어쩌지?"

"그 말이 맞아." 마이클이 말했다. "우리는 만날 장소를 정해야 해. 에스컬레이터 아래는 어때?"

"가장 아래층?" 메로피는 폭탄의 폭발음이 희미하게 들리곤 하는 위쪽을 힐끗거리며 초조하게 물었다.

"좋아." 마이클이 말했다. "만약 다시 헤어지게 되거나 무슨 일이 생기게 되면, 가장 아래층 에스컬레이터 발치에서 다른 사람들을 기다리는 거야. 알았지?"

메로피와 폴리는 고개를 끄덕였고, 다 같이 에스컬레이터를 탔다. 하지만 한 층 위도 똑같이 붐볐다. "지하철이 멈추고 나면 지상으로 몰래 나갈 수 있을 거야." 폴리가 말했다. "역에는 역무원 말고 일반인은 없을 거야."

"하지만 공습은 어쩌고?" 메로피가 두려워하는 목소리로 물었다.

"옥스퍼드 서커스역은 폭격당하지…."

"파젯스 백화점도 폭격당하지 않는다고 했잖아." 메로피가 비난하는 목소리로 말했고, 마이클은 폴리에게 경고하듯 고개를 젓고 말했다. "난 위층으로 가는 건 좋은 생각이 아니라고 봐. 여기에 어디 아래엔 갈 만한 곳이 없어?"

"없어." 폴리가 말했고, 터널들 입구를 둘러보며 어느 플랫폼이 적당할지 생각을….

폴리가 얼굴을 찡그렸다. 역무원이 쫓던 말썽꾸러기 둘이 남행 터널에서 나타났다. 저 아이들이 여기에 어떻게 온 거지? 역무원은 저 아이들이 갑자기 사라졌다고 말했는데. "잠깐만. 좋은 수가 있어. 거기 그대로 있어." 폴리가 말하고, 다른 둘이 반대를 하기 전에 쏜살같이 터널로 달려갔다.

반쯤 가다 보니 '비상구, 관계자 외 출입 금지'라고 적힌 회색 금속 문이 있었다. 그 앞에는 남녀 한 쌍이 격자무늬 깔개를 깔고 앉아 뒤집힌 접시들을 바로 하고 엎질러진 차를 닦고 있었다.

폴리는 달려서 마이클과 메로피에게 돌아갔다. "뭔가를 발견한 거 같아." 폴리가 말했다. 그녀는 메로피에게 자기 핸드백을 건넸다.

"이걸 왜 내게 주는데?" 메로피가 물었다.

"알게 될 거야. 따라와." 그녀는 둘을 데리고 터널로 갔고, 문 몇 미터 앞에서 멈췄다. "저기 부부에게 네가 지하철 직원이라고 말해." 폴리가 마이클에게 속삭였다. "그리고 안으로 들어가야 한다고 말하고, 그 뒤로는 내 행동에 장단을 맞춰."

마이클은 그 말대로 했다. "공무 수행 중입니다."

"아이들 둘을 찾고 있어요." 폴리가 말했다. "그 아이들이 제 핸드백을 훔쳐 갔어요."

"내가 뭐랬어, 버질?" 여자가 말했다. "그 아이들은 도둑이라니까."

"그 아이들은 거기 없어요." 버질이 말했다. "그 아이들은 좀 전에 주위 물건들을 밟고 부딪히며 쏜살같이 도망갔어요."

"팬지꽃이 그려진 제 접시도 깨뜨렸어요."

"놈들은 저쪽으로 갔습니다." 버질이 말하며 가리켰다. "하지만 그 둘을 절대 잡지 못할 겁니다."

"우리는 놈들을 잡을 함정을 만들 겁니다." 마이클이 말했다. "우리가 저 문으로 들어가게 두 분이 비켜주시면요." 그 말에 부부는 즉각 물건들을 바구니에 집어넣고 문에서 비켜섰다.

"놈들을 잡으면, 가둬놨으면 좋겠어요." 그들이 문을 열고 들어갈 때 여자가 말했다. "어린 것들이 아주 못됐어요!"

"왜 내가 가는 곳마다 못된 아이들이 있는 거람?" 그들이 안으로 들어가자마자 메로피가 말했다. 그녀는 걸음을 멈추고 침침하게 밝혀진 주위를 둘러보았다. 그들은 층계참에 있었고, 그 위아래로는 시야 끝까지 나선형 쇠 계단이 설치되어 있었다.

폴리는 계단참을 가로질러 가 계단 위아래를 살폈지만, 아이들 말고 이곳을 알아낸 이는 아직 없는 듯했다. 폴리는 버질과 그의 아내가 적어도 이 층에는 다른 사람들이 못 들어오게 해주길 바랐다. 다른 층들에도 문이 있는 게 분명했다. 그렇지 않으면 아이들이 지름길로 이곳을 쓸 수가 없었을 것이다. 그리고 만약 이게 비상용 계단이라면, 그건 이 계단이 수십 미터 위의 지상까지 통한다는 뜻이었다.

"여기 완벽하네." 메로피가 몇 계단을 올라가 앉으며 말했다. "이제 남들이 들을까 봐 걱정하지 않고 이야기를 할 수 있겠어. 난 할 이야기가 아주 많아…."

"쉬잇." 마이클이 계단을 올려다보며 말했다. "우선 여기에 누구 다른 사람이 없는지 확인해야 해. 이곳에서는 소리가 멀리까지 들릴 거야. 폴리, 넌 위를 확인해. 그리고 너는 아래를 확인하고." 마이클이 메로피에게 말했고, 메로피는 순순히 벌떡 일어나 계단을 뛰어 내려가기 시작했다. 적어도 누가 몰래 다가올 가능성은 없었다. 메로피가 쇠 계단을 내려가는 소리가 요란하게 철컹철컹 울렸다.

폴리가 계단을 오르기 시작했지만, 세 칸도 오르기 전에 마이클이 폴리의 손목을 움켜쥐었다. "쉬잇." 마이클이 조용히 말했다. "여기 있어. 할 말이 있어." 마이클은 귀를 기울이며 아래쪽에서 메로피가 계단을 내려가며 철컹이는 소리가 작아지길 기다렸다.

'아, 이런. 마이클은 자신이 언제 도버로 떠났는지 내가 물은 이유를 알아챈 거야.' 폴리가 생각했다. '마이클은 내게 데드라인이 있는지 물을 거고, 답을 하면 온갖 질문들을 하기 시작할 거야….'

"존 루이스 백화점도 폭격 될 예정이었어?" 마이클이 말했다. 전혀 예상 밖의 질문에 폴리는 멍하니 입을 벌리고 마이클을 바라보기만 했다. "맞아?"

"응."

"버킹엄 궁전은? 왕과 왕비가 거기서 거의 죽을 뻔하지 않아?"

"응. 왜 그런 질…."

"다른 공습들은? 다들 예정대로 일어났어?"

"응." '저 밖에서 이런 대화를 하지 않아 정말 다행이야. 안 그러면 우리는 독일 스파이로 오해받았을 거야.' 폴리가 생각했다. "왜 그런 질문들을 하는 건데?"

"뒹케르크가 분기점이거든."

"하지만…."

"쉬잇." 마이클이 자기 입술에 손가락을 가져가 댔다. 폴리는 귀를 기울였다. 아래쪽에서 희미하게 철컹이는 소리가 들렸다.

"메로피가 돌아와." 마이클이 말했다. 그는 폴리의 손목을 놓아주고는 계단을 올라가라는 손짓을 해 보였고, 그녀는 아무 소리도 내지 않으려 발끝으로 걸으며 계단을 올라갔다. 그리고 마이클이 한 말을 곱씹어 보았다. 마이클은 자신이 대공습에 관해 읽은 내용과 맞지 않는 상황을 본 걸까? 아니면 뒹케르크 구출 작전에서 그런 상황을 본 걸까?

마이클은 자신이 뒹케르크에 간 일이 역사를 바꿔놓았고, 그래서 다른 이들의 강하 지점이 열리지 않는다고 생각하는 걸까? 하지만 그건 불가능했다. 그리고 오늘 밤은 온갖 나쁜 소식 때문에 혼이 쏙 빠져 그럴 뿐이지, 평소의 마이클이라면 그게 얼마나 터무니없는 이론인지 금세 깨달을 것이다.

'그러면 난?' 폴리가 생각했다. '나도 그래서 최악의 경우를 상상하는 거야? 스넬그로브 양이 말한 것처럼 충격을 받아서? 어쩌면 내가 생각하는 것만큼 나쁜 상황은 아닐지도 몰라.'

아니면 더 나쁠 수도 있었다. 폴리는 메로피와 이야기를 해야 했다. 단둘이서만. 하지만 어떻게? 마이클을 심부름 보내? 하지만 마이클은 이미 자신들을 두고 떠난 일로 폴리에게 한소리를 했다.

폴리는 다음 층의 계단참과 문까지 올라간 뒤 문을 살짝 열고 밖을 엿보았다. 문 앞에는 고치처럼 담요에 싸인 유아들이 줄지어 누워 있었다. 좋아, 이곳으로는 아무도 들어올 수 없어.

폴리는 계단 두 줄을 더 뛰어 올라가 위쪽의 어둠을 살피고는 다시 계단을 뛰어 내려와 메로피와 마이클이 앉은 곳으로 돌아왔다. "아무도 없어." 폴리가 그들 옆 계단에 앉으며 말했다. "아래쪽에는 누가 있었어, 메로피?"

"아니. 이제, 마이클, 어서 얘기 좀 해…."

"마이클이 아니야. 그리고 메로피도 아니고. 넌 에일린 오릴리이고 나는 마이크 데이비스이고 너는 폴리… 넌 여기서 무슨 성을 써?"

"세바스찬."

"세바스찬." 마이크가 따라 말했다. "그걸 알았으면 좋았을 텐데. 그러면 널 훨씬 빨리 찾았을 거야. 너는 폴리 세바스찬이고, 우리가 여기 있는 동안 그게 우리 이름이야. 설사 너희들이 혼자 있더라도. 알겠어? 다른 이름으로 상대를 부르다가 남들이 그걸 듣는 일이 있어선 안 돼."

메로피가 고개를 끄덕였다. "응, 마이클, 아니, 마이크."

"좋아." 그가 말했다. "이제, 우리는 제일 먼저…."

"뭔가를 먹어야 해." 폴리가 말했다. "나는 저녁을 먹지 않았어. 너희들은?"

"나는 아침 이후로 아무것도 먹지 않았어." 메로피, 아니 에일린이 말했다. "점심시간 내내 새들러 부인이랑 부인의 못된 아들 시중을 들었거든. 나 배고파!"

"식사는 좀 나중에 하면 안 돼, 폴리?" 마이클, 아니 마이크가 말했다.

"아니, 역내 간이식당이 얼마나 더 오래 문을 여는지 몰라."

"좋아. 하지만 모두가 가면 안 돼. 한 명은 여기에 있어야 해. 폴리, 네가 여기를 지켜. 에일린과 내가 다녀올게." 그리고 폴리가 왜 마이크가 에일린과 같이 가야 하는지 그 이유를 떠올리기도 전에, 두 사람은 계단을 내려가기 시작했다.

"아, 막 생각났어." 아래에서 에일린이 말하는 소리가 들렸다. "나 돈이 없어."

'그리고 넌 이제 직장도 없어.' 폴리가 생각했다. 폴리는 마이크가 직장은 있는지 궁금했다. 아마도 아닐 것이다. 마이크는 막 퇴원했으니까. '우리는 어떻게 먹고살지?' 폴리가 생각했다.

아래쪽에서 문이 닫히는 소리가 들렸고, 잠시 뒤 철컹이며 계단을 올라오는 발소리가 들렸다. 아까 여기를 썼던 그 아이들인가? 아니면 역무원? 폴리는 '출입 금지' 공지를 떠올리며 생각했다.

마이크였다. "에일린에게 돈이 부족할 거 같다고 말하고 왔어. 2실링을 주면서 돈을 가지고 곧 다시 올 테니 그동안 줄을 서 있으라고 했어."

"아." 폴리가 핸드백에 손을 뻗었다.

마이크는 그런 폴리를 말렸다. "그건 우리가 대화를 마저 하기 위한 핑계였어. 넌 아까 내가 한 질문에 답을 하지 않았어. 예정에 없던 폭격이 있었어?"

"없었어, 마이크…."

"폭격 되어야 할 것 중에 안 된 것은?" 마이크가 끈질기게 물었다. "아니면 공습이 있어야 하는데, 없었던 밤은?"

"11월까지는 밤마다 공습이 있었어." 폴리가 말했다. "그리고 모두 일정에 있던 거였어. 네가 됭케르크에 있었기 때문에 이러는 거야?"

"그냥 거기에 있었던 게 아니야. 나는 역사의 진행 방향을 바꿀 수도 있는 일을 했어."

"하지만 우리가 그럴 수 없다는 건 너도 잘 알잖아. 시간 여행의 법칙은 우리에게 그런 일을 허용하지 않아."

"시간 여행의 법칙은 역사학자가 분기점 근처에 가는 것 역시 허용하지 않아. 하지만 나는 그 분기점 한가운데에 있었어."

"그리고 그 때문에 우리 강하 지점이 열리지 않는 거라고 생각하는 거야? 하지만 그건 불가능해. 만약 네가 거기 있으면서 역사를 바꿀 수 있었다면, 애당초 네트가 열리지 않아서 너는 그곳에 갈 수 없었을 거야."

"그게 문제야. 네트는 날 내 목적지에서 50킬로미터나 떨어진 곳에 보냈고, 시간도 닷새나 늦어졌어. 그래서 버스를 놓쳤고, 도버에 갈 수 없었어." 마이크는 폴리에게 자신이 어떻게 됭케르크에 가게 됐는지 설명했다. "시공간 편차는 나를 막으려 했어. 만약 내가 제인여왕호를 타지 않았더라면…."

"하지만 네가 됭케르크에 있던 일이 역사의 진행 방향을 바꿀 거였다면, 네트는 너를 '막았을' 거야. 됭케르크 구출 작전이 끝난 다음으로 보냈을 거라고. 아니면 웨일스나 어디 다른 곳으로 보냈겠지. 역사학자는 역사의 방향을 바꿀 수 없어. 너도 알잖아."

"그러면 내가 됭케르크에 갔다고 말했을 때 너는 왜 그렇게 충격받은 표정을 지은 거야?"

'조심해야 해.' 폴리가 생각했다. "우리 강하가 모두 작동하지 않는다고 네가 말을 한 직후였잖아. 그리고 네가 부상당했어도 구조팀이 구하러 오지 않았다고 했고. 설사 네가 병원에 입원한 걸 발견하기까지 오래 걸린다 할지라도 구조팀은…."

"아니, 넌 이해하지 못해. 구조팀은 병원을 찾아볼 '생각'조차 절대 할 수 없어. 내가 됭케르크에 간 걸 아는 건 배의 선장과 선장의 증손자뿐이었어. 그리고 그 둘은 모두 죽었고."

'죽었다고?' 폴리가 생각했다. 하지만 마이크는 이미 다음 설명으로 넘어가고 있었다. "강하해서 도착한 마을에서 난 기사를 보내러 런던으로 돌아갈 거라고 사람들에게 말했고, 병원에서는 내가 누구인지 아는 사람이 없었어. 어쨌든 요점은, 구조팀이 나를 찾을 방법이 없었다는 거지."

"마이크, 이건 '시간' 여행이야. 널 찾는 데 제아무리 오래 걸려도, 구조팀은 여전히 널 데리러 올 수 있었어."

"날 아직도 찾고 있다면 그렇지 않아. 나는 지난 3주 반 동안 널 찾아 옥스퍼드 스트리트를 뒤졌지만 찾을 수 없었어. 너는 '어느' 백화점에서 일해?"

"타운센드 브라더스."

"나는 타운센드 브라더스 백화점의 모든 층을 '두 번이나' 뒤졌지만, 너를 보지 못했어. 그리고 메로피, 아니, 에일린도. 그리고 에일린은 네 블록 떨어진 곳에서 일하지. 그리고 너는 백베리까지 갔지만 에일린을 만나지 못했잖아."

"하지만 이건…."

"나도 알아, 시간 여행이지. 그리고 시간 여행에는 시간 편차도 포함돼."

"다섯 달이나?"

"아니, 딱 구조팀이 우리 흔적을 놓칠 정도만 되어도 충분하지. 만약 내가 도버의 병원에서 이송된 뒤 또는 에일린이 런던으로 떠난 뒤에 구조팀이 도착했다면…."

마이크 말이 옳았다. 구조팀은 에일린이 파젯스 백화점에서 일하고 있는 것을 알 방법이 없었고, 병원에서 마이크가 누구인지 알지 못했다면, 구조팀이 마이크의 행방 역시 잃어버리는 건 일도 아니었다. "하지만 에일린이 격리되어 있던 그 시간 동안은 왜 안 온 건데?" 폴리가 물었다. "구조팀은 그때 에일린이 정확히 어디에 있는지 알았어."

"모르겠어. 어쩌면 그 격리가 일종의 분기점이었을 수도 있어. 홍역에 걸리면 죽기도 하잖아? 어쩌면 구조팀이 홍역에 걸려 D-데이에 중요한 역할을 하는 장군에게 그걸 옮길 수도 있기 때문에 아예 네트를 통과하지 못했을 수도 있어."

그건 지난 4주 동안 폴리가 금방이라도 구조팀이 올 거라고 믿으려 애쓰며 왜 구조팀이 오지 않는지 정당화하던 주장과 똑같았다. 폴리는 지금 마이크도 그러고 있는 것이 아닌지, 자기 자신을 설득하려 애쓰는 건 아닌지 궁금했다. 그리고 그 주장은 여전히 강하 지점에 관해서는 설명하지 못했다.

"나는 내 강하 지점이 작동하지 않는다고 말한 적 없어." 마이크가 말했다. "나는 단지 그곳에 갈 수 없다고 말했어. 에일린도 마찬가지고. 만약 피난 온 아이들이 숲에 있었다면, 그 아이들 때문에 강하는 열리지 않았을 거야. 또는 누군가 마을 사람이…."

아래쪽에서 문을 두드리는 소리가 들렸다. "여기 있어." 마이크가 말하고 누가 문을 두드리는지 보기 위해 아래로 뛰어 내려갔다.

에일린이었다. "샌드위치와 차 두 잔 살 돈밖에 없었어." 에일린의 목소리가 들렸다. "하지만 나눠 먹으면 돼." 마이크와 에일린이 올라오는 소리가 들렸다. "줄이 끝이 없더라."

폴리는 그대로 앉아 기다리며 마이크가 한 말을 곱씹었다. 만약 구조팀의 강하에 2, 3일 정도 편차가 있었다면, 그건 폴리가 직장을 구하기 전이고, 그들이 타운센드 브라더스 백화점에 갔을 때 폴리가 그곳에서 일하지 않는다는 말을 들었을 것이다. 그리고 밤이 되면 폴리는 지하철 방공호가 아닌 세인트조지 교회 방공호에 있었기에 구조팀은 여전히 그녀를 찾을 수 없었을 것이다. 마이크가 옳았다. 그들은 여전히 폴리를 찾고 있을지도 몰랐다.

에일린이 기름종이에 싼 샌드위치를 들고 계단을 올라왔고, 마이크는 차가 담긴 종이팩들을 들고 따라왔다. "치즈 샌드위치가 가장 싸더라." 에일린이 샌드위치를 건네며 말했다. "무슨 일이 있었던 거야, 마이크? 왜 다시 안 왔어?"

"폴리와 나는 이제 어떻게 해야 하는지를 토론하고 있었어."

"그래서 어쩌기로 했는데?" 에일린이 샌드위치 포장을 벗기고 한입 크게 베어 물며 말했다.

"그게, 우선 저녁부터 먹자." 마이크가 종이팩 뚜껑을 열었다.

"그런 다음 너는 어쩌다가 '깨어나보니'의 상황이 되었는지 설명해주는 거야." 에일린이 말했다. "그리고, 폴리, 넌 내게 왜 파젯스 백화점이 안전하다고 한 건지 말해주고."

폴리는 그 부분을 설명했고, 이윽고 각자 자신이 겪은 일을 상세히 얘기했다. 폴리는 마이크가 플리트 스트리트에, 그리고 에일린이 스테프니에 산다는 사실을 알고 기겁했다. "스테프니?" 폴리가 말했다. "그곳은 런던에서 사상자가 가장 많이 난 곳이야. 네가 폭탄에 그렇게 겁을 먹은 것도 당연했네."

"즉시 거기서 나와야 해." 마이크가 말했다.

"나랑 같이 살면 돼." 폴리가 말했다. "내 방은 2인실이거든."

"잘됐네. 그리고 빈방이 더 없는지 하숙집 주인에게 물어봐. 우리가 모두 같은 곳에 살면 구조팀이 찾기 훨씬 더 쉬울 거야."

'그리고 더 안전해.' 폴리가 생각했다. 하지만 그 말은 하지 않았다. 에일린은 음식을 먹고 나니 좀 나아 보였지만, 폴리를 찾으러 다니던 이야기를 들어보니 지난 몇 주 동안 엄청나게 고생을 한 게 분명했다. 그리고 마이크가 에일린에게 내일 아침 날이 밝는 대로 짐을 챙겨 나오라고 말하자 에일린은 아주 괴로운 표정을 지었다. "혼자서?" 에일린이 말했다. "하지만 우리가 다시 헤어지면 어쩌지?"

"안 그럴 거야." 폴리가 에일린을 안심시키고 그녀와 마이크에게 리케트 부인의 주소를 적어주었다. "나는 타운센드 브라더스 백화점 4층에서 일해. 그리고 만약 내가 그곳에 없으면…."

"알아." 에일린이 말했다. "옥스퍼드 서커스역의 에스컬레이터 가장 아래쪽에 가 있을게."

마이크는 이제 앞으로 해야 할 일들을 설명했다. 폴리에게는 다음 주에 언제 어디서 공습이 있을지 목록을 적어 자신과 에일린에게 알려달라고 했고, 에일린에게는 장원을 비롯해 그녀가 아는 모든 사람에게 리케트 부인의 주소를 알려주라고 했다. "그러면 구조팀이 왔을 때 네가 어디 있는지 알 수 있잖아." 마이크가 말했다. "그리고 백베리의 우체국장에게 편지를 써. 역장에게도."

"역장을 만나봤는데…." 폴리가 말했다. "그 사람에게 편지를 보내봤자 아무 도움도 되지 않을 거야."

"그러면, 그곳 성직자에게 보내."

"나는 런던에 도착하자마자 아이들을 부모들에게 제대로 전달했다고 신부님께 편지를 보냈어." 에일린이 말했다.

'그 신부는 에일린이 런던에 있는 걸 알았어.' 폴리가 생각했다. 그리고 만약 역장이 늘 늦는다고 말했던 그 기차가 평소처럼 늦게 도착했다면, 폴리는 예배가 끝날 때까지 교회에 있다가 에일린이 한 달 전에 떠난 걸 알았을 것이며, 에일린은 파젯스 백화점에서 죽을 뻔한 위험을 겪지 않아도 되었다.

"편지를 다시 보내봐." 마이크가 말하고 있었다. "그리고 네가 데려다준 다른 아이들 부모에게도 얘기해놔."

"알프와 비니?" 에일린이 끔찍하다는 듯이 말했다.

"응. 그리고 피난 아동 담당자에게도. 생각할 수 있는 모든 이들에게 연락해야 해. 그리고 강하 지점도 찾아야…."

마이크는 말을 멈추고 귀를 기울였다. 위쪽 어디선가 문이 열리더니 쾅 하고 닫혔고, 누군가가 덜컹덜컹 계단을 내려왔다. 달려 내려오는 소리였다. 덜컹거리는 걸음 소리는 아주 빠르게 다가왔고, 킥킥거리는 소리도 들렸다.

'역무원에게서 달아나던 그 아이들이야.' 폴리가 생각했다. "오늘 밤은 공습이 길지 않았으면 좋겠어." 폴리가 큰 소리로 말했다.

발걸음 소리가 갑자기 멈추더니 덜컹거리며 계단을 다시 올라가는 소리가 났다. 문이 열렸다가 쾅 하고 닫혔다. "갔어." 마이크가 말했다. "어디까지 말했더라?"

"강하 지점을 찾아야 한다고 말했어." 에일린이 말했다.

"그래, 기왕이면 대포가 위에 놓여 있지 않은 곳이면 좋겠지." 마이크가 농담을 섞어 말했다.

마이크 역시 목소리며 표정이 훨씬 더 밝아졌다. 그가 역사를 바꾸지 않았다는 폴리의 설득이 먹힌 게 분명했다. '옥스퍼드에도 아무 일이 없을 거라고 마이크 역시 날 설득해주었으면 좋았을 텐데.' 폴리가 생각했다.

"그리고 이곳에 있는 다른 역사학자를 찾아야 해." 마이크가 계속 말했다.

"벌지 전투에 가기로 한 사람이 있어." 에일린이 말했다.

"그게 나야." 마이크가 말했다. "그리고 거기 갔을 때 이렇게 되지 않아 다행이지. 겨울의 아르덴은 아주 끔찍하거든."

"하지만 여기는…." 폴리는 두 손을 펼쳐 어두침침한 계단을 가리키며 말했다.

"적어도 여기서는 죄수에게 총을 쏘는 사람은 없잖아." 마이크가 말했다. "그리고 눈이 오는 것도 아니고."

"여기도 곧 올 거야." 에일린이 두 팔로 몸을 감싸며 말했다. "코트가 있으면 좋았을 텐데. 여기는 너무 춥다."

마이크가 슈트 재킷을 벗어 에일린의 어깨에 둘러주었다. "고마워. 하지만 너는 안 춥겠어?" 에일린이 말하고 이어서 낙담한 목소리로 말했다. "아, 이런. 어떻게 코트를 다시 사지? 그리고 시어도어의 어머니에게 빚진 하숙비는 어떻게 갚지? 내 돈은 전부 내 핸드백에 있었어. 그리고 급료는 내일 받을 예정이었지만, 파젯스 백화점이…."

"백화점이 완전히 파괴된 거야?" 마이크가 물었다. "혹시라도…."

폴리가 고개를 저었다. "직격탄이었어. 450킬로그램짜리 고성능 폭탄."

"그곳은 이미 폭격당한 거야?" 에일린은 머리 위의 나선형 계단을 힐끗 보며 말했다.

"응. 정확히 언제인지는 몰라. 그곳이 폭격당하기 전에 이곳을 떠날 예정이었기 때문에 자세한 사항은 나도 몰라. 단지 오늘 저녁 이른 시간이고, 사망자가 세 명이라는 사실만 알아."

"하지만 이미 그곳이 폭격당했다면, 왜 우리가 아무 소리도 못 들은 거야?" 에일린이 물었다. "아니면 화재 경보 소리라든가?"

"여기서는 안 들려." 폴리가 말했다. "코트는 걱정하지 마. 나와 같이 방공호에 가는 위번 부인이라고 있는데, 그분은 폭격으로 거리에 나앉게 된 사람들에게 옷을 나눠주는 일을 해. 네가 입을 코트를 구할 수 있는지 그분에게 알아볼게."

"내 것도 하나 구해달라고 할 수 있을까?" 마이크가 물었다. "내 건 전당포에 있거든."

폴리가 고개를 끄덕였다. "너희 둘 다 코트가 필요할 거야. 1940년은 기록상 가장 춥고 가장 비가 많이 온 겨울 중 하나거든."

"그러면 그런 시간대에 필요 이상으로 오래 머물지 말자." 마이크가 말했다. "지금 여기에 역사학자가 최소한 한 명은 더 와 있어. 내가 실험실에 갔던 두 번 다, 리나는 현재 임무를 맡은 역사학자들 목록을 누군가에게 전화로 알려주고 있었어. 난 일부만 들었지만, 그 가운데 하나가 1940년 10월이었어."

"그게 내가 아닌 거 확실해?" 폴리가 물었다. "나는 10월 22일에 돌아갈 예정이었어."

마이크가 고개를 저었다. "이곳 도착이 10월이었어. 출발은 12월 18일이고."

"그 말은, 그게 누가 되었든 지금 여기에 있다는 거네." 에일린이 말했다. "이름은 듣지 못했어?"

"응. 하지만 실험실에서 한 명을 만났어. 사전 답사 강하를 하고 있었어.

그 친구 임무 날짜는 모르겠지만, 사전 답사 강하는 1940년 7월 2일 옥스퍼드였어. 이름이 필립스인가 핍스인가….”

“제럴드 핍스?” 에일린이 말했다.

“성만 들었어. 그 사람을 알아?”

“응.” 에일린이 인상을 쓰며 말했다. “아주 꼴불견인 애야. 내 임무에 관해 말했더니 ‘하녀? 그게 네가 찾을 수 있는 가장 흥미로운 임무인 거야? 제2차 대전을 전혀 보지 못할걸.’이라고 말하더라.”

“그 말인즉슨, ‘걔는’ 볼 수 있다는 거고.” 폴리가 말했다.

“그리고 자기 임무는 꽤 흥미로운 것이고.” 마이크가 덧붙였다. “어디로 간다고도 했어?”

“응. ‘ㄷ’으로 시작하는 곳이야. 아니면 ‘ㅍ’이거나. ‘ㅌ’일 가능성도 있어. 귀 기울여 듣지 않았거든.”

“뭘 관찰할 건지도 말 안 했고?” 마이크가 물었고, 에일린이 고개를 흔들자 이번에는 폴리에게 물었다. “폴리, 7월에는 무슨 일이 일어나?”

“잉글랜드에? 영국 본토 항공전.”

“아니, 그건 아닐 거야. 그 친구는 영국 공군 군복이 아니라 트위드 재킷을 입고 있었어.”

“하지만 넌 그게 사전 답사였다고 했잖아.” 폴리가 반대 의견을 냈다. “어쩌면 걔는 군 비행장으로 발령받기 위해 준비를 하러 간 것일 수도 있어.”

“그 친구는 편지를 몇 통 보냈고, 장거리 전화를 했다고 했어.” 마이크가 말했다. “‘ㄷ’으로 시작하는 군 비행장이 뭐지?”

“델팅?” 폴리가 제안했다. “덕스퍼드?”

“아니었어.” 에일린이 얼굴을 찡그리며 말했다. “‘ㅌ’이었을지도 몰라.”

“‘ㅌ’?” 마이크가 말했다. “‘ㄷ’이나 ‘ㅍ’이라고 했잖아.”

“알아.” 에일린이 입술을 깨물고 생각에 잠겼다. “하지만 ‘ㅌ’이었던 거 같아.”

“탱미어?” 폴리가 말했다.

“아니야… 미안해. 들으면 어딘지 알 수 있어.”

"잉글랜드의 군 비행장 목록을 만들어야 해." 마이크가 말했다.

"하지만 제럴드가 공군 조종사라니, 상상이 안 가." 에일린이 말했다.

"그래, 무슨 말인지 알아." 마이크가 말했다. "그 친구는 말라빠진데다 보니까 안경을 쓰고 있더라."

"그리고 지독한 공붓벌레야." 에일린이 말했다. "수학이랑…."

"항로 기록사나 무선 통신사로 분장한 걸 거야." 폴리가 의견을 냈다. "조종사보다는 그게 훨씬 더 그럴듯해. 영국 본토 항공전에서 조종사의 평균 수명은 3주야. 던워디 교수님은 절대로 그런 일을 허락하지 않았을 거야. 그리고 설사 항로 기록사나 운항 관리자라 해도 큰 위험 없이 영국 본토 항공전을 관측할 수 있어. 비록 군 비행장들과 지역 본부들은 폭격받았지만 말이야. 그리고 설사 제럴드가 영국 본토 항공전을 관측하기 위해 여기에 '있었다' 해도 이미 돌아갔을 거야." 폴리가 에일린에게로 시선을 옮겼다. "얼마나 머물지는 말 안 했어?"

"아니. 적어도 내 생각엔 말 안 했던 거 같아." 에일린이 얼굴을 찡그리고 집중하며 말했다. "나는 운전 교습에 늦었고, 아까 말한 대로 제럴드는 정말 꼴불견이거든. 나는 어서 빨리 걔에게서 벗어나고 싶은 생각뿐이었어. 만약 이런 일이 일어날 줄 알았다면, 좀 더 집중해 들었을 거야."

"그렇지. 뭐, 만약 이곳에 갇힐 줄 알았다면 우리 모두 달리 행동했을 거야." 마이크가 음울하게 말했다. "맘 쓰지 마. 우리는 군 비행장을 쉽게 찾을 수 있어. 10월에서 12월 사이에 이곳에 있는 다른 사람은 없어? 아니면 여기에 있을 사람은?"

"로버트 글래버스는 자신이 제2차 세계대전 임무를 맡았다고 했어." 폴리가 말했다.

"맞아." 마이크가 말했다. "하지만 로버트는 1945년 뉴멕시코에서 원자폭탄 실험을 해. 우리에게는 도움이 안 돼."

'아니, 도움이 돼.' 폴리가 생각했다. '내가 에일린에게 하고 싶었던 질문을 할 기회를 줬으니까.' "1945년." 폴리가 생각에 잠겨 말했다. "1945년. 에일린, 넌 전승 기념일에 가게 된 사람과 임무를 바꾸려고 했잖아. 그 사람은? 던워디 교수님이 바꾸는 걸 허락했어?"

"우리는 지금 이곳에 있는 사람이 필요해." 마이크가 조바심을 내며 말했다. "갑자기 1945년 얘기는 왜 하는 거야?"

"허락받았어?" 폴리가 끈질기게 물었다.

"아니, 교수님을 보러 돌아가지 못했어. 그리고 이제 이런 상황이고 보니, 교수님은 두 번 다시 나를 강하시키지조차 않으실 거야."

'다행이야.' 폴리가 생각했다. '에일린은 전승 기념일에 가지 않았어. 에일린은 데드라인이 없어. 다행이야. 그리고 마이크도 데드라인이 없어. 하지만 그렇다면….'

"그 10월에 온다던 사람이 지금 런던에 있을까?" 마이크가 물었다.

"아니. 만약 바드리가 런던에서 강하 지점을 두 개 찾아야 했다면, 분명히 내게 말했을 거야. 내 강하 지점을 찾는 데 무척이나 고생했거든. 하지만 적어도 잉글랜드에서 10월에 런던 대공습 말고 다른 걸 할 역사학자는 없어."

"그러면 제럴드가 더 낫겠네." 마이크가 말했다. "그 친구가 있는 군 비행장이 어디인지 알 수만 있다면. 내일 지도를 구해서…."

아래에서 흐릿한 소리가 들렸고, 마이크가 다시 말을 멈췄다.

'다시 아이들이 오네.' 폴리가 생각했지만, 철컹이는 걸음 소리나 킥킥거리는 웃음소리는 들리지 않았다. "거짓 경보군." 마이크가 말했다.

"기다려." 폴리가 철컹이며 계단을 내려가 문을 열었다. 문 앞에 있던 부부는 가고 없었다. 터널 저편에서 사람들이 담요를 접고, 접시와 빈 병들을 바구니에 넣고 있었다. 폴리는 문을 좀 더 열었고, 바닥에 앉아 신발을 신는 젊은 여자에게 외쳤다. "공습경보해제 사이렌이 울렸나요?"

젊은 여자가 고개를 끄덕였고, 폴리는 슬그머니 계단으로 돌아와 마이크와 에일린에게 달려갔다.

"맙소사." 자기 손목시계를 보며 마이크가 말했다. "거의 6시야. 이야기하느라 밤을 새웠어."

"그리고 나는 3시간 뒤에 출근해야 해." 폴리가 기지개를 켜고 치마를 떨며 말했다.

에일린은 어깨에 걸쳤던 마이크의 코트를 벗어 그에게 돌려주었다. "알았어." 마이크가 말했다. "에일린, 너는 가서 네 짐을 챙기고, 제럴드가 네게 말한 비행장이 어디였는지 떠올리려 애써봐." 마이크는 에일린에게 지하철 차비를 주었다. "폴리, 너는 공습 정보를 작성해서 우리에게 줘. 그리고 네가 출근하기 전에 먼저 나를 네 강하 지점까지 데려다주면 좋겠어."

그들은 계단통을 떠났다. 터널의 모든 사람은 짐을 챙겨 떠났고, 말썽꾸러기 아이들 두 명만이 남아 음식 부스러기들을 줍고 있었지만, 폴리가 문을 여는 순간 둘은 도망쳤다.

중앙 홀 역시 거의 아무도 없었다. "스테프니로 가려면 뭘 타, 에일린?" 폴리가 물었다.

"베이컬루 선을 타고 디스트릭트 선으로 가서 서클 선으로 갈아타."

"우리는 센트럴 선을 타." 폴리가 말했고, 에일린이 걱정스러운 표정을 짓자 덧붙여 말했다. "네가 타는 플랫폼까지 바래다줄게."

하지만 말처럼 쉽지 않았다. 베이컬루 선 플랫폼의 사람들은 여전히 짐을 꾸리고 있었다. 그리고 막 밖에서 들어온 게 분명한 공습 대비대 감시원을 둘러싸고 일부 사람들이 모여 있었다. 그 감시원은 재투성이였고, 위아래가 붙은 작업복은 찢어져 있었다. "얼마나 상황이 안 좋은 건가요?" 폴리 일행이 지날 때 어떤 여자가 감시원에게 물었다. "매릴번이 또 당했나요?"

감시원은 고개를 끄덕였다. "위그모어 스트리트도요." 그는 양철 헬멧을 벗고 검댕투성이 손수건으로 얼굴을 닦았다. "세 곳에 사고가 났습니다. 소방관 말에 따르면, 화이트채플 쪽도 아주 심하게 당했다더군요."

"옥스퍼드 스트리트는요?" 마이크가 물었다.

"괜찮습니다. 이번에는 운이 좋았어요. 생채기 하나 나지 않았습니다."

마이클의 얼굴에서 핏기가 가셨다.

"확실한…?" 에일린이 입을 열었지만, 마이크는 이미 절룩이며 터널을 걷고 있었다. 폴리는 마이크가 거의 에스컬레이터에 도착해서야 그를 따라잡았다.

"그 감시원이 파젯스 백화점을 봤다는 보장은 없어." 폴리가 말했다. "그 사람 하는 말 너도 들었잖아. 그 감시원은 밤새 위그모어 스트리트에 있었어. 그곳은 여기에서 북쪽이고, 밖은 아직 어두워. 그리고 사고가 있었다면, 연기와 먼지가 자욱해서 아무것도 볼 수가 없어."

"또는 아무것도 볼 게 없든가." 마이크가 말하고 에스컬레이터를 타고 올라가기 시작했다.

"이해가 안 돼." 둘이 꼭대기에 도착했을 때 에일린이 그들을 따라잡으며 말했다. "파젯스 백화점이 폭격을 안 당한 거야?"

마이크는 그 질문에 대답하지 않았다. 그는 절룩이며 역을 가로질러 출구를 통과해 거리로 나갔다.

밖은 여전히 어두웠지만, 새까만 하늘을 배경으로 옥스퍼드 스트리트의 백화점들의 검은 지붕들이 보일 정도는 되었다. 파괴의 흔적은 보이지 않았으며 어두운 거리에 깨진 유리들도 없었다. "여기 정말 춥다." 그들이 서서 거리를 보는 동안, 에일린이 얇은 블라우스 차림으로 떨며 말했다. "만약 그곳이 폭격을 당했다면, 불에 타고 있어야 하는 거 아냐?"

'맞아.' 폴리가 생각했지만, 화염의 표시는 보이지 않았다. 붉은 하늘도, 심지어 연기조차 없었다. 공기는 축축하고 깨끗했다.

"백화점 이름을 제대로 기억한 게 맞아?" 에일린이 이를 덜덜 떨며 물었다. "폭격당한 곳이 파멘터스 아니야? 아니면 피터 로빈슨이거나?"

"파젯스가 확실해." 폴리가 말했다.

"어쩌면 날짜를 잘못 알았을 수도 있어." 에일린이 말했다. "그리고 내일 저녁에 폭격당하는 거고. 그건 내 코트를 가져올 수 있다는 뜻이지. 내 핸드백도." 에일린은 어두운 거리를 걷기 시작했다.

"그래?" 마이크가 물었다. "날짜를 잘못 안 거야?"

"아니. 나는 옥스퍼드 스트리트의 모든 공습 정보를 이식했어. 그냥 여기서 안 보이는 것뿐이야." 그건 사실이었다. 그래도 소방차가 돌아다니고 구급차 신호 소리가 들려야 마땅했다. 그리고 사고 통제 경관이 흔드는 파란빛 통제봉도. "좀 더 가보자. 그럼 보일 거야." 폴리가 힘주어 말하고 에일린을 따라갔다.

“또는 내가 어떤 식으로든 역사의 진행 방향을 바꿔서 그곳이 폭격당하지 않은 것일 수도 있어.” 폴리 옆에서 다리를 절며 마이크가 말했다. “내가 됭케르크에서 무슨 일을 했는지 네게 말하지….”

“네가 ‘뭘’ 했든 상관없어. 역사학자는 역사를 바꿀 수 없어. 파젯스 백화점은 소이탄이 아니라 고성능 폭탄에 폭격당했어. 꼭 불이 날 필요는 없어. 그리고 만약 어젯밤 일찍 폭격당했다면 불은 벌써 몇 시간 전에 꺼졌을 거야….”

앞서가던 에일린이 외쳤다. “파젯스 백화점이 아직 저기 있어. 보여.” 그러자 마이크가 절룩이며 어색하게 달려 에일린을 쫓아가기 시작했다.

‘그럴 리가 없어.’ 폴리가 생각하며 둘을 쫓아 마이크를 앞질렀지만, 에일린 말이 맞았다. 절반도 달려가기 전에, 폴리는 어둠 속에서 라이언스 코너 하우스를 알아볼 수 있었다. 그곳은 여전히 멀쩡했고, 그 뒤로 파젯스 백화점의 맨 앞쪽 기둥들이 보였다.

에일린은 거의 그곳에 도착해 있었다. 폴리는 어둠 속을 보기 위해 집중하며 에일린 뒤를 쫓았다. 파젯스 백화점의 나머지 기둥들, 그리고 그 너머 건물 본채가 보였다. ‘아니야. 아직 멀쩡하게 있을 리가 없어.’ 폴리가 생각했다.

그 생각이 옳았다. 라이언스 코너 하우스에 도착하기도 전에, 폴리는 파젯스 백화점 너머 건물의 절반쯤 무너진 옆면 그리고, 그곳과 라이언스 사이의 텅 빈 공간을 볼 수 있었다.

에일린이 백화점 정면에 도착했다. “아, 이런.” 폴리는 에일린이 숨을 들이켜는 소리를 들을 수 있었다.

폴리가 돌아서 마이클에게 외쳤다. “괜찮아. 폭격당했어.” 그리고 백화점으로 달려갔다. 아니, 백화점이 있던 곳으로 달려갔다. 이제 그곳은 기둥들만이 남았다. 그리고 그 뒤는 깊은 구덩이로 변했다. 고성능 폭탄은 파젯스 백화점을 완전히 가루로 만들었고, 그건 그 폭탄이 정말로 450킬로그램짜리였다는 뜻이었다. ‘그리고 내일 신문에는 사망자 세 명이 있다

고 나오겠지.'

보도 가장자리에는 사고 현장 출입을 막기 위한 줄이 둘렸고, 에일린은 줄 앞에 꼼짝하지 않고 서서 그곳을 바라보고 있었다. 안도감인가, 충격을 받은 건가? 폴리는 알 수 없었다. 에일린의 표정을 확인하기에는 너무 멀었다.

폴리가 에일린 곁으로 갔다. "봐." 에일린이 가리키며 말했고, 폴리는 에일린이 보는 것이 파젯스 백화점의 잔해가 아니라는 사실을 깨달았다. 그녀는 기둥들 사이 유리 조각들이 흩어진 보도를 보고 있었다. 그리고 너무 어두운 탓에 좀 전까지 폴리가 보지 못했던 것을 보고 있었다.

보도에는 시체들이 흩어져 있었다. 적어도 열 명은 되어 보였다.

52

조심하여라. 단 한 단어만 빼거나 더해도,
그대는 세상을 파괴할 수 있다.

— *탈무드*

옥스퍼드 스트리트, 1940년 10월 26일

폴리는 눈을 가늘게 뜨고 보도에 널브러진 시체들을 바라보았다. 어둠 속이라 어렴풋이 밖에 보이지 않았지만, 시체들의 팔과 다리가 이상한 각도로 꺾인 것은 알 수 있었다.

마이크가 절룩이며 다가왔다. "오, 이런." 마이크가 숨을 몰아쉬었다. "몇 명이나 돼?"

"모르겠어." 에일린이 말했다. "모두 죽은 거야?"

그랬을 게 분명했다. 얼굴 또는 피를 볼 수 있을 정도로 환하지는 않았지만, 목이 저런 식으로 꺾이고도 살아 있는 건 불가능했다. 죽은 게 분명했다. '하지만 그럴 리 없어.' 폴리가 생각했다. '사망자는 세 명뿐이었어.' 그렇다는 건, 저렇게 목이 꺾이고 팔이 잘려도 이들 일부는 살아 있다는 뜻이었다. "마이크, 가서 도와줄 사람들을 좀 데려와!" 폴리가 말했다.

마이크는 그 말을 듣지 못한 듯했다. 그는 그곳에 얼어붙은 채, 폴리 너머 시체들을 보고 있었다. "이럴 줄 알았어." 마이크가 멍하니 말했다. "이건 내 잘못이야."

"에일린!" 폴리가 말했다. "에일린!"

마침내 에일린이 안 믿긴다는 표정으로 폴리를 돌아보았다. 폴리가 말했다. "역에 가서 도움을 청해." 폴리가 명령했다. "사람들에게 구급차가 필요하다고 말해."

에일린은 말없이 고개를 끄덕이고 비틀거리며 역으로 향했다.

"마이크, 회중전등이 필요해." 폴리가 말하고 출입 금지선 아래로 몸을 숙여 들어갔다. 그녀는 깨진 유리들을 밟으며 시체들로 다가갔지만, 현장으로 달려올 때 이미 상황 판단을 어느 정도 마친 상태였다.

이상했다. 시체라면 잔해에 깔려 있어야지 이렇게 밖에 나와 있을 수 없었다. 폭탄이 터졌을 때 진열창을 바라보며 서 있었을 수도 있지만, 제정신인 런던 사람이라면 그랬을 리 없었다. 그리고 구조대는 어디에 있는 거람? 구조대는 이곳에 왔던 게 분명했다. 이 주위로 출입 금지선을 친 걸 보면 분명했다. 그런데 다시 가버렸다고?

'시체들을 두고 그냥 갔을 리 없어.' 여자 옆에 무릎을 꿇고 앉으며 폴리가 생각했다. 바닥에 있는 이들 모두 죽은 게 확실했지만, 설사 모두가 죽었다 할지라도 그렇게 그냥 두고 갈 순 없었다. 여자의 팔은 여전히 코트 소매에 든 채로 몸에서 떨어져 나갔다. 그리고 팔꿈치가 뻣뻣하게….

폴리가 벌떡 일어났다. "에일린! 돌아와!" 폴리가 외쳤다. "마이크! 괜찮아. 이건 마네킹들이야. 진열창들에서 튕겨 나온 거야."

"거기, 당신들!" 저음의 목소리가 출입금지선 너머에서 외쳤다. "거기서 뭣들 하는 겁니까?"

'맙소사, 내가 강하 지점으로 가려고 할 때 나를 잡았던 그 공습 대비대 감시원이야.' 폴리가 살짝 넘겨짚었지만, 다시 보니 아니었다. 심지어 남자조차 아니었다. 말한 이는 공습 대비대 작업복을 입은 여자였다.

"거기서 당장 나와요!" 그녀가 말했다. "약탈은 범죄 행위이고 처벌받을 수 있어요."

"약탈을 하던 게 아니었어요." 폴리가 집어 들었던 마네킹 팔을 내려놓고 일어나며 말했다. "우리는 마네킹들이 시체인 줄 알았어요. 도우려던 거였어요." 폴리는 뛰어 돌아오는 에일린을 가리켰다. "쟤는 여기서 일해요. 쟤는 이게 자기가 아는 사람들일까 두려워했어요."

감시원이 에일린을 돌아보았다. "파젯스 백화점에서 일하나요?"

"네. 저는 에일린 오릴리예요. 5층에서 일해요. 아동복 매장에서요."

"보고는 하셨나요?"

에일린은 파젯스 백화점이 있던, 이제는 구덩이만 남은 곳을 바라보았다. "보고요?"

"저기 모퉁이 돌아서 있어요." 감시원이 말하고 그들을 데리고 모퉁이를 돌더니 옆길을 가리켰다. 사고 현장의 파란 조명과 그 주위에서 돌아다니는 사람들이 보였다. "페터스 씨." 감시원이 외쳤다.

"잠깐만요." 마이크가 말했다. "사망자가 있나요?"

"아직 모릅니다. 이리 오십시오, 오릴리 양." 그녀가 말하고 에일린을 데리고 페터스 씨에게 데려갔다. 그는 아마도 자다가 바로 나온 듯했다. 코트 안에는 잠옷을 입고 있었고 회색 머리는 부스스했지만, 목소리는 활기찼고 간결했다. "이름, 층, 매장을 알려주십시오." 그가 말했다.

에일린은 남자의 질문에 대답한 뒤 덧붙여 말했다. "지난주에 잡화 매장에서 옮겨왔어요."

에일린이 4층에 없던 게 설명이 되었다.

"오, 잘됐군요." 페터스 씨가 말했다. "우리가 걱정하던 사람들 가운데 한 명이군요. 당신이 아직 건물 안에 있을지도 모른다고 말한 사람이 있었거든요." 그는 에일린의 이름에 표시하더니 기대에 찬 눈으로 폴리를 바라보았다. "그리고 당신은…?"

"저는… 우리는 오릴리 양의 친구예요. 우리 둘은 파젯스 백화점에서 일하지 않아요."

"아, 실례했습니다." 그는 잠옷 차림에도 불구하고 위엄있게 말하더니 에일린에게 다시 시선을 돌렸다. "당신이 나올 때 그 층에 남아 있던 사람은 없었나요?"

"아무도 없었어요. 제가 마지막으로 나왔어요."

'문자 그대로 그랬지.' 폴리가 생각했다.

"해스킨스 양과 피터슨 양 모두 저보다 일찍 나갔어요. 해스킨스 양은 저보고 불을 꺼달라고 했고요."

"나오면서 다른 사람을 보지는 못했나요? 마일스 양이나 레인스포드 양이 나왔는지 혹시 아나요?"

'그러면 사망자 셋 중에 두 명이 확인되었어.' 폴리가 생각했다.

"아직 행방을 모르나요?" 에일린이 물었다.

"아직 둘의 행방을 모릅니다. 하지만 방공호에 안전하게 있을 거라고 확신합니다." 페터스 씨는 안심을 시키려는 듯 웃어 보였다. "이제 바덴 양과 한 가지만 더 해주시면 됩니다." 그가 어떤 여자를 가리키며 말했다. "백화점 문을 다시 열면 당신에게 연락할 수 있도록, 당신 주소와 전화번호를 저 분에게 알려주세요."

에일린이 고개를 끄덕였다.

"잠깐." 마이크가 에일린에게 말했다. "마일스 양과 레인스포드 양이 몇 층에서 일했어?"

"둘 다 6층이야." 에일린이 말했다. "둘 다 무사해야 할 텐데." 그리고 그녀는 페터스 씨와 함께 떠났다.

에일린이 가자마자, 마이크는 비난하듯 말했다. "넌 사망자가 세 명이라고 했잖아."

"그렇게 될 거야." 폴리가 말했다. "수색한 지 몇 시간밖에 안 됐잖아. 곧 다른 한 명을 찾을…."

"누구를 찾아?" 마이크가 말했다. "에일린이 하는 말 들었잖아. 그 여자 둘은 6층에서 일했어. 우리는 6층을 찾아봤어. 그리고 그곳에는 아무도 없었어."

"나도 알아." 폴리가 속삭이며 마이크를 끌고 모퉁이를 돌아 다른 사람들이 보거나 엿들을 수 없는 곳으로 가서 말했다. "하지만 그렇다고 그 사람들이 백화점 안에 없었다는 뜻은 아니야. 그 둘은 지하 방공호로 갔을 수도 있고…."

마이크는 듣고 있지 않았다. "그래도 죽은 건 둘뿐이야." 마이크가 쫓기는 목소리로 말했다. "세 명이어야 하잖아."

"사무실에서 일하던 사람일 수도 있어. 아니면 청소부거나. 아니면 우리를 쫓던 경비원일 수도 있지. 아직 모든 사망자를 찾지 못했다고 해서 사망자가 더 없다는 뜻은 아니야. 때로는 사고 현장에서 시체를 다 찾을 때까지 몇 주가 걸리기도 했어. 그리고 너도 그 구덩이 봤잖아. 이게 네가 뒹케르크에 갔던 점 때문에 역사가 바뀌었단 증거는 되지 않…"

"네가 몰라서 그래. 나는 군인을 한 명 구했어. 데이비드 하디 일병을. 그 군인은 나를 비추던 빛을 보고…."

"하지만 군인 한 명으로는…."

"그냥 군인 한 명이 아니었어. 내가 구한 그 사람은 뒹케르크로 돌아갔고, 네 번에 걸쳐 보트 가득 군인들을 구해냈어. 모두 519명이나. 그리고 그렇게 많은 군인을 구했어도 역사가 바뀌지 않았을 거라는 말은 하지 마. 역사는 혼돈계야. 나비 날갯짓 한 번으로도 지구 반대편에서는 태풍이 일어날 수 있다고. 520명의 군인을 구한 건 분명히 '뭔가'를 바꾸게 될 거야! 내가 한 짓 때문에 제2차 대전의 승패가 바뀌지 않기만을 바랄 뿐이야."

"그렇지 않았어."

"네가 그걸 어떻게 아는데?"

'왜냐하면 우리가 전쟁에서 이기는 날에 내가 그곳에 있었으니까.' 폴리가 생각했다. 하지만 마이크에게 그 말을 하면 자신에게 데드라인이 있다는 것을 알리는 결과밖에 되지 않았다. 그리고 그러지 않아도 마이크는 강하 지점들과 구조팀에 관해 알게 된 충격에서 벗어나지 못한 상태였다. "왜냐하면 시간 여행의 법칙이 그건 불가능하다고 못 박았으니까." 폴리가 말했다. "그리고 역사학자들은 거의 40년간 시간 여행을 해왔어. 만약 우리가 역사를 바꾸었다면, 지금보다 훨씬 이전에 역사가 바뀐 걸 봤을 거야." 폴리가 마이크의 팔에 손을 얹었다. "그리고 네가 구한 사람들은 영국 군인이지 독일 조종사가 아니야. 파젯스 백화점 폭격에 영향을 줄 수가 없어."

"네가 그걸 어떻게 알아." 마이크가 화난 목소리로 말했다. "역사는 혼돈계야. 모든 행동은 다른 모든 행동과 연결되어 있어."

"하지만 늘 영향이 있는 건 아니야." 폴리는 자신의 마지막 임무를 떠올리며 말했다. "때로는 역사의 진행 방향을 바꿀 거라 생각되는 행동을 해도 결국 아무 영향이 없기도 해. 그리고 불일치가 있어야 하는데 없었다고 네 입으로도 말했잖아."

"확실해? 일어나야 하는데 일어나지 않은 사건이 정말로 없어? 아니면 더 일찍 또는 늦게 일어난 건 없어?"

"없어." 폴리가 말했고, 세인트폴 대성당에서 본 불발탄이 갑자기 생각났다. 던워디 교수는 폭탄 해체반이 그 불발탄을 제거하는 데 사흘이 걸렸다고 말했지만, 그랬다면 일요일이 아닌 토요일에 제거했을 것이다. 하지만 던워디 교수가 날짜를 잘못 기억했을 수도 있고, 또는 신문 기사의 오류일 수도 있었다.

"아니. 전혀 없어." 폴리가 말했다. "그리고 아무리 혼돈계라 해도 연결고리들은 필요해. 나비 날갯짓이 태풍을 일으키는 건 둘 다 공기 흐름에 관련되었기 때문이야. 네가 구한 군인들과 파젯스 백화점의 사망자 숫자 간에는 아예 연결고리 자체가 없어. 게다가 520명의 영국 군인들이 죽거나 전시 포로수용소에 있지 않다면 그건 전쟁을 방해한 게 아니라 도운 거야."

"꼭 그렇지 않을 수도 있어. 혼돈계에서는 긍정적인 행동이 좋은 결과뿐 아니라 나쁜 결과도 불러올 수도 있어. 그리고 제2차 세계대전에는 좋든 나쁘든 뭔가 행동만 취해도 상황 전체가 바뀌게 되는 분기점들이 있었다는 걸 너도 알잖아."

'마이크에게 전승 기념일에 관해 말해야 해. 설사 그 때문에 마이크가 내 데드라인에 관해 알게 되더라도.' 폴리가 생각했다. '마이크를 설득할 방법은 그것뿐이야.' 하지만 폴리의 데드라인에 관해 알게 되면 마이크는….

"폴리! 마이크!" 에일린이 흥분한 목소리로 외쳤고, 둘은 서둘러 다시 모퉁이를 돌아 에일린에게 갔다. "할 말이…."

"왜?" 마이크가 말했다. "사람들이 시체들을 찾은 거야?"

"아니. 그리고 마일스 양과 레인스포드 양만 빼고는 모두 무사해."

"직원 출입구에 있던 경비원은?" 마이크가 물었다.

"여기에 있어. 내가 아직 건물 안에 있을 것 같다고 말한 사람이 그 경비원이었어. 그리고 폴리 너도 아직 여기에 있을 거라고 생각하더라. 하지만 네가 5층에 도착하자마자 내가 퇴근했다는 걸 알고 건물을 나갔다고 말해줬어. 그리고 우리가 나가자마자 폭탄이 직격한 거 같아."

'만약 우리가 승강기 문을 열지 못했더라면, 또는 우리가 내려가는 도중에 경비원을 만났더라면.' 폴리가 생각했다. 그녀는 초조한 눈으로 에일린을 보았고, 에일린도 같은 생각일지 궁금했다.

에일린은 몸을 떨었다. 하지만 그건 얇은 블라우스와 축축하고 차가운 공기 때문일 수도 있었다. '약탈한다고 억울하게 욕만 먹지 말고 그냥 진짜로 약탈해서 마네킹의 코트나 훔칠걸.'

"모두 소재 파악이 된 거 확실해? 청소부도?" 마이크가 다그치듯 물었고, 에일린이 지하철역에서 그랬던 것처럼 목소리가 높아져 있었다. '마이크도 에일린처럼 초조한 것뿐이야.' 폴리가 생각했다. 더 이상 나쁜 소식을 감당할 여력이 없는 거야. "응. 모두 다." 에일린이 말했다. "하지만 그 말을 하러 온 게 아니야. 그건 두 단어였어."

"뭐가?" 마이크가 성급하게 물었다.

"제럴드가 가기로 한 장소 이름. 그건 두 단어였어. 마일스 양에 관해 바덴 양과 이야기하고 있었는데, 바덴 양은 자신이 테글리 플레이스에 살았다고 말했고, 그 말을 듣자 생각났어. 제럴드가 자신이 간다고 말한 군 비행장은 이름이 두 단어였어."

"미들 왈롭?" 폴리가 말했다.

에일린이 고개를 저었다.

"웨스트 몰링?"

"아니. 한 단어는 'ㅌ'으로 시작하는 게 확실해. 아니면 'ㅍ'이나…." 에일린이 말을 멈추고 폴리 너머를 바라보았다. "아, 다행이야. 저기 마일스 양이 있어!" 에일린은 거리를 건너오는 젊은 여자에게 달려갔다.

"이게 무슨 일이에요?" 마일스 양이 거리에 흩어진 마네킹들을 바라보며 말했다.

"어젯밤에 파젯스 백화점이 폭격당했어요…." 에일린이 설명을 시작했지만, 마이크가 끼어들었다. "어젯밤에 퇴근할 때 레인스포드 양이 아직 건물에 남아 있었나요?"

"아니요." 널브러진 마네킹들을 여전히 멍하니 바라보며 마일스 양이 말했다.

"모른다는 건가요, 아니면 건물에 없었다는 건가요?" 마이크가 외쳤고, 에일린은 깜짝 놀라 마이크를 돌아보았지만, 그의 분노 덕분에 마일스 양은 멍한 상태에서 깨어났다.

그녀는 마네킹들에서 시선을 돌리고 말했다. "레인스포드 양은 어제 이곳에 없었어요. 그제 밤에 남동생이 죽었거든요."

"가서 페터스 씨에게 그걸 알려주는 게 좋겠어요." 에일린이 말했고, 마이크와 폴리에게 다시 말했다. "곧 돌아올게." 그리고 그녀는 마일스 양을 데리고 다른 사람들이 있는 곳으로 갔다.

"어때?" 말소리가 안 들릴 거리까지 에일린과 동료가 멀어지는 것 정도도 기다리지 못하고 마이크가 말했다. "저 여자 말 들었지? 모두 소재 파악이 되었어. 그건 사망자가 없다는 뜻이야."

"전혀 그렇지 않아." 폴리가 말했다. "사망자는 이 근처를 지나가던 사람일 수도 있어. 내가 어제 파젯스로 갈 때, 정문에서 어떤 여자와 소년이 도어맨에게 택시를 불러달라고 고집 피웠어. 폭격당했을 때까지도 그 둘은 거기서 택시를 기다리고 있었을 수도 있어." 폴리가 말했다. 하지만 그런 경우라면 그 둘의 시체는 마네킹과 마찬가지로 보도로 날아가 있어야 했다. "우리가 파젯스 백화점에 있는 건 아무도 몰랐어. 어쩌면 다른 사람들…."

"아니면 시공간 연속체가 변형되었을 수도 있어." 마이크가 말했다. 그는 금방이라도 기진맥진해 쓰러질 것 같은 표정이었다. "그리고 우리는 전쟁에서 지고. 그게 불가능하다고는 말하지 마."

'그건 불가능해.' 폴리는 생각했다. 하지만 폴리는 말했다. "만약 잉글랜드가 제2차 세계대전에서 진다면, 이라 펠드맨의 부모는 아우슈비츠나 부헴발트에서 죽었을 거고, 이라 펠드맨은 시간 여행을 발명하지 못했을 거야. 그러면 옥스퍼드는 네트를 건설하지 못했을 거고, 우리는 네트를 통과해올 수 없었겠지."

"네가 잊은 게 있어." 마이크가 씁쓸하게 말했다.

"뭔데?"

"우리는 내가 하디를 구하기 전에 네트를 통과해왔어."

'그리고 나는 마이크가 하디를 구하기 전에 전승 기념일에 있었고.' 폴리가 생각했다. '하지만….'

"그렇지 않다면 왜 불일치가 생겼겠어?" 마이크가 말했다.

"그게 불일치인지는 모르는 거야. 그리고 네가 하디를 구했는지도 확실하지 않아."

"무슨 말이야? 내가 말했잖아…."

"하디가 본 건 너를 비추던 회중전등 빛이 아니었을 수도 있어. 아마도 다른 보트에서 내는 빛이거나 그 빛이 물에 반사된 것일 거야. 아니면 화염이거나."

"화염." 마이크가 말했고, 안색이 어느 정도 돌아왔다. "그건 생각을 못 했네. 화염이 있었어."

"어쨌든, 우리는 제럴드를 만나서 그 친구의 강하가 작동하는지 확인할 때까지는 그 무엇도 단정 지을 수 없어."

"네 것도 확인해야지." 마이크가 말했다.

지금은 폴리가 자기 강하 지점까지 몇 번을 다녀왔다고 말하기에 적당한 때가 아니었다. "오늘 밤에 퇴근하고 데려갈게." 폴리가 말했다. "우선은 에일린이 스테프니에 갈 때 네가 좀 같이 가줘야 할 거 같아. 에일린은 지금까지 너무나 여러 가지 충격을 받아서 혼자서 버티기 어려워." 폴리는 마이크가 토를 달지 못하도록 잽싸게 "에일린!" 하고 외쳤고, 마일스 양과 서서 이야기를 나누는 에일린에게 성큼성큼 걸어갔다. 에일린은 이를 덜덜 떨었고, 팔로 몸을 단단히 감싸고 있었다. "자, 내 코트 받아." 폴리가 코트 단추를 끄르며 말했다.

“하지만….”

“나는 필요 없어. 나는 이제 리케트 부인에게 가서 네가 나와 같이 살 수 있는지 알아볼 거야. 그러니 간 김에 재킷을 입고 나오면 돼.” 폴리가 에일린에게 코트를 입혔다. “네가 스테프니에서 돌아오면 그때 보자. 타운센드 브라더스 백화점으로 와. 만나서 다음에 어떻게 할지를 결정하자.”

이제 동트기 전의 찬 공기에 몸을 떠는 쪽은 폴리였다. “리케트 부인을 만나고 제시간에 출근하려면 지금 가야겠어. 좀 이따 보자. 난 4층에 있어.” 폴리가 상기시켜 주었다. “스타킹 매장이야. 안녕.” 그리고 폴리는 서둘러 지하철역으로 갔다.

노팅힐게이트로 가는 지하철은 다행히도 비어 있었다. 폴리는 무엇을 해야 할지 생각할 시간이 필요했다. 만약 연합군이 제2차 세계대전에서 이겼다고 폴리가 믿는 이유를 마이크에게 말해주면, 그는 자신이 역사를 변경했다는 걱정을 하지 않을 것이다.

하지만 그러려면 폴리는 모든 것을 다 이야기해야만 했다. 자신이 전승 기념일에 있었다는 말만으로는 마이크에게 확신을 줄 수 없을 것이다. 마이크는 자신이 하디를 구한 뒤에 시공 연속체가 바뀌었다고 대답할 게 뻔했다. 폴리는 왜 그게 진실이 아닌지 마이크에게 말해야만 했다. 하지만 둘은 이미 하룻밤 사이에 감당할 수 없을 정도로 많은 충격을 받은 상태였다.

에일린은 이미 한 번 정신이 무너졌었고, 파젯스 백화점이 무너질 당시 얼마나 아슬아슬하게 죽음을 피해 빠져나왔는지 알게 되면, 아마 완전히 무너질 것이다.

그리고, 마이크는 ‘훌륭한 크라이턴’처럼 모든 것을 떠맡으려 하고는 있지만, 에일린보다 더 상태가 안 좋았다. 그는 전쟁에서 지게 되는 가능성에 관해 몇 주 동안 곰곰이 생각해본 것이 분명했다. 마이크에게 전승 기념일에 관해 이야기하면 아마 그 역시 무너지고 말 것이다.

하지만 말을 하지 않아도 마이크가 무너질 수 있었다. 마이크는 자신으로 인해 히틀러와 그의 무시무시한 제3제국이 이기게 되었고, 그로 인해 세상이 강제 수용소, 가스실과 오븐, 기타 등등의 공포가 판치는 악몽으로 바뀌었다고 생각할 것이기 때문이다. 히틀러는 영국 의사당 앞에 교수대를 설치하고 처칠과 왕과 왕비를 처형할 계획을 세웠었다. 그리고 열네 살인 엘리자베스 공주와 열 살인 마거릿 로즈 공주도.

'마이크에게 말해야만 해.' 폴리가 생각했다. '마이크와 에일린이 스테프니에서 돌아오자마자 말해야겠어.' 그때 지하철이 갑자기 흔들리더니 속력을 늦췄다.

'역에 들어서는 건가?' 폴리는 의아해하며 창밖을 내다보았지만, 아무것도 보이지 않았다. 지하철은 끼익 소리를 내며 멈추더니 그대로 있었다. 그리고 계속 그대로 있었다.

왜 연착이 되는 걸까? 라버넘 양이 크록슬리에서 지하철을 타고 오다 그랬던 것처럼 이쪽 노선 철로도 폭격을 당한 걸까? 아니면 터널이 무너졌나? 아니면 그냥 기계 결함인가? 알 방법이 없었다. 자신들의 강하가 열리지 않는 이유가 옥스퍼드에 대참사가 일어났기 때문인지 아니면 마이크가 됭케르크에서 군인 한 명을 구했기 때문인지, 아니면 사소한 이유, 가령 시간 편차나 구조팀이 그들을 발견하는 데 어려움을 겪기 때문인지 알 수 없는 것과 같이.

지하철이 출발해 속도를 높였고, 한 1분 정도 열심히 가더니 다시 멈췄다. '이러다가는 여기서 영영 못 내리겠는걸.' 폴리가 생각하고 쓴웃음을 지었다. 마이크는 이미 자신이 이 모든 사태의 원인이라고 결론을 내린 상태였다. 만약 폴리가 마이크에게 말을 해도 그가 그 말을 믿지 않는다면? 사태를 더 악화시키기만 한다면? 그리고 만약 마이크가 에일린에게 말을 한다면? 전승 기념일에 관해 말하지 않고도 마이크를 설득하는 다른 방법이 있을 게 분명했다.

하지만 지하철이 45분 늦게 노팅힐게이트역에 도착했을 때까지, 폴리는 아무 방법도 떠올리지 못했다. 그녀는 터널을 따라 빠르게 걸어 에스컬레이터에 올랐고, 손목시계를 힐끗 보았다. 8시 30분이었다. 위번 부인에게 코트에 관해 물어보는 건 고사하고 리케트 부인 집에 들렀다 돌아올 시간도 빡빡했다. 폴리는 회전식 개찰구로 서둘러 갔다.

"마침내 연습이 끝나는 건가요?" 폴리가 지나가는데 역무원이 물었다.

"네? 극단이 아직도 연습하고 있나요?"

역무원이 고개를 끄덕였다.

"고맙습니다." 폴리가 진심으로 인사하고는 디스트릭트 선이 있는 곳으로 달려갔다. 폴리는 운이 좋으면 리케트 부인과 위번 부인 모두가 그곳에 있으리라 생각했지만, 플랫폼에 도착해보니 둘 다 없었다. 극단의 다른 사람들은 여전히 연습 중이었다. "아니, 아니, 아닙니다." 고드프리 경이 라일라에게 말하고 있었다. "그런 식이 아닙니다. 좀 더 명랑하게 말해야 합니다."

"명랑하게요?" 라일라가 말했다. "이 장면에서는 앞으로 무슨 일이 일어날지 모르는 상황에 처한 것처럼 연기하라고 하셨잖아요."

"그랬지요." 고드프리 경이 말했다. "그렇다고 해서 그게 관객들에게 여러분 모두가 마지막 장에서 죽을 거라는 확신을 주란 뜻은 아닙니다. 이건 비극이 아니라 희극입니다."

'그 부분은 두고 봐야지.' 폴리가 생각했다.

"라버넘 양." 고드프리 경이 말했다. "애거사 아가씨에게 시작하라고 신호를 해주시면 좋겠습니다만."

"'여기 어니스트가 오네요.'" 라버넘 양이 극본을 읽다가 폴리가 온 것을 알아차렸다. "세바스찬 양." 라버넘 양이 그녀에게 황급히 가며 말했다. "만났나요?"

잠시, 폴리는 라버넘 양이 무슨 말을 하는지 알지 못했다. 옥스퍼드 서커스역에서 라버넘 양을 만난 뒤로 너무나 많은 일이 일어났기 때문이다. 하지만 이윽고 자신이 마저리의 집주인에게 메시지를 전해야 한다고 라버넘 양에 말한 것이 기억났다. "네, 아, 그러니까… 아니요." 폴리가 말을 더듬었다. 하룻밤이 지났는데도 메시지를 전달하지 못했다는 건 말이 안 됐다. "다른 일이 있었어요. 리케트 부인은 집에 갔나요?"

"네. 아침 식사 준비를 하러 먼저 갔어요."

"아침 식사라니." 도밍 씨가 코웃음을 쳤다. "그딴 것도 음식이라 부를 수가 있나요?"

"라버넘 양, 혹시 리케트 부인에게 세놓을 방이 더 있는지 아세요?" 폴리가 물었다.

"메리 아가씨, 마침내 왔군요!" 고드프리 경이 빈정거림을 가득 담은 목소리로 말했다. "기억하시려나 모르겠습니다만, 이 연극은《메리 로즈》가 아니라《훌륭한 크라이턴》이며, 따라서 오랜 시간 동안 사라졌다가 다시 나타나는 내용은 없…." 그의 표정이 바뀌었다. "무슨 일이 있었군요. 무슨 일입니까, 비올라?"

폴리는 '아무것도 아니에요'라고 말할 수 없었다. 고드프리 경은 그 말을 믿지 않을 것이다. 그리고 폴리는 에일린이 자기와 함께 살게 되는 것에 관해 그럴듯한 핑계를 만들어 사람들에게 얘기해야 했다.

"세바스찬 양은 병원의 친구를 위해 메시지를 전달하러 갔던 거예요." 라버넘 양이 고드프리 경에게 속삭였다. "병원의 그 친구에게 무슨 일이 생긴 건 아닌가 걱정이네요."

"아니에요." 폴리가 말했다. "마저리 일이 아니에요. 파젯스에 관련된 일이에요. 어젯밤에 그곳이 폭격당했어요."

"파젯스가요?" 라버넘 양이 말했다. "백화점이요?" 그리고 다른 사람들이 즉시 주위로 몰려들어 질문들을 했다. 언제요? 얼마나 심한가요? 당신이 다친 건 아니죠?

"하지만 넌 타운센드 브라더스 백화점에서 일하지 않아?" 라일라가 말했다.

"맞아. 하지만 내 사촌이 파젯스 백화점에서 일해, 아니 일했어. 그리고 걔랑 나는 퇴근 뒤에 그곳에서 만나기로 했었는데…."

"오, 이런." 라버넘 양이 말했다. "그 사촌이라는 분에게 무슨 일이 일어난 건 아니…."

"네. 걔는 괜찮아요. 하지만 백화점이 폐장 직후에 폭격당했기 때문에 우리는 아슬아슬하게 그곳을 떠났어요." 폴리는 이 말이 고드프리 경이 자기 얼굴에서 보았던 공포를 설명해주길 바랐다. "백화점이 완파되기 직전에요."

더 많은 질문이 이어졌다. 그곳을 파괴한 것이 소이탄이었나요, 아니면 고성능 폭탄이었나요? 얼마나 큰 고성능 폭탄이었나요? 사망자는 있었나요? 등등.

폴리는 최선을 다해 열심히 대답했지만, 그러는 데 생각보다 시간이 많이 들어 초조했으며, 또한 계속 탐색하는 눈길로 살피는 고드프리 경의 눈빛도 마냥 무시할 수만은 없었다. 폴리는 자신은 다친 곳이 없다고 사람들을 안심시키는 데 15분은 족히 썼으며, 그제야 사람들은 자기 물건들을 챙기기 시작했다.

폴리는 손목시계를 보며 리케트 부인을 만났다가 돌아갈 시간이 충분히 있는지 가늠해 보았다.

"이해가 안 되네요." 라버넘 양이 말했다. "사촌이 일하던 곳이 폭격당했는데 왜 묵을 방이 있는지 묻는 건가요?"

"사촌을 만난 건 그 애가 살 방을 알아보기 위해서였어요. 사촌이 살던 하숙집이 폭격당했고, 이제는 직장도 폭격당했어요." 그건 아주 비현실적인 이야기였다. 고드프리 경이 자기 코트와 〈타임스〉를 가지러 자리를 비운 게 다행이었다. "그래서 리케트 부인에게 빈방이 있으면 하는 거예요."

"하지만 당신과 같이 있을 수는 없나요? 당신 방은 2인실이잖아요, 아닌가요?"

"하지만 우리 친구인 마이크도 폭격으로 살 곳을 잃었어요."

라버넘 양이 눈썹을 치켰다. "친구요?"

아, 이런. 폴리의 말에 라버넘 양은 즉시 뭔가 문란한 생각을 떠올린 게 분명했다. "네." 폴리가 말했고, 곧바로 당당하게 덧붙였다. "됭케르크에서 부상당했어요."

"아, 이런." 라버넘 양이 즉시 동정심을 보이며 말했다. "지금 리케트 부인에게는 빈방이 없어요. 하지만 하딩 양에게는 하나 있을 거예요. 박스 레인에 살아요."

그곳은 던워디 교수의 금지 목록에 들어 있지 않았다. 좋았어. 이제 폴리가 박스 레인으로 가서 계약금을 낼 수만 있다면 다 해결이었다.

"그리고 당신 사촌이 살 방도 따로 찾아보는 게 좋을 거예요." 도밍 씨가 나가며 으르렁댔다. "이미 폭격으로 직장과 살 곳을 잃었잖아요. 거기다가 리케트 부인이 요리한 음식까지 먹으라는 건 너무 심하다고 생각하지 않나요?"

도밍 씨가 나갔다. 폴리는 라버넘 양에게 고맙다고 말하고 그의 뒤를 따라가기 시작했지만, 고드프리 경이 그녀를 막았다. "비올라, 무슨 일입니까? 진짜로는 무슨 일이 일어난 겁니까?"

"말했잖아요." 그의 눈을 피하며 폴리가 말했다. "제 사촌이…."

"비올라도 자신의 슬픔이나 자기 오빠를 잃은 사실에 관해 오시노에게 말하지 못했지요." 고드프리 경이 말했다. "하지만 침묵 역시 위험하긴 마찬가지입니다. 무슨 문제로 괴로운 거든, 말을 해주면…."

"고드프리 경, 방해해서 정말 죄송해요." 라버넘 양이 말했다. "하지만 이 말은 꼭 해야 해서요. 신발에 관한 거예요."

"신발요?"

"네. 3막에서 난파를 당해 섬에 갔을 때 모두가 신발을 신지 않는 거로 되어 있잖아요. 하지만 지하철역 바닥은 '비위생적'이라서요. 그렇다면 비치 샌들을 신으면 어떨까 하고 생각을…."

"친애하는 라버넘 양." 고드프리 경이 말했다. "이 시점에서 우리는 절대로 3막까지 가지 못할 겁니다. 롬 경은 자기 대사를 기억할 능력이 없습니다. 캐서린 아가씨와 트위니는 자신들이 받은 연기 지도를 기억할 능력이 없습니다." 그리고 고드프리 경은 폴리를 보며 말했다. "메리 아가씨는 하마터면 폭탄에 죽을 뻔하기를 반복하고 있고, 독일군은 언제 침공해올지 모릅니다. 우리는 '신발'보다 더 급박한 문제들이 있습니다."

'고드프리 경 말이 맞아. 딱 그런 상황이야.' 폴리가 생각했다. '우린 제럴드가 있는 군 비행장이 어디인지 모르고, 코트도 직장도 집도 없어. 그리고 독일 스파이로 오인되어 체포되지 않으려고, 폭탄 파편이나 목표를 벗어난 낙하산 지뢰에 죽지 않으려고 애쓰고 있지.'

"오, 하지만 고드프리 경…." 라버넘 양이 항의했다. "만약 그걸 지금 하지 않으면….”

“만약 신발을 신지 않는 것이 우리 건강에 위협이 되는지 결정해야 할 시점에 도달하면, 우리는 그에 관해 토론할 겁니다. 그때까지는 캐서린 아가씨에게 대사를 말할 때마다 킥킥거리지 말아달라고 설득하는 데 집중해 주시면 좋겠습니다. 일어나지 않을지도 모르는 일을 두고 안달하는 건 소용이 없습니다. ‘하루의 괴로움은 이미 족합니다’, 친애하는 라버넘 양.”

‘이젠 내게 필요한 답까지 주시네.’ 폴리가 고마워하며 생각했다. ‘마이크와 에일린은 내가 더해주지 않아도 이미 충분히 괴로운 상황이야. 우리는 일단 에일린을 스테프니에서 나오게 하고 마이크를 플리트 스트리트에서 나오게 하고, 둘이 입을 따뜻한 코트를 구하는 일부터 해결해야 해. 그리고 제럴드 핍스를 찾는 일도. 제럴드를 찾고 나면, 그리고 제럴드의 강하가 작동한다면, 나는 둘에게 아무 말도 할 필요가 없어.’

“‘하루의 괴로움은 이미 족하다.’” 라버넘 양이 말하고 있었다. “《햄릿》에 나오는 대사인가요?”

“《성경》입니다!” 고드프리 경이 으르렁댔다.

“아, 그렇군요. 아주 훌륭한 조언이에요. 하지만 거의 겨울이 다 되었고, 부족한 건 너무나도 많으니 비치 샌들을 구하기는 어렵겠지만, 지금 그걸 사지 않으면….”

“방해할 생각은 없어요, 고드프리 경.” 고드프리 경을 불쌍히 여기며 폴리가 말했다. “하지만 라버넘 양에게 물어볼 것이 있어요.”

“간청컨대, 그렇게 해주십시오, 비올라.” 고드프리 경이 고마워하는 표정으로 폴리를 보며 말했다. “‘내 그대에게 말한 것을 명심하시길.’” 그리고 그는 도망쳤다.

“위번 부인의 도움 센터 주소를 아세요?” 폴리가 물었다. “제 사촌과 데이비스 씨가 입을 코트를 구하기 위해 위번 부인과 이야기해야 하거든요.”

“코트요?”

“네. 둘은 폭격 때 코트를 잃어버렸어요.” 폴리는 라버넘 양이 어느 폭격인지 묻지 않기를 바랐다. “위번 부인이 도와주실 수 있을 거 같아서요.”

"아, 분명히 도와주실 수 있을 거예요. 사이즈가 뭐죠?"

"제 사촌은 저와 같은 사이즈예요. 키는 좀 작지만요. 제 코트를 빌려줬는데 너무 길더라고요. 데이비스 씨에 관해서는 잘 모르겠어요…."

"당신 코트를 줬어요? 그러면 당장 당신은 어쩌고요?"

"괜찮을 거예요. 옥스퍼드 서커스역에서 타운센드 브라더스 백화점까지는 가깝잖아요…."

"아, 그래도 엄청 추울 거예요. 그러다가 죽어요. 내 걸 가져가요." 라버넘 양이 코트 단추를 끄르기 시작했다. "난 집에 예전에 입던 갈색 트위드가 있으니 그걸 입으면 돼요."

"하지만 그러면 부인은 어쩌시고요? 리케트 부인 집까지는 한참을 걸어야 해요. 이걸 받을 수는 없어요…."

"허튼소리 말고요." 라버넘 양이 기운차게 말했다. "서로를 돕는 건 우리의 의무예요. 전시에는 특히나요. 셰익스피어도 '인간은 섬이 아니다'라고 말했잖아요."

고드프리 경이 여기 있어 그 말을 듣지 않아 다행이었다.

"'모든 이는 전체의 한 조각, 본토의 일부이다.'"[63] 라버넘 양이 말하며 폴리에게 코트를 건넸다. "더 필요한 건 없나요?"

'제럴드가 있는 군 비행장의 이름이 필요하지요.' 폴리가 생각했고, 라일라와 비브를 찾아주위를 둘러보았지만, 둘은 떠나고 없었다.

폴리는 손목시계를 힐끗 보았다. 둘을 따라갈 시간이 없었다. 거의 9시였고, 지각해서 해고당할 위험을 감수할 수는 없었다. 군 비행장까지 가는 기차표와 숙식에는 모두 돈이 들었다. 하지만 퇴근할 때까지 기다렸다가 리케트 부인에게 에일린과 방을 같이 써도 되는지를 물을 수도 없었다. "괜찮으시면 부탁 좀 드릴게요." 폴리가 말했다. "리케트 부인에게 제 사정 좀 말씀해주시고, 그리고…."

"당신이 사촌과 방을 같이 써도 되는지 물어봐달라는 거죠? 물론이죠.

63 영국 시인 존 던의 시 '인간은 섬이 아니다'의 한 구절이다.

출근해요. 나머지는 내가 알아서 할게요."

"고맙습니다." 폴리가 고마워했고, 타운센드 브라더스 백화점으로 미친 듯이 달려 아슬아슬하게 지각을 면했다.

"어젯밤에 어디에 갔었어?" 폴리가 판매대를 덮어두었던 천을 걷는데 도린이 물었다. "마저리가 너랑 이야기하고 싶어 했어."

"약속이 있었어." 폴리가 말했고, 요즘 자신은 질문 피하는 데만 급급한 것 같다고 생각하며 오로지 도린의 질문을 피하려고 물었다. "마저리가 그날 밤 저민 스트리트에 왜 갔다가 다쳤는지 혹시 말했어?"

"아니. 스넬그로브 양이 마저리에게 아무것도 못 물어보게 했어. 마저리가 너무 아파서 우리가 너무 조잘거리며 귀찮게 하면 안 된댔어. 자기가 병원까지 데려다주겠노라고 고집을 피우더라. 무슨 약속이었는데? 남자랑? 그 남자는 누군데?"

다행히도, 마침 그때 세라가 파젯스 백화점에 관한 소식을 잔뜩 가지고 도착한 덕분에 폴리는 질문에 답하지 않아도 되었다. 하지만 한편으로는, 군 비행장에 관한 대화도 꺼내지 못했다. 폴리는 개장 시간을 알리는 종이 울려 도린이 란제리 상자들을 들고 작업실로 갈 때까지 기다려야 했다. 도린이 지날 때 폴리가 말했다. "그제 밤에 방공호에서 공군 조종사를 만났는데, 그 사람이랑 나랑 잘 맞는 거 같아."

"그럴 줄 알았어. 약속이라고 할 때 알아봤어." 도린이 상자들을 내려놓더니 판매대에 양쪽 팔꿈치를 괴고 말했다. "그 남자에 관해 얼른 싹 불어. 잘생겼어?"

"응. 하지만 말할 게 별로 없어. 휴가가 끝나서 군 비행장으로 돌아가던 중이었어. 잠시 밖에 이야기를 나누지 못했지만, 그 사람은 자기에게 편지를 쓰라고 하더라. 하지만 그 사람이 있는 비행장이 기억나지 않아. 'ㄷ'이나 'ㅌ'으로 시작하는 거였는데."

"템스포드?" 도린이 말했다. "데브덴?"

"확실하지 않아." 폴리가 말했다. "두 단어였던 거 같아."

"두 단어?" 도린이 생각에 잠기며 말했다. "하이 위콤? 아니, 그건 'ㄷ'

이나 'ㅌ'으로 시작하지 않지. 아, 저기 봐. 스넬그로브 양이 온다." 도린은 상자들을 다시 들고 서둘러 창고로 갔다.

폴리는 갈색 포장지 조각을 찢어서 잊기 전에 그 이름들을 적은 뒤 주머니에 집어넣었다. 운이 좋다면 점심시간에 다른 동료들에게서 이름들을 더 들을 수 있을 것이고, 그 가운데 하나는 에일린의 기억과도 맞아들어갈 것이다. 에일린과 마이크가 여기로 올 때가 다 되었다. 스테프니는 45분이 안 걸리는 거리였고, 에일린이 쌀 짐이 그리 많을 것 같지 않았다.

하지만 11시가 되어도 둘은 오지 않았고, 폴리는 그제야 자신이 마이크의 주소 또는 에일린과 함께 거주하는 사람들 이름을 모른다는 사실을 깨달았다. 그리고 파젯스 백화점의 동료들 기록은 어제 가루가 되어 사라졌다. '왜 안 오는 거야?' 폴리가 생각했다. '스테프니까지 갔다가 돌아오는 데 4시간이나 걸릴 리가 없는데.'

폴리는 벽시계와 계단과 승강기를 지켜보며, 걱정하지 않으려 애썼다. 지금 당장에라도 둘이 다친 곳 없이 걸어들어올 거라 믿으려 애썼다. 제럴드 핍스를 찾고, 그의 강하가 열리고, 옥스퍼드로 돌아가고, 던워디 교수가 에일린에게 승전 기념일에 가도 된다고 허락할 거라 믿으려 애썼다. 지금 당장에라도 구조팀이 걸어들어와 '대체 어디 있었던 거예요? 사방으로 찾아다녔잖아요!'라고 말할 것이라 믿으려 애썼다.

하지만 1분 1분 시간이 흘러도 마이크와 에일린은 여전히 오지 않았고, 폴리가 이곳에 도착한 첫날 밤의 안개처럼 마음속에 의구심이 피어오르기 시작했다. 설사 전염병인 홍역이 분기점이라서 에일린이 런던으로 떠난 뒤에야 구조팀이 도착했다 할지라도, 그런 경우라면 헤퍼넌 중위가 에일린을 찾는 이들이 왔었다고 말했을 것이다. 그리고 만약 홍역이 분기점이라면, 애초에 어떻게 에일린이 그곳에 갈 수 있었단 말인가?

그리고 이건 시간 여행이었다. 폴리는 기차 시간 때문에 신부에게서 에일린의 행방을 알아내지 못했지만, 구조팀은 그럴 일이 없었다. 그들은 문자 그대로 세상의 모든 시간을 다 가지고 있으니까.

그리고 만약 옥스퍼드가 파괴된 게 아니라면, 콜린이 죽은 게 아니라면, 콜린은 대체 어디에 있단 말인가? 콜린은 폴리에게 무슨 문제가 생기면 구출하러 오겠노라고 약속했었다.

"만약 네가 살아 있으면." 폴리가 중얼거렸다. "만약 네가 죽지 않았으면."

승강기 문 위쪽의 화살표가 4를 가리켰고, 폴리는 혹시 콜린이 서 있지 않을까 하는 기대감에 차 승강기 쪽을 바라보았다. 하지만 서 있는 이는 콜린이 아니었다. 마이크와 에일린도 아니었다. 마저리였다. "오, 폴리!" 그녀가 외쳤다. "다행이야! 파젯스 백화점이 폭격받았다는 말을 듣고는 너무나 걱정이… 네 동창은 괜찮아?"

"응." 폴리가 말하며 재빨리 마저리의 팔을 잡아 부축했다. 마저리는 어제보다 더 창백하고 더 아파 보였다.

"오, 다행이야." 마저리가 안도의 숨을 내쉬었다. "아니, 나는 괜찮아. 그냥 너무 걱정되었을 뿐이야…. 내 말은, 너를 거기 보낸 게 나인데, 만약 네게 무슨 일이라도 일어났으면…."

"아무 일 없었어." 폴리가 마저리를 안심시켰다. "난 멀쩡해. 내 친구도. 걱정되는 건 바로 너야." 폴리가 나무라듯 말했다. "계속 이런 식으로 병원을 몰래 빠져나와 이곳으로 오면 안 돼. 넌 지금 거동이 불편한 상태라는 걸 명심해."

"알아. 미안해." 마저리가 말했다. "나는 다만… 사람들이 죽었다는 말을 듣고…."

"사람들이 죽었다고?" 폴리가 말하며 생각했다. '다행이야. 마이크에게 말해주면 더는 걱정을 안 하겠지.'

"응." 마저리가 말했다. "사망자들 가운데 한 명은 병원에 가는 도중에 죽었어. 그래서 사망자가 있다는 걸 내가 알게 된 거야. 간호사들이 하는 말을 들었거든. 그리고 다른 네 명은 발견되었을 때 이미 죽어 있었대."

53

나가는 곳 ➡

— 런던 지하철역 표지

런던, 1940년 9월 17일

빛무리 때문에 잠시 앞이 보이지 않았고, 그는 비틀거리며 한 걸음 나아갔다. 그리고 하마터면 죽을 뻔했다. 그는 좁은 나선형 계단에 있었고, 떨어지기 직전에야 쇠 난간을 잡고 추락을 면했다. 그는 무릎을 심하게 찧었고 양쪽 정강이를 부딪쳤으며, 그 과정에서 나는 소리가 요란하게 메아리쳤다.

'끝내주는 시작이로군.' 그는 멍든 무릎을 문지르며 주위를 둘러보았다. 계단은 좁고 창문이 없었으며, 시선이 미치는 곳 너머까지 위아래로 뻗어 있었다. 그리고 그곳에 있는 건 자신뿐인 게 분명했다. 어쨌든 적어도 그가 낸 소리의 정체를 파악하러 오는 사람은 없었다. 그리고 이제 메아리가 멈추었고, 그의 귀에는 아무 소리도 들리지 않았다.

'저 벽을 통과해올 수 있는 건 없어.' 그는 흐릿한 조명 속에서 돌을 보며 생각했다. 만약 쇠로 만든 난간이 없었다면, 그는 자신이 성탑에 있다고 생각했을 것이다. 아니면 지하 감옥이나. 그럴 경우, 밖으로 나가려면 계단을 '올라가야만' 했다. 올라가든 내려가든 간에, 그는 이곳이 어디인지, 그리고 언제인지에 관한 단서를 얻을 수 있기를 바랐고, 올라가는 것보다는 내려가는 것이 더 쉬웠다. 지금처럼 무릎을 다친 경우에는 특히나 더.

그는 계단을 내려가기 시작했다. 나선을 세 번 돌고 나니 벽 소켓에 알전구가 박혀 있었고, 그건 그가 맞는 세기에 왔다는 뜻이었지만, 이 계단이 어디의 일부인지, 어디로 통하는지에 관한 단서는 보이지 않았다. 어디론가 통한다면 말이지만. 이미 계단 백 개를 내려왔지만 여전히 끝이 보이지 않았다.

'올라갔어야 했는데.' 그가 생각하며 나선을 한 번 더 돌았고, 그러자 그 아래로 문이 있었다. "잠기지 않았어야 할 텐데." 그가 말했고, 그의 목소리가 좁은 공간에 울렸다. 이윽고 그는 문손잡이를 돌려보았고, 문이 열렸다.

문밖은 난장판이었다. 수십 명의 사람이 양방향으로 종종걸음쳤다. 무릎 높이의 드레스를 입은 여자들, 버버리를 입은 남자들, 군복을 입은 군인들, 수병들, 공군 여성 보조 부대원들, 영국 해군 여군 부대원들 모두가 환히 밝혀지고 천장이 낮은 터널 속을 성큼성큼 빠르게 걸어갔다. 벽에는 페인트로 화살표가 그려져 있고 그 옆에는 '지하철은 이쪽'이라고 적혀 있었다. 그 아래에는, 반대편을 가리키는 화살표와 함께 '나가는 곳'이라고 적혀 있었다.

'지하철역이구나.' 그가 생각했고, 터널을 걸어 벽의 포스터 쪽으로 갔다. 포스터에는 이렇게 적혀 있었다. "전시에 당신의 몫을 다하십시오. 승리 채권을 사십시오. 히틀러를 물리치십시오."

'해냈어. 진짜로 제2차 세계대전의 런던에 온 거야.' 그가 생각하며 입이 찢어지라 웃었다. 공습(그리고 전쟁) 때의 표정으로는 완전히 부적절했지만, 도저히 참을 수가 없었다. 어쨌든 그에게 관심을 보이는 이는 아무도 없었다. 사람들은 그를 밀며 어딘지는 모르지만 목적지에 가려는 일념뿐이었다. 위아래가 붙은 작업복을 입은 인부들, 접은 우산을 든 채플린 콧수염의 회사원들, 아이들을 끌고 가는 어머니들. 그리고 그들 모두 모자를 쓰고 있었다. 남자들은 모두가 중산모나 중절모, 모직 캡을 썼다.

그도 모자를 썼어야 했다. 입고 온 것들 중 나머지 부분은 괜찮아 보였지만, 이 시대에 모자가 이토록 유행일 줄은 몰랐다. 심지어 어린 소년들도 납작한 모자들을 쓰고 있었다. '이러다가는 사기꾼으로 보이겠는걸.' 그는 생각하며 혹시 모자를 쓰지 않은 사람은 없는지 사람들을 살폈다.

'한 명'이 있었다. 여성 의용대 제복을 입은 금발 여자였다. 그리고 그 바로 뒤로 머리가 허연 남자가 걸어가는 것도 보였다. 그는 살짝 맘이 놓였다. 그 남자는 겨드랑이에 베개를 끼고 있었다.

'방공호로 가는 게 분명해.' 그가 생각했다. 하지만 터널에는 앉아 있거나 누워 있는 사람이 없었다. '어쩌면 사람들은 플랫폼에서만 자는 모양이야. 아니면 이곳은 방공호로 쓰는 역이 아니거나. 아니면 아직 역을 방공호로 쓰지 않거나.'

지금이 언제인지는 모르지만, 그는 1940년 9월 16일 오후 7시에 도착하도록 네트를 맞추었다. '제대로 왔는지 확인해야 해.' 그는 생각하며 서둘러 터널을 지났고, 이윽고 강하 지점까지 돌아오는 길을 알아두어야 한다는 생각이 나서 다시 돌아가 자신이 나온 문을 꼼꼼하게 살폈다. 문은 검은 페인트칠을 한 금속 문으로, '지상으로 가는 계단, 비상시에만 사용할 것'이라고 하얗게 스텐실 인쇄가 되어 있었다. 계단이 끝없이 이어질 만도 했다. 그리고 아무도 없었던 것도 당연했다.

문 발치 근처에 누군가가 "E.H.+ M.T."라고 긁어서 새겨두었다. 그는 그 글자들을 마음속에 새겼다. 그리고 한쪽 모퉁이가 떨어져 가는 승리 채권 포스터, 그리고 '남들에게 맡기지 마십시오. 오늘 입대하십시오.'라는 포스터도 마음속에 새겨두었다. 그리고 터널 끝에 있는 '센트럴 선'이라는 표지도.

하지만 그 표지에 이 역이 어디인지는 적혀 있지 않았다. 다른 무엇보다도 먼저 역 이름을 알아내야 했다. 그리고 시간과 날짜도. 시간은 쉬울 것이다. 거의 모든 사람이 시계를 차고 있었다. 시간을 물으며 역 이름도 같이 물을 수 있겠지. 하지만 공습 대비대 완장을 찬 사람의 어깨를 두드리려는 순간, 그는 공지를 보았다. "스파이를 경계합시다. 수상한 행동을 하는 사람을 보면 누구든 신고하십시오."

역 이름을 묻는 것이 수상한 행동에 들어갈까? 그는 그럴 이유가 없다고 생각했다. 잘못된 역에서 내렸거나 뭐 그런 핑계를 댈 수 있었다. 하지만 이미 모자로 실수를 한 상태였다. 그의 옷에서 뭔가 다른 이상한 점이 발견된다면? 사람들 이목을 끌 일은 하지 않는 것이 좋았다.

그리고 날짜와 역 이름을 알아내는 게 더 중요했다. 역 이름은 플랫폼에 붙어 있을 것이다. 그는 '지하철은 이쪽' 화살표가 가리키는 곳으로 가기 시작했지만, 문득 걸음을 멈추고 사람들을 밀치며 벤치로 갔다. 그곳에는 나이 든 남자가 앉아 코를 골았고, 그가 읽던 신문이 가슴에 펼쳐져 있었다. '런던이 폭격당하다.' 헤드라인은 그렇게 되어 있었다. 그는 날짜를 보기 위해 몸을 숙였다. 9월 17일. 16일이 아니었다. 설정을 잘못한 게 분명했다.

그리고 17일은 마블 아치역이 폭격당한 날이었다. 그는 이곳이 어느 역인지 당장 알아야만 했다. 그는 서둘러 플랫폼으로 갔다.

터널 중간쯤에 지하철 지도가 있었다. 아마도 갖가지 색으로 그린 노선들이 이리저리 교차하는 그림과 함께 '현재 위치'가 화살표로 표시되어 있을 것이다.

그렇지 않았다. 플랫폼으로 가야만 했다. 아이들 두 명이 지도를 보기 위해 그 옆으로 다가왔다. 얼굴이 더러운 작은 소년과 반쯤 풀린 장식띠와 머리 리본을 한 더 나이 든 소녀였다. 아이들은 대개 아무리 이상한 질문도 아무렇지 않게 받아들였다. 그는 소년에게 말했다. "혹시 내게…."

"난 아무것도 안 했어요." 소년이 뒷걸음치며 변명하듯 말했다. "나는 그냥 여기 서서 지도를 보고 있었던 것뿐이에요."

"우리가 어느 기차를 타야 하는지 보고 있었어요." 소녀가 말했다.

이래서는 주위 시선을 안 끌래야 안 끌 수가 없었다. "나는 여기가 어느 역인지 알고 싶었던 것뿐이야."

"헤, 자기가 어디에 있는지를 모른대." 소녀가 까르르거렸고, 소년은 눈을 가늘게 뜨고 그를 바라보았다.

"그걸 알려주면 돈을 얼마나 줄 거예요?"

"돈?" 1940년에 말썽꾸러기에게 뭔가를 물으면 얼마를 줬지? 2펜스?

아니, 그건 디킨스 시대고. 6펜스?

"1실링을 주면 알려줄게요." 소녀가 말했다.

"좋아." 그가 말하고 주화를 찾기 위해 주머니를 뒤졌다. 그는 실링이 어떻게 생겼는지 알아볼 수 있기를 바랐지만, 그럴 필요가 없었다. 그가 손을 펼치자 소년이 알아서 잽싸게 실링을 챙겨갔다.

"여기는 세인트폴 대성당역이에요." 소년이 말했다.

좋았어. 여기는 마블 아치역이 아니었다. 하지만 이곳이 세인트폴 대성당역이라면, 그건 그는 대성당에서 거리 하나 떨어진 곳에 있다는 뜻이었다. 세인트폴 대성당에서! '꼭 가서 그곳을 봐야 해.' 그는 생각했다. '잠깐만이라도.'

그럴 수 있다면. 공습 중에 지하철역은 사람들이 밖으로 나가지 못하도록 철창문을 닫아두었다. "지금 몇 시인지 알아?" 그가 물었다.

"그걸 알려주면 돈을 얼마나 줄…?" 소년이 말을 하기 시작했지만, 소녀가 팔로 그의 옆구리를 찌르며 터널을 가리켰고, 둘은 미친 듯이 달려 도망쳤다.

그는 아이들이 뭘 보고 그리 놀랐나 확인하기 위해 고개를 돌렸고, 제복을 입은 역무원이 다가오는 것을 보았다. "놈들이 뭔가 골치 아프게 하던가요, 젊은 양반?"

"아니요." 그가 말했다. "전 그냥 길을 묻고 있었습니다."

역무원이 엄숙한 얼굴로 고개를 끄덕였다. "나라면 돈을 확인해보겠습니다, 젊은 양반. 배급 수첩도."

그는 공무원이 자기 신분 서류를 꼼꼼하게 확인하는 건 전혀 원하지 않았지만, 역무원은 거기서 기다리며 서 있었다. 그는 배급 수첩을 꺼냈고, 역무원이 제대로 보기 전에 재빨리 페이지들을 넘긴 다음 주머니에 다시 넣었다. "다 있네요…." 그는 말했고, 아 이런, 역무원에 어떤 호칭을 써야 하나? 고민이 됐다. 역무원님? 선생님? 그는 괜한 위험을 무릅쓰지 않기로 했다. "멀쩡합니다." 그가 말하고 마치 어디로 가야 할지 아는 것처럼 재빨리 걸어 역무원에게서 멀어졌다.

다행히도 맞는 방향이었다. 그는 나무 발판이 달린 긴 에스컬레이터를 타고 역 입구로 올라갔다. 철창문은 열려 있었다. 하지만 그가 회전식 개찰구를 통과하려 했을 때 사이렌이 소리를 높였다 낮췄다 하며 울리기 시작했다. 끔찍했다. '사람들이 저걸 악마의 3온음이라고 하는 것도 이해가 되네.' 그가 생각했다. 하지만 적어도 이제 그는 지금이 언제인지 알았다. 9월 17일, 사이렌은 오후 7시 28분에 울렸다. 그는 계단과 역에서 몇 분 정도를 보냈다. 그리고 아이들과 역무원을 만나며 적어도 10분은 보냈다. 그건 그가 정확한 시간에 도착했다는 뜻이었고, 따라서 날짜만 설정을 잘못한 게 분명했다.

또 다른 역무원이 아코디언처럼 생긴 철창문을 당겨 출구를 닫았다. '젠장. 그 아이들이 돈만 요구하지 않았어도.' 그가 생각했다. '간발의 차로 성당을 못 보고 마네….'

하지만 아직 좁게 열린 부분이 있었다. 그는 그곳을 재빨리 통과해, 역으로 들어오려고 서두르는 사람들을 헤치며 계단을 올라갔고, 높은 벽돌 건물들이 양쪽으로 늘어선 좁고 땅거미가 진 거리로 나왔다.

하지만 세인트폴 대성당은 보이지 않았다. 그는 뒤를 돌아보았지만 대성당은 여전히 보이지 않았다. 그는 목을 길게 빼고 건물들 위로 돔이 보이지 않는지 살폈다.

"어디 들어가 있는 게 좋을 거야, 젊은이." 역으로 서둘러 가던 인부 한 명이 그에게 말했다. "당장에라도 독일 폭격기가 올 거야." 그리고 그 사람 말이 맞았다. 그는 공습이 한창일 때 밖에 나와 있을 이유가 없었다. 하지만 세인트폴 대성당을 실제로 볼 수 있는 기회를 놓치기는 너무나 아까웠고, 사이렌과 실제 공습 사이에는 20분의 간격이 있었다.

그리고 그가 원하는 건 그냥 한 번만 보는 것이었다. 그는 역의 반대쪽 끝으로 성큼성큼 걸으며 옆길을 바라보았다. 보이지 않았다. 우뚝 솟은 돔이 있는 거대한 대성당을 찾는 게 왜 이리 어려운 거지? 그 아이들이 거짓말을 한 건가? 그는 다음 모퉁이로 달려갔다.

그리고 거리 끝에 성당이 있었다. 사진에서 보던 것과 똑같았다. 돔,

탑, 기둥들이 있는 넓은 포치. 하지만 훨씬 더 아름다웠다. 그는 잠깐만이라도 안으로 들어갈 시간이 있을지 생각해봤다.

사이렌 소리가 잦아들고 있었다. 그는 희미한 비행기 소리를 들었다고 생각했고, 어두워지는 하늘을 바라보았다. 또 다른 사이렌이 울리기 시작했고, 더 멀리서 또 다른 사이렌이 울리기 시작했다. 사이렌들끼리는 살짝 소리가 엇갈렸고, 사이렌들의 이 불협화음이 다른 모든 소리를 잠식해버렸다. 비행기는 보이지 않았고, 아직도 15분 정도 여유가 있었지만, 이제 거리의 사람들은 당장에라도 폭탄이 터질 거라는 듯 머리를 숙이고 서둘러 방공호로 향하고 있었다. 그 역시 지하철역으로 돌아가야 했다. 여기서 죽을 순 없었다. 여기 온 목적을 달성해야만 했다. 그는 세인트폴 대성당을 마지막으로 한참 동안 바라본 뒤 왔던 길을 다시 달리기 시작했다.

그리고 해군 여군 부대 군복을 입은 젊은 여자와 정면으로 충돌했다. 그녀가 가지고 가던 꾸러미가 사방으로 흩어졌다.

"죄송합니다. 미처 못 봤습니다." 그가 말하며 갈색 종이와 끈으로 묶은 꾸러미를 집기 위해 몸을 숙였다.

"괜찮아요." 그녀는 떨어뜨린 숄더백으로 손을 뻗으며 말했다. 하지만 숄더백을 집었을 때, 백이 열리며 콤팩트, 손수건, 배급 수첩, 주화, 립스틱 등 안에 든 것이 전부 쏟아졌다. 립스틱이 보도를 굴러 배수구로 들어갔고, 그는 재빨리 그 뒤를 쫓아가 주워 여자에게 건네며 다시 한번 더 사과했다.

여자는 립스틱을 백에 쑤셔 넣으며 초조한 눈으로 하늘을 바라보았다. 이제 비행기들 소리가 분명하게 들렸다. 육중한 윙윙 소리가 났다. 그리고 저 멀리서 들리는 '쿵' 소리는 폭탄이 분명했다. 여자는 물건들을 더욱 서둘러 챙기기 시작했다. 그는 허둥지둥 다른 꾸러미와 손수건을 집어 들었다. 검은 양복을 입은 나이 많은 남자가 가다가 멈춰 도왔고, 해군 장교 한 명도 함께 도왔다. 둘은 흩어진 주화를 주웠다.

'쿵' 소리보다 훨씬 더 큰, 귀가 먹을 듯한 굉음이 들렸다. 몇 초 뒤에 다시 그 소리가 들렸고, 그리고 또다시 들렸다. 굉음은 일정한 리듬을 타고 울렸다. '방공포구나.' 그는 지금 이곳이 포탄 파편이 퍼지는 범위 밖이길 바라며 생각했다. 이윽고 그는 여자에게 빗과 배급 수첩을 건넸다. 검은 양복을 입은 남자는 동전 몇 개를 여자에게 건네더니 서둘러 떠났다.

"괜찮겠습니까?" 해군 장교가 마지막 남은 몇 개의 주화를 여자에게 건네며 물었고, 여자는 고개를 끄덕였다.

"저기까지만 가면 괜찮을 거예요." 여자가 자기 왼쪽을 대충 가리켰고, 해군 장교는 모자를 살짝 만져 인사를 한 뒤 세인트폴 대성당 쪽으로 걸어갔다.

또다시, 훨씬 더 가까운 곳에서 '쿵' 소리가 들렸고, 하늘이 잠깐 밝아졌다. 그는 마지막 꾸러미를 여자에게 건넸고, 그녀는 서둘러 그곳을 떠났다. "정말 죄송합니다." 그가 그녀 뒤에 대고 외쳤다.

"괜찮아요." 여자가 외쳤다.

그는 방향을 돌려 지하철역으로 빠르게 걸어가기 시작했다. 또다시 '쿵' 소리가 들렸고, 요란하게 무너지는 소리가 들리면서 하늘 전체가 환히 밝아졌다. 그는 달리기 시작했다.

《경보해제》로 계속

옮긴이 최용준

대전에서 태어나 서울대학교 천문학과를 졸업했으며, 미국 미시간 대학교에서 이온 추진 엔진에 대한 연구로 항공 우주 공학 박사 학위를 받았다. 현재는 플라스마를 이용한 핵융합 발전에 대한 연구를 한다. 옮긴 책으로 세라 워터스의《핑거스미스》,《티핑 더 벨벳》, 에릭 앰블러의《디미트리오스의 가면》, 맥스 배리의《렉시콘》, 아이작 아시모프의《아자젤》, 마이클 프레인의《곤두박질》, 마이크 레스닉의《키리냐가》, 루이스 캐럴의《이상한 나라의 엘리스》, 제임스 매튜 배리의《피터 팬》등이 있다. 헨리 페트로스키의《이 세상을 다시 만들자》로 제17회 과학 기술 도서상 번역 부문을 수상했다. 시공사의 '그리폰 북스', 열린책들의 '경계 소설선', 샘터사의 '외국 소설선'을 기획했다.

등화관제

초판 1쇄 발행 2026년 3월 10일

지은이 코니 윌리스
옮긴이 최용준
펴낸이 박은주
디자인 김선예, 이다솔, 이수정
마케팅 박동준

발행처 (주)아작
등록 2015년 9월 9일(제2015-000140호)
주소 10542 경기도 고양시 덕양구 청초로 19 아이에스비즈타워센트럴 A동 707호
전화 02.324.3945-6 **팩스** 02.324.3947
이메일 arzaklivres@gmail.com
홈페이지 www.arzak.co.kr

ISBN 979-11-6668-833-1 04840
979-11-6668-830-0 04840(세트)

책 값은 표지 뒤쪽에 있습니다.
잘못 만들어진 책은 구입하신 서점에서 교환해 드립니다.